愛の流刑地

# 爱的流放地

[日] 渡边淳一 著
竺家荣 译

時代文藝出版社

# 目录

# 邂逅

菊治看到那女子抬起手遮挡阳光时，不知怎么，想起了风盆舞[1]。

此时，他们已互道了“初次见面”，寒暄过了。

然后，两位女士在菊治的对面落了座。其中一位女士是他的老相识鱼住祥子，另一位女士是祥子带来的，名叫入江冬香。

“请问，冬香是哪两个字？”菊治问道。

“冬天的冬，香气的香。”对方慌忙回答。

服务生过来招呼客人，三个人不约而同地要了咖啡。

然后，自然而然地，菊治和早已熟识的祥子交谈了起来。

“您是什么时候到这边的？”

菊治到达京都是在一个小时前，在车站大楼里的饭店办完入住手续后，就赶到咖啡吧来了。

“您在京都要待一段时间吧？”

“我打算明天回去。”

“回去有什么要紧事吗？”

1　日本富山县八尾町为震慑风神，祈祷丰年举行的祭奠活动。从每年九月一日起举行三天。男女在三弦、胡琴、大鼓等的伴奏下，唱着《越中小原节》（当地小调），彻夜跳舞。也叫作“小原祭”。

“倒也不是……”

冬香就是这个时候把手抬起来的。也许是午后斜阳有些晃眼，冬香轻轻抬起左手，遮在额头上。

菊治立刻被她那朝外翻出的手掌心和柔软的纤纤玉指迷住了。

“好柔软的手啊！”菊治感叹道。突然间，他回想起曾经看过的越中[1]小原风盆舞的优美舞姿来。

身着淡红色和服的女子们，戴着压到眉间的斗笠，微微弓着腰，踏着内八字步，缓慢地边跳舞边向前行进。

这是为了震慑秋风，在富山的八尾地区世代相传的一种舞蹈。在蕴含着哀婉忧伤旋律的三弦琴和胡琴等伴奏下，舞姿也十分稳健而优雅。

冬香抬手遮阳的姿势和那些跳舞的女人的舞姿很相似。

“请问……”菊治小声发问，冬香赶忙把手放了下来。

“你跳过风盆舞吗？”

冬香仿佛看到了不该看的动作似的，立刻垂下眼帘，轻轻点头道：“偶尔跳……”

听到这出人意料的回答，菊治瞪大了眼睛。

之所以这么问，不过是菊治的一个闪念。他觉得冬香刚才扬起手时的姿势像极了跳风盆舞的女子们挥动双手时的样子，才随口问了一句。

没料想竟被自己猜中了，菊治立刻感觉和冬香亲近了许多。

“您是怎么知道的？”鱼住祥子很吃惊地问道。

菊治点点头，含糊地回答：“只是一种感觉吧……”

说起来，两年前，菊治专程去富山的八尾看过一次风盆舞，给他留下了很深的印象。可那是两年以前的事儿了，这一记忆突然在此时复苏，连菊治自己也觉得不可思议。

“真了不起呀，老师……”祥子说完，看着冬香说，“入江小姐是富山人，有个婶婶在八尾，所以她从小就跳风盆舞。”

---

1　日本富山县地名，源自古代位于当地的日本越中国。

祥子介绍时，冬香缓缓点点头。

“所以，那是四年前吧，我也请冬香小姐带我去看风盆舞了。当时我还跟她学着跳了一会儿呢。您是什么时候去那边的？”

“大概是两年前吧。真是优雅的舞蹈啊，非常好看。”

“冬香小姐跳得可好呢。她一戴上斗笠，就立刻变得性感起来了。”

不难想象，这位身高约一米六〇，身材窈窕的女子，微微前倾着身子跳舞的姿态，一定相当妩媚动人。菊治将欣赏的目光投向冬香的时候，她轻轻摇了摇头。

“已经很久没跳了……”

“小时候学会的舞蹈，绝对不会忘的。什么时候能让我饱饱眼福啊？”

“那就下次一起去吧。好像是九月二日和三日两天吧。人们边走边跳着舞从各条街道出来，在大街上汇集成长长的行进队伍，通宵达旦地跳个不停，是吧？”

和这两位女子一块儿去看风盆舞，是个不错的主意。菊治再次将目光移向微微低着头的冬香时，祥子说：

“老师，您看上去很精神，一点儿都没变啊。”

“哪里，怎么会呢。”

“您还是那么忙吧？”

话题突然转到了自己身上，菊治没有回答，默默地喝着咖啡。

这个世上的人们，似乎都喜欢以难以置信的随意口吻对菊治发问：“您一定很忙吧？”

不错，十八年前，菊治以《爱的墓碑》这部小说获得了通向文坛的登龙门奖——新人文学奖，在文坛上崭露头角。小说描写的是菊治上高二时，与女同学江上瞳之间的一段刻骨铭心又匪夷所思的恋情。

早熟的瞳和好几个中年男人都有交往，然而对此一无所知的菊治，被瞳的魅力所吸引，为她神魂颠倒。故事最终以女主人公瞳十八岁时突然自杀结束。菊治茫然若失，为女人心如此深不见底而倍感困惑。

虽说这篇小说差不多是根据菊治的亲身经历写成的，但女主人公奔放不羁的生活方式，或许引起了女士们的共鸣，小说迅速成为广受欢迎的畅销书，销量一举突破了三十万册。

小说大卖也给菊治带来了好运。一年后出版的描写主人公与年长女性爱情悲剧的《安魂曲》再度畅销。在菊治三十八岁时，他被人们冠以了“畅销小说作家”的称号。

然而，不知是好事多磨，还是菊治的实力不济，他的第三本小说却意外地受到冷落，接下来的第四本小说更是无人买账甚至被苛刻地批评为不过是些故弄玄虚的庸俗之作。

与菊治的蹿红相辅相成，其热度的消退也快得惊人。尽管如此，起初一段时间，仍然有几名编辑鼓励他继续创作。可是一朝被蛇咬，十年怕井绳。菊治受到这种不安心理的困扰，很难写出像样的东西来。

后来，菊治就陷入了这样的恶性循环。因焦虑无从下笔，又因写不出东西来导致新的焦虑。十年过后，他已成了被文坛遗忘的作家了。

作品一旦卖不动了，读者自不必说，编辑们也很快离他而去，没有人约稿，连生活都成问题了。

早知会这样，当初就不该辞去出版社的工作。菊治后悔莫及，可为时已晚。不过，他还是拜托以前的老朋友，谋得了一份私立大学讲师的工作。可是仅靠这份收入还是很困窘。于是，从为他人代笔，到为杂志撰写稿件，只要能够挣钱，菊治来者不拒。

这样干下来，总算衣食无忧了，但是，对于以作家身份为荣的菊治来说，是很伤自尊的。

在这种状态下，“您还是那么忙吧？”这句问话，在菊治听起来，就无异于一种嘲讽了。

当然了，眼下菊治的生活状况还不能说有多么悲惨。

虽说收入不多，但私立大学讲师的工资以及撰稿收入等，每月也有近四十万日元的进项。再加上一些文艺杂志或报纸等刊物请他写杂文或者文学评论，以及地方杂志、业界报纸的约稿等等，全部算在一起，每个月能有五十万日元左右的收入，一个人生活绰绰有余了。

不知是幸运还是不幸，菊治和妻子虽是夫妻，却一直分居。二十五岁的独生子也有了工作，自食其力了。

他们之所以没有正式离婚，是妻子这样要求的。她热衷于年轻时喜欢的插花艺术，好像还带了好几名弟子。所以分居的时候，菊治把他们夫妻住的公寓让给了妻子，自己在千驮谷租了一套小公寓，光每个月的房租就得十万日元。

到现在已分居五年。夫妻二人都已五十五岁，渐入老境了，但事到如今，双方都没有破镜重圆的意愿。

原本菊治就是个随心所欲、我行我素的男人，而妻子也一向视事业比家庭更重要，并非愿意一辈子相夫教子的女人。

丈夫、妻子和孩子虽然同在一个户籍里，却不住在一起，而是各有各的住处。在这个意义上，算得上是一种理想的分居状态，各自的生活也都比较稳定。

从世俗角度来看，不失为一种幸福的生活方式，可菊治却有种丢失了什么宝物的焦躁感。

自己曾经是那般风光无限的畅销小说作家。

从那风光无限的峰顶坠落下来的打击实在是太强烈、太沉重了。

如今，虽说仍然有一些杂文的约稿，但菊治期盼的是重新写出一本像样的小说，获得应有的评价。

菊治不甘心就此终了一生。自己永远是一名作家。每当这么想时，他就会感到难以名状的烦恼和焦躁。纵然目前生活无忧，也不能治愈曾经辉煌过的男人难以言说的失落感。

“老师……”

祥子的声音使菊治慢慢回到现实中来。

是啊，自己以前被称为老师的。曾经获得过人人羡慕的新人文学奖，自己的作品畅销时，周围的人都尊称自己为“老师”。

从出版第一部作品开始，菊治就荣幸地出席了银座书店举办的签售仪式，当时在书店门口立着一块写有“村尾章一郎老师签售会”的大牌子。

菊治曾经是一位名叫村尾章一郎的作家。

“村尾菊治”这个名字，许多人都没听说过，其实这是他的本名，“章一郎”是借用他叔父的名字。叔父比菊治大二十岁，从事工程方面的工作，高高的个头，玉树临风，很招女孩子喜欢。

因为叔父拥有这样美好的形象，所以，在报名角逐新人奖的时候，菊治就借用了这位叔父的名字作为笔名，果然一举摘得桂冠。

从这个意义上说，这是个幸运的笔名。从那以后，“村尾章一郎”这个名字独自前行，村尾菊治自不必说，就连叔父也受到其困扰。

没想到，才几年的工夫，“村尾章一郎”这个名字就像日本的泡沫经济般消失不见了，只有“村尾菊治”这朴实的名字存留了下来。

然而，祥子她们好像并不这样看。

在文坛走红后不久，菊治接受一家杂志的采访时，祥子作为自由撰稿人出现在他的面前。因此缘分，祥子结了婚搬到大阪以后，也一直和菊治保持着书信往来。所以在祥子的印象中，菊治还是当年那位年纪轻轻就在文坛上红极一时的畅销小说作家的形象吧。

“今天，入江小姐和我一起来，是想请您给签个名。她带来了一本老师您的《爱的墓碑》的初版……”

菊治看着冬香，对祥子问道：“读过我的作品吗？”

“当然读过。我们住在一栋公寓里，闲聊时才发现我们俩都是老师您的崇拜者。所以，我们说好了，您有机会来京都的话，一定一起来拜望您，今天终于……”

听着祥子的解释，菊治感觉自己渐渐回归作家村尾章一郎了。

如果冬香是自己处女作的粉丝，那么她是几岁时读的那本小说呢？

“那本书已经是快二十年以前的了……”

菊治刚说到这儿，冬香害羞地垂下眼睛，说：“我上高三的时候。”

“这么说，和小说的主人公同龄……”

望着点头的冬香，菊治想象起冬香十七八岁时的模样来。那时她肯定还穿着水手服，虽然身材高挑，依然未脱尽青涩少女的娇柔吧。

“这本书，你是在富山读到的吗？”

“对，我是偷偷地……”

冬香小声回答，祥子接过来说道：“那一年我大学毕业，把那本书带回家去读，还被妈妈骂了一顿，说我看下三烂小说……”

虽说女主人公和几名中年男子都有恋情，但菊治并不是将她作为放荡女人来描写的。

“那个故事是真事吧？”祥子问道。

菊治点头答道：“不过，那时我只是被她要着玩的……”

“我家是老式家庭，对那一类书管得很严，可我们都非常喜欢看，特别羡慕那个自由潇洒的女主人公。冬香，你也是吧？”

一瞬间，冬香的眼睛放射出奕奕神采。

“我看了好多遍呢。”

“今天机会难得，你就让老师给签个名吧。我这儿有签字笔。”

祥子把签字笔递给菊治，冬香小心翼翼地从包里拿出书来。

淡蓝色的封面上，象征墓碑的白线交错着，正中央隐约浮现着一名少女的侧脸。

看来她保存得很仔细，尽管历经近二十个春秋，橙色腰封依然完好，看不到什么污迹。

“你是叫入江冬香吧？”

菊治确认了冬香的名字之后，正要在书的衬页上写她的姓名，冬香不好意思地低声说：“对不起，请您只写我的名字，可以吗？”

这就是说，她希望在书上只写上“冬香”二字吗？

菊治又确认了一次。

“不好意思。”她低下头，小声说。作家签名的时候，一般的读者都要求写上自己的全名，而冬香这么要求，会不会有什么特殊的原因呢？

菊治正暗自思忖，只听祥子半开玩笑地说：“只写你的名字的话，不管将来离婚还是再婚，都没关系是吧？”

原来是为了这个，菊治悄悄瞅了冬香一眼，冬香没有说话，垂下了眼睛。

菊治没有再追问，在书的衬页上写了“冬香女士”，然后，另起一行，在左边稍低的位置签上了“村尾章一郎”。

“这样写，可以吗？”

菊治将签字那页翻开着，把书递给了冬香。冬香道了谢，目不转睛地凝视着签名。

见冬香看得这么专注，菊治反倒不好意思起来。

“这么多年了，还把书保存得这么好，谢谢你！”菊治表达了谢意。

冬香听了，抬起头来说道：“这本书之后，老师写的《安魂曲》那本，我也有。”

“你把那本也一起带来就好了。”

“真的吗？我觉得让您签两本，有点儿不合适……”

菊治本想说“那么，下次带来吧”，但忍住没说，只是点了点头。

祥子等不及似的问道：“您最近在写些什么作品呢？”

说实话，可以称得上是小说的东西，菊治现在什么都没写。虽说写作的欲望很强烈，可一坐到桌前，就老是发呆，什么也写不出来。再说了，就算是菊治想写，也不会有杂志愿意给他发表的。

然而，面对两位自己作品的老粉丝，菊治无论如何也不想实话实说。

“我最近正在构思……”菊治狠下心编造起来，“我打算尝试着写写以京都为舞台的东西。”

“真的吗？”

祥子兴奋地发问，冬香也吃惊地睁大了眼睛。

“我正在收集有关祇园茶屋[1]方面的资料……”

菊治一边说着，一边对自己竟然这样坦然地信口开河感到恼火。

菊治确实早就打算以京都为舞台创作一部小说。

1　日本京都祇园的饮茶、冶游场所。

可能的话，他甚至想要写一部以祇园为舞台的奢华无比的恋爱故事。这样可以和他的处女作相映成辉，作为更加成熟的成年人爱情小说，说不定能在文坛上引起轰动。

但是，近几年来，菊治和妻子之间从闹离婚到分居，一直就没消停，他根本没有精力沉浸于男欢女爱的世界里。

好容易从那些麻烦中解脱出来，习惯了独身生活后，菊治又一直为了糊口而写采访报道、为杂志撰稿等，当他意识到这样下去不行时，已经没有出版社愿意发表他的东西了。

即便这样，菊治仍然没有放弃以京都为舞台写本浪漫小说的打算。实际上，这次来京都，名义上是受旅行杂志之托，来采访京都的茶屋游趣的，但心里也的确揣着顺便收集些写作素材的念头。

菊治再次审视起面前这两位女性来。记得祥子是四十岁左右，看冬香好像比祥子年轻三四岁的样子，大概是三十六七岁吧。

看上去这两位都已为人妻，并且有了子女。祥子穿一身黑色套装，为使端庄的脸型显得柔和些，刘海儿染成浅淡的茶色。冬香穿了一条浅驼色针织连衣裙，披到肩头的黑发包裹着她那白皙清秀的脸庞。

光看外表，祥子是个活泼开朗的人，据说现在还在从事 IT 业方面的工作。而冬香像是专职主妇，看上去有些内向拘谨。

即便如此，自己也没有在她们面前装相的必要。若是对方问到自己现在的情况，就照直说是受某杂志社之托来京都收集资料好了。

可是，自己却装模作样，信口胡编什么为了写以京都为舞台的小说来采风什么的。

“你这个笨蛋……”

菊治暗自骂了自己一句，这时，祥子问道：“您这部新作会在哪本杂志上连载呀？”

“早着呢，还在收集资料阶段……”

虽是毫无意义的借口，但眼下的菊治只能靠这样虚张声势来给自己打气了。

然而，这两位女士不可能知道菊治现在的窘境。

“我们希望能早日拜读您的新作。如果是与京都有关的故事的话，也离我们比较近。”

祥子就住在京都和大阪之间的高槻。祥子回信里也写了：“从我家到京都二十分钟就到，我去拜访您。”

“我早就想过老师会不会以京都为舞台写一本小说呢，我还和冬香谈起过，是吧？”

听祥子一说，冬香也点点头，说：“我觉得老师您很适合描写京都。”

“哪里，还只是初步的想法……”

“可是，您都已经到京都来了，哪会有错啊。”

两位女士对菊治所说的话似乎深信不疑。

到了这一步，她们的这般真诚反而成了菊治的负担，不过换个角度看，也说明她们对自己这位作家抱有殷切的期待。

菊治忽然想起了“浪漫的余党”这个词。他记得以前在哪里看过这个名字的小说。现在眼前这两位女士就算得上是“浪漫的余党”吧。

虽说是硕果仅存，但说明自己的忠实读者还没有绝迹。说不定全国各地都有像她们这样的粉丝，在悄悄地期盼着自己浴火重生吧。

菊治正沉思时，祥子爽快地发出邀请：“老师有空的话，欢迎也来我们高槻看看。”

东京出生的菊治，还从来没去过高槻。

“我们俩住在同一栋公寓里，就在车站附近，特别方便。”

这两位女士过着怎样的生活，菊治完全想象不出来。

“我们那边寺庙、神社很多。公寓附近有上宫天满宫，那里的树林也很美。”

“你们那儿离长冈京近吗？”

“就挨着我们城市。那边也有以杜鹃花闻名的天满宫，还有很多古坟……”

平安京迁都之前，长冈京的确曾经是都城。

“您来这边游览一下，可能会有些收获呢。”

她们大概是希望菊治创作出一部古代爱情物语吧。

不错，写历史小说算是一个妙招吧。

至今为止，菊治都是围绕自己周边发生的事，描写同龄人的悲欢离合。也可以说，在这一点上，他极其真实而直抒胸臆地在作品里表达了自己的感受。

但是，他发觉作品情节与自己太贴近，写作过于私人化，导致他后来的作品落入了俗套。过去，曾经有编辑指出过这个问题，并向他建议过："你不打算尝试一下在小说中再多加入一些虚构的内容，写出更加恢宏的作品吗？"

其实菊治也意识到了这一点，并进行过一些尝试，可是他总感觉增加了虚构成分，作品的现实感就有所削弱，结果越修改越找不到头绪，最终陷入了迷途。

就在这样的蹉跎岁月中，倏忽间菊治步入了不惑之年的后半程，如今，再去描写自己处女作那样的充满青春气息的感性体验，早已是力不从心了。

必须痛下决心改弦更张了。趁着现在有这份好心情，写写历史小说没准是个不可多得的挑战机会呢。尤其是平安时代以前的历史小说，属于几乎还没有作家涉足的领域。

菊治不由得点点头，然而，他还是没有把它写出来的自信。而且历史小说在改换写作方向的意义上虽具有吸引力，但归根结底不过是追寻曾经存在过的人物足迹，探索他们当时的情感生活，即旧瓶装新酒而已。

相比之下，菊治更想发挥现在自己拥有的悟性去创作各种人物，写出任自己自由驰骋的现代小说。他想要再写出一本像《爱的墓碑》那样的充满炽热情爱的小说。

菊治沉思默想时，祥子担心地问道："老师您累了吧？"

"没有，不累……"菊治慌忙予以否定，但她们两人还是觉得待的时间太长了。

"咱们也该走了吧？"祥子问冬香，冬香点头同意。

"我没什么事，不用顾虑。"菊治对她们说道。

说心里话，此刻的菊治，巴不得这两位崇拜自己的女性再多坐一会儿。

菊治重新观察起她们两人，想象着她们各自的家庭。

祥子住在东京的时候，就是一位精明能干的职业女性，现在好像还在工作，所以经常会外出吧。和她比起来，冬香给人的感觉比较文静，像是所谓的专职主妇。

今天也几乎都是祥子在说话，也许是初次见面的关系，冬香只是点头附和她。

这两个女人是怎么亲近起来的呢？是由于住得近，还是因为孩子而熟悉起来的呢？菊治虽然很好奇，却又觉得不便去打听人家的私事。

还是不要随便打听人家的家庭为好。仅仅被两个崇拜自己的女性围绕着，菊治就已经十分满足了。

菊治看着她们问道：“你们有机会来东京吗？”

“已经很久没去东京了。”祥子回答道，接着又问道，“老师您是住在千驮谷吧？”

见菊治点了点头，祥子对冬香解释道：“那儿离新宿、涩谷都很近，四通八达的，出行非常方便。”

决定分居之际，菊治把他们夫妻住的位于二子玉川的公寓让给了妻子，自己一个人搬到了离涩谷不远的千驮谷。虽说只有一个小客厅兼书房和一个卧室，但位于山手线范围内，去哪儿都挺方便。虽说一位过了气的作家，并非一定要住在这样好的地段，但也正因过了气，菊治更想住在热闹一些的地方。

“住在东京的时候，我常常去原宿那一带，所以对千驮谷有种亲近感。”

“那么，请有机会一定来寒舍小坐。”菊治只说到这儿，便没再往下说。

如果让他从两个女人中选一个的话，他觉得还是冬香更吸引自己。

从外表看，她不是特别讲究穿着，身材也不是那么出众。

然而，冬香面容清秀，眼睛也很有神韵。而且肤色白皙，微微敞开的领口露出雪白的脖颈，所以才起了“冬香”这个名字的吧。

不过，冬香的言谈举止总显得有些拘谨，不像是那种热情主动的人，即使有许多想法，也埋藏在心里。这种温婉的个性，是此时的菊治最心仪的。

咖啡吧下面就是地铁站的大厅，人来人往，尽收眼底。祥子一边隔着玻璃窗眺望下面，一边催促冬香：“咱们差不多该告辞了吧。”

“我没有关系的。”

“您也很忙的，再说我们也该回去了。”

快到傍晚了，主妇也有她们要忙的家务。

“这个……”祥子说着要拿账单。菊治连忙伸手拦住：“你们到这儿来，就让我来吧……”

就算再落魄，这点儿咖啡钱自己还拿得出来。菊治拿起账单后，两个女人也没再说什么，拿起手袋站了起来。

“今天能荣幸地见到您，非常高兴。以后您有机会再到这边来的话，请一定告诉我们一声。”

“一定叨扰。”

菊治点头答应着，忽然意识到还没有问冬香的联络方式呢。

现在，当着祥子的面突然问的话，似乎不太合适。菊治灵机一动，想到了一个打听她的联系方式的好借口。

“如果你有兴趣的话，我可以给你寄一本《安魂曲》之后的作品，好吗？”

“真的吗？”

“可以请你在这张名片上写一下你的地址吗？”

菊治把自己的名片递了过去，冬香在名片上写了些细密的小字。

“高槻市芥川町……”菊治念出了声，然后又递给她一张自己的名片，“这是我的名片，有什么事的话……”

“不好意思。谢谢您！”

冬香手里拿着只有菊治住址和姓名的名片细看的时候，祥子嗔怪道：“老师，您不打算给我一张吗？”

“哪能啊，我以为你知道我的住处……”

菊治又给了祥子一张名片，祥子轻轻瞪了他一眼：“看来，您很喜欢冬香啊。”

“哪里……”

祥子瞅着有些尴尬的菊治，低下头说道：“那我们就告辞了。”

冬香也跟着低下了头，然后两人走出了咖啡吧。

菊治目送着她们的背影，眼睛一直追着冬香略显柔弱的臀部。

收到入江冬香的来信，是在菊治京都之行的四天之后。

在下方印有大波斯菊图案的信笺上，字迹工整地写着“能够见到老师，真是喜出望外。心情非常紧张，也很兴奋”等。并且，对菊治给自己签名表示了感谢，还写了：“我一定把这本书作为传家之宝来收藏。”

真没想到如今还有这样珍视自己作品的人呢。菊治看完信，心情十分激动，感慨不已。

冬香在信的末尾写道：“严冬将至，望您保重身体，衷心期盼能够读到您的新作。”

先不说信的前半部分，这后半部分让菊治感觉有些尴尬。

不过，这么快就收到了冬香的来信，还是让他欣喜万分。

寄信日期是见面后的第三天，这么说，信是第二天写的了。

也许是趁着丈夫和孩子都不在家的时候写的……

这种程度的信件就算被她丈夫看到也没有什么大不了的。菊治一边猜测着，一边想象冬香一个人在家写信时的姿态，一股热流不禁涌上心头。

“就是用那只手写的……”菊治回想起冬香那柔软的手轻轻遮挡额头的情景。

头戴遮得很低的斗笠、跳着风盆舞向前行进的女人，与在家写信的女人的影像重叠在一起，冬香那略微踌躇的微笑在菊治的心里复苏了。

此时此刻她在做什么呢?

只是想想，菊治就已感到心头发热，他忽然想起答应送给冬香的书还没寄出呢。

在京都初次见面时，菊治曾说过要把《安魂曲》之后出的那本小说寄给她，可是，回来后重新翻看时，他又不想寄书给她了。

这本题名为《思念之河》的小说也是描写青年男女缠绵纠结的爱情的作品，现在重读它时，感觉作品露骨地表现了当时自己的肤浅和自我陶醉，使他深感羞愧。

现在把这样一本小说寄给冬香，又有什么意义呢?

举棋不定的菊治，从冬香的这封来信中获得了勇气，他决定在书上签好自己的名字后，把书寄出去。他在书里还夹了一封短信，对冬香很快来信表示感谢之后，写上自己的手机号码和电子邮件地址，最后又附上一句：

“如果能把你的手机号码和电子邮件地址也告诉我，就太好了。”

冬香寄来第二封信，是在菊治寄出书的三天之后。

和前一封信一样，字写得漂亮工整。内容是：“收到赠书后非常高兴，这样一来三本书都收集齐了，感觉就好像待在您的书房里一样。”

在信的最后写的是：“我真的可以给您发短信吗？”

不用说，菊治就等着她这句话呢。其实，更迫切希望这样交流的倒是菊治。

菊治并不是厌烦写信，也有心鸿雁传书，一诉心曲，但是一想到万一被冬香的丈夫看到，便心神不安起来。虽说不会写什么露骨的内容，可是抱着这样的担忧写信，毕竟会心情沉重。和信件相比，短信就让人放心多了。万一出了状况也可以删除，即使不删除，别人看到的可能性也很小。

左思右想之后，菊治终于下决心给冬香发了一封短信。说实在的，菊治不擅长写短信，也不习惯像年轻人那样使用花哨的图形文字。

不过菊治还是写了“再次收到你的来信，放了心”“拙作能够得到你的精心呵护，真是幸福”等。并在信的最后，以“近日，我还要去京都办事，不知可否见个面？”这句问话作为结尾。

恰巧上次那家旅行杂志社又请菊治去京都采访，此行的任务是探访京都不为人知的红叶景色胜地。其中一些有现成的图片资料，所以，菊治只需去该处写几篇报道即可交差，任务比较轻松。

隔了一天，冬香回了短信：“真的能再次拜望您吗？”并加了一句，“如果您光临京都，我也告诉祥子夫人一声吧。”

“那怎么行，我想见的只是你冬香。”虽然菊治觉得如果把自己的想法就这么写下来也太露骨了点儿，但还是赶忙回复：“我只想见你一个人。”

冬香似乎很介意把她介绍给菊治认识的祥子，而菊治脑子里却只有冬香一人。

“届时，正是观赏红叶的好时候。期待着和你见面。”

一方面因为冬香是自己喜欢的类型，另一方面菊治觉得，和她在一起，似乎可以重拾自己失去的勇气和自信。

一旦开了头，便觉得没有比短信更简便的通信工具了。菊治刚一发出短信，冬香立刻回复了。

“就我一个人，真的可以吗？”

菊治希望她不告诉祥子，自己一个人来见面，对此，冬香好像还有些惶惑。

“这次去京都，主要是因为想见见你，工作是次要的。”

菊治感觉自己的短信写得热情似火，不由得对自己问道：“难道说，我喜欢上这个女人了吗？”

到了这个年纪，何苦去追求一个远在关西，还有孩子和丈夫的女人呢？他想要打消这个念头，但转瞬间，又渴望见到冬香了。

冬香既非出众的美女，也不年轻。

但是比起这些来，冬香那内敛而文静的气质更让菊治喜欢。而且每当菊治想她的时候，冬香的身影就会渐渐地和头戴斗笠、默默地跳着风盆舞的冬香的风姿重叠在一起。

“好想你啊……”

菊治对已经五十过半，却这样陷入情网的自己感到不可思议。他以为自己早已不会再为女人而情不自禁了。正因为已经给自己下了定论，才觉得现在这么兴奋的自己很奇怪，也很可爱。

就像要给菊治这高涨的热情浇一盆冷水似的，冬香来了封短信：

“非常抱歉，即便能与您见面，我也不能待很长时间。”

这些菊治都心里有数，能够见面最重要。

“我下星期二去京都。和上次一样，下午四点，在那家饭店十五楼的露天茶座见面可以吗？”

菊治觉得如果跟冬香商量什么时间方便，没准会节外生枝，所以，自己单方面决定了见面的时间和地点。第二天，收到了冬香的回复：

“好的，我一定如约前往。很高兴能够再次见到您。”

菊治立刻回了信：“请你一定要来呀！”

在这句话后面，菊治犹豫着要不要加个心形图案，最终只加了个小小的符号。

那一天，菊治下午一点到达京都，从车站直接去游览了东山的真如堂和南禅寺的天授庵。

他的计划原本是避开负有盛名的高雄的神护寺或东福寺等，寻找可以一两个人静静地观赏红叶的场所。他去的这两个地方便是跟当地人打听来的。果不其然，在幽静安谧的寺院内，金秋艳阳透过密密匝匝的红叶间隙，洒下斑驳的光影。

菊治看着那火红的红叶，不知不觉联想到冬香的手，便从地上拾起一片红叶，包在纸里，放进皮包。

游览之后，菊治结束了预约的采访，回到车站的饭店，办完入住手续时，已经是午后三点半了。

进了房间，他先刮了胡子，梳理头发，然后穿上白色立领衬衫和深褐色外套。

这身打扮没问题吧？菊治对着镜子，仔细检查了一番后，差几分四点时，去了十五层的露天茶座。

上次是在连通饭店前厅的咖啡吧和她们见的面，但是那里人多眼杂，不是安静说话的地方。虽然这次算不上是幽会，但冬香也一定喜欢比较清静的地方。

考虑到这些因素，菊治选择了十五层的茶座。

冬香好像还没有到。菊治在靠近门口的桌子前坐下来，以便她进门时容易看到。

也许下午四点是个不上不下的时间吧，茶座里没什么客人，除了菊治以外，只有一桌客人。他正独自喝着咖啡的时候，远远看见入口附近有一位女性来回转悠，等她刚一走进来，菊治就认出是冬香。

菊治赶紧站起身来朝她招手："到这边来。"冬香轻轻点头致意，小跑着过来了。

“抱歉，让您久等了。”

“哪里，我也是刚到。”

冬香的脸红扑扑的，像是急匆匆赶到这里来的，让菊治不由得心里怦然一动。

“你能来，太好了，谢谢！”

“哪里……”

“终于又见到你了。”

菊治现在真是这么想的。

今天，冬香穿了一套淡粉色的圆领套裙，胸前戴着一条心形项坠。对她来说或许是特意打扮了一番来跟菊治见面的，却并不显得特别招摇，这种自然而然的含蓄之美，正对菊治的口味。

“您已经办完事了吗？”

“明天还要去几个地方……”

除了今天去的几个地方以外，菊治本来还打算去三个寺院，可是天黑了，来不及去了。

“您真辛苦啊。”冬香轻声细语地说道。这时，女服务生来了，冬香要了红茶。

“我还担心你不会来呢。”

“不会的。十分钟前我就到车站了，可是有点儿迷路，真对不起。”

这家饭店和车站相连，的确不太好找。不过，在这种地方迷路，也很符合冬香的性格。

“要是祥子夫人的话，就能直接找到这里了吧……”

菊治开了句玩笑，冬香却当真似的点头答道：“真是这样。她去哪儿都不会迷路，我每次都是跟着她的……”

“不过，你还是一个人来了，太好了。”

“就我一个人，真的可以吗？”

“当然了，你没有告诉祥子夫人吧？”

“没有。只是……”冬香停顿了一下，“我请她帮我照看孩子，所以……”

菊治的头脑被拉回现实中来。把孩子留给祥子照看，自己来赴约，也难怪冬香觉得有些过意不去。

“那么，你待不了多长时间了？”

“对不起……”

对主妇来说，傍晚前后正是一天当中最为忙碌的时候。可是，自己却指定冬香在这个时间段出来，实在有点儿不合适。

菊治向窗外望去，发现秋天的京都街道已逐渐昏暗下来了。

冬香也看着窗外，她是不是在惦念家里呢？

“可以的话，去我的房间坐坐好吗？”

冬香吃惊地抬起头，看了菊治一眼，又垂下了眼帘。

大概是这邀请太突然了，她也许摸不清菊治的真实意图吧？冬香感觉困惑很自然，其实，这是菊治事先就考虑到的。

虽然不知道冬香能待多久，但菊治打算在她临回去时，请她到自己的房间里去。

正是考虑到这一层，菊治才订了一间房费稍贵的双人间，从房间里可以俯瞰群山环抱的京都全景。

而且，之所以将约会地点定在顶层的露天茶座，也是为了便于送冬香坐电梯下去时，可以顺理成章地邀请她“去我房间坐一会儿吧”。反之，如果在下边的咖啡吧见面，再邀请对方上去，就显得意图太露骨，即使对方愿意上去，也不好表示同意。

这些经验都是菊治以前当红之时，和多个女人交往中获得的。只是时过境迁，如今使出这一招，菊治也颇觉难为情，但他还是试探着问道：“我不了解你家里的情况，专挑你最忙的傍晚约你见面，实在抱歉。”

“没关系的……”

“不过，从房间看景色的话，视野更开阔，可以俯瞰整个京都的街景。”菊治提高了声音，“至少，你还是看一眼再回去吧。夕阳西下时分的街景也美不胜收。”

他又进一步鼓动道：“好吗？去看看吧。”

一旦发出了邀请，就必须一鼓作气，乘胜追击。

菊治拿起账单站了起来，冬香也跟着站起来。

菊治去收银台把费用记在自己房间的账上，然后朝电梯间走去。幸好四周没有人，电梯很快上来了，两个人走进了空电梯里。菊治按亮了自己房间所在的十层键，冬香一直垂着头，没有说话。

菊治凝视着她白皙纤细的脖颈的工夫就到了十层。“请吧……”菊治催促道，冬香顺从地走出了电梯。

“这家饭店大概是因为在车站上面，比较方便，客人总是很多。”

菊治随口搭讪着，径直朝走廊尽头的自己那个房间走去。

从电梯间往右拐，走二十米左右就是自己的房间。菊治把房卡插进房门，冬香站在他身后一步远的地方等着。

虽然她一句话也没说，但是菊治能感觉到她绷紧了身体。

“请进。”菊治对冬香说道。她突然迟疑了一下，才慢腾腾地走进了房间。

等冬香进来之后，菊治关上房门时，她仿佛受惊般停住了脚步。

不管多么崇拜的偶像，到男人单独住的饭店房间里来，总是会让她感到紧张吧。

“这里的装修还算雅致吧？”菊治为了使她放松，这样说着，拉开了窗帘。

一进房间，右边是一张双人床，左边是一排狭长的书桌，靠里头的窗边有一张小圆桌，两边各摆着一把椅子。

菊治请冬香在椅子上坐下后，打开了冰箱。

“想喝点儿什么？”

“不，不喝了……”冬香轻声回答。

菊治拿出一瓶橘汁，给冬香倒了一杯，给自己倒了一杯啤酒。

“干杯……”

两人轻轻碰了下玻璃杯，菊治望着窗边的书桌说道：“有这么大的桌子，就好写字了……”

他原本打算约会以后，在这张书桌上撰写今天采访的关于赏红叶的报道。

“您每次都住在这个房间吗？”冬香终于开口问道。

“不是，总是换地方……”一般他都是住比较狭小的单人间，可这话就不必告诉她了，“这次能见到你真好。其实，我很想和你一起去看红叶。”

冬香因单独和男人在一个房间里而显得很紧张，菊治请她到窗边来。

“请到这边来。”

冬香站起身走到窗前。

“你看，京都的街景一览无余吧。”

从十层高的房间往下看去，纵横交错的京都街道笼罩在暮色中，万家灯火已经星星点点地在闪烁了。

“对面是东山，那座最高的是比叡山。”

冬香静静地站着，眼睛跟着菊治的左手移动。

如果现在把冬香搂过来的话，她会顺从还是会反抗呢？一边眺望着渐渐昏暗下来的京都夜景，菊治思考起来。

估计她不会激烈反抗，但也不必勉强她。

当然，菊治并不打算现在就跟她上床。不过，既然好容易有了单独在一起的机会，至少想跟她接个吻，而且是以自然而然的形式。

此时，菊治不禁回想起了过去的经历。在他年轻气盛、红得发紫之际，曾和几个女人发生过关系。第一次亲吻，大多是选择站在窗前眺望夜景的时机。两个人并肩站着，欣赏灯光璀璨的城市夜景时，会油然产生浪漫的感觉，自然而然地就会依偎在一起。

现在他们俩正处于这样的状态。

窗外的景色正迅速被夜幕所遮蔽，但天色尚未黑透。一边欣赏着眼前那依依不忍离去的动人景象，菊治又靠近了冬香一些。

刹那间，菊治的胳膊碰到了冬香的肩头，伸出左手搂住了她的纤腰。

然而，冬香并没有躲闪，仍旧默默凝视着窗外的夜空。

“是时候了……”仿佛另外一个菊治在催促自己似的，受到这个声音的鼓励，菊治侧过身子，一把抱住了冬香。

一瞬间，冬香害怕地把脸扭开，但菊治仍然不管不顾地追着她的嘴唇，趁着她刚一停止扭动，便紧紧吻在她的嘴唇上了。

终于捕捉到了……

现在，菊治的嘴唇虽然覆盖在冬香的嘴唇上，她却是一直闭着嘴。

但菊治并不着急，他先是品味她那柔软的丰唇，然后轻轻地左右移动嘴唇与之摩擦，于是冬香慢慢地张开了嘴。

菊治轻柔地将舌头探入冬香口中，触到了她那羞怯地缩在里面的舌尖。缠绕了那舌尖两三下之后，冬香的舌头才羞怯地伸出来迎合他。

到了这个地步就可以放心了。看样子冬香不会反抗了。菊治一边亲吻她，一边把她更紧地搂过来，冬香的整个身子都被揽在了菊治的臂弯里。

感受着拥着冬香整个身体的充实感，菊治轻轻松开冬香的嘴唇，在她耳边低语："我喜欢你……"

冬香忽然间缩了缩脖子，轻轻地摇了摇头。

光看这个动作，好像是在躲避菊治的追求，其实她是因为受不了耳畔的酥痒。

菊治觉得她这个小动作无比可爱，更紧地搂抱住了她。

也许最初的困惑已然消退，冬香也主动贴紧了菊治。

他们的双唇互相追逐着，舌头彼此纠缠在一起，菊治再一次真切感受到冬香的身体。

冬香看起来偏瘦一些，搂在怀里却很有肉感，臀部的曲线很优美。从耳朵到颈部的线条也细腻白嫩，光看这些地方，真不像已生儿育女的女人。

菊治又紧紧搂了一下冬香，才慢慢松开了胳膊。

到现在这一步，或许还不能说冬香爱上自己了，但对自己有好感是不会有错了。

感到自信和放松的菊治，将左手搭在冬香肩头，眺望着窗外。

接吻之前即将被夜幕笼罩的街道现在已经黑透了，唯有西边的天空，残存着几许夕阳映出的淡蓝色余晖。

在他们接吻的时候，天色仿佛也在变化。

"天黑了。"菊治轻声说道。他突然意识到冬香回家的时间快到了。

虽然不情愿放她回去，可是，再得寸进尺的话就太过分了。

"谢谢你……"现在他想要对冬香坦言自己的谢意，"能见到你，太高兴了。"

"……"

“你也该……”

没等他说出“回去了吧”，冬香很不愿意似的摇着头，突然把脸埋在了菊治胸前。

菊治也不想让她走。他感受着冬香的体温，突然，冬香怯怯地抬起头，眼睛望着窗户，喃喃道：“那么，我回去了……”

没有办法。菊治点了下头，冬香又低声说：“我想借用一下卫生间。”

菊治点点头，指了指进门处左手的那个门，冬香轻手轻脚地走了进去。

她大概是在整理乱发吧。菊治等了片刻，冬香出来了。

不大工夫她就整理好了头发和妆容，根本看不出刚刚和男人有过热吻。

“那，我走了……”

冬香正要离开，菊治把她叫住了。

“请等一下。这个我想给你……”

菊治从放在长条桌上的皮包里取出一个小纸包，在冬香面前打开。

“今天，我去了东山的真如堂，那里的红叶实在太漂亮了，就捡了一片回来。”

只是寺院里飘落的红叶，可是连小小的叶尖儿都火红火红的。

“我觉得，这片红叶很像你……”

捡起红叶的时候，菊治联想到的是冬香柔软的手，不过现在再一看，那薄薄的红叶上微微凸起的叶脉，像极了冬香雪白的肌肤上露出的血脉。

“您特地为我……”

“只是聊表寸心。碍事的话，就把它扔了。”

“哪里，我一定好好收藏它。”

冬香又看了一眼红叶后，用纸包好，把它放进自己的驼色手袋里，轻轻低头施了一礼。

“今天，多谢您了。”

“哪里……”

菊治觉得自己并没有做什么值得冬香这样道谢的事。

“咱们还能再见面吗？”

冬香犹豫了一会儿，轻轻点了点头。

“下次见面什么时间合适？以你方便为准。”望着正在思考的冬香，菊治追问道，“比今天早一点的时间合适呢，还是周六、周日呢？”

一瞬间，冬香轻轻抬起了头，问：“您真的想见我吗？”

“当然，我就是想见你。只要能见到你，我什么时间都行……”

“那么，我回头和您联系。”

“真的？一定要跟我联系啊。”

说完，菊治贴近冬香，只伸出了舌头，以免蹭掉她的口红，冬香也闭着眼睛，轻轻伸出舌头来。

虽然嘴唇对接，但只有彼此的舌头纠缠在一起。

虽说这是为了不蹭掉口红，但菊治忽然想起了“淫荡”这个词。仅仅舌尖互相触碰，使舌头的感觉更加敏锐起来。

可是，没有时间沉浸其中了，他们松开了对方，互相点了点头。

两人心里都非常明白，无论如何冬香也该回去了。

“再见……”冬香微微低了下头。

看到她握住门把手时，菊治低声问：

“我送送你吧？”

“不用了……”

“要是又迷路了，可麻烦了！”

“放心吧。已经认识路了。”

刚打开一道门缝，冬香就一侧身走了出去。转眼间，身着淡粉色套裙的冬香已经一个人站在宽宽的走廊上了，菊治忽然有些担心起来。

“再见吧。路上小心……”

“好的。”冬香小声回答，再次低头致意后，朝电梯间方向走去。

还是应该送送她。菊治虽然这么想，又怕和冬香一起走，反而会让她感到为难，便站在门口目送着她的背影，走到中途，冬香又回了一次头。

菊治不由得向她挥了挥手，冬香又鞠了个躬，然后往左一拐，看不见了。

“她走了……”菊治不禁说出了声，然后不急不忙地朝走廊左右两边看了一下，关上了房门。

又剩下自己一个人了，摆放着宽大双人床的房间突然变得空荡荡的了。

今晚只有自己一个人睡在上面，并不需要这么大的双人床。菊治觉得自己太奢侈了，但他马上告诉自己："不过，能够和冬香接吻，真是太好了，而且还那么充满激情，那么淫荡……"

说实话，菊治没有想到冬香对自己的回应能到这个程度。虽说她身为人妻和母亲，却并没有怎么反抗。

菊治一边回味着冬香留在他身上的感觉，一边想象着若无其事地回家去的冬香那白皙的侧脸。

# 幽会

坐中央线在千驮谷站下车后，菊治径直朝着鸠森八幡神社方向走去。

走到神社前的大马路边时，刚好亮起红灯，菊治停下脚步，无意中回头一看，一辆从东京开往新宿方向的电车刚刚开走。

大约有十节车厢的长长列车刚刚驶出站台。

一过晚上八点，几乎都是回家的乘客。菊治看见一个男人拉着吊环，旁边站着一位女性，以及背对自己这个方向坐着的乘客背影。每隔几分钟就有一辆电车进出站，没什么稀奇的，可是今晚车厢里的情景却感觉格外清晰。

菊治的目光追逐着渐渐远去的一串光亮，想起了“秋冷”这个词。

随着秋意渐浓，空气日渐清澈明朗，连电车的车窗也显得很透亮。

菊治正漫无边际地想着心事时，绿灯亮了，他和周围的人一起走过了马路。

虽有些寒意，但还不到穿大衣的程度。菊治只穿了件运动套衫，飒飒秋凉反倒让他感觉挺清爽。

这种感觉不知算是“秋意”呢，还是应该叫作“气爽”呢？

一想到“神清气爽”这个词，菊治便自然而然想起了冬香。

其实，从刚才看见那辆开往新宿方向的电车时开始，冬香的身影就浮现在菊治的脑海中了。冬香也像那个站在电车里的女性一样，正赶回家去。然后冬香的丈夫也乘电车回到家，一个家庭迎来了温馨的夜晚。

这些情景就像剪影一样，浮现在目送电车远去的菊治眼前。菊治沿着没有路灯的昏暗小路往自己的住所走去时，又一次想象起了冬香的家。

这会儿，冬香正在做什么呢？在这冷秋时节，冬香也会沉浸在思念当中吗？

再怎么想象也不可能知道。菊治心知肚明，但还是轻声叫道："冬香……"

自从在京都的饭店相拥接吻以来，已经过去了一个星期。

这次去京都的时候和冬香接了吻，菊治觉得还算满足。以后如何发展，等回到东京以后再慢慢考虑好了。他带着说不上是坦然还是放心的感觉，回到了东京。可是一旦离开了冬香，心里还是觉得没着没落的。

那不过是一种不上不下、似满足非满足的状态。

既然已经到了接吻的程度，就应该跟冬香成就好事。菊治虽然这么想，可也不无踌躇。进展到那一步后，又当如何呢？

同样，冬香也会这样想的。对于她来说，这可能是个更深刻、更沉重的问题。

还是应该彻底地解决。

脑子里一出现"解决"这个词，菊治不由得苦笑了一下，这个词的意思是"把事情搞定、了结"，怎么像黑道的口气似的。

"想什么呢，真是可笑……"虽然不愿意承认，但菊治也觉得再继续跟冬香发展关系的话，就不无"爱情黑道"的意味了。

不过，这种自我反省的念头刚一冒头，又被想见冬香的渴望消除了。

下次约会时，绝对不能止步于接吻，不仅如此，还要加强进攻的火力。菊治感到心神不安，对冬香更加思念若渴了。

总而言之，绝不能这样温温吞吞的。菊治一边这样告诫着自己，一边在电脑键盘上敲击起来。

"那天见面的情景让我久久难忘，我觉得自己又回到了情窦初开的少年时代。"

接下来写道："虽说刚刚回来，我又渴望见到你了。"后面加上了一个大大的心形符号。

过了一天，冬香回了信："能与您再次见面，恍然如梦。天气渐凉，望多保重身体。"虽然信写得很谨慎，但在结尾的地方有一个小小的心形符号。

冬香终于将她的心交给了我。菊治由此获得了自信，又回复："不能与你相见的日子，真是苦不堪言。"

他倾诉了自己当下的心情后，不到半天，冬香就给予了回复。

"思念之苦彼此彼此，这都要怪您了。"

看了此信，菊治下定了决心。

"为了见你，我要专程去一趟京都。请安排好家里的事，争取多待一会儿。我完全服从你的时间。"

菊治等了两天都没有收到冬香的回信。

"争取多待一会儿。"对自己这个要求，冬香是不是很为难呢？

可能是有点儿太强求了吧，菊治暗自反省，静心等候。第三天，冬香终于回了信。

"除了周末以外，什么时间都行。可能的话，请尽量安排在上午，可以吗？"

"那么，上午什么时间合适呢？"菊治问。

"从九点到中午都可以。"她还歉疚地以"因为有孩子"结了尾。

菊治看完后，不禁点点头。

他知道冬香有孩子。虽然不清楚是一个孩子还是两个孩子，但从她中午要赶回去来看，大概还是小学低年级学生，或是还在上幼儿园的孩子吧。

上次傍晚在饭店会面的时候，冬香也曾提起过托祥子照看孩子的事，所以大概是个还不能一个人留在家里的小孩子吧。

一瞬间，菊治感到有些扫兴。

冬香是个三十六七岁的已婚女性，有这么小的孩子也很自然。菊治想到这里，不由得想象起冬香和孩子在一起时的样子，仿佛一下子又被拽回现实生活中来，不禁有点儿沮丧。

"原来是这样啊……"菊治独自点头，凝视着空中的某个地方，"可是……"

谁都不能否认现实生活的存在。每一个人都有着与表象不同的、不为人知的另一面。自己也有着冬香所不知道的许许多多的现实问题。自己那些不为人知的另一面，比起冬香来只多不少。

于是菊治告诉自己，即使有老公、有幼小的孩子，冬香还是冬香。

实际上，菊治是在知道这些情况以后，对冬香产生好感，被她所吸引的。

“好的，下星期三，我会准时赴约的。”

那天，大学那边没有自己的课，而周刊杂志的校对工作也交稿了。

“我在上次那家饭店里的、咱们初次见面的咖啡吧等你。”

现在，菊治打算将全副心思都放在和冬香的约会上。

说起来，这算得上是个不合常理的幽会。

一般说来，情人约会都是在傍晚或晚上见面，一起去吃饭或去喝酒。而他们却是早上九点半在饭店的咖啡吧见面，这和早上去公司上班，或是开碰头会没有什么不同。尤其是对菊治这种从事出版工作，晚上经常熬夜的人来说，可以说是特别不习惯的时间段。

但是，菊治也只能按照冬香的要求，在这个时间去赴约。

定好见面时间后，菊治又发觉很难预约到饭店。

不论几点见面，既然见了面，就想两个人单独待在房间里，而且这回一定要把冬香搂到自己怀里。

但是，早上九点半到中午这段时间，恐怕没有一家饭店愿意把房间租给自己。

打电话一问前台，回答是：“即便预约，如果有空房还没问题，但有时候前一天有客人入住，那就不能确保了。”

把一般的饭店当作情人旅馆来利用也不现实。那个时间段正是饭店打扫房间的时候，而且退房是十一点，有可能收取加时费。无论从哪个角度看，都是一个很别扭的时间。况且，菊治也没那份心情一大早去情人旅馆。

还是预约一间从头天晚上入住的房间，自己先去住上一晚，或者第二天早上入住，是唯一可行的办法。

思来想去，菊治跟前台预订了一间头天入住的房间，并加了一句：“我也可能第二天一早入住。”

前台按他的要求安排了房间，菊治要了一间和上次同样的房间，房费三万多日元。加上往返的新干线车票，五六万日元一下子就没了。

说实在的，菊治没想到和一个有孩子、有丈夫的女人幽会，还这么花费。

对菊治来说，这可是一笔不小的花销，可事已至此，也不能往回缩了。

“头一天晚上入住，等着早上冬香赶过来或许也不错啊。”菊治尽量去想会给自己带来的那些乐趣。

到了约定的那一天，菊治早上七点之前，便从东京站坐上了新干线。

可能的话，他本想头天晚上坐最后一班新干线去京都，可是，正赶上那天是周刊杂志校稿截止日，等交完了稿子，已经是晚上十一点多了。

六年前，菊治开始给某周刊杂志撰稿。他的工作内容就是把记者采访来的各式各样的信息汇总起来，撰写稿件。虽说他是最后一道工序，被称为“铁锚”，但实际上，只是依照总编的意向来写稿子。从这个意义上说，这种工作和随心所欲地写东西的作家写作大相径庭，即便如此，却是菊治一直以来重要的收入来源之一。

校对工作完成之后，菊治像往常一样和大家一起出去喝酒，但只是应酬性地去了一家酒馆，夜里一点之前，他就回了家。

虽然同事们都和菊治的关系不错，但大多比他年轻，和他这样曾是作家的自由撰稿人一起喝酒，年轻的编辑们可能会不太自在。

考虑到这一层，菊治对于提前撤退不觉得有什么不满意，只是第二天早上，要六点起来去赶新干线，让他有点儿发怵。

他把闹钟的声音调得比以往都大，好歹起了床，穿上头天晚上备好的衬衫和外套，赶到了东京站。

只要赶上这趟车，打个盹的工夫就可以到京都，见到朝思暮想的冬香了。

菊治靠在座椅上闭目养神，却怎么也睡不着，也许是太兴奋了吧。

这也难怪，一大早跑到那么远的地方去约会，菊治还是头一遭。

他望着在朝阳映照下熠熠生辉的原野，对自己的一反常态不禁叹了口气。冬香的心情想必也和自己一样吧。

她正在做早饭，照料孩子吃饭吧？她的丈夫也已经起了床，吃过早餐准备去上班。她把丈夫送到玄关，又去照料孩子，直到把孩子送出家门后，才终于有了自己的时间。她匆忙梳洗化妆，换上外出的衣服，然后锁好门，离开家。

冬香也真是不容易啊。这么一想，菊治心里油然涌起一股同情，心情也变得柔软了，渐渐打起盹来。

其实菊治身边并非没有女人。

菊治和一直分居的妻子已经十几年没有夫妻生活了，不过，从分居前后开始，他就和几个女人有了关系。这些女人中，有菊治成名后不久认识的女编辑，有自由职业者，也有在银座夜店工作的酒吧女郎。

在菊治三十到四十岁这段人气鼎盛的时期，女人们觉得他虽然算不上特别英俊，但身材高大、幽默风趣，因而颇有女人缘。

然而四十过半以后，他的创作开始走下坡，被社会逐渐遗忘的同时，受女性欢迎的程度也急剧下降。即便去夜店，新来的年轻女子也几乎不知道菊治的名气，偶尔有女孩儿知道，也觉得他看着不像，只是半信半疑地点点头而已。

菊治被社会一点点遗忘了。不知是不是因为这种焦虑在他的待人接物上也有所表现，他约会女孩子时大多会碰壁，即便偶尔成功约到了，也难长久。

即便如此，菊治还是和三十五岁左右的从事广告业的女人，或在宴会上认识的女服务生等有些交往，但是她们有的结了婚，有的回了老家后，也就不再联系了。

菊治现在交往的是一个白天做 IT 工作，晚上在新宿的酒吧做钟点工的女性，也快三十岁了，正处在是否组建家庭的岔路口。

自从和妻子闹分居以来，菊治发觉自己不适合婚姻生活，也就不打算再考虑结婚的事了。和他交往的那些女人一个个离他而去，一方面也是觉得和他这样一个不打算组织家庭的男人拖拖拉拉地交往下去没多大意义。当然菊治并非不能理解她们的心情。

然而，曾经和银座高级夜店的陪酒女郎交往过的菊治，现在降低到了找新宿小酒吧里的吧女做伴，虽说女人的实质没有多大不同，却不能不说这十几年来，菊治一直在走下坡路。

而现在，菊治开始追求冬香了。

说实话，和有夫之妇谈情说爱，菊治还是第一次。而且明知对方已三十多岁，还有孩子，自己居然还是追到京都来了。菊治对这件事也感到了某种失败感。不过事到如今，再说那些自命不凡的话又有什么用呢？

就在他似睡非睡的时候，新干线于九点二十分正点到达了京都车站。

菊治从车站直奔饭店，去前台办理入住手续。

可是，菊治忽然感到不安，不知冬香是不是真的会来。

如果她不来的话，开了房间也是白搭。于是，菊治给她发了条短信：

“你现在在哪儿？”

“对不起，我马上就到。”冬香回了短信。

菊治心里踏实了，在前台办了入住手续后，去了房间。

这回的房间在八层，依然是双人床，可以从窗口俯瞰整个京都。

天气预报说是阴转雨，现在已经下起了毛毛雨，京都的街道被蒙蒙烟雨打湿了。

虽说并没有特别祈祷下雨，但菊治喜欢这样的雨浥清晨。

即将到来的这个二人世界，若是天气太晴朗，便了无情趣。秘密幽会还是阴天或雨天最为合适。

菊治没有将蕾丝窗帘拉开，径直乘电梯下到饭店前厅，从前台前面走过去，进了咖啡吧。

前厅和下面的车站都是人来人往，一片嘈杂。

新的一天开始了，现在是人们最忙碌的时候。菊治觉得在这个时间悄悄等女人来赴约的自己真是不可救药，但同时又不无一些自得。

他先要了杯咖啡，再次将目光投向门口，这时，冬香准点出现了。

今天，冬香在白色针织内衣外面套了件米色外衣，右手拿着手袋和折叠伞。

冬香似乎立刻看见了菊治，点了一下头，便穿过其他桌子，走到他的桌边。

“没有关系吧？”

菊治问的是她家里的情况，冬香爽快地答道：“是的。”

“您什么时候到的？”

“我也是刚到不一会儿，坐新干线来的……”

女服务生来到桌边，冬香要了红茶后，又对菊治说：“实在对不起，这么早就……”

菊治看着她满怀歉疚地向自己低头道歉时的畏缩样子，觉得自己今天没有白来。

不知怎么的，冬香脸色显得有些苍白，是因为早上起得太早呢，还是昨晚没有睡好呢？

不过，她这般娇柔的风韵更惹得菊治心生怜爱。

“待到中午，没问题吧？”菊治确认道。

“嗯。”冬香小声回答。

现在还不到十点，有将近两个小时的时间。

“我还是头一回这么早赴约呢。”菊治调侃了一句，冬香莞尔一笑。

“这里好像也可以吃早餐的。”

“不了，我已经……”冬香轻轻摆摆手。

菊治试探着问道：“其实，我在这家饭店里开了房间。”

“……”

“还是去房间，安静些吧。”

冬香没有吭声，但也没有拒绝。

两个人喝了几口红茶和咖啡后，菊治发出了邀请。

“去房间好不好？”

冬香好像在犹豫，但菊治一站起来，她也跟着站了起来。

菊治走在前面，带着冬香朝靠北边的电梯走去。

电梯里有一些胸前戴着某某旅行团徽章的人，他们俩也上了这部电梯，但那些人都在说话，没有人注意他们。

到了八层，他们分开挡在前面的人，走出了电梯。

“下雨天出门，真是……”

菊治嘴里说着同情那些游客的话，其实心里庆幸，今天这样的幽会恰逢雨天，真是天意啊。

走廊上停了一辆打扫房间的专用小清洁车，他们从清洁车旁边走过去，到了 806 房间。菊治插入磁卡，先走进房间，等冬香进来后，他关上了房门。

两人终于单独在一起了。菊治放了心，一把搂住了冬香。

一进到房间里，就再也不用顾忌任何人的目光了。

菊治轻轻跟冬香接吻，冬香也轻启朱唇。

菊治随即将舌头探进去，触到了潜伏在冬香嘴里的舌头。到此为止，上次见面时，菊治已经体验过了。

不过,他现在想更深入进去。他用舌头挑逗着冬香的舌尖,好似招呼她“过来”一样。

受到新的刺激后，冬香的舌头仿佛在犹豫彷徨。怎么回事？菊治继续加劲勾引，冬香终于忍受不住似的伸过舌头来。

冬香顺从地回吻着。菊治觉得她的回吻太可爱了，便缠绕起她的舌尖来，冬香微微仰起了脖颈。莫非她忍受不了这酥痒的感觉？菊治暂时撤了出来，但接吻并没有结束。

等冬香喘了口气，菊治的舌头再次侵入她的嘴里，从她那没有防备的微微开启的双唇之间向纵深挺进，直抵上颚的尽头。

由于被攻击的部位出乎意料，冬香显得很狼狈。她再次仰起头来，这回菊治伸出手托住了她的头，使她无从躲闪，苦不堪言。

看来这个部位是冬香的薄弱点，不过将舌头探进这么深，对菊治来说也并非易事。

舌头攻势告一段落，菊治缩回舌头，在冬香耳畔嗫嚅：“你把舌头朝上卷起来……”

冬香一时间没明白菊治的意思似的，好一会儿，才慢慢把舌头卷了起来。

看到冬香的舌尖抵达上颚的槽牙一带，菊治才轻轻探进舌头，自下而上，从左至右地游弋起来。

冬香一直仰着头，翘着下巴，任由菊治细细地舔舐着自己的舌头底下。

在菊治的牢牢控制下，她已无路可逃，整个舌头炽热难耐。

实在不堪忍受这炽热和酥痒的感觉,冬香“啊”地叫出声来,几乎在同时,两个人拥抱着一起倒在了大床上。

这下子冬香惊慌起来。她使劲摆动着脑袋,抬起上身想要站起来。

菊治侧身紧抱着她低声说:“我喜欢你。”

被比自己高大的菊治抱住的话,冬香就很难逃脱他的怀抱了。

只要她足够乖顺,菊治是不会动什么粗的。

他慢慢放松了搂抱,抚摸起冬香的肩头来。

冬香松了口气似的,轻轻喘息了一下,默默地把脸扭到一边去。

菊治觉得她的耳朵直到脸颊的轮廓都可爱至极,便用右手拢起她的乱发。

“真美……”

意识到菊治的目光,冬香略显娇羞,菊治却满不在乎地又跟她接起吻来。

现在已躺在床上,所以菊治不必再支撑她的身体了。他贴近冬香,一边轻柔地跟她接吻,一边将右手伸向她的胸部。

可是,冬香的外衣里面还穿着白色套头衫,他只能隔着套头衫抚摸她的丰胸。而且,还遭遇了冬香的遮挡,很难接近那关键所在。

“把它脱了吧……”

这样抚摸的话,就跟搂着一个毛绒玩具差不多。

“求你了。”

此时此刻,要想达到目的,只有恳求这一招。只要前方有美丽的果实,无论怎样低声下气都不过分。

“等一下……”

这时,菊治意识到房间里光线太亮,便起身在蕾丝窗帘上面,又拉上了一层厚窗帘。

一瞬间,烟雨朦胧中的京都街景消失不见了。房间被笼罩在了黑暗之中。

“暗了吧。”菊治回头一看,冬香已从床上下来,站在地板上了。

“我想借用一下浴衣,可以吗?”

菊治点点头,把房间里的一套浴衣递给她,冬香拿起浴衣走进了浴室。

要和冬香成就好事,看样子还需忍耐片刻。

菊治想象着正在浴室里换浴衣的冬香。

虽说房间里很暗，但毕竟是在第一次幽会的男人面前脱去衣服，她也许会感觉害羞吧，不然就是因为急匆匆地赶来出了一身汗，在擦拭身子吧。

菊治脱掉外衣，只穿着内衣先躺在床上，等着冬香出来。

进展到这一步，今天一定能接触到她那柔软的肌肤。菊治越想越亢奋，不由得轻轻摸了摸胯下。

每次和新结交的女人交媾的时候，他总是有些担心自己的这个部件。

它究竟能不能顺利完成任务呢？在这关键时刻，它会不会掉链子呢？年轻时另当别论，到了现在这个年龄，菊治开始为自己的体力下降而担忧了。

面对冬香这么有魅力的女人，应该不会有什么问题，但是思慕太强烈反而会导致萎靡不振。虽说是自己身上的东西，却不完全受自己控制，让菊治无法放心，摸了一下，还是蛮有硬度的。

这种状态的话，应该可以拿下吧，菊治对自己这样首肯时，浴室门开了，冬香走了出来。

此时眼睛已渐渐习惯了黑暗，但菊治眯着眼，假装睡着了。

由于房间里太安静了，冬香好像很困惑。她观察了一会儿，还是慢吞吞地走近了大床。

菊治仍然默不作声，当冬香刚一走到床边，他就柔声说道："过来……"

但是冬香没有上床来，好像还在犹豫。她走到床边，悄然坐下来了。

于是，菊治伸出双臂，从身后连同她的胳膊一起一把抱住了她。

受到突然袭击，冬香背朝后倒在了床上，"啊……"地小声叫了起来。

然而，冬香的上身已经被揽在菊治的两只臂膀里了。

菊治把冬香拉进毛毯里，再一看她的前胸，只见浴衣里还穿了一条衬裙。

反正也要被脱掉，还穿了两层，菊治觉得她这种谨慎既可笑又可爱，从背后紧紧搂住了冬香。

尽管隔着衬裙和浴衣，但菊治还是感受到了冬香的体温。

虽然没有光亮，但在适应了黑暗的菊治眼前，浮现出了被自己从背后抱住的冬香雪白的胸部。

菊治呆呆地盯着那里看了一会儿，动手去解浴衣领口的系带。

冬香以为自己系得很严实，但仅仅用细带系着的浴衣，轻而易举地就被解开了，白色衬裙的吊带露了出来。

内衣也有各种颜色，但纯白色更清纯，更惹人迷醉。

不过，早晚都要把它脱掉，下一步要解开浴衣的腰带。

菊治左手抱住冬香的肩头，用另一只手去解腰带，冬香吓得躲闪着。

尽管她心里已经愿意了，但身体还在本能地抵抗吧。

菊治停下了手，等了一会儿再次去解，一下子就解开了。

腰带一旦被解开，前襟便自然开启了。

菊治觉得前进了一步，当他试图把浴衣从冬香的肩头褪下去的时候，她扭动上身抗拒着。

然而，已经被解开了系带的浴衣，一扭动就散开了。菊治用右手轻轻一拽，浴衣便从肩上滑落下来，露出了小巧玲珑的肩膀。

这肩膀真是楚楚可怜。

菊治一边爱抚着冬香圆滑的肩头，然后慢慢地顺势朝她的脖颈伸出手去。就在漫不经心似的触摸到她左肩时，他又解开了浴衣左肩的纽襻，再把手绕到她的后背，将浴衣全部褪了下来。

这样终于突破了第一个关口，下面还有遮挡着冬香身体的衬裙，这是第二个关口。

切不可操之过急。菊治又瞧了一眼冬香雪白的胸口，然后把手伸向衬裙，但是衬裙下面还有一层胸罩守护着。

保护得这么严实，难道是冬香这个女人的风格？

菊治再一次把冬香拥入自己怀中，摸索她的后背，在后背正中摸到了胸罩的金属挂钩。

他把挂钩一个个解开，一把扯掉了已经松懈了的胸罩，尽管有些粗鲁，但这是对于让他费了两道手的冬香的爱的报复。

她的右侧乳房终于难为情地露了出来。

但还不是它的全部。菊治能看见的只是她右乳的上半部分，连最关键的乳头，都隐藏在吊带已歪斜了的衬裙下面。

不过，乳房的全貌已一览无余。

它虽然白皙而丰满，却不是很大。冬香似乎意识到了什么，想用左手去遮挡，菊治轻轻拨开了她的手。

菊治觉得她的乳房不大不小正合适。虽然有些男人吵吵着巨乳什么的，但菊治认为，乳房只要丰满就足够了。比起硕大无比的乳房来，他更欣赏恰到好处的乳房。

现在他窥视到的乳房，不知是否可以刚好包裹进他的掌心。

冬香的乳房或许没有年轻女性那么有弹性，却隐含着成熟女人的敏感。

菊治现在想要一探究竟，将自己的脸贴近了半裸露的乳房。

他把勉强挂在冬香肩膀上的衬裙吊带揪下来，将衬裙褪下后，乳头便露了出来。

大概是皮肤雪白的缘故吧，她的乳头又红又圆。

菊治用嘴唇含住它，但并不吮吸，只是用舌尖轻轻地舔舐。

他漫不经心地游动着舌尖，像无意间碰到乳头而害怕似的，忽而前进忽而后退着。

这样多次反复之后，他的舌头又环绕着乳头四周轻柔地画起圈来。

单从这一爱抚动作看，菊治似乎在要弄冬香，被舔舐的冬香不堪忍受这种若即若离的触感，摇晃着脑袋，发出了“啊”的浅吟。

菊治记不清曾经在几个女人身上重复过这样的爱抚了。

尽管对她们的爱有深浅的不同，但在和这些女性的交往中，菊治学到了不少东西。

在女人提出的“这样”“那样”的各种要求下，菊治为满足她们而不断努力着，经过这些实战锻炼，掌握了许多做爱的技巧。

从这个意义上讲，任何一个女人对男人来说都是老师。

而此刻，菊治正在把多年来从各种女人那里学到的爱的技巧全部倾注到冬香身上。

刚刚切实感受到了触碰，忽而又游移开了，这样的亲吻，似乎已使冬香禁受不住了。

她一会儿喃喃着“不要”,一会儿叫道“不行了”,突然她主动搂住了菊治。

她不停地用头顶着菊治的胸脯，似乎在对菊治这番挑逗的亲吻倾诉怨恨和喜悦。

到现在这一步，等于她已向男人缴械投降了。即使菊治把她的衬裙都脱下来，也不会受到阻碍的。获得了信心后，菊治先把自己的内裤脱掉。

当然，冬香早晚也会自己脱掉的。菊治一边期待着那个时刻的到来，一边开始攻击一直没有照顾到的左边的乳房。看上去挺平静的乳房，乳头已经硬硬地凸起了。

菊治依然像刚才那样，忽而接近，忽而离开，在若即若离的爱抚时，用左手手指慢悠悠地抚弄另一侧的乳房。

他先是轻轻地触摸乳头,而后在其周围画圆般地爱抚,然后又返回乳头来。

两个乳房都在受着刺激，冬香缩了缩脖子，难耐地摇晃起头来。

她那隐忍不发的风情，让菊治觉得可爱无比。

看来冬香对自己的爱抚反应十分敏感。菊治为冬香的单纯感到高兴的同时，这意外的发现也刺激了菊治的好奇心。

至少一个月以前，在饭店的咖啡吧里，和祥子一起见面的时候，他绝对想象不到冬香在床上会有这副陶醉的神态。

当时，冬香忽然举手至额前，遮挡刺眼的阳光。于是，菊治脑海里浮现出戴着低低压在眉间的斗笠跳风盆舞的女人，而此刻的冬香与这一印象大不一样。

但是，菊治就喜欢女人出乎意料的另一面。

平时把各种各样的情感悄悄地深埋心底，平静度日。这样的女人受到男人意想不到的爱抚时，就会变得沉醉而放纵。

菊治想要窥探一下隐藏在文静外表下的另一个冬香。

想到这些，菊治内心的情欲之火燃烧了起来。

他要进一步挑逗冬香，让她疯狂到极点。越是外表端庄、贤惠的女性，他越是想要彻彻底底地剥去她们的面具。

打定主意后，菊治的手开始慢慢向目的地伸去。

虽然冬香还穿着衬裙，但他并没有特意要将它褪去。

衬裙胸前的白色刺绣非常可爱，微微歪斜的吊带也显得很性感，最令人感到惬意的是她那丝绸般滑溜的肌肤。

菊治一边用手爱抚着她的肌肤，一边缓慢地滑向那隐秘的所在。

不出菊治所料，冬香穿着内裤呢。

他的手刚一触摸到内裤边缘，冬香就迅速蜷缩起了身体。

这是最后一个堡垒，不可能轻而易举地占领。话虽如此，事到如今，不可能不脱去她的内裤。

菊治又把手伸了过去，冬香再次蜷起了身体。

这样来回往返了好几次，菊治终于发动了攻势。用左手牢牢抱住冬香，使她不能动弹，伸出右手强行拉下她的内裤。

即便如此，冬香还是不停地挣扎，却敌不过菊治，被脱去一条腿后，只好放弃了反抗。

当菊治去脱另一条腿的时候，她反而给予了合作，弯曲了一下膝盖，内裤便被拉了下来，于是遮挡冬香身体的只剩下衬裙了。

终于走到这一步了……

菊治对于自己千辛万苦得来的成果很满足，他抱过冬香，冬香也轻轻地靠过来，她身上柔软而温暖的感觉传递给了菊治。

这样赤裸相拥时，菊治重新意识到冬香的身体出乎意料地丰满。

从外表看时，菊治觉得冬香有点儿瘦，但由于骨架小，她身上该有肉的地方都很有肉感。

“滑溜溜的。”菊治一边从衬裙里面摩挲她的后背一边说。然后一边抚摸着她那浑圆的臀部，一边轻声道：“真白……”

即使在黑暗中，他仍然能够感知冬香细腻嫩白的皮肤。

难道因为她是出身于雪乡富山的女人？还是冬香与众不同呢？

不管怎么说，自己的眼光错不了，菊治再次感慨着。

上次在咖啡吧，突然听到对方特别崇拜自己，心里就怦然一动，不过，第一眼见到冬香时，菊治就有种特别的感觉。

虽然说不清冬香有什么特殊魅力，但菊治觉得她是个“好女人”。这第一印象果然准确。

身上终于只剩下一条衬裙后，冬香顿时显得柔弱不堪。与其说她有孩子有老公，不如说她像一只被放在猛兽面前的羔羊。当然，猛兽就是我，菊治对自己这么说道。

“要沉住气。”

已经脱到这个地步，他当然渴望尽快和冬香合为一体。但是绝对不可动作粗暴。一定要不急不躁，温柔体贴，甚至使女性焦躁难耐为好。

这是菊治多年来和女性交往中获得的真实感受。

菊治重新开始亲吻冬香，然后悄悄把手伸进衬裙，一点点接近她的两腿之间。

冬香立刻避开了，与其说是在拒绝，不如说是羞耻心使然。

菊治等了一会儿，又突然想起来似的伸出手去，终于抵达了目的地。

同乳房一样，对女人的私密处，菊治也不喜欢那种覆盖着黑乎乎繁茂草丛的类型。

他暗自猜想冬香应该属于色浅稀疏的那种。果然被他猜中。菊治对冬香更迷醉了。

菊治的手若无其事地在她那浅淡的草丛上面来来去去，突然，彷徨踟蹰着的手指停了下来。

他的手指终于在草丛前方探测到了一个泉眼，从那儿再前进一步，就可以沉入快乐的沼泽之中了。

冬香脸朝上躺着，微微侧着头，腰部也稍稍往左边躲着。

看起来像是在逃避，但身体的位置并没有变。

这使菊治放下心来，继续爱抚，当他的手指不知不觉中迷了路似的踏进泉眼时，冬香轻声喘息起来。

显然，冬香此刻已经产生了快感。

菊治必须趁热打铁，乘胜追击。即使他不再年轻力壮，但在温柔的前戏上不输给任何人。

菊治发觉冬香的身体在缓慢地一点点燃烧起来。

她身上只剩下吊带衬裙的时候，菊治觉得她有些稚嫩娇柔，但在菊治的精心爱抚之下，显得丰满起来。

而菊治自己的武器也给力地挺了起来。

“现在正是最佳时刻……”菊治在心里暗念，慢慢撩起冬香的衬裙下摆，将自己的身体凑了上去。

一瞬间，冬香的右手惊慌地逃避开。

菊治身体的某个部分好像碰到了她的右手。

不知冬香是受到了惊吓，还是有些胆怯，既然已经被她发觉，菊治也不用再犹豫了。

菊治继续靠近，紧紧贴住冬香柔软的腰部后，轻轻抬起她的左腿，从分开的两腿之间，以侧位悄悄地进入了她的身体。

霎时间，冬香发出了“啊”的一声低吟，菊治没有理睬，继续深入时，她又发出轻声的叹息。

终于和冬香结合了。在这快悦之中，菊治换了一口气。

要是冬香进行抵抗，两个人之间出现尴尬可怎么办？即使冬香愿意，自己身体的关键部分会不会怯阵呢？

现在菊治的这些顾虑都成了杞人忧天，他已经千真万确地进入了冬香的身体。

而且这样的侧卧位与从正面强势攻击不同，无论对于男人还是女人都很舒服，不那么勉强。

以这种姿势，菊治重新感受着自己待在冬香体内的感觉。

这是一个温暖而又柔软的所在。那里面隐藏着无数的褶皱，紧紧地抓住并包裹住了自己的那个家伙。

这种感觉是用“真舒服”这一普通词语表达不了的。于是那家伙自行其是地行动起来。

起初它还小心谨慎，渐渐变得大胆起来，向纵深挺进。

与此同时，菊治用闲着的一只手爱抚起了冬香的乳房。

随着这些动作不断重复，冬香似乎也慢慢适应了，开始主动迎合菊治的动作了。

由于侧着身，菊治看不到冬香的全身，但随着他的动作，只见冬香的乳房微微颤动着，脸稍稍侧向一旁，紧蹙眉头，眼看就要哭出来了。

菊治现在想要叫冬香，可是该叫她什么呢？

这是一个月来，菊治一直感到苦恼的事。

直接叫她的名字“冬香”，当然没有问题，但是以目前的关系这样称呼她还早一点。

特别是一想到她还有丈夫，菊治就更难叫出口了。

也许可以称她“您”或者“你”，但称呼“你”的话，没有什么情调；称呼“您”的话，又显得有些见外。

两个人彼此抱有好感，甚至还接了吻。有没有更有品位的表达这种关系的词汇呢？每到这种时候，菊治就感觉日语中表达爱意的语汇太贫乏了。

就连对心爱的妻子，也是用“喂”或者“你”来称呼，有了孩子，就成了“妈妈”，根本没有英语的那些“甜心”“哈尼”“达令”“亲爱的”等甜蜜的叫法。哪怕直呼妻子的名字也说得过去，但是，这么称呼的人也很有限。

夫妻之间尚且如此，恋爱中的男女自然更没有适合的称呼了。

实际上，菊治在发给冬香的短信上，一直用的都是“你”。其实，菊治内心非常希望直呼冬香，但总觉得这样脸皮有点儿厚，所以才没有这样写。

现在已经不需要再顾虑重重了。

两个人在床上已经紧紧地结合在了一起，大大方方地直呼其名也没问题了。菊治想要字字清晰地呼唤冬香。

“冬香……”菊治终于叫了出来。

“欸……”冬香仿佛早就在等着似的，立刻应答。

刚巧是冬香正兴奋地喘息的工夫，所以这一声回应可爱至极，菊治接着诉说：“我喜欢你。”

此时冬香的表情像是在饮泣，又透露着娇嗔。她听了又“欸……”了一声。

现在，冬香的身体好像有所感觉了。于是菊治也昂奋起来，加快了动作，渐渐感觉到了自己的极限。

可是，这样直接释放到冬香的体内去，会不会……

一瞬间，菊治的脑子闪过一个现实问题，突然有些不安，可是冬香似乎还深深地陶醉在感官世界之中。

事先菊治并不是没有想到这一点。如果冬香要求他使用安全套的话，他会顺从的，可是冬香什么也没有说，所以他就这样长驱直入了。

现在菊治已置身于这如火如荼般的快乐中，眼看就要控制不了了。

可是，万一让冬香怀了孕的话……

在快感与担忧的纠结中，菊治轻声问道："就这样的话，可以吗？"

冬香没有回答，或者说现在没空儿回答更贴切吧。

但是，菊治已经箭在弦上了："行吗？我已经……"

菊治刚要说出已经忍不了的时候，冬香喃喃道："给我吧……"

菊治没有听清楚，又问了一遍："可以吧？"

"可以……"

听到冬香毅然决然的回答，菊治非常震撼。

能够对自己说出"给我吧""可以"等的女人，是一个多么温柔而大胆的女人啊！

也许是冬香知道她今天不会有问题吧？知道现在是安全期，才接纳我的吧？

即便如此，菊治还是第一次听到女人对他说出"给我吧"。

从这三个字中，他感受到了一个女人无边无际、深不见底的爱。所有男人，只要听到了这句话，都会深感其可爱而疯狂的。

菊治什么也不再去想了。他顺从地把自己深埋进冬香的体内，并且听凭不断地被吞噬进去。

不必再忍下去了，现在可以直捣黄龙了。这个念头刚一闪现，菊治的身体已然火山迸发了。

"啊……"先喊出声的是菊治，但冬香也紧跟着发出了叫声。

难道说，两个人几乎是同时达到了高潮吗？

菊治紧紧地抱住了冬香的上身，冬香也将整个身子贴紧了菊治，一起体味着整个身心的满足感。

此时，菊治终于第一次充满自信地叫出了冬香的名字。

“冬香……”

从激情中清醒过来，男人总是比女人要快。

释放精子的性和接受它的性比起来，残留在体内的余韵也可能是不同的。

当然，如果女人对男人没有那么深的爱，也会清醒得比较快，并马上起来的。

然而，冬香仍然躺在床上，稍稍侧身背对着菊治，衬裙右肩头的吊带已滑落到了胳膊上，裙底边也微微卷了起来。

这种毫无防备的姿势更是别具风情，菊治轻轻把冬香抱进怀里。

冬香慢慢翻身似的转过身来,菊治又往怀里搂了一下,她便紧紧偎依过来。

这是两个人交合后的第一次拥抱。现在已不需要再有任何犹豫和踌躇了。

菊治把紧紧贴在自己胸前的冬香的吊带衬裙从她头上脱去，冬香也没有任何反抗。

菊治再一次面对面地紧紧抱住赤裸的冬香。

菊治的胸部贴着冬香的脸，腹部贴着她的乳房。而菊治的左膝伸进冬香刚刚燃烧过的两腿之间，另一条腿伸到她的臀部上，夹住了她的下半身。

冬香的身体看似成熟，却又显得有些柔弱，就是说既丰满又脆弱。这种不平衡感很惹人疼爱。菊治把她搂得更紧，再一次感受到了她身体的温热。

也许是做爱的余韵未尽吧，冬香浑身都渗出了汗。

菊治喜欢这样温湿的肌肤。菊治以前交往的女人中，有一个肤色较深，皮肤却像皮球一样有弹性的女人，可是不知道为什么，菊治一直不怎么喜欢。

总之，通过刚才的媾和，无论是身体还是皮肤，以及私密处，冬香的一切都与菊治的期待相契合。

而且，正当菊治即将爆发时，冬香说出了那句“给我吧”。

说实话，这些感受不身临其境是无从获得的。男人和女人只有在这种赤裸相见的性行为当中，才能够看到彼此真实的一面。

“我好喜欢你。”

现在，这句话已不仅是追求女性的甜言蜜语了。在两人相互袒露无遗的性爱之后，菊治真心地爱上了冬香。

菊治渐渐意识迷糊起来。

今天早晨，菊治起了个大早，坐新干线赶到这里来，终于和冬香合为一体，心里总算踏实了。

菊治想在这踏实的心情中，搂着冬香柔软的肌肤睡一觉。

冬香可能也是这样想的，一动不动地依偎在菊治的胸前。

在蒙蒙细雨中的京都一隅，有一对男女正静静地睡着。记得好像是某部小说中有这么一个情节，菊治正闭着眼睛这么想时，听见隔壁房间里有动静，好像是女人说话的声音。

大概到了打扫房间的时间了吧，菊治想起刚才进房间时，在走廊上看到的清洁推车。

她们不会来打扫这个房间的，不用管它。菊治这样想着，轻轻抬起上身，看了一眼床边的时钟，刚过十一点。

进房间的时候是九点半多，那么已经过了一个多小时了。

菊治的动静，也惊动了冬香，她躺在他怀里问道：“现在几点了？”

“十一点刚过，没事儿。”

菊治又问：“十二点回去，就来得及吧？”

冬香轻轻地点点头。

离十二点，还剩下不到一个小时了。一想到这儿，菊治突然舍不得离开冬香了，一把又抱住了她。

这样抱着的时候，菊治又感受到了冬香温暖的胸部，又想要她了。

可是，刚刚得到满足的欲望，马上就能启动吗?

菊治犹豫着，一边爱抚冬香的后背，她怕痒似的缩起上身。菊治觉得她这样子很有意思，更停不下手了。

“不要……”冬香说道。

“不行。”

菊治想逗逗她，把手伸向了冬香的侧腹一带，冬香扭动着：“太痒痒了。”

“这不用你说。正因为知道，我才折磨你的。”菊治心想。

当然菊治不是真想折磨冬香，只是在跟她闹着玩儿。能够到这种程度，也说明关系已是很亲密了。

菊治真想一直这样赤身裸体在床上和冬香嬉戏下去。

菊治一会儿把冬香弄得直痒痒，一会儿把她抱在怀里。就这样反复逗弄她时，冬香忽然停下动作，找起床头柜上的时钟来。

“几点了？”

“十一点半吧……”菊治回答。

“差不多了，我得起来了……”

虽然菊治心里也知道，可是，听冬香这么一说，还是有些恋恋不舍。

“我不想让你走。”

好容易才把冬香请到房间里来，菊治希望她再多待一会儿。冬香的心情似乎也一样，她在菊治的怀里一动不动地蜷缩了一会儿，然后悄悄地抬起头来说道：“对不起。”

她是在惦念家里吧。既然她已经这么说了，菊治也不能太勉强她。他一松开双臂，冬香哧溜一下钻了出去。

就像是白兔一样逃脱了，获得自由的冬香归拢起散乱在床周围的内衣，躬着身体往床尾那边移动。

她可能觉得这样菊治就看不见她了，但菊治将身子稍稍一横，就能看到冬香蹲着穿浴衣的情形。

菊治一边瞧着在昏暗中穿浴衣的冬香害羞的身影，一边问：“你几点之前必须回家？”

“嗯，一点以前……”

冬香穿上浴衣站了起来，系着腰带。

“有谁要回家吗？”

“是孩子……”

"几岁了？"

"五岁。"

冬香微微低着头从床旁边经过，朝浴室走去。

菊治对着她的背影，又问道："你还有别的孩子吗？"

"还有两个。"

"这么说，一共三个……"

"对不起。"

冬香再次小声道。不知是为了自己先用浴室而道歉，还是因为自己有三个孩子而道歉呢？

冬香消失在了浴室中，房间里只剩下菊治自己，他轻轻叹了口气。

冬香有孩子，菊治是知道的。而且他知道有一个或两个，其中一个孩子还很小。

但是，他没想到冬香有三个孩子，而且还有一个没上小学……

男人对自己喜欢的女人，总是抱有一厢情愿的梦想，而且是美好而纯情的梦想。

这时，突然知道了真实的情况，男人便会感觉失望。

当然，关于孩子的事情，冬香并没有隐瞒。如果菊治问她，她也会告诉他，只不过菊治没问她罢了。说实话，虽然菊治怕知道，但既然两人已结为连理之交，他觉得有必要知道，才问出口的。可是，现在知道了真实情况后，菊治还是受了些刺激。

"不过……"菊治凝视着黑暗，思考着。

像冬香这样的好女人，有丈夫，然后有了孩子也是很自然的。尽管现在大城市里不想生孩子的女性越来越多，但冬香不是那样的女人。她肯定是一切唯丈夫是从，结果，不知不觉中就生出了三个孩子来。

也许就是这么简单。

总而言之，冬香没有罪。就连使用"罪"这个字眼本身都不对。女人到了三十五岁左右，有三个孩子再正常不过了。

自己却因此心情沮丧……

不管怎么说，冬香有丈夫，还有三个孩子，这是千真万确的，但不等于因此自己就不能爱她了，这件事并不能构成爱的障碍。

然而，如果让菊治说句心里话，还是觉得有些遗憾。

冬香为什么不在遇见自己之前一直独身呢？为什么要生孩子呢？

可是，事到如今说这些也不可能使时光倒流。

只能说，菊治现在爱上一个女人，可碰巧这个女人有丈夫，还有孩子。

“再怎么说，也不可能回到过去了。”菊治一边自言自语着，一边想着素未谋面的冬香的丈夫。

当然了，对于冬香的丈夫，以前菊治也不是没有想过。

他是一个怎样的男人？干的是什么工作？不用说，他肯定比菊治小十岁以上。他现在还爱冬香吗？还是他们之间的感情已经消磨掉了呢？

自从知道冬香已经结婚，以上这些问题，一直在菊治的心头萦绕不去。

但是，自从被冬香所吸引，开始考虑和她约会之后，菊治就决定不去想她丈夫了。

想又能怎么样？不如干脆不想，更有利于精神健康。尽管菊治自以为已经想开了，可是一旦知道了冬香的家庭情况，又介意起她丈夫来了。

刚才躺在菊治怀抱里的冬香，无论是那雪白柔软的皮肤、微微张开的嘴唇，还是那灼热的私处，全都曾经被她丈夫抚摸，任由其施爱过，最终生出三个孩子来。

菊治越想越难受，越憋气，他赶紧打消这些怪念头。

自己想这么多也太过分了。冬香的丈夫怎样抚摸她、怎样爱她，那是因为冬香原本就是他的妻子。作为偷了人家妻子的男人，却羡慕被偷的男人，本身就很可笑。菊治忽然想起了“一盗，二婢，三妾”这句俗话。

自古以来，谈到最让男人兴奋的性爱，排在首位的就是和别人的妻子偷情。其次是婢女，即跟伺候自己的女佣或丫鬟做爱。排在第三位的，也就是和所谓的妾发生关系了。

由此说来，位居首位的还是夺人之妻，所以，单凭这一点自己就该知足了。

菊治又想起还在浴室中的冬香。

刚刚和自己交合的男人，竟然琢磨起了这些事情，冬香是万万想不到的，是令她不愉快的事。

不管怎么说，两人的恋情才刚刚开始。在起步之初，虽说知道了对方有三个孩子，也不必如此在乎，这样未免太自私了。

菊治再一次告诫自己时，浴室的门开了，冬香出来了。

这时，她已在白色吊带外面穿上了驼色外套，下面穿着同色的裙子。

“你还在休息吗？”

被冬香一问，菊治只好起身下床。

他穿着浴衣走到窗边，打开了窗帘，窗外的光亮顿时射了进来。

两个人进屋时还在下的小雨，现在差不多已经停了，正午的阳光透过层云照射下来。

菊治在明亮的窗前，重新打量起冬香来。只见她额前一绺刘海儿，淡淡地涂了一层口红，这样出去，没有人会看得出她刚刚结束了一次酣畅淋漓的交合。

“几点了……”

菊治看了看表，差十分十二点。

“应该还有一点时间吧。”菊治自言自语着，叫冬香到窗前来。

“你看，被雨水冲刷过的京都街道多干净啊。”

冬香顺从地走到菊治身旁，俯视着京都街景。

阳光从笼罩着东山一带山谷的云层中透露出来，所到之处，覆盖在山脊上的红叶被映照得红彤彤一片。

“那些客人一定特别高兴吧。”冬香好像说的是来房间时，在电梯上遇到的那群观光客。

“我们可不高兴啊。”

“为什么……”冬香不解地回过头来。菊治把手搭在她的肩头，柔声地说：“我想和你在这雨后的街上散步啊。”

菊治揽过冬香的肩膀，冬香静静地倚靠着菊治。看着她雪白的脖子，菊治又想把她拥入怀里。

“我不想放你回去。”

菊治冲着窗户低声道。冬香低下头，说：“对不起。”

这句话冬香已不知说了多少遍，菊治再抱怨的话，冬香说不定真的会崩溃。

“你还会跟我见面吧？”

“会的……”

听到冬香小声却很坚定的回答，菊治终于同意放她走了。

“我还会再来的。”

“您真的会来吗？”

“当然。”

冬香羞涩地拢着头发，菊治开始跟她吻别。

两个人正接吻的时候，电话铃突然响了。冬香怯怯地放开了菊治的嘴唇。

这个时间会是什么人打来的呢？菊治拿起了床边的电话。

“我是前台。请问，您的房间需要办理延时吗？”

退房时间应该是十一点，已经超了快一个小时了。

菊治回头看了一眼冬香，答道：“不用了……马上就退房。”

再有五六分钟就可以离开房间了，现在退房的话，也许不用付加时费。菊治放下电话，问冬香：“等我一会儿好吗？我和你一起走。”

见冬香点头，菊治赶忙脱下浴衣，换上自己的衣服。

然后他走进浴室，在镜子前照了一下，胡子虽然长了一点儿，但还用不着刮。

菊治用湿毛巾在脸上胡乱擦了两把，便走出了浴室。

“让你久等了。”

“这么快就完了？”

因为菊治太神速了，冬香忍不住笑了。

“完了。”

菊治又看了一遍房间，确认没有落下东西后，一只手拿皮包，另一只手轻轻拍了一下冬香的臀部，说道：“走吧。”

从房间出来，只见清洁车仍然停在走廊上，却没看见清扫员。

两人从清洁车旁边走过，进了电梯。

幸好电梯里一个人也没有。二人手拉着手，走出电梯，来到饭店的前厅。

已经过了中午，双方第一次见面的咖啡吧和前厅里熙熙攘攘的。

在这种地方，两个人太亲密的话，很惹人注意。

快走出前厅时，菊治站住了，对冬香说："再见……"冬香点了点头。

两个人互相对视了一会儿，然后冬香轻轻鞠了个躬，消失在人群中。

在菊治眼中，冬香背影苗条，脚步轻盈，他甚至可以看到她的大腿内侧。

她的背影虽然很窈窕，但走路时有些内八字。

菊治突然间想起了风盆舞的舞姿，并反刍起了被冬香炽热的私处紧紧包裹时的销魂感觉。

望着人群中冬香的身影消失在下行扶梯上时，菊治叹了一口气。

冬香到底还是回家去了……

虽然一开始菊治就知道他们只有短暂的时间约会，可一旦到了离别之际，却突然感到寂寞了。

一瞬间，菊治产生了去追冬香的冲动，但竭力忍住了。

"没法子……"

菊治喃喃自语着，忽然想起还没退房。

不抓紧时间退房的话，可能会按延时计算房费。菊治慌忙返回前台，说了自己的房号，交出了钥匙后，前台的男服务生问他是否喝了房间里的饮料，菊治说没有，于是对方把账单递了过来。

光房费就要三万日元，加上税金等应该是三万日元多一点儿，好像没有要求他交延时费。

菊治放了心，用信用卡结完账，朝下行扶梯走去。

下面的时间做什么呢？正午刚过了一会儿。外边已是雨过天晴，今天也没什么事情要办。

很久没在京都街头或东山一带悠闲地漫步了，要不要去转转呢？菊治思考了一下，还是决定直接回东京。

独自在京都的街道上散步，总有种难以言说的空虚。与其这样，倒不如仅仅把和冬香有关的美好回忆珍藏在心里，返回东京为好。

和冬香一起欣赏了雨后的京都美景，仅此菊治已经心满意足了。

他乘下行扶梯来到车站大厅，查到十分钟后新干线“光号”将发车，就买了张车票。

站在这里,他再一次朝刚才和冬香待过的房间方向看了一眼,朝月台走去。

平常日子，中午车厢里很空。菊治坐在靠窗的位置，望着晚秋时节的京都街道逐渐远去，切实感到早上的幽会已经结束了。

早上七点从东京出来，中午刚过又马不停蹄地赶回东京，尽管菊治为自己这样疲于奔命地约会颇感荒唐，但也独自予以认可。

不管怎么说，自己已经和冬香深深地结为一体了，这种满足感还倦怠而真实地残留在自己的身体里。

# 黑发

进入十二月后，年关又临近了。

每年一听到“师走[1]”这个词，菊治就会想到一首俳句——

“去年今年紧相连，犹如木棒贯其间。”

这是高滨虚子[2]的俳句，大意是从去年到今年，人们将思考决断很多事情，以为这两年之间有一个断层。其实，与年关无关，两年之间是由一条坚实而粗壮的木棒一般的线贯穿在一起的。

虚子不愧是人生的达人，只有像他这般直面人生的人，才能咏出如此表现生之气魄的佳句。

“去年今年……”

菊治不自觉地说出声来，突然想到，对自己来说，贯穿去年和今年的人生主线又是什么呢？

菊治的脑海里浮现不出譬如生活信念或目标之类的东西来。

相比之下，他更希求有朝一日能够重塑过去的辉煌。渴望创作出一部能

---

1　日本旧时对阴历十二月的别称。日本统一采用阳历后，对阳历的十二月也保留了这一别称。

2　高滨虚子(1874—1959)：日本著名俳人、小说家。对日本现代俳句发展有重要影响。

够得到人们认可和好评的作品，重返文坛。

“我就是这么个凡人……”

菊治对于只能产生这些庸俗念头的自己，不禁报以苦笑，但这确实是自己的真实心声。

现在是时候了，该抛弃这种根本实现不了的梦想了。但同时还有另一个自己在嘀咕，自己到底能不能真的放弃呢？

“可是……”菊治转念一想，从现在到明年年初，自己的人生说不定会有所变化的。邂逅冬香，萌生了新的恋情，使他预感到会发生某种改变。即使在创作上没有什么起色，但是和冬香的恋情或许会给他带来新的东西。

这么一想，菊治不由得心情激荡，他又给冬香发了一封短信：“虽然刚刚和你分别，又想要见到你了。”

菊治诉说了自己的相思之苦后，冬香立刻给他回了短信：“听到您这些话，就感到特别高兴。”

冬香这种实在劲儿真惹人爱，菊治还想继续发短信，可是已经过了深夜十二点了。

这个时间给冬香发短信合适吗？会不会被她丈夫发现呢？

这时，菊治忽然想起了另一个问题。

冬香和她丈夫晚上是怎么睡觉的？还有，冬香和她丈夫现在还有没有性关系呢？

当然，他们之间已经有三个孩子了，以前肯定发生过性关系。

但是，现在的情况是怎样的呢？菊治想象起冬香和丈夫晚上睡觉时的情形来。

冬香家好像住的是公寓，所以夫妻俩应该是在一个房间里睡觉吧。而且卧室应该不会很大，放不下两张床的。

那么，只能放一张双人床，那么夫妻俩是搂在一起睡觉了？

想到这儿，菊治摇了摇头。

可能的话，菊治真希望他们各睡一张床，甚至希望冬香和最小的孩子睡在别的房间里。

不管怎么说，一想到冬香躺在丈夫怀里睡觉，菊治就觉得无法忍受。

至少不希望她这样，冬香那温顺的性格，实在让菊治不能释怀。

如果丈夫向她求欢，冬香怎么拒绝得了呢？即使冬香请求丈夫说“今天就算了吧”，可是丈夫仍然有可能强行使她就范。

她那纤弱白皙的身体，便被压在了那个叫作丈夫的男人身子下面了。

菊治越想越难以自持，一个人喝起了闷酒。

“这种事是绝对不可能发生的。”

他们是已经结婚十多年的夫妻了，还有三个孩子，丈夫对妻子应该已经没有新鲜感了。

下班回家以后，多半是对妻子说一句“累死了”，就自己睡觉去了。

也许正因为丈夫这样，冬香才偷偷和自己约会，接纳自己的吧。

他们夫妻之间的关系已经很冷淡了。菊治希望是这样，但性生活却是另外一回事。

即便是这样的丈夫，也难保不会突然向冬香求欢的。

“省省吧，别再瞎想了。”

说实话，菊治爱上已婚女性，这还是第一次。已婚女性一般比较有节制，也不像独身女性麻烦事儿那么多。菊治就是出于这种想法，轻率地迈出这一步的，可现在看来完全不是那么回事。

正因为有家庭，才会有各种各样的麻烦事儿，会受到许多制约。这种思念的苦涩，只有爱上有夫之妇的男人才体会得到。

过了一个星期后的一天晚上，菊治和以前的同事中濑一起吃了个饭。

作为作家走红的时候，菊治辞掉了出版社的工作，而中濑一直留在出版社，现在是该出版社负责广告业务的董事。

曾经有一段时间，成了自由职业者的菊治风光无比，受到众人的追捧、收入很高，可是如今，中濑不论是收入还是社会地位都在菊治之上。

菊治走下坡路以后，帮他在周刊杂志谋到撰稿工作的也是中濑，在这一点上，虽然菊治觉得自己脸上无光，但中濑是他的老朋友，因此也是唯一能够说说心里话的人。

晚餐去的地方也是中濑经常光顾的银座的一家小餐馆，当然是中濑埋单，如果不是这种机会，菊治也很少到银座这种地方来。

“好久不见了。”

他们举起啤酒杯轻轻地碰了下，菊治刚夹起一块寒鰤鱼[1]刺身，中濑就一脸不可思议的样子问道：“看你样子怎么这么精神哪？”

“是吗……”菊治听了，摸着下巴说。

中濑毫不放松地追问：“最近是不是有什么好事啊？”

“好事嘛……”

菊治不置可否地回答之后，就把自己迷上了一个偶然经人介绍认识的已婚女性，并追到京都与其约会的事情告诉了中濑。

“到京都去约会，这可真是超远距离恋爱呀！”

“连我自己都吃惊。没想到这把年纪了，还会投入到这个地步。”

“是个美人吧？”

菊治告诉中濑对方今年三十六岁，还有孩子，中濑吃惊得瞪圆了眼睛，说：“老兄何必这把年纪还去招惹有夫之妇啊？独身的年轻女人有的是啊。”

“不一样的……”

要给没有见过冬香本人的中濑描绘她的可爱，很有难度。

“在我这个年纪，这么说虽然有些难为情，可是我很喜欢她。”

中濑无可奈何地叹了一口气，说：“说不准你能写出小说来呢。”

“小说？”

“记得你好像说过，如果经历一场轰轰烈烈的恋爱，可能会产生写作的激情。”

菊治记得自己说过这样的话，可是他没有自信说现在就能写出东西来。

把冬香的事告诉中濑，也是偶然的。因为中濑问到“最近是不是有什么好事啊”，菊治才忍不住告诉了他。

在这一点上，虽然菊治觉得自己做了件轻率的事，但心情却舒畅多了。

---

1　冬天最寒冷的时候捕获的鰤鱼，肉很肥美。

把埋藏在心底的秘密告诉亲近的朋友，就如同获得了恋爱许可证。

中濑并不赞成菊治这么做。一听说对方是已婚女性，中濑就显得有点儿失望，但中濑说的“说不准你能写出小说来呢”这句话，让菊治很高兴。

的确，如果把自己现在对冬香的思念当作动力，说不定能创造出新的小说来呢。

中濑说，男作家往往是在恋爱中写出好作品来的。恋爱的激情和创作欲望是相辅相成的。

“不过，女作家不一样。”

中濑的看法是，由于女性在热恋时，全部热情都投到了恋人身上，所以没有心思写作，反倒是在恋爱结束后，或者热度降下来之后，才会逐渐恢复创作。

“而且她们要经过多次反刍才行，就像反复舔舐伤口似的。”

这是长年在文艺部门工作，见识过各式各样作家的中濑得出的结论。果如其言的话，对菊治来说，现在正面临着一个重要转折期。

“反正，这种感觉我还是第一次。”菊治毫无掩饰地说道。

中濑听了，轻轻叹了一口气，揶揄道：“你还是心不老啊！”

“心不老？”

“是啊。一般到了咱们这个岁数，也就差不多收山了。”

说什么“咱们这个岁数”，其实才五十岁过半。

“可是，她是一个不错的女人啊……”

“问题就在这儿。”

中濑给自己和菊治的酒杯里倒满了酒，接着说道：“即使觉得是个不错的女人，也不该那么轻易出击。就算甜言蜜语地追求到了对方，终于顺利发展到约会，能不能发展到最后一步呢？就算发展到最后一步，你也会忧心忡忡地想，以后怎么办呢？”

“要是想那么多，就什么也不能做了呀。”

“人就是这么不断地想着‘不能做’‘不能做’，慢慢上了岁数的。”

没想到位居一流出版社的董事高职的中濑，思想这么守旧。也许正因为身居要位，想法才这么古板的吧。

“不过，也有逢场作戏的男人吧？”

中濑爽快地点了点头。

“我认识一个制造厂家的董事，他每天晚上都在外边喝酒，炫耀自己有三个女人。”

这样的男人肯定是有的。

“看起来，比起出版界的男人来，制造业的男人更有活力呀。”

“也许吧。”

中濑就像只是他自己在喝酒似的，脸红了起来。

“只不过，这种事其实是个毛病……”

“毛病？”

“对呀。一见到有点儿魅力的女人就想招惹。这不算是毛病吗？”

“那，我也是……”

追求冬香起因是，菊治是她曾经喜爱的一位作家，所以她对菊治尊敬在先。而这份尊敬让菊治感到很高兴，也就很快被她吸引了。

“喜欢上一个人的契机，也可能是微不足道的。”

“你说得有道理，可问题是那以后。被对方吸引之后，能不能继续发展下去……”

菊治从第一眼看到冬香的瞬间，就产生了触电的感觉。每次产生恋情时，菊治都有这种预感。

“关键是，到底是喜欢还是讨厌吧。”

“不仅如此。简单地说，我认为有恋爱体质这一说。”

“恋爱体质？”

“对，总是喜欢瞄着女人的男人，在死缠烂打地追求女人时，不会觉得有什么难堪。他们总能做得十分轻松自然。反之，一直压抑自己，不追逐女人的话，也就不想女人了，渐渐地养成了不追逐女人的习惯。这跟打高尔夫、玩麻将是一个道理。在一段时间里会特别痴迷，可是老不玩的话，也就不想玩了。”

虽说把谈恋爱和打高尔夫、打麻将等同起来，过于简单了些，不过这种情况也的确存在。

“不追逐女人的习惯啊……”菊治一边重复着，一边想，我可不想养成这种习惯。

加上从中濑那儿受到点儿刺激，第二天，菊治给冬香发了一条短信。

“虽说前几天刚刚见过面，可我又想见你了。最近有没有合适的时间？”

已经进入了十二月，冬香作为一个主妇可能会非常忙碌，不知她能不能见缝插针和自己约会。

菊治沉住气等待冬香的回音。第二天，冬香回了信：“我也非常想见到你。只是你老远来这边一趟，我只能是上次那个时间。”

对此菊治早就有心理准备。

“没关系。这次我头一天晚上去那儿等你。”

再次去京都的话，又要花上一笔开销，对菊治来说的确不轻松，可是眼下也没有其他办法。

无论如何，见到冬香就会产生新的喜悦和勇气。

“那么，下星期四怎么样？”

那天大学方面没有课，撰稿那边也没有事，一天都能自由支配。

可是，冬香的时间好像不太方便。

“对不起，下个星期三可以吗？”

星期二是把周刊杂志的采访记者提供的资料汇总成文章的日子，不过下午早点儿下班的话，也许还来得及。

“我知道了。那么，下个星期三，我在上次的饭店里等你。”

回复完短信后，菊治叹了口气。

自己真是陷入了一场要命的恋爱中了。东京和关西一东一西，而且对方还是不能自由支配时间的有家庭的女性。

中濑说需要具备恋爱体质，可是具备恋爱体质，并不等于能应对一切问题。

“归根结底，还是因为我喜欢冬香。”

只有这一点毋庸置疑，倘若被问及到底喜欢冬香什么，菊治自己也说不清楚。

冬香沉静的姿态，以及身体深处隐藏着的那种淫荡，尤其是看似柔弱，却韧性十足的风情，都让菊治为之心动。

“现在，我必须去看她。”

此刻,不知什么缘故,菊治心中充满了要把冬香救出苦海的骑士般的豪情。

仿佛察觉到了菊治打算再去一次京都似的,第二天,吉村由纪打来了电话：“今天晚上，可以找个地方，见个面吗？”

由于是周刊杂志交稿的日子，菊治回答，晚上九点左右才有空。由纪说：“那我就在常去的四谷那家‘索尔达’酒吧等你。”

菊治和由纪是两年前在新宿东口的一家酒吧认识的，之后开始了交往。

虽说由纪不怎么漂亮，但是她那双轻度斜视、焦点不定的眼睛相当迷人，于是，菊治追求了她。

当时，菊治把她当成小姑娘对待，可熟悉了之后，才发现由纪很有主意。

菊治知道由纪白天在一家 IT 方面的公司上班，晚上还为了补贴生活，每隔一天去酒吧打一次工。

和菊治交往的时候，由纪才二十七岁，现在已经二十九岁了，也就是说，已交往两年了。不过，从一开始，他们俩就没有恋爱中人的那种激情。

刚认识的时候，听说菊治是写小说的，由纪似乎还抱有好奇心，但没过多久，得知菊治不再写小说了，她对菊治的好奇心也就消失了。

不过，也许菊治的那种我行我素、不爱唠叨的性格，让由纪觉得很是轻松吧。或者是觉得由于菊治的年龄比她大，一旦发生了什么事情，还可以有个依靠吧，所以两人的关系一直不咸不淡地持续到现在。

当然，菊治也不打算和由纪分手。一个五十五岁的男人，有一个年龄相差二十岁以上的年轻女友，是一件值得庆幸的事情。再说，一个独身男人，没个女人在身边，也太寂寞了。

两人多少有那么点激情也不过是认识后半年左右，但很快就凉下来了，也不知是谁先开始的。

尽管没说出口，但菊治并不想跟她结婚。而由纪呢，也知道和这样的男人交往下去，不会有什么结果。对于可以预见的让人不安的将来，以及眼看就到三十岁的年纪，使得由纪心绪不宁。

反正早晚得分手。两个人都抱着这种预感，在彼此需要的时候，才见上一面。

由纪今晚好像也打算来过夜，菊治心里却隐隐感到痛楚。

现在，菊治还没有把自己的心已被冬香夺走之事告诉由纪，而冬香也不知道菊治身边有由纪这么个女人。

即便如此，今天晚上，由纪提出想在附近的酒吧见面，着实稀罕。

因为菊治早就把自己房间的钥匙给了由纪，所以她想见他时，直接来这儿就行了。事实上，由纪也曾经夜里很晚才来，第二天早上，直接去公司上班。

可是，她这次特意提出在酒吧等自己，是怎么回事呢？

最近由纪晚上好像不在酒吧打工了，难道说她忽然想去外边喝酒了？还是有什么特别的事情要谈？

菊治八点多把周刊杂志的稿件发出去后，就赶往四谷的酒吧。由纪已经到了，坐在柜台前。

身材苗条的由纪，穿着黑白格外套和白色牛仔裤，领口开得很大，双重项链在胸前闪闪放光。

今晚打算喝酒，她才打扮得这么漂亮的吗？

菊治轻轻抬了一下手，在由纪旁边一坐下，熟识的调酒师便问道："喝点儿什么？"由纪已经喝上了她喜欢的兑苏打水的波本，于是菊治也要了杯同样的酒。酒调好以后，他们轻轻碰了一下杯。

"辛苦了。"

由纪微微斜视的眼睛，在店里悬挂着的五颜六色的圣诞节灯饰的照射下，闪烁着熹微的光亮。

"好久不见了。"

菊治喝了一口，看了看四周。这时，妈妈桑走了过来，以埋怨的口吻说："怎么老看不见您呀，由纪小姐可是老来呢。"

菊治这段时间确实没怎么来，却没想到由纪常来。

"真的吗？"菊治扭头问由纪。由纪点点头，等妈妈桑离开后，她才说道：

“今天，我想跟你谈点儿事……”

“怎么啦，这么一本正经的？”

“我没跟你开玩笑，请认真听我说。”

由纪再次用反射着光亮的眼睛瞧着菊治。

“我想结婚了。”

“结婚……你吗？”

由纪静静地点点头，两手握着酒杯，答道：“我有个一直交往的男友。”

菊治想到过由纪可能还有别的男人。

两个人相差二十岁以上，即便和自己这样的男人交往，也不会有什么结果。由纪早晚会找个新的男人，离开菊治去构筑她自己的爱巢。

这是菊治早就预料到的，即使那个时候到来，也只能顺其自然。

但是，一旦由纪当面对自己说出来，菊治还是有点儿慌神。

“那么，对方是……”菊治极力假装镇静。由纪仿佛等着他这句问话似的点着头说：“是一个公司的同事，比我小一岁。不过，很早以前就跟我求过婚……”

由纪轻轻地捋了一下刘海儿。

“我不太喜欢年轻的男人，而且现在还不太想结婚，可是，乡下的父母总是絮絮叨叨地催我……”

菊治记得由纪曾经对他说过，比自己小的男人靠不住，不喜欢。还说自己也不急于结婚，不过，她最终还是被二十九岁这个年龄催赶着步入婚姻了。

“那么，打算什么时候结婚？”

“明年春天吧……”

现在是十二月，这就是说，还有三个月了。

“不过，白天的工作我还会继续的。不工作就没有饭吃，而且我也不喜欢当专职主妇。”

一瞬间，菊治想起了冬香的面容。

菊治一直沉默着，由纪的语气突然变得深情款款起来：“菊治先生对我一直很好。”

“那算什么。”

经济实力不足的菊治所能做的，只是给由纪一点儿零花钱，以及当她需要温存的时候，提供给她而已。

“所以，我想把这件事跟您正式说一下，以便得到您的理解。”

“虽说理解……”

也并非那么简单地可以接受的，但此时他也没有大声喊叫“不要离开我”的气力。

“对不起，我只顾着自己合适了。”

由纪突然从手袋里拿出菊治房间的钥匙，放到了吧台上，说：“这个，还给您。”

既没有结婚的打算，也不曾热恋过的一对情侣，一直拖拖拉拉地交往着，也没多大意思。由纪出于这种考虑，决定和自己分手也是合情合理的。

仔细一想，现在正是分手的时候。

可是，一看到扔在吧台上的钥匙，菊治突然间觉得寂寞起来。

和由纪交往了有两年多，并没有激情燃烧过。仅仅是那种半死不活的、彼此想见面时就见上一面的关系。

尽管如此，一想到两年的岁月，只还了把钥匙就算落了幕，菊治不禁感到某种空虚和失落。

“那么，以后咱们就见不了面了吧？”

“怎么会呢？什么时候都可以见面呀，还可以像今天晚上这样喝酒啊。”

对此，菊治也没什么异议。

“只是不能像过去那样，一起睡觉或在您那儿过夜了，因为我结婚了，没办法呀。”

菊治一边听，一边想着冬香。

冬香虽然已经结婚了，却跟自己这个男人有了关系，还约好明天继续偷偷见面。

“那把钥匙，您还是先收起来吧，扔在那儿不好……”

于是，菊治把钥匙塞进了裤兜里。

“这意思就是，得以某种形式做个了断啦。”

不错，从由纪的角度来说，也许确实需要做个了断。她大概是觉得，不毅然决然地在某个地方划上一条界线，自己就不能继续前进吧。

话说回来，女人就是比男人潇洒。菊治妻子也是这样，分手之际她们都是毅然决然、态度明朗的。

菊治叹了口气。由纪低声道：“对您来说，这也是件好事吧？”

“好事？”

“您现在有喜欢的女人吧？”

被一语道中的菊治抬起头来，见由纪恶作剧般地嬉笑着，说道：“我感觉到了。所以，现在分手，对咱们俩都是时候啊。”

星期二晚上，菊治乘坐晚上九点多的最后一班新干线“希望号”前往京都。

到达时间是晚上十一点半。反正到饭店后，只剩下休息了，太早去也没有必要。

菊治坐在靠窗的座位上，眺望着渐行渐远的灯光璀璨的街市，想起了由纪。

在这万家灯火中的某个地方，由纪说不定正和她的结婚对象享受着二人世界呢。

他们俩也许正在什么地方喝酒吧？要不就是在唱卡拉 OK？或者已经上床了吧？

虽说此时的菊治并不打算再去追赶从自己眼前消失的女人，可是一想到这个曾经像猫一样顺从自己的女人，此刻正与别的男人肌肤相亲，他还是觉得不太自在。

一想到她修长的肢体、丰满的臀部，正在被一个年轻男人爱抚着，菊治就像是丢失了一件贵重的东西似的。

说心里话，菊治对由纪的身体并不怎么迷恋。她确实年轻，皮肤很有弹性，但至关重要的性交，却不能够让他感觉满足。

当然菊治也做过一定的努力。但是，不知是由纪原本对做爱没有什么兴趣呢，还是有些性冷淡，即便是云雨之时，她也不怎么兴奋，而菊治自然也感觉不到使对方达到高潮的那种愉悦。

“可见这种事并不是越年轻越好。”

于是乎菊治又想起了冬香。

虽说冬香比由纪年长，又有孩子，但是她的身体里蕴含着可以向未来拓展的可能性。虽然菊治还没有把冬香完全摸透，但从性爱的充实感来说，冬香比由纪要深邃丰富得多。

“如果由纪觉得年轻男人好的话，随她去好了。”

望着渐渐消失在黑夜中的灯光，菊治带着不无惋惜的口吻喃喃自语。

到达京都的时间是十一点三十分，很准时。

菊治一出车站就直接去了饭店，在前台办理了入住手续。

这次他还是一咬牙，要了朝向北面的套间。一进入房间，他先走到窗边，眺望外面的风景。

已经快十二点了，站前广场的灯光有些稀疏，漫漫长夜才刚刚开始。

菊治眺望了一会儿窗外的夜景之后，去浴室冲了个澡。然后穿上睡衣，喝起了啤酒。他本想告诉冬香自己刚刚到京都，无奈时间已晚，只好作罢。

菊治无事可干，关了灯，躺在床上看电视，可又没什么可看的，睡觉时已经一点多了。

不知睡了多久，快天亮时，菊治做了一个梦。

也不知道是在饭店的大厅里，还是在车站的检票口，反正人来人往的。隔着人群，冬香正面朝菊治这边站着。

菊治一看见冬香，便朝她招手，示意“我在这边”，可是冬香只是习惯性地捋了一下额前的刘海儿，没有应答。就在菊治穿过人群，朝她走过去时，冬香忽然不见了，菊治要去追赶，却被人流阻挡着，追不上冬香。

从这个怪异的梦境中醒来后，菊治出了一身虚汗，唯有没能见到冬香的落寞在脑海中萦绕不去。

菊治看了一下枕边的时钟，刚刚六点，外面还没大亮。

难道说因为今天要跟冬香约会，精神太紧张了，才做了那么个怪梦吗？

菊治突然想起了什么，从枕边拿出手机查看，并没有显示来电或短信。

什么信息都没有，就说明一切正常。菊治这么告诉自己，又闭上了眼睛，却怎么也睡不着，只好起身朝窗外望去。东山一带已开始泛白，隐约可以看到比叡山的轮廓。

离冬香到达的时间还有三个小时。

已经和冬香约好了，她今天直接到房间来，所以她肯定会先按门铃的。菊治一打开房门，冬香就会站在面前。

菊治想象着与冬香重逢时的情景，打起盹来。

突然门铃响了，一看表，正好九点二十分。

菊治立刻翻身下床，整理好浴衣前襟，站在了门口。

他先换了口气，然后拉开门把手，只见冬香就站在眼前。

一见到菊治，冬香像往常那样微微一笑，垂下眼帘。菊治对羞涩和喜悦参半的冬香点点头，招手道："请进……"冬香刚一走进房间，菊治就关上门，一把抱住了她。

冬香能来真是太好了。毫无疑问，今天她也是一大早就急匆匆赶来的。一想到这儿，菊治顿生爱意，寻找到冬香的嘴唇，紧紧地贴了上去。

亲吻着微微仰着脸的冬香时，菊治感到她的脸颊冰凉。外面大概很冷吧，菊治将自己的脸贴在她的脸颊上。

已经不需要顾忌任何人了。一边这样相拥着，菊治一边把冬香拽进了房间里面。刚走到床边，两个人就一起倒在了床上。

冬香似乎没有想到菊治会立刻求欢似的，慌忙想要坐起来，菊治从上面压住她，耳语道："真想你……"

从昨天晚上一直熬到现在，菊治已经亢奋起来了。

"今天，我来帮你脱吧。"

菊治对着冬香的耳朵轻柔诉说。也许是觉得酥痒，冬香缩起脖颈。

菊治不予理睬，伸手去脱她的上衣，冬香小声说："请等一下，我自己脱……"

冬香的意思大概是，她想自己脱衣服，不让菊治乱来吧。既然这样，就顺着她好了。菊治放开了她之后，冬香一只手摁着乱发，另一只手把衣领合拢，坐了起来。

“请把窗帘拉好吧，太亮了。”

清早菊治向窗边眺望过,所以窗帘中间还有一条缝。菊治把窗帘拉严实后，冬香在壁柜前开始脱衣服。

她会脱到什么程度呢？这次该不会在吊带衬裙外面穿浴衣了吧。

菊治边猜想边在床上等着时，冬香轻轻走到床边来。她只穿一件白色吊带裙，双手掩在胸前，慢腾腾地靠过来。

冬香果然自己把衣服脱了。

既然这样，菊治也不用再勉强她，可以对她绅士一些了。

“进来吧……”

菊治掀起毛毯的一角来，冬香磨磨蹭蹭地钻了进去。

就在冬香从腰部到四肢，全身都进了毯子的时候，菊治一把将她搂在了怀里。

他们已经不像第一次时那么紧张了。两个人已经紧密结合过的安心感，不仅使菊治，也使冬香的心情舒缓下来了。

互相拥抱着对方，感受了彼此的体温、呼吸后，菊治松开了手臂，再度朝冬香胸部看去。

还是白色吊带裙最适合冬香。菊治将有着刺绣的吊带裙前胸轻轻往下一拉，便看见了两道微微凹陷的锁骨。

菊治喜欢偏瘦的女人胸前锁骨下面的小窝窝。

他的手沿着冬香的肩上滑下去，抚摩着脖子下面的窝窝时，只觉得自己已经捕捉到了这个女人全部的心。

他的手再慢慢绕回冬香的脖颈，她怕痒似的扭过脸去。

然后，菊治开始转变攻击方向，将右手慢慢伸向她的两腿之间。

不出他所料，冬香在吊带裙下面还穿了条内裤，这可是违约的行为。

菊治刚想脱掉她的内裤，突然改了主意，只将手指从内裤底下悄悄伸了进去。

既然她不脱内裤，那就这么折磨她吧。

冬香轻轻扭动着身体，菊治依然故我地进攻那可爱的地方。

被菊治从意想不到的方向攻了进来，冬香显得很惊慌，菊治却不加理睬地开始了攻击。

他只用中指轻柔地、似触非触地、轻柔而缓慢地在那里来回游动着。

曾经被这样爱抚过一次，冬香应该还记得当时的感觉。

不用着急。只是不断地重复手指的移动，等待冬香燃烧起来就可以了。

菊治一边压抑着自己的亢奋，突然想出了一个残忍的计划。

他的攻击要一直持续到冬香主动喊出“脱掉吧……”为止。

在菊治手指的缓慢而有力度的持续攻击下，冬香终于忍受不住了。

她的面部表情扭曲着，喘息渐渐急促起来，终于忍不住叫出声来。

“快点……”

她大概是想说“你快来”吧。菊治却明知故问：“你要什么？”

昏暗中菊治看见冬香慢慢地摇晃着头。

菊治仍然我行我素，用中指集中攻击其敏感部位时，冬香再次发出呻吟：“快一点……”

这回她的声音比刚才更加尖锐，身体微微颤抖着。

面对这样焦躁难耐的冬香，菊治再次问道：“你想要吗？”

“想……”冬香终于回答了这么一声。

菊治继续追问：“你想要什么？”

这个问题实在让冬香开不了口,但是显而易见,冬香此刻已经欲火熊熊了。

早知道会受这份罪，一开始就老老实实地脱干净多好。

菊治装作很不情愿地脱去了冬香的内裤，很容易就脱了下来，随手把她的吊带裙也一下子脱掉了。

全裸的冬香像大虾一样立刻蜷缩起来，想要遮掩身体，可是，能够遮挡她那雪白肉体的衣物已经没有了。

现在着急也晚了。

菊治欠起上身，想要让缩成一团的冬香慢慢回到仰卧的姿势。

可是冬香很不配合，经过一番小小的搏斗，她才终于屈服了，仰面朝上地躺在那里。

现在，冬香已是一丝不挂。

冬香那害羞得紧闭着双眼的面庞，微微张着的双唇，因突然被暴露而不知所措的两个乳房，还有从胸部到腰间的动人曲线，守护着双腿之间私处的一簇阴翳，所有这一切都是那么生机勃勃地酝酿出了女人的气味。

“太美了……”

在此以前，菊治一直是追求年轻女性，而冬香的肉体与她们截然不同，充溢着成熟女人的美丽和娇艳。

菊治再也控制不住了。

面对着把身体全部暴露在自己眼前的女人，菊治怎么能不将她拥入怀中呢？

但是，此时菊治仍旧拼命压抑着自己的欲求，将自己的上身压在了冬香的身体上。

然后他从上往下，再从下往上地慢慢移动着自己的身体，使之与冬香丰满的胸部和腹部的洼陷以及下腹部摩擦。

这样往返了数次之后，随着两人的肌肤渐渐融洽起来，冬香似乎做好了迎接菊治进入的准备。

但菊治还是不急不躁，拿起冬香脑袋旁边的一个枕头，从侧面塞进她的腰底下。

冬香不知菊治想干什么，忽然感觉不安起来，挺直了身体。

菊治并不理会，继续塞枕头，就在冬香下半身微微挺起时，菊治分开冬香的双腿，缓慢地进入了冬香的体内。

“啊……”从冬香微微翘起的嘴里发出一声呻吟，这是两人已结合在一起的信号。

菊治继续深入了一步，从上面抱住了冬香的整个身子，冬香也伸出双手搂住了菊治的肩膀。

两个人现在真正合为一体了。不论是胸部还是腹部，以及性器官都毫无间隙地融合了。

记得上次也是这样，冬香温暖的私处紧紧地包裹着自己的局部，使得菊治十分吃惊，不明白那里怎么会柔韧到这般程度。

为回应这温暖的包裹，菊治慢慢启动了。

他双手紧紧抱住冬香的上身，尽量使自己的腰部降低，然后，从后往前、从下往上地朝着被枕头高高垫起的那可爱之所冲击。

这是迄今为止，菊治和其他女人交媾获得的经验。

在匀速地重复这个动作的过程中，女人的器官会衔接得越来越紧密，逐渐燃烧起来。

此刻，冬香也燃烧起来了，开始主动配合菊治的频率了。

她的呼吸越来越急促，自己摇动着腰身，两只胳膊像蜘蛛一样缠住了菊治的脖子。

女性开始积极配合了，没有比这种感觉更让男人欣喜万分的了。

现在，两个人的下身严丝合缝地贴在一起，菊治的上身也被冬香的胳膊缠绕着紧贴在一起。

这就是所谓一心同体，两个人的全身如同一根纽带般重合在了一起。

到了这个地步，已经没有必要诉说“喜欢你”或“我爱你”之类了。

紧密结合在一起的身体本身,已经超越了任何语言,相互倾诉着彼此的爱。

沉醉在这充实感中，菊治突然想看一看冬香的表情。

在这个瞬间，冬香会是什么表情呢？在触摸女性的同时，视觉的刺激，能更加煽起男人的亢奋。

在好奇心的驱使下，菊治一点点地抬起了上身。

他先把冬香缠绕在自己脖子上的手指一根根掰开,然后直起了上身,这时,冬香“啊”地叫了一声。

因菊治抬起了上半身，腰部下压，于是乎，冬香好像是受到了不同以往的刺激。

菊治因此获得了自信，他双手撑着床，加速了从下往上进攻的腰部运动，冬香的喘息也加快了。

菊治的眼睛已经习惯了黑暗，即便在昏暗的房间中，他也能清楚地看见冬香朝上仰起的脸。

冬香那微微仰着下巴的雪白的小脸上面，头发披散着，犹如被无数根黑发吊着似的。

光看这些，好像是冬香经受着折磨似的，其实她那看似因不堪忍受而闭着的眼睛里却流露出甜蜜，微微张开的双唇也似乎充满了欲求，她的脸随着震动左右晃着。

“冬香……”菊治忍不住叫道。

菊治曾经和多个女性发生过关系，但是能够像冬香这样结合得这么紧密，这样顺从而又淫荡的女人，他还是初次遇到。

刚说出“喜欢你”，菊治便慌忙停下了动作。

再继续下去的话，自己就坚持不住了。

就像被干涸的沙漠吸干了水分一样，冬香的身体似乎不知不觉地在吞噬男人的精气。

其实，菊治的心情也在剧烈摇摆之中。

他既渴望现在痛快淋漓地释放，又想就这样紧密地结合着。

男性在释放出来时，会获得狂喜般的快感，也立刻会被突如其来的丧失感攫住，那犹如从高台阶上掉到地面般的坠落感，也使他们身心萎缩起来。

眼下，菊治正处于即将登顶的一步之遥，好容易才控制住自己，正犹豫是否应该登上顶峰。

攀上顶峰很容易，但是，菊治还想在到达那巅峰前多停留一刻，再多欣赏一会儿冬香那迷乱的样子。

冬香也正在一步步登上顶峰。

如果自己就此冲上峰顶的话，冬香能和自己同时上去吗？也许她还需要一会儿时间？可能的话，菊治希望两人同时达到高潮。

“再说了……”菊治在亢奋中思考着。

如果现在就登顶的话，一切就都结束了。

那一瞬间，确实会感受到全身颤抖的快乐，但是，之后热度会迅速减退的。

菊治觉得这样未免太可惜。

如果自己还年轻的话，可以再度挑战一番，可是以现在这个年龄，菊治觉得心里没底，不知道能不能做到。

就在即将到达巅峰前的一刹那，自己难道真的停不下来吗？菊治想要在这种快乐与忍耐交错的兴奋感觉之中沉迷不醒。

“好容易才……”菊治脑海里突然回到了现实世界。

自己特意赶到京都的饭店来，在饭店订了房间，费了这么多工夫，现在就登顶的话，也太不值了。

“冬香……”菊治一边呢喃着，一边再次将自己的脸贴近冬香的胸前。“我还想，就这样待一会儿……”菊治想这么说，嘴唇刚一接近冬香的耳垂，她马上缩起了脖子。

看来冬香的耳朵特别怕痒。上次，菊治无意中碰到冬香的耳朵时，她也是浑身一哆嗦，把脸扭开了。

于是，菊治想要逗一逗她。

他紧紧地抱住了冬香的肩膀直到脖颈，使她动弹不得，然后去吻冬香的耳垂。“哎呀……”冬香发出一声尖叫，使劲左右摇晃脑袋。

菊治的嘴唇一接近她的耳朵，她就拼命逃避，菊治仍穷追不舍，冬香拼命地摇着头，叫唤起来：“不要……”

起初，菊治只是想逗逗她，可是一看见冬香那痛苦至极的样子，便再次进行挑衅。就这样，在反复折磨中，双方都逐渐进入了某种施虐和被虐相交错的奇妙感觉之中。

然而，这种恶作剧也不会持续很久。

“不要，不要。”冬香一边反弓起身体，一边哀求，“求求你了，停下来……”

到了这个程度，菊治也只能罢手了。

他无可奈何地放弃了攻击，抬起上身来，看见冬香昏厥了似的不停地喘着粗气。也许是自己的恶作剧有点儿过头了吧？

菊治觉得，在他的调教下，冬香的身体愈加敏感多情了。

可是，面对这么美妙的女人，现在就释放出来，结束一切，实在太可惜。菊治想要换个形式再享受享受。好容易才品尝到的美味，现在一下子吃光，未免太不上算了。

他终于找回了理性，看了一下床边的表，十点半了。

离冬香回去还有不少时间，菊治轻轻地抽出了自己的物件。

虽说挺可惜的，但菊治还是狠狠心撤出了冬香的身体，冬香不禁叫起来："别呀……"

大概是因为菊治冷不丁一撤出，冬香吃了一惊吧。她的声音里夹杂着轻微的失望和不满。

这么好色的冬香真是够可爱的，菊治平躺在床上，双手把冬香抱进了怀中。

"现在，还不能放你走。"

刚才是正面交合的，这次菊治打算从侧面进入。

正因为时间有限，菊治才想尝试各种各样的姿势。

两个人都没有说话，静静地躺了片刻，菊治重新开始了行动。

他放松了胳膊，将右手慢慢伸向冬香的私处。

那里刚刚被侵入过一次了，所以依然温热而湿润。

感觉爱抚得差不多了，菊治便分开冬香的双腿，从侧面慢慢进入。

由于和上次的程序一样，冬香似乎已经习惯了，自己挺起腰部配合着菊治，两个人再次紧紧地结合了。

看来走过一次的路，冬香就能牢牢地把它记住。

女人几乎是仰面朝上，男人躺在她的右边，从侧面进入她的胯下。

就像"剪刀"形一样，呈现出一个相互交叉的死角，像菊治这样年龄的男性，采用这种体位是最容易结合的，身体的负担也最少。

而且这种体位的话，菊治的局部可以直接贴住冬香私处最敏感的地方。只要他愿意的话，还可以随时抚摸到冬香的乳房，以及从腋下到腰间的曲线。

由于刚才从正面被攻击过一次了，冬香的身体很快就燃烧了起来，当冬香再次发出那种哭泣般的呻吟时，菊治也渐渐燃烧起来了。

可是，这回冬香能否顺利攀上峰顶呢?

现在，菊治独自上去很容易，只要他不努力压抑自己，加大马力奔跑起来的话，转瞬间就能够跳进那欢快的旋涡里去。

但是，他希望冬香也和自己同时得到满足。

菊治之所以这样想，不知是由于五十五岁这个年龄的关系，还是太爱冬香的缘故，总之，菊治觉得只是自己一个人上去的话，太没劲了。

既然两人一起爬到这么高的地方来，菊治想要看着冬香欢喜而迷醉的样子，和她一起攀上顶峰。

现在，菊治从为冬香服务的心态出发，一边动作着，一边从侧面偷偷地窥视她。

此时两个人的身体都是“V”字形状，所以冬香的上半身看得很清楚。

冬香的脸微微仰起，高耸的双乳伴随着菊治的动作左右摇晃。和着这个节奏，她的喘息声也不断增强。

冬香也有了感觉，就差最后一搏了。

菊治先放慢下来，然后再加快速度。

可能是这种节奏的变化，给冬香带来了新的刺激，她不停叫喊着“啊”“不行了”。

冬香的叫声反过来又使菊治受到了刺激，他的动作更加猛烈了，冬香大叫起来：“停下……”

冬香拼命摇晃着脑袋央求菊治，连同她那散乱的黑发也跟着晃动，让菊治感觉娇媚无比，他握住冬香的双手，一鼓作气，直达顶峰。

仔细想来，性爱和音乐有着某种相通之处。

这就像是演奏钢琴协奏曲，男人好比是管弦乐队，女人好比是钢琴，他们通过产生共鸣，交流感情，逐渐走向高潮。

比如拉赫玛尼诺夫[1]的《第三钢琴协奏曲》第三乐章，时而甘甜柔美，时而激情澎湃，像波浪涌动一样，一浪接一浪。

在那翻卷的波浪中漂浮的男女，逐渐开始朝着快乐的顶峰奔跑，在乐曲即将结束之前，一口气朝着顶峰攀登上去。

正如管弦乐队与钢琴的关系一样，它们相互依附，水乳交融，到达极限之时，突然响起高亢的小号，随之被推向了顶点，紧接着，又伴随着深邃的

1　拉赫玛尼诺夫(1873—1943)，生于俄罗斯。世界知名的古典音乐作曲家、钢琴家、指挥家。

定音鼓，被抛入了快乐的深渊。

现在，他们两人已经到达了峰顶，在说不清是梦幻还是现实的世界里飘浮着。

他们就像在那个掌声和喝彩声不断的音乐厅里，因终于获得的充实感而笑容满面的乐队指挥和钢琴师一样，在床上紧紧地依偎着。

鼓掌的时间很长，就如同他们在回味绵长的余韵，每当他们为回应观众的掌声而返场时，快感便会苏醒过来。如此反复多次之后，身心才会渐渐平静下来。

冬香的脸贴在菊治胸前，菊治轻轻地抚摸着她的黑发，一同感受着高潮过后的余温。

当令观众陶醉的音乐结束以后，音乐厅里便恢复了往日的静寂。

此时，菊治也慢慢抬起头，看了一下床边的时钟。

刚过十一点，还有点儿时间。菊治悄悄地对自己说着，再次搂住了冬香。

尽管到达峰顶后，感觉非常疲倦，但菊治还想再抚摸一会儿冬香柔软的皮肤。两个人互相依偎着，感受着对方的温暖，这时冬香小声说了句："对不起……"

菊治不明白冬香为什么道歉,正觉得奇怪,冬香喃喃道:"真不好意思……"

菊治觉得这样的冬香更让人心生爱怜，忍不住又亲吻起冬香来。

菊治真希望时间就停止在这一刻，可它却一分一秒地流逝着。

时间会不会停下来呢？冬香好像也在想着同样的问题，瞅了一眼时钟，菊治放开了冬香。

可是就这样分别的话，还是有些寂寞。两人都穿好衣服后，菊治轻声说："还有一点儿时间。"

菊治在靠窗边的椅子上坐下，又指了指对面的沙发，让冬香坐下。

回想起来，从冬香进入房间开始，菊治就立刻跟她接吻，然后把她带到了床上，所以直到现在两人才第一次这样相互对望。

"想喝点儿什么？"

"给我一杯水吧。"

冬香从冰箱里拿出一瓶水来，菊治也接了一杯水，放在桌子上。

“今天好像挺冷的……”

从窗户里虽然只能看到湛蓝的天空，但也能感受到空气中充斥的寒意。菊治问：“你回到家要多长时间？”

“三十分钟左右。”

菊治想起了介绍他们认识的鱼住祥子。

“祥子女士好吗？”

“她很好。昨天我们还见面了，她好像工作很忙……”

祥子曾经说过她现在从事的是和 IT 有关的工作。

“你们住得很近吧？”

“对，我们住在同一栋公寓里，她还跟我说起过，不知村尾老师现在怎么样了……”

突然听到对方称自己为老师，菊治有些慌乱。

“那么，咱们俩的事……”

“我当然什么也没跟她说，祥子很精明的。”

确实如此，祥子一直就非常能干，对别人的情况也总是了如指掌。

“她不会想到我们这么亲密吧？”

万一被祥子知道了，菊治倒没什么，对冬香来说，恐怕就非同小可了。

菊治鼓起勇气问道：“你先生干什么工作？”

冬香犹豫了一下，说：“他在制药方面的公司工作。”

这么说，冬香的丈夫也经常去大阪的修津町一带吧。

菊治正想着，冬香站起身来。

菊治知道她该回去了，可是，越是到了告别的时候，他就越想要重回二人世界。

菊治挡在拿着手袋的冬香面前问：“下次，什么时候能见面？”

“学校快要放假了，放假以后，就比较难了……”

“什么时候开始放假？”

“从二十三日开始。”冬香从手袋里取出记事本，说道，“放到明年一月十日。”

这么长时间见不了面，可受不了，菊治坚决地摇了摇头。

“那么，放假之前我再来一次……”

“那可不行呢！这么快……”

“谁让我想见你呀。你不想见我？”

“当然想见了，我比你更想。但是，这样的话，只能给你增加负担，真是抱歉……”

冬天的阳光透过白色窗帘照射进来，冬香轻轻地低了一下头。

望着她额头上的几绺秀发，菊治忍不住把她揽入怀中。

又一番接吻后，冬香小声说：“不过，孩子放寒假时，我有可能出来一次。”

“出来？去哪儿？”

“东京。”

“你能来东京？”

“从年底到新年期间，我要带孩子回娘家。这样的话，母亲会帮我照顾孩子的。”

冬香的意思是说，在这期间抽个空儿来东京见我吗？

“你的娘家，是在富山吧？”

“是的。我可以去东京吗？”

“当然了。你能住一晚吗？”

“只能住一个晚上……”

这么大胆的计划，冬香是从什么时候开始考虑的呢？她怎么跟母亲、孩子，还有她丈夫解释去东京干什么呢？

“这样太折腾了吧。你不用这么为难，我去看你好了。”

“没，没关系的。”

大概冬香有什么好主意吧？不管怎样，能这么千方百计想办法的女人越发惹人怜爱，同时让人感觉有点儿可怕。

再次接吻后，两个人一起走出房间，朝电梯间走去。

上次分手时，他们依依不舍的，菊治一直把冬香送到通向车站大厅的楼梯前。而今天，在房间里能够畅快地一诉心曲，所以这回他们只在电梯前道了声“再见”，对视着点点头，就告了别。

送走冬香之后，菊治去饭店前台退了房，然后上了十二点半的“希望号”。

今天和平日中午一样，车内也是空荡荡的。菊治在靠窗的座位上坐下来，眺望着逐渐远去的京都，嘀咕道：“这次又是哪儿也没去成。”

大老远来京都以后，就一直待在饭店里，不过，菊治也没有什么特别想去的地方。

倒是冬香说她要一个人来东京，更让菊治喜出望外。

从年底到新年期间的哪一天，冬香还没有确定，至少，这回两个人可以时间宽裕地缠绵一晚上了。看来，有希望享受一次优雅的约会，与前两次那样来去匆匆的幽会肯定是迥然不同的。那么，晚上让冬香住在哪儿好呢？

在饭店订个房间固然可以，不过，请冬香到自己千驮谷的住所来也可以。虽说自己家里没有饭店那么漂亮，却可以让冬香了解一下自己的生活状况。

“再说了……”冬香来东京的话，在花费上也可以节省不少，菊治想。

这次来京都也花了七八万日元，这么两次，已经花出去快十五万日元了。

对于月收入四五十万日元，还要付房租的菊治来说，可是一笔不小的花销，好在他还有些积蓄。

当年，菊治的小说大卖的时候，有近一亿日元的年收入，还在二子玉川买了套公寓，可是，和妻子分居后，菊治从家里搬出来的时候，把公寓给了妻子。其他的存款，也都随用随花，到现在只剩下七百万日元了。

说实话，作为一个没有退休金的自由撰稿人，这点儿储蓄本来就让人担忧，可是，去京都的费用也要从里面支取。

虽然菊治也想过，把这点可怜的存款用在这种事上合适吗？但是这次恋爱太难得了。菊治不想美其名曰什么“最后的恋爱”，然而，为了这次恋爱，纵然失去一切，他也不在乎。

# 蓬莱

虽说岁月更新，但菊治的生活并没有什么特别的变化。

和形同陌路的妻子也不用见面，来看望他的人，就剩下唯一的儿子了。

“听说我妈年底要和朋友一起去夏威夷呢。”儿子向他通报。

“是吗……”菊治只是点了点头，连问都懒得再问什么。

菊治已经习惯了独身生活，而且又住在靠近市中心的、生活方便的地方，即便是新年期间，生活上也没什么问题。

当然，一个人过除夕难免觉得寂寞，但他现在也已经习惯了。

菊治没心情看什么红白歌战，比起看电视来更让他感兴趣的，是可以不必顾忌任何人，优哉游哉地看几本平时想看的书。或者和棋友们痛快淋漓地下两盘大学时就爱好的围棋，看两场错过的电影。

而且，从年末到元月期间，很多在酒吧和夜店工作的女孩子们仍待在东京，不回家乡。不知是和家里闹别扭了，还是有什么不能回去的理由。菊治觉得和这样的女孩儿无拘无束地吃吃饭、喝喝酒也蛮不错。

当其他人享受一家团聚的天伦之乐的时候，一个人在城市里生活的孤独感，使得菊治和那些女孩儿亲近起来。他和由纪就是这样好上的。

总而言之，菊治已经习惯只身一人过年了，但今年显然与往年不同。

因为他和冬香之间萌生了新的恋情。何止是萌生，已经燃烧成熊熊火焰了。

大概是这个原因，元旦一大早，菊治去了附近的明治神宫祈愿。

他首先祈祷和冬香之间的爱情更加顺心如意，长长久久。还祈祷今年能够创作出新的小说，并能够出版。

菊治的祈愿，只有这两个。

其中，和冬香的恋爱，毫无疑问已经迈出了新的一步。

新年第一天，菊治就收到了冬香发来的短信，在“恭贺新春！今年也请多多关照”的套话之后，一清二楚地写着：“二日晚上，我从富山去你那儿。”

冬香娘家在富山。冬香说她将于二日晚上，从富山坐飞机到羽田机场，也就是说，她要在那天傍晚从娘家出来。

在上一条短信里，冬香说她三十日回富山，然后在富山住上三天。那么在这期间，三个孩子，还有她丈夫也和她在一起吧。

难道说冬香丈夫的老家也在富山吗？离冬香家很近吗？假设是这样的话，全家人是去冬香的婆家过除夕，从新年开始，再回冬香娘家吧？

冬香一定是在娘家住一晚上，二日下午，自己一个人来东京。

菊治这么猜想着，不过，冬香还真是不简单，居然能见缝插针，抽出时间来。

冬香是假称去东京看朋友呢，还是编出别的理由说服家人呢？

无论是什么理由，冬香都是欺瞒了婆家和娘家父母才出来的。

从某种意义上说，冬香能够自由支配的日子，一年当中也只有这一天吧。

一年到头，冬香都被拴在丈夫和孩子身边，所以，她想自由一天，家人也无可奈何吧。

于是，冬香就趁这个千载难逢的机会，跑到东京来见他。

可见冬香也很爱我。这也是每次在京都见面时，菊治都能感受到的。菊治还感受到，随着约会次数的增加，冬香的激情也一点点燃烧起来了。

只是，被束缚在家庭里的女性，时间上很受限制。尽管这样，冬香却勇敢地来东京见他，她的勇气让菊治为之感动。

猛一看，冬香不怎么引人注目，是一个极为普通的柔弱女人。谁能想到，这样一个女人的内心，竟是如此坚强而大胆。

“明天，你能来吗？”

菊治还是有些担心，元旦的晚上给冬香发了封短信，不一会儿她就回了信：“一想到还有一天就可以见到你了，便心神不宁起来，既不安又兴奋。”

菊治想象着冬香在大雪漫天的乡下大宅子里睡觉时的样子。

即使接到冬香这封短信，菊治还是不能放心。

冬香真的能来吗？会不会因为孩子得了感冒，或者丈夫突然有事，不能来了呢？就算出了家门，会不会因为大雪取消航班呢？

从除夕到元旦，菊治一直担心着这件事，睡不好觉。

然而，并没有发生什么变化。二日早晨冬香发来了短信：“这边虽然很冷，天气却是晴朗，我按原计划去东京，请多关照。”

冬香只是在三年前来过一次东京，对东京很不熟悉。

菊治怕冬香不认识路，早早出了家门，去羽田机场接她。

飞机是晚上六点到达，菊治提前三十分钟就到了机场，在机场的咖啡厅里喝了半个小时咖啡，一到时间，他就准时走到写着“见面广场”的柱子前面等候。

菊治仰头一看对面的显示屏，飞机刚刚到达。

再过十分钟，冬香就会从正前方的玻璃门里走出来了。

菊治屏住呼吸等着，一群新到达航班的乘客走了出来。所有人都穿着大衣、围着围巾，一看就知道是从寒冷的地方来的。

菊治全神贯注地在人群中搜寻着冬香的身影，终于在一大家子人后面，发现了一个穿驼色大衣的女性。

“是冬香……”

菊治一眼就认出来了。冬香个子不高，被走在她前面的男人遮挡着，忽隐忽现的，略显苍白的脸正朝他这边扫视着。

“我在这儿。”菊治朝她挥了挥手，冬香看见他，灿烂地笑了，小跑着过来了。

她从旅客身边钻过来，走到菊治面前。

“太好了……”

冬香果然来了。菊治心中一阵狂喜，刚想跟她拥抱，又慌忙把伸出的手缩了回来。

在这种地方搂搂抱抱太惹眼了。于是，他紧紧握住了冬香的手，低声说："辛苦你了……"

冬香也紧紧地握住菊治的手。

为了千里迢迢来到东京的冬香，菊治也奢侈了一回，从机场打了一辆出租车。

已经晚上六点多了，菊治考虑在哪儿吃晚餐，最后还是决定先回他的住处再说。

"真没想到，咱们能在新年见面啊。"

"我也是，这个决心真是下对了。"

冬香这次来东京，跟自己的父母是怎么说的呢？菊治很想问问她，但是现在他更想沉浸在相逢的喜悦中。

在出租车里，两人一直握着对方的手。出租车在外苑下了首都高速公路，朝着菊治公寓所在的千驮谷驶去。

"我的房间很小……"

"马上就去你那儿，可以吗？"

菊治曾经告诉过冬香，他一个人住，但冬香好像还是有些不安。

"放心吧，绝对没有别人来。"

菊治又紧紧地握了一下冬香的手，这时，车停在了一栋公寓前。

菊治住在这栋五层公寓的第三层，虽然只有一个客厅兼书房和一间卧室，但对他一个人来说足够大了。

"你就是在这儿工作的吗？"

冬香好奇地看着书房里靠窗户摆放的桌子和书架问道，然后朝里面的卧室走去。

"你的行李先放在这儿吧。"

虽说只是住一夜，冬香也带了要换的衣服吧，菊治这么想着，把冬香的大包放在角落里，然后一把抱住了冬香。

“你能来，我太高兴了。谢谢了。我真喜欢你，我爱你。”

所有这些话，都包含在长长的亲吻之中，松开冬香后，菊治深深地换了口气。

“才七点半……”

从现在开始，两个人有很长时间可以待在一起。

“你明天中午走就没问题吧？”

“是的……”

该怎么安排这些时间呢？首先去吃晚餐，晚餐之后的漫漫长夜里，菊治想要通宵达旦地和冬香做爱。

“今天晚上，我得好好折腾折腾你。”

菊治刚这么一说，冬香就摇着头，轻声道：“就让我一直躺在你身边吧。”

无论怎样，也要先去吃饭。

今晚这么难得，菊治想带冬香去一家像样的餐厅，可是不凑巧，正值新年期间，菊治所熟悉的餐馆全都关门。

那就干脆去饭店吃好了。想到这儿，菊治给新宿都厅附近的一家大饭店的餐厅打电话预约了座位。

“那家是法国菜，你爱吃吗？”

“不用去那么高级的地方……”

冬香推辞着，菊治依然叫了出租车去那家饭店。

“我没穿什么好衣服，真难为情。”

冬香今天在浅色毛衣外边套了一件象牙色外套，还罕见地穿了一条百褶裙。

“很漂亮啊……”

冬香的发梢朝上卷着，根本看不出来已经是三个孩子的母亲了。

由于是元月二日，饭店里顾客盈门，许多是一家人一起来吃饭的。位于顶层的餐厅里，悬挂着喜庆的新年装饰，气氛优雅而华贵。

服务生把他们领到了中间靠窗的桌子前。

“真美啊……”冬香看着旁边落地窗下面一眼望不到边的东京夜景，吃惊地瞪大了眼睛。

“对面是银座一带，右边那座高楼是六本木大厦，那片黑黢黢、静悄悄的地方大概是皇居吧。”

菊治对冬香一一说明的时候，服务生拿来了菜单，菊治又破例点了两万日元一份的套餐。

开始就餐前，二人用香槟干杯。

“新年快乐……还有，为了我们之间的爱情……”

菊治压低声音，说了后一句话，冬香哧哧地笑了，跟他碰了杯。

“香槟的酒劲儿不是很大吗？”

“这算什么，待会儿还上红酒呢。”

“我酒量不行。”

和冬香喝酒，还真是头一回。

“没关系，吃完饭就回去休息了。”

不管怎么说，今天晚上，冬香住在自己的公寓里不回去。这种安心感使菊治的心已然躁动、亢奋起来。

其实，菊治不太喜欢吃法国菜。比较起来，他更喜欢意大利菜，或是烤肉，但是，有机会能和冬香两个人，在这样的浪漫情调中一起吃饭，他感到十分满足。

冬香似乎也和他一样，不住口地感叹着：“真好吃啊！”还歪着头问服务生：“这是什么做的？”一边听着服务生的说明一边点头。

干了香槟后，上了红酒，当服务生给高脚杯中倒入红酒时，冬香担心地说：“我真的会醉的。”

“喝吧，喝吧，我会照顾你的。”

菊治想象着把烂醉如泥的冬香的衣服都脱光，抱到床上去的景象，也别有一种乐趣。

“可是，我会睡着的。”

“我在旁边陪你睡呀。”

菊治一边跟冬香调侃，一边想问问她娘家和家里人的情况。

可是，如果现在问的话，也许会影响这温馨的气氛。菊治想了想，决定先从一些无关紧要的事情问起。

“富山那边，积雪了吗？”

“雪从年底一直下到元旦，不过，街上只积了薄薄的一层雪……”

这么说，冬香是冒着雪来的了。

“你娘家是在富山市吗？”

“在富山市偏南，靠近山的地方。”

如此说来，离跳风盆舞的八尾应该不远吧。

菊治又喝了一口红酒，随口问道：

“你先生家也在富山？”

“是啊……”

冬香回答得很干脆，这说明他们可能是从小就认识吧。

“那么，你的孩子们还在你娘家那边……”

“他们明天回家。”

所以，冬香明天也回高槻去，和他们会合吧。

菊治觉得自己打听得有点儿多了，不过，由此可知，冬香的丈夫还一无所知，带着孩子们返回高槻的家，等妻子回来团聚吧。

想到这儿，菊治突然觉得冬香真是个坏女人，而冬香此时正脸颊泛着红晕，眺望着东京的夜景。

元月里和别人的妻子一起品尝美味佳肴，欣赏美丽夜景，菊治不但不觉得有犯罪感，心情还越来越兴奋。

两人沉浸在幸福无比的时光里。吃完法国大餐时，已经过了九点。

菜肴当然十分可口，但红酒几乎是菊治一个人喝的，因而有些醉意。

“我们现在就回家吧？”

菊治这样问冬香，但立刻又改口说：“对了，咱们去参拜神社吧。”

正赶上新年，所以菊治想和冬香一起去参拜神社。

“真的吗？”冬香高兴地点点头。

菊治叫了出租车，朝山王的日枝神社驶去。

这个神社不算太远，而且祭祀的是江户的总氏神[1]，是个自古以来一直香火旺盛的神社。

只是神社建在半山上，要爬石阶上去，两人手牵着手爬了上去，并肩站在人影稀疏的神社里，向神明祈祷。

“今年希望和冬香的恋爱越来越顺利，同时希望身体健康，写作有所成就……”

菊治在心中说了两遍，然后拜了一拜，抬起头来，冬香还垂着头在祈祷。

菊治偷偷从侧面一看，冬香双手合十的祈祷姿态真挚而可爱。

等了一会儿，冬香仰起脸来，发觉菊治在看她，羞赧地笑了笑。

“你祈祷什么了？”

“这是秘密。自己祈祷什么，对别人一说，不就不灵了吗？”

“是吗……”

菊治有些怀疑，但冬香对这种说法深信不疑，很符合她的性格。

“好了，今年没问题了。”

他们再次手牵着手走下石阶，坐进了等着的出租车。

“去千驮谷。”菊治心情昂奋地对司机说道。

回公寓后，两个人就剩下上床休息这件事了，而且一直睡到明天早上也不会被人打扰。

冬香说：“谢谢你！”

菊治不明白冬香为什么道谢，扭头看着她，冬香继续说：“这么美好的新年，我还是第一次过。”

冬香的意思是说，和自己一起过年，比和丈夫、孩子们一起过年更幸福吧。

两个人参拜完神社，回到菊治的公寓时已经快十二点了。

今天傍晚，冬香从富山飞到羽田，紧接着又去吃晚餐，然后去神社，一直没休息，一定累了。

“你现在就上床休息好了。”

---

1 即最高的神。

菊治打开空调，正要带冬香去卧室，“请等一下。”冬香说，“我可以借用一下浴室吗？”

“当然可以，在这边。”

因这套房子面积狭小，一进门右边就是浴室。菊治把冬香领到浴室，她低了下头，关上了浴室门。

不管多累，女人睡前也必须要卸妆、沐浴等。

菊治换上了T恤衫和短裤，走进卧室把室内温度调高到25摄氏度。

虽是双人床，但两个人睡并不富余，床头并排放着两个枕头，床上铺了毯子和被子。菊治又拉上窗帘，把床头的台灯调暗，一切准备就绪，冬香什么时候进来都没有问题。

但是，冬香还在浴室里没有出来。

她刚才说马上就出来，却待了这么半天，在里面干什么呢？菊治正坐在床边等着，隐约听到响了一声来电彩铃，马上就停了。

菊治循声找去，好像是放在角落的冬香包里的手机发出的。

菊治不知道是电话还是短信，大概是什么人打来的。

会不会是冬香的丈夫打来的呢？

“不会吧……”菊治摇头的时候，冬香穿着毛衣和裙子出来了。

“刚才你的手机好像有声音。”

冬香点了下头，打开包拿出手机看了一眼，马上若无其事地合上了手机。

“没事吧？”

“没事。”

冬香爽快地回答，显得不怎么在意。

菊治放下心来，刚说出“咱们休息吧”，冬香已经在床尾开始脱裙子了。

菊治静静等了一会儿，冬香像往常那样，穿着吊带裙上了床。

菊治掀起被子一角，等冬香一钻进来，就一把搂住了她。

两个人见面后已经过去五个多小时了，这期间菊治一直压抑着拥抱冬香的欲望，所以拥抱得更紧了。

冬香似乎也习惯了菊治的拥抱。她主动贴紧他，仰起脸去迎接菊治的热吻。

浮现在幽暗的台灯映照下的冬香，表情异常平静，仿佛准备把自己的一切都交给菊治。

“我喜欢你……”

此时此刻，菊治确定无疑地拥有了冬香。至少在这个瞬间，菊治从与冬香相伴多年的丈夫身旁，把她夺了过来。

在长时间地热吻之后，菊治在冬香的耳畔嗫嚅：“今天晚上，是咱们的‘姬始’啊。”

冬香一下子没明白菊治的意思，露出迷惑不解的表情，菊治继续对她说道：“男人和女人在新的一年里，第一次发生关系，就叫作‘姬始’……”

听菊治这么一解释，冬香觉得难为情，用额头抵在菊治的胸口，好像在说“讨厌”似的。菊治依然宣布：“因为是新年的头一次，我要来点新鲜的。”

“……”

“你可不许反抗啊。”

说到这儿，菊治松开抱着冬香的双臂，去吻冬香的乳房。

菊治从乳房四周吻起，直到用舌头裹住已经挺起来的乳头。同时，他的右手慢慢地伸向隐秘之所，温柔地探入其中。

今天时间有的是，不必像往常那样匆忙。这一安心感，使菊治比往日更加缓慢地爱抚着，冬香有了反应，开始喘息起来。

但是，今晚的爱抚，绝不会止步于这个程度。

“快一点……”冬香发出了呻吟，身体扭动着，想要菊治快点进入阵地，菊治却突然直起上身来，扭头朝着冬香的可爱之所凑过去。

对菊治这一突如其来的动作，冬香显得很吃惊。

她的娇声呻吟突然停了，抬起头来，脸上露出迷惑的神情，好像还没有察觉到菊治的真正目的。

菊治当然没有说话，他的头继续从冬香的胸部滑到腹部，接近她双腿之间的时候，冬香似乎终于明白了他的意图。

“干什么呀……”

事到如今，冬香再怎么惊慌失措也晚了，菊治的嘴唇已经抵达了目的地。

他用双手把冬香扭转过去的下半身翻过来时，冬香叫着“不要”。

难道冬香没有过这种体验吗？如果是这样，菊治就更想让她尝尝这个滋味了。

菊治强行将嘴唇凑近冬香的胯下时，她使劲夹紧双腿，菊治奋力分开她的腿，冬香却将身体扭转过去，就这样反复多次后，冬香突然放弃了反抗。

也许是知道反抗也没用了吧？抓住这一空隙，菊治的头迅速探进她的双腿之间。

这就是菊治刚才宣布的“要来点新鲜的”爱的新尝试。

看起来，人的肉体要比心灵诚实多了。随着菊治温柔地移动舌尖，冬香的敏感之处，像一朵鲜花般一点点绽放了。

“不行了，请停下吧……”冬香还在拼命地叫唤着，但她的身体已经燃烧起来了。

冬香不停地哀求“快停下”，然而，菊治的舌尖就像一个无情的行刑者，冬香越是哀求，它越是准确地攻击她的花蕾，不久便迎来了最后的瞬间。

“不行了……”就在叫喊的同时，冬香的身体像被电击了般一阵痉挛，挺起身来，菊治被掀到了一边。

此刻，熊熊火舌仿佛舔遍了冬香的全身。

冬香微微侧身一动不动地卧在床上，宛如被海浪冲上岸边的海藻。

菊治从瘫软的冬香背后靠近她，要去抱她，她却使劲摇头。

冬香是因为受到毫无精神准备的袭击而生气了呢，还是对自己身体的变化感到惊讶呢？

“感觉舒服吗？”

菊治不管冬香怎么想，故意这样问道。冬香扭过身去，似乎在告诉他，这叫我怎么回答呢？

菊治觉得冬香这个样子太可爱了，硬把她揽入怀中，忽然发觉自己的下半身正蠢蠢欲动。

早在刚才菊治对冬香突然袭击的时候，它就昂奋起来了，现在，已经变得非常威猛了。

“对不起了……”

菊治一边说着，右手再次伸向冬香的双腿之间。

即便他堂而皇之地从冬香的腰部抚摸到腹部，再深入繁茂的草地，冬香也不再抵抗了。何止不抵抗，她正期待着和菊治的结合呢。

如果只在入口处游戏一番就偃旗息鼓的话，等于是半途而废。

菊治给自己找了个正当的借口，将手指深入了进去，正如他想象的那样，那里面仍余温未尽，非常湿润。

差不多该进行“姬始”了，但开始之前，菊治还想确认一件事：“就这样进去，行吗？”

上次行事，菊治是事后才确认的，这次还是事先确认为好。幸亏上次冬香很痛快地回答“没事”，菊治才得以立刻获得了满足。要是到了欲罢不能的时候，再遭到拒绝，可就太难受了。

“没事吗？”菊治再次问道。

“是。”冬香小声回答。

说不定，冬香知道是在安全期里吧。菊治猜测的时候，冬香说：“我已经采取了措施……”

她的意思是说，为了避免怀孕，她已经上了环或服了避孕药吧。

菊治一边感激这么细致体贴的冬香，一边闯进了期待已久的快乐的沼泽地。

从现在起，开始了菊治所渴望的真正意义上的“姬始”。虽然他还带着醉意，但是，在元月之夜，能够这么从容地和冬香做爱，让他欢喜非常。

“我想要你……”

菊治倾诉了心中欲望后，躺到冬香身旁，把她搂紧，使两人从上身到腰间都紧密贴在一起，冬香也主动地轻轻挺起腰部迎接他进入。

“啊……”菊治忍不住叫出了声，冬香的身体里如火如荼，所有的褶皱波浪般翻卷而来。

真是个好女人哪。男人们总是喜欢以长得漂亮、身材迷人等来评价女性，其实不然，在这些表象下面，没有比女性那韵味深邃的花蕾更能够让男人销魂摄魄、流连忘返的了。

这是菊治第一次和冬香交媾时就感受到的。随着做爱次数的增加，这种感受日益深刻了。

"你太棒了。"

菊治一边赞叹着，一边从下往上，再由上往下地反复地摩擦那敏感部位。

冬香也随着他的韵律不停地发出种种娇吟或甘甜的叹息。

此时此刻，冬香就是一把意大利名家史塔第发利制造的小提琴，菊治则是充满爱情的演奏者，名手与名器紧密相交，发出共鸣，朝着最后的顶峰一步一步地向上攀登。

菊治所有的感觉都集中到了一个点上，冬香也自动挺起了身体，仿佛不想放走从这个点向全身蔓延开来的充满魔力的快乐。

就这样，冬香的下体宛如一具贡献给逸乐之神的牺牲般突起，当菊治淫欲的利剑刺穿它的瞬间，冬香全身剧烈地颤抖起来。

"啊……"

这是从云端被推下地狱深渊的女人的呼喊，男人也被这个坠落下去的仙女诱惑着，从天上坠入万劫不复的地狱。

此刻，菊治可以断定，冬香达到了高潮。

当然，两个人前两次做爱的时候，以及刚才菊治亲吻冬香敏感之处的时候，也都有过类似的感觉。

不过，这一次冬香的表现和那几次完全不同。

烈焰从冬香最为隐秘的一点瞬间燃遍全身，她的整个身体如同一团通红的火球，剧烈燃烧起来，这叫作"高潮"，通俗的说法是"上去了"。

冬香此时正沉浸在只有她本人才能感受到的、被驱赶到愉悦顶点的快感之中，整个身体如同熔化进了快乐的旋涡中一般。

这种快感越强烈，越深邃，其余韵也就越长久。

冬香就这样气息奄奄地静静地趴在床上一动不动，菊治靠上前，轻声问道："上去了吧？"

听起来像是在问她，其实并不是。菊治眼见冬香达到了恍惚之境，他只是想把这个事实告诉她，和她共同分享这份快乐。

“太棒了……”

菊治又说了一句，冬香却不吭气。

然而，冬香不回答，才证明了她已被快乐之神所召唤。

“你真美……”

菊治轻轻抱起趴在床上的冬香，把她翻过来，用力拥入怀里。

冬香的长发触到菊治的脸上痒痒的，菊治将自己的脸更加贴近了她。

高潮无疑是只有女性才能感受得到的最高快感，和自己交合的女性能够获得这样的快乐，作为男人也会为之感动。

也可以说，只有让女性得到满足，男人拼命地做爱才有意义。

到了菊治这个年龄，对于只发泄自己的欲望，已没有多大兴趣了。如果只图这个，自慰也可以达到目的，还可以和妓女去做。

然而，既然爱上一个女人，男人就希望和她共同到达快乐的顶峰。这才是爱与被爱的极致。

而现在，冬香和自己就实实在在地到达了顶峰。

“感觉好不好？”菊治追问。

冬香眼神迷蒙地喃喃道：“这种感觉，我还是第一次……”

菊治不由得点了点头。

冬香说的第一次的意思，是说她从来没达到过这样的高潮吗？

果真是这样的话，就没有比这更让他高兴的了。自己在冬香的身体里，点燃了叫作高潮的通红的火焰。

于是，菊治以轻松的口吻问她：“真的是第一次吗？”

“是……”

冬香总是这么坦率，让菊治非常喜欢，他把冬香耳边的乱发拢到她耳后，说：“我也是第一次。”

“……”

“没想到这么完美……”

男人虽然感受不到女性所能达到的那种高潮，但是菊治却在冬香火热的身上体味到了超出以往任何一个女性给予他的强烈快感。

“我绝不让你离开我。”

菊治搂紧了冬香，紧贴着她散发着激情余热的肌肤时，又冒出了一个新的疑问。

冬香拥有这么出色的身体，为什么从来都没有获得过满足感呢？不用说，她和丈夫之间也应该有过很多次性爱了。

然而，直到现在，冬香却不曾达到过高潮，让人匪夷所思。

“那个……”菊治犹犹豫豫地试探着问，“我想问个不该问的，你和他之间，肯定有过关系吧？”

“当然。”冬香的声音小得几乎听不见。

“那个时候……”菊治觉得问这个太露骨了，但还是问了出来，“你难道没有感觉吗？”

冬香闭着眼睛点了点头。

“可是，有三个孩子了呀。”

“那个，只不过是有了……”

“只不过是？”

“对不起。”

冬香并没有什么可道歉的，倒是“只不过是有了”这句话让菊治觉得难受。

冬香想说的是，只要性交就能生出孩子，可是，在那种时候，冬香并没有得到过让她满足的爱吧。

仔细想想，生儿育女其实比想象的要容易。

菊治一边抚摸着冬香的肌肤一边思考。

仅仅想要个孩子的话，男人和女人只要发生性关系就有可能。当然，男女双方的身体要健全。这样的夫妻婚后只要不断地做爱，自然就会怀上孩子。即使不是夫妻，只要是相爱的男女，极端地说，即便是被人强奸，也有怀孕的可能。

在这方面，并不需要高深的学问或技术。男人和女人只要顺从本能，进行交媾，就能生出孩子来。

可是，同样是做爱，女性要达到那种绝顶的高潮，却不是那么轻而易举的事。

虽说是顺从爱的本能，但前提是需要具有喜欢对方的激情。而且，为引导对方达到高潮，男性的温存爱抚、持久力以及做爱技巧等缺一不可。同样，女性自身也要对那情爱世界怀有憧憬，一心渴望沉溺其中，心无旁骛才行。

归根结底，生育是人的本能，高潮却是文化。

菊治觉得自己想出的这句话挺可笑，竟嘿嘿嘿笑了出来，冬香好奇地问："你笑什么呢？"

"没什么……"

自己心里想的这些无须对冬香说。只是，冬香已经从一个单纯的生育世界向着性感高潮这一文化世界迈进了一步。这使菊治感到高兴，而引导冬香到达这一境界的正是自己，这就更让他高兴了。

"我绝对忘不了……"菊治半是对自己，半是对冬香说道。

菊治希望冬香不会忘记在这里获得的快感，也希望她不要忘记他为此作出的贡献。

这爱的高潮是两人共同在对方身体里打下的烙印，所以，想要忘却也是忘不了的。

比起头脑来，身体的记忆要牢固得多。

菊治的脑海中突然浮现出了"开拓者"这个词。

如果冬香真的是第一次登上性快感的顶峰，那么自己起到的作用恐怕就是"开拓者"了。

以前冬香的身体，用个不太好听的比喻，就是一块未经开垦的荒凉的土地。尽管储藏着各种各样的可能性，却没有经过能工巧匠的雕琢，一直沉眠未醒。

是菊治首先动手开发这块荒地。他凭着压倒一切的爱、执着不懈的追求、好色精到的性爱技巧，经过奋力打拼，终于使这片荒野萌发新芽，含苞待放。最终绽放出了令人难以置信的大朵玫瑰。

自己所做的，不正是和那些让荒地变成沃野，进而变成现代化大城市的开拓者一样吗？

或许，所有女性的这片“大地”上，都蕴藏着发芽开花的可能性。只要有适合她的垦荒者充满热情和爱情来开发，所有荒芜的土地都会变成一片绿油油的良田沃野。

可以说女人的身体里，没有不毛之地！

但是，并非所有的土地都能够有幸遇到合适的开拓者。看起来很有能力的男人，也未必能使花儿绽放。

实际上，菊治自己和妻子的结合就是虎头蛇尾，至于由纪小姐，就连花蕾都没有结出来。

只有在冬香这块土地上，他才成功地培育出了盛开的花朵。

为什么会有这样的差异呢？也许和爱情的深浅、技巧的高低以及土壤的不同有关。原因能找出很多来，但除了这些之外，两个人是否合拍也很重要。

总之，菊治觉得和冬香很协调，而冬香似乎也觉得和菊治很协调。菊治对于能够确认这一点，感到非常满足，小声对冬香说：“差不多，该睡了……”

冬香轻轻地点点头，贴近了菊治。

窗外的月光明亮而清冷。在元月二日夜晚，两个人第一次在东京紧紧地相拥而眠。

早上七点，菊治醒了。

应该说是被尿憋醒的。他上了趟厕所回来后，看见冬香还在沉睡，突然又想要和她亲热了。

要是在往常，菊治还会接着睡，可是冬香说她今天中午要回去。虽说离中午还有相当一段时间，但这么睡觉的话，一刻千金的幽会岂不是太可惜了吗？

无论如何，还要再跟冬香亲热一次。

昨天夜里，两人搂抱着睡觉的时候，冬香只穿着吊带裙，可现在吊带裙里面穿上了内裤。她是什么时候穿的呢？菊治环顾四周，只见自己脱在床尾的衣服已叠得整整齐齐。

菊治记得昨晚二人几乎是同时睡觉的，难道说冬香又起来过，穿上了内裤，还把自己扔在地上的内衣叠好了吗?

他再一看,脱在门口的鞋子,也不知何时,鞋头一律齐刷刷地朝向门口了。

菊治想起已去世的母亲生前常对姐姐唠叨:"要鞋头朝前摆好。"不用猜,肯定也是冬香摆好的。

一定是治家严谨的母亲把冬香教育出来的吧。菊治对她做事一丝不苟的性格也很欣赏。而更让他着迷的是,如此端庄贤惠的女人,做爱时却是这般的疯狂迷乱。

相反,一个邋邋遢遢的女人,无论做爱时怎么疯狂,也引不起菊治一点儿兴趣。相比之下,平时看起来沉静利索的女人,做爱时痴狂才会让男人感到兴奋、着迷。

现在,冬香静静地睡着,安静得让人看不出她是否在呼吸。

而菊治的手却从她的臀部滑向侧腹部,再向丰满的胸前摸去时,冬香轻轻扭动着身体。

此时还是清晨,四周寂静无声。在这个时候,没有比抚摸昨晚颠鸾倒凤般放浪的女人的肌肤更幸福的事了。

冬香好像还在睡梦中。即使感觉到被人抚摸,意识上也未清醒。

当然,冬香还想睡的话,尽可以继续睡她的。

不过菊治想调戏一下沉睡中的美女。

要是亲吻她的乳头,也许会把她弄醒。菊治便悄悄地把手指伸向她的私处,慢慢地抚摸起来。

菊治并不打算把冬香弄醒。只是想看到冬香不断受到性的刺激,徐徐睁开眼睛,意识清醒的那一瞬间惊慌失措的样子。

此时,菊治已经完全醒了,他侧着身子一边爱抚,一边从冬香的肩头看到胸前,她的雪白肌肤是那么光滑柔软、晶莹剔透。

若是亲吻她的肌肤时,只轻轻一咬就会留下齿痕,甚至会变得青紫,好长时间都褪不掉。

冬香的丈夫要是看到这个咬痕……

想到这儿,菊治不由得产生了想要咬她一口的冲动。

这么做无异于自掘坟墓。菊治一边告诫自己，一边继续手指的游动。

冬香呢喃着："不要……"

菊治一把抱过冬香刚要背过去的身体，吻她的嘴唇，冬香总算意识到了情况异常。

她慢慢睁开睡眼，问："你做什么了？"

"没做什么呀……"菊治装出一副若无其事的样子，问候道，"早上好！"

"早上好！"冬香也面带微笑回应。

"你已经知道了？"

"知道什么？"

"我刚才抚摸这儿了。"

菊治把手放在冬香的私处，冬香摇晃着头，嚷着："讨厌……"

"可是，已经湿了。"菊治说着，起身压到了冬香上面，他双手搂住她，两人的胯下便紧紧贴在了一起。

这样拥抱了一会儿，菊治开始进入了，冬香也微微挺起腰来，刚刚睡醒后的清晨的性爱开始了。

虽然昨天晚上，菊治已经释放了，但今天早上又恢复了精神。

恢复得不算慢，这是由于搂着柔软的冬香睡得香甜呢，还是因为对方是个出色的女人呢？现在菊治和冬香再次结合，两人非常默契地启动了。

不过已经没有了昨晚的急躁。最重要的是，由于昨夜两人都达到了高潮，这一体验给他们增添了信心，赋予了他们共同品味快感的余裕。

此刻，菊治正凝视着眼前渐渐燃烧起来的冬香的表情。

透过窗帘照射进来的淡淡晨曦中，他看见冬香闭着眼睛，微微张着嘴唇，皱着眉头，像是在哭泣，忽而又显得十分痛苦，但仔细一看，却是在贪婪地享受快感。

在冬香那不绝于耳的低沉而娇嗔的喘息声诱惑下，菊治慢慢伏下上身，当两人的胸部贴到一起时，他对着冬香耳朵呢喃："冬香……"

昨晚，菊治陶醉于冬香私处的妖冶，今天他又为冬香迅速启动并主动配合的敏锐感觉而感动。

不管怎么说，男人喜欢迅速燃烧的女人。女人能够接受男人为她所做的一切，并立刻响应的这种率真让令人欢喜和怜爱。

“冬香……”菊治又叫了她一声，可冬香只回应“欸”。

可能的话，菊治希望冬香也叫他的名字。比如“菊治”什么的。虽然菊治觉得这么强求对方有些难为情，但他还是试探地说：“叫我，菊治……”

不知冬香是否明白，不停地喘息着，受到这一声音刺激而按捺不住的菊治，又叫了声“冬香”，只听冬香清晰地回应道“菊治……”

总算听到冬香这么叫自己了。从这个叫声中，菊治感受到了把一切交给自己的女人的甜美、温柔和信赖之深，他更使劲儿地抱住了冬香。

语言是爱情的润滑剂，一点儿不假。

他呼唤一声“冬香”，她回答一句“菊治”，这呼唤如回声般起伏交错，二人朝着峰顶开始加速了。

曾经驰骋过一次的道路，第二次就轻车熟路了。

现在，冬香正稳步地朝着峰顶迅跑，在她那欢悦的呻吟和拼命扭动腰身的引领下，菊治也跟随其后奔跑起来。

但是，菊治总觉得现在就直达峰顶着实可惜，可能的话，他想要多享受一会儿此刻的销魂感觉。

菊治趴在冬香身上，慢慢停下了动作，就像勒紧缰绳，让马儿停下来似的，用这个动作对她诉说：“再等一会儿……”

然而，冬香并没有停下来。此时此刻，反倒是冬香变得激情燃烧，沉溺于其中了。虽说挑衅的是男人，结果女人跑在了前头，变得贪婪无比。

当然，菊治不讨厌女人积极主动。正相反，他觉得这样的女人更加可爱，更让人欲罢不能。

但是男人的性是有限的。面对无边无际、越来越宽广的女人的性，即便挥动有限的越来越狭窄的性之刀，也没有胜算。

男人在冲上顶峰之前尚可一搏，然而，一旦达到顶峰，瘫软如泥之后，就和一具会呼吸的尸体没什么两样了。

菊治慢慢地踩刹了车，打算休息片刻。

“哎……”冬香立刻发出了不满的叫声，像是在埋怨菊治，“这个时候，你怎么回事？”

已经攀登到八合目[1]了，却被迫休息，确实够难受的。在这儿歇脚的话，又何苦千辛万苦地爬到这么高来？

“对不起……”

菊治没有说出声，只是轻轻地亲吻冬香，希望她能暂时忍耐一下。出于这样的心情，菊治从冬香的嘴唇吻到肩头，再吻到耳垂。

冬香哆嗦了一下，拼命地摇起头来。

菊治知道冬香最怕他碰这儿，所以不到万不得已，不会触碰它的，不过，既然犯了这个禁忌，就收不住了。

冬香如同再一次受到鞭打的马儿一般狂奔起来，菊治狼狈不堪地驾驭着。

然而，一旦母马“咴咴”嘶叫着开始狂奔，无论多么强悍的公马也控制不了她。

公马被狂奔的母马煽动着，母马紧紧吸住被煽动的公马，于是乎，两人同时发出震天动地的叫唤，飞速朝着快乐的死亡之谷俯冲下去。

男人和女人在这一瞬间坠落到了生与死的谷底。

谁知道女人的身体里潜藏着多少快乐啊！

冬香静静地趴在床上，好像在反刍刚才那惊心动魄的感受。

现在他们这么安静，简直让人难以置信，刚才两人曾经疯了似的一路狂奔，直达峰顶。

他们再一次沉入了漫长的静寂。

在外人看来，两人的姿势就好像因太贪恋欢悦而触怒神明，被抛到地上的罪人。

两个人静静地趴在那里，但是，从快乐之中先清醒过来的还是男人。

刚刚得到满足后的菊治，疲乏得连身都懒得翻，就这么趴着慢慢地回想起刚才的情景来。

---

1　登山用语。将山从登山口到山顶分为十段，山顶为十合目。

这次冬香也达到了顶峰，最后一瞬间，她确实喊出了“我上去了……”

上一次，菊治发出过同样的叫唤，冬香是被他带动的吧？反正，两个人一同叫唤，一同到达了高潮是绝对不会错的。

这次冬香终于体会到，那个时候为什么会情不自禁喊出声来了吧。

回想到这儿，菊治内心对冬香的怜爱之情复苏了，他轻轻搂过趴在床上的冬香，把毯子盖到她的肩上。

这会儿菊治没有力气紧紧拥抱她。不过，只要能触摸到沉浸在余韵之中的女人身体就足够了。

菊治温柔缓慢地抚摸着依偎在他胸前的冬香，从上往下，再由下往上，这样往返了几次之后，他把手放在了她那丰满的臀部上。

冬香的肌肤光滑如凝脂，柔软如绸缎。若是在明亮的灯照下，无疑是纯白无瑕的。

不可思议的是，只用手抚摸冬香的身体，菊治就能知道她的一切。

眼下的冬香，正在细细地回味着刚刚激烈燃烧着的、达到顶峰时的无与伦比的快乐。

抚摸她的身子就是一种治疗，血流和温暖感觉从自己的手传导到冬香全身。

抚摸着冬香柔软的肌肤，菊治又犯起困来。

菊治回身看了看表，七点五十分。

记得是早上七点醒来的，过去快一个小时了。

距离冬香回家还有四个多小时。菊治正琢磨着，冬香伏在他胸前低声道：“真不好意思……”

现在觉得不好意思也晚了。

菊治撩起她的额发，冬香问：“我可以起来吗？”

“你想去哪儿？”

“去浴室……”

听到她的回答，菊治松开搂着她的胳膊时，灵机一动：“泡个澡怎么样？”

冬香露出不解的神情，菊治发出邀请：“咱们一块儿泡个澡吧。”

冬香慢慢摇了摇头。

菊治当然没指望她立刻答应。

不过，说服女人也是男人的一种乐趣。

“我先进去等你……”

菊治很清楚，从昨晚到今天早上，冬香已经被侵入了两次，身上汗津津的，肯定想要泡澡。菊治也是去机场接冬香之前泡过澡，直到现在都没有洗澡了。

“一定来哟。”菊治叮嘱了一句，轻轻吻了一下冬香的额头，才下了床。

菊治先去浴室，往浴缸里放水。浴缸很小，不到五分钟水就满了。菊治泡进去后，喊了一声：“好了……”

喊了一次后，冬香没有过来，于是菊治又探出身体叫她。等了一会儿，冬香从浴室半开的门里探进头来。

“舒服极了，快进来吧……”菊治催促着。

“把灯关了，好吗？”冬香问道。

这么狭小的空间，一关灯就什么也看不见了。

不过，重要的是先让冬香进来。她进来后，再开一点儿门缝的话，借着脱衣处的光亮，说不定能看见一些。

“那，就把这个灯关了……”

冬香大概是下了决心，灯马上关了，过了一会儿，她从狭窄的门缝中进来了。

冬香微微弓着身子，在胸前挡了条毛巾，从狭窄的门缝间钻进来后，马上蹲下身子，打算洗淋浴。

“不用冲了，直接进来吧……”

菊治拉住犹豫着的冬香的手。“什么也看不见的。”菊治这么一说，冬香只好硬着头皮弯着腰进了浴缸。

她先迈入一条腿，然后又迈进另一条腿，一蹲下去，浴缸里的水就溢了出来。

看见这么多水涌出来，冬香吓了一大跳，菊治从后面一把抱住了她。

“没事……”

两个人泡进来，浴缸的水当然会溢出来。问题是，由于浴缸窄小，两个人不能面对着坐在里面。

“转过身去吧……”

冬香扭转身体，背对着菊治，先蹲下来，使腰部浸入水里，然后是背，最后她的全身终于隐没在热水中了。

“舒服吧？”

全裸的冬香被菊治的双腿夹在中间。

“真暖和。”

尽管泡在狭小的浴缸里，两人仍在热水里卿卿我我，热水不时地溢出来。

刚进入元月，还不会有别的情侣这样泡澡吧。菊治十分满足，悄悄地从后面伸手去摸冬香的胸部。

在热水中，冬香的乳头微微晃动着。菊治一边用双手轻轻爱抚它们，一边轻柔地亲吻她头发盘起后露出来的脖子。

刹那间，冬香扭动起身子来，浴缸里的热水晃荡着。

“不行啊……”冬香嚷道。要是有灯的话，她那通透的皮肤和淡红色的乳晕都能看得到。

可是这么黑，实在令人遗憾，好在眼睛习惯了黑暗之后，在蒙蒙光亮中，菊治看见随波晃动的肌肤显得格外妖艳。

菊治入迷地凝视着眼前的景象，然后伸出右手，沿着冬香的脖颈滑向曲线优美的肩部，再从腋下前进到小腹，悄然接近她的两腿间。

冬香猛地蜷缩起身体，但菊治还是在热水里触到了她的草丛，冬香立刻抓住他的手指，推挡回去。

她的意思是“不许在浴缸中干这种淘气的事”吗？那今天就先放过她，早晚有一天会让她服从的。菊治一边孩子气地瞎琢磨，一边闭上了眼睛。

几度云雨之后，和心爱的女人泡着鸳鸯浴，相互嬉戏，这样的享乐能持续到什么时候呢？

还是不要考虑将来，菊治告诉自己。

大概是欢爱之后一起泡了澡的缘故，菊治感到全身舒坦而倦懒。

“我先出去了。”

菊治擦干身体，穿上睡衣。从信箱里拿出报纸，去了书房。

他从冰箱里拿出一罐啤酒，边喝边看报纸，这时冬香轻轻地敲了敲门。

“请进。”

冬香进来了，她已经穿上了衬衫和裙子。

“现在不许穿衣服，还得接着睡呢！”

桌子上的表还不到九点，离中午还有三个小时呢。

“你想喝点儿什么？”

“不喝，我想给你……”刚出浴而脸色红扑扑的冬香摇了摇头，将手里的纸包递给了他。

“这个，不知道你能不能用上。”

菊治接过纸包，打开一看，里面是一叠信纸大小的和纸。

“这是给我的？”

“这是富山产的和纸，你要是没用的话，就请送给别人吧。”

近来，菊治虽然不再用毛笔在和纸上写东西了，但冬香特意带来送给自己的家乡特产，怎么能给别人呢？

“送我这么贵重的东西，谢谢了！”

菊治喜不自禁，然而到了现在才把礼物拿出来，倒也很符合冬香的个性。

“你的书真多啊！”冬香望着书架发出感叹。其实上面只杂乱无章地摆放了些大学讲课时所需的关于现代文学方面的书籍，以及和周刊杂志工作有关的文件夹。

“你现在写什么呢？”

其实这是菊治最不想听到的问题，于是菊治便含糊其词地回答：“从今年春天开始，我打算写本小说。”

“好久没读到你的新作了，真希望早点儿看到。”

冬香好像还把菊治当作一位畅销小说作家，以创作为生呢。

“出书以后，请马上告诉我。”

受到冬香这么真诚的崇拜，反倒让菊治难过。他一口喝干了啤酒站起来。

“咱们再上床休息一会儿吧。”

不知又睡了多长时间。菊治再次睁开眼的时候，从窗帘透进来的光线已经很亮了。

他慌忙看了下放在枕边的表，上午十一点整。

离冬香回去的时间还有一个小时了。时间一点点在迫近，菊治扭脸朝身边一看，冬香还睡着。

大概是太疲劳了吧。菊治看着冬香毫无戒备的睡态觉得相当可爱，便亲吻了她的额头。又给她拢了拢额前散乱的头发，用手指轻轻刮了下她白皙的鼻梁，冬香慢慢地睁开了眼睛。

“早上好……”菊治问候道。

冬香微微一笑，露出了身心得到满足，并睡够了觉之后的柔美笑容。

“你一直没睡吗？”

“不是，我也刚醒。已经十一点了。”

冬香看了一下周围，刚要起身，菊治轻轻按着她的肩头问：“你还是得回去吗？”

明知说也没用，但他还是试着说：“我不想放你回去。”

可是他自己也没有留住冬香的勇气，便再次用力搂住她，冬香也紧紧偎依过来。

菊治屏住了呼吸，然后呼出一口气，问道：“咱们还能见面吧。”

“能。”

听了这句话，菊治才放开冬香，起了床。

他拿起整整齐齐叠在床尾的内衣，朝书房走去，换上了衣服。他在书房把早上看了一半的晨报看完后，回到卧室，冬香已经穿好衣服，正在整理床铺。

“你肚子饿吗？”

“不怎么饿……”

回想一下，从昨天晚上回到公寓之后，两人就一直纵情欲海，不是缠绵在一起，就是搂着睡觉。

“那就喝点儿咖啡吧。”

“好，我来沏吧。”冬香拿着咖啡壶去厨房接水。

菊治对着她的背影问：“下次，什么时候见面？”

菊治当然是打算自己去京都。冬香回答：“我说不定会来东京的。”

来东京，是什么意思呢？菊治赶紧问：“你还有来东京的机会吗？”

“不是这个意思，我可能会搬到这边来……”

“搬来？是全家搬来吗？”

“有可能调到东京来。”

“可以肯定吗？”菊治对正往杯子里倒咖啡的冬香追问。

“还没有最后决定，但很有可能……”

由于对话一直省略了主语，所以有些费解，不过，冬香所说的应该是从她丈夫嘴里听来的。

“那么，什么时候过来？”

“三月份左右……”

冬香的丈夫好像在大阪的一家制药公司工作，如果调到东京工作的话，应该从四月份开始。所以，三月份不搬过来就来不及了。

“那么，还要找房子、安排孩子转学等吧？”

“是啊。”

菊治的桌子前面有一套小小的沙发。冬香把咖啡放在小圆桌上，在菊治对面坐下来。

“真能那样的话，可就太好了……”

菊治向前探出身子，冬香点了点头。

“咱们就都住在东京了呀。”

“但是，还没有最后决定，所以……”

“不会有问题的。”

冬香的丈夫既然那么说了，很可能上司已经跟他谈过了。

“真能来东京的话，再好不过了。”

菊治想象着同住在东京的冬香。

“想见面的话，每天都可以呀。”

菊治说完，忽觉自己有些得意忘形，便改口道："当然，也要看你方便不方便噢。"

菊治感到他们这条爱的航船，就像幸运地遇到了一阵突然刮来的顺风似的。

也许是上苍为我们创造了约会的机会吧。要不然，怎么会有这么好的运气呢。菊治立刻又意识到，冬香搬来东京，意味着她的孩子，还有她丈夫也会一起搬来的。这样的话，会对他们两个人的交往有什么影响？说实话，菊治也想象不出。

他们从菊治在千驮谷的公寓里出来时，已经过了十二点。冬香说自己一个人能去车站，可是她还带着行李，菊治便和她一起走到大马路边，拦了一辆出租车，送她去东京站。

由于是元月三日，东京都内的马路上没什么车，不到半小时就到了车站。

冬香说,坐一点左右的新干线就来得及,菊治就帮她买了差五分一点的"希望号"车票，剩下的时间，两人站在检票口前面的小卖店的吧台前喝茶。

"这趟车几点可以到京都？"

"三点半左右吧。"

从京都换车，到达冬香所住的高槻大概是四点吧。

那时候，冬香的丈夫和孩子们也正好从富山回来了，一家人便团圆了。

菊治越想心情越无法平静了，而冬香好像什么也没有感觉似的，穿着浅驼色短大衣，喝着热乎乎的红茶。

电视上报道，三日是返城高峰。接连不断地从新干线上下来的乘客，经过他们身边，很多人带着很小的孩子，看样子都是年底回乡下过年的。

菊治从这些人身上移开目光，跟冬香商量两人今后约会的事情。

"不管怎么说，我半个月之内去京都。"

"你真的来看我吗？"冬香眼里闪烁着光芒。

"再说过不了多久，你就能来东京了吧。"

"真能如愿，就好了。"

"不管能不能成，咱们都能见面哪。"

他们相互点头，发车时间快到了。

“去站台送你太难受，就在这儿分手吧。”菊治说。

冬香点了点头，两人不约而同地伸出手来。他们紧握住对方的手，菊治说：“我会给你发短信的。”

“我也会的。”冬香答道，两人又深情地看对方了一眼。

“你走吧。”

冬香缓慢地点点头，然后猛一转身，像天鹅展翅一般朝扶梯走去。

目送着冬香远去，菊治真切地感到两人在蓬莱仙岛尽情游乐的梦幻般的一夜结束了。

# 风花

新年三天假过后，菊治依然沉浸在不可思议的亢奋之中。

其原因自然是冬香说的，可能会搬来东京的那句话。

在大阪工作的公司职员，的确有机会调到东京来工作。

只是菊治没想到，竟然碰巧是在自己和冬香的爱情更加深了一步的重要时期。

简直就是为两人的感情发展而天赐的机缘。

冬香的丈夫不会是发现了我们的事才来东京的吧。不会的，如果他察觉到什么的话，纵然是公司的命令，也绝不会到东京来的。或许他已经知道了，为了做个了结才来东京的？

一想起来就没个完。不管怎么说，冬香一旦来到东京，两人的情况会完全改观。

自己再也不用像现在这样跑到京都去约会了。虽说同在东京，可东京地方很大，当然也要看住在哪儿，不过，有一两个小时的话，别说都内，即使住在附近的区县也很容易见面。

至少不会像以前那样，半个月或一个月才能见上一面了。可以一个星期见一次，如果还想见的话，说不定一个星期能见上两三次。

这么频繁地见面，他们会怎样呢？

“别急别急，还没有最后敲定呢。”

菊治提醒着自己，尽管如此，他还是觉得在这关键时期，冒出这么件好事来，实在不同寻常。

难道说元月二日那天的祈祷应验了？

心神不定的菊治给冬香发了条短信：“我这次去京都，定在十二、十三日怎么样？”

冬香立刻答复：“十三日合适的话，我等着你。”

“那件事还没有落实吧？”菊治暗指冬香来东京的事。

“好像要到二月份才能确定。”冬香回答。

“盼着早点儿到十三日。一想到你，我就坐立不安。”

菊治倾诉思念之后，冬香又回复：“我也是，一想到你，身体就感觉不安分。”

“不安分”是什么意思？

一想起冬香那雪白的肉体，菊治就心旌摇曳起来。

今年在京都和冬香的首次约会，菊治也是头一天晚上，从东京站坐新干线末班车去的。

这回也得花出去七八万日元，但是菊治决定不去考虑与钱有关的一切问题。

说实话，就是考虑也无济于事，况且，去京都约会，再有一两次就差不多了。

总之，现在菊治一心只想着和冬香见面的事，走进了上次住的那家饭店里的可以俯瞰京都街景的房间。

坐新干线的时候，菊治已经给冬香发了短信，告诉她自己今夜到达京都，所以没有再发短信，直接进了浴室。

他舒舒服服地泡了个澡，换上浴衣，喝了罐啤酒后，上了床。

现在一觉睡去，一睁眼就是明天早晨，冬香就会来敲门了。菊治对即将变成现实的未来心满意足，可转念一想，自己到底可不可以这样一味谈情说爱呢？虽然和冬香之间的爱情是眼下的重中之重，关系到自己活着的意义，可是，重要的工作该怎么办呢？

为了生活，大学外聘讲师和周刊杂志撰稿人的工作必须继续下去，但小说创作方面仍旧没有着手。

新年见面的时候，冬香曾问起此事，当时自己脱口说出，今年开春开始写小说，可是果真能做到吗？

要写小说，先得确定题目，可题目到现在都没谱呢。

菊治连续写出畅销小说的时候，想写的内容源源不断地浮现在脑子里，感觉就像是被题目催赶着似的，可现在就连写作的第一步——写什么都想不出来。

是不是因为搁笔时间太长了，一直安于现状的关系呢？

“喂，你这个家伙，到底打算怎么办啊？”

菊治闭着眼睛，对自己发问、呵斥起来。

“总是这样的话，最终也会被冬香抛弃的。”

菊治当然不能够背叛至今还在坚信他能够创作出好小说来的冬香，可是也不可能立即动笔写出什么。

“今天晚上就不想了，回东京后再考虑吧。”

菊治就此打住，不一会儿就睡着了。

第二天早上，菊治一睁眼已经七点了。

近来，菊治常常睡五六个小时就会醒，是因为上了年纪吗？年轻的时候，他能连续睡上七八个小时。太阳都老高了，他也可以照睡不误。这么说，睡觉也需要体力吗？

菊治一边想着一边去了趟厕所，回来又迷迷糊糊地睡了一会儿，就到九点了。

冬香马上就要到了。一想到这儿，菊治立刻清醒了，穿上浴衣，倒了杯水，一边喝一边往窗外看，今天也是个晴天。

初冬的京都街道一览无余，沐浴在明媚的阳光下。菊治仔细一瞧，在阳光中，有霏霏雪花在飘舞。

不知它们来自何方，莹白的雪片竟然从万里晴空中飘然而落。

"是风花吧？"

菊治正出神地望着眼前漫天飞舞的小雪花时，门铃响了，冬香到了。

她和上次一样穿着浅驼色的短大衣。可能因为天冷，她的双颊有些发红。

"很冷吧？"

元月以来，这是他们第二次见面。

"你过来看看吧？"菊治拉着冬香冰凉的手来到窗边。

"风花在飘舞呢。"

见冬香没明白自己的意思，菊治指着眼前不断飘落的白色小雪花。

"天气晴朗，却飘起雪花来，古人称之为'风花'，在俳句里也用它作季语[1]。"

冬香终于注意到了似的，很不可思议似的眺望着窗外，问道："为什么会下雪呢？"

"不知道。在寒冷的冬天，会偶尔看到这种现象。"

风花飘落的原因菊治也不太知道，但可以确信它是寒冬腊月时的一道风景。

"刚才我在欣赏风花的时候，想起你了。"

"想起我，为什么呢？"

冬香身上有一种说不上来的温顺，或者说比别人慢半拍的感觉。和祥子一比，这种感觉就更加强烈，也更衬托出了冬香的温婉优雅。

"我说不清楚，就是觉得特别像你……"

说着菊治突然将冬香搂过来，在风花飘舞的窗前接吻。

一旦拥抱在一起，接下来就是上床。这已是他们的一套程序了。

从元旦见面以来，虽说只过了十天，但菊治觉得比一个月还要长。

冬香也同样相思若渴。"想死我了。"菊治话音刚落，"我也是"，冬香马上回应，然后二人紧紧拥抱在一起。

先是菊治在上面，冬香达到了一次高潮。紧接着又从侧面结合，在忘情欢爱的过程中，冬香骑在了菊治身上，再一次达到高潮。

---

1　俳句中一些约定俗成的词语，用来暗示季节。

“真不得了……”菊治暗自惊叹，回想着刚才冬香的疯狂样子。

时间上并没有明确的分割，即便有短暂的间歇，两人也几乎是断断续续地交合着，如醉如痴。在这一连串的做爱过程中，冬香两次登了顶。

当然菊治最后也达到了高潮，但还是比冬香少一次。而且，就连每一次愉悦的感觉，冬香都比菊治要深得多。

“真棒……”这回菊治说出声来，追问冬香“感觉舒服吗”，冬香只是偎依在他胸前，表示“不要再问了”。

冬香自己也对身体变得这么敏感感到困惑吗？

“太美了……”菊治爱抚着冬香的后背直到臀部。

冬香如此的敏感，一次次达到高潮，实在太好了。对这样的冬香，菊治更想爱抚她的身体，以资鼓励。

菊治爱抚的手从冬香的后背绕回侧腹时，忽然想到，冬香的丈夫是否也知道她做爱时会这般疯狂呢？

菊治明知这样问有些过分，却按捺不住好奇心，试探地问：“那什么，在你家里，和他也是这样……”

等了片刻后，冬香慢慢摇了摇头：“因为我不喜欢做爱。”

这是什么意思？

这怎么可能呢？冬香不但结了婚，还生了三个孩子呀。

菊治停下了爱抚，把手轻轻地搭在冬香的肩上，问：“你说不喜欢，是和他吗？”

冬香想了一会儿，低声说：“是的。”

的确，自从第一次见面，菊治就觉得冬香隐约有种落寞和隐忍。当时他以为是生长在雪国的女子的特征，但似乎另有缘由。

“可是，你和他是恋爱结婚吧？”

“不是……”

冬香轻轻摇了摇头，然后说：“是通过相亲结婚的。”

如今这个时代，还有相亲这一说？但菊治听说过，在地方上一些守旧的家族，至今还有许多人是通过相亲结婚的。

“不过，还是因为喜欢对方才结婚的吧？”

可能是因为话题变得严肃了，冬香整理了一下凌乱的吊带裙后答道：“大家都说他怎么怎么好，所以我就想，应该还可以吧……”

这就是说，结婚之事与冬香自己是否愿意关系不大了？也难怪，冬香恐怕是那种从小就不会反对周围人意见的女子。

“那么，结婚以后怎么样呢……”

“……”

“是不是有合不来的地方？”

“也不是合不来的问题。”

此时，冬香好像在回想什么似的盯着空中。

“我讨厌做那个，特别痛苦。”

“‘那个’，是做爱吗？”

冬香点点头代替了回答。

感情这么丰富的女性，心中却隐藏着这样的痛苦，菊治觉得难以想象。

“那么，为什么呢？”

菊治接二连三的追问，使冬香有些为难似的，过了一会儿，她才回答：

“怎么说呢，从第一次开始就觉得不舒服……”

听到这里，菊治忍不住紧紧搂住了冬香。

从刚才这些只言片语来分析，冬香和丈夫在性生活方面不和谐，甚至可以说很痛苦。

既然这样，为什么还生了三个孩子？

“可是，怎么会有孩子呢？”

冬香像过意不去似的，压低了声音：“只是，不知不觉地就变成这样了……”

虽然冬香的回答很含糊，但说不定正是实情。

通过相亲结婚之后，在和丈夫做爱的过程中怀上了孩子，与身体的快感无关。

事情至此还可以理解，可是为什么生了三个孩子呢？是因为无法拒绝丈夫的求欢，还是因为她觉得生孩子是做妻子的义务呢？

“可是，你很痛苦吧？”菊治无比同情地问道。

冬香却满不在乎地说：“有了孩子，我还觉得好受一些，而且怀孕了就不会要求我了……”

“他？”

望着冬香点头时雪白的脖子，菊治心里更加不是滋味。

宁可怀孕，也不愿和丈夫做爱的妻子，到底是因为什么呢？虽然不知道冬香丈夫的性爱特点或性癖好，但很可能是他的做爱方式太粗暴了吧？或者是做爱时只顾自己痛快？或许两个人在性方面根本就不合拍？

“你不会再生了吧？”

“嗯……”

不过这样一来，冬香不就越来越无处可逃了吗？

“要是他向你求欢呢？”菊治觉得自己就像个窥探别人隐私的卑鄙小人，但还是问道，“那种时候，你怎么办？”

“找各种借口呗。身体不舒服啦，来月经了啦……”

“即使这样，他还不罢休呢……”

“……”

冬香不回答，那就是万般无奈只得接受的意思吧？想着想着，菊治的脑海中浮现了冬香雪白的身体被丈夫压在身子下面交媾的情景。

“怎么能……”

为了驱赶掉这幅突然浮现在脑海中的画面，菊治双手抱住了自己的脑袋。

这是菊治最不希望发生的事情。冬香想要躲避，可是做丈夫的强行交媾，侵犯妻子，菊治绝对不能容忍这种蛮不讲理的事情。

菊治忍不住想喊叫，可是不讲道理的或许正是他自己。冬香是别人的妻子，即便做丈夫的强迫妻子做爱，也轮不到他生气。

菊治想使自己的头脑冷静下来，闭了一会儿眼睛，吸了口气。

菊治心里明白，不应该问这种问题。随意干涉别人的私生活是不道德的。可他还是忍不住问：“他多大年纪？”

“四十二岁。”

这样算起来，她丈夫比菊治小一轮多，比冬香大六岁。这个年龄的男人正处于性欲旺盛期，向妻子求欢也是必然的。

只是，大多数丈夫对于有了孩子的妻子，不会要求那么频繁了。所以，冬香的丈夫说不定对她也没多大兴趣了。

“我的问题有点儿叫人难堪，可以问吗？”

菊治觉得很难问出口，可还是问道：“如果他强求，你也拒绝不了吧？”

“……”

“这种时候，你怎么办？”

“默默地忍一会儿，也就过去了……”

冬香的意思是，只把肉体交给丈夫，任由其折腾吧。

“你这样，他满足吗？”

“我被他骂过好几次了……”

菊治不禁闭上了双眼。面对妻子冷淡而一无反应的身体，丈夫非常焦躁，一肚子怨气。站在丈夫的立场也可以理解。可是，不愿意做，却被迫满足丈夫，还要被丈夫责骂的妻子更是受罪。

冬香就是在这样悲惨的状态下忍耐到现在的吗？想到这里，菊治越发觉得她让人怜爱了。

“这也太过分了……”

即便大声叫嚷，也解决不了问题。可这样下去，冬香太可怜了。

“你打算怎么办呢？”

“不过，他已经不抱希望了……”

“他对你吗？”

“是的。”

冬香的表情仿佛大彻大悟一般平静。

可是，不久前，冬香的丈夫还强行和她发生关系，那么以后难保不会再出现这种情况。丈夫因妻子的冷淡而感到焦躁不满，正因如此，有时候反而会变得更加执拗。

这些毕竟是冬香夫妻之间的事情，不是菊治能够了解的。菊治心里虽清楚，还是觉得不能理解。

和自己交媾时这么激情澎湃的冬香，为什么和丈夫做爱就燃烧不起来呢？这么多年天天生活在一起，还有了三个孩子，怎么就产生不了快感呢？

“我想再问一个问题，可以吗？”

既然说到这儿了，菊治就想问个清楚。

“刚才你说讨厌他，讨厌他什么呢？”

“就是讨厌他……”冬香身子朝着菊治，却侧着脸伏在床上，小声说，“只顾自己痛快，挺疼的。”

“疼？”

“就是比较粗暴吧，只要他自己舒服就行……”

性生活的方式因人而异，无法一概而论。不过，有些男人的确是只顾自己舒服。菊治年轻的时候，也是只知道满足自己的欲求。后来邂逅一位比他大的女性，得益于她的指点，才变成现在这样的。

“从一结婚就是这样吗？”

“嗯……”

一想到这么多年，冬香竟然一直忍受着这样痛苦的性生活，菊治内心就充满了怜惜。他轻轻地抚摸着冬香的头发。

“而且，你一直什么也没跟他说过……”

“这种事情，说不出口，而且我也不太懂……”

在性生活上面，妻子大概很难向丈夫提出种种要求。

“那么，一直到现在……”

“我只能每次都盼着尽快结束……”

菊治看着冬香的耳畔悄声问：“你和我呢？”

“从来没有过。”冬香偎在菊治的胸前喃喃着，“我根本不知道，会这么快乐。”

现在，菊治太爱冬香了，抛弃一切也在所不惜。

冬香刚才说，遇到菊治以前，她对于性几乎是一无所知，以为性爱只是一种痛苦，然而，在菊治的引导下，她才第一次品尝到了性的欢乐。听到这些话，没有一个男人不欣喜若狂。对冬香来说，菊治就是她的性启蒙者。

男人总是喜欢把自己所知道的种种知识都教给所爱的女人，逐渐把她调教好。哪怕是某个兴趣或爱好，也会因为是自己手把手地教会她而踌躇满志。

这就相当于雄性动物在雌性动物身上留下自己的印记吧。但其中最令男人欢喜的，就是教会女人享受性的快乐。不是别人，而是自己使女人性开蒙，获得极大的快感，这种感觉最令他们欣喜而自豪了。

男人恐怕就是为了感受到这个喜悦而生存、工作、和其他的男人竞争的。也可以说，男人正是为了在自己心爱的女人身上留下比其他任何男人都深的印记，让她难以忘记自己而奋斗的。

无论如何，在冬香身上留下了比任何人都深的印记，令菊治无比欢喜。有了这么深的印记，今后不管什么样的男人追求冬香，也不用担心她被抢走了。

“即使是冬香的丈夫也……”菊治独自点着头。

不错，冬香的丈夫确实和她结了婚，还生了三个孩子。然而，很难说他在妻子身上留下了鲜明的印记。恰恰相反，他那拙劣的印记，竟然令妻子一想起来就痛苦不堪。虽然形式上自己和冬香不是夫妻，但实质上冬香和自己的联结比和她丈夫要牢固深厚得多。

知道了这些，菊治就没有什么可担心的了。即便他们是夫妻，冬香的身体也是倾向自己，喜欢和自己做爱的。

“对吧……”

菊治将放在冬香胸脯上的手，再次向她的两腿间伸去。

刚刚才达到高潮，菊治不知自己能否再度雄起，但他想要重新确认一下自己留下的痕迹。

他的手指悄悄接近了冬香的私处，发现燃烧过后的余烬尚存，欢乐之泉也是湿润的。

菊治再次开始了爱抚，冬香没有丝毫不愿意。

冬香已经是梅开二度了，难道她还渴望菊治留下更多的印记?

男人往往也会受到贪婪的女人的引导。菊治虽知有些力不从心，但只要女人想要，他还是愿意满足她。

刺激好容易才平静下来的女人，使其重新启动，正是男人义不容辞的责任。

“快呀……”听到冬香的催促，菊治开始给自己打气。等到有了起色后，他便从侧面再次进入了冬香的身体。

真是没想到！连菊治自己都非常惊讶，大概是看到冬香经过自己的启蒙，尝到了性的欢乐，由此获得的自信，激励自己的身体超常发挥吧。

下面自己要做的，就是坚守在冬香体内，配合她的下一步行动。此时的菊治已经没有主动带领她冲锋的气力了。

谁知，即便如此冬香照样发出了喘息。

也许是已经几度达到高潮，身体已然变得敏感了吧，冬香独自奔跑起来。

被她那一浪高过一浪的波涛冲击、席卷着，菊治也逐渐兴奋起来，到底还是被汹涌的波浪牵引着，一同攀上了顶峰。

又冲锋了一次。简直是沉沦欲海，无可救药了。

菊治虽然惊讶于自己的神勇，却没有明显感觉到射精，只感觉浑身充溢着和自己心爱的女人再次完成攀登的满足感。这感觉慢慢变成了倦怠。

他已经瘫软如泥了，冬香再怎么引导也不能听命了。

但毫无疑问，自己的印记又一次留在了冬香身上。只要深深地烙上自己的标记，冬香就不会离开自己。

在这种自信和安心之中，菊治和冬香依偎在一起，迷迷糊糊地睡去。

不知睡了多久，菊治听到轻微的动静，睁眼一看，冬香坐起来了。

冬香该回家了吧？菊治看了下表，是十一点半。

沉溺于欢乐的时候，总感觉时间过得飞快。

“我可以起来吗？”冬香问道。

菊治又抱了一下冬香，然后松开了她，冬香进了浴室。

菊治在床上又躺了一会儿，享受冬香留下的温暖后才起床。

今天菊治买了一份礼物，要送给冬香。

虽说菊治没有自信冬香会喜欢这礼物，却是他千挑万选买来的。

冬香出来后，菊治去了浴室，简单冲了个澡，然后穿好衣服。冬香像往常一样整理好床铺，打开了窗帘。

“风花还有吗？”

“没有看到……”

菊治拿着礼物走到窗前。天气格外晴朗，风花好像没有了。

“因为咱们的火焰太热了……”

只有寒冷的天气才会出现的风花，多半是遭遇了他们的烈焰而消失了吧？

“这是给你的礼物。”菊治递给冬香一个小纸袋，“不知道你是不是喜欢，打开来看看。”

冬香从纸袋中拿出一个小盒子，解开蝴蝶结绸带。

“哟，这是鞋吗？”

“是的，高跟鞋。”

细细的项链下面坠着一只高跟鞋，反射着从窗外射入的阳光。

“戴上看看。”菊治说。

冬香站在浴室的镜子前，望着自己的胸前。

“一般的项链坠以心形和十字架的居多。不过，高跟鞋项坠，特别是单只的很少见，所以就买了。”

“真漂亮，太可爱了。”冬香把项链戴在脖子上，目不转睛地欣赏着。

“你知道鞋有什么意义吗？”

“什么意义？”

“在欧洲，鞋子象征着幸福咯噔咯噔走近的意思。”

“那就是灰姑娘了？”

“也许吧。这是白金的，奥地利制造。你喜欢的话，我想让你戴上它。”

在皮肤雪白的冬香胸前，这只鞋跟尖尖的高跟鞋非常醒目。

“我真的可以接受吗？”

“当然啦，戴在黑毛衣上面也行，希望它永远戴在你的脖了上。”

“太高兴了，我一定好好珍惜它。”

也不是多么贵重的东西，但冬香这么一说，菊治更高兴了。

“我就这么戴着回去吧。”冬香说完，拿起了大衣。

菊治和脖子上挂着新项链的冬香一起走出了房间，在饭店的前厅分手。

“那么，我这个月底再来。”菊治说道。

冬香点了点头，说了句“我一定好好珍惜”，用手轻轻摸着胸前的项链，转身走了。

目送着冬香的背影消失在人群中后，菊治朝新干线的站台走去。

没等一会儿，“希望号”就进站了。菊治照例坐在靠窗的座位上，回想起冬香来。

刚才买那条项链时，菊治有些犹豫。看着眼花缭乱的各种首饰，他最先想到的是戒指。他本想买一对戒指，和冬香一起戴。

然而，无论是多么不在乎妻子的丈夫，看到妻子手上戴着没见过的戒指，也可能会怀疑的。

而项链就不那么显眼了。即便戴了新项链，冬香说是自己买的也说得通。

和有夫之妇交往，必须要留神各种可能性，而这种紧张感会加剧思念之情。

不管怎么说，冬香很喜欢这份礼物，真是太好了。

她说了好几次“谢谢”，还说会好好珍惜它的，而且还在镜子前照了半天。这么说，冬香很久没收到过首饰之类的礼物了吧。

一般来说，丈夫不送的话，妻子可能就没有机会得到礼物了。夫妻结婚超过十年以上，丈夫几乎是不会给妻子送礼物的。

特别是冬香的丈夫，好像是那种有点儿以自我为中心的古板男人。

在夫妻生活上，冬香说：“他很粗野，只顾自己舒服……”冬香的痛苦表情又浮现在菊治眼前。

这么说即使是这种男人，既然嫁给了他，就得唯夫君之命是从，冬香就是在这种旧式教育下长大的。

总而言之，现在冬香由于邂逅了自己，才开始领悟到性的愉悦。

虽然不知道今后他们的恋情将如何发展，但只要自己将爱的印记深深地烙印在冬香身上，她就绝对不会离开自己。

只要那条项链还戴在她胸前，她就是属于我的。

菊治对此极为满足，迷迷糊糊睡着了。

对于谈恋爱的人来说，手机是必不可少的。首先，不用顾忌对方正在干什么，随时可以发短信。

不过，像菊治这个年龄的人，有的人没有手机，有的人有手机，却不会收发短信。

多半因为这些男人没有恋人。一旦有了心仪的女人，肯定就学会收发短信了。

现在菊治要是没有手机的话，一天也过不下去。手机短信是他和冬香之间保持联系的唯一生命线。

当然，他们有时也用手机通话，但只限于上午孩子们不在家的时候。

即便冬香在家的时候，菊治也先确认 :“现在通话方便吗? ”“方便，我正等你的电话呢。”得到冬香的这个回答后，才开始通话的。

每次他们都是从天气的话题谈起，但转眼间菊治就开始了“我想早点见到你”“我特别喜欢你”等车轱辘话。冬香的回答同样是那套“我也是”“我想见你”之类。

尽管菊治也想说些幽默的、有点儿品位的话题，可是说出来的话总是特别直白。

“一听到你的声音，我那个地方就开始不老实。”菊治诉说。

“下次见面之前，你要把它管住。”冬香回答。

“见不到你的话，我根本管不住它，除非用冰块降温。”菊治挑逗着。

“真可爱……”冬香说着，忍不住笑起来。

如果没有别人在，他们聊什么都可以。可是孩子们在家的时候，只能确认一下彼此的爱意，便赶紧挂断。当然，冬香的丈夫有可能在家的夜晚，菊治就连短信都要忍住，等到第二天早上再发。

即便这样，冬香收到菊治那么多情意绵绵的短信，不会有问题吗?幸好菊治这边已和妻子分居，不成问题，可是冬香不担心自己的手机被丈夫查看吗?

菊治就此事问冬香时，“没事。”她断然说道。不知道冬香是手机上设有密码呢，还是她一看完就马上把短信删除了呢，再不然就是冬香的丈夫对她一点也没有怀疑吧？

从冬香的话来判断，她表面上很贤惠地侍候丈夫，其实是掌控着丈夫也未可知。

“或许冬香表面上很温顺，骨子里很坚强。”

菊治回想着冬香温柔的笑容，觉得女人真是捉摸不透。

从一月中旬到一月末，菊治每天都生活在期待与不安的交替之中。

冬香真能到东京来吗？还是来不了呢？

每当菊治担忧地发短信询问时，冬香的答案都是千篇一律的：“请耐心地再等一段时间。”

就这样到了月底。菊治告诉冬香想再去京都一趟时，冬香说：“你不必特地跑到京都来了。二月初，我也许能去东京。”

“那么，你还是会搬到东京来的吧？”

“好像还没有正式决定，差不多吧……”

“看来不会有错了。”

终于盼来这一天了，但现在放心恐怕还为时过早。

菊治盼星星盼月亮，终于盼来了冬香的消息，她准备利用二月份第二个星期的三连休到东京来。

“这么说，调动终于定下来了？”

“对，正式调动好像是从四月一日起，但这之前要找房子，还要给孩子们找学校，所以……”

是啊，一家人要搬过来的话，要进行各方面的准备。

“你打算住在哪儿？”

“还不太清楚，但我十一日一定去。”

“太好了……”

菊治很高兴，不过，冬香好像不是自己一个人来。

“孩子们也一起来吗？”

“不来。这次要办很多事，所以把他们留在家里。”

“那么，跟你丈夫两个人？”

“是的。”冬香声音中带着歉意。

“你家里没问题吗？”

“我婆婆会来家里照看孩子们。”

原来是冬香的婆婆给他们照顾孩子。

“我们这次能见面吗？”

“我要待到星期日，所以星期六的晚上……”

“那天晚上，你一个人留下吗？”

“对，从傍晚开始，就我一个人了，可以去你的公寓吗？”

“当然了，我等着你。”

如此一来，又可以和冬香两个人在东京度过一夜良宵了。

这一天，菊治一大早就觉得心里七上八下的。

冬香在前一天的短信里，说她过午到达东京。那么，他们大概是一下车就去找房子了吧？

冬香的丈夫以前在东京待过，对东京可能比较熟悉。可是要找房子，还是相当麻烦的。

很可能是请她丈夫在东京的朋友或同事带着他们找吧。

菊治想象着冬香夫妇和那个朋友一起走在东京街头的情形。

冬香这次没带孩子来，只有他们夫妻二人。在不知情的人眼中，可能以为他们是一对恩爱的中年夫妇。

在什么地方找房子这种事，没有菊治插嘴的余地，但他希望冬香尽量住得近一些。

冬香丈夫的公司，大概在丸之内或大手町一带。要是他去那些地方上班的话，他们是不是会在方便换乘 JR 或地铁的沿线找房子呢？

不管是什么地方，要是在一小时以内能到菊治的住处来，就再好不过了。

虽然不是自己找房子，菊治还是瞧着地图沉思默想着。

正好菊治这天大学没有课。正午过后，菊治去了新宿，一个人吃了回转寿司后，为了买上课需要的书籍，去书店转悠起来。

在这段时间里，菊治看了很多次手机，一直没有冬香的短信。怎么回事呢？菊治有点儿担心，时间转眼过了八点。

天这么黑了，不好找房子了。

那么，冬香夫妇可能是和那个带他们找房子的朋友一起吃晚饭吧？也可能已经回饭店休息了。

在菊治的脑海里，突然浮现出了同在东京，和丈夫在一起的冬香来。

饭店的房间有多大呢？现在他们是不是在聊今天看的房子？夜深之后，他们怎么睡觉呢？是两张单人床，还是一张大床呢？菊治绝对不希望他们两个人睡一张床。

孩子们没有一起来，更让菊治觉得心里不安。

过去的一整天菊治都没有收到冬香的短信。大概因为她和丈夫一直在一起，不方便发短信吧。

不管怎么说，今天冬香是打算把她丈夫打发回去，自己一个人留在东京的。不知是否能按原计划顺利实现。

在周刊杂志编辑部里，菊治一边担着心，一边翻阅着采访记者收集来的资料。这时，手机响起了短信声。他赶紧一看，冬香的短信终于来了："我六点左右，能到你的公寓。"

菊治点点头，马上回了短信："六点，我在千驮谷站前等你。"

然后，菊治想和冬香一起去吃晚饭，看来冬香成功地让她丈夫先回去了。

菊治松了口气，发自心底的喜悦涌了上来。

"马上就能见到冬香了。"

虽然菊治现在要根据记者收集的资料为杂志写一篇报道，好在截稿日期是星期一，时间上还有富余。

不过，还是尽量提前多做些准备为好。

菊治抓紧现有的时间，继续阅读资料。五点半时，他离开了编辑部。

菊治先是走了一会儿，然后乘中央线到了千驮谷，看见冬香已经在等他了。

"怎么回事，要知道你这么早到，我就早点儿出来了。"

“没关系，我也是刚到的。”

今天冬香穿了件黑色大衣，显得脸比往常更白了，胸前挂着的菊治送给她的高跟鞋项链闪闪发光。

“这个很适合你戴。”菊治指着项链说。冬香嫣然一笑。

“冻坏了吧，先去吃饭吧。”

菊治问冬香想吃什么，冬香说听他的，所以菊治决定去信浓町的地铁大厦里吃河豚料理。

“去那儿的话比较近，也可以暖和身体。”

菊治想和冬香单独相处,就叫了出租车。一上车,菊治就问:“他回去了？”

“嗯。”冬香答道。

冬香找了个什么借口让丈夫回去的呢？菊治很想知道，但不管怎么说，今晚两个人可以共度一夜已成定局。

在出租车上，菊治握着冬香冰凉的手问道：“找到房子了吗？”

“找到了，在新百合丘那边。”

菊治记得新百合丘这个地方好像是在小田急线沿线，离读卖乐园不远，但他还没去过。

“是从新宿坐车吧？”

“好像是。属于川崎市，从新宿坐车，半小时左右……”

菊治想象着稍稍远离市中心的住宅区的样子。

“不简单哪，这么顺利就找到了房子！”

“是公司那边事先帮我们找好的。是公寓，不过，车站里有各种商店，非常方便。”

“离车站也不远吧？”

“走着五六分钟吧。”

“这样的话，到千驮谷我住的地方，可能用不了一个小时。”

“好像还有特快，坐习惯了的话，也许还能快些。”

没想到冬香住在离自己这么近的地方，真是太幸运了。菊治重新握住了她的手。出租车停在了河豚料理店所在的地铁大楼前。

走进位于二层的餐厅，两人坐在靠窗边的桌子旁——这样可以欣赏夜景——然后要了两杯河豚鳍酒相互碰杯。

“太好了，恭喜你。”

虽说是住在川崎，但冬香终于成了东京人了。今天晚上也是庆祝她乔迁东京的宴席。

“好，干杯！”

菊治举起了盛着河豚鳍酒的碗，冬香也笑容满面地跟他碰了杯。

“可能再也不用去京都了。”

这样一想，菊治多少有点儿寂寞。不过，花销上轻松得多了。

“以后，什么时候想见面，都没问题了。”

菊治想象着呈现在眼前的玫瑰色未来，再次和冬香干了杯。

酒量不行的冬香，只喝了一点儿河豚鳍酒，脸就红了。

“这酒，劲儿真大。”

“哪里，应该说是口感好。”

身体渐渐暖和了。菊治一边吃着河豚刺身，一边重新打量冬香。

“不过，真是无法相信啊。”

去年秋天，第一次见到冬香的时候，怎么也没料想到会发展到今天这种程度。

正所谓心想事成，天遂人愿，只是一切都太顺利了，反倒让菊治觉得有些害怕。

“反正咱们运气不错。”

菊治脱口而出，可他心里还是惦记着冬香的丈夫。

“你丈夫的公司在什么地方？”

“他说是在日本桥。”

“从新百合丘到公司要花多长时间？”

“好像挺远的，不过早晨上班，据说用不了一个小时就能到。”

东京的上班族花在路上的时间，差不多都是这样。

“孩子们的学校找了吗？”

“公寓附近有学校，没有问题。只是幼儿园，还要去找……”

作为一个主妇，冬香要做的事情还不少。

“今天你丈夫看完房子就回去了？”

“嗯，坐傍晚的新干线……”

菊治点头，喝了一口河豚鳍酒后，又问：“不过，你居然能一个人留下来……”

“来之前就这么打算的。因为还有很多要准备的事情。”

冬香是主妇，大概是借口要去商场看看新家需要置办的东西吧。

“今天晚上，你住在我那儿，没问题吧？”

“在饭店还开着一个房间呢。”

“哪家饭店？”

“就在新家那边的车站前面，昨天晚上也是在那儿住的。要不，还是把房间退了吧？”

菊治当然希望冬香退了房，住在他这儿。但不知能不能退掉。

“可是，家里人知道你住在饭店吧？”

如果家里人知道冬香住在饭店，随便换地方恐怕有点儿麻烦。

“万一晚上，你家里给你打电话来，怎么办？”

冬香若有所思地眺望着窗外的夜景。

“要是往饭店打电话，知道你不在的话，可就麻烦大了。”

“但是，有什么事的话，他会打我的手机……”

也许像她说的那样，但还是小心谨慎为上。菊治沉思起来。冬香问：“你觉得我还是回饭店去住，比较好吗？”

“不是，我当然希望你去我那儿。只是……”

下面的事，就是冬香夫妻之间的问题了。

“前提是，没事的话，当然可以啊。”

“要是咱们一起去饭店，你不愿意吧？”

“我吗……”菊治犹豫起来。

这倒也是个办法。可是去冬香夫妇昨晚住的饭店，菊治觉得心情有些紧张。

万一冬香的丈夫突然出现，可就没法收拾了。当然这种可能性微乎其微。

可是，今晚两人不在一起过夜是菊治最不愿意的。

“要是房间能退的话，当然最好。”

“那就这样办吧。”

冬香爽快地站起身来，朝收银台那边走去。

望着冬香的背影，菊治轻轻叹了口气。

冬香看似柔弱，却比自己磊落得多。虽不等于说她豁得出去，可到了关键时候，还是女人有魄力。

菊治心里正感叹时，冬香回来了。

“怎么样？”

“我一说想退房，对方马上说‘好的’……”

冬香干脆地退了房后，心情也清爽了似的，用筷子去夹炭火上刚刚烤好的河豚。

“你明天走得早吗？”

“我还想去新房子周边转转，九点钟从这边走就来得及。”

“那么，到那个时候之前，我不会放开你。”

又喝了一口河豚鳍酒，菊治总算安下心来。

先上的是河豚刺身、烧烤河豚，接着上来的是烤鱼白[1]。

“吃这个，能强精健体。”

冬香苦笑着夹了一筷子。

期盼已久的爱之飨宴即将开始，此时，没有比增强体力更要紧的了。

其实，最需要补充精力的还是菊治。

近来，尝到了甜头的冬香，越来越积极主动，菊治常常只有招架之功。

“今天晚上，我不打算让你睡觉。”菊治说。

冬香想起什么似的问道：“你那儿，没有别人去吧？”

“什么别人？”

---

1　鱼类的性腺。

“就是，你家里的人……”

菊治慌忙摆了摆手，说：“那房子虽然很小，可是我一个人的城堡。”

冬香点了点头，立刻问道：“我可以问一个问题吗？”她先垫了一句。

“你太太在哪儿呢？”

到现在为止，菊治还没有对冬香谈起过他的家庭。

“我们在法律上虽然还是夫妻，其实和离婚没什么两样……”

菊治简要地告诉冬香，他们夫妻一直分居，有一个儿子，已经工作，搬出去单过了。

“她没有我住处的钥匙，所以不会来千驮谷。”

菊治觉得没什么大不了的事，但对冬香来说，似乎很不可思议。

“怎么会变成这样呢？”

“各种原因都有吧……”

夫妻关系为什么会变得这么冷漠，一两句话也说不清楚，冬香也没打算继续追问。

“真羡慕你。”

“是吗？”

“是啊，一个人多自在啊……”

从菊治目前情况来看，要说轻松，也的确是轻松。尤其是与有丈夫和三个孩子的冬香来比，真是天壤之别。

“反正，我那儿绝对没有人会去，你就放心吧……”

冬香好容易才理解了似的点了点头，然后自言自语着：“我也想这么自由自在的。”

烧烤鱼白之后，两个人又吃了河豚火锅和菜粥，直到身体完全暖和过来后，他们才走出了餐馆。已是晚上九点了。

今天晚上，菊治打算直接回家，跟冬香温存。

自打一月中旬约会以来，他们已经快一个月没见面了。这么久没有亲热，还是第一次。

外边比白天寒冷多了。上了出租车，不到十分钟就到了千驮谷。

一进房间，菊治先把空调调到高挡，又打开了加湿器。

“你想洗澡吗？”

“可以吗？”

冬香新年时来住过一次，已经轻车熟路了。

菊治喝得有些醉意，就不泡澡了，早早上床等着冬香。冬香泡完澡，就出来了。

房间里只有台灯的微弱光亮。冬香穿了一条近似肤色的浅米色睡裙，以往她总是穿白色的，莫非是心情发生了什么变化？还是仅仅换了一件睡裙而已？

管他呢，菊治一把抱住了走到床边的冬香。

“想死你了。”

“我也是。”

菊治从侧面搂住冬香，顺势压在了她身上，覆盖了她。

时隔一个月了，冬香的肌肤还是那么柔软。

这样重叠着身体时，冬香的体温渐渐地从菊治身子下面传导过来。

冬香信守上次的约定，里面没穿内裤。菊治感受着冬香滑溜溜的肌肤，他的下体渐渐与冬香的私处重合了。

两个人非常默契地结合在了一起。

菊治轻轻地晃动腰部，两人的下体不断地相互重合，相互刺激，很快冬香就忍不住呻吟起来。

“快……”

菊治也想尽快攻入，却又拼命地压抑自己的焦躁。

今天晚上，他不想像以前那样，轻易地结束战斗。

菊治想好了，为了最后的快乐，一定要充分地享受过程，合体之后也不能立刻狂奔，再难受也要拼命忍着，为了冬香，自己要做个彻底的奉献者。

在爱的飨宴中，男人必须永远是奉献者和主导者。一旦男人开始自顾自地往前跑，只顾追逐自己的快乐，那么，这个男人就变成了一个只知自得其乐、不顾及对方感受的自私自利的家伙。

菊治此刻就是前者——奉献者。他命令自己一定要成为主导者，发誓绝不做逃兵后，才挺进冬香身体里去的。

冬香已经燃烧起来了，爱液充盈之泉立刻将菊治温柔地包裹住了。

这是时隔一个月的温柔的感触。

菊治一边品味着这种感觉，一边缓慢地启动了。他绝对不快跑，而是不紧不慢地，偶尔加速一下，马上又减慢下来。

这种忽快忽慢的节奏好比阿吽呼吸[1]，太迁就女人或太压抑自己都是失败。此时最重要的是作为主导者的冷静心态。这就要求男人具备引诱自己心爱的女人进入最高愉悦之境的欲望和勇气。

更重要的是，不要轻易地被对方牵着鼻子走，要有坚韧的耐力和克己之心。

当然，会有很多男人认为，费这么大劲儿保持冷静，一味克制自己，到底图什么？与其这样忍而不发，不如趁着箭在弦上之势一气冲顶更加酣畅淋漓，身心都能得到满足。

但是，只能说这些人是不懂得深不见底的厄洛斯[2]真谛的单纯而幼稚的男人。

哪怕是一次也好，男人经过一忍再忍，终于把自己心爱的女人推上绝顶，让她徜徉在峰顶，让她疯狂燃烧，呻吟尖叫，男人只要体验过一次，就再也忘不了这种快感，就会乐此不疲的。

因为当男人感受到使自己心爱的女人得到满足的同时，女人也会因此而变得温顺，有时甚至会跪拜在男人脚下，唯男人之命是从，反过来会给男人带来更大的欢乐。

对于能够让女人贪恋和享受到真正的性爱乐趣的男人，将会获得从未感受过的、让他难以置信的女人的爱和献身般的回报。

一想到这份名副其实的纯爱，男人为此付出的那点儿忍耐和克制又算得

---

1 日本相扑用语。一说是源自佛教咒语。"阿"是开口发出的第一个音,"吽"闭口发出的最后一个音，由此分别表示宇宙的起始和终结。在日本文化中，还表示两人以上的人做事像呼吸一样配合默契。

2 希腊神话中的"性爱"之神，即后来罗马神话中的"丘比特"。

了什么。

也可以说，正因为在自己忍耐和努力的前方，有着一个无边无际的美丽花园，菊治现在才拼命地控制自己的。

菊治已经忍受了整整一个月的煎熬，冬香也是同样。

“讨厌”“不要”冬香嘴上虽然不停地叫唤，可要命的身体已经率先一步起跑了。

这种言行不一致正是她的可爱之处。菊治继续进攻，她挺起身体，使劲地摇起头来。

之后，她就像不受控制的电脑一般，自行奔跑起来，随着“啊……”的一声叫唤，达到了高潮。

冬香的快感似乎比以前又加深了。犹如和她分享这快乐一般，菊治在冬香体内继续停留了一会儿，才慢慢地撤出来。

“真了不起。”菊治把手伸进薄薄的睡裙里，一边爱抚冬香汗涔涔的后背，一边说道。

不过，攀上顶峰的只是冬香自己，菊治还没有缴械投降呢。他出色地完成了作为奉献者的预定目标。

经过短暂的休憩，菊治重新开始了攻击。这次他从侧面接近冬香，去缠绕她的大腿。

冬香刚刚激烈地燃烧过，会允许自己再次踏进逸乐的花园中游玩吗？菊治正思忖着，像是在表达自己的欲求，冬香主动贴近菊治，并悄悄挺起下体，将菊治迎了进来。

双方已是驾轻就熟了，都没有迷路。就这样，分不清谁先谁后，男人和女人在不停晃动的过程中，菊治的左腿抵在冬香的腰部，随之凸起的冬香的私处，受到菊治从下而来的撞击，剧烈地颤抖起来。

这么说还是这种体位，冬香最有感觉了？

再次燃烧起来的身体，已经变成一团火球，上下翻滚，到处乱撞着。就在这激烈燃烧之中，突然间，冬香的身体变成了背朝上，菊治顺势从背后缠绕住了她。

“把屁股撅起来……”

听到菊治这分不清是命令还是请求的话，冬香顺从地将自己雪白的臀部撅了起来。紧接着，两人更深地结合在一起。

他们又发现了新的娱乐方式。

菊治为此已不再矜持。在两人默契配合，相互贪求而兴奋、感动的同时，他再也不能控制自己了。他将所有的冷静和忍耐一股脑儿扔掉，飞速奔跑起来。

火热地交合之时当然美好，而激情燃烧之后，在令人无法相信的静寂之中相互偎依时，同样使人心情安宁。

现在，他们全身沉浸在满足之中，互相拥抱着。

仿佛要留住最后的余韵似的，冬香稍稍侧身背朝着菊治，菊治从背后紧紧抱着她。

不知现在几点了。记得回来的时候刚过九点，现在应该十一点左右吧。

现在睡觉还有点儿早，可是菊治又不想起床，只想这样抚摸着冬香柔软的皮肤打个盹。

菊治将右手轻轻地放在冬香的肩头，然后慢慢地从肩头往她的胳膊肘滑下去。

冬香马上轻轻地拉开了菊治的手臂。

以往，她都是温顺地享受菊治的爱抚的。菊治觉得奇怪，刚要继续爱抚，冬香用左手护住了右肘。

“怎么啦？”

难道是刚才亲热的时候，自己搂得太用力了吗？

“对不起……”菊治刚这么一说，冬香便说：“不是因为你，是昨天夜里弄的……”

冬香没有继续往下说，菊治打开了台灯，看见她的胳膊肘有一块瘀青。

“是撞的吗？”

“……”

“都发青了。”

冬香下了决心，背对着菊治开口道：“昨天夜里，他非要跟我……”

“他？”

“是的，我拒绝了，所以就……”

“被他拽的吗？”

冬香轻轻点了点头。

果然发生了自己担心的事啊。冬香的丈夫强迫她做爱时，遭到了冬香的拒绝，结果胳膊肘被她丈夫给拉伤了。虽然菊治听着很难受，但还想知道得更详细一些。

“后来呢……”

“当然拒绝他了。”

冬香还是拒绝了他。菊治克制住想要表达感谢的心情，点了点头。

冬香低声说：“我喜欢你，所以除了你之外，我都讨厌……”

也许这么说有些老套，但冬香是为菊治而保持贞洁吧。

昨天晚上，菊治并非没有产生过这种预感。好容易有机会把孩子放在家里，夫妻二人在东京的饭店住宿。这种情况下，冬香的丈夫会不会想要跟她过性生活呢？

菊治不由自主地陷入不安之中，没想到真的发生了这种事情。而且，尽管遭到了冬香的拒绝，她的丈夫仍然不肯罢手，竟然把她的右肘弄出了一小块瘀青。

冬香一定是被丈夫使劲抓住了吧？或者是她在抵抗的时候撞到了床边上？

不管怎么说，冬香最终拒绝了她丈夫。

“我喜欢你，所以讨厌和其他人……”冬香能说出这样的话，菊治高兴得快要哭出来了。

能够这么毅然抗拒到底的冬香，既坚强又可爱。

然而，静下心来仔细一想，也不光是让人高兴的事。

即便冬香坚决地拒绝了那个男人，但对方终归是她的丈夫。已经结了婚，还生了孩子的妻子，却拒绝和丈夫做爱。这样的话，今后他们的夫妻关系还怎么维持下去呢?

“我喜欢你。”刚才听冬香这样说的时候,菊治欣喜得有些眩晕。这也说明,由于自己的存在,使冬香夫妇的关系变得岌岌可危,这就和她说“都是因为你”是一样的。

如果因为自己,冬香和丈夫的关系真的破裂了,该怎么办呢?

菊治屏息静气地思考着。

从一开始冬香好像就不太喜欢她的丈夫。他们的确结了婚,还生了三个孩子。但在性生活上,冬香得不到满足,甚至厌恶这种事。

实际上,在和菊治邂逅之前,冬香觉得性生活就是一种痛苦,她说过,当丈夫要求过夫妻生活时,她总是找各种理由逃避。

如果在这个程度内,夫妻关系不会发生什么大的变化。然而,最近冬香拒绝得比以前更加坚决,根本不让丈夫碰她。以前她还能冷淡地接受丈夫,可自从认识菊治后,就连丈夫的触摸,都难以忍受了吧?

这就是说,冬香这异乎寻常的拒绝,终于引发了她丈夫的怒火了?这样一想,菊治就高兴不起来了。

“今后会怎么样呢……”

刚才还让菊治喜悦得心都颤抖的事,现在却让他心情沉重。

不过,在现实生活中,像冬香这样的妻子也许并不少见。

事实上,在女性杂志上,都堂而皇之地刊登着有关夫妇之间无性婚姻的文章。

那些杂志上说,夫妻之间一个月连一次性生活也没有的情况,称为“无性婚姻”。文章说,这类夫妻在四十多岁到五十多岁的夫妻中,占到百分之七八十以上。

其实,菊治在和妻子分居之前,和妻子也是将近十年都没有性关系。

但不等于因此夫妻关系就会破裂。在一般家庭中,无性婚姻并不少见,却不会产生很大的问题。

妻子们虽然在抱怨“丈夫不把我当女人看”,但同时,又觉得做爱非常麻烦,还不如不做的好。甚至不少妻子对丈夫要求行房,感到是一种负担。也就是说,妻子们好像不是那么渴望性生活。

如果这样，冬香的态度并不能说多么不正常。

“也不年轻了，这种事情就算了吧。”即便这么说，丈夫也不会受到多大伤害。说不定很多丈夫还会暗自庆幸，正好可以去找别的女人，去外边找乐子了。

“但是……”菊治还在思索。

从冬香所说的情况判断，冬香的丈夫似乎和那类好色的丈夫有所不同。

结婚已经十几年了，可是丈夫还在要求冬香同房，而且相当频繁而执拗。

他究竟是个什么样的男人呢？菊治怎么想象，脑子里都浮现不出清晰的样子来。

换作一般的男人，如果妻子这么厌恶做这个的话，就不会强求了。可是冬香的丈夫却要求更加强烈，由此看来，他可能有些幼稚，或者比较孩子气，因为冬香拒绝做爱，为了赌气而变本加厉吧。

“果真如此的话……”

这时，菊治突然想到一个问题。

莫非冬香的丈夫感觉到妻子的身边有其他男人存在？正因为嗅到了其他男人的味道，他才会格外强烈地要求妻子和他做爱的。

“不会吧。”虽然菊治觉得不大可能，可一旦有了这种想法，就更加不安了。

菊治试探着问：“你丈夫不会知道咱们的事吧？”

沉默了一会儿，冬香反问：“为什么这么问？”

“因为他对你这么强求。”

冬香含混不清地答道：“他以前就是这样的人。”

“这样的人……”

“我越是不愿意，他越是……”

这能说他只是个喜欢撒娇的孩子吗？冬香的丈夫不会是有性虐待的癖好吧？

菊治觉得再问下去不太合适，这时，冬香咕哝着：“请把这些忘了吧。”

的确，无论再说什么，两个人的心情也不会好转，但是菊治还有最后一个问题想确认："下次再发生同样的情况，你怎么办？"

"当然是拒绝了。"

冬香过于坚决的口吻，让菊治不由得倒吸一口气。同时，对表现得这么决绝的冬香，隐隐感到不安。

"可是……"

说实话，菊治觉得，既然丈夫这么强烈要求的话，冬香偶尔满足他一下也未尝不可。当然不做是最好不过了，但冬香和他毕竟是夫妻。自己没有破坏他们夫妻关系的权利。

"你这样的话，没问题吗？"

"是的。"

听到冬香低沉而坚定的回答，菊治叹了一口气。

冬香从表面看，端庄贤惠，但她内心深处却仿佛有一根坚硬的钢筋支柱。

"谢谢！"

虽然只是一瞬间，菊治产生过冬香可以答应丈夫求欢的闪念，但这是个自私而不负责任的想法。

菊治以为自己比任何人都爱冬香，可一遇到这类问题，他优柔寡断的缺点就暴露出来了。

相比之下，冬香是多么坚强、爽快啊，这就是女人的坚韧吧？

菊治不禁又一次去亲吻冬香那纤弱而又凛然的脖颈。

菊治也记不清是什么时候睡着的了。

他只记得一边从冬香那凛然而毫不动摇的姿态中，感受母爱般的安全感，一边从冬香背后拥着她入睡。

但是，菊治好像还是做了一个仿佛被人监视的、心神不安的梦，莫非是因为冬香丈夫的事还残留在头脑的某个角落里，挥之不去的缘故？

然而，清晨六点就醒来的原因，与其说因为做梦，不如说是因惦记冬香九点要走，心里焦虑的关系。

在她走之前，要跟她再来一次。

菊治睁开眼，看了一下周围，见冬香就躺在自己身边，便借着窗帘缝隙间透进来的淡淡的晨曦，端详起冬香的面庞来。

她的前额上散落着几缕刘海儿，鼻梁虽不算高，但形状很美，连接着最前端是两个小鼻孔。不论是她的嘴还是鼻孔，就连只能看到一侧的耳朵，都小巧玲珑的。

这么可爱的女人，会拒绝和丈夫做爱，实在难以想象。也许正因为妻子这么可爱却拒绝做爱，做丈夫的才火冒三丈的吧。

总之,在同一个女人的内心,潜藏着仙女般的温柔和巫女般的可怕。现在，菊治为了寻求那份温柔，向冬香靠了过来。

冬香睡得正香，菊治不忍心直接叫醒她。此时，要使个招，让她的身体先有感觉后，自己醒过来。

菊治先侧过身来，从正在熟睡的冬香的侧腹部抚摸到腰部，同时轻轻地亲吻她的乳头周围。

这么轻微的举动，冬香便轻轻扭动起身体来，但眼睛并没有睁开。

为了让这种奇妙的感觉波及闭着眼睛的冬香全身，菊治开始用舌头舔舐她的乳头四周，用空着的右手悄悄触摸她的私处。

冬香醒不醒过来都无所谓，只要她在睡眠中，感觉受到了某种性的刺激就可以了。

比起粗暴的动作来，越是温柔的动作，越具有挑逗性，越会鲜明地烙印在女人的身体里。

不出菊治所料，冬香慢慢醒过来了。

“干吗呢……”这是冬香醒来的第一句话，随后，“哎呀”地惊叫着恢复了意识，喊出“不要……”时，她已经完全清醒过来了。

对于在自己不知不觉中，从身体内部开始苏醒，冬香似乎感到非常惊慌和羞耻。

到了这一步，已经不用犹豫什么了。冬香的头脑虽然刚刚清醒，可她的身体已经燃烧起来。

菊治重新从侧面进入冬香体内，然后，采取了昨天晚上新尝试的背后位。

快到极限时，他又回归正面体位，从上面压下来，紧紧抱住了冬香，同时达到了高潮。

今天早上分手之后，暂时见不了面。这种依依惜别之感，更加激发了他们的热情。

已瘫软如泥的两个人，静静地回味了一会儿对方的温暖和快乐的余韵，然后，在时间这个怪物的催促下，被拉回现实中来。

冬香先起来，随后菊治也起了身，先后去冲了澡。穿衣服的时候，菊治问："今天，你坐几点的新干线回去？"

"我打算坐中午那趟。"

这就是说，回去之前，冬香要到即将成为新家的新百合丘去一趟，再仔细看一看周边的情况，然后回到东京车站坐新干线回家吧。菊治猜想着。

"这个月底，我想再去一次京都。"

"你不用特意来了，三月份我就搬过来了。"

"三月份你一定要过来啊。"

菊治又叮嘱了一句，想起昨天晚上退房的事。

"你家里那边没来电话吧？"

冬香沉稳地看了一下手机答道："没有……"

菊治担心的是冬香家里往饭店打电话，那就会发现她没有在那儿过夜。既然连手机都没打，说明一切正常吧。

"那就好……"

这样的话，冬香回家以后，也就不会受到丈夫盘问了。菊治松了口气，抱住正把手机放回手袋里的冬香。

"我等着你，早点儿来呀。"

"好，我一定来。"

由于冬香已经涂了口红，菊治伸出了舌头，冬香的舌头迎上来，与之缠绕在一起，片刻之后，两人再一次拥抱告别。

## 细雪

日历上已进入了三月。有女儿的人家里，因女儿节[1]而显得热闹非常。可是这天晚上，东京却下起雪来。

一说起三月，往往会联想到春天，可是，春天怎么会下起雪来了呢？菊治也说不太清楚。据说这个季节，通过太平洋沿岸的低气压带来的春雨，常常会因气温骤降，而变成不合时宜的大雪飘落下来。

实际上，女儿节那天下起的大雪，通宵未停，东京一夜之间变得一片银白。

菊治望着楼宇间飞落的雪花，不由想起了冬香，寒冷的天气往往容易让人思念亲人吧。

冬香此刻在干什么呢？

菊治把东京下雪的消息告诉她后，冬香立刻回复："这边昨天晚上也下了场小雪，现在已经停了。""请注意身体，不要感冒啊。"

比起这些，菊治更关心冬香什么时候能到东京来。二月连休分手的时候，冬香曾说三月初能过来，可是，到现在也没有个准信。

1　每年三月三日，有女儿的日本人家会在家中摆上和服人偶，以求女儿身体健康。

“一看到雪，我就特别怀念你温暖的怀抱。”菊治倾诉着衷曲。

“对不起，我原来打算这个月初去的，但还有很多要准备的事情，所以可能要推迟到学校放假的二十日了。”冬香回复。

一家人都要搬过来，冬香肯定忙得不行，既然这样，菊治去京都也可以。

他这么一说，冬香安慰他似的回复：“搬到东京之后，我们不是想什么时候见都可以了吗？请乖乖地在东京等我吧。”

近来，冬香变得越来越兼有女性的坚韧和母性的温柔了。

“那好，我再忍一忍，希望你尽量早点儿过来。”

菊治点了点头，恍然觉得自己变成了小孩子，往窗外一看，以为停了的雪又下起来了。

不过，可能是天气暖和之故，春天的细雪一落到黑土地上，马上就不见了。

冬香的朋友鱼住祥子打来电话时，正是这场春雪过后的三月的第一个星期六。

“好久没有问候您了，您挺好的吧？”

祥子先寒暄道，然后告诉菊治，现在工作的公司派她星期一去东京出趟差。

“要是您能抽出空来，跟您见个面，那就太好了！”

祥子的声音还是那么开朗、干脆。

自从去年秋天，在京都和冬香一起见过祥子之后，菊治一直没有见过她。

后来，他只跟冬香交往密切，没有和祥子联系过，所以心里也不是没有一点儿歉疚。

祥子说星期一下午比较合适，所以菊治就约她两点来编辑部所在的御茶之水附近的咖啡吧见面。

“好久不见了。您看着精神很好啊。”

祥子梳着短发，穿着胸前有大口袋的猎装款式的上衣，脚下是齐膝的长筒靴，一看就是位职业女性。

“好久不见。这次来是给公司办事？”

“来出差，一年没来东京了。这是一点儿心意。”说着祥子将茜屋的米糕递给菊治，“还是东京有活力啊。”

然后，祥子说了几句对东京的印象后，忽然想起什么似的，说："对了，对了，入江冬香女士要搬到东京来了。"

"嗯。"菊治不由自主地附和道。

"您已经知道了？"祥子问。

"不是，那个，因为我们有点儿联系……"

菊治有些吞吞吐吐的，祥子恶作剧般地盯着菊治："原来您已经知道啦。"

"她只是给我发了个短信。"

"哟，您和冬香会互相发短信呀？不得了啊……"祥子夸张地发出了惊叹，"您可是一句也没给我发过呀。"她故作不乐意地说。

"我不知道你的手机号啊……"

祥子又打开包，从里面拿出一张名片递给菊治："这个名片后面写着呢。您有空儿请给我也发个短信吧。"

这样下去，自己总是被动的，于是，菊治把名片放进口袋后，索性问道："冬香女士的先生是做什么工作的？"

"听说在东西制药公司工作，是个非常优秀的男人，所以这次有幸调到了东京……"

原来是这么一回事，菊治默默地呷着咖啡。

"以后我可就寂寞喽……"

记得祥子说过，冬香和她住同一栋公寓，所以向祥子打听的话，应该能够知道一些冬香的家庭情况。

菊治做出一副不知情的样子，试探道："冬香女士有孩子吧？"

"有啊，三个孩子呢。"

祥子满脸惊讶，意思好像在说"你不知道吗"。

"调动工作可够累人的。"

"可是，冬香特别高兴。她好像说过，想去东京生活……"

是为了和我约会吧，菊治心想，可是这件事打死都不能说出来。

"你也见过她丈夫吗？"

"当然了，我们还一起吃过饭呢。"

"两家人一起？"

"对呀。两家大人，还有孩子们也在一起。冬香的先生很帅，也很温和。"

"……"

说实话，对冬香丈夫的描述，祥子的介绍和从冬香嘴里听来的不大一样，不知是冬香的表述有问题，还是祥子的介绍过分夸张？

菊治把还想问的话咽了下去，没有再说什么，祥子反过来向他发问：

"您是不是很在意她先生啊？"

"没有啊……"菊治慌忙否定。

祥子用探究的眼神问："您是不是喜欢冬香女士呢？"

"怎么可能，绝对没这种事……"

"可是，我和冬香常常会聊起您。每当这种时候，冬香的眼睛就会闪闪发光，她还告诉我您很快会出新的作品呢。"

他只是对冬香提过，打算创作一部新的作品，没想到冬香居然提起此事，来为他辩解。

"说起来，冬香最近简直判若两人，变得可漂亮了。前不久我见到她时，她的皮肤也光滑细嫩了，我问她是不是换了化妆品牌子，她光是笑，不回答……"

女人的眼光就是敏锐，菊治不得不佩服。

"不过，这回可危险了。冬香一搬到东京来，你们不就随时可以见面了吗？"

"那怎么会……"

祥子这次来，到底想跟我说什么呢？只要是男女之间对等地说话时，男人总是处境被动。尤其是相互探究对方内心所想的时候，男人往往会不自觉地说出实话来，而女人却很机灵，不会轻易暴露自己的真实想法。

再继续谈下去的话，自己的心思说不定会被祥子彻底看破。菊治看了看表，显出一副要结束谈话的样子。

祥子小声说："我也想到东京来啊……"

据说祥子从事的是 IT 方面的工作，难道她对现在的公司有什么不满吗？

"可是你有丈夫，还有孩子呀。"

“我只有一个孩子，而且老公从事代理人的工作，也想到东京来发展……”

这时祥子突然想起来似的说：“要是干事业，还是东京好啊！老师，您能帮着介绍份好工作吗？”

“我可没有这个本事……”

这么说，祥子今天来见他，是想在东京找份工作了？

然而，连自己的生活都自顾不暇，哪有精力去帮助别人找工作啊。

“我是在东京上的大学，所以还是想在东京住啊。”

听祥子这么一说，菊治才发现自己还不知道冬香是什么学历。

“那个，冬香女士是哪所大学毕业的？”

“她好像是富山的短大毕业的。”

祥子毕业于东京一所四年制的大学，不过，菊治觉得，冬香毕业于短大反而让他喜欢。的确，从学历上看，短大当然不如四年制大学，但冬香拥有数不清的美德，比学历更重要。

“您果然很在乎冬香的事情啊。”

“没有啊……”

菊治连忙否认，可是他感觉自己的内心多半已被祥子识破了。

“您可不要对她打什么主意呀。”

菊治想问“为什么”，但还是憋了回去。

祥子故意逗菊治说：“她有三个孩子不说，老三还那么小。要是在这个时候，喜欢上了别人，麻烦可就大了。”

祥子一边窥视菊治的表情，一边说：“她要是认真起来，可不得了噢。”

祥子今天来见我，究竟想跟我说什么？

她也想到东京来，所以来找我商量，看看有什么合适的工作没有，同时告诉我冬香要搬到东京来的事情。

不对，不光是这些，祥子也许是来探听我和冬香之间的关系吧？

菊治虽然一不小心说出了自己和冬香互通短信的事情，但好在没有暴露和冬香之间的亲密关系。

东拉西扯地聊了一会儿，祥子就告辞了。不过，她告诉菊治的有关冬香丈夫的情况却出乎菊治的意料。

菊治这才知道冬香的丈夫在东西制药这样的一流公司工作，而且由于非常出色，被调到东京工作。

更让菊治耿耿于怀的还是祥子那句："冬香的先生很帅，人也温和。"

和冬香所说的丈夫的形象完全不同，而且冬香夫妇还和祥子夫妇一起吃过饭。菊治有种遭到冬香背叛的感觉，心里不太痛快。

可能的话，菊治宁愿冬香的丈夫是个懒惰而自私的丑男人，可现在正好相反。他不但比自己年轻，还那么帅、那么体贴、那么能干，这样自己不就完全被比下去了吗?

一直以来，菊治认为冬香全身心地喜欢自己，自己才是她赖以生存的精神支柱。可是，冬香既然有这么出色的丈夫，又何必跟自己这样的男人亲近呢。

菊治越琢磨越感到失落。"不过……"他转念一想，不会是祥子为了把冬香和自己分开，故意这么说的吧。祥子嫉妒去东京生活的冬香，不想让自己接近她吧。

要不就是冬香的丈夫表里不一，在家里完全是另外一副面孔吧。

菊治抱起胳膊思考起来。

祥子说冬香的丈夫是因为特别优秀才被调到东京来的，但是工作上能干的男人，不一定在家庭或床上能够满足自己的妻子。

"工作能力和让女人满足的能力，完全是两回事。"

菊治告诉自己，点了点头。

还有就是祥子说的"她要是认真起来，可不得了"这句话，让菊治心里惴惴不安。

"不得了"是什么意思呢？简单地说，就是一旦认真起来，无法自制的意思吧。菊治觉得祥子用"不得了"这个词似乎不太贴切。

一般来说，一旦陷入情网，男人和女人都会非常投入，并迷恋上对方，不能自拔。这种时候，一般女性会比男性陷得更深，女人对男人一往情深的情况比较多见。

像冬香这样单纯而温和的性格，一旦燃烧起来就难以熄灭。如果是这个意思，还可以理解，但也不能算是缺点啊。

再说了，冬香迷恋的对象正是自己啊。如果她这么爱自己，全身心地为爱而燃烧，那就没有比这更让人高兴的了。

也许祥子想说的是，真是那样的话，冬香家里会闹翻天，破坏别人家庭的责任会落到你的身上，你菊治承受得了吗？

说实话，他们之间的关系还没发展到这一步。现在两个人只是在不妨碍冬香家庭生活的前提下，偷偷见个面而已。当然，菊治知道冬香是认真的，但还没到这种“不得了”的地步。

祥子说得这么吓人，也许只是她夸大其词吧。

“没什么可担心的。”

冬香若真是不顾一切地抛下丈夫和孩子，那的确是不得了。但菊治既不会逃避，也不会躲藏，他会爽快地把这件事承受下来的。

想必许多白领，特别是一流公司的人才，会为此而苦恼不堪，但菊治如今已经没有什么要顾忌的地位和名誉了。

自己原本就是个下九流的小说家，多年没有出现在公众视野里了。冬香再怎么痴情，也没什么可为难的。况且一直和妻子分居，自己跟哪个女人来往，也不会有人说三道四。

要是躲不过去，就来个英雄救美，没什么大不了的。

“天塌不下来。”

菊治很久没有这样激励自己了。

春雪虽然已经停了，菊治心里却如同下起了春雪。

而且，这场雪还是祥子从关西带来的。一想到她说的那些话，菊治就觉得沮丧。

冬香先放在一边，她丈夫的事尤其让菊治不踏实。

思来想去，最后菊治给冬香发了条短信，先把祥子来访的事告诉了她，然后加了一句“她说也想来东京”。

最后，菊治还酸酸地补上一句“祥子说认识你丈夫，还夸他特别优秀”。

不知冬香看了会怎么回复？等到第二天，冬香回了短信："祥子真去看你了呀"，"她也能和我一起来东京的话，太让我高兴了"。

菊治以为冬香对祥子议论自己的丈夫会反感，没想到冬香不仅不怨恨她，反而希望和祥子一起来东京生活，让菊治有点儿失望。

可是，冬香的短信里一个字也没有提到丈夫。这意味着承认祥子所说的一切呢，还是觉得说这些没什么意思呢？

菊治还是弄不明白。可仔细一想，冬香本来就是那种不注意鸡毛蒜皮小事的厚道人。

这次冬香大概也是觉得，祥子所议论的事没太大意思吧。菊治对自己解释着，又发了一条短信："不管你丈夫是什么样的人，我都爱你。比任何人都喜欢你。"

菊治在句子后面，加上了三个心形符号发了出去。冬香马上就回复了：

"我也跟你一样。过不了多少天我就去东京了，请不要忘了我。"

然后也加了心形符号和笑脸，菊治总算放下心来。

不要再为这些无聊的事情搞得自己心绪不宁了。何必那么在乎冬香的丈夫多么英俊、多么优秀呢，只要冬香的心在我身上就行啊，菊治这样劝慰着自己。

晚上，菊治坐在了桌前。

他曾经对冬香宣布，从今年春天开始写作新小说。所以，就算是天塌下来，也必须开始写小说。

菊治想写的，当然还是恋爱小说。可事到如今，他不打算写那种纯之又纯的恋爱小说。

当下，菊治真正想写的是与冬香的恋情，只是这段恋爱仍在进行之中，不知今后会怎样发展。再说，菊治也没有能够一直站在客观的立场上冷静写作的自信。

可是，正当恋爱之火熊熊燃烧之时，才会激起强烈的创作冲动。

这一个月，菊治思考了很多，最后集中到了自己年轻时的情感经历，说是年轻时，其实也有三十五六岁了。那时候，自己与妻子、情人，另外还有一个女人，这三个女人之间有着泥潭般复杂的关系。

即是所谓三角恋爱，可自己怎么会坦然地陷入其中呢？或许是因为那时候自己的创作正顺风顺水，稿酬优厚，精力也特别旺盛，但还不止这些。

当时，从自己身体里涌出一种近乎疯狂的活力，丝毫不考虑将来会如何，一门心思地沉迷于恋爱。

比起这种风流多情的男欢女爱来，如今的菊治更想描写的是那种狂飙般猛烈的男人的“业”。

一直以来，一说到“业”，人们就认为只是女人才有，其实男人也有“业”。它虽然也可称为“爱”，却是不受常识伦理约束的，从身体里汹涌喷发出来的火热情爱。

菊治想要刻画的就是那些在自己也控制不了的热情驱动下，走马灯似的不断结交女人，最后被这些女人弃如敝屣的男人。

说穿了，这个男主人公的原型并不是菊治自己，但肯定是他的分身。当然，也可能有的女性看过这部作品后，以为写的是她自己经历的事情。

不过，凡是描写男女情爱的小说，描写自己的亲身体验最有把握，也最具有现实感。为了让品尝过人生百味的成人读者接受，这种现实感是不可或缺的。

为此，作者首先要回顾自己体验过的人生经历，并把它们真实地再现出来。

菊治想要描写的是，作为男人，自己内心深处潜藏的好色、自私而又脆弱的，明知虚无仍不断向前突进的雄性动物的宿命。

于是，菊治先把经过自己反复斟酌后决定下来的书名写在了稿纸上——《虚无与激情》。

当然，冬香对于菊治正在创作什么小说一无所知，菊治也不打算告诉她。

等写完小说，成书出版的时候再给冬香看比较保险，也省得在创作过程中劳神分心了。

总之，试着写了几页后，菊治渐渐找回了作家的感觉。

不过，他还是想见到冬香。一见到她，身心燃烧起来，创作激情定会更加无法遏制。

“来东京的日子定下来了吗？”

菊治发短信询问，回复仍是日期没有确定。

从长年生活居住的地方搬走，杂七杂八的事情肯定特别多。

可是，自从二月份见面之后，过了快一个月了。

自己已经忍耐到了极限。再这么等下去的话，自己难保不会去色情场所解决问题的。菊治虽没有明说，却对冬香表露了类似的心情。到了三月中旬，冬香终于给他发来了确切的信息。

“二十日搬到东京去。马上见面很难，但两天之后，我可以去找你。不过只能是中午，能见面吗？”

那天正赶上周刊杂志的校对截止日，但下午去杂志社也来得及。

“无论什么时候我都等着你。快点儿来吧。”

今天，菊治才第一次庆幸自己选择了自由职业。如果自己是在企业工作的上班族，恐怕就没有这么自由了。

当然了，现在的菊治，就算是上班族也会溜号的。

接到这个消息后，菊治扳着手指头一天一天地数日子，终于熬到了二十日，盼来了冬香成为东京人的这一天。

此时，冬香一家已在新百合之丘的公寓里安顿下来了吧？还是先在饭店住上一天，等着家具、行李送到呢？菊治不禁想起上次退饭店房间的事，正忧心忡忡的时候，冬香终于发来了短信。

“一想到从今天开始，就住在离你近在咫尺的地方，既高兴，又害怕。”

高兴可以理解，害怕是什么意思啊？菊治想问问冬香，但就连他自己也觉得太顺了，不能说没有一点儿可怕的感觉。

那天，冬香上午十点整出现在菊治的面前。

上楼来之前，冬香对着公寓门口的对讲机说：“我是入江。”

“请进！”菊治说完，摁了开门键后，走到房门前等候，在门铃响起的同时打开了门。

“噢……”

在门口站着的，正是冬香。

她还是穿着那件驼色大衣，脸颊有些发红，羞涩地微笑着。菊治送的高跟鞋项链在她胸前闪闪发光。

“进来吧……”菊治点点头，冬香刚一进来，就猛地抱住了她。

“你能来，太好了。虽然困难重重，却没有忘记我，回到了我身边。”菊治心中百感交集，更加用力地拥抱、亲吻着冬香，冬香也紧紧地贴紧他仰起了脸。

冬香同样渴望见到菊治。

他们就这样拥抱着，边接吻边进入卧室。菊治轻声絮语道：“好想你啊……”

“我也想你。”

听到这句话，菊治所有的思念顿时烟消云散。

“你能待到几点？”

“中午以前……”

离中午只有两个小时。菊治松开冬香，拉上了窗帘，房间里立刻变得黑乎乎一片。

空调早已开好了，房间里很暖和。

“脱了吧……”

菊治自己先脱光了，在床上等着，不一会儿，冬香走了过来。

今天她又穿上那件白色吊带裙了吧？菊治很欣赏从不穿那种艳丽文胸和内裤的冬香。

“真是个老古董”“老男人”，即便被年轻女孩儿这样奚落，菊治仍然认定，最能点燃男人欲望的还是清纯的内衣和羞涩的举止。

现在，冬香正从床尾上床来。

和往常一样，她必定从左边上来，所以要跨过已经躺在床上的菊治的脚。“对不起。”她边说边溜着边儿，半蹲着蹭了过去。

无论怎样亲密，仍保持着矜持。冬香这一良好的教养，更叫菊治意乱情迷。

“快点……”菊治迫不及待地搂住了她。

他们从头到脚都紧紧贴在一起，开始了身体的交谈。

“没见面的这段时间，没有发生什么事吧？”

“没有啊。我绝对会为你守身如玉的，放心吧。”

“太好了。我也是一心一意等着你啊。”

“我也是，一心只想着你。”

他们即使不说话，只是紧密拥抱、深情亲吻就可以相互交流，即所谓“身体语言”。

“太好了……”拥抱稍稍放松了些，说明两个人悬着的心都放下了，由此进入了第二阶段的身体语言。

“我可以进去了吗？”

“还用说，我也正等着呢。”

“你看看，都已经这样了。”

“真棒，太可爱了。”

此时，即使一句话不说，只要下体紧密接触，两个人便知道对方想说什么了。

“不行了，我忍不住了。”

“我也是，给我吧。”

两人相互央求着，这迫切的欲求从重叠在一起的男人和女人的肢体动作就能够感知到。

“你瞧啊……”

“已经进来了。”

菊治仿佛要把忍耐已久的渴求一股脑儿倾泻给冬香似的，向着纵深挺进。冬香发出“啊”的一声后，轻吟道：“我被穿透了……”

菊治一下子没明白冬香是什么意思。想了片刻,才明白是“身体被贯穿了”的意思。

于是，菊治问：“你被穿透了吗？”冬香闭着眼睛点点头。

此刻，菊治的东西确实贯穿冬香的体内，而且已经整个被紧紧包裹在冬香身体里了。

他对这一充实感十分满意，开始动起来。冬香也随着其频率摇动腰肢，两人之间结合得没有一丝缝隙。

已经不需要再说话。在激情燃烧之时,他们只剩下相互倾诉“我爱死你了”这一句了。

虽然已等得心焦，菊治并不着急。

菊治极力控制自己，他要让冬香一个人在愉悦的花园里遨游，而且还要变换不同的体位，让冬香领略到各种各样的快乐，使她的身体越来越习惯于自己。

这既是一种爱的表现，也是一种调教。

今天冬香也以各种姿态接纳了菊治的爱。每一次变位，她都兴奋地叫唤：“不要啦……”

冬香仿佛一边为自己感到难为情，一边对背叛自己的意志、胡乱奔跑的身体而吃惊。

不过，菊治觉得，冬香越是疯狂就越是可爱。

“对不起。”冬香说。

“这有什么呀。”菊治安慰道。

没有一个男人会讨厌女人兴奋时的叫唤。女人的叫声越响亮，男人被煽动得越是兴奋。

“只有我们两个人，尽情地享受吧……”

不知是菊治的鼓励减轻了冬香的心理负担，还是从一开始她就没打算压抑自己，她的声音变得更娇嗔，更性感了。

“真舒服，舒服死了……”

冬香终于能毫不掩饰地将自己身体里奔涌出来的喜悦说出口来了。

“不行了，快点，已经不行了……”她不停地诉说着，燃烧得越来越猛烈，朝着顶峰奔跑着。

“停下，停下吧。”

冬香甩着头发，使劲扭动着身体。菊治根本不会相信她说的话。

如果菊治此时真的照她说的停下的话，只能得到她一声不满的“哎”。

菊治无视冬香心口不一的哀求，继续进攻。

“冬香，冬香……”每当菊治这么呼唤时，冬香都立刻回应：“菊治，菊治……”

菊治叫了两次,冬香就答了两次。她这种规规矩矩的表现,越发惹人怜爱，菊治的攻击更加凶猛起来。

“快，快……”

现在，她只能一个字一个字地喊叫了。“不行了……”冬香只发出这个声音，便登上了快乐的云端，飞向了远方。

激情过后，冬香又恢复了往日的温柔娴静。与刚才的狂乱相比，她变得难以置信的安静，但她的身体还在贪恋快感的余韵。

男人姑且不谈，女人则可以多次反刍刚刚感受到的快乐。

菊治搂着还沉浸在快乐中的冬香，不停地从她的颈项抚摸到后背。如果有前戏和正戏一说，那么菊治现在进行的就是后戏。对贪恋快感余韵的女性来说，后戏是不可缺少的一环，直到后戏完了，性之飨宴才算结束。

“舒服吗？”菊治才想起来似的问着。“舒服。”冬香答道。这一问一答虽说没什么新鲜的，但也可以说，菊治知道冬香肯定会这么回答，才这么问的。

“真大呀……”

“什么？”

“你的叫声啊。”

“不许说……”

冬香摇着头，担心地追问：“隔壁会不会听见？”

“也许听见了……”

公寓里什么人都有，尤其是大白天，也说不定有人在偷听。

“不用担心，墙壁很厚的。”

菊治半开玩笑地那么一说，冬香真的担心起来，于是他赶快安慰了一句。冬香把脸伏在他的胸前，仿佛在说：“那就好。”

两个人渐渐打起盹来。他们也知道时间不多，可还是想再躺一会儿。

不知道迷糊了多久，菊治惦记着时间，一看床边的时钟，已经十一点四十分了。

“喂，时间来得及吗？”

为什么自己要叫她？冬香正安静地休息，自己完全可以不操这份心。这只能说明自己是个谨小慎微的人吧。菊治一边这么想着，一边把冬香叫醒。

冬香醒了，看着她的侧脸，菊治说道：“今天，你不用再坐新干线了。”

冬香微微一笑，菊治接着说：“一个小时你就能回去了。”

“是啊，好像做梦一样。”

冬香和菊治感觉是一样的。他们对视着点了点头，还是冬香先下了床。

菊治也只好跟着她起了床。当他从浴室出来的时候，冬香已经打扮好了。

看着发型漂亮、化着淡妆的冬香，真看不出来她刚刚热情奔放地爱过。

“今天孩子们在家吗？”

“在，还在放春假。”

说不定冬香的丈夫也在家，但菊治没有问。

“下次你什么时候有空？”

“学校开学以后吧。”

“学校什么时候开学？”

“六日开学。”

她的意思是说，等到那时，丈夫也上班了，白天就自由了。

“老三上幼儿园，回家早，但一点以前回去就来得及。”

也就是说，上午的话，两个人可以频繁地见面。

“那就一个星期一次，不行，一个星期可以见两次吧？”菊治说道。

冬香微笑着问：“上午没有人来这儿吗？”

“打扫房间的人每星期来两次，她下午来，不影响。”

菊治回答，又问：“要不咱们就去饭店？情人旅馆的话，新宿一带多得很。”

“不，还是这儿好，让我来你这儿吧。”

不小心被人看到一起进饭店的话，会很麻烦。

“没问题，你要是愿意在这儿的话，随时可以……”菊治指着冬香胸前挂着的高跟鞋项链问，“这个，他没注意吗？”

“没有，没事。”冬香答道。

“我要给这只鞋子里塞满幸福，还要更加、更加的快活。”

“比现在还要快活吗？”冬香惊讶地瞪圆了眼睛，“那样的话，我就回不去了。”

“不回去也行……”

菊治一边点头，一边想起了祥子说的话：“她要是认真起来，可不得了。”

冬香再次来到菊治的公寓，是上次见面六天后的三月末。

一个星期左右就能见到冬香一次，对菊治来说，简直就像是在做梦。这都是托冬香搬到东京来的福。冬香说，这次她想从十一点待到下午两点。

看来她今天是把孩子和丈夫留在家里看家，才会变成这个时间段的吧。

不管怎么说，把家里人扔在一边，跑到其他男人身边来的冬香，恐怕会被世人看作自私自利、不可救药的女人。但是，一想到每天忙于相夫教子，被束缚在家里的冬香，一个星期里有几个小时不在家里也无可厚非。

不过，虽说是短时间的外出，却是去和别人偷情。一想到这些，菊治的心情就百味杂陈，但菊治还是为冬香把这段时间空了出来。

幸好大学也在放春假，菊治的时间比较富余，真是机缘巧合。

菊治在家里等着，刚到十一点，冬香就准时到了。这次，菊治同样等在门口，披着淡粉色披巾的冬香像一阵春风吹了进来。

“天气暖和多了吧？”

“是啊。”菊治在门口跟冬香接吻，一边接吻一边搂着她进了卧室。

“又见面了……”

菊治喃喃道，冬香却哧哧地笑。这是和那种窃笑不同的，四目对视，含情脉脉的偷笑。

“今天时间多一些。”

平时都是两个小时左右，今天足足有三个小时。

“你做好精神准备了吧？”

“没有啊，请手下留情噢。”

菊治试着问：“今天，他在家吗？”

“说是带孩子们一起去百货公司……”

菊治不禁愕然。在这姗姗来迟的春日，丈夫带着三个孩子去百货公司时，妻子却躺在菊治的床上。

菊治感到自己罪孽深重，但这还得怪他们住得太近。

恋情正旺的时候，去想对方的家庭也没有意义，更何况婚外恋了，根本想都不要想。

菊治抛掉这些杂念，抱紧了冬香。冬香也牢牢地缠住了菊治，似乎想以此来忘掉琐碎的日常生活。做见不得人的事的内疚，更加刺激了两人的情绪。

菊治把冬香的吊带裙也给脱掉了，侧着身一边吻她右边的乳房，一边用手指去触摸她的敏感之处。冬香很快就兴奋起来。

到了菊治的房间里，就不必那么矜持了，应该遵从自己的本能，坦率地追求快乐，沉醉其中。难道是这种安心感和依赖感使得她变得更加大胆了吗？

先是从正面，接着从侧面结合之后，冬香和往常一样，压到了菊治上面，反弓起上身来。

她像是记住了这种姿势能够获取更大的快感。

菊治理所当然地回应着她，将左腿伸到了她的腰部下面，从下往上顶入。

“啊，啊……”冬香一边喘息，一边用力向后仰起身体，妖冶地扭动着腰。

到了这种程度，与其说在做爱，不如说更像是男人和女人的战争。男人只要进攻，女人就会照单全收，可是女人还没有吃饱，于是男人再次奋起。

女人的身体简直是欲壑难填。菊治吃惊地加紧进攻，冬香仰着的上身微微挺了起来。

冬香想要什么呢？瞧着她就要哭出来的表情，菊治知道了这种姿势能够让她享受到更大的快感。

既然这样，那就让她得到更多的快乐吧。

于是，菊治用左手托住冬香的后背，用力托起她的身体。冬香雪白的身体慢慢离开了菊治，坐了起来。

没有谁要求谁做什么，也没有任何商量，只是在埋头于性爱的过程中，自然而然地变成了女人在上、男人在下的姿势。

女人微微扭着身体背对着男人，朝后面坐着。

在贪婪地追求欢悦、渴求更强烈的快感时，两人不约而同地寻找到了最完美的爱的方式。

虽然窗户被厚厚的窗帘遮挡着，房间里光线黯淡，依然看得很清晰。

冬香稍稍后仰着坐在菊治的身体上面，而且是赤身裸体的，她那雪白的后背和浑圆的臀部微微前弓着。

要是在平时，冬香绝对不会采取这种姿势的。所有认识冬香的人，都万万想不到她会以这种方式做爱。

但是，此刻冬香就这样坐在菊治身上，而且还自动地抬起上身，轻轻扭动腰部，发出“啊”的叫声，伏下了上身。

似乎是意想不到的快感穿透了她的花蕊，令她惊慌失措。

冬香这是怎么了？看她那不知所措的样子，菊治明白了，这种体位她还是第一次。

从冬香发出的异常叫声和不安稳的姿势也可以察觉到。

但是，冬香不仅不打算下来，还战战兢兢地又一次直起上身，轻轻移动腰部，像是要寻找新的快感。

菊治当然支持她这么做。他愿意为她开始新的快乐探险助一臂之力。

菊治从下面伸出双手撑住冬香不稳定的腰部，帮助她前后轻轻摇动腰肢。

“啊……”

冬香的身体再次向后弓起，于是乎又遭遇了新的刺激。冬香叫着“不要”，身体向前一倒，双手撑在了菊治的大腿上。

冬香是第一次领略这种快感，所以刺激太强烈了吧，也可能是刚刚意识到自己令人羞耻的姿势吧，冬香慢慢地扭动着身体想要下去。

然而，菊治不放行。到了这一步，半途而废的话，那么费了这么大的劲儿，坚持到现在的自己不就成冤大头了吗？

“不行……”菊治坚决拒绝道。他托着冬香臀部的双手一边更加用力地使其前后摇动，一边自己从下面悄悄往上顶。

“不要啊……”

冬香虽然嘴上这么叫，但她的身体却被这个动作煽动着，一边喘着粗气，一边自动地前后摇动起她那浑圆的臀部来。

菊治万万没想到冬香会喜欢这种放荡的姿势。

冬香正处于女性性欲旺盛的年龄，所以在特别兴奋时，即使这样放浪，也没有什么可大惊小怪的。

菊治只是没想到，这个时刻竟然这么快就到来了。

而且，菊治并没有提出要求，只是在变换各种体位的过程中，偶然形成的。

“太可爱了……”望着在自己身上晃动的冬香雪白的肉体，菊治喃喃自语，“真是不得了。”他又一想。

在性方面，与其说尚未成熟，不如说没什么兴趣的冬香，竟然变化这么惊人，变得这么大胆不羁了。

就在菊治为冬香的变化而惊叹、感慨之时，冬香好像已经忍耐不住了，独自向前冲去。

“不行，不行呀……”

任由她这样狂奔下去的话，菊治就招架不住了。

菊治慌忙阻止冬香。但她已经停不下来了，继续向前狂奔，随着一声呜咽般的叫声，整个人突然瘫软下来。

虽然对这生疏的体位感到惊慌失措，但冬香却达到了高潮。

她一动不动地在菊治身上趴了一会儿，然后慢慢地抬起上身，恋恋不舍地离开了菊治的身体，趴在床上。也许是终于摆脱了令人羞愧的姿势，使冬香放松了吧，她静静地趴着。

菊治对趴在床上的冬香低声说：“像你这样的女人，我还是第一次见识……”接着又问，“感觉好不好？”

冬香慢慢将身体转过来，对菊治说：“对不起。”

她大概是为以这种放荡的体位达到高潮而感到羞耻吧。道完歉后，冬香问：“我会变成什么样子啊？”

“什么什么样子？”

“我变得这么……”

菊治不知怎么回答好，冬香轻轻道：“都要怪你。”

听冬香这样一说，菊治也有口难辩。

使冬香变得如此放纵，菊治恐怕难辞其咎。

可菊治是因为喜欢冬香，而对她施爱罢了。他只是希望在短暂的约会时间里，两人能够更强烈、更深入地结合在一起，所以才拼命地和她做爱罢了。

其结果，教会了冬香对性爱欢悦的深刻感受力，她再也回不到以前那样淑贞的妻子了。冬香好像是埋怨，这个责任要你来负。

说实话，冬香的话让菊治半是高兴，半是难过。心爱的女人如此喜爱自己、迷恋自己，没有比这更让菊治喜悦的了，这也是作为男人的自豪。但是“都怪你”这句责备，又让菊治感到为难。

“对不起……”他先道了个歉。冬香说得也没错，在他们之间的性爱问题上确实是这么回事。

“那是因为我喜欢你……”这也是无可置疑的事实。正因为喜欢冬香，菊治才会这样执着地追求她，一直在努力加深这份爱。

菊治轻轻地叹了一口气。

以前，菊治交往过的一个女性也说过类似的话。那个女人比冬香年轻，有二十五岁左右。她曾经问过菊治：“你打算怎么负责？”

女性往往喜欢说些性爱的后果应该由男人承担之类的话。

的确是男人引导女性，使她们进入了一个崭新的世界，所以也可以说男人有责任。不过，这是两人彼此相爱、共同创造出来的结果。女性在充分享受了性爱的欢乐后，却突然发问：“以后你打算怎么负责？”这让男人情何以堪？

那个女人可能是厌倦了和菊治之间拖拖拉拉的关系，获得了性的欢愉之后离他而去。

从这个意义上，菊治也不无把女人开发出来，让别的男人享受成果之遗憾，但也没有特别留恋对方。

然而，冬香的情况却不同。

首先，菊治对冬香的爱是绝对的，冬香身体上的成熟和魅力也是菊治一手培养出来的。再加上冬香虽有三个孩子，却不愿意和丈夫做爱。

在这种情况下，冬香体会了疯狂的性爱快感，所以她才说出这个责任由谁来负的话。

说实话，这个问题菊治也没法回答。

现在，菊治唯一能够说清楚的，就是自己比任何人都爱冬香。

如果菊治由此再向前跨进一步，对她说出“我想让你跟丈夫分手”这句话来，他们的爱就完美无缺了。

遗憾的是，菊治没有说出这话的勇气。他有心成为冬香的精神支柱，却没有准备好接受她的一切。

“对不起。”菊治再次道歉，“不过……”他刚要进一步解释，“好了。”冬香打断了他的话，说，“我并没有责备你的意思。”

听她这么一说，菊治才放了心，越发觉得冬香太惹人疼爱了，一把抱住了她。冬香在他怀里轻柔地说：“我很高兴……”

菊治不由得点了下头。一边说“都怪你”，一边又说“高兴”，冬香表面上是埋怨，内心里却十分欢喜。这自相矛盾的心理，使她更显得可爱了。

“我好喜欢你。”菊治更用力地搂住冬香，跟她接吻，冬香也主动伸出舌头，相互缠绕在一起。长长的接吻告一段落时，冬香说：“请不要离开我。”

“我怎么可能离开你呢？”

“因为我只能跟你做了。”

同样的话，以前冬香来东京时也曾说过。

菊治当然相信冬香说的话。不过他觉得，有时，和丈夫逢场作戏也是没办法的事。

只是冬香今天说话的语气，比上次显得更积极、更坚定了。

以冬香的性格，她的确不会稀里糊涂地和丈夫做出那个事的。

可是，长此以往的话，冬香的丈夫可怎么办呢？他会怎么看拒绝和自己做爱的妻子呢？男人的欲求又怎么解决？

菊治很在意这些，但不想现在问冬香。难得两个人这么欢快的时候，他不想因为这个事扫了兴。

“还有一点儿时间。”

冬香预定下午两点回去，还差半个小时就到了，可他们还是紧紧地拥抱着。

时间过得飞快，转眼就到分手的时间了。也可以说，正因为时光如梭，两个人很快就能再次见面了。

一直耗到快两点时，他们终于起了床。

“冲澡吗？”菊治问。

“就这样吧，我要把你的气味带回去。”冬香说着穿上了衣服。

冬香若无其事地说着让男人听着神魂颠倒的好听的话。

穿戴整齐后，冬香围披肩时，两个人商量下次见面的时间。

“下个星期就开学了，开学以后，我就能来了。”

“能来”这句话，让菊治很是激动。以前，都是菊治到京都去，头天晚上住在那里，才能在一起待上几个小时。

而现在，却是冬香到他这儿来。

“星期六、星期日以外比较好吧？”

“对不起。”

周末孩子和丈夫都在家，冬香出不来吧？不过菊治绝不打听。

“那就，定在开学后的第一个星期二吧。”

“九点半左右到这儿，可以吗？”

两人同时点头，将下次见面的时间记在自己的笔记本里。

“那个时候，说不定樱花已经盛开了。”

“太高兴了，东京的樱花我还是第一次看呢。”

“下次我给你当导游吧。”

千驮谷附近有新宿御园和代代木公园等赏樱名所。

“千万要带我去呀。”

从今往后，冬香肯定会慢慢地习惯东京的生活的。

“新家已经适应了吧？”

“嗯，刚刚有点儿，我觉得东京住起来很舒服。”

“这边的人不是特别喜欢关注别人……”菊治说道，冬香点头同意。

“这儿的人对别人没有兴趣，所以我觉得很自由。”

大概冬香以前住的地方，要费神的地方很多吧，再加上还有祥子。

“来见你一次，对东京就多一点儿了解。”

“那你就每天都来？”

“你这么说，我可就当真了。”

冬香斜睨了菊治一眼，脸色显得娇媚无比。

# 春昼

今天是一个暖洋洋的春日。据说东京的樱花开了八分。从早上起就热气升腾，看这样子，今天之内樱花就会绽放了。

然而，不论在房间里还是公寓周边，都仿佛屏住气息般的寂静无声。

菊治喜欢这春日里悠长的慵懒感觉。

这样的千金一刻，既非“春日”，也非“春昼”，恐怕只能用“春时”这样的词语才能表达。

预感樱花即将绽放，优哉游哉地消受着这漫长的时光，真正是一个奢侈而安逸的正午。

菊治倚靠在安乐椅上，等候冬香的到来。

值此樱花烂漫、春光无限的时刻，冬香一出现，两人就将同床共枕。

现在，冬香对菊治来说，与樱花无异。

过去，樱花作为百花之王，被人们称为“花王”。对菊治来说，冬香就是女人之中的王者，也就是“女王”。

他马上就要和这样一个女人，在这悠闲的春日里嬉戏。

今天玩点儿什么花样尽情逸乐一番呢？

要说冬香最让人喜欢的地方，就是对菊治有求必应。只要他一提出希望以什么形式感受什么样的快乐，冬香肯定会同意，而且还会主动从中发掘新的快乐。

换句话说，无论是采取怎样的方式，冬香都是一点就着，并会炽热地燃烧起来。

女人不管外表看上去多么美丽、娇艳，如果达不到高潮的话，就缺少些味道。也就是说，纵然放荡奔放，女人只有燃烧起来达到高潮，男人才能得到满足，觉得没有白白施爱。

现在的冬香，或许是因为承受了菊治太多的爱，轻而易举地就能达到高潮。有时甚至因为她过早地自行登上顶峰，让菊治猝不及防。女人在性方面的敏感，会更加刺激男人的好色本性。

菊治翘首以待的女人好像已经到了。

门铃响了，菊治一打开门，冬香站在面前。

正如他想象的一样，在这樱花盛开的日子里，冬香身上洋溢着女人的华美。

“请进……”

冬香进来后，菊治关上了门。从这一瞬间起，这个房间就变成了一个隐秘的逸乐之所。

“等你半天了。”

在拥抱冬香的时候，菊治陷入一种错觉，仿佛她是从门口飘进来的一片樱花似的。

菊治先上了床，问她：“外边的樱花开得怎么样了？”冬香背对着他，边脱衣服边回答：“我来的路上，从车窗里看见樱花开了不少，连这儿附近的神社里的樱花也开了。”

冬香所说的神社，好像是菊治公寓前面的鸠森八幡神社。

“看来今天或明天，樱花就会全开了。”

“是啊，天气特别暖和。”

菊治说过要带冬香去新宿御苑赏花，今天也许正是个机会。

“去不去赏花？”菊治想这么邀请，又想在去之前做爱。樱花虽美，但面对着一个正脱衣服的女人，他可没有心情现在出去。

冬香也是这么想的吧，她像往常一样轻手轻脚地上了床。

值此和煦的春昼之时，两个人迫不及待地紧紧拥抱在一起。

刚才菊治想先从侧面和冬香结合，然后让她背对自己，从后面进入她的身体。之后如果还能坚持，他想让冬香像上次那样骑在自己身上，从下面欣赏她。

犹如少年描绘色彩斑斓的美梦一般，菊治跃跃欲试。一幅幅色情画面浮现在他的脑海里。

第一种姿势已经完成，到了第二种姿势时，菊治已经控制不住自己了，因为此时两个人结合的姿势太淫荡。

冬香浑圆的臀部暴露在菊治眼前，她一边前后晃动，一边呻吟着。一般的女人很少让男人看到这种形象。一想到只有自己有此荣幸，菊治就更加无法遏制了。

冬香的背影是那么美丽而妖艳。

如果把樱花花瓣撒在她那优美的背部和浑圆的臀部上，会是什么样？冬香的肌肤雪白透亮，粉红色的樱花落英般撒在那上面，一定会使她更加光彩夺目。

冬香并不知道菊治正在欣赏她，又慢慢地前后摇动起臀部来了。

“再用力一点……”菊治用两手扶住冬香的腰，用力往后拉着。

这种体位男人很喜欢，冬香好像也很喜欢，她“啊”地叫了一声，随着菊治的节奏喘息起来。

在春天的中午，房间里一对男女以背后位结合在一起，外面的樱花仿佛被这种淫乐场面驱赶着似的，竞相绽放。

不知是春天的阳气增强了冬香的兴奋，还是与往常不同的体位刺激了菊治，两个人同时开始朝着顶峰飞奔，转眼间，相互呼唤着对方达到了高潮。

此时此刻，他们两人融合成了一体。陶醉在这满足感中，菊治闭上了眼睛。

在这缱绻的暖春包裹中，时间缓缓地流淌，菊治逐渐苏醒过来，睁开眼睛，看见了躺在身边的冬香赤裸的身体。在绚烂的春之气息中，获得满足的女性舒坦恣意地睡着，落花般寂静无声。

冬香静悄悄地伏在床上，头发却像是被人拉扯着一般披在背上，从她那圆润的肩头散落到背部。纤细腰部的前端，可以看到她圆滚滚的臀部。

一般人都认为，女性生过孩子以后身材会走样，可是在冬香身上却看不出丝毫痕迹。也许是冬香的温柔个性使她受益，她的身体不仅没有走样，反而更加丰满娇美。

凝视着冬香的时候，菊治不知不觉地伸出右手，从臀部爱抚到背部，直上脖颈，再沿着脊梁骨轻柔地滑下来。

冬香忽然扭了一下身子，可能是觉得有点儿痒，但没想躲避。

菊治喜欢这样后背稍长一些的女人。

并不是说冬香上身长。她看上去很匀称，四肢也不显得短。

这种长短适中的身材，反而给她增添了魅惑力。

以前，菊治和外国女子也交合过，对方的白皮肤不仅粗糙，而且四肢过长，结果使他非常扫兴。虽说做了爱，却感觉脖子被对方长长的手臂缠绕着似的，心神不宁。

与之相比，冬香从后背到腰间舒缓的曲线，让人放心。正是这种曲线体现了日本女子的冶艳与魅力。

菊治的手经过冬香的侧腹继续向前伸去，她慢慢地转过身来，向菊治依偎过来。

“不许乱动啊……”冬香是在责备菊治肆无忌惮的抚摸吗？其实是言不由衷的。她对菊治的爱抚没有反抗，说明她还沉浮在满足的余韵里吧。

菊治又习惯性地看了看表，刚好十点半。

由于从冬香一进门就开始亲热了，所以才过了一个小时。

仅此，菊治就感觉占了个大便宜似的，冬香也意识到了，贴近菊治，意思是说“先不要起来”。他们就这样躺在床上，拥抱着对方，感受着高潮过后的余温。

冬香问：“我是不是有点儿不正常了？”

“什么不正常？”

“这么敏感……”

菊治不由得苦笑起来。他并不认为，女人在床上时狂放不羁便不正常。正相反，他觉得像冬香这样对性的快乐极其敏感的女人，才更惹人爱，更让人无法割舍。

“那才是最美的呀。”

菊治觉得这句话还不够分量，又在冬香耳旁呢喃着：“最喜欢你了。”

“我也是。”冬香把脸埋进菊治胸前，不一会儿，她抬起头，想起什么似的说：“现在，只有我一个人吗？”

“你想说什么？”

“你没有其他喜欢的女人吗？”

说实话，菊治现在没有其他喜欢的女性，也没打算去找。

“真高兴……”冬香冒出了一句，然后又问，“可是，有人离开你了吧？”

“什么离开？”

“如果你真喜欢我的话，原来那个人就没必要来往了吧？”

“那样的人，本来就不存在啊。”

菊治想起了去年冬天分手的由纪，其实是她自己要离开他的。

“我一想起那个女人，心里就觉得对不住她……”

“你不用担心，我只有你一个人，还是不要想那些无聊的事。”

“因为我只有你一个人啊。”

冬香这么直截了当地表达自己的感情实在是罕见。

这也证明了两个人之间关系的进一步加深吧。而且，冬香自从来到东京以后，也做好了新的精神准备吧。

尽管拉着窗帘，春天的暖气还是偷偷地溜进了房间。菊治沉浸在慵懒的感觉中，爱抚着冬香的后背。

冬香的肌肤光滑而柔软，没有出汗，摸着却感觉温润细腻，手感特别好。

抚摸着冬香那白皙的皮肤时，菊治恍惚觉得自己在触摸北方雪国有着几百年历史的、手工纺织出来的丝绸一样。

“你母亲的皮肤也这么细腻吗？”

"哟，没注意过。"

冬香没有否定，说明她母亲的皮肤也很白吧。

"真美……"

男女之间经常用到"合拍"这个词，就是说的现在这种情形吧。

光是这样随意地抚摸着，菊治就感到内心平和，没有腻烦的时候，因此用"合拍"来说明两个人的关系再恰如其分不过了。

当然，与此相辅相成，互相爱慕这一心灵上的联结也必不可少。只有爱慕对方，身体相互贪求，才能获得满足。也可以说正因为心里有爱，才会更加"合拍"。

总之，抚摸冬香皮肤的手感，实在是太好了。

菊治忽然想要看看她的胸部，仔细欣赏一下这滑如凝脂般的皮肤。

他慢慢松开搂着冬香的手臂，用指尖轻轻触摸她的丰胸。冬香微微扭起身子来。

菊治仍然把脸凑近她的乳头，亲吻起来。

"不……"冬香叫道。

"什么？"菊治问，冬香没有回答，可能是因为菊治的突然袭击使她有些惶惑吧。

见冬香默默地承受他的亲吻，菊治故意问道："我在这儿留一个吻痕好不好？"

"不，不行。"

冬香想要逃避，菊治就更想这么做了。两个人略微地争执了一阵，冬香突然说道："你特别想这么做吗？"

"……"

冬香一诘问，菊治反倒不知如何回答才好了。只听冬香喃喃道："那就随你吧。"

冬香怕他留下吻痕，菊治才想留下的，一听她说同意，反而没有这个兴致了。

菊治一直认为已婚女性绝不会允许别的男人在自己胸部留下吻痕。冬香真能允许这么做吗？她真打算带着其他男人印在她那雪白的胸脯上的吻痕回家吗？

菊治正迷惑不解的时候，冬香呢喃着："我想把和你做过的所有痕迹都留下来。"

"痕迹？"

"和你分别后，剩下我自己一个人的时候，可以慢慢地一处处地回忆。那时候，你是那样做的，然后又被你怎么怎么了，全部被我的身体记住了……"

反刍，指的就是这个意思吧？

"在回忆的过程中，我的身体逐渐灼热，各个部位都兴奋起来……"

说不定，冬香的私处也会因他爱过的记忆复苏而蠢蠢欲动吧。

"是这样啊……"菊治缓缓点点头。

男人无论怎样激情燃烧，无论感受多么强烈，都不会把那种快感永远留在体内的。"太棒了！"一旦有了这样的感觉，便一切结束。高潮之后，重新感受它一遍是非常之难的。

这么看来，反刍的快乐是老天赐给女性身体的一种特权了？不管多么强烈，在刹那间释放出一切的男人，和把快乐储存在自己体内的女人，加深快感的方式似乎是完全不同的。

菊治轻轻地触摸冬香的花蕊。这里面是否也把刚才登顶的快乐全部储存进去了？

"那么，还是那么炽热吗？"

"嗯。"冬香实在地点点头。

女人的身体真是奥秘无穷，深不可测。

菊治觉得太不可思议，闭上了双眼。这时，冬香的手触到了他的胯下。

以前，冬香也爱抚过这个地方，但都是在菊治的引导下。她自己主动伸手还是第一次。

刚才她是偶然碰到了那儿吧？不管是什么缘由，冬香轻轻地握住了它。

难道她想要把这个触感也扎扎实实地残留在她的手里？

菊治任由冬香抚弄着时，它却一点点抬头了。

大概是对那个东西充满了好奇，冬香的手指更加用力了。

“真可爱……”

冬香说的是菊治的那个东西呢，还是指那个东西变小后的状态呢？菊治也来了兴趣，问道：“好玩吗？”

“对不起。”冬香道歉后接着说，“男人真不可思议啊。”

她这话是什么意思呢？菊治等着她解释。

“一会儿大一会儿小的……”

的确，女性身体里面应该没有这样忽大忽小的东西。冬香觉得好玩的话，就让她玩一会儿好了。

“它高兴起来了。”

菊治替自己的东西说道。这时，冬香的手指开始上下摩挲起来。

看样子，冬香是被这个不可思议的玩具吸引了，跟它做起游戏来了。看着冬香认真的表情，菊治问：“这个，你做过没有？”

突然听到菊治的问话，冬香好像吓了一跳，停下手里的动作，小声回答：“没有……”

菊治看着冬香困惑的样子，觉得好笑，继续追问道：“他的呢……”

不至于和丈夫也没做过这种事吧？菊治等了一会儿，“没有……”冬香答道。

这么说来，冬香和丈夫之间仅仅限于性交了？菊治沉思的时候，冬香小声说：“他曾经要我做过……”

被丈夫这么命令，冬香怎么做的呢？

“就像这样？”

“各种要求……可是，我做不了……”

冬香像挨了骂似的，垂下了眼睛。

菊治用右手温柔地包裹住了冬香的手。

冬香说是第一次，应该是实情吧。在性方面很拘谨的女人，主动这么做，不是那么容易的。

这样拘谨的冬香，却十分自然地握住了它。虽说是她的手指偶然碰到的，却没有躲开，这使菊治非常高兴。

不仅如此，她那提心吊胆地触摸的样子，表现出了冬香的温柔和好奇心。

没想到，以前她的丈夫也曾要求她这么做过。

作为丈夫，这么要求妻子也很自然。说得夸张一些，应该说这是丈夫的权利或妻子的义务。不过，若换一个角度来看，也应该是妻子的享受和丈夫的快乐。

但是，冬香却说自己做不到。虽然不知道她丈夫是怎么强迫她的，但冬香好像拒绝了他的要求。

“然后呢……”菊治觉得自己变成了一个窥视他人闺房的卑劣男人，追问道，“没事吧？”

“没事……”冬香微微摇摇头，回答，“被他骂了一顿。”

菊治不由得倒吸了一口凉气。

冬香因为没有按照丈夫的要求做，而被骂了一顿。

只是想想，菊治就感觉特别难受和心痛。

要求妻子爱抚自己，却不能如愿的丈夫确实可怜。丈夫发火，呵斥妻子也在情理之中。

不过，事关爱与性的问题，只能是当事者自己去解决，外人是很难弄清楚的。

“后来呢？”菊治继续追问。

冬香反问道：“我告诉你这些，不觉得反感吗？”

“怎么会呢？”

菊治等了一会儿，冬香开口道：“他其实有点儿变态。”

冬香所说的“他”，当然是指她丈夫了。

“变态？”

可能是觉得说不出口，她扭脸避开了菊治的目光。

“他的喜好怪怪的，让我为他……”

可能是太难以启齿，冬香沉默了，菊治催促道：“干什么……”

“他让我用嘴……”

冬香说的应该是口交。

“可是，我做不到……”

菊治并不觉得冬香丈夫的要求有什么变态，可是，冬香为什么做不到呢？其实，菊治并不愿意想象冬香口交时的样子。

“对不起，我可以问个问题吗？”

菊治先请示道，然后问：“你说过讨厌和他做爱，但是，一开始的时候并不讨厌吧？”

“因为我一直认为做爱就是这样的……”

“那么，后来没有慢慢习惯吗？”

“没有……”冬香低语，“对你我才说实话，一点儿快感也没有……”

“那么，很疼吗？”

“是的，从一开始就觉得疼，虽然不想做爱，但他强迫我，所以……”

菊治的脑海里浮现出了一个因害怕而缩成一团的雪白的女人肉体。

“那么，他不是先拥抱、接吻等，然后才性交吗？”

“这些几乎都没有，他一向是很突然地开始做，然后就自顾自地干他的，我只是希望快点儿结束，使劲忍着……”

这样看来，冬香就像等待暴风雨过去一样，一心盼着丈夫快点儿结束。

“那么，没什么快感吧？”

“是啊，每次一完事，我就松了一口气……”

菊治的脑海里浮现出了这样一对夫妇。

丈夫是个白领，就职于一家一流公司。妻子是一个皮肤白皙、性格温顺的女人，有三个孩子。

从表面上来看，这家人正是现代社会的理想家庭。

然而，这只是表象，夫妻之间的性生活未必是和谐的。

丈夫虽然时常和妻子有性爱，却没有前戏和爱抚，只是当自己想要的时候，突然跟妻子做爱，满足自己的欲望。在这一过程中，丈夫从不关注妻子的心情和身体变化，只要进行了交媾便完事。

这种关系或许可以称其为，男人占主导的，只有男人快活的性爱方式。

也可以说是妻子得不到满足，甚至根本感受不到快感的、无视妻子存在的性爱方式。

可能有人会觉得这种性爱方式太不正常了，但是在过去，这种以男性为主导的性爱方式曾经堂而皇之地通行无阻。其实，即便是现在，那些不了解女性的心理感受、对女性一无所知的男人，依然满不在乎地继续着这种性爱方式，并且自以为不错呢。

菊治再次想到冬香对性生活的忍受。

这种状态持续下去的话，冬香就会厌恶做爱，讨厌触摸丈夫的身体了。

“那你不是没有一点儿快感了……”

菊治一问，冬香干脆地点了点头。

“那么，他死心了吗？”

“与其说死心了，不如说恼怒我为什么不能照他的要求做。我跟他道歉，他就说我是‘没用的女人’……”

难道冬香的丈夫是个老式的男人？菊治不由得怒火满腔，冬香倒是很干脆地说：“不过也好，现在他不怎么纠缠我了，总算解脱了。”

竟然把这么出色的女人说成是“没用的女人”，实在是太差劲了。

即便是对同一个女人，不同的男人，也会有迥然不同的看法。对菊治来说，妩媚可爱、在性方面也非常成熟的女人，到了她丈夫那里，却成了一个没滋没味的没用的女人。

不对，与其说这是男人的看法，不如说女人因交往的男人不同，既可以变成充满魅力的女人，也可能变成古板无味的女人。

而现在菊治就充分享受到了冬香随和而成熟的一面。这么一想，菊治就有种得了便宜的感觉。不过，同一个女性竟然能发生一百八十度的变化，真让人匪夷所思。

“你刚才说，跟他做产生不了快感……”

菊治斟酌着用词问道：“你和我，是从什么时候开始有快感的？”

“第一次我太紧张了，应该是从第二次或第三次开始的吧。你对我特别温柔，所以就……”

菊治和冬香第一次单独见面，是傍晚时分，在京都的一家饭店里，那时他们只是拥抱着长时间地接吻。

后来，两个人结合在一起，是菊治早上赶去京都的那天，冬香顺从地接受了他，而且，当菊治到了控制不住的时候，她曾说："给我吧。"

虽说那个时候的冬香没有现在这么疯狂，但是连菊治也能察觉到她已经有些感觉了。

从那以后，随着一次次幽会，冬香的快感也变得越来越强烈、深邃，这是毫无疑问的。

"那么，你是和我认识以后才慢慢地……"

"那样的感受，我真的是第一次。你那么温柔地吻我，说了好多次'我喜欢你'，花了很长时间，让我感受到快乐……"

这时，冬香突然害羞起来似的，将额头抵在了菊治胸前。

"是你点着了我身体里的火焰。"

虽然冬香这么说，菊治并没有感觉自己做了这么多。他只是喜欢冬香，尽自己的所能去爱她。结果，才点燃了沉睡在她身体里的欲火吧。

"你真的是第一次有了快感？"

"当然啦。突然间变成这样，我到现在还觉得莫名其妙呢……"

菊治闭着眼思考起来。

冬香说"是你点着了我身体里的火焰"，这就意味着菊治使她感悟到了性的快乐。这句话听着说不出地甘甜和舒服，增添了男人的自尊心。

不过，这和她所说的"都怪你"，意思是一样的。

菊治没有否定此话的意思。非但如此，他还觉得被女人这么说，是值得男人引以为荣的。

而且说这句话的不是独身女性，而是一个有丈夫、有孩子的女性，就更有深度，更有分量。

"但是……"菊治思考着。

如果冬香是在自己的调教下开花的，那么，这也意味着像冬香一样身为人之妻，虽然有了孩子，但在性生活上却没能盛开的花骨朵是大有人在的了？

“那么，如果你不认识我的话，就不知道这种感觉了？”

“当然了，是你启发我的呀……”

倘若菊治不主动跟冬香约会，她很可能没有和其他男性认识的机会。

“你的朋友们也和你一样吗？”

冬香从菊治的胸脯上抬起头来，想了一会儿，说：“好像没怎么谈论过这种话题，我想都差不多吧。”

“祥子女士也是这样吗？”菊治干脆说出了具体的人。

“去年和你见面之前，我们曾经聊过，那时候她说，和她丈夫已经三年没有性关系了……”

“三年都没有了……”菊治自言自语着，然后说，“那不是太可怜了吗？”

“不过，祥子好像跟我一样，不太喜欢这种事。她丈夫偶尔要求，她也总是拒绝。最近，好容易她丈夫死了这条心，所以她告诉我说，终于松了口气……”

菊治想起了生机勃勃的现代职业女性典型祥子。

“她是由于不喜欢和丈夫做爱，才开始工作的。”

“为什么？”

“因为有了工作的话，就有了拒绝的理由呀。她说，这样轻松极了……”

这样的夫妻，或者说这样的妻子，在现代社会里为数不少吧？菊治越来越弄不懂夫妻关系是怎么一回事了。

的确，近来，没有性关系的夫妇似乎也很多。这即是所谓“无性夫妻”吧。菊治和妻子分居之前，也可以说十年左右没有性生活。

究其原因，有些人只是因为不再喜欢对方了。除此以外，还因为双方已互相感到厌倦、腻烦，以及孩子等。总之，理由可以找出很多种。不过，菊治认为大多数情况是由于丈夫的懒惰导致的。

可是，听冬香这么一说，妻子主动躲避性生活的情况看来也不在少数。有的妻子觉得，都这个年纪了，不做这种事也可以了，不喜欢让丈夫碰她，压制丈夫欲求，甚至于压根儿不让丈夫有这个想法。

虽有缘结为夫妇，却如此的冷漠，实在令人费解。但归根结底，问题还是出在男人身上。

像冬香这样，夫妻生活与其说没有快感，不如说是一种痛苦。再加上丈夫还动辄训斥，态度粗暴。从表面看，好像是妻子太任性，而实际上，是因为丈夫没有努力去引导妻子，让她心情愉快地接受自己，从中获得快感的缘故。

不管怎么说，既然能够让像冬香这样性冷淡的女性如此美丽绽放，那么，只能说女子不能开花，就是男人的责任了。

“我真幸福。”冬香深情款款地说道。

“多亏遇见了你，我才变得这样有感觉。”

“不是那么回事。”

冬香之所以能够成熟到这种程度，说明她的体内原本就潜藏着这种可能性。

“因为你具备这个素质嘛。”

“这是素质呀……”冬香重复了这个词后，觉得很可笑，哧哧地笑起来。

“我这样的，也行吗？”

“当然，你是最棒的呀。”

其实，菊治也没想到冬香会如此盛开，他觉得自己邂逅了一生中最出色的女人。

“像你这么出色的女人，我也是第一次遇到。”

“那么，你绝对不要离开我啊。”

两个人紧紧依偎着拥抱在一起。

今天的时间过得也很快，菊治一看表，已经十一点三十分了。

“已经这个时候了……”

难得冬香正握着自己那东西，菊治觉得现在起床有点儿可惜，但也只好下次再说了。

“对不起。”冬香也显得有些舍不得，可也没办法。

菊治又跟冬香接了一次吻，然后先起来了。

菊治来到书房，朝窗外望去，外面依然是风和日丽的。

菊治想起了刚才自己曾提议去赏花，就对穿好了衣服的冬香问：“现在去看花的话，是不是晚了？”

菊治明知有些勉强，可一想到不能和冬香一起去看樱花，突然觉得惋惜起来。

“看这样子，明天或后天，还谢不了。”

“天气预报说，从周末开始有雨。”

这样的话，就更应该明天或后天去赏花了。

“一到樱花开放的季节，不是刮风，就是下雨。樱花太美了，连老天都嫉妒。”

“樱花的寿命真是太短了。”

菊治一边点头一边想，如果他们俩的婚外情被人知道了，也许会像樱花一样招人嫉妒也说不定。

“那个……”菊治对做好了回家准备的冬香试探了一句，“明天或后天，能不能见个面呢？我还是想跟你一起去看樱花。”

“……”

“你是不是不能间隔太短？”

“不是，明天，孩子的学校有个家长会。后天的话也许……”

“真的？那么还是这个时间，你能过来吗？”

“你有时间吗？”

“有时间。我一定在附近找一个樱花漂亮的地方。”

“好的。”冬香点了下头，向门口走去。

望着她的背影，菊治想象着在学校里听班主任讲话时的冬香。

家长会结束之后，她会和其他孩子的母亲们寒暄，谈论孩子的事吧。在外人眼里，冬香想必是一副开朗而幸福的表情，丝毫也看不出婚外恋的迹象。

搁在以前，绝对不可能今天刚见完，明后天又见面。何止是不可能，菊治连想都没敢想过。然而现在，却有了可能。

冬香肯定会有些难处，但她还是答应了后天来。

这也多亏了冬香搬来东京，离得这么近。

冬香走了以后，菊治不由得独自笑了起来。可望着春晖射入的窗户，他又有些不安起来。

他们这样不断地增加见面频率，如饥似渴地互相贪恋下去，会发展到什么地步呢？难道两人只能一同沉溺在无底的爱的泥沼之中吗？

“将来……”菊治暗自思忖，闭上了眼睛。

难以描述的、深深的不安，使得菊治竟然有些自暴自弃起来，产生了任其发展，到什么地步算什么地步的念头。

自己这辈子，恐怕再也不会遇见超得过冬香这样可爱的女人了。说得夸张点，可以算是自己此生最后的恋爱了。

对于自己来说，今后大概不会有比这更好的事情了。和妻子已经分手，独生子也独立了，所以家庭方面没有什么问题。

工作方面也是如此，现在只不过是为了糊口而工作的。如果说今后对自己有什么期望，那无非是希望完成从春天写起的小说，重新得到众人的赞赏。但自己并没有信心能如愿以偿，而且就算是一切顺利，也不会对自己和冬香的恋爱产生什么不良影响。

总而言之，事到如今，他真想全身心地投入爱情中去。

但是，冬香那边恐怕没这么简单。虽说她当下确实深爱自己，在肉体上也很依恋自己，可现实是已经有了三个孩子。尽管对丈夫谈不上什么爱意，但三个孩子的存在，使她很难完全沉溺于和自己的恋爱之中。

更重要的是，自己把冬香诱惑到这样的境地，是不是合适呢？

万一冬香一步步陷入爱的泥沼，再也回不到原来的生活中去的话，该怎么办呢？自己真的有权利这样做吗？把冬香拖入那样的地步，自己真的能负起这份责任吗？

在慵懒的春昼之时，菊治做了一个玫瑰色的梦，然后又被带回了现实。

以前，菊治都是掰着指头计算再次见面的日子。还有十天，还有三天，当约会日期越来越近的时候，他就开始紧张、兴奋。

可是这次和下次见面只隔一天，睡上两觉就到了约会的日子。真是太幸运了。菊治喜滋滋地等待着，没想到第二天傍晚，冬香突然发来一封短信。

“我虽然一直盼着明天能和您见面，可是，老二今天开始有点儿感冒，所以没去上学。明天估计差不多能好，明天早上我再给您发短信，可以吗？”

看了短信，菊治叹了一口气。

现在正值冬春交替时节，患感冒的孩子好像很多。冬香有三个孩子，其中一个得了感冒也并不奇怪。

听冬香说过，老大是个女孩儿，那么老二就是上小学四五年级的男孩儿吧。这个孩子要是病倒的话，冬香的确很难出来。

家里有小孩儿，就是这样的吧。活生生的现实仿佛突然间被摆在了菊治面前似的，使他不免有些沮丧。

虽说如此，也不能埋怨冬香。

菊治无奈地走到窗边，下午刮起了风，樱花的花瓣纷纷飘落。

说不定樱花就这样凋谢了吧？菊治心情黯淡起来，可是除了耐心等到明天，也没有别的办法。

这天晚上，菊治和久违的中濑早已有约。

他说银座有一家店的鱼做得很好吃，就去了那里。在堆满冰块的柜台里，整齐地排列着几十条新鲜的鱼。

“这些都是日本海里打捞来的，味道鲜美的鱼。”中濑对菊治介绍道。

他们先要了条偏口鱼，做成刺身，可菊治心里还在惦记明天的事。

“孩子明天能不能退烧呢？”菊治不知不觉念叨出来。

“什么？”中濑问。

中濑从一见面就看出菊治有点儿心不在焉，便问道：“你和那个女人怎么样了？”

“嗯，还行吧……”菊治含糊地回答。

中濑追问：“对你老兄来说，真是少见啊，坚持这么长时间。”

“没那回事。”

菊治主动提出分手的情况几乎没有，而且也从来没有对中濑说起过自己情感方面的事。

只是这次，对冬香太一往情深了，所以才情不自禁地告诉了中濑。

“和有夫之妇交往够累心的吧？”

“没觉得啊……”

菊治嘴上虽然这么说，却想起了因孩子感冒，不知明天是否能见到冬香的事。

“不如找一个年轻点儿的女孩儿，你说呢？”

“不用，她挺年轻的。”

菊治五十五岁，冬香马上就到三十七岁生日了，但还是比自己小了近二十岁，足够年轻了。

“和你比起来，也许还算年轻，可是，反正也是玩玩的话，还是年轻的独身女子，更轻松一些吧。”

“但是……”菊治喝了一口兑水烧酒，说，“我并不是想玩玩。”

“什么？”中濑端着酒杯问，“你还真动心了？”

“当然了，我不是说了嘛。”

中濑突然目不转睛地盯着菊治的脸，说：“怪不得呢，你这家伙，最近眼睛都变得清澈了。”

“变清澈了？”

菊治轻轻擦了一下眼圈。

“清澈，不好吗？”

“也不是说不好，只是到了咱们这个岁数，眼睛一般都会变浑浊的，对吧。也不是说做了什么坏事，只是活得年头多了，经历了社会上各种各样的事情，眼睛就渐渐变得浑浊了，就算是长大成人的一种证明吧。可是你老兄的眼睛却越来越清澈了。”

菊治刚想问“那又怎么了”，中濑说：“看你这样子，这回是动真格的了。”

中濑似乎不太明白菊治怎么会真心喜欢上有夫之妇。

“可是，我还真有点儿为你担心呢，差不多就行了。”

菊治也不是没这么想过，但现在他不想听别人劝阻。

“好了，不说它了。”菊治打住了这个话头，观察起摆在柜台前面的各种鱼来。

左边那条大黑鱼是黑鲷，它旁边的大概是鲳鱼吧。还有红鲷、绿鳍鱼、发着青光的鲭鱼，最靠这边那条小鱼是加吉鱼吧。

这家店，可以为客人把选中的鱼当场烧烤或做熟了上桌。

“那条红色的是鲱子鱼吧？”菊治问。

留着白色胡须的老板点头道：“这种鱼烤着吃也很不错。”

“给我看一下吧。”

应菊治的要求，老板抓起那条鱼，把鱼嘴掰开让菊治看。鲱子鱼身上带点粉红色，而喉咙里头黑黑的，很精悍。

“那就烤着吃吧。”

虽说是一家以吧台为主的小店，菊治还是觉得烤一整条鱼会比较贵，不过反正有中濑董事埋单。于是，为了不辜负他的一番好意，菊治又要了杯烧酒。

中濑问：“你曾说要写新小说，怎么样了？”

“嗯，好歹在写呢。”

最近比较有写作欲望，已经写完一百五十页了。菊治把这个进展对中濑一说，中濑便高兴地说：“不错啊，终于有劲头写了。”

“至少也得再写一本像样的东西出来。”

“你的眼睛变得明亮起来了，应该没有问题。”

中濑调侃道，不过菊治自己也觉得这次劲头很足。

说实在的，他觉得自己既然可以那么全身心地投入恋爱，同样可以集中精力创作小说。

“这么说，你还得继续谈上一段时间的恋爱喽。”

“我不是……”

菊治并不是为了创作小说而谈上恋爱的，是因为陷入了情网后，又能写出小说来了。菊治本想解释一下，想想还是闷头喝起了烧酒。

吃完了烤鲱子鱼，又喝了一大碗清汤，菊治已酒足饭饱。

“怎么样，再去一家吧？”

中濑的意思是说去银座的夜店或者酒吧。菊治当然没有意见。

菊治跟着中濑去了一家位于大楼地下的夜店。这是个比较有年头的夜店了，菊治从前走红的时候，曾经来过一两次。虽然谈不上特别高级，但也常有作家来光顾，是一家比较轻松的夜店。

菊治跟着中濑走进去后，发现店内的装修已经完全变了风格，周围的那些小姐也没有一个熟悉的面孔。

只有妈妈桑一个人还记得菊治:“哟,这不是村尾老师吗?”她招呼道,“您一直在哪儿高就啊?”

不用说,菊治曾经是写小说的,但对于妈妈桑来说,菊治已是遥远的过去的客人了吧。

“村尾和我是同一年进出版社的……”中濑介绍道。

时隔很久,被妈妈桑称为“老师”,菊治重新想起了自己曾是一位叫作村尾章一郎的作家。

“来,先干一杯。”

中濑和菊治举起了兑水的威士忌碰了杯,喝了一口。中濑很快就和坐在他旁边的年轻女孩儿聊了起来。

作为一流出版社的董事,中濑无疑经常出入这类夜店。

菊治再次认识到自己与银座的夜店已经疏远了。看着中濑身边的小姐,也引不起菊治多大兴趣。

不愧是银座的女孩子,年轻漂亮,穿着打扮也很时髦,菊治不由得和冬香进行了一番比较。

要问冬香有的,而这些夜店年轻小姐身上没有的是什么的话,可以举出一点,那就是端庄内敛的气质吧,不对,应该是奔放的激情吧。

菊治正沉思着,突然听见了一声尖叫,往那个方向一看,大家都笑了起来。

好像是客人把手伸进了陪酒小姐的乳峰之间,小姐惊叫了起来。菊治觉得这也是一个和自己无缘的世界,这时旁边一个头发染成茶色的圆脸的小姐主动跟他搭话:“老师,您是做什么的啊?”

“也没什么……在大学里教点儿课吧。”他回答。

在夜店坐了一个小时,菊治总觉得银座让人静不下来,待着不习惯。菊治走之前跟中濑打了个招呼,一个人去了四谷的荒木町。

菊治带着醉意从银座搭地铁坐到四谷三丁目。出站后,过了一条宽宽的大马路,就是杉大门的饮食街。再往前走二三十米,右边有一条石阶小道。

登上这段坡度和缓的石阶,正对面有一栋很大的公寓。从公寓的位置向下望去,有一间仕舞屋[1]式样的房屋,拉开日式拉门,里面只有一个半圆形吧台,能坐下七八个人。

据说妈妈桑以前当过话剧演员。快六十岁的人了，依然风韵犹存，看上去显得年轻十岁。

“哎哟，真是稀客啊。”

平时总是被附近公司的白领占据的吧台，今天晚上却一个人都没有。

“那帮人刚刚走。”

菊治朝着正在收拾吧台的妈妈桑点点头，坐在了从里面数的第二个座位上。

“还是你这里待着舒服。”

中濑带菊治去的小料理屋和银座的夜店也都不错，但菊治还是觉得这一带的庶民风格的小店更让人觉得放松。

“来一杯冰镇烧酒吧。”

“您在什么地方喝过了吧？”

“好久没去银座的夜店了，去那儿坐了坐，不过对我来说，还是偏僻的地方更合适。”

“哟,怎么这么说呀？”妈妈桑故作生气地说,“被年轻女孩子给甩了吧？”

“哪里，没那回事，我还是喜欢比较成熟的女人。”

“啊，明白了，您最拿手的是有夫之妇吧？”

上次来的时候，菊治无意中说过自己迷上了一个已婚女性，妈妈桑好像还记得。

“今天，惠美不在吗？”

菊治今天没有看到那个在这儿打工的女大学生。

“她说是感冒了，今天没来。”

菊治看了一下四周，确认只有他们两个人后，问道：“妈妈桑，你知道高潮是怎么回事吗？”

---

1　位于商业街区但并非商户的民宅。

突然被问到这个问题，妈妈桑惊讶地瞧着菊治。

酒吧里播放着藤圭子的一首老歌《卡斯巴的女人》。菊治很喜欢这种低沉而慵懒的嗓音，刚要跟着哼唱，妈妈桑反问："你没事吧？突然问我知不知道什么是高潮？"

"是这么回事，我一直想向妈妈桑请教一下，因为女人有知道这种滋味的和不知道的之分吧。"

妈妈桑扑哧一声笑了出来："你的意思是说可以这么分类？"

"并不算是分类，但是有没有这个经验，会使女人对性爱和男人的看法发生根本变化吧。"

"这么说的话，应该是吧。"

妈妈桑喝起了兑得很淡的威士忌。

"这种感受，年轻女孩子不太知道。不过，三四十岁的已婚女性，居然也有很多人不知道。"

"那都是因为当老公的不卖力呀。"

不愧是妈妈桑，目光就是独到。

"妈妈有孩子吗？"

"有啊，有一个。"

到了现在这个年纪，妈妈桑好像也不打算瞒着谁了。

"我问个问题，行吗？"菊治把脸凑近了妈妈桑。

"你觉得生孩子之前和生孩子之后，哪个感觉好？"

"当然是生了孩子以后啊。"

"对吧。这是为什么呢？"

"要说为什么嘛……"

妈妈桑稍稍歪着依然可见年轻时美貌的瓜子脸。

"大概是因为生出了一个那么大个的东西吧……"

"大个的东西？"

"就是孩子呀。生了那样的东西以后，女人就再也没有什么可怕的了。对什么都不会感到惊奇，就会无所顾忌起来，突然变得坚强了……"

“有道理，”菊治点头赞同，“这就是说，女人生了孩子以后，才算是真正成熟了吧。”

“当然啦，生孩子是女性普通的生理现象。所以说，真正的女人，必须是生了孩子之后。”

“可是，生了孩子之后，丈夫们却管妻子叫妈妈，不再去碰她们了。”

“您不是都知道吗？”

就好像怕影响他们俩聊天似的，没有一个客人进来。菊治趁机接着问：

“可人们都说，女人生完孩子后，那个地方会变得很松弛，是吧？”

“根本没那回事。”妈妈桑当即否定。

“书上也这么说，也许最初一段时间会出现这种情况，但很快就会恢复原状。而且，生产后女人会变得特别敏感，我也是这样。真正感受到快感，还是在生了孩子以后。”

“对吧，所以说什么会松弛，都是胡说八道。”

“既然迷上已婚女人的菊老弟这样说，一定不会错的。”妈妈桑笑了笑，又问，“那个女人有那么好吗？”

“当然了，好着呢。”

“那你可就离不开她了。”

菊治点点头。妈妈桑声音有点儿沙哑地感叹道：“不过，她也不容易啊。”

“不容易？”

“当然了，她还有老公吧。可是，从其他的男人那儿尝到了这个滋味，她以后怎么办呢？”

妈妈桑这么问，菊治也无法回答。

“那个女人肯定很苦恼。背着自己的丈夫，喜欢上你了。她该怎么处理好这个局面呢？虽说女人比较擅长撒谎，可身体一旦燃烧起来，十头牛都拉不回去。”

原来是这样，菊治陷入了沉思。

“早晚有一天，那个女人会离婚的。”

“不会吧……”

“我不是就离婚了吗……”

原来妈妈桑也有过这样的经历啊。菊治重新端详起她眼睛周围的皱纹来。

“我也有孩子，可是，实在厌恶和老公呼吸同一个屋檐下的空气了，所以就离了。”

“空气？”

“是啊。女人一旦对男人感到厌恶，就回不了头了，不可能像男人那样怎么都行。”

“后来呢？”

“我把离婚的事告诉相好的男人，他似乎觉得我突然变成了沉重的负担，就跑掉了。我只好一个人打拼，在各种各样的店里干过。”

菊治一边听妈妈桑的讲述，一边设想冬香离婚以后的情景。

如果她带着三个孩子来找自己，该怎么办呢？菊治相信自己不会逃走，可是前途未卜，不禁默默地喝起了烧酒。

和妈妈桑聊了三十分钟左右，又有客人进来了。

这些客人菊治认识，是在建筑公司工作的人，“嘿……”他们举起手跟他打了招呼。

和他们简单聊了几句，菊治站起身来。

“哎呀，这就回去了？”妈妈桑把菊治送到店外。

“今天聊的可有点儿不一般哪。”

“哪里，确认了妈妈桑知道高潮是怎么回事，我就放心了。”

“您可别这么大声呀。”

小路前面，正好有几个男人经过。

“我觉得和知道那个的女人聊天，无论说什么，她们都能理解似的。”

“男人也是一样，对女人连这点都做不到可不行噢。”

妈妈桑似乎想要把菊治一直送到石阶下面。他们并排向前走着，樱花花瓣落在了他们的肩上。

菊治抬起头，望见小路周边的高墙那边有樱花树。虽然外面很暗，看不真切，但从墙里伸出来的树枝上开着的樱花，被晚上刮起的风吹落了。

“樱花，明天也就差不多了吧？”

“是啊。”

妈妈桑点头附和时，二人已经来到了大马路上。

“回头见。”菊治举起了右手。

“您可没少喝，请多加小心。”

菊治“嗯，嗯”地点着头向地铁站走去，快走到车站时，他还是拦住了一辆出租车。

虽然已经到了出租车加收夜间费的时候，但千驮谷的话，一千日元出头就够了。

半路上菊治差点儿就睡着了，好歹回到了家，脱了衣服就上了床。

这是个不冷不热的春夜。

“冬香……”

喝醉后一回到家，菊治总要叫一声冬香才会睡，这已经成了习惯了。

菊治睡得很熟。早上六点，他觉得口渴而醒来。大概昨天晚上喝得太多了，他从冰箱里拿出瓶水，喝完了又接着睡。

菊治再次醒来的时候，已经八点了。他急忙看了一下手机，有一条冬香的短信。

“非常抱歉。小孩儿还是没退烧，所以我今天去不了您那儿。我也很盼望见到您，真的很遗憾。”

菊治反复读了三遍，又回到了床上。

然后，与其说他是在睡觉，不如说在床上闭着眼休息，不时地翻个身，在床上赖着不想起。这么躺着也没什么意思，可是又无处发泄不满，只好一个人在床上耍赖。

当然，这种情况菊治不是没有考虑过，他知道冬香来不了的概率肯定会比较高，而不只是偶尔来不了的问题。

然而想象与真的变成了现实，给人的感觉是完全不一样的。

菊治知道孩子感冒是没有办法的事，可他又觉得不过就是发个烧，怎么就不能把孩子哄着了，自己悄悄出来呢？他想打个电话给她：“现在能不能出来？”

但是，冬香肯定比菊治更为烦恼。她一定是想方设法出来，结果还是不行。所以在短信第一句话就道歉说“非常抱歉”，还写了：“我也很盼望见到你，真的很遗憾。”

既然和有夫之妇交往，就应该有这点儿心理准备。菊治告诉自己，但还是平静不下来。

如果现在冬香已经来了的话，此时她正在床边开始脱衣服。

然后悄悄上床来，相互拥抱。

这么想着的时候，菊治的下半身又开始蠢蠢欲动了。那个地方完全听从感性的调动，根本控制不了它。

菊治捕捉住那东西，轻轻地运动起手指来。

要是冬香在的话，她会握住它，等它变得粗壮起来的时候，肯定会说：“给我吧。”自己就会说：“不行，不行。”逗她着急，直到冬香苦苦哀求的时候，自己才悠然地进入她的身体。菊治回忆着每一个细节时，身体渐渐地热起来了。

“冬香……”菊治喃喃着。“欸。”冬香答道。菊治的脑海里，冬香雪白的身子疯狂扭动起来。

都这把年纪了，怎么还跟年轻人似的，菊治自己也惊讶不已。在樱花开始飘落的春昼里，菊治也在独自飘落。

# 短夜

不知不觉中黑夜变短了。菊治睁开眼睛的时候，窗外已经开始发白了。

菊治估计是凌晨五点左右。看了一下枕边的时钟，果不其然，但是从窗帘透进来的光亮已经充满了清晨的朝气。

四月也快过去了，再过几天就到五月了。

在这短夜的黎明时分，菊治做了一个梦，醒来后忘得差不多了，只记得一段令他感觉羞耻的内容。

记不清那是个什么梦境了，可以肯定的是，冬香当时就躺在自己身边。

菊治想要搂抱冬香,可是周围有人。好像是在一个体育馆一样宽敞的地方，旁边还有不认识的人，只有菊治和冬香近乎全裸地依偎在一起。

菊治觉得在众目睽睽之下,实在难为情,可是冬香还要去抓他的那个东西。

“不行啊！”菊治嘴里这么说，但他的那个物件却自行其是地挺立起来，令他很狼狈。

拂晓时分做了个不上不下的春梦，貌似得到了满足，又好像没有满足，只留给了他这么个怪异的感觉。

做这种梦，莫非意味着自己的欲求不满逐渐升温，在梦里被放大了呢?

“真难为情……”

在这天亮得越来越早的早晨，菊治回想着淫荡的梦境时，想起了今天冬香要来。

自从上次因为孩子突然感冒，他们没见成面以来，已经过去半个多月了。

在这半个月里，他们见了四次，差不多一星期见两次的频率。

菊治担心太频繁了些，好在冬香的孩子已经适应了新的学校和幼儿园的生活，不用她特别费心了。

虽说如此，但冬香能够自己支配的时间只是上午。从四月中旬起，学校开始供应午餐，所以冬香一点以前从菊治那儿出来就来得及。

上午九点半来，十二点回去和下午一点钟回去，就差得多了。

幽会时间延长一个小时，两个人在一起的时光就能过得更甜蜜。

今天以什么方式攀上顶峰好呢?

菊治驰骋着想象的骏马时，觉得再躺下去对不起明亮的阳光，便起了床。

樱花已凋谢，几乎都变成了叶樱。

樱花短暂的花期，让人无限惋惜，倒是樱花凋谢以后，反而觉得爽快了。

樱花绽放之际姹紫嫣红，婀娜多姿，美不胜收。但是，开也匆匆，落也匆匆，让人心不静。

正如古人吟诵的“心无宁日……”那样，与春天的悠闲相去甚远。

也许是由于没能和冬香一起去赏花之故吧，樱花凋谢之后，菊治反而感到几分神清气爽。

比起樱花来，菊治还是喜欢樱花谢落之后开放的四照花。

菊治意外地在住宅区的道路两旁等处发现了四照花，其实是叫作苞的四片白色的花瓣，在晴空辉映下显得水灵灵的。

昨天，菊治欣赏四照花时，不知道为什么突然想起了冬香。

也许是黄昏时分，光线暗淡下来的关系，白色的四照花显得分外醒目。菊治忽然觉得四照花的内敛和文静与冬香的性格十分相像。

昨天，他停下脚步凝视了它们好一会儿。而冬香本人，此时也终于出现了。

公寓大门的门铃响了，几分钟后，房间的门铃也响了。

菊治迫不及待地打开门，冬香就站在他面前。

她穿着象牙白色的套裙，胸前戴着菊治送的高跟鞋项链。菊治见了非常高兴。

冬香宛如一朵雪白的四照花，随着初夏的微风飘了进来。

两个人立刻在门口接起吻来，这已经成了他们的习惯。

“太好了，真把我想坏了。”

“我也是啊。又见面了，太高兴了。”

这些话都是通过拥抱、接吻来传递的。

一番热烈拥吻之后，冬香脱了鞋。菊治等着她蹲下身，把自己和菊治的鞋朝外摆好，拉着她的手朝卧室走去。

“昨天，一看到四照花，我就想起了你。”

“为什么呢？”

“四照花又白又温柔……”菊治说到这儿轻轻补充了一句，“据说那种树，因为树液多，才被叫作四照花的。”

“说什么哪……”

冬香羞涩地垂下眼帘。

多亏和冬香幽会的时间延长了一个小时，时间上感觉松快多了。

前几次，他们总有种紧迫的感觉，就连脱衣服都急急忙忙的，而现在他们俩都慢悠悠地脱了衣服，菊治先上了床，冬香蹲着说：“那个，把那边的窗帘拉上……”

床前面的窗帘应该已经拉好了，只是有一条缝隙，初夏的阳光从那里透射进来。

菊治坐起来，把两边的窗帘拉严实后，冬香终于上了床。

无论两个人已经多熟悉了，冬香还是慢慢地从床尾上来。等她刚一钻进被子里，两人便搂作一团，四肢缠绕在一起。

两个人互相确认了对方的体温后，菊治徐徐伸出右手，爱抚起了冬香的后背。

“哟？”菊治心里一怔。

菊治以为冬香像以往那样穿的是吊带裙，没想到吊带裙短了一截，下半身穿着薄薄的内裤。

“怎么搞的？”由于今天冬香穿的内衣跟往常不同，所以菊治发问。

“今天，穿的是吊带背心……”

“这玩意，我可不喜欢。”

穿牛仔裤的时候，搭配吊带背心也许比较便捷，可菊治还是喜欢吊带裙。而且冬香还穿了内裤，菊治也不满意。

“我不是说过，下面什么也不许穿的吗？”

菊治发出命令：“马上脱了。”

菊治刚一伸手去拉她的内裤，冬香自己主动脱了下来。

菊治等着她脱完之后，伸手一摸，这回摸到了冬香滑溜溜的臀部。

“因为你不守规矩，要对你进行惩罚。”

既然是惩罚，如果只限于紧紧搂抱她，或者猛烈地施爱，倒是冬香求之不得的，根本起不到惩罚的作用。

那么，不如干脆打开窗帘，在光天化日之下跟冬香做。但是，这很可能引起害羞的冬香拼命反抗。

与其那样，还是尽量煽起冬香的好奇心，使她惊慌失措为上。

菊治想了一会儿，计上心来。

冬香不能喝酒，平时几乎不喝。菊治打算嘴对嘴地喂她酒喝，有可能的话，还想吻她的敏感之处。

真是个绝妙的好主意，菊治立刻跳下床去，从客厅的酒柜里拿出一瓶白兰地。这是很久以前，他采访一家公司时，总经理送的。不愧是高级白兰地，一拔下木塞，便闻到一股浓郁的酒香。

菊治含了一口白兰地，回到床上，跟冬香接吻。

菊治紧紧吻住了一无所知、迎上来的冬香的嘴唇，然后把自己嘴里的白兰地从嘴唇缝隙间送了进去。

冬香猛地缩回了下巴，但已经喝进了几滴酒，感觉到了是度数很高的什么酒。

冬香慌忙想松开嘴唇，但菊治更紧地吻住她的嘴，把酒一点点地顺着舌头空当送入她口中。

到了这个程度，冬香才放弃了挣扎。她微微张着嘴，将其余的琼浆缓缓饮下后，轻轻咳嗽起来。

菊治这才松开了冬香的嘴唇，早晨的惩罚终于结束了。

“吓了一大跳吧？”

“这是什么酒啊？”

“是白兰地，很香吧？”

冬香似乎还没有从突然被灌进白兰地的强烈刺激中缓过来。她慢慢摇着头，贴近菊治胸前，喃喃道：“我感觉身体发热了。”

“没关系的。”菊治再次轻轻地从冬香的后背一直爱抚到臀部，一边小声说，“今天，我要让你好好舒服舒服。”

这点儿酒冬香是不至于醉的，但是她那灼热的身体，肯定会比往常更加痴狂。

他们两人之间的情爱，每一个阶段都在发生着微妙的变化。

第一个阶段，即两个人初次相识，第一次合为一体的时期。那时候，他们一见面就会疯狂做爱。那种狂热，更接近于贪婪地相互索求。

不过，第一阶段过后，两人会冷静下来一些，希望尽情享受性的愉悦。

如果把这个时期算作第二个阶段，那么，从这时开始，女性从性爱中获得的快感在不断增强、不断深入。

然后是第三个阶段。从此时起，可以称之为成熟期。两人在共同享受性爱快乐的同时，会不断添加更具挑逗性的作料。也可以称之为性爱的烂熟期。

从上述分类来看，眼下菊治和冬香的关系，可以说结束了第二阶段，正跨入第三阶段，处于烂熟期的入口。

这一点从刚才菊治一边亲吻冬香，一边把白兰地注入她口中的做法上也能看出来。

尽管菊治对目前的性爱感到满足，但还想要尝试一些新奇的东西，闯入更为淫靡的世界去饱览一番。这第一步刚才已经迈出来了。

不过，菊治的新计划还没有完成。为了进一步使抱怨身体变得火热的冬香更加困惑不堪，更加兴奋，他又开始亲吻那可爱的秘所。当然，这回并非像以往那样的单纯的亲吻。

菊治嘴里又含了一口白兰地，去吻那花蕊，使其徐徐升温，燃烧起来。

当然，菊治不用这一套，冬香也完全可以感受到快感的，这一点菊治比任何人都要清楚。但是他还想玩一些新花招，让冬香惊慌。

这算得上是男人的施虐行为，而女人则是受虐一方，总的来说，近乎变态行为。然而对于彼此相爱的两人来说，这不过是为了增加性爱快乐的一种意趣。

菊治又去喝了一小口白兰地，再回到床上，把脸埋在了冬香的胯下。

“不行……”冬香虽然嘴上拒绝，但从她那娇滴滴的语调，可知她还没发觉菊治的真正目的。

从丰满的胸部到优美的腰肢，再向腹部滑去，冬香的身体非常光滑，摸着特别舒服。当然，她小腹上隐约有一条生过三个孩子的妊娠线，可那也是成熟女人的标志。

最让男人着迷的还是她的雪白肌肤。

抚摸着她那柔软的肌肤，菊治此刻一心只想着那草丛前方的花蕊入口。

冬香也知道菊治想要干什么，却没有打算反抗的意思。只是当菊治的脸试图探进她的关键部位时，她夹紧了大腿，扭动着下半身。

但已经到了这一步，菊治也不会善罢甘休。

现在冬香的姿势几乎是仰躺着，上身虽穿着吊带背心，下身却是毫无遮拦的。菊治缓缓地将脸凑近暴露的草丛。

“不行……”

冬香呻吟起来，菊治仍继续游移着舌头，这时，他忽然想起了“裙带菜酒”这个词。

不知是哪个精于好色之道的达人想出来的这个词儿，意思是把酒滴到女性下身的三角地带时，草丛在琼浆中轻轻摇曳，看上去就像裙带菜在水中晃动一般。

然后，男人会膜拜一般埋下头来吮吸美酒。这是所有男人都梦寐以求的美酒，据说那个地方收缩力强的女性一滴酒也不会漏出来。

菊治没有把握达到那种程度，这需要女方配合才能成功。而他此时想要做的事情，要比这简单得多。

菊治先像往常那样亲吻它，接着拿起放在地板上的杯子，喝进一口白兰地含在嘴里，然后再把脸凑近它，把含在嘴里的白兰地顺着舌头滴落下去。

就在白兰地刚刚缓慢而准确地滴入花蕊的瞬间，冬香突然喊叫起来："怎么回事，你干什么啦……"

和刚才她嘴里的感觉一样，那可爱的地方也被醇香的白兰地所包裹，仿佛被点燃了一般。

冬香伸出双手去揪菊治的头发。"不要啊，烫死了……"

虽说经过了唾液的稀释，但那么敏感的地方滴上了白兰地的话，肯定会火烧火燎的。

"不行，你干什么呢？"

被冬香胡乱揪扯着头发，菊治这才抬起了头，紧紧抱住了冬香。

他用双臂紧紧搂住了冬香的肩头，将自己那个因挑逗她而兴奋起来的东西侵入她的体内。

"啊"的一声，冬香挺起了身子，但身体的结合反倒使她安心了似的。柔软的褶皱从她的身体里面卷了上来，不想放菊治出去似的。菊治忍不住晃动起腰部来，冬香更加高声地叫唤着："真热，哎呀，热死了……"

由于菊治刚才往那里注入了白兰地，使得冬香从上边到下边，都像是被火点燃一般炽热。

"会热到什么程度啊？"冬香问道。其实菊治也不知道，他自己的东西也因沾上了从那里流出的白兰地而有些发烫。

菊治此时已顾不上这些了，他趁着冬香正在燃烧之机，拼命地攻击起来。

冬香随着他的频率摇晃脑袋，蹙着眉头，一边快速喘息着，一边向顶峰攀登上去。

她一直在喊热，但很快就变成了"好舒服""太棒了"的叫声，陶醉在了自己的快感中。最后随着一阵轻微的痉挛，她喊了一句“救命……”

看着冬香贪婪地吸收了所有快乐般地燃烧，菊治一方面对她怀着绝对的爱，同时也感到有些恐怖。

不断地吞入这么强烈愉悦的女人身体，究竟是什么东西？菊治觉得这就是情欲到达的顶峰，同时也窥见了那顶峰前方的无底深渊。

“是那个白兰地闹的吧……”

菊治突然意识到，这并非白兰地之过，冬香的身体已经迈入了无法回头的乐园之中。

近来，菊治觉得与冬香之间的交媾发生了明显的变化。

以前，冬香只要一到达高潮，便会获得极大的满足，慢慢地熄灭燃烧的欲火，然后沉浸在充满全身的快乐之中，享受余韵。

然而最近，仅仅登上顶峰、获得了满足并不算完，她还想要继续攀登下一座快乐的巅峰。

一次不够，冬香还要为了达到两次、三次，乃至更多的高潮而攀登不止。

这种没有止境的欲望之源是什么呢？是女人身体里的贪欲。菊治虽感目瞪口呆，却不知为什么总是千方百计想满足她。

可是，为此菊治就要拼命忍耐不发。

女人单方面沉浸在欢乐之中，而男人却要极力冷静地控制自己。

这样一来，不就成了只有女人得到满足，男人却是在受苦受难？这个念头在菊治的脑海里一闪而过，但他依然期望心爱的女人彻底沉沦欲海，一直燃烧到生命的尽头。

因为男人眼看着女人达到极乐之巅，之后自己才终于松开狂躁的缰绳，放马驰骋，所以会觉得男人扮演了吃亏的角色。

不过，这样可以让男人的身心变得更加高涨，所以也只能说无可奈何了。

那么，女人到达顶峰时，到底是一种什么感觉呢？

无论如何，男人都是无法明白这点的。当冬香欲醉欲狂地到达高潮后，菊治曾问过：“那个，你说的‘要上去了’，最后的时候是什么感觉？”

冬香回忆着当时的感觉，好一会儿才回答：“怎么说呢，全身所有的细胞都沸腾起来，变得火热……好像驾了云一样轻飘飘的，然后又从云端突然掉进了无底洞。就像坐在那种特别刺激的过山车上似的，一会儿冲上去，一会儿又落下来，真是死了都愿意……”

正如她所描绘的那样，冬香现在正坐着快乐的过山车，忘情地高叫起来。

“呀，呀，受不了了……”

冬香发出了绝命般的叫声，即将从云端下落，从快乐的过山车上下来了吧。

然而，两个人的身体并没有因此而分开。冬香还在回味着那惊心动魄的感觉。

只不过此时和刚才那样牢固的结合不一样了。应该说已经失去了气力的菊治的东西，还留在余热未尽的冬香身体里更恰当。

冬香已经尽情享受了高潮的快感，现在只是在体味余韵，菊治觉得自己也不用在里面待着了。

菊治一直拼命控制到最后，刚刚才终于放马狂奔，现在已然折戟沉沙，瘫软如泥了。再继续待在里面，也没有力气动弹了。

于是，菊治轻轻地扭动身子，想要撤出它来。

冬香立刻“啊……”地叫了一声，一个劲儿摇头。“不行，不许出来……”冬香表示不愿意。

自从到东京来以后，类似这样的诉求，冬香已经能够非常清晰地表达了。

冬香的意思是，想让菊治继续留在她身体里一会儿。

只要是冬香喜欢，菊治没有二话，都会满足她的。

他停下了这个举动，让它继续留在余热尚存的花园中游玩。

说实话，男人此时已没有了快感，而女人似乎只要那个东西留在自己体内，就能得到满足。是不是女人觉得，只要它还在自己身体里，就能抓住男人的一切？其实男人和女人的身体有着本质的区别。无论男人多么威猛、多么强求，其高潮也只是短暂的一瞬，是很有限的。

与男人相比，女人却可以得到无限的满足。激情过后，女人仍然可以悠然徜徉在愉悦的世界里。

也就是说，男人的性是有限的。与之相反，女人的性是无限的。换句话说，女人的快感是越来越宽阔，无边无垠，而男人的快感则是虎头蛇尾，越来越狭窄。

这样又过了一会儿，菊治觉得冬香已得到充分的满足，就慢慢地退出了。冬香还是恋恋不舍地哼了一声，突然说："我怎么到这个份儿上了……"

"这个份儿上"是什么程度呢？好几次达到高潮后，冬香都这么喃喃自语。那么她所说的应该是到达了快感顶峰的意思吧？

真是这样的话，引导她到达顶峰的正是菊治自身。也可以说，正是由于菊治一往情深的爱和坚持不懈的努力，冬香才能到达这样的高度。

"那样不好吗？"菊治轻轻地问道。他认为是好事才这么做的，若是给冬香植入了什么不安或者说是后悔的感觉的话，那就太遗憾了。

"不是……"冬香倦怠地呢喃，"我喜欢。只是觉得不行了……"

"不行了？"

"自从和你在一起后，学到了很多东西，不断地感受到新的快感。我现在已经到了再也回不去的地步……"

先不管将来会怎么样，女人能够这么说，对男人来说，应该是很值得自豪的评价。

"我会变成这样，没想到。"冬香似乎现在才对自己的变化感到吃惊。

"不对，不是你变了。"

菊治突然想跟冬香开点儿玩笑："冬香原本就是个好色的女人。"

"瞎说……"

菊治一边用手给面露不悦之色的冬香梳理额前的头发，一边说："女人喜欢男人有什么奇怪的。在这种意义上，男人和女人都是好色的，只是由于种种情况隐藏起来了。我只是说，冬香现在终于能够坦率地表达出来罢了……"

"是你把我变成这样的呀。"

"早知道你会这么说。"

两人飞快接了个吻，冬香问道："那么，我怎么喜欢你，都没关系啦？"

"当然了。"

菊治点点头，冬香悄悄伸出手来，伸向他的胯下。

她好像在犹豫是不是握住那个东西，然后终于用五根手指紧紧地包住了它。

上次樱花盛开之日，冬香也握住了它，可是由于没有时间了，只好作罢。

不过，今天还有足够的时间。菊治握住冬香的手，帮着害羞的冬香移动起来。

由于冬香握着的是自己的东西，所以怎样做更舒服，菊治最清楚了。

冬香也随着他的动作，犹犹豫豫地上下移动起来。

冬香的可爱之处就是对菊治的要求非常顺从。有时虽然有些犹豫，不好意思，但还是努力去做好。

然而，菊治最关键的东西，刚刚为满足冬香的强烈要求而达到了高潮，现在让它再度打起精神来，恐怕很难。

可是，要冬香停下来，菊治又觉得可惜。

菊治沉默着的时候，冬香问："我是不是很笨？"

"不笨……"菊治慌忙否定，越发觉得冬香可爱。

"我没做过，对不起。"

冬香说过她丈夫曾经强迫她这么做，可她做不来。然而对菊治，却是她自己主动的。

"已经很不错了。"

得到菊治的表扬，冬香似乎增添了自信，手指移动得更有力度了。

"我希望能让你感觉特别舒服。"

冬香的心情菊治也很理解。在冬香的努力下，它居然开始苏醒了。

真是无奇不有，菊治闭上双眼时，发觉冬香的身体慢慢地向自己小腹移动下去。

她会不会，菊治刚想到这儿，冬香问："那个，这儿……"

大概是害羞吧，冬香稍稍犹豫了一下，问道："我可以吻它吗？"

虽然巴不得她这样做，但就算她不做，菊治已经觉得非常满足了。

"不用了……"

"可是，男人喜欢这样吧？"

冬香一点点伏下身去，把她手里的那个东西轻柔地含进了嘴里。

其本身的快感就不用说了，心爱的女人竟然为自己做到这个地步，令菊治为之感动。

而且这并不是菊治强迫她做的，是冬香自己想做的。

如果没有爱，女人绝对做不出来，而且必须是深深的、发自心底的爱才行。

尽管如此，让冬香为自己这么做合适吗？何况她还是别人的妻子。

菊治顿时产生了罪恶感，但快感又使他忘却一切，沉浸在狂喜之中。

说实在的，冬香的技巧并不怎么样，而且，还带有缺少自信的犹豫。不过，正是这种不熟练和笨拙，才更惹人爱。

不管怎么说，心爱的女人为自己这样做，在某种意义上，表明了女性对男性的服从。对于男人而言，没有比这更能让他的自尊心得到满足，更昂奋的了。

在这种实在感和自信心的鼓舞下，男人逐渐找回了往日的勇武，变得坚挺起来。

没有什么比男人的这个东西更容易因心情不同而变化了。它会由于女性的爱和献身而迅速获取能量，也会由于稍有不安或没有自信而失去能量。

在这个意义上，没有比男人更脆弱、更容易受伤的动物了。外表上的粗犷威猛，或许不过是为了掩饰其脆弱的虚张声势。

现在，菊治由于获得了对男人至关重要的爱和自信，他的那个地方竟然缓慢而坚实地挺立起来，连他自己都不敢相信是真的。

不言而喻，这是冬香的献身精神带来的结果。冬香此刻是否知道菊治的这些心理活动？也许她什么都没想，只是一门心思地吮吸那可爱的东西吧。

也许冬香内心的女性欲求正急不可耐地企图把它再次拽进自己体内，品尝到更多的快乐吧。

“哎……”菊治忍不住地喊出声来。

这样下去的话，菊治可就忍不住了。他犹豫着就这样释放出来，还是跃入冬香的身体里。

“我不行了。”菊治想要退出来，冬香也放弃了，突然仰起脸，抱住了菊治。

冬香也和菊治同样，在爱抚它的时候，情难自禁起来。

两个人就像雪崩一般，从侧面合为一体。

这样总算找到了早已住惯了的安居之所。

没想到自己才释放不久，这么快又重振雄风，连菊治自己都惊讶不已。而冬香早已反弓腰部，贪婪地享受起了欢愉，一边高叫着："真舒服啊。"

自己这匹奔跑起来的骏马能坚持到什么时候呢？菊治没有自信，可冬香想要快跑的话，他愿意尽全力支持她。虽说没有了最开始时的威猛，但无论如何也要留在冬香体内，不当逃兵。

谁知，这种疲沓状态，反而使菊治因祸得福，他那个东西出乎意料地没有马上启动。于是，冬香乘此良机，疯狂扭动着身体呻吟不停，直到最后大叫一声："杀了我吧！"

一瞬间，菊治怀疑自己听错了，然后慢慢地睁开眼睛朝冬香看去。

刚才，冬香好像又一次到达了顶峰。

在叫喊声中达到高潮的女人身体就在菊治的斜上方，全身像弯弓一样往后挺起，双手垂在床上。

这就叫作在男人腹上慷慨赴死的美女吧。

冬香从高潮中苏醒过来，还需要一段时间。

菊治保持着原有的姿势，从冬香的胸前一直慢慢爱抚到她的腹部。

等到冬香从一时昏厥中苏醒过来，轻轻扭动身体的时候，他才悄悄抽出了自己的东西。

冬香立刻表示了不愿意，但马上就放弃了一般慢慢转过身子来，紧紧地偎在菊治怀里。

在一片寂静的拥抱中，菊治悄悄地问冬香："刚才，你喊了'杀了我吧'。"

冬香轻轻点点头，说："是吗？"

"杀了我吧"，这绝不是随便一说的事情，而且冬香还是狂乱地甩着头发说出来的。

以前冬香在向菊治诉说高潮时的快感时，曾经说过："舒服得恨不得死掉……"

从这句话来看，在快乐的顶点，就如同梦见了死亡，所以叫喊“杀了我吧”也很自然吧。

即使这样，女人怎么会快乐得恨不得去死，甚至叫出让男人“杀了我”这样的话来呢？

说实话，男人的快感再怎么样也不可能达到这样的境地。换个说法就是，男人在射精的一刹那，会被一种飘飘欲仙的快感俘获，遗憾的是那只是短短的一瞬间，男人马上就会清醒过来。

但是，如果快感不是瞬间即逝，能够长时间延续的话，男人恐怕也会喊出“杀了我吧……”的。

再怎么想象，作为男人，菊治毕竟弄不明白。

但是，他猜想女人一步步升温，达到高潮时的那种快感的刺激性和强烈程度远远超出了男人的想象。

“这样啊……”

菊治静静地抱住刚刚吸纳了所有快乐、窥见了死亡世界、又回归故里的女人，温柔地抚摸着她的后背。

他不知道该对她说“辛苦了”，还是“你真棒”，或者是“你太了不起了”。

不管怎么说，菊治从没见过这么敏感、能够这么燃烧的女子，而把她引导到这一步的正是他自己。

菊治沉浸在惊奇、欢喜和倦怠之中，不由得赞叹道：“真美……”

一个好女人，无论怎样迷醉痴狂，都会像樱花飘落一样美丽。

菊治从冬香后面抱住她时，发觉她好像在低声哭泣。

刚刚还沉溺在要死要活的快乐世界里，为什么会哭呢？

“你怎么啦？”

冬香不回答，强忍着呜咽似的，低声说：“我可能被强暴了……”

怎么突然说出这话来？菊治慌忙追问：“到底是怎么回事？”冬香使劲摇头：“我也说不清楚。”

冬香一边说自己也不清楚，一边又说“可能被强暴了”，这究竟是怎么回事呢？这么严重的事情，她怎么现在才说出来？

“到底怎么了？突然这么说……”菊治问。

冬香声音含混地咕哝道：“你知道了，也不要讨厌我。”

“我怎么可能讨厌你呢？”

“真的吗？”冬香确认之后，才开口说道，“昨天夜里，他又喝醉了酒回来。”

冬香几乎不提家里的事情，她所说的“他”，就是她的丈夫。他又喝醉了回来，这句话表明了，她的丈夫好喝酒，还经常喝醉。也许是因为刚刚调到东京来，各种应酬很多，所以常常有机会喝酒吧。

“然后呢……”

“我泡完澡，正打算睡觉的时候，他突然说‘先别睡觉……’”

菊治想象着冬香家里的情景。醉醺醺回家的丈夫，大概是在客厅里跟妻子说话的。

“我没有办法，只好坐下来。他说‘偶尔也陪我喝喝酒，行不行’。”

一般来说，中年夫妻确实有可能出现这种情况。

“他让我拿杯子来，我就拿来了，他就给我也倒了杯酒。”

“你不是喝不了酒吗？”

“是啊，可是他固执地命令我‘把酒喝了’，我还是没喝，他就吓唬我说‘不喝也得喝’，我害怕起来……”

不过，对方毕竟是冬香的丈夫。菊治觉得即使被对方强迫喝酒，也用不着这么害怕，也许冬香太多虑了吧。

“他一喝醉酒就两眼发直，所以我只好喝了一杯。”

不知情的人，或许还以为这是在谈论夫妻俩打情骂俏吧，菊治点了点头。

“喝完以后，我突然觉得特别困。”

“你刚刚泡完澡，是不是醉了？”

“不是那种感觉，只觉得头晕目眩的，站都站不起来了……”

听冬香这么一说，似乎非同寻常。

菊治还想再问下去，又觉得像在打听人家夫妻间的秘密似的，便沉默不语。这时冬香靠近他，怯怯地说：“我可能被他下了药。”

“药？”

“对，是安眠药。”

怎么可能呢？难道冬香的丈夫不经妻子同意，偷偷给她服用了安眠药吗？而且是喝醉了酒回来，对刚泡完澡的妻子做这种事情。他为什么要这么做呢？

“那么他是不是把药放进你喝的酒里了？你当时就没觉得有什么不对头吗？”

“我是觉得酒好像有点儿苦。他有各种各样的药。”

听说冬香的丈夫在制药公司工作，要想弄到安眠药，的确十分容易。

但是，他又何必偷偷给妻子下药，使她昏睡过去啊。不会是闹着玩吧？

“然后你就睡着了吗？”

“我已经睁不开眼睛了，就对他说‘我先休息了’。正打算去卧室，听见他说‘到这边来’……”

越听越觉得诡异，菊治屏住了呼吸。

“我平时都是和孩子们一起睡，他自己在里面的房间睡觉。我被他强行带到了里面，我不愿意，可是困得要命……”

“后来呢？”

菊治不由得向前探出身去。

“我也记不清了，觉得好像被脱光了……”

这就是说，深更半夜，因安眠药睡着的妻子，被丈夫给脱掉了睡衣？

“不会吧？”

“可是，感觉怪怪的。我醒来时才发现，衣服都……”

即使睡着了，被人脱光衣服的话，也会感到异常的。

“他为什么要做这种事？”

“我也不知道。可能是因为我一直拒绝他……”

菊治曾经听冬香说起过她一直逃避跟丈夫做爱。

即便如此，冬香说的这件事情也太出格了。

夜里喝醉回家的丈夫命令妻子陪他喝酒，并且将安眠药放在酒里，将被药迷倒的妻子脱得一丝不挂……

正常的夫妻，绝对不可能发生这种事情。退一步说，就算多少有些病态的夫妻，丈夫也不会做这种事。

当然，冬香的丈夫似乎很怨恨妻子。想要跟妻子亲热，往往得不到她的允许。因为对这样固执的妻子恼羞成怒，才干出这种下作之事的吗?

这样一想,也不是不能理解。可是,这不等于是强奸吗? 就算对方是妻子，不能那么画等号，可如果对妻子以外的女人这么做的话，肯定就是犯罪了。

不对，即便对方是妻子，恐怕也是犯罪。

菊治渐渐对冬香的丈夫感到了愤怒。

“你不会搞错吧？”

“虽然脑袋昏昏沉沉的，但是……”

冬香想要拼命回忆起什么似的，把手摁在太阳穴上。

“好像在一个特别明亮的地方，亮得晃眼，我想把脸扭开，但身体却动不了……”

“那么，房间里的灯都打开着……”

菊治想象着在明晃晃地开着大灯的房间里，俯视赤裸裸的妻子的丈夫。那么当时冬香的丈夫眼睛盯着什么地方，手触摸什么地方了呢?

妻子雪白而光滑的一丝不挂的肉体，任由丈夫随意玩弄，却无法反抗。无论丈夫是否侵入了妻子，这一刻，冬香的身体就等于已经遭到了蹂躏。

光是想象，菊治就已经头脑发涨，头晕目眩起来。可一想到那个被剥得精光的女人身体正横陈在自己眼前，他又被某种奇妙的感觉所缚。

“然后呢？”菊治忍不住问道。

冬香点点头，说道：“我记得的就只有这些。天快亮的时候，我发现自己躺在丈夫身旁，就慌忙逃出来了……”

冬香说到这儿，停了下来，菊治继续追问：“你怎么了？”

冬香的声音小得几乎听不见:“我是被他强迫的……”冬香又抽泣着说道，“对不起……”

这么说，冬香还是被丈夫剥得精光地强暴了?

不过,即便丈夫强迫妻子发生关系,被说成是强暴也可能有些过头。可是，妻子不想做爱，丈夫却下药使其昏睡后，强行发生关系的话，被说成是强奸也没话说。

冬香虽然没有具体说丈夫强行和她发生关系，只说了“我是被强迫的”几个字眼，便哽咽着哭泣起来，但菊治基本上可以判断出当时发生什么情况了。

虽说是件令人恶心的事，但是否被人侵犯，只要检查一下自己的身体，就会明白的。

实在是太可恨了。菊治义愤填膺，怒不可遏。冬香见状，再次低声说道：“对不起……”

“你何必道歉……”

菊治使劲摇了摇头。在这件事上，冬香根本不必道什么歉。因为她几乎是在毫无抵抗力的情况下被丈夫侵犯的，所以没有任何责任。

“不过，后来，我洗了好多好多遍身体，应该洗干净了。”

其实，菊治对这个并不特别在意。

既然冬香是别人的妻子，就算她和丈夫发生了关系，菊治也不好说三道四。

他担心的是冬香的心情。如果能够用水洗掉丈夫给她留下的耻辱的话，当然没有问题，可是，她真的能这么简单地忘掉吗？

“而且，他这个人特别无赖。今天早上，我尽量不看他的时候，他却嘿嘿地冲我怪笑……”

菊治眼前浮现出一幅这对怪异夫妻的影像。

“我绝不会让他再次得逞的。”冬香恨恨地吐出这句话后，再次问菊治，“你不会厌恶我吧？”

“怎么会呢……”

菊治的感情是不会因为这件事就轻易动摇的。而且，在冬香告诉他之前，两人就已有约在先了。

“你一点儿责任都没有。”

“我太高兴了……”

这回，冬香主动拥抱了菊治。她把脸抵在菊治胸前，轻轻地说：“我想要彻底忘掉所有不愉快的事情，所以今天我豁出去了，把一切都告诉了你。只要能得到你的原谅，不管怎么样我都愿意……”

说不定，正是这种心态，才使得今天冬香在床上时那般疯狂的。

“可是……”菊治思索起来。

他真不愿意让冬香回到那种下三烂的丈夫身边去，冬香自己肯定也不想回去。

虽说想这么做，可不让冬香回去，以后又将如何呢?

可以想象，他们夫妻的关系会进一步恶化，甚至不久就会离婚。

到了那个地步，自己能否接受冬香呢?关于这个问题，菊治曾不止一次地设想过，却一直没有绝对的自信。

说实话，如果只是冬香一个人，菊治现在就愿意接纳她，可是，若要他也接纳三个小孩子，就很难下决心了。

这次事件，显然是由于冬香拒绝和丈夫做爱而发生的。但在此事件的阴影里，有自己这样一个男人的存在。

在这个意义上，应该道歉的人是菊治。

“对不起……”菊治不禁说出了声。

“你怎么了？”冬香问。

“都怪我……”

“不是这样的。正因为遇到了你，我才体验到幸福快乐，才重新有了活力啊。”

虽然冬香的话让菊治很欢喜，但这也是促使她和丈夫越来越难相处的原因。

“可是，这样下去的话，你也很不好受吧？”

“是啊……”冬香点点头，“他以前就有些不正常。”

“不正常？”

“他有好多变态的录像带，经常一个人躲在房间里看。”

冬香的丈夫看的好像是色情录像带，不过，恐怕很多男人都看过。

如果只是因为这个原因，妻子就拒绝丈夫碰自己的话，单单谴责丈夫，似乎有些苛求。

“再加上他这次的卑鄙做法，我是彻底地厌恶他了。”

菊治也能理解冬香的心情。能够理解他们夫妻双方的立场，正是最让菊治难受之处。

“我再也不会输给他了。绝不允许他再这么做。”

说完这句话，冬香起了床。

看样子，冬香还是要回到那个令她厌恶无比的丈夫身边去。

原以为十分充裕的三个小时时间，倏忽间就过去了。

离别之时总是最难过的时刻,今天格外难舍难分。冬香受到了丈夫的羞辱，菊治心里真不想让她回那个家去，可是冬香已像往常一样换好衣服，去浴室整理妆容了。

冬香出来的时候，大概是哭过了，眼睛四周有些红肿。

“那我走了……”

冬香刚说到这儿，菊治从背后一把抱住了她。他紧紧抱着她，激情四溢地接吻时，冬香拿着的手袋掉在了地上，她也不去拾。

菊治不想让她走，冬香也不想回家。两个人嘴唇紧紧贴在一起，舌尖互相缠绕，以此就能明白彼此的心。

然而，不管多么激烈的亲吻，也有结束的时候。在这倾情热吻的过程中，两人的呼吸变得局促起来，一瞬间嘴唇分离开来。就在这个瞬间，他们两人同时回归了现实，意识到不得不分手了。

然后，冬香捡起了掉在地上的手袋。菊治也知道终归还是得分别。

“我送你到车站……”

从菊治家到车站，走着需要七八分钟。

刚开始的时候，菊治每次必送，后来就不送了。一方面是因为冬香不让他送，更主要的还是在车站上送别冬香，菊治觉得特别难受。自己都这把年纪了，还这么卿卿我我的，有些磨不开。再加上目送冬香回家的背影，会使自己因残酷的现实而伤感，心情更加失落。

但是今天，菊治想把冬香送到车站。既然不得不面对现实，就要勇敢地去面对。

“走吧……”

菊治在衬衣外面套了件毛衣，一身休闲装，把手搭在冬香的肩头，来到走廊上，乘电梯下到一楼，朝公寓大门走去，在门口遇到了正在修整花坛的公寓管理员。

管理员六十五岁左右，人很温和。“你好。”双方互相打了个招呼。

菊治和冬香一起进出的时候，碰到过管理员好几次了。他心里一定以为他们是一对情侣。

从大门出来，走下几个台阶，就到了大马路边上。他们朝车站方向走去，路边开着白色的四照花。

现在应该算是初夏了，走在阳光下，感觉微微有点儿出汗。菊治走着走着，突然想要拉冬香的手。

前面就到商店街了，虽然没有多少行人，但总有车辆来来往往的。

在这种地方，中年男女手牵着手走路的话，周围的人会侧目的。菊治虽然这样想，但还是问冬香：“咱们拉着手走吧？”

冬香突然停住了脚步，看着菊治扑哧笑了。

“真那样做的话，人家会笑话的。”

“没事……”

菊治照样拉住了冬香没有拿包的那只手，然后马上又松开了，若无其事地往前走去。

“对了，你的生日是五月几日？”

“是二十日。”

“那，你是双子座？”

“不是，是金牛座。”

“金牛座的人对周围的人都很关心，而且温柔、谨慎……”

菊治想起了以前读过的一本有关星座的书。刚说到这儿，冬香接着说:“并不急于求成，不紧不慢的，踏实而务实……”

“最后说的那句，不太一样。”

如果冬香属于踏实而务实的女人的话，就不会陷入眼前这种状态了。菊治刚这么一说，冬香立即反驳：“是你把我变成这样的……”

“是我把你变得不务实的？！”

“对……”

菊治顺从地点了点头。

“你过生日的时候，我想和你一起吃饭。”

“你要给我过生日？”

“当然。可是你晚上不方便吧？”

“我记得那天应该是星期五。”冬香说完，一边拢起被初夏的微风吹乱的头发，一边问，“如果我能出来的话，你可以和我见面吗？”

“当然了，如果你能在外面过夜的话，我还可以带你去个地方旅行。”

“真的吗？”

冬香又确认了一遍，菊治忽然感觉到一丝不安。

如果冬香真能出来的话，她和丈夫之间的关系会变成什么样呢？

自己再怎么想也没有用，眼下要紧的是即将到来的黄金周怎么度过。

“黄金周期间，咱们怎么办？”

从以往来看，一般放假时孩子都在家，冬香出不来。尽管菊治已不抱什么希望，可是像连休这么长时间一直不见面，他没有把握能够忍受。

“我正考虑五月男孩节的时候，是不是回一趟高槻。”

“那么，是去看祥子女士……”

“是的，她一直叫我们有空去玩儿，而且孩子们也很想去。”

到时候，冬香的丈夫也一起去吗？菊治虽然比较介意，但听刚才冬香的口气，夫妻俩大概是各自安排。

“那咱们呢？”等候通往车站的红绿灯时，菊治问。

“连休期间的不放假的日子我可以出来，可是学校没有午饭，我十一点就得离开这里。”

冬香九点半到的话，就只有一个半小时多一点的时间了。

“这么短的时间，也可以吗？”

“当然了……”

“我尽可能早点到。”

为了仅仅一个半小时的约会，冬香想方设法也要来，菊治觉得她这种不顾一切很可爱，不禁又握住了她的手。就在此时，红灯变成了绿灯，菊治只好又松开她的手过马路。

穿过这条宽阔的大马路就是车站，冬香在左边的售票处前停住了脚步。

望着裹在象牙白色套装里的冬香那有些柔弱的身姿，菊治想起了刚才她喊出了“杀了我吧”。

买完票，冬香回过身来，微笑着走回他身边，对他说：“我回去了。”

“下次见面是五月二日吧。”

“对，请多关照。”

确认了下次见面的日期之后，菊治点头说道：“要等这么长时间才能再见到你，我得使劲忍耐了。”

“我也一样的。不会忘记你的。”

在大白天的车站前面，他们不能长时间地互相对望。

“去吧。”

菊治说道，冬香再一次低了下头，便朝车站里走去。

五月初的黄金周也给菊治的生活带来了很大的影响。

大学里的课虽然不用上了，但是周刊杂志那边要出临时增刊号，所以黄金周之前菊治忙得不得了。

实际上，和冬香分手的第二天开始，菊治一直处于连轴转的状态，到了四月三十日，终于校完了稿件，可以喘口气了。第二天，菊治几乎睡了一天。五月二日，冬香如约来到他的公寓。

“今天电车里空荡荡的。”

正是黄金周期间，大概很多人都在家休息。

可是，菊治和冬香两人却不能这么悠闲。只有不到两小时的幽会时间，菊治立刻把冬香带到床边，冬香却非常抱歉似的说：“对不起。从昨天开始，那个来了，今天咱们只是一起待一会儿，好吗？”

冬香说的好像是来了月经。

以前也赶上过冬香月经快完的时候，不过，今天的出血量恐怕要比那次多。

“我不在乎。”

今天见面后，会有一段时间不能见面。所以只是搂抱她的话，菊治实在受不了。

菊治从浴室里拿出来一块大浴巾，把它铺在自己和冬香的腰下面。

“这样就不要紧了。”

“可是……”

冬香还是很犹豫，可菊治无论如何都要跟她做爱。

“那么，让我为你那个吧。”

“那个……”菊治重复着，明白了冬香的意思。

“你就凑合一下吧……”

菊治当然非常乐意，可是这么一来，自己说不定会更想要冬香了。

“这个……”

菊治踌躇不决的时候，冬香早已趴下身子。

冬香会再一次为自己做和上次一样的事了。菊治刚一闪念，他的下体就鼓胀起来。

冬香的手温柔地握住它，菊治只觉得一股热气覆盖了它的顶部。

“啊……”在发出呻吟的同时，菊治闭上了眼睛，进入了一个甜美的梦幻般的世界，徜徉其中。

这温柔、火热而又惬意的感觉刹那间贯穿了菊治的全身，这感觉实在难以用一句话来概括。

如果真有桃源乡的话，此时欲飘欲仙的感觉正是男人的桃源乡……

由于快感太强烈了，菊治摇动着脑袋，一边发出连他自己都不敢想象的呻吟声，一边费力地喊出：“停下来！”

再继续下去，自己肯定会忍不住释放出来的。这是菊治无论如何也要避免的。

可是，冬香却没有停下来的意思。相反，菊治越是叫她“停下来”，她的动作力度就越大。

冬香上次才刚刚学会，却非常用心，做得很像那么回事。

“不行呀……”菊治惊慌失措地连连叫唤。也许是冬香看他这样子觉得很有趣，更加起劲了。

说不定她在这一过程中发现了某种施虐的乐趣，而不是爱抚了。

“快放开我……”再继续下去的话，就到菊治的极限了。

菊治又叫了一声，推开冬香，央求道：“求你了，我要进去……”

冬香无可奈何地抬起了头，很为难地轻声说：“可是，真的会弄脏你的。”

“我无所谓，只要是你，怎么脏都没关系。”

到了这个程度，菊治真恨不得让自己在冬香的体内变得血红。

“我不在乎，求你了。”

在菊治多次恳求下，冬香才终于脱下了内裤，接纳了他。

“真暖和……”

虽说是在月经期间，冬香在爱抚菊治的过程中自己也燃烧起来了。

就这样，被包裹在不知是血液还是爱液的混合体的温暖怀抱之中，菊治一路狂奔。

“太棒了……”菊治叫嚷着。

“我也是。”冬香应道。两个人早已把月经之事忘到了脑后,一起奔跑起来。

也许有些女性觉得月经期间不应该和男性发生关系，果真如此吗？

如果说女性因污秽而感觉羞耻，并担心男人会因此而扫兴的话，那么，经期也许的确不太合适做爱。

不过，若是双方都能够认同这种状况的话，就不会有什么问题了。

也有些人认为从医学角度说，这么做是不行的。但实际上没有这一说。非但如此，从绝对不会怀孕这个角度，甚至可以说经期做爱最为安全。

“你别在意……”菊治先让冬香放松下来，然后轻轻地告诉她，“你就放开了，享受快乐吧。”

在这个时候冬香能够接纳自己，菊治为之感动不已，一想到将在鲜血之中与她交合，就更加令菊治兴奋。

总之，两个人一旦合为一体，就再也不能分开。接下来，他们只能一起跟着快感的指引，攀上快乐的巅峰。这既是充分享受完美的爱，也是不把周围弄脏的方法。

“好啊……”冬香也已经忘了自己的身体状况，发出了呻吟。

有些女性会在排卵之日和经期前感觉兴奋，那么现在冬香是怎样的状态呢？不对，近来冬香无论在什么时候都会迅速点燃，应该跟这些日期无关吧。

今天她也疯狂奔跑起来，最后在“放过我吧”的叫喊中，达到了高潮，与之同时菊治也到达了顶点。

菊治感受着汹涌而来的快乐潮水。潮水转瞬间就如退潮般消退下去之时，冬香的身体却仿佛漂浮在欢悦的大海上一般，还陶醉在快感之中。

为了配合冬香，菊治仍旧停留在她体内，回味快感的余韵。觉得差不多了，他悄悄退出了冬香的身体。

“不……”冬香还是舍不得放走他。

菊治仍然缓慢地抽身出来，把准备好的毛巾盖在下身上，然后重新抱紧了冬香。

“感觉好不好？”

“好……”

到达了快乐巅峰的冬香，仿佛已经忘掉月经这件事了。

交媾之后，总是先清醒的一方先有动静。

此时，菊治将毛巾留在冬香大腿间，从床上下来。

冬香立刻想要阻止他，菊治对她说：“你再休息一会儿吧。”先进了浴室。

下身的确沾了些血污，但菊治并不在乎。相反，当那些红色的东西被热水冲走的时候，他还觉得有些可惜。

他用毛巾擦干身体，重新回到卧室，看见冬香正在撤床单。

“对不起，还是把床单弄脏了……”

“这有什么，不用在意，哪儿脏了？”

菊治想要看看，冬香却遮挡着，没让他看。

“我想把浴巾和床单拿回去，可以吗？我想洗一下……”

这点活儿，菊治自己也能干。

“没关系，我可以送洗衣店。”

“那我就先洗一下浴巾，床单带回去洗。有其他床单吗？”

菊治从后面的衣柜中拿出洗好的床单。冬香接过来，说：“马上就换好，请等一下。”

看样子冬香是想让菊治暂时离开卧室一会儿。

菊治便走出卧室，来到厨房。从冰箱里拿出乌龙茶，又回到书房，坐在了椅子上。

窗外依然是晴空万里。

明天开始，冬香就会带着孩子们去关西，见到和祥子等老朋友后，她们将聊些什么？还有，她丈夫是否一起去呢？

在明媚的阳光下，菊治一边想着，一边闭上了眼睛。这时冬香轻轻地敲了一下门，走了进来。

“对不起，我大致洗了一遍浴巾，床单也换好了。弄脏的床单，下次见面时带来。”

冬香手里提着放了脏床单的纸袋，准备回家了。

“下次，是六日吧？”

“是的，可以吗？”

现在的菊治，除了和冬香见面以外，没有特别要干的事。

在菊治最闲得慌的黄金周连休后半段儿，最心爱的冬香却不在东京。

小孩节的时候，冬香要带孩子们去以前住过的高槻，这也是没有办法的事。可是这段日子自己怎么打发呢？菊治茫然地想着，忽然意识到自己几乎没有什么亲朋好友。

当然，偶尔约自己一起喝酒的中濑、现在和自己在一个大学里做讲师的森下，都是可以聊聊天的朋友。

不过，和他们也只是偶尔见上一面，不是能够讨论深入话题，或者一起去旅行的那种关系。

菊治没有至交好友的原因之一，可能是由于他三十多岁就辞去了出版社的工作。自从他成了“独狼”作家，便失去了意气相投的朋友。既然想做个无拘无束的自由职业者，理当有这样的心理准备，所以，菊治对此并没有特别感觉不满。

一过五十岁，人就会变得孤独起来，这也是必然的。而且，一般人还有家人陪伴，可菊治已和妻子分居单过，孑然一身也是在所难免的事情。实际上，正因为孤独，才有自由之身，要是让菊治二者取其一的话，宁可寂寞一些，也要选择自由。

对于这方面的问题，菊治早已想清楚了。可是下面几天的休息，该怎么度过呢？

当然菊治要做的事情很多。首先，应该尽快完成已经动笔的《虚无与激情》。在大学讲授的中世纪日本文学，也需要查阅一些新的资料，总结出自己的观点来。还想偶尔做一些户外活动，打一打从四十岁开始的一直没有长进的高尔夫球，也想看一看电影或话剧什么的。

虽说想做的事情可以说出一堆来，可菊治却不知该怎么打发闲暇时间，归根结底是因为他没有心情做这些事。

自己怎么可以这样无所事事呢？菊治反省着自己，只有一件事非常明白：这半年来，他把全部心思都投入了和冬香的恋爱之中。

无论是见到她时，还是见不到她的时候，菊治的脑子里，冬香总是萦绕不去。他一心只想着和冬香约会的事情。

“我并没有犯懒，我只不过是全身心地沉溺于爱情罢了。”

对其他人来说，这或许不成为理由，但对菊治来说，却是一个非常像样的借口。

菊治这么漫无边际地想着，从冰箱里拿出啤酒喝起来。

像菊治这种自由职业者，根本就无所谓什么黄金周连休不连休。但是一想到社会上各部门都放假，自己心里也自然感觉心情放松。

而且今天天气又好，一个人闷在家里，实在是太浪费光阴了。尽管菊治对自己颇感失望，却又没有兴致出门。

菊治就想这么沐浴着初夏的阳光，静静地倚靠在椅子上冥想。

他一边喝着啤酒，微微闭着眼睛时，冬香的身影浮现在了眼前。

现在冬香大概已经在京都换了车，到达高槻了吧？她大概正在和祥子以及她的孩子们享受久别重逢的欢乐吧？

忽然菊治又想起祥子说过的，冬香的老公又优秀又英俊的话来。

这次旅行，冬香的丈夫也是一起去的吗？

冬香那么厌恶她丈夫，应该不可能吧？菊治打消了这个疑问，但紧接着，一个念头又闪过他的脑海。

祥子会不会对冬香的丈夫抱有好感呢？

怎么可能呢？那样的话，祥子就等于是背叛了冬香啊。

菊治又把这个猜想给否定了，继续喝着啤酒。

相比之下，最大的问题还是冬香与丈夫之间的关系。

菊治想起上次见面时，听冬香说的那件令人意外的事。那么，冬香的丈夫用安眠药将她迷倒之后，是不是发生了关系呢？

“我可能被侵犯了……”虽然冬香说得很含糊，但既然话说到这种程度，说明她还是被丈夫蹂躏了吧？

在明亮的灯光下，与赤裸的妻子性交的镜头，异常淫亵。难道说侵犯几乎没有意识的妻子，可以使他得到满足？还有一点让菊治一直担心的是，冬香的丈夫在对毫无抵抗力的妻子做出卑劣之事时，会不会察觉到了什么？

说实话，现在的冬香绝不是过去的冬香了，在性方面已相当地成熟了。她已熟知种种的快感，对于爱抚也变得十分敏感了。

这般敏感的身体，即便是意识朦胧，难道就不会对丈夫的触摸产生感觉吗？她的身体会不会不由自主地湿润起来呢？

尽管菊治觉得这种可能微乎其微，可又觉得，如果被她丈夫发现不对头的话，那就太可怕了。

为了摆脱种种胡思乱想，菊治不停地喝着啤酒。

不过，冬香的丈夫想要从她无意识的身体里发现什么，也是徒劳。

即便冬香有什么反应，也不能作为妻子有外遇的证据。

“不过……”菊治回想起来。

每次和冬香幽会，他都想在她的乳房或者耳朵，以及大腿上留下亲吻的痕迹。实际上，他的确在她的乳房上留下过轻微的吻痕，如果当天发生了这件事的话，就非同小可了。

不管怎么说，冬香现在和丈夫住在一起，所以自己千万要小心谨慎。菊治这样提醒自己，但又觉得和冬香这样继续发展下去，被她丈夫发现是迟早的事。

万一被她丈夫发现了，冬香会采取什么态度？自己又该怎么做呢？只要一想到这些，菊治就感到喘不上气来。

其实，对于无法预知的事情，再怎么想也没有用。

为了转换一下心情，菊治朝窗外望去，仿佛能掐会算似的，他的手机响起了短信的声音。

菊治赶忙打开手机，果然是冬香发来的："现在我在祥子女士家里。孩子们都出去了，我正好趁这个工夫给你发条短信。离开的时间越长，我对你的思念就越强烈。还有三天了，希望时间快点过去。"

短信的中间和最后都加上了数字拼图的笑脸和心形图案。

看完后，菊治马上回复："我等着你回来。和你一分开，我就觉得不安，光想一些无聊的事情。下次见面的时候，那个也完了吧。我会好好地惩罚你的，不管你怎么求我，都不会停止。"

短信结尾，菊治加上嘴唇和心形的标记，发了出去。

不一会儿，冬香又发来了一条短信："我不在的时候，你可要乖乖地等着我。我回来后，要仔细检查的。"

以前姑且不论，现在自己这么喜欢冬香，根本不可能去招蜂惹蝶。菊治一边苦笑，一边回了条短信："你也要把自己那个地方锁好了，不许让任何人碰啊。"

冬香来之前的三天时间，菊治一直关在家里写小说。

和外界的接触，也就是偶尔看看电视，去便利店买买东西。剩下的时间，大白天菊治也拉上蕾丝窗帘，坐在桌前埋头写字。

这番苦干终于有了成果，到了冬香要来的那天早上，菊治已经写了二百五十页稿纸。黄金周开始时，菊治已经写了一百多页，就是说这三天他一口气写了一百页以上。

一边思念心爱的女人一边进行创作，还真是文思泉涌。不过，以现在的感觉，下面还需要写一百五六十页，加起来就成了一部近四百页的长篇小说。这样的话，此书将会成为一部富有可读性的作品。

“村尾章一郎，期待已久的长篇巨作《虚无与激情》。”

“经历了苦恋之后，等待他们的未来是什么……曾经创作家喻户晓的《爱的墓碑》的作者，时隔多年推出最新爱情巨作。”

菊治想象着小说出版时，许多报纸上登载的醒目的广告字眼，心里一阵悸动。

“我要通过这部小说东山再起，再次成为畅销小说作家，然后让冬香离婚……”

菊治望着眼前厚厚的稿纸，独自点头时，门铃响了，日思夜想的冬香出现在他面前。

打开门之后，冬香轻轻鞠了一躬，刚一走进房间，两个人就热吻起来。这已成为他们见面时的习惯，也算是一种相互问候。

“你过得怎么样？”

“我一直在想你……”

起初很害羞的冬香，现在这种话也能轻松说出了。

两人径直来到卧室，雪崩一般倒在床上，这已成为他们之间的固定模式了。

“想死我了。”

“我也一样。”

语言上的确认已经变得多余，他们紧紧地拥在一起，再一次狂热地跟对方接吻。

他们的身体早已燃烧起来，迫不及待地结合在一起。

“好温暖……”

“好深啊……”

这样互相倾诉着，菊治进入了冬香的身体。冬香紧紧包裹着菊治那里，两个人交合为一体。

“男人和女人就是为了在这个世上结合，才被上帝创造出来的。”菊治想起了昨晚，自己在小说中所写的一段话。

不论他们的身体多少次重叠在一起，都不会相同。每次结合的方式、扭动的姿态，以及到达顶峰的形式都不同。但有一点可以确认，就是冬香的快感确实在不断加强，不断加深。

这一点已无须再次询问她。通过感知冬香在燃烧、陶醉、达到高潮的整个过程，以及各个阶段发出的呻吟及颤抖，菊治就一清二楚了。

眼下也是如此。冬香变得更加痴狂，三番五次攀上顶点，终于到了再也不堪忍受的极限，随着一声悠长而低沉的“杀了我吧”的喊叫，达到了高潮。

冬香像是昏死过去了似的，一时半会儿她是不会从那个遥远的世界重新苏醒过来的。

今天也同以往一样。从死亡的彼岸慢慢复苏了的冬香，把脸贴在菊治的胸前依偎了一会儿，忽然问道：“我这是怎么了……”

听到冬香这么问，菊治也不知该怎么回答好。不过，从她刚才癫狂地达到高潮的情形看，冬香大概是品味到了以前不曾有过的崭新快感而不知所措吧。

“感觉舒服吗？”

“舒服。”冬香答道，随后突然冒出了一句，“好害怕……”

“害怕？”

“我看不到尽头……”

一次比一次更欢悦地攀升到的顶峰到底是何处？冬香窥见前方等待的只有一片深不见底的沼泽，因此而胆怯、战栗吗？

菊治觉得不可思议。冬香感受了那么强烈的快感后，却害怕起来。说实话，菊治作为男人没有感受过那种快感。不过，随着冬香燃烧得越来越激烈，菊治隐隐感到了自己也会被她拖到地狱里去的不安。

“不用害怕。”菊治伸出双臂紧紧地搂住了冬香。

“不管你飞到哪里，都不要紧的。”

“真的吗？真的吗？”冬香连着问了两次，继续倾诉道，“不要离开我……”

“我不会离开你。”

今天的冬香比以往都要亢奋，大概是因为太满足了，反而使她深感不安吧。

尽情欢愉之后，又到了分别的时刻。

如果这世上没有“分别”的话，真不知他们将会怎样沉迷于爱的世界，攫取无穷尽的满足呢。

不过，也可以说正是因为有分离，两个人才能回到正常的世界里。倘若没有暂时的分别，他们就只能一直沉溺在快乐的沼泽之中，深陷其中了。

“咱们起来吧？”

菊治这句话也即是逃出快乐沼泽的指令。冬香也察觉到这一点，顺从地起来了。

冬香穿好内衣后，套上了外衣。相对于从床上下来的速度，她穿衣服的动作明显加快，不到二十分钟，就梳理好了头发，穿完了衣服。

“这是上次我拿走的床单。”

冬香把刚洗好的床单递给菊治。估计她可能是送到自家附近的洗衣店去洗的。

菊治接过床单，问道：“去高槻这趟，玩得怎么样？”

“祥子女士特别高兴，孩子们也好久没见了，夜里玩到很晚……”

菊治又漫不经意地问：“你丈夫也一起去了？”

“没有……”冬香很干脆地摇了摇头。

“他好像有别的约会……”

“约会？”

“好像是约了人，去打高尔夫。”

冬香的丈夫也许是跟公司的同事一起去的吧？他这么个优秀的白领，和菊治不一样，没准打得特别好呢。

不过，从黄金周和朋友去打高尔夫来看，冬香的丈夫似乎对她没有那么迷恋，也可能两个人之间的关系已经冷淡下来了。

“黄金周连休已经结束了。”

菊治转换了话题，冬香也点头同意。

“还记得吗？你说过我生日那天，带我出去玩儿的。”

“没错。当天不方便的话，换别的日子也成。”

“不用换，可以的。”冬香说完，又叮嘱了一句，“请一定带我去啊。”

菊治当然打算带她出去玩儿，可是，她真的能在外面过一夜吗？

菊治不无担心地轻轻点了点头。

# 青岚

当翠绿镶满街树枝头的时候，有时会突然刮来一阵凉爽的风。风力不强也不弱。从窗口望去，给人感觉只是个阳光耀眼的初夏的某一天。

然而一到外面，就会感受到不时从绿荫中刮来的阵阵清风。所谓“青岚”指的正是这种夏日凉风。

菊治和冬香一起去箱根那天，也适逢这青岚送爽。

五月份的金牛座最后一天，是冬香三十七岁的生日。

冬香生日那天，她真的能出来约会，在外边过夜吗？菊治有些半信半疑，不知道冬香是不是在为此做着准备。

到了生日那天，冬香如约在下午四点半准时出现在新宿车站。

她里面穿着天蓝色吊带背心，外边罩一件浅驼色薄毛衣，手里拿着一个稍大的手提包。

“今天有点儿风。”冬香一边拢着被月台上的风吹乱的头发，一边笑吟吟地说道。

看着冬香的表情，菊治想起了楸邨[1]的俳句:“青岚掠过时，相思随风去。”

1 加藤楸邨（1905—1993），日本俳句诗人、文学家。他提倡“真邨感合”，追求表现人的内心世界。

冬香不至于到了现在，又突然变卦吧？

从新宿坐上小田急线的“浪漫号”，一个小时多一点儿就到了小田原。然后换乘出租车，爬上箱根山，朝着位于芦之湖中央的一家旅馆驶去。

菊治把今天的安排告诉了冬香，两人在“浪漫号”上刚一落座，便四目相对，深情一笑。

菊治的笑容是充满了“你能出来，真不简单”的慰劳之意，而冬香则报以“你看，我真的出来了吧”的会心微笑。

可是，这么明目张胆地离家外出，冬香是怎么做到的呢？菊治这么一问，冬香仿佛正等着他问似的回答：“我把乡下的婆婆请来帮几天忙呗。出来的理由是以前工作过的公司有个聚会……”

冬香说过以前曾在京都一家与纺织相关的公司工作过，她所说的大概就是这家公司吧。

不过，难得冬香的婆婆愿意从富山到东京来。菊治问起怎么请动婆婆时，冬香回答：“我对她说，请您到东京来玩玩儿，散散心。”

菊治这才明白，她还有这么个招儿啊。可问题是冬香的丈夫，冬香是怎么跟他说的？这是菊治最在意的，而冬香只是淡淡地说：“他对我的事根本不关心……”

“对你的生日也不关心？”

“这种事，他早就忘到一边去了。”

夫妻怎么会这样呢？不过，菊治自己四十多岁的时候，妻子不提醒的话，他也根本记不得她的生日是哪天。

由此看来，如同菊治夫妻曾经走过来的那样，冬香他们的夫妻关系也在日趋冷淡吧。

“我还没去过箱根呢。”冬香好像事先看了旅游手册，“我以为只有山呢，原来还有湖啊。”

“这个湖叫芦之湖，挺大的呢。外轮山[1]像屏风一样包围着整个湖。”

1 旧火山口中产生新的火山喷发，并在其中造成新的火山锥后，旧火山口的边缘便成为环绕新火山锥的山脊，即外轮山。

“可以在那里享受二人世界啊。”

“就是这儿。”冬香突然指着窗外。

是新百合之丘，冬香现在住的地方。没等菊治看清楚是个什么样的地方，特快列车就开过去了。

“其实只要想做，什么都难不住。”

冬香的这股子自信劲儿，令菊治有些害怕。

当“浪漫号”到达小田原时，已经过了六点。

从这里要坐出租车到箱根去。

菊治向排列在站前的出租车招了招手，先让冬香上了车，然后自己才坐了进去。

“去芦之湖的龙宫殿。”

“欢迎光临。”司机很响亮地问候了一声，车子穿过散发着温泉气味的浴池，往山上开去。

正如自古以来人们称颂的“箱根之山乃天下之险”那样，上山的路蜿蜒崎岖，左右两边繁茂的树木伸展着枝丫。车子蛇行在苍翠的山路上，不断向着高处攀升。

“空气真新鲜，好舒服啊！”

冬香打开车窗，呼吸着山里的清新空气。菊治悄悄地握住她的一只手，轻轻说道：“今天住的地方是日式旅馆。”

“真的？我好久没住榻榻米房间了。”

冬香在关西和东京住的都是公寓，也难怪她这么说。

“我太高兴了。”

冬香也悄悄握住菊治的手。菊治用手指轻轻地挠了两下她的掌心，她慌忙松开了手，然后冬香也用手指去挠菊治，两个人你来我往地互相逗弄着。当他们往窗外看的时候，好像已经进了山。

“太阳快落山了。”

由于前方被茂密的树丛所笼罩，太阳下山比平原要早。车子越来越接近了山体的阴面。

望着黑黢黢的山脊，菊治忽然陷入了正在和冬香逃离什么似的错觉之中。

这样继续驶进深山，来到一个远离人群的地方隐居起来。到了那种山坳里，谁都不会知道他们的行踪，也不会有人追到这里来。冬香可能也是这么想的，她眼睛望着窗外，紧紧地握着菊治的手。

然而，没过多久，菊治的幻想便消失不见了。道路变得开阔了些，左右两边能看到住家了。

这里是芦之湖东边的箱根，能看见湖面了，还有神社红色的鸟居。这里曾经有个驿站，至今仍保存完好。

车子沿着湖边继续前行，透过树木间隙，芦之湖隐约可见。正当他们着迷于眼前的景色时，突然道路变得宽阔起来，菊治他们要去的旅馆终于出现了。

龙宫殿的主建筑为一字形葺顶屋脊，左右伸展开来，犹如凤凰垂下翅膀歇息般静静伫立着。今天菊治他们入住的是坐落在它旁边湖畔的日式新馆。

他们的车子一停靠在新馆宽阔的大门外，旅馆老板和穿和服的女招待便迎了出来，马上引导他们坐电梯来到三层的日式房间。

“您的房间是这里。”

负责房间的女招待打开门后，他们走了进去。玄关前面有个衣帽间，再往里去是一个十张榻榻米[1]以上的客厅。房间尽头有一扇很宽的大玻璃窗，可以俯瞰芦之湖的景色。

“你来看。”菊治站在窗边，伸出右手一指，冬香靠近他，发出了赞叹:“太漂亮了……”

日暮时分幽暗的芦之湖展现在他们的眼前，围绕湖水的外轮山右边，是延绵起伏的葱郁山峦的尽头。正三角形的富士山清晰地浮现在夕阳染红的天空中。

“真是太美了……”

富士山无论什么时候看，都非常美丽。而即将消失在夕阳映照下的富士山，更增添了别样的洁净和庄严。

---

1　一张榻榻米的面积约为 1.62 平方米。

“富士山看得这么清楚，我还是第一次呢。”

冬香陶醉地久久凝望着窗外的美景，然后喃喃自语：“真是太奢侈了。”

得知冬香生日那天可以和他一起外出的时候，菊治当即决定去满眼新绿的箱根。箱根不算太远，又有湖水和温泉，充满了可以远离东京喧嚣的自然景色。

难得大老远地来到箱根，当然希望住在风景优美的豪华日式房间。

说实话，一听到报价，菊治一瞬间有些犹豫。一个人将近四万日元，两个人的话，再加上交通费等，差不多要花掉十万日元。

为了一个晚上值得这么破费吗？但菊治很快下了决心。

这种机会还不知有没有第二次。既然要去，就应该住能留下美好回忆的房间，在那里度过一个令冬香感动而满足的一夜。

菊治觉得与其担忧未知的将来，不如珍惜现在。

近来菊治总感觉有些不安。说不定自己什么时候会做出特别大胆的，或者说是不计后果的，连自己都心惊肉跳的事情来。

这次旅行也是这样，起初菊治只打算在某家餐厅吃个饭，时间有富余的话，就一起去自己的公寓。可是，一年只有这么一次生日，再加上冬香破天荒地想要外出过一夜。听到她这么说的瞬间，菊治的梦想不由得膨胀起来，决定去一个特别豪华的地方。

多年来菊治一直作为自由职业者而得过且过，他现在的存款已经不足七百万日元了。靠这些钱能应付得了漫长的养老生活吗？

每当想到这些，菊治就会心生忧虑，但正是这种捉襟见肘的状态，反而使菊治想开了吧。

菊治原本就不是个计划性很强的人，最近这种倾向更加明显了。

他以为随着年龄的增长，自己就会多少变得节省、简朴一些，实际上完全相反。上了年纪后，倒像是进入了第三个或第四个反抗期似的。

不管怎么说，看冬香这样欢喜，箱根这趟也算是不虚此行。

菊治轻轻搂住了眺望着暮色中的湖水和富士山的冬香。

去年秋天，和冬香第一次接吻的时候，面对的是夕阳西下的京都景观。而现在呈现在他们眼前的，则是夜幕降临的湖光山色。

不知不觉间风景从街道变成了湖水，菊治觉得这变化很有意思，内心充满了感慨。

千辛万苦，终于结出了硕果……

两个人正在夜色笼罩的窗前接吻，从门口传来了“对不起，可以进来吗”的声音。

他们慌忙分开，客房女招待捧着浴衣走了进来，向他们说明如何使用温泉浴场和室内温泉。然后说：“晚餐安排在饭店主楼的餐厅里，请问大约几点可以用餐？”

菊治和冬香对视了一下，告诉她：“十分钟以后吧。”然后看了眼时间。

已经六点半多了，湖水、山峦和他们所在的房间都一点点地笼罩在了夜幕中。

在这个房间里，今晚一定要使出浑身解数和冬香颠鸾倒凤一番，让她酥软成泥。

冬香好像正在浴室梳理头发，不知她是否能感知菊治此时的心情。

两人乘坐旅馆内部的巡回车，去饭店主楼的大餐厅吃晚餐。

他们被带到最靠里边的一个安静的席位，坐下后，看见高高的天花板上悬挂着亮晶晶的大盏枝形吊灯。透过宽敞的落地窗，能看到夜色朦胧中的草坪和湖水。

冬香显得有点儿紧张，男侍者介绍了晚餐的菜肴。

拼盘是三岛农园生产的迷你西红柿，接下来是在骏河湾捕捞的龙虾，以及伊豆出产的鲍鱼，各道菜肴都是采自当地特产。

听完介绍后，菊治先要了两杯香槟与冬香干杯。

“生日快乐！”

“谢谢你！”

用细长的香槟酒杯轻轻碰杯后，冬香轻抿了一口，细声细气道：“这么奢华的生日，我还是第一次。”

真有这事？不管怎么说，听到这话，菊治还是很高兴。

“我总觉得会受到什么惩罚。”

“怎么会呢。”

喝完香槟后，菊治要了一瓶口味独特的红酒，也觉得没多大酒劲儿。

“今天晚上，你就放开了喝吧，喝醉了也没关系。”

“不行，我会睡过去的。”

菊治猛然想起了冬香被丈夫放进酒里的安眠药迷倒的事，但避开此事打趣道：“那你就一直睡下去好了。”

“那怎么行啊，多可惜呀。”

听冬香的意思，她是打算通宵达旦地燃烧了？

“我已经三十七岁了。”

“那很好啊。这时候的女人才开始有味道呀。”

说心里话，菊治认为女人从三十岁到四十岁才是最成熟、最具有魅力的年龄。

“可是，男人们不是都喜欢年轻水灵的女孩子吗？”

“不对，你才是佼佼者呢。”

“这是什么意思啊？”

“你结了婚，又有孩子，而且还有情人啊。”

冬香嫣然一笑，但马上摇起头来。

“我从一开始就当个失败者多好啊。”

冬香的意思会不会是只恋爱不结婚呢？菊治苦笑着饮了一口红酒。

主菜是和牛[1]里脊牛排配天城的绿芥末，最后一道是静冈产的哈密瓜甜汤。

“太好吃了，我都吃光了。”

只喝了一点儿红酒，冬香的两颊便泛起了红晕。这时侍应生捧来一个正方形的盒子。

他把这个盒子放在冬香面前，打开盒盖，出现了一个生日蛋糕，上面用巧克力写着：“生日快乐，冬香女士。”

“这是为我预备的……”冬香一边鼓起掌来，一边惊叹着，“太美了！”

---

1　即日本牛。牛肉的味道与口感独特，是高档商品。品种主要由日本原产品种与明治后欧洲进口品种杂交而来。

“请吧。”听到催促，她憋足一口气，吹灭了蜡烛。

“生日快乐！”周围的侍应生们也都一齐鼓起掌来表示祝贺。

“谢谢！”

冬香脸上露出欢喜而又腼腆的笑容，再三低头致谢，最后朝着菊治鞠了一躬，说：“我太高兴了。”

“那就好……”

菊治特地要求把晚餐放在主楼的大餐厅，为的就是这个生日蛋糕。它能把晚餐的气氛推向高潮。

“今天这个生日晚餐，我一辈子都不会忘记。”

“要切蛋糕吗？”侍应生问。

“吃得太饱了，我想把蛋糕拿回去。”冬香谢绝了。

蛋糕太漂亮了，冬香大概是舍不得马上把它切开吧。

她请侍应生把蛋糕重新包好，两个人喝完餐后咖啡，一起走出了餐厅。

走出饭店大门，他们又上了巡回车。初夏的夜风吹拂着火热的面颊，使他们感到十分快意。

途中，平缓的坡路边栽种的白椿树，在夜色下依旧分外鲜明。

两个人回到了日式新馆，房间女招待迎出来，问道：“请问，明天几点用早餐？”

女招待说，早餐是送到房间里来，从七点到九点，每隔三十分钟有一次送餐。

菊治想了想，选择了最晚的九点。

“那么，请休息吧。晚安。”

女招待走后，菊治用钥匙打开门，穿过衣帽间走到最里面的榻榻米房间，看见被褥已经铺好了。

两床被子并排铺着，中间稍稍分开了一点。枕旁的纸罩座灯犹如要见证他们的良宵似的，泛着淡淡的光。

仔细一瞧，右边拉门前面的杂物箱里，整整齐齐地放了两套浴衣。

菊治挑了一套大号的换上，见冬香把他的衣服、裤子用衣架挂好，又将他脱下的内衣和袜子叠好。

菊治已经记不清多少年没有享受过这种服务了。菊治正感慨着，冬香说：“你先去泡澡吧。”

“不……一起去吧。”

虽说房间里也有浴室，可既然到了温泉胜地，菊治还是想去温泉浴场。

冬香也换上了浴衣，他们一起去了一层的温泉浴场，约好三十分钟后出来，便分别进入了男女浴池。

菊治在浴场欣赏了庭园里的枯山水[1]景致，按照约好的时间出来时，冬香已经站在出口等他了。

她把头发盘起，用发卡别住，左手拿着一条毛巾，笑吟吟地看着菊治。

菊治禁不住点头赞赏。

刚刚泡过温泉的缘故，冬香的两颊红扑扑的，头发高高盘起后露出了白皙的脖颈。

“是个好女人……”菊治脱口而出。

冬香没听明白，问：“你说什么？”

“我说你是个好女人！”

“什么呀……”

冬香很难为情，脸一直红到了耳朵根儿。

“你有和服吧？”在走廊上菊治边走边问。

“我想看你穿和服什么样子。”

冬香穿着旅馆的浴衣，已经这么有型了，如果穿上她自己的和服，那就更出色了。

“有机会的话，穿上和服让我见识一下吧？”

“真的想看吗？”

在京都和冬香初次见面的时候，大概是觉得太阳有些晃眼，她曾经抬起手遮在额前。当时菊治就觉得，她那柔软的手指特别适合穿和服，这种感觉

---

1　日本园林独有的构成要素，以山石和白砂为主体，象征自然界的各种景观。如白砂可以代表大川、海洋，石头则可寓意大山、瀑布等。

至今没有变。

“可以吗？”

“要是你真想看的话。”

菊治点点头，又问：“你自己会穿吧？”

“会。”

“那我把它脱下来，也不要紧喽……”

菊治话音未落，冬香就惊讶地轻轻瞪了他一眼。

喝了美酒之后又泡了温泉，菊治颇有几分醉意。

两个人并肩走过长长的走廊，回到了日式房间。

“不知道还能不能看见外面？”

两个人贴近大玻璃窗，隐约可以看到映照在湖畔四周灯光下的湖水和外轮山。

“湖水已经睡着了。”

两个人依偎在窗边，从刚泡完温泉的冬香身上飘来一股淡淡的温泉气味。

菊治被这股气味所吸引，更加贴近了冬香，从她的浴衣衣襟里窥见了那雪白柔软的酥胸。

菊治的眼睛虽然望着窗外，手却悄悄地伸进了冬香的双乳之间。

“干什么呀……”

冬香慌忙躲避，菊治却毫不理会，紧紧地握住了她的乳峰。

“好可爱……”

冬香的乳房虽然不是很大，却温暖而柔软。

“不要，不行……”

冬香越是挣扎，胸部就裸露得越多。

“会被人看见的。”

冬香想从窗边逃离，菊治却紧追不放，就这样两人一起倒在了被褥上。

虽说很随意地引发了战斗，可一旦开战，就没那么容易结束了。

互相揪扯的两个人终于紧紧地搂在了一起，但菊治很快松开了冬香，去解她的浴衣带子。

明明知道浴衣早晚会被脱掉，冬香依然把带子系得很紧。菊治费了番工夫，才解开衣带，掀开了浴衣前襟。

内衣的话，有上下之分，而浴衣只需分开前襟，把两只胳膊脱掉就可以了。这种特别的脱法，也是和服的魅力之一。

菊治就像慢慢打开百宝箱般，掀开了冬香的浴衣，却发现冬香穿着内裤，不由得有些扫兴。

“我不是说过嘛，什么也不许穿。”

“可是……”

冬香想说不好意思吧。菊治的手刚一触到内裤，她就乖顺地扭着腰身，自己脱了下来。

在昏暗的照明下，冬香赤裸裸地躺在浴衣上面。她害羞得闭着眼睛，睫毛微微颤抖着，从胸部到下半身袒露无遗。

“真美啊。”

菊治一边感叹着，一边突然把枕旁的地灯拧亮。

“干吗……”

突然亮起的灯光，把冬香吓了一跳。

她慌忙想要翻身，早已被菊治的双手摁住了。

近来，冬香的白皙肌肤在丰富的性感培育下，似乎越发娇媚了。

菊治想好好欣赏这美艳的肉体，怎能允许她反抗？这么美的东西，她应该毫不吝啬地展现给自己才对。菊治咽下了这些话，想把冬香的身体翻过来，却遭遇了她的抵抗。

于是，在两个人的身体相互纠缠、搏斗时，菊治的上身逐渐接近了冬香的下体，突然间，他就像发现了猎物一般，把脸探入冬香的两腿之间。

既然你不让我欣赏你的身体，我就让你更为羞耻。菊治为了报复冬香不顺从自己，启用了这一手。

以前他也这么做过，不过今天却是在耀眼的灯光下实施，那可爱之所看得一清二楚。

“不要，放开……”冬香惊慌失措地叫着。可既然到了这个地步，菊治怎么可能放手。冬香越是反抗，菊治的下颚越是往里面顶去，冬香终于放弃了反抗。

此时，菊治忽然感到下身被什么柔软的东西给包裹住了。

不用回头看，菊治也知道冬香正在做什么。

他们就这样互相爱抚着。在夜阑人静的夜晚，无论是湖水，还是环绕湖水的群山都不会注意到，在旅馆里的一间亮着灯的房间内，正上演着一幅淫荡的图景。

他们贪婪地吮吸着对方最敏感的地方，仿佛这样才能使他们心安，才能表达爱情似的。

他们在相互折磨对方最为薄弱的地方时，自己最为薄弱的地方也正在被对方折磨。两个人头脚相反，上半身在全力以赴进行着攻击，下半身却毫无防备地处于对方的攻击之下。

这是一场攻击与被攻击的战斗。获胜的关键取决于谁能够保持比对方更为冷静的状态，不停歇地进攻。稍一放松，沉溺于快感，瞬间就会被对方赶进败北的沟壑之中。

不能输给对方，要一直这样相互缠绕下去。可是，这场淫荡的战斗未能持久，胜负的归属逐渐显露出来了。

突然，菊治察觉敌人的攻击开始减弱，紧接着，包裹菊治下体的火热气息也没有了。

冬香终于忍耐不住一浪接一浪涌向自己的快感潮水，全面放弃了攻击，沦为被攻击的一方。

到了这一步，就等于胜利在望了。

机不可失，菊治毫不松懈，更加执拗地进行攻击。冬香呻吟着挺起了身体，发出了声嘶力竭的悲鸣。

“不行了，求你了……”

冬香扭动着腰身，浑身剧烈颤抖着达到了高潮。

如同悲壮地战死沙场一般，这场殊死战斗终于以冬香的惨败而告终。

战火一旦熄灭，敌我双方也就不复存在。对于在激烈战火中败北的敌人，现在有必要马上进行收容和护理。

菊治从上面紧紧抱住了还沉浸在余韵中抖动不止的冬香，等她平静下来之后，再从侧面轻轻地把她拥入怀中。

房间里的灯光还是那样明亮。想避开灯光似的，冬香深深地依偎在菊治胸前，一动不动。

冬香大概在懊悔因自己单方面疯狂地达到高潮而败北。

不过，看冬香的表情似乎并不认为自己惨败了。正相反，对她而言，战争的序幕才刚刚拉开。

静静躺着的冬香，不知什么时候伸出了右手，悄悄地握住了菊治的东西。

或许冬香是为了现在复苏才达到高潮的。菊治以为在他那般猛烈地进攻下，冬香很难缓过劲儿来，没想到，他刚这么一闪念，冬香就卷土重来了。这种韧性恐怕不只冬香具有，所有女性都是共通的。

“原来她是被动的。”到了现在菊治才算明白了这个道理。拼命扭曲身体，晕厥般达到高潮后，马上开始寻求新一轮的欢乐。女人身体的这种复苏能力，就是一种被动的技巧，看似一败涂地，其实几乎没有消耗什么能量。

此时的冬香仿佛已经忘记了刚才那场致命的败仗，再一次抖擞起精神，准备进行新一轮的挑战。

菊治自然不会躲避她的挑战。他早就准备好了，今天晚上，要在这个宽敞的房间里鏖战一夜。

他对已将自己那个东西握在手里的冬香，轻声问道：“想要吗？”

“嗯……”冬香老实地回答。

“你不是刚上去了吗？”

“可那是你点的火呀。”

难道说，刚刚那场持久战，最终只不过是点燃了冬香身上的欲火？

既然是这样，从现在开始，就是战火纷飞的搏斗了。

菊治打定主意后，起来找枕头。

因刚才的一通折腾，两个枕头一左一右散落在床铺两边，菊治把一个枕头放在床铺正中，然后把冬香的腰部置于枕头上面。

让冬香仰面躺着，只高高垫起腰部，然后从下往上进行攻击。这样冬香就会感觉特别刺激，而兴奋起来。这已是菊治屡试不爽的经验了。

菊治刚想启动，“太亮了。”冬香不愿意地摇头，一下子翻过身背冲着他。

可是，菊治不想把灯关掉。

菊治想把冬香的身体翻过来，她却死活不答应。菊治一边抚摸她的后背，一边想出了办法。

不愿意的话，就直接从后面进攻好了。

和冬香稍嫌单薄的后背相比，她的臀部特别丰满，趴在枕头之上就像两个雪白的山包。

两个山包之间栖息着她那妖冶的隐秘之处。

说不定冬香也期待着菊治从后面进入她的身体呢。菊治把手探入她那丰满的双臀之间，冬香轻轻地扭动着，但并没想逃避。

被挑逗了这么久，她早已等不及了吧？

菊治在可爱的山谷间逡巡着，突然间一气贯入，“啊……”冬香反弓起身体来。

每次被冬香的花蕊包裹之后，菊治总会感到无比安宁，仿佛终于返回了自己的故乡似的。自己就是从这里降生的，如今再回到自己心爱的女人这里，也顺理成章。

冬香也是一样，接纳了菊治后，反而松了口气似的。

菊治微微欠起上身，从下往上侵入冬香的身体。冬香一边小声呻吟，一边主动撅起臀部。

近来，冬香对于获得快感变得贪婪起来。以前因为害羞，她一直不愿意主动配合。可现在她不但不控制自己，甚至变得异常积极了。

每当冬香激情燃烧，甩动着头发，发出“啊，啊”的叫喊时，菊治总感觉他们变成了像狗一类的动物，原始社会时，男人和女人就是用这种方式结合的吧。

正因为这是所有生物在交配时采用的一种自然方式，所以才容易触到女人最敏感的地方吧。冬香的呻吟声越来越大，越来越尖锐起来。

壁龛前摆放的插花是一枝芍药，这静谧的日式房间与他们的狂野姿势极不协调。菊治受到这种失衡感觉的刺激，开始了奔跑。俯卧着的冬香一边剧烈喘息着，一边发出诉求："快，快……"

她到底想要什么，光这一个字，怎么能明白。菊治加大进攻强度，让她好好表达清楚。冬香忍无可忍地叫道："杀了我吧，快点……"

以前，冬香也这样叫过，她真的这么想吗？

"你想死吗？"

"是的，杀了我吧。"

按照她的要求，菊治从后面伸过手去扼住冬香的喉咙，轻轻一掐。冬香痛苦地晃着脖颈，一边哽咽，一边叫着："上去了，我要上去了……"

只听一声汽笛般长长的嘶喊震撼了整个房间，冬香一个人飞向了遥远的极乐世界。

冬香达到快感高潮本身一如既往，是重复过多次的朝着终极的爱欲世界的飞翔。

不过，她每一次飞翔时的表现都各有其微妙的差异。

冬香最初体会到性高潮的时候，只是诉说喜悦，品味快感般轻轻屏住呼吸而已。

但是经过多次体验，冬香不断地攀上了一座比一座更高的山峰，表现快乐的方式也丰富多彩起来，停留在顶峰的时间也逐渐变长，表情也更加亢奋了。

如今，冬香已经主动地甚至贪婪地追求起了性的快乐。在达到高潮时，也变成一边尖叫一边浑身颤抖着，如同发疯了一般。

追根究底，正是源于菊治对冬香的深厚爱情和冬香对菊治的深深执着。

他们之间爱的语言表达也越来越热烈。开始时是"我喜欢你"，逐渐变成了"非常喜欢你""非常非常喜欢你"，后来发展到"我喜欢你，是你喜欢我的两倍""我是你的两倍的两倍"，最终两个人叹着气，对对方说："'喜欢'这个词，已不足以表达我们之间的爱情了。"

他们不断升级的爱情，究竟会走向何方？用世俗的话来说，他们之间的感情并非年轻人的纯爱，而是灵与肉的疯狂燃烧。这种无比执着的成熟的男人与女人之纯爱，将会飘向何方，又将是什么归宿呢？

菊治这么想着，突然害怕起来。

大多数人对他们这种关系会简单地用一句“婚外恋”来论定。菊治却认为他们的感情已经远远超越了婚外恋的程度。如果是“婚外恋”的话，那该是多么轻松和不负责任啊。

要形容他们两个人的关系，应该用“婚外纯爱”这个词吧。他们之间的感情已经远远超越了那种单纯的婚外恋，经过他们一次次狂热的幽会，被打磨得纯而又纯。

目标是结婚的话，不论是通过恋爱还是相亲，双方都会对对方进行估价，进行试探。

可他们之间根本没有一星半点儿物质方面的考虑。他们只是一心喜欢对方，并没有其他的期待。既没有物质上的要求，也不打算结婚、成立稳定的家庭。他们对未来没有任何计划与展望，只有危险时刻陪伴着他们。

在这种无私的爱情中，他们不断地疯狂贪恋对方的肉体。这样的爱，只有“纯爱”这个词才足以表达。

此刻，冬香正慢慢地回落到地上的世界来。曾一度飞往彼岸世界的冬香，渐渐恢复了生气，能够进行正常对话了。

菊治关掉日式台灯，问她：“刚才，你说杀了我吧……”

冬香没有作声，在菊治的胸前微微点点头。

“所以，我就……”

菊治伸出手来，将拇指和食指按在冬香的喉咙上。

“不难受吗？”

冬香摇了摇头，表示“不难受”。

“就那么死了也愿意？”

“当然了……”

冬香回答得很痛快，菊治注视着她。

冬香仍然闭着眼睛，微微张着嘴唇。她说的是心里话吗？菊治按着冬香喉咙上的手指稍微加了点儿劲儿，又问：“我刚才就是这样掐你的……”

冬香不仅不逃避，反而仰起下巴，伸出了脖子。

“死了，就什么都完了。”

“和你一起的话，就行。”

菊治松开了手，觉得是这么回事。在快乐的绝顶共同赴死的话，不会感觉不安的。相爱的人产生这种渴望毋宁说极其自然。

“不过，那样做就回不到这个世上来了。”

菊治想起了冬香三个可爱的孩子以及她的丈夫。如果这样死去的话，她迄今为止所拥有的一切都将化为乌有。

“我不想回来。”冬香声音低沉而坚定地说，“请不要让我回来……”

冬香大概想起了令她讨厌的丈夫吧？如果冬香是不想回丈夫家，并不难理解，不过，这么说也太大胆了。

“没用的事情还是不想为好。”

“可是，感觉好得真恨不得去死……”

菊治不由得抱紧了冬香。得到冬香这么赞扬，他只能用紧紧的拥抱来回应她。冬香的快感已经到了如此之深的程度，菊治感到高兴，又感到吃惊。但他不想考虑将来的事。

“真那么好吗？”

“好极了。”

冬香说得这么直截了当，菊治有点儿害怕。

说着说着，他们就迷迷糊糊地进入了梦乡。

已经快到十二点了，湖水和群山早已沉沉入睡了。在万籁俱寂的大自然怀抱中睡觉，菊治感到很放松。

他再次醒来时，已是凌晨四点多了。虽然离天亮还早，已有熹微的光从玻璃窗外透进房间里，说明天色正一点点放亮。

菊治轻手轻脚地下了床，去上厕所。完事后他走到窗前，看到整个湖面都笼罩在清晨的雾霭里。

虽然已近黎明，但天还没有大亮。这让菊治放了心，拉上窗帘，又上了床。

冬香忽然轻轻动弹了一下，本能地依偎过来。

“还有五个小时。”菊治考虑着早饭之前的时间安排。看来早饭之前还能好好做一次爱。

他们又打起盹来。其实睡了两个小时，说是小睡似乎更合适。

菊治再次睁开眼的时候，枕旁的时钟已过了六点。

“到早饭时间，还有不到三个小时……”

这样一想，菊治觉得好像被什么驱赶着似的。可能是受到他的传染，冬香半闭着眼睛问道：“现在几点了？”

“已经快六点了。”

冬香曾说过她最怕熬夜。在家的时候，晚上九点就要睡觉，所以早上也起得很早。对于她这样要侍候早早去公司上班的丈夫，还有三个孩子的主妇来说，这是很自然的。

“哟，该起了……”

冬香觉得该起床了，马上又意识到，现在是和菊治两个人，躺在箱根湖畔的一家旅馆里呢。

冬香在菊治胸前来回蹭着额头，似乎表示不想起床。菊治现在也不想起床。

“昨天，从后面……”菊治抚摸冬香光光的臀部，对她耳语。

“我再去吻吻它吧。”

还带着刚刚睡醒的倦懒，菊治将嘴唇凑近冬香胸前，由周边逐渐移向中央一带。当他吮吸起乳头来的时候，冬香也完全清醒了。

“不行……”冬香扭动起上身来。菊治我行我素地把右手伸进她的两腿之间，用中指爱抚起来。

昨天夜里曾经燃烧过的花蕊已经湿润了。确认之后，菊治抱起冬香的上身，把她移到自己的身上。

两人的身体紧紧重叠在一起，使冬香感到心安。

“再挺起来一点儿……”冬香顺从地照着做了，阴与阳立刻契合在了一起。

以前冬香曾经由侧位慢慢坐起来，背过身去和菊治交媾过。但是像这样面对着菊治，跨在他身上还是第一次。

冬香还有些胆怯，动作很不自然。菊治两手支撑着她，轻轻地晃动起她的身子来。

大概是感觉羞耻，冬香哈着腰低着头，垂落下来的头发遮住了她的脸，两手按在菊治胸前。

菊治不停地前后晃动，冬香也扭动起了腰部，并逐渐有了感觉。

她一边不断发出“啊……”“哎呀……”的惊呼，一边从前往后、从左往右地交替变换着腰部的动作，速度也越来越快。

到了这种地步，她已经不会停下来了。

菊治也加紧了攻击。冬香逐渐往后仰起身体，忽而又慌忙把脸扭开。

但是，菊治想要从下面欣赏到冬香赤裸着身体疯狂燃烧到顶点的全过程。

菊治松开支撑在冬香腰上的手，撩开挡住她的脸的头发，随后两手握住她的双峰，将她的上身向后推去，冬香摇着头哀求道：“停下吧，求你了……”

可是，奔跑起来的骏马仍然继续奔驰着。坐在马上的冬香的身体忽而前倾，忽而向后反弓，狂乱至极。

菊治也被挑动得越发高涨，猛地向上挺起腰部。“不行了”，随着冬香的一声喊叫，她突然向前倒下来，紧紧地搂住了菊治的脖子。

就像一个美丽而淫荡的骑手，控制不了突然狂躁起来的奔马，被摔下马来了似的。

冬香紧抱着菊治，从胸到腹紧贴在他的身上，大口大口地喘着粗气。

也许是冬香还不习惯的骑马式，在她体内搅动起异样感受，让她不堪忍受了吧？

冬香趴下来的姿势正是投降的表示。然后她会重新坐起来，还是从自己身上下去呢？为了确认，菊治用双手去推冬香的肩头，冬香却更紧地搂住他不松手。

看来冬香不打算继续骑下去了。可是无论多么轻的被子，这么压在身上也是挺有分量的。

于是，菊治伸手上下抚摸冬香的臀部，一边建议道：“休息一会儿吧。”冬香这才准备从菊治身上下来了。

可一旦移动身体，结合部位即将分离的时候，冬香又恋恋不舍地搂住菊治不放。

难道说无论满足到了什么程度，冬香还是不愿意跟它分离吗？

菊治硬是一挪身平躺下来，让离开冬香后的火热身体晾在被子上。

看样子，从来没有尝试过的新体位，让冬香既感到困惑，又得到了满足。

“感觉好不好？”菊治问，冬香坦率地点点头。过了一会儿她说：“你懂得……真够多的。”

菊治刚要点头，又打住了。要说懂得多，的确不假，可这时点头的话，冬香将会觉得自己是个花痴。

虽说菊治阅人无数，但并不是和所有女性都这般热烈痴迷。实际上和妻子之间，自从生了孩子以后，几乎就没有什么夫妻生活了。和其他女性虽时而有性关系，却从没有像现在这样热衷过。

自从与冬香邂逅以来，他便连自己也不知怎么搞的，深深地陷了进去。

当时，菊治在年龄上和工作上都处于低潮，正打算做点什么，从以往的局限中超脱出来。也许是摇摆不定的心境，加上“最后的恋爱”的伤感，使他对冬香的爱恋更火上浇油。

总之，温柔而顺从的冬香，每次结合都能充分地吸收快感，日益变得性感起来。她那羞涩与好色的绝妙混合，反而使菊治欲罢不能了。

总之，菊治觉得他对冬香的执着并不只限于“合拍”的程度。

想必是以意料之外的体位达到了高潮的缘故吧，冬香又犯起困来。

可是，让冬香这么睡下去的话，清晨即将来临，难得的一夜旅宿就结束了。

在结束之前，菊治还想和冬香来一次。

幸亏菊治到现在还没有释放。最近，每当到了想要再忍一忍的关头，他基本上都能控制得住。不知这是多次修炼的结果，还是随着年龄的增长变得钝感所致。不管怎么说，菊治很高兴自己还有余力一搏。

他侧过身来，开始爱抚背对自己的冬香的后背。从颈项经过脊背，到臀部，再从侧腹悄悄绕到腋下。冬香好像感觉痒痒，扭动上身，耸起肩膀，从迷糊状态清醒了过来。

给这次旅行压轴的爱之飨宴慢慢拉开了帷幕。

菊治先跟冬香接吻，用舌头逗弄了她一会儿，坐起上身，从上面紧紧搂住了她。

同时冬香也从下面缠住菊治,在这屏住呼吸的拥抱中,冬香的前胸后背上,深深刻下了菊治手掌和身体的印痕。

然后，菊治挪开身体，像往日一样把枕头塞进冬香身子底下。

冬香对此已经习惯了似的，主动欠起腰。于是，菊治从正面准确地深入她的体内。

“啊……”冬香蹙起眉头，仰起下巴。受到她这煽情表情的刺激，菊治开始向前猛冲。

他激烈地前后上下地晃动，两人下体贴得没有一丝缝隙。突然间，冬香的双腿被他高高抬了起来。

冬香的身体被弯成了直角形，并继续被压下去，直到弯成折叠状态，这期间菊治一直没有停歇。冬香忍不住叫起来 :“救命，不行啊！”

“不要，不要……”从冬香拼命摇头的样子来看，她暂时还不想上去吧?

可是，冬香的叫声中断了，发出了最后一声哀求 :“我要死了，杀了我吧……”

菊治再次听到了“杀了我吧”的哀求，他两手一齐掐住冬香的脖颈，一点点加力。

冬香摇晃着脑袋，剧烈咳嗽起来。

再这么掐下去的话可就危险了，菊治慌忙松开了双手。冬香好容易止住了咳嗽，微微睁开了眼睛。

“刚才掐我脖子的是你吧……”冬香的眼神似乎在问他。

菊治扭脸躲开冬香的目光，继续进行攻击，冬香再次发出愉悦的呻吟。突然她伸出雪白的胳膊，扼住了菊治的脖子。

菊治觉得就像突然被一根木棒顶住了自己的咽喉似的，特别难受。他有些惊慌，冬香却越来越用力地掐起来。

如果这样菊治掐住冬香的脖子，冬香扼住菊治的脖子的话，将出现什么后果呢？不一会儿，他们两人就会喘不上气来，一起憋死吧。

刹那间，死的预感闪过菊治的脑海，但他马上甩开这个念头，再次扼紧冬香的脖子。

接着这时，随着一声“啊……”的悲鸣，冬香浑身颤抖起来，最后在一边叫着“我要死了”一边达到了高潮。

被冬香这一瞬间的痉挛牵引着，菊治也一泻而出，感觉自己全身的血液都被吸光了一样，颓然瘫倒在冬香的身上。

上面的菊治和下面的冬香同时达到了高潮，他们融合在一起，一动也不动。

不知道过了多长时间，菊治先抬起脸来，想要确认冬香是否活着似的，轻轻地吻她的嘴唇。

于是，冬香也意识到了似的，一边接吻一边抱住了菊治。

凌晨时，是冬香在上，菊治在下，现在正好相反，冬香在下，菊治在上。两个人就像两块叠在一起的年糕般紧紧地黏在一起。

这时，菊治突然联想起了从前幕府统治时期，处置通奸罪的一种死刑。让通奸的男女这样交合在一起，然后从上方一刀将他们同时劈死。

现在，纵然被这样一刀劈下，菊治也只能听之任之。菊治在上面的话，说不定冬香还能捡一条命，可就算活下来，也会被永远地关在牢房里的吧。与其那样苟活，冬香一定会大声叫喊：“我想死。”

万一这个时候，冬香的丈夫闯进来怎么办？

菊治突然不安起来，环顾了四周一遍。房间里静静的，窗帘透进了熹微的光亮，一切都很正常。

菊治一动弹，冬香也跟着动了一下，这样会使他们重叠的身体分开，刚一意识到，两人又都尽量向对方贴近。

尽管已没有开始时那么兴奋了，但两个人同时到达高潮后的那种和谐，又把他们引诱进了快乐的世界中。

谁都没有说话，但相互轻轻挨着的肌肤，能够感知对方在诉说“我爱你”。菊治享受着温馨的感觉，轻声问：“刚才你又说杀了我吧……”

“……”

“所以我才掐你的脖子。”

菊治抚摸冬香清秀的脸颊。

“然后你也掐起我来了。

“对呀，因为想要你也死呀。”

原来冬香突然从下面伸出胳膊来扼住自己的喉咙，是要一起去死的意思啊。

菊治往下抚摸冬香的脖颈，试探着问：“我要是不松手的话，你就会死的。”

“我也知道……”

但冬香一点也没有反抗的意思。

“感觉好得想死吗？”

“是啊。感觉就像突然飞进了一个死亡世界似的。然后一半身子回来了，还有一半身子留在死亡世界里。那种悬在半空的感觉，简直没法形容。”

冬香是在回忆当时那个瞬间，还是在说呓语？她的表情虽然平静，却双眼紧闭，只有嘴唇微微张开。

“那样一直不松手的话，真的会死呀。”

“要是被你杀死，我愿意。”

“怎么能……”

菊治慌忙否定。现在两个人还意犹未尽，冬香才会那么说。一旦恢复了理智，求生的欲望肯定又会占上风。

“老想什么死不死的可不行。”

“是你把我变成这样的啊。”

冬香这么说，菊治也无法反驳。他沉默无言的时候，冬香嘟哝道：“没出息……”

“怎么了？”

“为什么不杀了我？”

菊治不禁哑然，瞧着冬香发了会儿呆，然后才点了点头。

不管怎么说，迄今为止，使冬香体味到性的快感，并不断加深的人是自己。现在只有认清这一点，返回现实世界这一条路可走。

菊治坐了起来，一看枕边的时钟，已经七点半了。再不起来的话，早饭之前，服务生肯定会来收拾被褥。

可是冬香好像还不想起来，像平时一样，伸出双臂抱住了菊治。菊治也抱住了她，两人又迷迷糊糊打起盹来。

大概因为心里惦记着时间，迷糊了不到二十分钟，菊治就醒了。

菊治穿上昨天随意脱在一旁的浴衣，来到窗边，掀开双层窗帘的一角，清晨的阳光霎时间洒满了房间。

虽说只掀开一角，但黑乎乎的房间顿时流光溢彩，昨夜做爱的余韵，朝雾般消散了。

房间里突然明亮起来，使得冬香也醒来了。

“你起来看看。”

菊治眼前的芦之湖波光粼粼，环绕湖水的外轮山，山峦叠翠，湖面都被染绿了。

“请等一下。”

在朝阳的吸引下，冬香也从被子中爬了出来。她蹲下来穿上睡衣，弯着腰飞快地跑进了浴室。

菊治又回过头去看湖面，体会到了与自然融为一体的真实感受。

刚才他们还互相掐着对方的脖子，恍如窥视了死亡的世界，而现在两个人却好好地活着。

想到这儿，菊治重新将目光投向朝阳映照下的湖面时，看见左边出现了一条很大的游览船。船上好像还没有游客，游客是不是去别的码头上船了？

总之，湖水是先于人们一步，开始了新的一天。

就在菊治眺望湖面美景的时候，梳理好头发的冬香走过来，发出惊叹：“离得这么近啊，湖水……”

两个人开始了清晨的接吻。被游览船那边的人看见，他们也无所谓。

在早晨的阳光照射下一看，被子和枕头的位置都一片狼藉。从昨天晚上起，两个人一直疯狂地折腾，也难怪这么乱。

菊治要去收拾被子。“我来收拾。”冬香也来收拾被子。

菊治找到自己的枕头，把偷偷放在枕头下面的一个袖珍录音机揣进怀里。

菊治用它把昨天晚上的所有过程都偷偷录了音。

即使和冬香分开后，只要听到这个录音，就能够回忆起在箱根度过的一夜。

当然冬香一点也没有发觉。

她动作麻利地把凌乱的被子铺整齐，又把被子之间拉开距离，恢复原样，并摆放好两个枕头。

菊治也帮着冬香把睡乱的痕迹消除得一点不剩。看上去，就像是两个人安静地睡了一夜。

收拾到这个程度，服务生什么时候来整理被褥都不用担心了。

“咱们去泡温泉吧。”

菊治虽然这么建议，却感觉身体有些疲倦。结果两个人决定在房间里泡室内温泉，在浴缸里鸳鸯戏水了一会儿。

菊治先从浴室出来，正看报的时候，进来一个男服务生把被褥收了起来。又过了一会儿，早饭送来了。

在宽大的桌面上，摆上了银鱼干、荷包蛋和土豆烧肉等，以及一盘烤加吉鱼。

等着泡澡出来穿好衣服的冬香盛饭的时候，菊治向房间的女侍打听："请问，我们想去芦之湖玩玩，怎么去好呢？"

女服务生告诉他有小船和游览船等，运气好的话，说不定还能坐快艇。

“乘快艇在湖里转上一圈特别痛快。”

菊治想乘快艇试试，便请女服务生订了早餐后的快艇。

“好啊，咱们两个人坐快艇玩玩。”

冬香也很有兴致似的，两眼放着光，忽而想起什么来似的说:“快结束了吧。”

菊治点点头，再次意识到他们箱根之旅已接近尾声了。

吃完早饭，收拾好行李后，他们又站在窗边接吻。

待会儿，他们要去坐摩托快艇。从那往后，就不是单独两个人了，周边总会有人。抓紧两人独处的最后一点时间，他们接了一个长长的吻后，才出了房间。

经理和房间的女服务生一直把他们送到了玄关。两个人坐旅馆的巡回车到了码头，上了摩托快艇。

摩托快艇可以坐四个人。他们俩并排坐下以后，快艇发出轰鸣，快速冲向湖面。

环湖绕这么大一圈，据说只需要十来分钟。

快艇先从箱根园出发，朝着从群山之间露出白色峰顶的富士山方向突进。当右前方接近湖边时，汽艇便掉头向湖心开去。

湖面上沿途都是外轮山层峦叠翠的倒影。无论是群山，还是湖面都宛如一场绿色的盛宴。

“真痛快啊。”

冬香任凭秀发随风飘舞，胸前戴着的那条菊治送她的高跟鞋项链，在阳光的辉映下如彩虹般异彩纷呈。

据说湖面方圆十八平方公里，湖心在湖面偏南一点儿的地方。

快艇越接近湖心，湖面的绿色越浓，告诉人们湖水变深了。

“这里的湖水有多深啊？”菊治对略微放慢了速度的驾驶员问道。

“有四十米左右吧。”他答道。

由于是淡水湖，湖畔陡峭的山崖一直通到湖底。

“有没有人在这儿落水？”

对冬香的问题，驾驶员干脆地回答：“当然有啊。从这儿掉进湖里的话，尸体一般都漂不上来。”

“漂不上来？”

“因为湖底下躺着好多整棵大树。尸体被树枝钩住，就漂不上来了。”

两个人再次凝视起湖面来。如果真是这样的话，这湖水下面该潜藏着多少尸体啊！

“好可怕……”

或许冬香感知到了那些尸体的召唤？菊治紧紧地握住了冬香悄悄依偎过来的手。

下了快艇后，他们又回头看了一眼宽广而浓绿的湖面。

“在这儿照张相吧？”

菊治用带来的相机拍下了伫立在湖畔的冬香，又让她给自己也照了一张，还想照一张两个人的合影，就拜托经过的两位女性帮忙。

他们站在一个码头旁边照了一张，又以富士山为背景照了一张。

“太感谢了。”

菊治道谢之后接过相机。不知她们怎么看他们俩，是否一眼就看出他们是情人呢?

重要的是，自己和冬香合影还是第一次。一直以来，他们不是在饭店，就是在菊治的家里幽会，所以根本没想过一起照相。

这回能够合影，也是拜这次旅行所赐。菊治牵着冬香的手，又在湖边散了一会儿步，然后走进了箱根园的面包店。

这家店里有各式各样的手工面包。冬香从中挑了几种，其中有一个面包是可爱的狗头形状。

在旅馆，以及在湖上，冬香的表情实在是太丰富多样了，现在她俨然又变成了一位母亲。

在面包店的一个角落，他们喝着牛奶咖啡，一看时间，已经十一点了。

菊治还想继续游玩下去，但冬香希望下午两点之前能够回到家。

“差不多该往回走了。”菊治催促道，冬香也点头同意。

无论怎么祈祷，时间也不会停止的。

他们让旅馆前台给叫了一辆出租车。来到旅馆外面，天空更加晴朗了，碧绿的群山仿佛近在咫尺。

他们告别了这自然美景，上了出租车。

从湖畔到小田原车站，在整个下山过程中，两个人的手一直握在一起。到了车站之后，他们乘上了开往新宿的“浪漫号”。

车厢很空，两个人并肩坐在双人椅上。随着东京越来越近，两人也越来越沉默了。

在临近新百合之丘车站的时候，冬香轻声道：“真是太感谢了。”

“再联系吧……”菊治点点头说。

冬香再次凝视着菊治，说：“今天这个日子，我永远不会忘记。”

和冬香分手后，菊治突然感觉疲倦起来。

按说也没干什么工作，肯定是彻夜不眠带来的疲惫吧。也可能是因为和冬香分手，感到空虚吧？

现在，冬香大概已经回到家，正在婆婆和孩子们环绕中，给他们切生日蛋糕和动物形状的面包吃吧？

冬香的丈夫在家还是不在家呢？菊治觉得再怎么想也是白搭。但有一点可以肯定，就是冬香不会忘了他。

自己在她身体上留下了那么深的爱的印记，不可能那么轻易消失的。

菊治漫无边际地想着。电车到了新宿车站，他懒得再换车，打了出租车，回自己千驮谷的家。

在公寓门口碰到了管理员，寒暄了句“今天天气真不错啊”之后，菊治走进楼里，打开邮箱看了一下。

除了那些定期寄来的杂志和企业广告外,还有一封信。信封上的字很眼熟，翻到背面一看，是妻子来的。

事到如今,妻子找他会有什么事呢？菊治觉得挺新鲜,回到房间打开一看，有一张表格，还有一封信：“前略：一向可好……”

他们一直在分居不假，可这种淡淡的口吻很符合妻子的个性。

“以前我就考虑过这件事。到了现在，我们之间的关系也差不多该做个了结了，所以随信寄去离婚申请书。”

菊治慌忙往下看，只见妻子用工整的楷书写着：“请在这张表格上签上你的名字，盖上印章就可以了。请多关照。”

菊治颓然坐在椅子上，沉思起来。

一直这样不咸不淡地拖下去也不是办法。菊治也想过总有一天要做一个了结，可没有想到，从箱根回来当天，就收到了妻子的来信。

“这样啊……”

菊治缓缓点点头。他知道离婚是双方都已认可的事，只是时间的问题。可离婚一旦成为现实，菊治还是有些迷茫。

“妻子是不是有了什么喜欢的人，准备要结婚呢？”

即便是那样，也无可指责，但他心中还是隐约感到寂寞。

星期六，由于事先请好了假，所以白天菊治在床上养足了精神，傍晚六点刚过，他去了附近一家中国菜馆。他要了简单的小菜和啤酒，又吃了一碗拉面。

和昨晚在箱根旅馆里吃的法国大餐相比，便宜得没法比。但这就是他熟悉的日常生活。

从中国菜馆回来之后，菊治看了会儿电视，然后给妻子拨了个电话。等了片刻，妻子接了电话。

“是我……”然后菊治简单问候了一句，“身体好吗？”便直奔主题，“昨天，我看了信。”

“噢……”感觉妻子马上点了下头，紧接着说道，“抱歉啊。”

“没关系……”

即便户籍上还是夫妻，但想要离婚时双方都会同意，是两人之间的默契。

“你是不是打算结婚？”

“是。有个人一直在事业上帮助我，我想和那个人……”

妻子一直从事插花方面的工作，不知对方是和妻子同一个圈子里的人，还是给她出资的人。不过，现在打听那么多，也没什么意思。

“高士知道吧？”

菊治问起了儿子，妻子说孩子已经知道了。

那他就没有反对的理由了。

“我回头把离婚申请表寄给你。”菊治说完，又问道，“你什么时候结婚？”

“大概七月吧，只打算举行一个小范围的婚礼。”

菊治点了点头，然后鼓起勇气说：“那之前，一起吃个饭吧。”

一方面他也想为自己一直以来的我行我素做一点补偿。但妻子干脆地回答：“这种事情，也不必太勉强了。你不是也很忙吗？”

“啊，是啊……”

“以后，方便的时候再说吧。”

妻子这样一说，菊治也只能作罢。

沉默了一会儿，菊治说道：“祝你幸福……”

“也祝你幸福……”然后妻子挂断了电话。

虽说简单得令人吃惊，却是十分符合妻子个性的不拖泥带水的分手方式。

# 梅雨

四季缓慢而有序地运行着。

从五月到六月，再到七月，街树的嫩芽长成了新绿，便进入了初夏的梅雨季节。与千变万化的自然一样，菊治周边，包括他自己，也都发生着变化。

这些变化看似随着岁月流逝自然而然形成的，但细细想来，又有其不同的阶段。

变化之一是箱根之旅，变化之二便是妻子寄来的离婚申请表。

虽然仅仅是一日游，但箱根之行使菊治对冬香的爱更加深了一层，而冬香对他的爱情也更强烈了。这种感情已不只是单纯的爱恋，而是灵与肉紧密结合为了一体。以至在到达高潮之时，冬香竟会渴求菊治杀死她，甚至互相掐住对方的脖子，确认彼此的爱情。

发展到了这个程度，已经不能够用“爱情”之类的通俗词汇来表现了。称之为“生死恋”才恰如其分吧。

菊治对此心满意足，充满了幸福感，但也不无担忧。虽然说不清将来会发生什么，但他总觉得会发生连自己也控制不了的事情，因而有些害怕。

另外一件事就是从箱根回来那天，菊治收到了妻子寄来的要求离婚的信函。信的内容先不说，妻子仿佛早料到他那天会回来似的，真是匪夷所思，使菊治产生了宿命般的感慨。

不管怎么说，离婚后，就再也没有什么可以约束菊治的了。要说自由，的确是自由了，不过换个角度来看的话，他就像是一只断了线的风筝。

今后自己将飘向何方，哪里才是自己的归宿？一想到这些，菊治便心神不定起来，但换一个视角，也可以说今后能够随心所欲地安排自己的生活了。

虽说不能算是想开了，但他和冬香的幽会次数却与日俱增。

从满目新绿的箱根回来后，他们每周幽会两次，都是在上午。一进入六月，周六、日两天中，也会抽出一天约会，差不多一周见三次面的频率。

以前周末因孩子们放假在家，冬香不能出来，但现在她嘱咐孩子们“乖乖地给妈妈看家”，所以也可以出来了。

据她说，最大的孩子已经上小学五年级了。为了自己更多的幽会，让孩子们也跟着受罪，菊治觉得像是犯下了不可饶恕的罪行，脊背一阵发凉。

虽说只有周末那天，他们幽会时间比较充裕一些，但也只多出了一小时。平时见面是从上午九点到将近中午十二点，周末不过是延长到下午一点。

即便只多了一小时，约会的质量却截然不同。

以前两人一见面，就着急忙慌地上床，饿虎扑食般贪婪地做爱。一完事，冬香就急急忙忙穿衣服，准备回家，几乎没有好好聊天的时间。

然而，约会时间增加了一小时，他们就可以不止做一次爱，还可以做两次、三次爱，甚至还能富余点儿时间说说话。

虽然不能完全归结于箱根之行的刺激作用，但从箱根回来后，他们的性爱似乎变得更痴狂了。

只要男人和女人尝试过一次的体位，就不会再感到羞耻或踌躇了。

他们也是如此。前戏就不用说了，最关键的文媾体位也变得丰富多样起来。或从侧面，或从正面、后面，有时甚至是冬香在菊治上面。采取什么体位，一般由菊治掌控，只要他一有什么动向，冬香都能迅速察觉，默契地配合他。

而且近来不管采取什么体位，冬香都会立刻产生快感。菊治稍微动作剧烈一点，她便迅速达到高潮。这种一点就着的敏感，反过来又撩拨起了菊治的好色本能。

事实上，现在的冬香相当于一个储存了大量弹药的火药库，一点儿火星就能立刻引起爆炸。

没有比易感的女人更有魅力的了。因之菊治得以尽情发挥，时而采取站姿，跟冬香交合；时而在光线明亮的房间里，两个人面对面坐在椅子上做爱。冬香不停地高叫着“不要啦，不要啦……”最终却疯狂地达到顶峰。

原来冬香是这么一个放荡不羁,并且这么容易获得高潮的贪婪的女人啊！菊治万分惊讶，但是，与其说冬香贪婪，不如说她的身体贪婪更准确。

无论外表上多么端庄温柔、娴雅安静的女人，一旦她的肉体开始奔跑，就无法让她停下来。

对如此深地沉迷于性爱快感的女性肉体，菊治只有愕然。同时，对女性身体的深不可测，他感到惊异和惧怕起来。

他们在做爱时，又添加了一个新的花样。那就是朝着爱之绝顶冲刺时，互相扼住对方脖子的玩法。与其说是一种玩法,不如说是一种性技巧更恰当吧。

当然，最先提出这个要求的是冬香。

每次冲向峰顶的时候,冬香都会一边呻吟一边发出“我想死”“杀了我吧”的喊叫。听到冬香这样频频喊叫，菊治便伸手卡住了她的喉咙，于是冬香在更加剧烈的痉挛中达到了高潮。

每当菊治用他那绵软的手扼住冬香纤细的脖颈时，她都会咳嗽不停，有时还会憋得喘不上气来。菊治慌忙松开手后，冬香又央求他：“别松开……”

在箱根时，菊治刚一松手，冬香就训斥他“胆小鬼”，这可让菊治犯难了。

到底该怎么办才好呢?

“感觉真那么好吗？”菊治这么一问,冬香马上毫不犹豫地回答“好极了”。回答得这么痛快，只能说她是个确信犯[1]。

“你不觉得舒服吗？”

听到冬香一问，菊治回想起刚才扼住冬香的喉咙时的情景。

---

1　基于道德的、宗教的、政治的信仰，坚信自己是正确的而实施犯罪。

当时，冬香正处在即将达到高潮的瞬间。在掐住她脖子时，菊治有种异样的感觉。

冬香“啊……”地叫唤着，一边恳求着“杀了我吧”，一边达到了高潮。当时，冬香的私处随着她全身颤抖而痉挛，体内的皱褶紧紧地包住了菊治的男根，并不断地箍紧它。

在那种灼热的快感之中，菊治也立刻达到了高潮。

当菊治把自己当时的感受告诉冬香后，“我真高兴……”冬香十分满足地点点头，呢喃着，“我要把你一起带走。”

冬香要把我带往何处？倘若是和她那柔软的肌肤在一起，去哪里都可以。反正菊治已经做好了足够的精神准备。

尽管菊治很惊讶冬香会说出这样的话来，但其实他已经顺从地按照其指令，被拖进极乐世界中去了。

那么，菊治被冬香掐住喉咙的话，会怎么样呢？近来两人欢爱时，冬香有时在下面，有时在上面，即将达到高潮之前总是来掐菊治的脖子。当然，冬香那纤纤细指是不可能把菊治怎么样的。

但是，冬香若是用她那细手腕拼命掐的时候，也够菊治受的。她不像菊治那样控制手的力度，而是竭尽全力地掐，因此有时候菊治会憋得上不来气，一个劲儿咳嗽。实在受不了的时候，菊治就会掰开她的手指。

双方达到高潮后，菊治会问：“你那么使劲掐我脖子，我会憋死的。”

“你不愿意死吗？”

听到冬香突然这么反问，菊治竟不知如何回答。

既然冬香说过她想要死，那么菊治就不好说不想死。

“也不是不愿意……”菊治硬着头皮回答。

冬香用开导般的口吻说：“女人就是一种动物。不管她的话，她不知道会做出什么事来。”

女人是动物这种说法菊治多少也能够理解。他点了点头，冬香搂住了他。

“你那个，特别好……”

得到冬香这样的评价，菊治觉得什么都可以原谅了。

“真有那么好吗？”

“当然了，它变得又大又热，把我身体里头搅和得火烧火燎的……”

菊治万没想到，被冬香卡住喉咙的时候，自己那个物件竟然会变化那么大。

“你那里头，也特别紧啊。”

“爱与死只是一纸之隔，对吧？”冬香把头抵在菊治胸前，说，“所以我一点儿也不害怕呀。”

菊治虽点头附和，心里却感到恐怖。

做爱越是激烈，恢复平静的时间也就越长。

那一天——梅雨季节的一个星期六约会时也是这样。

其实，对于菊治来说，是从释放出来之后的倦怠中恢复过来。而对冬香来说，却是从整个身心的痴狂状态中苏醒过来。

和以往一样，菊治先一步回到了现实当中。从全身精气都被夺走般的虚脱感中恢复过来后，他抬起头看了一眼时钟，刚过十二点。

菊治这才意识到他们是在大白天放纵情欲。接下来还有一小时的富余时间，使他松了口气。

“现在还不用起来。”

怀着这种心情，菊治用毛巾擦去高潮后直接睡过去的冬香胸脯上的汗。

冬香在激情燃烧中出了一身的汗，菊治也是一样。当毛巾擦到她后背时，冬香轻声说：“你真好……”

菊治觉得自己也没做什么，可冬香的表情却无比惬意与满足。

“你刚才在我的身体里来回狂奔着。”冬香像是在回忆什么似的闭着眼睛道，“你真是个了不得的人。”

这是什么意思？菊治屏住了呼吸。

“是你创造了我的一切。”

“……”

“你连我身上所有的性感带都知道。”

不错，可以说菊治了解冬香的一切，重新造就了她。现在的冬香和菊治刚认识时的冬香，或许完全变成了另一个身体、另一个人格吧。

“今后再想回到我原来的生活去，很难了。”

诚如冬香所言。恰逢梅雨季节，外面一直下着小雨。这阴暗郁滞的气氛，最适合眼下这对恋人。

“那个地方好像有一团火球，现在还在熊熊燃烧呢……”

达到高潮之后的女人身体就是像冬香这样的吗？菊治轻轻地用手去抚摸冬香说的有一团火在燃烧的地方。

菊治现在已经没有余力再做什么了。在这松弛的倦怠中，他们静静地偎依在一起。

菊治喜欢这种慵懒的状态，冬香也是同样。菊治轻柔地爱抚着冬香的后背，冬香把脸依偎在他的胸前。

“今天晚上，我还会慢慢回味呢。”

回味什么呢？菊治正琢磨着，冬香低声道：“一到夜里，我就会慢慢回想起和你做爱的过程。当时被你手摁住了这儿，还被你扼住了这儿……”

冬香是在对她自己的身体一一进行确认吗？不对，应该是她的身体不由自主地回想起来的。

“然后呢？”

“你就像形状记忆般留在我的身体里，一回想起当时的情景来，我就又开始燃烧……”

可是，她这种状态难道不会被她丈夫发现吗？

“你这样兴奋，他不会发现吗？”

“他发现了，我也无所谓……”

菊治吃惊地盯着冬香的脸。

“我最近越来越讨厌他了……”

菊治估计到冬香会这么想。可她这么直截了当地说出来，却是个问题。

听之任之的话，最后会发展到什么程度呢？就在菊治担忧的时候，冬香声音低沉而坚定地说：“我真不想回家了。”

的确，和生理上不和谐的丈夫一起生活，对于冬香是怎样的痛苦不堪可想而知。

可是她还有三个孩子。如果因讨厌丈夫离家出走的话，冬香的生活马上就会陷入困境，这是不难想象的。

既不能离家出走，继续在一起又痛苦万分，到底该怎么办才好呢？冬香似乎也是在向菊治发问。

可是，眼下菊治也不能给她一个明确的答案。

“可是……”

菊治含糊地点着头，想起了和妻子离婚的事情。这件事还没来得及告诉冬香。自己已是独身一人，如果想和冬香结婚的话，不是不可以。

如果冬香是一个人的话，菊治可能马上就会向她求婚。况且把她逼到这个境地的人是自己，若此时向冬香求婚的话，她也会答应。

但一想到冬香要养活三个孩子，菊治就犹豫起来了。当然，连三个孩子都一起接过来的话，就没有问题了。可突然之间成为三个幼小孩子的父亲，负担重不说，经济上他也没有这个自信。

“他现在还是……”

冬香以前说过，她丈夫曾强迫她过夫妻生活，甚至骗她服下安眠药，进行过性侵犯。她丈夫现在还是这样逼迫她吗？菊治刚这么一问，冬香就使劲摇头。

“我绝不允许他再碰我了。我的身体也不愿意接受……”

“……”

“你对我的身子这么珍爱，我绝不会让他碰的。”

以前冬香也说过类似的话。难道说，她现在对丈夫更拒绝了？

“我也听祥子说过，你丈夫是个很不错的男人吧？”

冬香沉默不语。

“他在外面也一定很有女人缘吧？”

“不知道。反正我讨厌他。”

也许太异想天开了，菊治巴不得冬香的丈夫在外面有外遇，不经常回家。那样一来，她丈夫的注意力可能就会转向别处，不会总是逼迫反感和他做爱的妻子了。

"他有没有外遇的迹象啊？"

菊治大胆探问，冬香事不关己似的回答："不清楚。"

她的意思是说，没有确凿的证据吧。如果冬香对丈夫本来就不关心的话，不知道也很自然。

"祥子女士曾经说过……"菊治继续打探，"你丈夫是一个英俊的男人，还很优秀……"

"……"

"他调到东京工作，也是因为受公司重用吧？"

冬香仰面平躺着，凝视着空中答道："优秀未必就好啊。"

冬香这么干脆地否定丈夫还是第一次。

的确，工作上能干的优秀男人，在男女关系上不一定出色。

不过对冬香来说，他是她的丈夫。既然已经结了婚，成了自己的丈夫，即便有些不尽如人意之处，也没有什么。丈夫只要按时去公司上班，把工资拿回家来，妻子就满足了。这样的家庭不是很多吗？菊治还是不完全明白冬香是怎么想的。

"遇见我以前，你就讨厌他吗？"

冬香轻轻地点点头。

"讨厌他什么？"

"他特别霸道，说什么女人必须绝对服从……"

冬香以前也这样说过，这么说她丈夫是个特别古板的男人了？

"可是，相亲之后，你们应该交往过一段时间吧？那时候你没发现他这个问题吗？"

"当时我就有所察觉，只是周围的人都催着我赶快结婚……"

和她丈夫一样，冬香也是一个传统的女人吧。

"那么，从一结婚就一直是……"

没听见冬香回答，菊治扭头看了她一眼，只见她眼角渗出了泪珠。菊治悄悄伸手为冬香擦去眼泪，冬香紧紧偎依过来。

"我是认识你以后，才知道……"

冬香说着哭泣起来。她平时很能克制自己的，现在大概是太激动了吧。冬香一旦哭泣起来，便抽抽搭搭的一时半会儿止不住。

这种时候,该说点什么来安抚她呢？菊治一时想不出来,只好把她抱住了。

冬香的身体还在轻轻地颤抖，菊治的胸前都被她的泪水浸湿了。

“别哭了。”

菊治只能这样安慰她。他紧紧地搂着冬香，等待她恢复平静。

那么，这些年来，冬香是以怎样的心态和丈夫一起到现在的呢？

以前，冬香说起过和丈夫性交让她非常痛苦，还说过，为了逃避性生活，她才不停地怀孕的。

而且，过性生活时，她丈夫还强迫她做这做那。冬香拒绝那么做时，就会遭到丈夫的训斥。

即便这样，冬香仍然忍耐着，先后生了三个孩子，谨守妇道。也许冬香认为这就是做妻子的义务，而认了命吧。

然而，在外人眼里却完全是另一回事。至少住在附近的朋友祥子就认为，冬香是一个幸福的妻子，有一个既优秀又能干的丈夫。

其实，真实的夫妻关系，外人是很难了解的，更不用说绝对隐私的性生活方面了。

事实上，很多人都是依据男人的外在情况以及社会地位作出判断的。如果是个优秀的男人，人们就认定他在床上也会非常出色。

其实，工作能力与性能力完全是两回事。有些男人工作上不怎么样，但在床上取悦女人却很有两下子。也有的男人即便毕业于一流大学，一上了床就尿了。

冬香的丈夫会不会是属于后者呢？他虽然工作上很能干，但在性生活上却从不考虑妻子的感受，简单粗暴，只顾自己痛快吧？

即便如此，冬香对性一无所知也就罢了。因为她会以为女人在性生活中不会有什么快感而死了心的话，就不会发生问题了。

“都是你教给我的。”

这句冬香曾经对菊治抱怨过的话，犹如远处的潮涌之声在菊治耳边回响。

犹如那潮涌之声音逐渐消失在远方一般，冬香的抽泣声也慢慢停了下来。

不知道冬香哭了多久，反正是痛痛快快地哭了一通后，冬香才终于平静些了。

“对不起。”冬香说着，从菊治胸前慢慢抬起头来。

菊治撩起挡在泪流满面的冬香脸上的头发后，冬香冲他微笑了一下，看了看表。

“已经这时候了……”

枕边的时钟显示的是十二点五十分，因最近菊治常常把表拨快十分钟，所以准确的时间应该是十二点四十分。

“对不起……”

冬香推开菊治的手，起身下床。

从这个瞬间起，冬香回归了母亲这个角色。虽然她还想这么依偎在男人的怀里，而且只要她想要就可以的，但是为了孩子，她开始准备回家。

看到冬香起来了，菊治也下了床。

离下午一点只有二十分钟了。冬香利用这段时间在浴室里洗脸梳头，换好衣服走了出来。

“外面还下雨吧。”

可能是觉得有些凉，冬香在胸前有褶皱花边的衬衫外，又套了一件薄薄的开襟毛衣。

“我送你到车站。”

“不用了，会被雨淋湿的。”

“我们合打一把大伞吧。”

菊治只能靠着和冬香一起走到车站，来缓解惜别之情。

来到公寓外面，雨还在下。据电视上预报，日本西部地区近日来连降大雨，有可能会发生山洪。

菊治右手撑着一把大伞，和冬香紧紧依偎着走在雨中。

走在被雨淋湿的路上，菊治一直犹豫是否告诉冬香自己离婚的事情，不知不觉中他们已经走到了鸠森八幡神社前。望着烟雨迷蒙中的树丛，菊治下决心说道："其实，最近，我刚刚离婚……"

"什么？"冬香停下脚步问。

"是这样，我们一直是分居的……"

菊治做出一副若无其事的样子说道，继续向前走去。冬香也慢慢跟了上来。

"妻子提出要和我分手的。"

"她想和你分手？"

"好像是打算和什么人结婚。"

菊治淡淡地说道，冬香沉默无语。

冬香大概是不能理解妻子为什么这么做吧。或许在冬香眼里，菊治是最理想的男人。但是对妻子来说，菊治距离理想的丈夫差得很远。

"我们之间一直就不太和谐……"

"真是想不到啊，怎么会这样呢？"

"和你结婚的话，就好了……"面对一脸惊讶的冬香，菊治拼命咽下了这句想说出的话。

不知道为什么，菊治觉得一旦说出这句话，他们两人之间的关系马上就会崩溃似的。两个人都疯狂地爱着对方，却不能在一起生活。双方一直都以此为前提交往的，可是，他这一句话就可能打破这个状态。

他们沿着神社旁的街路慢慢往前走，神社里边的树木被烟雨笼罩。菊治侧目凝视着这番景致时，冬香问："今后，你打算怎么办？"

"怎么办？也没什么打算……"

虽说和妻子离了婚，但生活并没有因此而发生什么改变。菊治一直都是一个人生活的，从今往后只不过是变成名副其实的独身罢了。

"真羡慕你……"冬香一边躲着脚下的水洼，一边说，"我也想过单身生活呢。"

菊治听了，不由得扭头看了冬香一眼。她正仰起满月般皎洁的脸瞧着菊治。在蒙蒙细雨中，她的面容显得有些柔弱，宛如娇艳的夕颜花[1]。

1　即葫芦花，因傍晚开花而得名。

菊治停下脚步，从石墙的破口处进入了神社。平时，会有人在神社里散步，或在椅子上坐着，今天居然一个人也没有。

菊治一直往前走去，在那座小土堆——富士琢前面停下来。两个人在雨伞下紧紧相拥。

“亲一个吧……”

冬香轻轻地踮起脚，菊治稍稍弓下腰来，在伞下面接起吻来。

寺院外面的行人看到的，也许只是浮现在茂盛树木前面的一把雨伞。

两个人这样确认了彼此的爱意之后，又打着同一把伞走出了神社。

平日热闹的商店街，今天冷冷清清的。他们穿过商店街，便来到通往车站的大马路边。

在床上时冬香曾痛哭了一场，之后菊治又把自己离婚的事情告诉了她，总感觉空气有些沉闷。菊治想在分手之前，说点儿让人振奋的事情。

于是，菊治把一直在写的小说已经完稿的事情告诉了冬香。

“两天之前，我的小说写完了。”

“真了不起，终于写成啦。”

“还有些地方需要修改，但不管怎么说，算是写完了。”

“辛苦了。太好了。”

眼下能这么为自己感到高兴的只有冬香。即便把这事告诉前妻，她可能也就是点点头，说一声“哦，是吗”罢了。

“下次见面时，让我先看看。”

“等出版以后，一定给你看。”

“出版之前，不能看吗？”

冬香想看的话，让她先看看也没什么，只是菊治觉得有些难为情。当然，小说的情节和他们两人的恋爱从情节到登场人物都不一样，但这本书是以对冬香的爱为动力写的，所以小说里很可能会处处有她的影子。

“手稿也可以吗？”

“当然可以了，我想看看。”

现在的冬香已经不再是过去那样的一个普通的粉丝了。

"小说有四百页呢。"

"下次，一定带来给我看看啊。"

信号灯变绿了，两个人并肩穿过了马路走向车站。

雨天的地铁站里，满眼都是五颜六色的雨伞。

冬香在入口处买了车票，又回到菊治的面前。

"我走了……"

这句话让两人确认了这次梅雨天幽会的结束，但菊治也知道下一次约会就在四天之后。

"保重。"冬香低了一下头，转身走了。

目送她消失在了人群当中，菊治一个人原路返回。

在雨中送别了冬香之后，菊治回到自己的家，把写好的稿子都摆在了桌子上。

总共四百多页稿纸，厚厚的一摞，沉甸甸的。

自己居然能写这么多，真不敢相信。这十几年来，菊治还是第一次创作出这么长的作品。当然他也一直有这个愿望，但不是因生活所迫而夭折，就是最终半途而废。

在这种情况下，今年春天菊治重新拿起笔来，开始创作。之所以这么做，是因为菊治担忧长此以往，自己会被读者和文坛完全遗忘。无论如何他也要再写出一部让众人瞩目的作品，重返文坛。正是这一执拗的信念，激励他写成了这部作品。

虽然在写作过程中，也曾多次遭遇挫折，止步不前，但随着与冬香的爱恋不断加深，他的创作变得顺畅起来，终于把小说写成了。

从这个意义上说，即便把这本书说成是与冬香之间诞生的"爱的结晶"也不算过分。

当然，菊治还有些想要修改或补充的地方。不过，再有几天也就差不多了。

按照原来计划，菊治准备下个星期一就拿到出版社去，但是在哪家出版，他也是考虑再三。

以前菊治的小说畅销的时候，有来往的大出版社就有四五家，而现在只有明文社和新生社两家了。可能的话，菊治希望由出版自己第一本小说的明文社出版。看各方面情况，也可以在中濑所在的新生社出版。

关键的问题是小说的内容。

正如《虚无与激情》这个书名所显示的那样，小说描写了爱情中的激情与虚无之间的纠葛。随着情节发展，越接近后半部分，虚无的色彩越浓厚。

这种感觉也是近来菊治从与冬香的爱情中获得的。男人无论爱得多么激烈、多么疯狂，最终必然会陷入虚无，或者被推入空虚的深渊。

这是什么原因呢？菊治经过冥思苦想，最后得出的结论就在于射精这种行为。在这种看似非常猛烈、令人几近疯狂的快感之后，紧跟着袭来的那种身心萎靡的虚脱感和失落感，究竟是怎么回事呢？

这种只强加于男性的虚无感，不正是导致男性追求隐身遁世的隐居生活的原点吗？

在他的这部小说里，除了描述男人的性特征外，还涉及了男人的性与女人的性的不同之处。

与造成男性虚无原点的射精行为相比，女性在形式上虽然是被动的，却由此获得各种各样的快感，并不断获得升华。

比如，从最初的不适感到忘却一切的高潮，她们的快感内涵深邃而多彩。即使达到高潮之后，快感的余韵还会长久地留在她们的体内。而且，性爱有时还会造成怀孕，导致生育，拓展到女性的现实生活层面。

雄性生物的射精只是以发泄为目的的，有些雄性生物甚至在发泄之后一命呜呼。与之相比，女性的性是吸收、培育男人的精子，是与未来连接在一起的。也就是说，男性的性是虎头蛇尾的，是呈倒三角形的封闭状态。而女性的性是向着未来，呈扇形开放的。

《虚无与激情》想表现的最大主题就是男女性爱的不同之处，以及由此产生的性的相克。换句话说，就是男性的虚无对女性的激情的挑战。其结果只能以男人的惨败而告终。

在小说中，当然并不是从理论角度来说明这种男女之间的纠葛，而是通过描写男主人公无意和女主人公满子之间的爱情的诞生到终结的过程，自然而然地来表现主题的构思。

不言而喻，在这个故事里，可以看到许多现实生活中的菊治与冬香之间的爱情的影子。当创作遇到挫折的时候，正是激情四溢的爱情成为他克服困难的源泉。

在这个意义上，没有冬香，菊治就写不出这部小说。

因此，菊治在卷首加上了一句“谨以此小说献给亲爱的D”。

D是谁？拿到此书的读者会猜测吗？或许是一眼带过？D这样的字母还是太模糊，很难明白。说不定干脆写成D香或者冬香，给读者的印象更深刻呢。

菊治踌躇不决。不过，他还是觉得用不着边际的“D”，更能煽动起读者的想象力，也更有品位。

重要的是，只用这一个字母，冬香就能明白D就是自己。其他人都发现不了也无所谓，只要冬香明白就够了。

经过一番推敲，菊治加上了这句话，《虚无与激情》终于大功告成。

菊治并不特别讨厌梅雨季节。

除了去大学上课，或因周刊杂志的工作等要外出的时候比较让人烦恼之外，菊治大多数时间是在编辑部或书房里度过的。

写稿子，或校对稿子这类工作，外面的天气太明亮晴朗的话，反而静不下心来。下雨天的话，就能够比较踏实地投入进去。而且梅雨季节不那么炎热，比盛夏要好过多了。

周末和冬香见面后的第三天，也就是星期二，是周刊杂志的校稿截止日。菊治一直忙到深夜，才冒着小雨回到家里。

要是平时，他会立刻上床休息。可是，当他看到桌子上放着的复印了五份的《虚无与激情》时，忍不住想摸摸它们。

这书稿是对打字发怵的菊治请人打出来的。从后天起，他打算带着这些书稿去各出版社转转。

不知这本书到底能不能顺利出版。这是菊治时隔多年，才鼓起勇气写出来的破冰之作。他既感到不安，又自信满满。

他的脑海中浮现出曾经反复想象的报纸上醒目的新书广告：“村尾章一郎，

时隔多年，重新提笔写出的长篇杰作。”

这本书就相当于是自己生产出来的孩子。菊治抚摸着厚厚的复印稿，想起了冬香。

明天，冬香来了之后，先把一份书稿给她看。等她看完后，再问问她有什么感想。一想到冬香，菊治就特别想见到她。于是，他把袖珍录音机拿到了床上。

在想念冬香却见不到她的时候，菊治经常听这个箱根之行的录音。

这事要是被冬香知道了，说不定会笑话菊治。但对菊治来说，这是能够近距离感知不在身边的冬香的唯一方法。

菊治已经试过多次。每次听录音的时候，他都把房间的灯光调暗，躺在床上，稍稍侧着身体，把录音机放在耳边，按下播放键。

一阵低沉而模糊的杂音立刻传出，接着传出了冬香啜泣般的呻吟。

冬香似乎已经燃烧起来了。

在侧耳倾听的过程中，他们一起度过的那个难忘的箱根之夜历历如在眼前。

令人不可思议的是，比起实际做爱来，倾听做爱过程更加叫人春心荡漾，无比兴奋。

此时冬香发出的啜泣之声，是由于自己正用舌头慢慢地舔着她的私处。

冬香的呻吟声逐渐大起来了,随后发出了“不行了”“不要……”的哀求声。

冬香不堪忍受菊治执拗的爱抚，已被逼到一触即发的边缘。

记得当时两个人是头脚倒置地躺着，菊治的那个部位也被冬香爱抚着，但只有冬香在叫唤。听到这撩人的叫唤，菊治的那个家伙也情不自禁地抖擞起来。

他用手摁住它，继续听录音。

冬香的呻吟声还是那么低沉而撩人，却十分清晰，在“不行了……”的诉求声中也含有撒娇的味道。

菊治不顾冬香的哀求继续爱抚。“不要啦……”的叫声变成了“求求你了……”的哀求，最后勉强发出一声“对不起”，冬香达到了高潮。

“啊……”冬香声嘶力竭的喊叫如雾笛般低沉而悠长，余音袅袅。

若是此时与冬香相触，肯定能够感受到她那达到高潮时，颤抖而紧绷的身体。可是光听声音就感受不到了。

不过，冬香达到高潮时发出的那声“对不起”，却远比当时听起来高亢而动听。

原来冬香是这样哀求自己的啊。菊治一边回忆冬香当时狂乱的样子，一边为她的呻吟声而陶醉。

毋庸赘言，把冬香逼到这般境地的男人是菊治，冬香根本用不着道什么歉。

然而，仔细一听，菊治发现冬香在冲向峰顶时嘴里发出的大多是道歉，像“不行了”“对不起”“不好意思”，等等。

由此可知，女性虽然觉得不可以这样享受强烈快感，变得这样淫亵，但她们的身体却在燃烧吧。从小时候起，她们受到的就是这样的教育，可是现在反其道而行之，因而产生了罪恶感吧？

无论怎样，在菊治听起来，这种在自我克制中发出的惊慌失措的呻吟更加妖媚，更加淫荡。

突然，录音机里的声音中断了。

刚才菊治一直在亲吻冬香的私处。当她达到了高潮后，他改变了体位。

当时是菊治自己变换的姿势，可此刻用耳朵一听，仿佛不是自己，而是另外一个男人在做似的，感觉非常奇妙。

那个男人改变了身体的位置后，对冬香说着什么。

在“感觉好不好”这句问话之后，男人又抱怨了一句：“你不是说不要吗？”大概是因为冬香快达到高潮的时候太疯狂了，男人才故意揶揄她。

男人对在他的舌头爱抚下已经过一次高潮而瘫软如泥的冬香追问：“想要吗？”

“想。”冬香很实在地回答。

看来女人已经完全落入男人的掌控之中，一点儿也不想反抗。

短短的沉默之后，突然传来了“啊……”的一声惊慌的叫唤。

想必是一直蓄势待发的男人之物贯穿了冬香的身体吧。

“不行了……” 冬香的叫声里似乎隐含着自知无路可逃的断念。

紧接着冬香的叫声又变得娇媚起来,同时发出了“快呀……”“太棒了……”的喊叫。

这么快冬香就产生快感了吗？她不断重复地喊叫“快呀……”“太棒了……”然后又叫出了“亲爱的”。男人立刻回应:“冬香。”就这样“冬香”和“亲爱的”交替出现，此起彼落。

原来他们两个人是这般热烈地互相呼唤的。菊治吃惊地听着录音机里自己的声音时，只听冬香突然叫道：“太棒了，太棒了……”

也许是新一波快感涌上了冬香的全身吧。就在菊治刚回想起冬香浑身颤抖的感觉时，听到了从冬香的身体深处发出的声嘶力竭般的哀求：“杀了我，快点，杀了我吧……”

这句话重复了几次后，冬香的喉咙大概是被菊治掐住了，响起一阵剧烈的咳嗽声。她仍然哀求着：“求求你，杀了我，就这样杀了我吧……”

最后，随着一声“我要死”的叫喊，冬香仿佛飞升到天界去了。

与这声音呼应一般，菊治也大声呼唤着“冬香”，用自己的手达到了高潮。

天亮以后，九点半时，冬香准时出现了。

菊治当然不会把昨天晚上，一边听冬香的呻吟，一边自慰的事情告诉她。

“昨天晚上，我特别想你……”

菊治刚说了一句，冬香就点头说：“我也是，我梦见你了。”

“什么梦？”

“我梦见你的小说出版了，我在签售会上排队等你签名。”

不用说，那也是菊治梦寐以求的。

“真是那样就好了。”

“一定会的。”

然后两个人开始接吻，一起倒在了床上。

菊治头天晚上刚刚自慰过,感觉有些疲乏。可是一抚摸冬香那柔软的肌肤,他的那个物件又蠢蠢欲动了。

“下次我想看看你穿和服的样子。”菊治想起以前跟冬香这么约定过。

“好吧，下次我穿着来。”

“真的？”菊治两眼放着光。

“等放了暑假，孩子们要回老家，有可能我一个人在家。到那时候，我就穿着和服浴衣……”

菊治突然想起了风盆舞。头上戴着压到眉间的斗笠，身穿和服浴衣的女子们边走边舞着。她们整齐地挥动着双臂，表现接过稻穗的动作，那一双双纤细柔软的手优美极了。

菊治轻轻地把冬香的手拉向自己的两腿之间。

“你是用这只手，跳舞的吧？”

“是……”

“我想和你一起去看风盆舞。”

“我也想和你一起去。”

风盆节是在九月初，据说是为了让台风退去，祈求丰收而进行的一种仪式。

真能一起去吗？冬香似乎也没有多大把握。

“女子微微弯着腰，向前迈步的时候，裙摆会翻过来吧？”

菊治一边回想着小原风盆舞的舞姿，一边把手伸进冬香已经湿润了的胯间。

“你跳舞的时候，这里会是什么样的？等让它吃饱之后，再看你跳舞吧。”

“说什么呀……”

冬香等不及似的朝着菊治挺起了腰部。

近来，冬香很快达到高潮就不用说了，湿润得也快起来了。

菊治在爱抚她的私处时，一边用嘴唇轻轻地吮吸她的乳房。冬香很快就发出了压抑的呻吟。

菊治继续撩拨着她。“快呀……”直到冬香这样央求时，菊治才从侧面温柔地进入她的身体。

当菊治的阳刚之物被全部包裹在冬香体内的时候，她终于踏实了似的换了口气，然后自己晃动了起来。

尽管菊治知道冬香大约多长时间会达到高潮，要多少次登峰才能满足，但并非每一次都能够让她如愿。

特别是最近，仅仅达到高潮并不能让冬香满足。她还想要尽量延长处于巅峰的时间。

也许是昨夜的自慰使菊治因祸得福，他感觉今天能多扛一段时间。

菊治配合着冬香的动作，持续进攻其最敏感的部位时，冬香不停歇地发出欢快的叫声，最后仍是在“我想死”“杀了我吧”的喊叫声中，手脚抽搐般地抖动着达到了高潮。

这是何等激烈的燃烧啊！菊治虽然对自己把冬香搞到这个程度感到满意，却不知道她究竟会燃烧到什么程度。菊治有种不祥的感觉，这时冬香突然紧紧搂住了他。

“我知道了……”

“……”

“我刚才不是喊‘上去了’吗？那个时候，从头顶到指尖，全身的血都在哗哗流淌着、奔跑着……”

看来冬香在达到快感高潮时，又有了新的发现。菊治没有搭腔，冬香发自内心地说：“是你把我的身体弄成了这样……”

这回冬香是抱怨吗？菊治觉得有点儿委屈。

“你这个人，真是太厉害了。”

结果听到冬香的称赞，菊治反倒不知该说什么了。

“只要是你说的，我什么都服从。你怎么说我就怎么做，请命令我吧……”

冬香冷不丁这么一说，菊治还真不知该下什么命令才好了。

“我要当你的奴隶。”

难不成流遍全身的快感唤起了冬香的被虐感觉？菊治发觉说出这种话来的冬香有些可怕。

菊治忽然想起一个犯下金融诈骗罪的女人。这个女人在金融机构工作，为了喜爱的男人，从公司窃取了数亿日元。当时，这成为报纸和电视上的热点新闻。但是该女子被逮捕后，却没有丝毫愧疚的表情。

只要是为了自己心爱的男人，哪怕对方命令她去诈骗或贪污，她也会毫不犹豫地去执行。

当然，一般人会感到吃惊，会嘲笑说："真是个傻女人。"但是当事人却根本不觉得后悔或羞耻。倘若是为了把自己引入疯狂乐园的男人，没有什么事不可以做。

此时的冬香也这样说，只要菊治发出命令，她会绝对服从。因为她已经宣布要做菊治的奴隶了，所以决不会反抗的。

菊治让她离家出走，她就会离家出走。命令她杀死丈夫的话，她也可能真的去做……

一想到这里，菊治慌忙摇了摇头。

那种话，无论如何也不能说出口。万一自己发出了那种指令的话，且不说冬香，连自己都别想再活下去了。

菊治赶紧打消了这些念头。

冬香低声说："我自己一个人，去了别的世界……"

"别的世界？"

"对，谁也不会明白这种感觉吧。"

诚然，恐怕没有一个女性像冬香这样深深地沉溺于性世界之中吧。

"前几天，我跟孩子同学的母亲聊过这个话题。"

大概是一位跟冬香年龄相仿的母亲吧。

"女人们在一起，也谈论男人吗？"

"一般不谈论。只是和那个人关系比较近，才聊了两句。因为她说想谈恋爱……"

"在这方面，你可是个前辈了。"

"话虽这么说，但我一说'特别相爱的话，就会觉得离不开了'，她却说，不喜欢那种缠缠绵绵的爱情……"

在不破坏家庭的前提下，适当地玩一把恋爱，大概是一般人的想法吧。

"她还说已经这个年龄了，再那么卿卿我我的，多不好意思啊……"

的确，冬香如果把自己的情况如实告诉对方的话，她可能会这么看的。

但冬香却像是在做梦一般地说道："不过，我愿意这样。那些人都不知道这里面别有洞天啊。”

也许冬香在家庭主妇中也是孤立的？当然冬香自己不说的话，那些人是不会知道的。但有一点可以肯定，冬香的心灵和肉体都活在另一个世界里。

在这一点上菊治也是一样，他也没有一个可以在真正意义上讨论爱情话题的男性朋友。

归根结底，在这个世界上，自己和冬香是孤家寡人。

这种孤立感令人寂寞，无着无落的，但正是这种曲高和寡的感觉，更进一步加深了他们对彼此的信赖。

“不管别人说什么……”菊治想。

毫无疑问，我们深深相爱，从而能够收获到性的无与伦比的欢悦。在这种意义上，我们不愧是性爱的精英。

其他人说什么不喜欢缠绵纠结的爱情，会因此毁掉一生云云。然而，他们两人丝毫不因此而感觉慌乱和胆怯。

相反，像一般人那样完全不知爱的真谛为何物，压抑自己的情感，逐渐衰老死去，菊治是绝对不愿意这样了此一生的。

既然降生到这个世界上来，他希望哪怕一次也好，像眼下这样疯狂地燃烧。

“不用搭理那些什么都不知道的家伙……”

菊治不无自暴自弃地说道，紧紧搂着怀中的冬香，紧得都快要令她窒息了。

不一会儿，他们都觉得呼吸困难起来，菊治松开了手臂，深深地吸了口气。

两个人心里都明白，又到了冬香该起身梳洗，准备回家的时间了。虽然都不想起床，但已经这样深情地确认了相互的爱，完全已经可以安心地分手了。

菊治先起来后，冬香也跟着起来，进了浴室。过了十几分钟，冬香出来时，已像往常一样梳妆完毕了。

菊治把一个纸口袋递给冬香：“这是我刚写好的小说底稿，有时间的话，请你看一看。”

“真的吗？”

冬香从纸袋中抽出了装订好的书稿，连忙问：“这个D是……”

“当然是你了。”

“太高兴了……”

冬香手里拿着书稿，一头扑进了菊治怀里。

从第二天起，菊治带着书稿去了两个出版社。

他先去了曾经出版过《爱的墓碑》等三部早期作品的明文社，和事先约好的一位名叫铃木的部长见面。当年菊治走红的时候，铃木刚过三十五岁，现在从文艺部调到了营业部。

这是时隔十五年的再聚首。“你好……”他们互道寒暄之后，铃木把菊治带到了附近的一家咖啡屋。虽说两个人都上了年纪，但铃木却比菊治显得更有派头。

“你真是没怎么变哪……”铃木感叹地看着菊治。这还不是靠着恋爱的滋润哪，可这话菊治自然不好说出口。

“到了这个岁数，才终于写出了多少可以让自己满意的东西，今天带来，想请您过过目……”

菊治把复印的书稿递了过去，铃木把手放在书稿上点点头，说：“嚯，真不少啊，这是全稿吧。”

他翻开第一页，看到“谨以此小说献给挚爱的 D”的卷首献词，微笑着问道：“是恋爱小说吧？”

“不好意思……”

“哪里，村尾老师当然要写恋爱小说喽。我会尽快拜读的。”铃木点点头，还是像以往那样慢慢悠悠地说道。“不过……”他抬起头说，“正如名片上写的那样，我五年前就调到了营业部，所以对文艺出版方面的情况不是太清楚。当然，我会把书稿交给一个有经验的编辑看的。”

“请多关照。”

和年轻编辑的关系疏远起来，也是由于菊治这么长时间没有进行创作的缘故。

“需要的话，我手头还有。”

“不用了，一份够了。”

接下来他们就出版界的现状，以及菊治在大学任教、给杂志撰写稿件等简单交谈了几句后，菊治站了起来。

“那么，这份书稿就请您多费心了。”

以前都是出版社求着菊治把书稿给他们，可现在轮到菊治低头请求出版社了。

“可能需要一点儿时间，我会跟你联系的。”

菊治再次向铃木道了谢，重新体会到自己无所作为的岁月是那么漫长。

第二天，菊治又带着书稿出了门。

那天，菊治大学有课，所以先去了趟教研室，跟精通现代文学的森下讲师见了面，交给他一份书稿，请他读一下。森下虽然没有出版社方面的路子，但有时为月刊杂志写点儿书评，所以菊治的书要是出版了，没准还要请森下给写点什么宣传宣传。

森下比菊治年轻十岁，一听书稿有四百页之多，吃了一惊，向菊治保证：“我一定认真拜读。”

下午三点，上完了两门课后，菊治去了做撰稿人的那家周刊的编辑部，把一份书稿交给了一位负责书评专栏的名叫石原的编辑。

“虽然还没出版，但是我想先听听你的看法。”

石原也为书稿的页数之多而惊讶，然后看着卷首“谨以此小说献给挚爱的 D”一句，嘿嘿一笑：“是恋爱小说吧。”

到此为止，包括给冬香的那份，书稿已经送出了四份。

剩下最后一份，菊治打算请中濑看看。中濑是新生社的董事，新生社下又有影响力颇大的文艺部门，所以肯定能助自己一臂之力。

由于那天中濑不太方便，所以第二天下午两点，菊治去新生社拜访了他。

荣升负责广告宣传业务董事的中濑，立刻把菊治请到了自己的办公室里。

“怪不得……”

菊治再次打量起中濑和前任总经理的合影，以及并排放在一起的高尔夫冠军杯等，点了点头。

现在中濑主管新生社所有广告方面的业务，当然会在这样的房间里办公。自己如果一直留在出版社工作的话，能够爬到这个位置上来吗？肯定是不行的，菊治给自己下了定论。

菊治把书稿递给中濑，中濑一看就笑道："这可又是个吸引人眼球的书名啊。"

看到卷首"献给D"那句献词时，中濑问："她就是你说的正在交往的那个女人吧？"

"虽说很惭愧，却是托她的福才写成的。"

"我马上交给文艺部，让他们看看。"

有中濑给打招呼，让菊治增强了信心，只可惜他现在不是出版部的董事。

把五份书稿分别发送出去以后，菊治潜下心来静待结果。

他们看了以后会怎么评价呢？书稿长达四百页，不可能一口气读完，但看得快的人有两三天的工夫就够了。

只是大家都有工作，如果抽空闲时间看的话，可能需要一个星期左右。让菊治没想到的是，这几个人当中最先告诉菊治感想的竟是冬香。

菊治把书稿交给冬香的第二天，她就发来了短信："我已经开始看了。"第三天，她在短信中说："明天见面之前，我一定会看完的。"

到了约会的当天早晨，冬香又发来了短信："我刚刚读完，写得太棒了。我现在就去你那儿。"

到底还是冬香关心我，其他人还一点儿音信也没有呢。

菊治马上回了个"谢谢！"等了一会儿，冬香来了。

"今天特别闷热。"

菊治在门口迎接一边擦着额头的汗水，一边飞快地走进来的冬香，问道："看完啦？"

"看完了。写得实在太好了！我真是受益匪浅啊。"

尽管冬香是个读者，而非专业人士，但外行的意见对小说创作也很重要。

"你家里的事情那么多，还这么快就把书看完了，很辛苦吧？"

菊治这么一问，冬香就告诉他，她是利用把丈夫和孩子送出家门后的上午的一点时间，还有家里人都睡下后的深夜或清晨悄悄起来看的。

"没被你丈夫发现吗？"

“没发现。我把书稿分成许多份藏在床底下了。”

妻子把心仪男人写的书稿藏在床底下，利用深夜偷偷阅读，丈夫当然不会发现了。菊治对冬香的聪明颇感惊讶。更令他感动的是，冬香竟然这样想方设法地尽快看完了自己的作品。

“你是第一个看完我的小说的人。”

“这部小说比你以往的作品更深刻，我觉得描写的好像不是别人的故事……”

那是当然了。因为菊治是以自己和冬香之间的爱情为原型创作的，冬香这样想也很自然。

那天受到了冬香的赞美，菊治可谓激情燃烧。

难道说心情一舒畅，身体也会增加活力，变得精力旺盛吗？

两人都急忙脱掉衣服，拥抱在一起，一如既往。他们首先从正面，然后从侧面、后面交合，最后冬香骑到了菊治身上，趴下了身体，两个人的身体变换了一百八十度，忘却一切地相互索求着。

不用说，在这一过程中，冬香一直是狂放至极，每当快达到峰顶时都一个劲地叫嚷“杀了我吧……”菊治便扼住她的喉咙。冬香一边憋得近乎窒息，一边达到高潮。

冬香想要死，已经成为每次做爱时都会一再重复的必然程序，死亡犹如潜藏在两个人之间的快乐一般，固定下来了。

而且，那天他们俩真像是死去了一般，直接进入了浅睡状态。

过了半小时，还是菊治最先睁开了眼睛，发现自己那个东西还待在冬香的体内，就开始慢慢撤出。冬香立刻察觉到了，她不愿意地哼哼着扭着身子。

冬香仿佛在说:“没有我的允许,不许撤退。”但菊治仍旧撤出了冬香身体，紧紧搂住她说：“又被冬香吃得一干二净了。”

“对呀，和你的小说里写的一样。”

菊治在小说里，描写了一个叫无意的男子，被一个叫满子的女人吃得一干二净，逐渐陷入空虚的感受。

“就像我描写的那样，女人就是欲壑难填……”

冬香通过自己的身体已经充分体会到了这一点，便坦率地点点头，说：“可是，我不愿意像书里的两个人那样，越相爱离得越远。”

在小说中，两个主人公多次做爱之后，男方因嫉妒女方能够享受那种无可比拟的强烈快感，产生了败北感，最后孤独一人踏上了虚无的荒野之旅。

“你写的那部小说，很深刻，让人感动，只是结尾太悲惨了……”

听冬香这么一说，菊治确实也有这样的感觉。但是，他不想写那种俗套的喜剧式的爱情结局。

在不断追求绝对完美的爱情的过程中，最终因男女之间的根源性差异而触礁，导致爱情的破灭。如果不写到这个程度的话，就不成其为文学，而这正是菊治现阶段最想表现的主题。

# 焰火

刚一告别梅雨季节，酷暑便来临了。

对于比较爱出汗的菊治来说，夏天虽然不太好过，但并不让他讨厌。

菊治原本就是在横滨长大的，已习惯于暑热。比起寒冬来，夏天可以使人放松，心情安宁。

因长年浸染于自由职业，菊治几乎不打领带。炎热的夏天，就更加随意了。只穿条白裤子，配一件衬衫，便可以轻松出门。

梅雨结束后的第一个星期日，菊治穿着T恤和短裤，在家里等候冬香。

据冬香说虽然已开始放暑假，好在孩子们很听话，所以上次约会时，她九点刚过就到了。

菊治以为今天冬香也会在同一时间出现，轻松地看起了电视，这时来了短信。

短信的标题是“早上好”，以及“Dongxiang”的拼音，菊治一看就知道是冬香发来的。

“对不起，我一直期盼着今天和你见面，可是，爸爸妈妈突然来了，我不能去你那儿了。非常遗憾，真是对不起。回头我会跟你联络。”

短信中的“爸爸妈妈”指的是她丈夫的父母吧？听说他们住在富山。这么说，是今天早上突然来东京了？

如果是这样，昨天冬香就该知道的。说不定他们早就到了东京，今天一大早直接跑去找冬香他们的吧？

今天的约会当然是上次见面时定下来的，所以冬香很可能希望躲开这个时间跟公婆见面。可是，对方是她的公婆，很难随她的意吧。

加上这次，冬香已是第二次取消约会了。第一次是由于孩子突然发了高烧，而没能赴约。

作为一位母亲，冬香这么做菊治还可以理解，但今天却有所不同。

虽然冬香嘴上说讨厌丈夫，却不能不和他的父母见面，而且表面上还要装出一副夫妻和谐的样子吧。

“真够难为她的……”

菊治自言自语道，想象着冬香和公婆见面的情景。

以前听冬香说过，她和丈夫的婚事，最后是因为公公看中了她而定下来的。

据说她公公一看到冬香，就觉得娶她做媳妇，一定会安守本分，将来也会照顾二老，才选中她的。

如今这年代，这样挑选媳妇也太老式了些。不过，在地方上，这类情况或许很常见。据说有些地方还存在着一些旧习俗，比如丈夫泡澡之前妻子不能先泡；丈夫读完早报之后，妻子才可以读，等等。

大城市的人们一听，肯定会吃惊得目瞪口呆。但在地方上却理所当然地被人们沿袭了下来。正因如此，日本古代的文化和习俗才得以保留下来也未可知。

总之，冬香是在那种比较守旧的环境下长大后，又嫁给了同样守旧的人家，直到今天。这些经历养成了冬香温和贤惠的性格，也造就了她的魅力。

不过说实话，现在的冬香已今非昔比了。不论表面上怎样贤淑，她的内心已受到情欲的支配而变得奔放不羁。

冬香在公公面前，是怎样将自己的表象和真实的一面——这两个截然不同的自己区分开的呢？

不言而喻，只有菊治自己知道冬香的真实一面。而造就了冬香的公公所看不到的其真实一面的人，正是自己。

这么漫无边际地想象时，菊治越来越渴望见到冬香了。他打开手机看了一眼，没有新的短信。

没办法，菊治只好靠看报纸打发突然空闲出来的整个上午。随意浏览报纸时，他看见了一条关于夏天焰火大会的预告。

今年好像各地都流行焰火大会，仅东京都内就有近十个地方。其中也有神宫外苑焰火大会的预告，时间是八月初。外苑离自己的公寓很近，走着都能去。

那一天，不知能不能跟冬香见上面。她说过，那时候会把孩子们送回老家，那就可以穿着和服浴衣过来了。如果正好赶上焰火大会那天，两个人就可以一起看焰火了。

然后，最好能和她共度一个良宵。

菊治像个少年似的想入非非起来。

那天再次接到冬香发来短信，已经是下午两点以后了。

“今天早上对不起。现在我回到家里了。你方便的话，我想跟你通话……”

菊治当然是求之不得，马上打了冬香的手机。

“哎呀，太好了。”话筒里顿时传出了冬香兴奋的声音。

“现在你家里没有人吗？”

“对，只有我一个人。”

冬香说，她公公有心脏病，这次是为做这方面的检查来东京的，从明天开始要每天去医院检查。公公他们是今天早上到的东京，突然想要参观儿子的新居，就直接到新百合之丘来了，所以她早上没能出来。

全家人在附近的餐厅吃了午餐后，冬香一个人先回家了。

“没关系吗？”

“没关系，他们好像要去买什么东西，我婆婆也在……”

爷爷奶奶好久没见到孙子们了，一定很开心吧。

“今天真是太遗憾了。”

“不过，他们也想来看看儿子一家吧？”

“可是，我一心只想着你……”

公婆好不容易大老远来了，儿媳妇却想着别的男人，真是不像话。可是改变了冬香的人，正是菊治自己。于是，他换了个话题，说起了今天早上在报纸上看到的焰火大会的事。

“每年，我家附近的外苑都有焰火大会，可能的话，我想和你一起去看。”

“我也想去啊，什么时候？”

“八月一日。”

“请等一下。”

冬香好像是在查看那几天的时间安排，过了一会儿，她说：“我也许能去。”

“可那天不是节假日啊。”

“那个时候，孩子们多半已经回老家了，而且……”

冬香在考虑她丈夫吧？她怎么跟丈夫解释呢？菊治正为此担心的时候，冬香说：“没有问题。”

冬香回复得这么痛快，反倒让菊治感觉不安。

“不要太为难了……”菊治这么一说，冬香说：“可是，不为难的话，我就出不来了。”

冬香说的也有道理。和菊治比起来，冬香现在更敢作敢为得多。

“我太高兴了，能和你一起去看焰火。”

既然冬香这样说了，自己再担心也是多余。菊治放松了下来，想象起被焰火染得五彩缤纷的夜空来。

“我特别喜欢一首赞美焰火的和歌。”

“说说看。”

“有一个出生于北海道的女诗人，名叫中城文子[1]，很早以前就去世了。她也是有丈夫，却爱上了一个年轻男人……”

然后，菊治想了想，吟诵起来：“焰火染夜空，响声如雷震寰宇，吾为君

1　中城文子(1922—1954)，和歌诗人。本名野江富美子，出身于北海道。因患乳腺癌于一九五四年(昭和二十九年)住院治疗。其奔放的对生命的讴歌和客观冷静的自我审视引起了巨大反响。

销魂。”

菊治又吟诵了一遍后，冬香赞叹道：“太美了！”

“这意思是说，在放焰火那天夜晚，她和情人共赴爱河吧。”

“对，和灿烂夺目的焰火同时……”

“我也想和你这么做。”

“当然了，我会夺走你的所有。”

谈到这首赞美焰火的抒情和歌，也许使他们的更加情意绵绵了，就这样挂断电话未免可惜。

“再说一会儿话，可以吗？”菊治问道。

“没问题，只有我一个人……”

看样子冬香很享受难得有机会独自一人在家的时光。

“我现在真想见你……”菊治轻轻说道。

“我也一样。”冬香马上回答。

早上没见成面，两人到现在还感觉遗憾。

“要是现在能见到你……”菊治明知现在不可能见面，还是这么说，“我要马上脱光你的衣服，然后……”

菊治欲言又止时，冬香追问：“做什么？”

“亲吻那儿一通。”

“什么……”冬香立刻叫出声来，然后轻轻说道，“说什么呀……那个，我想要……”在菊治的语言挑逗下，冬香也心旌摇曳了。

“现在，我正坐着，手攥着那东西呢。”

这回冬香没有回音，菊治继续发出指示：“冬香，你也把手指放在你那儿……”

以前，他们也玩过强迫对方自慰的游戏。不过，现在冬香是否听话地把手放在那里了呢？

只听见她发出了一声轻轻的叹息，说：“我不……”

“我已经忍不住了。”

“你真做得出……”

冬香责备的声音很尖，带着亢奋。

“我的感觉传给你了吗？”

“嗯……”冬香回答。菊治立刻命令她：“和我一起冲上去吧，就这样上去啊。”

“不行。”

菊治不理睬她，加快了手上的动作。“舒服吗？”他问。传来了冬香哭泣般的声音。

“嗯，特别好……”紧接着冬香发出了“啊……”的呻吟，在这声音的挑逗下，菊治奔涌而出。

居然通过电话相互刺激，达到高潮，怎么跟年轻人似的，说风就是雨的。菊治对自己感到很惊讶，更惊讶于冬香似乎也达到了高潮。

“到顶了吗？”

等了一会儿，传来了轻微的一声“到了”。

“真行啊……”菊治赞叹道，“这种事，不像咱们这么相爱的话，根本不可能。”

两人看不见对方，仅靠着语言，通过想象，就达到了顶峰，而且还是同时到达，如果不是身心和谐的话，是根本无法做到的。

“真难为情……”

冬香似乎对自己竟然做出这样的事来而深感诧异，菊治的感觉也和她一样。

“不过，多亏了你，总算舒服多了……你也一样吧？”

“我不知道。”

记得冬香说过她不喜欢自慰。她说，和在男人怀中达到高潮比起来，自慰只能让人感觉特别空虚。

“因为今天没能见成面……”菊治刚想说因为你的关系，冬香已经道了声：“对不起。”

“那么，下次是星期五吧？八月的焰火大会那天，你别忘了。”

“知道了，我会飞过去的。”

下次的约会有了着落后，菊治终于放下心来，挂断了电话。

刚才和冬香开始打电话的时候还是黄昏，现在天已经黑透了。

菊治泡在浴缸里，又想起冬香来。

现在冬香在冲澡吧？然后穿戴整齐，等待丈夫和孩子们的归来吧？在外人眼里十分贞洁的妻子的身体，已被人偷偷地侵犯了。

自己犯下的是怎样的罪过啊！菊治对自己的行为深感困惑。这样下去，自己总有一天要受到惩罚。不过，要惩罚就惩罚吧，无所谓了。

新的一周开始后，菊治决定去了解一下书稿送出后的反应。

书稿送出去到现在已经快十天了，估计应该已经看完了。菊治很想听听他们对自己的小说作何感想。

菊治最先问的是和他在一个大学里任讲师的森下。

"上次请您过目的那个书稿……"菊治一边察言观色一边问，"您读过了吗？"

森下当即点头："哎呀，写得真是不错啊。"

"篇幅很长，读起来很辛苦吧？"

"根本不觉得有那么长，能够把男女之间的关系挖掘得如此之深的小说实在是太少了。这本书给了我很多启示，真算得上是一部恋爱小说的杰作啊。"

听到他给予这么高度的评价，菊治感到自己的创作很有价值。"您能这样肯定，我太高兴了。"菊治向森下行了一礼。

森下问："这部书，是哪家出版社出版？"

"啊，出版社还没有定下来……"

"出版以后，请务必送给我一本。肯定会引起轰动的。"

看起来森下的意见和冬香差不多。不管怎么说，这就算是突破了第一关。

菊治来了精神，第二天，他又约了在周刊杂志担任书评的石原，问了他的看法。

他们现在是同事关系，所以聊起来很轻松。石原也予以充分肯定："小说很有意思。近来，流行那种儿童套餐式的纯爱小说。我感觉和那类小说比起来，终于出现了一本给成人看的恋爱小说。一定会引起轰动的。"

“谢谢了。”

像石原和森下这样有相当阅读水平的人能够这么肯定，使得菊治勇气倍增。菊治非常高兴，马上给冬香发了条短信。

“我的《虚无与激情》，正如你说的那样，大家的评价很高，感想也几乎是一样的。你真是一个出色的读者啊。”

冬香马上回了短信：“因为你绝对有才华呀。我选中的人还有错？”

冬香这句话说得真是让人心花怒放。菊治仰起头，朝着盛夏的蓝天，深深地吸了一口气。

得到了森下、石原两位有鉴赏水平的人的肯定后，自信心倍增的菊治给明文社铃木部长打了电话，想听一下他的感想。

由于自己的作品和明文社之间缘分很深，所以菊治最希望此书能由明文社出版。在电话里，菊治非常谦恭地说道：“我是上次给您送书稿的村尾……”

“现在负责这本书的编辑不在，你明天过来，可以吗？”铃木说。

从交给他们书稿算起已经过了十多天了，应该可以打听一下他们的看法了。菊治想要开口询问，又忍住了，还是明天直接去出版社当面问为好。

铃木和上次一样，在公司附近的咖啡屋跟菊治见了面。简单地聊了几句天气后，铃木很为难似的说道：“情况是这样的，编辑那边说，这部书，直接这么出版，有些难度……”

这是什么意思呢？菊治问：“有什么地方希望我做些修改吗？”

“不是，他们说的不是这个意思……”铃木还是像以前那样说话慢腾腾的，“他说从现在到明年的出版计划都排满了，所以计划外的新书很难插进去。”

菊治听了，很难接受这个解释。一般来说，各个出版社，每个月出版什么书都有一个大致的规划，但是，临时发现了好作品的话，也会不考虑什么计划迅速出版的。否则的话，毛遂自荐的作品就不可能出版了。

“他们已经看过书稿了吧？”

“当然了，他说负责出版的部长也看过了……”

铃木提到的那位部长没有在座，菊治感到很不满。

“那就是说，出不了？”

“我觉得写得相当有意思。可是，没办法，我现在不负责出版。”

认为小说有意思，却不能出版，这到底是怎么回事呢？菊治无法释然，可是继续追问不负责出版的铃木部长也无济于事。菊治竭力使自己平静下来，恳求道：“您也知道，从一出道，我的作品就是贵社出版的，所以这次也非常希望能在贵社出版。当然出不了的话没有办法，只是我很想知道不能出版的理由是什么，我能不能跟那位责编通个电话呢？”

铃木慢悠悠地点了点头，把他所拜托的文艺部加藤部长的名字告诉了菊治。

“那么，我直接给他打电话也没关系吧？”

“也许这样更好一些。对不起，我没能给你帮上忙……”

“哪里，哪里，非常感谢您为我做的一切。”

菊治表示了感谢后，就离开出版社了。

可是，菊治没心情就这么回家。不直接去问一问那位加藤部长的话，他的心情就平静不下来。

从神田到御茶之水的途中，菊治走进了一条安静的小路，在那儿给加藤部长打了电话。

还不到傍晚，加藤部长马上就接了电话。

“我是村尾章一郎……”菊治自报家门后，加藤慌忙说道：“啊，是村尾老师啊。”

辛辛苦苦写出来的小说被你退了回来，还算什么“老师”？菊治心中不快，不客气地问道：“刚才听铃木部长说，我的书不能出版，可以告诉我是什么原因吗？”

“让您亲自打电话来，实在抱歉。您的作品我拜读过了，但是，您写的内容和敝社所期待的有一些差距……”

“什么差距？”

“我们以为是像您早期作品那样的绚烂而浪漫的小说，但是这部作品有些直白、阴郁……”

“阴郁的书，就不行吗？”

“当然不是啦。我认为可以肯定是一部力作，只是感觉缺少一些吸引时下年轻读者的华丽时尚的成分……”

“只有这个理由吗？”

“目前出版界的竞争十分激烈，所以……”

听到这里，菊治挂断了手机。

小道前方是一条很平缓的斜坡，几乎没有其他行人。菊治在斜坡这边站住了，仰望天空。

终于听到了那位加藤部长的意见，但菊治绝对不能接受。

即使他们说什么想要的是菊治早期那种故事情节华丽浪漫的作品，可是从那时候到现在已经过去整整十五年了。加藤让他无视这十五年岁月的流逝，创作如出一辙的东西，这等于从根本上否定了十五年来作家的成熟。这部作品看上去朴实无华，却有着相当的深度，触及了人类根源性的一些问题。事实上，森下、石原他们都因此而充分肯定了这部小说，可是他却说什么缺乏吸引年轻人的那种华丽的成分，真是荒谬之极。言外之意不就是，作家长大成人之后，还必须继续创作那种儿童套餐式的浪漫故事吗？

那个家伙的意见实在无法让人接受。他的声音听上去就像是活在半个世纪以前的人似的，让那种人来评价我的小说简直就是一种亵渎。

事到如今，明文社不给我出版也无所谓。即便不去求那些家伙，想给我出书的地方多的是。

菊治给自己这样鼓劲，大声骂了一句：“畜生……”

自己的书畅销的时候，铃木以及明文社的那群家伙根本就不敢那样傲慢。他们总是一口一个“老师”地跟自己套近乎，点头哈腰地央求他：“有了新的作品，请马上让我们拜读一下。”可是现在，居然以“阴郁、直白”为由把书稿退了回来，脸皮真够厚的，殊不知还有“羞耻”二字。

“你算个什么东西……”

菊治忍不住冲着高楼的墙壁喊叫了起来。眼下这种状态，他什么也干不下去。要想排解这满腔愤懑，只有去找中濑了。

菊治也给了中濑一部书稿，他读了的话，肯定会给自己一个恰当的评价。

而且，新生社的编辑们，一定能读懂作品的真正价值。

菊治马上给新生社拨了电话，找中濑。

“关于前几天我交给你的那部书稿，今天晚上能见面聊聊吗？”

对于菊治突然要求见面，中濑好像很意外似的。中濑说，今天晚上不巧有个应酬。

“晚一些也不要紧。”菊治仍固执地坚持，最后约好晚上十点在银座的酒吧见面。

中濑指定的酒吧在新桥附近一座旧建筑的三层，只有一溜长长的吧台。

菊治去的时候，里面只坐了两个客人。“欢迎光临。”浓妆艳抹的妈妈桑迎了上来。

菊治告诉她和中濑约好在这里见面，妈妈桑似乎已经接到了中濑的电话，爽快地点了点头，拿出中濑寄存在这里的酒，倒了一杯兑水威士忌，递给菊治。

菊治重新环顾了一下四周，酒吧里面就像是装鳗鱼的笼子般狭长，墙壁也脏兮兮的，但他觉得这种破旧的地方正合自己眼下的心情，便开始喝酒。

十分钟以后中濑到了酒吧，菊治已经喝得醉醺醺的了。

“对不起，死乞白赖地叫你来……”菊治道了歉。

“哪里，我也想找你聊聊呢。”大概中濑心里也惦记着小说的事吧。

过了一会儿，菊治问：“那部书稿读完了吗？”

正等着菊治问似的，中濑立刻点头道：“非常好看啊，很多地方我都很有同感啊。而且，性爱描写也生动极了……”

这正是拜现实生活中和冬香的爱情所赐。但菊治没有打断他说话。

“我是觉得非常不错，可是编辑那边……”

他们是什么意见呢？菊治探过身来侧耳倾听。

“他们说内容有些晦暗，黏黏糊糊的，还说缺少了你早期作品中那种华丽的、让读者如痴如醉的甘甜……”

“可是……”

这不是跟明文社的加藤部长说的一模一样吗？菊治坚决地摇了摇头。

“他们说得不对，别忘了我已经五十五岁了。我渴望写出和我的年龄相符的、更深刻、更有分量的作品……”

“我明白，你想说什么我都明白。”

中濑像要安慰他似的，右手上下挥动着。

“一方面也是因为现在出版界竞争很激烈。不管怎么说，你中间这段空白时间太长了。”

“空白时间太长了？”

“对。从你出版上一部作品到现在已经过去十五年多了吧？在这期间，你的读者群也全都变了。”

菊治呆呆地望着前面的酒柜。在中间偏左、正对着灯光的地方放了一瓶威士忌，在外文字母“OLD”下面印着“15”。

这瓶酒已经存放了十五年，可在菊治看来，却是他没写小说的十五年岁月。

“那么，能出版我的书吗？”菊治目前想问的只有这一点。

“嗯……”中濑点了一下头，凝视着空中，然后开口道，“实在是不好意思，以目前的情况很难办。非常遗憾，我们出版社出不了。

既然话说到这份儿上了，菊治也无话可讲，眼睛一直盯着酒柜里面的酒瓶。

中濑问：“明文社那边怎么样啊？”

此时此刻，菊治就是嘴被扯烂了也不想告诉他被明文社退稿的事。

然而，中濑从菊治的沉默中已经找到了答案。他以宽慰的口吻说道：“并不是说你的小说不好。它可以说是你的作品中的一部里程碑般的优秀作品。只是距离你出版的上一本小说，中间空的时间太长了。”

菊治什么话也没说，再一次凝视起酒瓶上的“15”这个数字来。

“那些编辑的意见是，既然间隔了这么长时间，那么你和新作家没有什么两样。”

“新作家”这个词在菊治的脑海里慢慢地扩散开来。菊治压根儿就没想到，在不知不觉中，自己又回到了原来的起点。

“要把你作为新人推给读者的话，还是需要那种花哨的成分的。”

“……”

“我这么说你不要介意。我提议先出五千册，可他们还是不同意……”

曾几何时，自己是畅销几十万册的作家，现在连区区五千册都这么难吗？菊治受不了这份刺激，一口气喝光了兑水威士忌，中濑也跟着把酒一口喝干。

“编辑们的想法也都完全改变了。没有人像以前那样，愿意去冒险了。而且现在年轻编辑增多了，他们总是喜欢关注和自己同年代的年轻作家。”

“我明白了，别再说了。”

菊治用手捂住耳朵，闭上了眼睛。

跟中濑再谈下去也毫无意义，只能让自己显得更加悲惨。

“不要再说了……”菊治再次面对中濑，低了下头，“我全明白了，谢谢你了。”

“也不是说完全没有希望了。过个一年半载，事情也许还会有转机。”

既然现在都不行，明年怎么会有希望呢。菊治多少也了解一些出版界的严酷与时过境迁。

“你能这样坦白地告诉我，太好了。”

“一起去俱乐部散散心？”

中濑大概是想找个有女性陪酒的热闹场所安慰一下菊治。可菊治觉得现在心情这么沮丧，即便去了，也只能更加失落。

“不了，今晚算了……”菊治摇摇晃晃地站了起来。

“你没事吧？”中濑也随之起身。

“没事，今天让我自己待一会儿吧。”

菊治没有理睬满脸担心的妈妈桑和中濑，径自走出酒吧，乘电梯下到了一层。

但他一点儿也不想就这样回家，可是在银座他几乎没有熟悉的夜店。菊治站住脚，想了一下，决定去四谷的荒木町。

现在的菊治根本没有心情坐地铁，干脆拦了辆出租车。到了荒木町后，他走进了小路里面的一个酒吧。

“哟，您来了……”熟悉的妈妈桑招呼他。

“您这是怎么啦？脸色这么难看？”

菊治觉得自己的表情应该是挺平静的，也许是内心无处排解的懊恼和伤感从脸上显露出来了吧。

菊治要了杯烧酒，说起了自己的书被出版社退回来的事，想跟妈妈桑诉诉苦。

“太过分了吧？”妈妈桑抱着胳膊说，“那帮家伙，您根本不用搭理。”

对妈妈桑来说，也许可以这样，但是对菊治来说，却不是不理睬他们就过得去的事情。

“那群家伙根本就不懂什么是文学。如果对人类的起源追根究底的话，不就是性爱吗？他们根本就不知道那种登峰造极的快感。”

“因为他们从来就没让女人达到过高潮。”

“是啊，就是这么回事。”

菊治想说的话被妈妈桑说了出来，他一下子来了精神：“是个爷们儿的话，就得有本事让女人快活，你说是吧？”

“看样子，您是亲身实践过啊。”

妈妈桑盯着菊治问道，他不禁点了点头。

“是有孩子、有丈夫的女人吧？”

被妈妈桑给说中了，菊治慌忙问：“你怎么知道的？”

“您上次不是跟我说过吗？您还说那个女子做爱一流。”

自己不可能说得那么具体，但妈妈桑似乎已经猜到了。

“您让她那么快活的话，可就麻烦喽。”

菊治又要了一杯和刚才相同的烧酒，更管不住自己的嘴了：“其实，那个女人有三个孩子，她说和丈夫做的时候一点儿都不舒服，所以一直厌恶性生活……”

“是啊，那种女人才会突然盛开呀。这回您可跑不掉啦。”

“跑不掉也没事，怎么都行！”

菊治觉得醉意猛然间涌了上来。他一直喝到妈妈桑催促着“酒吧要关门了”为止。

因为头天晚上喝过了头，第二天早上，菊治的脑袋沉得根本起不来床。

貌似是因为昨天喝得太多了，但菊治心里比谁都明白，自己其实是由于受到书稿被出版社退回来的打击而一蹶不振。

这种状态实在不妙。菊治想过要把此事告诉森下和石原，发泄一下自己的郁闷，可又觉得事到如今，告诉他们就等于公开承认了失败。再说了，即使告诉了他们，自己的作品也依然见不到阳光。

好在第二天冬香来了，菊治终于有了些活力。

那天的气温超过了三十摄氏度，冬香罕见地穿了件白色无袖连衣裙。一见面，菊治就把情况告诉了她。

“出版社说，不给我出版那部小说。”

“为什么？什么理由啊？”

面对冬香连珠炮般的问话，菊治把加藤和中濑怎么说的，一五一十告诉了冬香。

“怎么能这样啊……”冬香使劲摇着头，断然说道，“太过分了！他们说得根本就不对！”

听了冬香的宽心话，菊治用略带自虐的口吻说：“我是过气的作家了。”

冬香又鼓励他说：“你根本就不是什么过气的作家。你绝对有才华！”

只有冬香一个人对自己坚信不移。这么一想，菊治更想向冬香撒娇了，冬香会把一切都替他承受下来的。

“你别泄气，早晚会有人发现你的才能的。”

“就那么两家出版社说不行，完全用不着灰心丧气。”

听着冬香的安慰时，菊治感觉自己仿佛被母亲的大手抱在怀里似的。

“如果你不好意思这么做的话，我拿着书稿去各个出版社为你推荐。”

听到这里，菊治再也控制不住了，把冬香抱到床上，伏在她柔软的胸前，深情地说了声“谢谢”。

现在对菊治来说，冬香既是一个可爱的女人，也是一位慈祥的母亲。

菊治抱住冬香，抱得越来越紧，一边诉说：“我有你就够了，千万别离开我。”

“放心吧，我永远守在你身边，哪儿也不会去的。”

他们一边互相倾诉着，一边接吻，急不可耐地脱光了衣服，结合在了一起。

此时能够让自己忘却这绝望，把自己带往别的世界去的，只有性爱了。

只有和冬香全身紧紧贴在一起，深入冬香的身体里，将自己的精力全部倾泻进去，才能忘却这愤懑。

菊治的心思仿佛也传递给了冬香。她感到，要想激励这个令人同情的脆弱无比的男人，使他重生，除了把他的全部吸入自己体内，任由他疯狂发泄之外，别无选择。

他们就这样拼命地做爱，贪求着对方的肉体。他们的头脑里逐渐变得一片空白，只是一味地沉溺于感官的快乐，直至达到高潮后，被放逐到空虚的世界去。那种感觉，打个比方吧，就好比人类被投放到寂静的宇宙空间去一样。

菊治趴在冬香柔软的肌肤上，感觉就像趴在轻飘飘的云朵上一般，不禁迷糊起来。

不知迷糊了多长时间，菊治醒了过来，轻轻扭动了一下上身，冬香马上关切地贴近了他。

两人刚才都达到了高潮。现在，他们沉浸在激情过后的倦怠中，回想那些愤怒、伤心等，就仿佛是另外一个遥远的世界里的事情。

"太神奇了……"

说不定，性爱就是为了这种时候而存在的吧。无论多么伤心难过，哪怕是失去了活下去的气力的时候，或者男女之间因鸡毛蒜皮的小事发生争执，靠道理和理性都解决不了的时候，只有这种绝对的性爱，会像暴风骤雨一样，将一切冲刷得干干净净。

"你太棒了！"

抵达快乐巅峰后的冬香的这句话，重新唤起了菊治的勇气。

在和冬香交合，以及她的鼓励下，菊治逐渐恢复了精神。

千辛万苦创作出来的作品被埋没，虽然让人气馁，但这并不代表一切都结束了。正如冬香所说，总有一天，会有人认可菊治的价值，使小说能够拨云见日，受到世人的瞩目呢。

绝不能因为这么一点儿挫折就畏缩不前。不仅如此，早晚有一天，自己要让那帮家伙刮目相看。一定要怀着这样的气概和信念，向他们挑战。

"谢谢你。"菊治再次向冬香道谢。自己能够鼓起勇气，重新振作，多亏了冬香的鼎力支持。

“我一定要让它出版。”

“对啊，你不是还为了我，在卷首写了‘献给D’那句话吗？”

菊治听了，又把冬香搂过来，深情地吻了起来。

今天的幽会比以往任何一次都疯狂，而且说了那么多话，时间已所剩无几了。

菊治依依不舍地先起了床，随后冬香进了浴室。菊治穿好衣服，等冬香出来后，轻轻抚摸了一把身着无袖连衣裙的冬香的腋下。

“怎么啦？”

“没什么，我只想摸一下。”

虽然刚才已经仔细爱抚过了，但菊治发觉冬香连衣裙肩头露出的雪白纤细的胳膊异常娇艳诱人。

“别忘了，下次见面是放焰火那天。你真的能来吗？”

菊治追问，冬香点点头。

“还能穿着和服浴衣来？”

“嗯，不管发生什么，我都会来。”

真的能来吗？菊治不无担忧，但他忽然想起了冬香曾经说过的“不勉强的话，就出不来”那句话来。

“那么，你能住一夜吧？”

“嗯，住一夜。”

那天晚上，他们可以一起看焰火，一起吃饭，然后一起过夜。这一切果真能够变为现实吗？如果能如愿，那就真成了“仲夏夜之梦[1]”了。

“我要把你折腾得一点都不剩。”

菊治想起了中城文子在焰火之夜吟咏的和歌。冬香爽快地点头道：“请把我的一切都拿走吧。”

之后的三天里，菊治一心祈祷焰火大会那天，冬香能够顺顺利利地从家

1　莎士比亚最著名的喜剧之一。讲述了有情人终成眷属的爱情故事。

里出来。

八月初，由于两期周刊杂志合并为一期，所以菊治比较空闲。可是冬香真能顺利地从家里出来吗？虽然她说过要把孩子们送到自己的娘家去，可还有她丈夫呢？无论对妻子多么不关心的丈夫，如果知道妻子要在外面过夜的话，也必定会问她住在什么地方。更何况，最近她丈夫好像对妻子的冷淡态度相当恼火，所以冬香很可能会受到丈夫的盘问。

如果被她丈夫追问出妻子要去跟别的男人幽会，可就不是小事了。

可是，菊治能做的只有祈祷冬香能够不出岔子，顺利出来。

日子就这样一天天过去了。

到了焰火大会这天，菊治给冬香发了封短信："你能出来吗？"

"我七点以前到。"冬香回了短信。

在焰火之夜秘密约会，共度良宵。这仲夏之夜的梦想，正在一步步变成现实。

为了和冬香相配，菊治决定穿上很久没有穿过的和服浴衣。这和服还是母亲健在时买的，已经有十年没穿过它了。

傍晚，菊治从衣箱里把它取了出来，白底上带有藏蓝色竖条，图案稍嫌单调，但是非常合体。再搭配上青色腰带，还是蛮有型的。

穿戴停当后，菊治对于能否顺顺当当地看成焰火，心里仍是七上八下的。据说每年外苑的焰火大会都是人流如潮，热闹非常。想找一处看焰火的好地方恐怕不那么容易。

与其这么费劲，不如到自己住的五层公寓楼的屋顶上去，说不定看得更清楚些。

想到这儿，菊治问了问公寓的管理员，他说："也有别的住户提出这个要求，所以今天晚上会开放公寓的顶层，请放心。"这样的话，还是到公寓顶层上去看焰火为好，可问题是他们两个人在一起，别人会怎么看呢？到楼顶上来的基本上都是公寓的住户，自己和冬香看上去是像一对老夫少妻，还是像一对搞婚外恋的情人？不过，事到如今，别人怎么想菊治都不在乎。

总之，一切都就绪了，只等冬香一来，就可以出去了。正当菊治看了一遍房间，正满意地点头时，公寓入口的门铃恰好响了。

快七点了，冬香准时来了。

菊治迫不及待地打开了门，冬香飞快地走进来。

“对不起，我来晚了……”

冬香把头发盘了起来，穿着平时穿的衣服，右手拎了一个大纸袋。

“我本来打算穿着和服浴衣来的，可时间太紧了，可以在这儿换一下吗？”

“当然了，请吧。”菊治点头道。

冬香大概是打算先去浴室冲洗一下，然后再去卧室换衣服。

“从七点半开始放花。换衣服动作快一点。”

菊治等了一会儿，冬香穿着和服浴衣走了出来。

“真漂亮啊……”

淡蓝色打底儿，白色和深蓝色相间的碎花从胸前撒向裙摆，配着一条胭脂色腰带，胸前挂着的那条高跟鞋项链熠熠闪光。

“这花色显得特别凉爽，很适合你穿。”

冬香原本就身材窈窕，头发又高高盘了上去，后领里露出的纤细脖颈越发显得白嫩而妩媚。

“你也很够味啊！”

这回轮到冬香称赞菊治穿和服的姿容了。

“哪儿啊，我都十年没穿了。”

“看着特别潇洒，让我更迷恋你了！”

这时，他们忽然觉得这么互相赞美挺可笑的，不约而同笑了起来。

“好了，现在俊男美女该出去了。”

菊治右手拿着一个印传[1]的信玄包[2]，冬香拿着日式女包，穿上木屐后，又接起吻来。

“外面可能人很多。”

通往外苑的马路好像已经实行了交通管制。

1　日本山梨县特产。羔羊皮或鹿皮制作的物品，多描有漆画。

2　用厚布物制作的手袋，绳带收口，主要用于旅行。日本明治中期开始流行。

“我来的时候，车站里到处都是人。”

他们一同坐电梯来到一层，刚一出公寓，就听到了噼里啪啦的响声，焰火已经开始燃放了。

刹那间，夜空便被染红了，周围的行人发出一片欢呼声。

菊治和冬香抬头仰望天空的瞬间，紧紧地握住了对方的手。

从菊治住的千驮谷到神宫外苑，走着去只要十来分钟。

他们一边追随着焰火声一边往外苑方向走去。看焰火的人比想象的要多，而且焰火升空后，也被高楼大厦或树木给遮住了，看不到全部。

到了外苑就能看清楚了，他们加快了脚步，每当焰火升空时，就更着急了。可是走到体育馆附近时，马路上已经是人山人海，寸步难行了。

看来还是出来得晚了一些。没办法，菊治只好带着冬香返回鸠森八幡神社，穿过两旁摆满日式煎饼摊的鸟居，进入了神社里面。

“从这儿说不定能看见。”

菊治拉着冬香的手向里面走时，只听见左边神社事务所前面发出了一声巨响，焰火正在树丛那边的夜空绽放。

“你看，这么近啊。”冬香叫道。可是由于这个位置也被树木等遮挡，只能看见一半焰火。

“咱们还是去公寓房顶上看吧。”

菊治决定去楼顶看焰火。

去了楼顶，就会碰见公寓里的住户。可是，眼下也没有更好的选择了。

他们又回到公寓，乘电梯上到五层，再爬楼梯上了屋顶。屋顶上已经有十多个人在看焰火了。

管理员站在最靠出口这边，一看到菊治他们，就点了点头。

他好像认出了常来的女性今天晚上身穿和服浴衣。

菊治对他寒暄着：“还是这里看得清楚啊。”

“栏杆比较脏，请多加小心。”管理员提醒道。

对管理员道谢后，菊治和冬香并肩站在了靠边的地方，与人群稍微拉开了些距离。

就在这时，连续传来了几声闷响，紧接着犹如喷泉般的三条火柱飞升到夜空中绽放开来，红彤彤的火环把大地映得一片通红。

“太棒了……”

在人们眼前炸裂开的灿烂焰火已经不仅仅是好看了，应该说太棒了才合适。

仰望焰火的冬香的脸上，都被焰火映得红艳艳的。

菊治不记得有多少年没有这样专程出门去看焰火了。算算至少有十年了吧。

今年如果不是和冬香一起去的话，自己恐怕也没有这个心思。

在菊治的印象中，焰火一直作为盛夏的一道风景被人们赞美，它们把夜空点染得万紫千红后，便瞬间消失不见了。这种以稍纵即逝的刹那之美为看点的焰火，让菊治感觉太过于炫耀而不甚喜欢。

然而，时隔十年映入眼帘的焰火和他以往的印象大不一样。

随着“咚、咚”的连珠炮般的响声，一簇簇白色的焰火之箭冲向天空。它们在空中聚集在一起后，猛然炸裂开来，变成了一个个姹紫嫣红、五彩斑斓的光环。

这华丽而震撼的感觉，宛如飞向宇宙的火箭。与其说是令人伤感的东西，不如说是充分展示了科学之能量的一场绚丽无比的表演。

人们还沉浸在那强烈的震撼之中，大朵焰火又不断迸发出新的火树银花来，仰望天空的人们的脸庞都被照亮了。紧接着，七彩焰火变成了瀑布，发出“唰唰”的声响，从夜空中坠落。

望着瞬息万变、令人眼花缭乱的光与声的盛宴，菊治惊愕不已。冬香也被这景色迷住了似的，屏息静气地凝望着夜空。

华美的焰火完全消失不见了，周围再次陷入了黑暗。冬香用手摁住被风吹乱的头发。

楼顶上的风很大，却起到了吹散硝烟、使焰火更加美丽的奇效。

菊治忽然想在这焰火升腾的夜空下跟冬香接吻，便拉住她的手，慢慢走到像是排气管道似的稍稍突出的墙壁前面，躲进阴影里，跟冬香接吻。冬香也轻轻地仰起脸来。

当他们在夜空下悄悄地接吻的时候，焰火又腾空而起。

焰火仿佛窥见了他们的接吻似的，发出沉闷的爆炸声，紧接着七彩花环照亮了楼顶。

焰火大概是嫉妒不知羞耻地当众接吻的恋人吧，放射出耀眼的光芒，“嘭嘭”地发出响彻夜空的绽放声。

“真响啊，一直震到心脏。”菊治说。

冬香点头同意，然后又轻轻道：“一直震到子宫里。”

焰火的绽放声一直震到子宫里，真是一个有趣的比喻。这种比喻，作为男人是很难理解的，可听她这么一说，菊治又觉得是这么回事。也许焰火的流光溢彩和发射时的轰鸣，能唤起女人的快感吧。

“是这儿吗……感觉震颤的地方？”菊治把手轻轻按在冬香的小腹下面。

冬香赶忙把菊治的手拿开，意思是“不行……”不过，只有在性方面很成熟的女性，才能够产生这样的感觉。

“以前……”菊治想起了十年前的事情，“有一个女人跟我说过，她一听到伴奏乐队的鼓声就会兴奋。”

“你和她交往过吧？”

“没有，只是偶尔遇见的一个人……”

菊治慌忙掩饰，但似乎已经被冬香看透了。

冬香扭脸轻轻瞪了菊治一眼，又抬头去看焰火。她雪白的侧脸被又一轮升空的焰火映得一清二楚。

此刻，被眼花缭乱的焰火吸引住的冬香的子宫深处，是不是又掀起了一番躁动？

这么想象着的时候，菊治身体里涌动起对冬香的欲望。

今天晚上，该怎样让她舒服快意一番呢？刚这么一想，菊治身体里就开始发热。

“差不多了，该回去了吧？”

据说焰火要放一小时，他们在楼顶上看了已有半个多小时了，开始有点儿厌倦了。

菊治看着冬香，等着她回答。仿佛要挽留他们似的，又一批焰火升上了天空，他们同时抬头观看。

“我还是第一次这么清楚地看焰火呢。”

尽管冬香多年一直生活在关西，但因为抚养孩子及家务所累，没时间像今天这样悠闲地观看焰火吧。

“焰火太让人震撼了……”

菊治轻轻握住了全神贯注地看焰火的冬香的手。

“我真没想到能和冬香一起，穿着和服浴衣观看焰火。”

“我也一样啊。今天的一切，我永远都不会忘的。”

看着又一次浮现在焰火映照下的冬香的脸庞，菊治恍惚觉得就像是飘浮在暗夜中的妖精。

在焰火大会即将结束之前，他们离开了楼顶。

虽说他们想看到最后一批射上夜空的焰火，但是全部放完之后立刻一切归于沉寂,会让人感觉寂寞。所以,还是趁着结束之前,人声喧嚷时回家好一些。

楼顶上还剩下十来个人，管理员也在，菊治朝他点了下头，和冬香下了楼梯。

“咱们去吃点儿什么吧？”

看了半天热闹喧嚣的焰火，他们觉得肚子有些饿了，就去了商店街角的一家寿司店。

“欢迎光临。”店主人声音洪亮地招呼道,然后一脸疑惑地“哟……”了一声。

菊治偶尔光顾这家寿司店，但他今天罕见地穿着和服，还带了一位身穿和服浴衣的女子，店主人因而有些吃惊。

“请到台前坐吧。”

桌子那边已经满员了，几乎都是和家人一起来的客人，只有柜台中间的座位还空着。菊治和冬香并排坐下来后，先要了一瓶啤酒。

“还是早点儿出来好。”

再晚一点儿的话，寿司店里说不定也没有空座了。

“刚看完焰火吧？”店主问，菊治点了点头。接着要了金枪鱼的肥美部位、偏口鱼，以及从北海道利尻刚刚运来的海胆。啤酒上来后，冬香刚要给菊治倒酒，菊治摁住了她的手，自己先给冬香倒了一杯。

“谢谢。”

他们碰了杯后，一口气喝干了杯中的啤酒，心情总算平静了下来。

“那些人都看到焰火了吗？”冬香问的好像是外面站在道路上的密密麻麻的人群，这里离外苑还有段距离。

“谁知道呢。”

菊治先尝了一块偏口鱼刺身。

“不过，那些年轻人，只要倚靠在一起就很开心吧。”

“还是穿和服浴衣的女人多一些。”

“你穿的这件，显得沉静而清爽，最合适你了。”

“是吗……”冬香低下头去看自己的和服。

菊治对她耳语道：“今天晚上，我们就穿着和服上床吧。”

看着一脸迷茫的冬香，他继续说：“我要在床上脱掉你的和服。”

菊治边喝啤酒，边想象着焰火声中震颤的子宫。

他们走出寿司店时，刚才拥挤不堪的道路已恢复了寂静，连行人都看不到几个了。

为了观赏焰火而聚集起来的人群怎么一眨眼的工夫都没影了？随着焰火从夜空消失，人影稀疏起来的夜路，也骤然间显得冷清起来。

街灯只照出了菊治和冬香手拉手走着的两个影子。

“我提出一起穿和服浴衣，是箱根那个晚上吧？”

“我说到做到了吧？”

“我还想看一样东西。”

“什么？”冬香问，一边用手按住耳边被风吹乱的头发。夜深了，风也逐渐大了起来。

“我想看你跳小原风盆舞。”

“那要等到九月初了。你九月来不来富山？”

“我想去，去了就能看到吗？”

冬香娘家、婆家都在富山，真能在那里看到冬香跳舞吗？

“我真的可以去看吗？”

冬香点头的时候，他们已经走到了公寓门口。

刚刚十点钟，但公寓里鸦雀无声。他们乘电梯上到三层，回到了菊治的家。

“累了吧？”

“嗯，因为穿了和服浴衣……”

冬香说出了些汗，想要冲个澡。冲澡当然可以了，但菊治要求她到床上来的时候不能穿内衣，只穿外面的和服。然后，菊治打开了电视。

没有什么新闻，这炎热的夏日一天就要结束了。

菊治先上了床，躺着休息。刚把枕边的台灯调暗了一些，冬香就出现了。

按照他的要求，冬香穿着和服站在门口说：“灯有点儿亮。”

“没事儿，到这边来……”菊治说道，冬香慢腾腾走过来，摘下项链放在台灯旁边。

“就这么上床吧。”

菊治要亲手脱去冬香身上的和服，这是去箱根时就约好了的。

“里面没穿内衣吧？”菊治问过后，抱住了冬香。

两人已经多少次这样热烈拥抱在一起，数也数不清了。但是替冬香脱去和服，菊治还是第一次。

菊治紧紧搂住冬香，直到累得两只胳膊发麻才松开，然后把手伸到冬香背后，先解开她和服的腰带。腰带打成了蝴蝶结形状，菊治抓住蝴蝶结，两手一揪，腰带就解开了。

下一步是解开和服。领口已经裂开了，从领口可以窥见冬香雪白的乳峰。

菊治微微欠起身，从斜上方抚摸了一会儿冬香的乳房，然后慢慢将手向下移动，从略微凹陷的腹部到柔软的小腹。当触到两腿之间茂密草丛的时候，冬香轻轻侧过身去。

确认了冬香遵守约定，下面什么也没有穿之后，菊治把背朝自己的冬香扳过来，让她仰面朝上，又一次从胸部往下爱抚起来。

冬香的皮肤柔软而细滑。女人和深爱的男人一起疯狂燃烧，获得满足，难道会使她们的肌肤也变得娇艳吗？

爱抚了冬香柔软的肌肤，充分感受她的韵味之后，菊治坐起身来，两手抓住和服衣襟，猛然拉开。

“啊……”冬香惊慌失措起来。可和服一旦被扯开，就不可能再合拢了。

冬香慌忙蜷曲起身体，却被菊治摁住了她的两只胳膊。冬香的全身暴露在菊治的眼前。

被掀开的淡蓝色打底的和服上面，横陈着冬香晶莹剔透的雪白裸体。

“太美了……”

她那闭着的双眸，轻轻侧着的脸庞，纤细的脖颈，柔软丰满的胸部，稍稍凹陷的小腹，以及其前方耻骨的凹坑，都是那么淫邪而柔美。

此时的冬香仿佛已经断了反抗之念，仰面朝天，两臂伸开，恰似一个受磔刑的女人。

菊治产生了吻遍冬香全身的冲动，再次想起了中城文子的那首和歌：“焰火染夜空，响声如雷震寰宇，吾为君销魂。”

当时，文子也是以这样的姿势被男人爱的吗？

而眼前的冬香，不正是一个即将被掠夺身体的美丽牺牲吗？

菊治俯视了一会儿被脱得赤条条的冬香，然后慢慢俯下身去，把脸埋在了她的胸前。

菊治伏在柔软而温暖的双乳之间，闭上了双眼，感受到了一种被大地母亲拥抱一般的安详。冬香也察觉了这一点，一动不动地承受着他。

冬香也许在说，你哪儿也不许去，就在我的身体里休息吧。

尽管两个人都沉默着，却这样交流着彼此的心思。而后菊治缓慢地抬起了头。

菊治的鼻尖碰到了冬香的乳头，仿佛刚刚注意到它似的，用嘴唇含住它，游动起舌头来。

菊治就这样似舔非舔地、半是玩弄半是认真地、忽动忽静地舔着。在不断重复这些刺激的过程中，冬香渐渐忍受不了了，喊了一声“快啊”。

冬香不停地扭动着身体，恳求菊治停止这种“舔杀”游戏，渴望菊治一鼓作气贯穿她的身体。

其实，菊治也已经到达极点了。

但是，将这等美丽的牺牲一口吃下去，未免太可惜了。菊治今天想要一处不落地吻遍冬香全身。

菊治的嘴唇从冬香的乳头经过腋下缓缓地滑向肚脐，然后绕路前行，沿着耻骨往下吻去。

当他的舌头终于触到花蕊顶端的时候，冬香哀求起来：“给我吧……”

“给你什么啊？”菊治反问。

“给我吧。”重复了两次以后，冬香大叫“抱抱我，抱抱我吧！”

仰面朝上躺在床上的冬香突然坐起身来，赤身裸体地伸出双手搂住菊治。

她大概是禁受不住这么长久的亲吻了吧。不过，冬香这样不顾一切地主动要菊治，还真是稀罕。

菊治抱住了全裸的冬香，问道：“你怎么啦？”

冬香不回答，只是用额头蹭着菊治的前胸诉求着：“求你了，使劲折磨我吧……”

冬香怎么突然变得如此疯狂呢？菊治搞不明白，但为使她安静下来，从上面紧紧搂住了她。

显而易见，冬香强烈地渴望菊治尽全力跟她做爱。当然这也是菊治希望的，他想起冬香曾说过的焰火声震撼到了她的子宫里。

那么，我就让冬香像焰火一般直冲云霄吧。

菊治想好好玩一把，便缓缓地翻了个身，让冬香到了上面，然后推起她的上身，使她跨坐在自己身上。

到了这一步，下面会做什么，冬香已经察觉到了。她不愿意地扭开了脸，但菊治仍旧把她的腰固定住，然后让她微微抬起一点臀部，把自己的东西送入她的体内。

“啊……”刹那间冬香叫出声来。菊治不予理睬，双手扶住她的腰往下按，以便进得更深。

到了这个程度，两个人的身体再也无法分开。

赤裸裸的冬香双手撑在菊治胸前，骑在他的身上，只有局部互相接合在一起。

迄今为止，菊治都是从上往下俯看仰面朝天躺在下面的女人，现在正好相反，一个窈窕女人一丝不挂地君临在男子身上。这种逆反的不适应感，反而刺激了菊治的情欲，他的局部按捺不住地启动了。

菊治前后上下地晃动着。从女人的角度感觉，自己就如同升空的焰火，"咚"的一声从下面被送往空中，前后摇晃起来。

受到这一刺激，冬香突然间发疯般地自己摇动起来。

"不行""停下"她边叫唤边拼命甩动长发，浑圆的腰部不停地起伏着，仿佛夜空中忽左忽右绽放的焰火般摇摆着。

冬香这副狼狈的样子着实可爱。菊治又接连放出第二批、第三批焰火，燃烧起来的冬香的子宫深处想必也随之受到了欢喜波涛的第二波、第三波冲击吧。

在这持续不断的冲击中，像以往那样，冬香向后仰着身子。紧接着一个瞬间，如同焰火瀑布从夜空噼里啪啦坠落一般，赤裸的冬香在菊治身上大叫一声"上去了"，同时一下子瘫倒在他的身上。

也许是最后发射的焰火贯穿了冬香的子宫，欢喜的波浪席卷了她的全身吧。

犹如焰火结束之后夜空恢复了寂静一般，现在冬香沉重地趴在菊治身上，两个人都如同断了气般一动不动。

不知过了多长时间，菊治并非因为被冬香压得难受，而是冬香的头发垂到他脸上，有些酥痒，才慢慢把冬香从自己身上抱下来，放到床上。

大概是仍然沉浸在观看焰火的兴奋之中吧，冬香刚才达到高潮时表现得相当狂放。当然，冬香以前也很狂放。然而最近的冬香，与其说她是在尽情享受性的欢乐，不如说是在孤注一掷，想要不顾一切沉沦其中。

和丈夫做爱从没有过任何快感的女人竟会发生这样惊人的变化。使她破茧成蝶的人正是自己，菊治这样想的同时，又感到了恐惧，如果让她这样继续沉溺下去的话，他们就会一同坠入绝望深渊的。

可是，这纤细的女人身体里，怎么储藏得了这么多的能量呢？菊治觉得不可思议。他抚摸着冬香柔弱的肩头时，冬香喃喃着："你这个人，实在厉害啊。"

"厉害？"

"我感觉从全身到指尖，血液还在哗啦哗啦地流淌呢。"

原来女人忘却一切地达到高潮之后，就是这样的感觉啊。菊治望着冬香锁骨凹陷的地方。

"你把我的身体变成这样了……"

冬香是在抱怨，还是在撒娇呢，菊治弄不明白。冬香倏地伸出手来，按在菊治的左胸口，仿佛要摸出他心里怎么想似的。

"不过，我很高兴。多亏了你，我才有了这么大的改变。女人，就应该是这样啊。"

冬香能这样想，菊治非常高兴。

"人们常说，一旦爱上对方，就会失去自我。这就叫作爱吧？"

如果说终极的爱是无私的，那么冬香是说她已经达到了吗？

"我想一直这样跟你在一起，不想回去了……"

冬香怎么突然说出这种话来了呢？当然了，如果冬香希望的话，菊治这边没有问题。可是她的丈夫和孩子们怎么办呢？菊治正迷惑不解时，只听冬香坚决地说："我现在就是死了，也没有遗憾了。"

"不许想那种事。"菊治连忙责备道。冬香按在他胸口上的手向下滑去，在他的胯下摸索着，抓住了那个东西。

冬香用她那柔软的手充满爱怜地揉搓起来，并逐渐加了力。

冬香已经不知揉搓过它多少次了。也许每次她都会暗自发问："你好吗？""累不累？""加油啊！""好可爱啊！"冬香一直是这样自言自语地，对它进行鼓励的吧。

菊治以前曾经问过冬香："你喜欢这样？"

"是啊，这样一来，我觉得就像抓住了你整个人似的。"冬香回答。

男性最关键的部位被人抓住的话，的确是想躲也躲不了。眼下的菊治也是如此，只觉得那个家伙在冬香柔软的手掌摩擦下，一点点膨胀了起来。虽说是自己身体的一部分，却仿佛有着另一个人格似的，任由冬香摆布，根本不受自己的控制。

菊治忍受不了了，问："你想要吗？"

"想。"冬香立刻回答。

既然冬香这么坦率回答，菊治就不能置之不理。只要冬香想要，菊治就要让她得到满足。

幸好菊治还没有发射出去，其实应该说，他是为了这个时候，一直保存着体力呢。

跟刚才相反，这回是菊治在上面，冬香躺在他身下。

冬香似乎有些害羞，两手捂着脸，被菊治分开的两腿之间呈现出一片淡淡的阴翳。

仿佛受到冬香私处的召唤，菊治再也按捺不住了，纵身冲了进去，"真舒服……"冬香立即反弓起了上身，诉说着。

好似早就在等着它进来似的，冬香立刻呻吟扭动起来。受到眼前情景的刺激，菊治开始了迅猛地攻击。

他长驱直入，一直进攻到冬香的子宫深处，然后慢慢地撤退，紧接着再次发动进攻。

菊治每发动一次进攻，冬香便会发出尖锐的叫声。她双眉紧蹙，貌似哭泣，更激起了菊治的兴奋。

菊治现在的任务就是尽自己的全力去打拼，直到攻城拔寨。怀着这样的欲求，菊治发动了轮番猛攻。冬香疯狂甩着头发，喊叫："快，掐住我的脖子，杀了我吧……"

菊治当然没有异议了。他照冬香所说的，先将右手按在她纤细的脖颈上，再把左手加上去，两只手一起用力扼了下去。冬香即刻叫着"太棒了……我想死……"

这两句话，菊治听得耳朵都快起茧子了。用手掐脖子，根本不会死的。

菊治放下心来，手上加大了力度。冬香抬起纤细的脖子，像要呕吐似的"哦"

了一声，剧烈地咳嗽起来。

菊治慌忙松开了扼住冬香喉咙的双手。

可是，冬香还在咳嗽，折腾了好一会儿，才算喘上了一口气。

“难受吗？”

开始菊治只是用右手轻轻地扼住冬香的喉咙，但他后来又把左手加了上去。会不会是因为自己用的力气太大了？

菊治瞧着冬香的喉咙问：“没事吧？”

看来冬香刚才特别难受，眼泪汪汪的。冬香一边用手指轻轻抹着眼泪，一边问：“为什么停下来？”

“这还用问……”

再掐下去的话，冬香弄不好会窒息而死。可她居然还问“为什么停下来？”

“我再掐下去的话，你可能会死……”

“没关系，我就是想死！”

说着冬香搂住了菊治。

“我想死在你的手里，我想被你折磨得不成样子，最后被你杀死……”

冬香怎么说出这种话来呀？菊治惊得目瞪口呆。

“我受不了了。我再也不想回家了……”

到底发生了什么事情？菊治感觉莫名其妙，盯着冬香问：“你怎么了？”

“他又来强迫我，非要和我做爱，我死活都不愿意……”

“他怎么这样？”

“不管他说什么难听的，我都不理他，结果他就发火了……”

菊治知道冬香讨厌她丈夫，所以一直拒绝和他做爱，这么说她丈夫又逼迫她了吗？

“后来呢……”菊治催促道。

冬香一边哭泣一边回答：“他说，要是这样，你就滚出去……”

“可是，孩子怎么办？”

“我说要把孩子带走，他说，什么也别想带走，就你一个人滚出去……”

菊治万万没有想到冬香家里会出这样的事情。

“这是什么时候的事？”

冬香哽咽着小声说：“昨天……”

菊治缓缓地点了点头。

难怪今天一见面，菊治就觉得冬香的样子有点不同以往。掐着时间匆忙赶来，换上了和服浴衣。看焰火的时候，还流露出某种毅然决然的表情。后来吃寿司的时候，冬香也不怎么说话，可是一回到屋里，上了床后，她就像变了个人一样，特别地热情主动。

菊治以为那不过是因为看完焰火后的兴奋所致，但是她今天的燃烧程度比以往更为狂野，完全自发地投入快乐的世界，淹死在其中也毫不在乎似的。

达到高潮之后，菊治以为她会说“我喜欢变成现在这样的自己”，可她随口说道：“我再也不想回家了，就这么死了算了！”

菊治已经察觉今天的冬香与往日有所不同，说出的话也是支离破碎的，原来是因为和丈夫发生了激烈的争吵，致使她产生了自暴自弃的念头。

菊治沉思起来。记得他一提出在焰火大会之夜约会的建议，冬香当即答应“我一定来”，还断言“可以一起过夜”。菊治曾经担心她的老公、孩子怎么办，可她却满不在乎地说“不勉强就出不来”。

这么说，从那时候开始，冬香就已经做好最坏的打算了吗？这样下去的话，早晚有一天会导致婚姻破裂的。冬香和丈夫之间的不和睦会因此成为死结，她在家里就待不下去了。冬香今天是怀着这样绝望的心情出来的吧？

“对不起，我什么都不知道……”菊治道歉。

“没关系。”冬香回答，“我现在的身体是你造就的，我绝对不允许任何人碰的……”

“……”

“你已经全部进入我的身体里了。你为我做的一切它全都记住了。”

冬香的话，菊治听起来就如同天上女神的声音。

“我希望就这样在你的怀抱里死去。这是最高尚的爱情，人正是为了这个才降生到这个世上来的吧。”

听冬香这样说，菊治也颇为认同。

“人不为爱情而死，为什么而死……”

此时的冬香，已经彻底成为了一个真正的女人。

原来那么温柔贤良的女人，也能发出这样的呼喊和祈求。对于现在的菊治来说，既感到不祥和恐怖，又感到了震撼心灵的喜悦。

现在，冬香义无反顾地爱上了自己，菊治心里是再明白不过了。他也知道冬香对他比对任何人都要忠诚、认真，她对自己倾注了全身心的爱。

与之相比，自己又为她做了什么呢？虽说自己全心全意地爱她，把她引导到了性爱的深渊之中，但一方面也是为了满足自己的欲望。冬香把菊治为自己做的事情想得崇高无比，实在是太让菊治承受不起了。

“我哪有你说的那么好……”

在做出牺牲这点上，菊治比起冬香来，失去的要少得多。

“我什么都没为你做过。”

“不对。”冬香断然否定。

“我从你那儿收获的东西太多了。是你让我见识到了这么美好的世界，使我变得连死都不怕了，而且我们还有了孩子呢！”

难道说冬香怀孕了吗？菊治不由得抬起身，冬香摇摇头。

“你不是说，多亏了我的存在，才写出了那部小说吗？你还在前面写上了‘献给挚爱的 D’，太让我高兴了。那部作品不就是我们之间爱的结晶吗？”

听冬香这样一说，菊治觉得也是这么回事，可那部作品还未见天日呢。

“即使没有爱情，也能生出孩子，但是没有爱情却创作不出小说来。得到你赠送的这么出色的作品的，恐怕只有我一个人吧？”

“可是……”

“没关系，就算现在没出版，总有一天我们的孩子能够见到阳光的，总有一天人们会明白它的价值的。”

菊治此刻深切感到自己正处于令人难以置信的巨大幸福之中。能够得到一个女人如此的爱，如此的肯定，如此的帮助，他再也没有什么可奢求的了。拥有这样的爱情，他就觉得不枉此生了。即便是现在让他怀抱着幸福死去，也心甘情愿。

“谢谢，我太幸福了。”

“我也跟你一样。”

他们赤裸着拥抱对方，脸贴着脸，互相诉说着“我喜欢你”“我特别喜欢你”身体越来越紧密地贴在一起。

直到已经贴得不能再紧密了，两个人都感到疲乏至极，浑身无力，才小睡了片刻。

再次醒来时，一看表已两点多了。看完焰火回来后，便激情相求，睡觉时已经快十二点了，所以睡了大约两小时。

不知什么时候冬香穿上了浴衣，悄无声息地躺在自己身边。

菊治突然感到尿意，想起身去厕所，闭着眼睛的冬香却搂住了他。多半是下意识的吧。

“我去洗手间。”菊治说着掰开了冬香的手。等他回到床上的时候，冬香说着“我害怕……”依偎了过来。

冬香害怕什么呢？四周万籁俱寂，焰火大会的喧嚣仿佛不曾存在过似的，只有空调发出低沉的嗡嗡声。她是在害怕这过于静谧的夜晚吗？还是因为想到家里的事情而觉得不安呢？菊治紧紧搂住了她。“请给我吧。”冬香发出了请求。

两小时之前，两个人刚刚燃烧过，难道冬香又想要了吗？菊治甚为吃惊，冬香继续说：“我想和你连在一起……”

既然冬香这样恳求，菊治不能不答应。好在休息了一会儿，恢复了一些体力，他调动起自己的所有余力，再次进入冬香体内。

无论做了几次爱，冬香那里都是那么温暖湿润。

菊治与冬香的下体紧紧贴在一起，一直深入到尽头之后，再慢慢回撤，然后再次向纵深挺进。菊治一边不断地这样重复着，一边用舌头轻舔冬香最为敏感的左耳。“不要……”冬香缩着肩大叫起来。

菊治却没有停止。他继续着恶作剧，要好好惩罚惩罚她那不知满足的贪婪的身体。冬香摇着头，一会儿喊“不行……”一会儿叫唤“太舒服了……”双手紧紧地抱住了菊治的腰部。

不知她哪句话才是真的。这次一定要分出个高下来。菊治感到一阵亢奋，把冬香的双腿高高抬起，再将其两膝折叠至其胸前，继续猛攻，“不行了，不行了……”冬香高叫着，然后恳求起来，“快，掐我的脖子……”

菊治当然明白冬香的意思，他把两手摁在她的喉咙上，猛地掐了下去。

“饶了我吧，求你了，我要死了……”

菊治知道，无论她怎样要死要活的，也是不会死的。

他不理睬冬香的哀求，继续狠劲掐了下去。于是，冬香不停地叫唤起了“我上去了”“杀了我吧……”

既然如此，我就成全你。这是现在的菊治唯一能为冬香奉献的爱了。

菊治用尽浑身力气死命掐住冬香的喉咙。突然，“咔吧”一声响，冬香的叫声中断了，下巴猛地往下一沉。

此时，菊治还没觉得有什么异样。

冬香突然不叫唤了，安静下来了。刚才她还一直不停地叫着“舒服极了”“我要死了”“杀了我吧”等，可现在，一直沉醉在极大的快感中，呻吟喘息的冬香，一瞬间没有了动静。

虽然冬香不再出声了，但这是因为她被驱赶到了爱的极点，是巨大的快感使她哑然失声了。一定是这么回事。

最有力的证明就是冬香虽然紧闭双眼，可是她的嘴角却微微露出笑意。

现在冬香已经登上了愉悦的顶峰，沉浸于使她浑身颤抖的快感之中。

菊治的局部也还留在冬香的体内。冬香被折叠着的双腿以及胯下都和菊治紧紧地贴在一起。

菊治虽然把手从冬香纤细的脖颈上拿开了，但只要她想要，还得继续扼她的脖子。

菊治觉得这种游戏既有些阴郁，也让人怜爱。他低声叫道：“醒醒啊……”

然后他抬起腰部，继续进攻。稍稍撤后一些，再侵入的话，冬香就会大叫：“太舒服了……”

可是，菊治轻轻扭动腰部，冬香也没有任何反应。虽然她的私处还是那样温热，轻柔地裹住菊治的局部，但她整个人却没有一点儿动静。

“喂……”菊治又叫了一次。

就算感觉再快活，冬香也不至于一直沉浸其中，没有反应吧。差不多也该恢复正常状态了吧。

菊治这么想着，轻轻拍了拍冬香的脸颊。

仍然没有反应。她仰面躺着，下颚微微翘起，双眼紧闭，只有双唇稍稍张开一条缝。

“你怎么了……”

菊治刚这么一问，脑海中第一次浮现出了“死”这个字。

冬香该不会是死了吧？想到这里，菊治慌忙抽出了自己的身体。刚才那么激烈扭动的冬香，现在赤条条地躺在那里，一动也不动。

在炎炎盛夏时，有时候会出现这样的情景，刚刚还在吹拂的微风突然停止了，令人窒息的闷热又卷土重来。

“风逝”这一瞬间，会不会出现在了冬香的身上？

菊治慌忙拍起了冬香的脸颊。

冬香怎么会死呢？“冬香……”菊治惊慌地叫着，继续拍打她的脸，并摇晃她的肩头。

“冬香，你怎么了……冬香……”

菊治还是不认为冬香已经死了。他以为是刚才做爱激烈过头了，使她暂时失去了意识，之后又因为害羞，继续假装昏厥吧。

“喂，起来呀，快起来……”

可是，冬香还是没有回应。随着菊治的摇晃，她的脸和上身也在摇晃。

“怎么会这样……”

菊治突然想起了什么，看着自己的双手。

会不会是这双手把冬香掐死了呢？

然而他的手掌并没有任何变化。这双多次拥抱、爱抚过冬香的手，绝对不可能做出这种事来！

菊治无法相信这是真的。他朝冬香的喉咙一看，发现她的咽喉下面有点儿凹陷，还有些发黑。

“不会吧……”

冬香怎么会这么死掉呢？迄今为止菊治不记得多少次掐住她的喉咙了，每次她都喊叫“我要死了”，可也没死呀。不管菊治怎么使劲掐住她的脖子，她也只是剧烈地咳嗽一通，然后还要责怪菊治：“你干吗松手，胆小鬼！”

无论菊治用力到什么程度，冬香心里总该有数的。

如果感觉痛苦得要死的话，冬香会剧烈地喘息、咳嗽，可这次也没有这样。

只是从冬香的喉咙深处发出了“咔吧”一声，除此之外，冬香没有露出半点儿难受、憋闷的样子。

在这种情况下，冬香怎么可能会死呢？

菊治难以置信地观察起冬香的全身来。

冬香还是仰面朝天地躺在那里，脸色苍白，头发披散着。她浴衣领口敞着，两只胳膊伸开，下身则双腿分开，袒露着大腿内侧，仿佛在向人显示刚才还接纳过男人。

这姿势十分放荡，毫无一丝羞耻的影子。冬香如果活着的话，绝对不可能做出这种姿势的。即便偶尔变成这样，她也会赶紧遮挡的。

这不是冬香。没有这样的冬香。

在这一刹那，“冬香死了”的事实第一次清晰地出现在菊治的意识中。

冬香已经死了，尽管知道了，菊治也不能相信是真的。

这个美丽、贪婪而又温热的身体，是绝不可能死的。菊治抱起冬香，摇晃她的肩膀，将自己的嘴唇覆盖了她的嘴唇。

然后菊治把舌头送进冬香口中拼命搜寻，可是冬香的舌头始终没有伸出来。

要是以往的话，冬香的舌头早就迫不及待地迎了出来，两个人的舌头绞在一起，从舌尖直到舌根，来回地热吻。可是此时，她那火热的舌头，却躲在嘴里不动弹。

“冬香，冬香……”

菊治松开了她的嘴唇，不停地喊着，随后又把耳朵贴到她的嘴和鼻子上。如果冬香活着的话，应该能听到呼吸的。即使睡着了，也会听见轻微的鼻息的。

然而，冬香却没有一点声息，仿佛忘掉了这一切似的。

“喂……”

菊治再次拍打冬香的脸颊和嘴唇，摇晃她的脑袋。见冬香还是没有任何反应，他这才慌忙起身，把屋里的灯打开。

深更半夜，在亮堂堂的灯光下，冬香赤身裸体地仰面躺在床上。她嘴唇微启，摊开着的四肢仍然和刚才一模一样，只有胸前的乳峰显得更坚挺了。

如果有人看到这副情景，一定会以为是一尊雪白的女人裸体雕塑。

可是这个身体却不见一丝动静。确认这点之后，菊治终于明白冬香死了。

“已经死了……”

菊治现在非常清楚发生了什么，却镇静得连他自己都难以置信。

但他这种镇静与真正意义上的镇静是完全不同的。

菊治陷入了茫然若失、脑子一片空白的状态，他不知道自己现在应该做些什么。

他只是一直凝视着冬香，心里想着，死亡原来是这么一回事。

难道冬香就这么简单地死了吗？没有任何前兆，一句话没留下就可以死吗？不对，冬香说了很多话。她娇声地诉说“太棒了”，央求他“饶了我吧”，叫喊“掐我的脖子”，还拼命叫嚷“我要死了”。

这一切的一切都在菊治脑海中复活了。他猛地抱住冬香，喊着“冬香、冬香……”浑身颤抖地号哭起来。

菊治不知道自己哭了多长时间，也许是两分钟或三分钟，不对，也许连一分钟都不到。

菊治一边哭泣，一边晃动着冬香的身体。当他知道冬香再也不会醒过来了时，脑海中第一次出现了“杀人”这个词。

“深夜，在房间里杀死了一个女人。”

想到这儿，菊治看了一下四周。意识到杀人的正是自己，眼前被杀的人是冬香。

“我是杀人犯……”菊治一边自言自语，一边又觉得自己与这事毫无关系似的。

但是，望着在明亮的灯光下一动不动地躺着的冬香时，菊治终于明白了这是一个确凿无疑的事实。

自己干了一件罪不可赦的事情。不管怎么说，应该马上打电话叫救护车来。

“给119打……”菊治抓起了手机，却又放了下来。

现在叫来救护车，把冬香送到医院，她就能被救活吗？

菊治的脑海中浮现出电视里发生事故之后，急救队员给担架上的患者做人工呼吸，以及拼命按摩心脏时的情景。

事到如今再进行那些抢救，还有用吗？如果打119的话，应该更早一些，冬香刚没有声息后，就应该打。

可自己却一直磨磨蹭蹭地拖到现在，怎么搞的？

菊治责骂着自己，但他并不是故意耽误时间。虽然冬香不动弹了，菊治也不认为她死了，还以为她因性爱太过刺激了，而一时昏厥过去，就没当回事。结果失去了宝贵的抢救时间。

那么，到底是不是真的来不及了呢？菊治又挨近冬香，拿起她伸在床上的手，摸了摸脉搏，还把耳朵贴在冬香左胸上，听她的心跳。

夜深人静的，距离又这么近，不应该听不到心跳。但是冬香的心脏却没有任何声音。

菊治害怕起来，再一看冬香的面孔，原本红红的嘴唇已经没有了血色，变成苍白的了。

“冬香再也回不来了吗？”

菊治一心想要救活冬香，却又不知道自己现在该做什么。于是，他先把和服给赤裸的冬香盖在身上。

此时正是万籁俱寂的深夜，可是今天夜里怎么这么安静啊。仿佛所有的生物都屏住了呼吸，凝视着自己似的。

在一片寂静之中，菊治望着失去血色而越发苍白的冬香的脸思考起来。

不能就这么一直把冬香放在房间里。不管冬香已经死了还是没有死，现在必须要做的是给 119 打电话，报告目前的异常情况。这是在一起的人应尽的义务。

可是，这样做的话，消防署的急救队员马上就会赶到，把冬香送往医院，进行抢救。如果还活着的话，就会留在医院治疗；死了的话，肯定会被送回她家去。

从目前状况来看，菊治觉得冬香已经死了，所以冬香一旦被救护车接走的话，自己就再也见不到她了。

“我不愿意……”

菊治像个撒娇的孩子似的摇着头，将额头埋在冬香的胸口诉说：“我不愿意，我不想和你分开。我不想把你交给任何人。”

无论是死是活，冬香都是属于自己的。冬香也曾说过，自己的一切都是属于菊治的。他们发誓要生死相依，永不分开，现在又怎么能天各一方呢！

不管谁说什么，自己也绝不和冬香分开。

为了坚守这个誓言，自己应该怎么做呢？

菊治的脑海里浮现出和冬香游览芦之湖时的情景。那时他曾经想过，如果两人一起跳进湖中的话，他们就会一直沉到湖底，再也不会浮上来了。而且，和冬香同时达到高潮的瞬间，他也曾想过，要是能够两个人一起死去，也就没有遗憾了。

可是，现在菊治还活着。

不管他怎么拍脑袋，掐自己的脸，自己也是活着的。

“怎么办……”

杀死了冬香，只剩下自己还活着，会是什么结果呢？只会被人贴上杀人犯的标签，受到众人的谴责和嘲笑。

菊治想到这儿，摇摇晃晃地站起身来，向厨房走去。那里有菜刀和锋利的水果刀。可是，用刀子死得了吗？

菊治脑子里一片混乱，从橱柜里取出水果刀来，拿在右手上。

深更半夜，菊治拿着刀，呆呆地站着。

如果把它刺进自己的胸膛，能死得了吧？在灯光下，菊治盯着明晃晃的刀尖，慢慢地抵在左胸上。

“一闭眼刺进去就行。”

菊治告诉自己，手却不停地哆嗦。他不知道能否准确地刺中自己的心脏。

这样犹豫的时候，菊治想起了“犹豫自伤”这个词。指的就是那些用刀具自杀的人，几乎都不能刺中要害，而留下划伤，从此，他们只好带着丑陋的伤痕活在世上。

况且，菊治也没有刺杀自己的勇气。

与其这么死，还不如从公寓屋顶上跳下去，或在房间里拴根绳子上吊，这样更万无一失。可是不管怎么死，如果自己一个人去死的话，实在是太可怕了，菊治根本就做不到。

到底该怎么办呢？菊治这样犹豫来犹豫去的时候，又想见冬香了，便回到了卧室。

房间里还是静悄悄的，冬香身上盖着和服躺在床上。

“冬香……”菊治怎么叫她也不答应。

他曾经一度去厨房拿出了刀子，却什么都做不到，又返回了卧室。这段时间，冬香还和他离开前一样的姿势，躺在那里。这毫无改变的肢体非常清楚地告诉了菊治，冬香已经死了。

可菊治还是想和她说话。他坐到了床上，双手撑在床上，对冬香说道：“对不起，我想跟着你去，却没这个胆子。”

“……”

“剩下我一个人活着，可以吗？我把你杀了，却自己活了下来……”

菊治甚至匍匐在床上，叩头一般地诉说：“可是，我比任何人都喜欢你，因为你太快活了，说你想死，我才杀了你。这一点你肯定能理解我吧？”

冬香的嘴角微微开启，仿佛在点头似的。

“我根本就没想杀你啊！”

虽然他杀死了冬香，可冬香好像并没有怨恨他似的。相反，在菊治看来，她还含着一丝微笑。

菊治因而松了口气，将盖着冬香的和服掀开了一点儿。

从纤细的颈项到丰满的双乳还是那么鲜活。从腰部到腹部，再从骨盆突起的两端直到两腿间淡淡的阴翳，依然如故，娇美迷人。

这么美好的肉体，不可能已经死了。

“冬香……”

菊治再次呼唤着，将脸贴近了她的胸前。他想再次吻遍冬香的全身。倘若自己吻遍她全身的话，冬香说不定能够苏醒。

他怀着祈祷般的心情，先将嘴唇覆盖在了冬香的右乳上。

这个动作他不知已经重复过多少遍了。而现在也像以往那样，他含住了她的乳头，但突然又停下了。

冬香的乳头冰凉得难以置信。

“怎么会这样……”

菊治不禁抬起头来，再次审视冬香的乳房。

冬香的乳房比以往都要白皙,都要美丽。不过这冰凉就意味着“死了”吧?

菊治哆哆嗦嗦地去摸冬香的胸脯，然后从腋下向小腹摸去，所有的地方都是滑溜溜冷冰冰的。

“果然已经……”菊治慢慢点了点头。

冬香的心脏已经不再跳动，全身的血液也不再流动，死亡已确定无疑了。

可是菊治还是想阻止死亡的进程。他想竭力阻止冬香的身体走向死亡，要让她的身子重新变得温暖起来。他要让她再次回到那种呻吟叫唤、发疯般地登上顶峰的热血沸腾的身体去。

菊治相信冬香一定能够复活，拼命地舔舐起了她的身体。从两个乳房到侧腹，再从肚脐到小腹，一直舔到舌头已经酸软得没有了感觉。但最后连冬香胯下也没有爱液溢出，任何反应都没有。

冬香的身体从乳房到花蕊已然死寂了。

就连冬香全身最为炙热、最为奔放、最为诚实的花蕊也已经死了，变得冷冰冰的。看来自己不得不死心了。菊治告诉自己：“冬香已经死了，再也不会活过来了。”

虽然到现在，菊治已经明白发生了什么，可是下面自己该怎么办呢?

是打 119，还是报警，等候警察来处理呢？菊治很清楚，除此以外，别无他策。但就这样跟冬香分开，太让他难以承受了。至少今天这一晚，还是跟她共同度过吧。这是自己和冬香一起度过的最后一夜，冬香也一定希望这样。

菊治对自己说，又询问了冬香："是吧……"

冬香没有回答，但菊治仿佛听见了她那熟悉而轻柔的"是"。

"知道了，就这么做吧。"

菊治独自点点头，把仰面朝天躺着的冬香抱到了自己怀里。

冬香已经死了十分钟了，不对，也许更长一些。菊治紧紧地抱住了冬香，她那变得软绵绵的上身一股脑儿地朝他压了过来。

菊治慌忙支撑住她的身体，可不一会儿就支撑不住了，只好把她重新放回平躺的姿势。

看来面对面地拥抱在一起比较困难。没办法，菊治只好靠近冬香，将自己的四肢缠绕在她身上，然后喃喃道："你累了吧，咱们一起睡吧。"

虽然冬香已经死了，但菊治觉得她还活着。即使没有了呼吸，冬香的灵魂肯定还栖息在她的身体里。

"我会一直抱着你的，放心地睡吧。"

也许是冬香听见了，搭在菊治肩上的手臂"吧嗒"掉了下来。菊治再次把冬香的手臂放到自己肩上，然后盖上了毛巾被。

"黎明的时候比较凉……"

菊治贴着冬香的脸颊闭上了眼睛。

不知是因为回忆起了过去，还是在半睡半醒中做的梦，和冬香一起度过的时光，像走马灯似的在菊治的脑海中不停地闪现。

最初在京都的咖啡吧里邂逅冬香，后来自己多次赶往京都，在车站的饭店和冬香匆匆约会。自己曾经捡了一片和冬香的手很相像的红叶，送给了她。冬香搬到东京以后，尽管只是上午的短暂时间，但他们每周能够幽会两次了。每次他们都疯狂地沉迷欲海，渐渐地冬香感受到了只有女人才能获得的快感，并不断地加深，甚至发展到了在快感的巅峰祈求死亡。在这种状态下，他们去箱根度过一夜良宵，在极致的爱欲世界里遨游，最终在焰火大会之夜，燃尽了所有的爱之火。

然后……好像从这个时候开始，菊治觉得胸口憋闷，喘不上气来了，不住地呻吟。

起初，胸膛虽受到压迫，却有种安心感，因为自己和冬香在一起。可是从中途开始，菊治觉得只有自己被掐住了喉咙，便害怕起来，以为自己快要死了，大声叫起来。

“住手……”菊治一边叫喊，一边想把缠在脖子上的绳子松开。他拼命地摇脑袋，挺起身体，好容易才从梦中惊醒。

清醒过来后，菊治发现自己趴在床上。原来是脖子压在自己的胳膊上，才喘不上气来的。

菊治慌忙将胳膊拿开，朝旁边一看，冬香还睡着。

在台灯淡淡的光照下，冬香雪白的面孔变得更加苍白，漂亮的鼻子被灯光照出了一个淡淡的剪影。

有冬香在自己身边，菊治放了心，靠近她问：“刚才很难受吧？”

回顾了过去的一幕幕快乐时光之后，菊治因感觉异样的窒息而从梦中醒来。莫非是冬香所感受到的痛苦转移到了自己身上的缘故？

“对不起……”菊治搂住冬香，把自己的脸贴在她的脸上，感觉冬香雪白的面容已被泪水濡湿。

菊治以为冬香哭了，但一瞬间他就明白了，那是自己的泪水。他一边用手指揩去眼泪，一边说：“你安静地睡吧。”

菊治抚摸着冬香的额发，她像什么都没发生似的，温柔地微笑着。

然后，菊治放心地睡着了一会儿。

白天工作了一天，晚上和冬香一起去看焰火，回到房间里后，一直和冬香激烈地做爱。而且在两度登顶之后，又开始了第三次攀登，最终以冬香的生命为代价，两人同时达到了高潮。

也许是身体的疲倦给菊治带来了短暂的安眠。当他再次睁开眼的时候，窗外天色已经发白，时钟指向七点。

正如自己在睡梦中所感觉的一样，冬香还在睡觉。自己是和冬香脸贴着脸，把右手放在她的腹部睡觉的吧？

“说不定……”

菊治轻轻欠起上身去看冬香，但她依然是冰冷的，一动不动。

然而菊治还是轻轻叫她：“天亮了……”

他凝视着冬香的脸，发现她的喉部有白色的痕迹。两个紧挨在一起的圆形印迹，比其他地方显得都白，没有一点血色。

菊治不由自主地将两个拇指轻轻地按在了那两个圆印上面。

“怎么这么使劲……”

自己是在冬香的要求下，死命扼住她的喉咙的。是被她那可爱的样子驱使着，想让她达到更快乐的云巅。虽说出于好意，可自己怎么会用这么大的劲儿去掐她的喉咙呢？直到现在，菊治还是不敢相信是自己下的手。

“你特别难受吧……”

菊治再次低下头向她道歉，忍不住泪水又流了下来。然后他慢慢仰起脸来，看见冬香微微含笑，仿佛在问他“你怎么了？”

“没感觉难受吗？”

不管菊治问多少遍，冬香只是在微笑。望着冬香那祥和的表情，菊治不禁产生了另外的想法。

其实冬香并没有自己想象的那么痛苦。相反，伴随着令人麻醉瘫软的快感传遍全身，冬香终于达到了快感的高潮，是在徘徊于精神恍惚的状态时走向死亡的。

冬香是在感受到了无与伦比的强烈快感与激情之后，十分满足地闭上眼睛的。

“你不恨我吧？”

菊治再次问道，只见冬香苍白的嘴唇似乎发出了一个“不”字。

菊治突然想起来什么似的，在枕头旁边摸索起来。他记得把录音机悄悄地放在枕头底下了。

菊治慌忙把枕头和毛巾被都掀了起来，没有找到录音机。又在冬香身边找了一通，原来录音机掉到床头和床垫的缝隙里了。

大概是因为当时折腾得太厉害的关系吧？要不就是扼住冬香脖颈时碰掉的？不管怎么说，再听一次刚才的录音的话，就能知道冬香是怎样到达了爱的巅峰，又是多么期盼被自己杀死的了。

菊治选了最新的一段录音，按下了播放键。

最开始，他们短短地聊了几句后，传出了“真美啊”的声音。这是菊治望着冬香全裸的身体兴奋不已时发出的。

之后是冬香发出的“给我吧”“你就使劲折磨我吧”的诉求，随后持续传出冬香剧烈的喘息。那是冬香跨坐在菊治的身上，受到下面不停歇地放射的焰火冲击，尖叫着达到高潮的时候。

然后录音沉默了一会儿，两人好像是在紧紧拥抱。不久，他们又开始了新一轮做爱。这回清楚地听到冬香多次喊叫“杀了我吧”,最后在她呻吟着“我要死了”的瞬间，响起了剧烈的咳嗽声。

菊治慌忙问她:“难受吗？”“没事吧？”冬香责怪道:“为什么停下来？”“我想死。”“我想被你折磨死……”

面对惊愕的菊治，冬香说起了昨天丈夫强迫她做爱的事，并述说：“我现在的身体是你造就的，我绝对不允许任何人碰……”并不容置疑地说，菊治的小说“不就是我们之间爱的结晶吗……”“我们的孩子，总有一天会见到阳光的”。

一段长长的空白过后，在冬香提出的“我就是想和你联结在一起”的要求下，他们再次结合为一体，朝着快乐的巅峰迅跑。

冬香的这句话和发出的喘息声比以往任何一次都要剧烈而高亢。不一会儿，就听见了她最终到达绝顶时的无比欢喜的叫唤，同时，她兴奋地叫喊着：“掐我的脖子呀。”“我要死了。”“杀了我吧。”伴随着这一连串叫喊，只听“咔吧”一声，冬香的喊叫突然间停下来了。

听到这儿就能够明白，冬香的死，是她和菊治之间那登峰造极的爱情导致的，是两个人合作的结果。

冬香并不后悔死去，反而为能够死于快乐的巅峰而感到无比满足。这样死去正遂了冬香所愿。这样一想，使菊治感到心里轻松了不少，总算能站起来了。

菊治摇摇晃晃地站起身来，从窗帘的缝隙窥看清晨的街景。

已经七点半多了，脚步匆匆赶往车站的上班族不断闪过，新的一天又开始了。

可是，菊治拉上窗帘，回头一看，冬香却还像昨天晚上那样躺在床上。

外面的世界已恢复了生机，可是房间里面，被杀死的女人仍然仰面朝天地倒在床上。

这种巨大的反差令菊治无法忍受，他突然萌生了大喊大叫的冲动。

“快看哪，这儿有个美丽的女人死了，杀死她的人就是我。”

现在就打开窗户大声喊叫？要是有人打电话告诉了管理员，该怎么办？警察很快就会赶来勘察现场，然后自己会被警车带到警察局去吧？

被警察带走只是时间的问题，对此菊治早已做好了思想准备，只不过还没想好什么时候、以什么方式跟他们联系。

必须在警察到来之前，先把冬香的东西整理好。想到这里，菊治再次环视了一下房间，看见角落里有一个白色纸袋。菊治看了一下，昨天冬香穿来的衣服整齐地叠放在里面，纸袋旁边还有一个略大一些的女包。

这是冬香经常用的包。菊治打开一看，里面有一个化妆包，还有钱包、纸巾和记事本。冬香每次都把下一次见面的时间，记在那个淡粉色封皮的记事本上。

如今这个记事本也失去了它的作用。菊治呆呆地凝视了一会儿记事本，把它放回皮包里，拿起了它旁边的手机。

不知多少次，冬香用这个手机发短信给自己，确认彼此的爱情。想到这儿，菊治缓慢地打开了手机，手机屏幕上出现了一张照片。

三个小学生模样的孩子紧挨在一起，男孩子笑嘻嘻地伸出V字形手势，看来是冬香的孩子们。

中间是个女孩子，两个男孩儿站在她两边。左边的男孩儿十岁左右，右边的男孩儿五六岁的样子。站在两个男孩儿中间的女孩儿最大，估计小学五六年级。她穿黄色的连衣裙，鸭蛋脸，有些腼腆的样子，很像冬香。

她两边的顽皮的男孩儿都穿着T恤衫，双手打出V字，咧嘴笑着。

大概是冬香抢拍下了三个孩子在一起的照片，因为笑得太可爱了，就用作手机屏幕了吧。

“这样啊……”

菊治看着手机画面，不觉悲从中来，便合上了手机。

一直以来，冬香都是一边照料孩子，一边和自己约会的。她一向按照约好的时间准时赶到。每一次见面，菊治都贪婪地和冬香做爱，可是冬香身后还有三个孩子呢。

菊治却从来没考虑过这些，只是一味地贪恋冬香的性魅力。不对，应该说冬香只是把自己的女性部分展示给菊治，而菊治也听之任之，只关注冬香作为女人的一面。

应该再冷静一些，可是自己竟然这么轻率地做出了无可挽回的事情。如果一开始就看到这个手机画面的话，他是绝不会扼死冬香的。不管冬香怎样恳求他“杀了我吧”，也绝对不会这么做的。

“我干的什么事啊……”

事到如今，再怎么谢罪也不可能得到宽恕了，但菊治还是想要谢罪。而且比起冬香来，他更想向孩子们谢罪。

今后，那三个孩子该怎么活下去啊？还有留下孩子们去世的冬香的丈夫……

菊治再次为自己的罪孽深重而感到震惊。他闭上眼睛，低声问道：“冬香，我该怎么办……”

望着没有反应的冬香，菊治心里又有了新感受。

无论怎么说，冬香也是一位慈爱的母亲。除了和自己相爱的那些瞬间之外，她和其他母亲没有任何区别。知道了这些，菊治虽然深怀歉疚，可不知为什么，也有种安宁感。

不过，冬香的手机还是让菊治非常伤感。

在手机画面上，使用了三个可爱的孩子的照片，而手机里面还隐藏着他们之间的各种爱情记录。

遗憾的是，为了不被丈夫发现，冬香看了短信之后，马上就给删除了。

不过，如果没有删除的话，他们之间的爱的记录，早晚会被她丈夫看到的。

与其那样，不如干脆把手机留在自己身边吧。冬香肯定也希望这样，这样她会感到安心的。

菊治拿起手机放进了自己的兜里，可转念一想，待会儿警察来了，在调查冬香的遗留物品时，发现手机不见了，很可能会成为一个问题。

自己作为报案者，当然会受到怀疑。如果警方认为是自己故意把手机藏起来了，反而更麻烦。

想到这里，菊治又把放进兜里的手机，重新放回冬香的皮包里。

到了这个地步，菊治根本就不打算逃匿。自己是杀死冬香的杀人犯，这已是证据确凿的事实。所以即便藏起手机，也不会有什么影响。

那么，有没有能够作为念想的什么东西呢？只要是冬香身上的东西，什么都行。

菊治再次看了看四周，只见床头柜上有一个闪闪发光的东西。

被笼罩在台灯阴影里的，正是菊治送给冬香的那条高跟鞋项链。

冬香每次和自己见面的时候都戴着它。昨天虽然穿着和服浴衣，她仍然是戴着这条项链看的焰火。

在欧洲，传说高跟鞋发出的声响会给人带来幸福，所以很受女性的青睐。菊治把这个传说告诉冬香的时候，她非常高兴地说："那我也成了灰姑娘了。"

从那以后，冬香上床之前，总是习惯地把这条项链摘下来，放在床头柜上。

昨天晚上冬香也是一样，把它摘下来后，蹑手蹑脚地上了床。

至少得把这条蕴藏着无数美好回忆的项链留在自己的身边。菊治从床头柜上拿起项链，回头对冬香问道："你不反对吧？我要把它永远带在身边。"

冬香虽然什么也没有回答，但她一定非常高兴。菊治又看了一眼冬香的脸，便去了书房。

自首以后，自己会被警察带走，有可能再也回不到这里了。菊治想象不出会以什么方式受到审讯，会被关押在哪里。不过，现在还是把房间收拾干净比较好吧。

菊治把还摊在桌子上的资料员送来的资料归拢起来。

今天下午，菊治原本打算根据这些资料把稿件写出来的。可眼下这种情况，是不可能去出版社了。而且，再过一会儿，他还得给编辑部打电话，告诉他们“我突然有急事，要请假”。

此外，打算下半学期在大学里讲课用的那些资料和卡片，他也把它们整理好放在了书架上。

那么，衣服带不带呢？在拘留期间，能回来取吗？这些菊治都不清楚，他觉得还是带上夏天穿的衣服比较合适。

就在菊治思来想去的时候，书房里的电话突然响了。

这个时间会是谁来的电话呢？菊治刚要伸手拿话筒，突然又害怕得不敢接了。

还不到上午九点，难道说有人在偷看自己房间里的情况吗？菊治屏住呼吸盯着电话，铃声突然停了，这时他的手机又响了起来。

菊治慌忙拿起手机一看，来电显示是“高士”。

是儿子高士打来的。菊治稍稍安了心，猜想着儿子打电话来会是什么事。

儿子高士在电影放映公司工作，几年前已经离开家单过了，父子俩很少见面。今天儿子怎么会主动给他打来电话呢？

菊治定了定神，刚一接听电话，儿子的声音就传了过来：“喂，是我，现在你不在家吗？”

“不是……是啊……”

“是这样，我想告诉你一声，我打算结婚了……”

突然听到出乎自己意料的事情，菊治根本提不起精神来。

说实话，眼下自己哪顾得上说这些。

儿子说他打算结婚，可是当父亲的却杀了人，即将被警察抓走。在这种时候，怎么可能有心思听儿子谈什么婚事。菊治一直沉默不语，儿子继续说：“她工作的公司是我负责的客户，今年二十五岁……”

高士今年二十六岁，那么女孩儿比他小一岁。

“所以，我希望爸爸能见见她。”

儿子告诉菊治准备结婚，并希望他跟未来的儿媳妇见个面，自然让菊治非常高兴。但是作为重要角色的父亲却是一个杀人犯。

菊治继续沉默着。高士觉得很奇怪，问道："喂，爸爸，你干什么呢？在听我说话吗？"

"嗯……"菊治当然在听，可是此时此刻他根本无法马上给出回答。

"跟你妈说了吗？"

"妈妈见过一次，觉得挺好的，可是我觉得还应该得到爸爸的认可。"

和妻子离婚的时候，菊治问过高士："你想把户口放在哪边？"

"还是先把户口留在爸爸那边吧，我会经常去看爸爸妈妈的。"高士回答。

当时菊治觉得现在的年轻人，想法很现实。可是现在看来，是个错误的选择。因为这样的话，高士就成了杀人犯的儿子了。

"爸爸什么时候能见她？"

难得儿子有了想要结婚的女人，菊治当然非常乐意见一见，只是现在见的话，只会让那个女孩子觉得自己异样，而且时间上也来不及了。

"这个嘛，最近我很忙……"

"是吗？只要见上一面就行！"

被警察带走后，不知道何时才能出来。在此之前，他很想和高士选定的女孩儿见上一面，可是现在不得不放弃这个念头。

"你妈妈觉得不错的话，就行了。"

"哪有这样当爸爸的呀。爸爸的意思是，我找什么样的人当老婆都可以吗？"

"我不是这个意思。好了，祝你幸福……"

"说什么哪，干吗说得这么伤感呢？"

高士一头雾水，菊治说完挂断了电话。

看样子自己这回连儿子也给得罪了。高士生气也是意料之中的事。儿子好心好意提出让父亲看看女朋友，可是父亲不但不领情，还冷淡地拒绝了儿子。

"对不起……"

事到如今菊治才向儿子高士道歉，同样也应该向妻子道歉。

当然妻子现在还一无所知。一旦她知道了前夫杀了人，一定会吓得魂飞魄散的。很多年前他们就开始分居了，所以妻子会想到他在外面有些风流韵事。但是她做梦也想不到，他竟把相好的女人给杀死了。

若是知道他杀了人，妻子会哭闹，还是会惊慌失措？即便他们已经离了婚，可是杀人犯的妻子这个烙印很难抹去。

不过，和妻子的离婚还真是及时。倘若现在还没有正式离婚，那么妻子就会背上杀人犯妻子的罪名了。

“离婚还真是离对了……”

菊治自言自语着，越想越觉得只有自己被远远地隔离了这个世界。而且再过一会儿，自己就会被与世隔绝在高墙之中，再也回不到这个世界里来了。

“太可怕了……”

菊治脱口而出，顿时觉得外面的世界太让人留恋了。

当然，现在房间里死去的冬香依然躺在那里，不会有人进来。虽然菊治想在这里陪着她，但他还想在被捕之前，呼吸一下外面自由的空气，再感受一下没有死亡阴影和恐惧感的常人世界。

也许这是自己此生最后一次看它们了。

想到这里，菊治晃晃悠悠站起身来，朝卧室走去。

冬香仍旧紧闭双眼，静静地躺着。菊治对着她苍白的脸说：“我一会儿就回来。”然后穿上了裤子和T恤。

菊治蹬上凉鞋，把房门锁好后，坐电梯下到公寓的一层。

菊治以为会遇见人，可是门厅里没有一个人。他慢悠悠的，像是去便利店买东西似的走到了外面。

可是他不知道该去哪里。

只是因为一直待在房间里，太憋闷了，想到外面呼吸一点儿新鲜空气。

昨天晚上看完焰火回到房间时，已经过了十点，所以可以说是时隔十一小时的外出。

菊治伸展两臂，仰头朝着天空，深深地吸了一口气。

刚过九点，太阳已经老高了，一大早就显示出了盛夏时节的酷热。

房间里冬香已经停止了呼吸，一动不动了，而外面夏日明亮的一天即将开始。在这条祥和宁静的街道的景物吸引下，菊治慢慢悠悠地走了起来。

他沿着公寓前面那条狭窄的小路往前走，走到拐角处往左去，道路前方五十米远的地方，有一辆宅急送的卡车停在那里，卡车对面可以看到鸠森八幡神社的鸟居。

昨晚，通往这个神社的小路两旁摆满了煎饼摊，热闹极了，现在却鸦雀无声。

菊治犹如被吸引着似的，穿过鸟居，走进了神社。大概因为是早晨，神社里一个人也没有。右边有一个被玻璃罩住的舞台，舞台前面，正盛开着一朵淡红色的花。

这是芙蓉花吧？不知怎么搞的，菊治觉得那柔和的红色很少见到。他凝神看了一会儿，又朝前面的那座圆圆的小山包走去。

说明牌上写着“富士冢”三个字，介绍了山顶附近堆着类似富士山熔岩样的矿物、山腰有个祠堂，等等。即所谓富士信仰[1]的古遗，从前，像这样的冢遍布关东各地。

昨天晚上，自己还和冬香透过前面的树丛观看焰火呢，可现在冬香已经死了。

回想冬香的时候，菊治突然想到，把冬香埋在此处怎么样？

当然，也不一定必须在这个地方，只要是这样一个小山包就行，能不能用只有自己才知道的形式，偷偷地把冬香埋在其山脚下呢？

菊治想着想着手心渗出了汗水，心怦怦直跳。

“要做的话，就趁现在……”

在自己内心这个声音的催促下，菊治登上了富士冢，只看了一眼小祠堂就走了下来，擦了擦额头上的汗水。

风停了，神社里好像更加闷热了。在这一片寂静中，菊治忽然听到了冬香呼唤自己的声音。

1　即富士山信仰。自古以来日本民族就把富士山视为圣山。

虽说是散步，但他只走到附近的神社就往回返了。

尽管如此，菊治还是觉得很疲劳。他走进公寓的时候，看到大厅里管理员正和一个像是搬家公司的人说话。

是有人要从公寓搬出去，还是有人要搬进来呢？菊治想装作没看见似的穿过大厅，管理员跟他打招呼“早上好。”

“早上好。”菊治慌忙回应。

菊治快步走进电梯，来到三层，打开房间的门走了进去。

他不明白自己为什么要出去走一圈。不过，看到外面的世界没有什么变化，他略微感到安心。他走进卧室一看，冬香还跟他出去的时候一样，静静地躺在那里。

“感觉寂寞吧？”

菊治觉得冬香在叫自己，但冬香的姿势依然如故，还是仰面朝天地躺着。

“太好了……”

菊治松了口气，一边回想着刚才看见的富士琢，一边跟冬香商量起来。

“我想把你埋在只有我知道的地方……不想让任何人再碰你，只有我守护你……”

菊治说着把手放到冬香的肩头，一瞬间他感觉有些不对劲儿。

冬香的肩头摸着特别僵硬，而且从脖颈到肩膀下面一带，出现了像黑痣一样的东西。

怎么回事？怎么会出现这样的黑东西？菊治觉得莫名其妙，把窗帘拉开了一些，借着从那里射进来的清晨光线一看，黑痣一样的斑点越往下面越黑。

菊治完全不记得自己曾经掐过这些地方。他又把盖在冬香身上的和服掀开，查看了一下她的上身。只见从胸部到背部一带，挨着床的身子下面已经变黑了。

冬香的身体怎么会变成这样？菊治慌忙打开和服的下摆，从冬香的腰部到臀部之间也布满了黑色斑点。

原来那么雪白的身体怎么会出现这些黑点呢？菊治百思不解，想要把冬香的身体侧过来，可是全身僵硬得根本弄不动。

这不是冬香的身体。这么僵硬、黢黑的皮肤，和冬香原来的身体完全不同了。

就在这时，菊治的脑海里闪过了“死后僵硬”这个词语。

难道说这就是所谓的“死后僵硬”吗？菊治想起了给周刊杂志撰写有关刑事案件的文章时，出现过这个词语。于是，他轻轻地抚摸冬香的身体。

从颈部到肩部，然后到手腕，菊治小心翼翼地触摸起来，每一个部位都像石膏一样冰冷僵硬。

菊治突然想要呼吸外边的空气，走出了卧室。难道这么短的时间，冬香的身体就会僵硬吗？

不对，这是绝对不可能的。至少这里应该是柔软的，菊治这么想着伸手去摸冬香胸前的乳房，可是它们也像两块疙瘩一样僵硬。

冬香那比任何人都要柔软娇艳的肌肤怎么不见了？菊治像以前那样抓住冬香的手腕，想把她拉向自己，可她的手腕也硬得像铁一样。

这么说连她的关节也僵硬了。菊治慌忙查看冬香的下半身，那里也变得僵硬了，微微分开的双腿根本合拢不了。

冬香的全身仿佛突然中了魔法一般，根本弄不动了，而且从脖颈到四肢，凡是承受到身体挤压的地方，都已布满了黑色的斑点。

“冬香……”

难道由于冬香全身的血液停止了流动，凝聚在下半身，使关节都变得僵硬了吗？菊治虽然这样想，可还是难以相信。

“怎么会……”

到现在为止，菊治只知道温柔可爱的冬香死了。但是，在这段时间里，冬香的死并没有止步。她全身黑血淤积，还出现了死后僵硬现象。这就是说，过不多久就会慢慢开始腐烂吗？

“等一下……”

菊治抱着冬香的上身，摇晃着她僵硬的身体诉说着：“你不要再变了……不要变了……”

不管菊治怎样伏在冬香胸前恳求，冬香也不会再回来了。

“真的死了……”

菊治哀求了半天，终于切实感受到了冬香的死亡。

既然事已至此，这样守着冬香的尸体也不是办法。

“你想回到孩子们身边吗？”菊治一边问着，终于想到该通知警察了。

后来发生的事情，菊治也记不太清楚了。或者说，是由于脑子里一片混乱，不能按正确的顺序回忆事情发生的经过了。

冬香下半身的血液凝固，开始发黑，全身呈现死后僵硬状态。

见此情形，菊治惊恐万状，慌忙抱住冬香哭喊“等一下”，但也无法阻止尸体的腐败。继续这样放下去，冬香只会越来越腐烂的。

意识到这一点的时候，菊治才开始考虑通知警察。

当然菊治刚才也不是没有想过，只是眼看着冬香的身体一点点呈现出死的迹象，他才觉得除了马上通知警察，没有其他方法。

最让菊治感到害怕的就是，这样下去，冬香的身体，以及她的手、脚、容貌都会不停地变化、溃烂。

美丽的冬香正在腐烂。菊治呆呆地盯着面前的景象，脑子里又浮现出冬香手机画面上三个孩子的笑脸。

菊治希望那三个孩子能最后看一眼母亲美丽的容颜，孩子们应该有这个权利。

要让孩子们看到母亲，现在是最后的机会了。再这样无谓地拖延下去，冬香的面容就会完全失去。

“为了孩子，现在应该自首……”

菊治觉得这个理由似是而非，不合常理，再次询问自己：“真的可以通知警察吗？只要一打这个电话，你就成了把女人掐死的杀人犯了！”

菊治在“为了孩子”和“杀人犯”这两个想法之间来回徘徊，无法决断，感到喉咙焦渴，头脑发涨，最后他征求了冬香的意见：“我通知警察，可以吧……”

冬香仿佛点了点头。她那已显露出死相的脸上，仿佛在微笑。

于是，菊治慢慢把手伸向电话。

只要按下"1、1、0"便一切尘埃落定。菊治这么想着，却还是踌躇不决，最终，他一边小声念着"1、1、0……"一边拨通了电话。

菊治刚把话筒贴在耳朵上，"嘟嘟"声突然停了，响起了一个低沉粗犷的男人声音："这里是 110 警视厅，发生什么事了？"

菊治咽了口唾沫，然后望着正前方陈旧的墙壁，告诉对方："刚才，杀人了……"

"什么？在哪儿？是你杀的吗？"

对方声调提高了八度，连珠炮似的问道。菊治却很平静地回答："在千驮谷的公寓。"

不可思议的是，菊治就像在说别人的事情似的，淡淡地把杀人现场，也就是公寓的地址、自己的名字，以及扼死冬香的大致时间、现在的情况等，条理清楚地告诉了对方。

"你就待在那里，不许离开。不要乱动。"

突然听到这种事情，警察似乎也有些慌乱，但菊治顺从地答应了一声"好的"。

说不定自己已经精神错乱了。爱着冬香，却把她杀了的人真的是菊治，而现在通知警察的是另一个菊治吧？

"警察马上就到，请留在那里不要动。"

对方挂断了电话，菊治终于松了口气。

好了，自己该做的事情都已经做了。自己杀了人，还这么说，未免可笑，但作为杀人犯，已经算是尽了该尽的义务。

菊治竟然觉得轻松了，又朝冬香看去。

冬香全身都出现了死后僵硬的现象，她的脸上也开始出现很多黑斑，只有嘴角的微笑没有变化。看到冬香的微笑已然不再改变，菊治安了心，对冬香倾诉道："一会儿警察就要来了，咱们再也不能相见了，我绝不会忘记你的。我这辈子，也不会忘记你的！"

菊治边诉说边拉起冬香的手，把自己的脸贴在冬香的脸上，继续倾诉："虽然你现在已经变得这么冰冷，可是你的温情、你的体贴，还有那无数次刻骨铭心的爱的瞬间，我都记在心里，收藏在身体里了。我们虽然从此生离死别，但早晚会有再相见的一天，好不好啊？你明白吗？”

菊治说到这里的时候，警车尖厉的警笛声越来越近，停在了公寓前面。

菊治坐在床边，瞧着窗外。

看见警车停在了公寓前面，附近的人不知发生了什么，都围了过来。菊治看热闹似的正看着，突然响起了激烈的敲门声。

警察终于来了。

菊治再一次回头看了看冬香，点点头之后，朝门口走去，打开了房门。

两个穿着警服的警察立刻冲了进来，年纪稍长的警察看着菊治问道：

“打 110 报警的是你吧？”

菊治刚一点头，警察便说了声“我们进去了”，两个人迅速地脱了鞋，走进了房间。“死者呢？”

“在那儿。”菊治向卧室一示意，警察立即闯进卧室。

菊治跟在他们后面进了卧室，看见一个警察已经走近冬香身边，在确认她的脉搏，另外一个警察回头看着菊治，问：“是你杀的吗？”

菊治默默地点点头，警察重新从上到下地打量了菊治一番，然后取出本子，开始了询问。

警察似乎觉得，这个男人手上没有凶器，不会有什么危险的举动。

“姓名？”“年龄？”警察不断地提出问题，菊治平淡地回答。当被问到“职业？”这个问题的时候，他犹豫了一下。他想回答“作家”，可又觉得这样会有损自己的笔名，便回答：“周刊杂志的撰稿人。”

“撰稿人？”见警察对这个词不太熟悉，菊治又补充道：“就是编辑。”

这时，好像又来了一辆警车，刺耳的警笛在楼前停了下来。

现在，公寓的管理员是一副什么表情呢？菊治正呆呆地想着，警官继续问：“这个女人的身份……你知道吧？”

“知道……”菊治犹豫着答道。

菊治虽然知道冬香的手机号码和电子邮箱，但最重要的住址却说不清楚，只知道她住在新百合之丘。

“她的名字？”

“入江冬香……”

尽管他们相爱至深，甚至付出了生命的代价，可是关于冬香的情况，菊治只能回答这么多。

看来警察想要知道的，不是菊治所认识的冬香，而是户籍上的冬香。

菊治还在思索着，警察继续追问：“你怎么杀死她的？”

警察想问的是杀死她的原因呢，还是具体怎么杀的呢？菊治不知该如何回答。对方又问：“你是用绳子之类的东西勒死的吗？”

“不是，是用手掐住喉咙……”

“你是用手……用手掐住喉咙，把人杀死的吗？”

听到警察强调地重复了两遍“用手”，菊治不知该怎么回答了。

菊治确实是用双手掐住了冬香的喉咙。但他这么做，并不是因为想要把她“杀死”。

就在菊治不知该怎么说的时候，警察指着菊治的右手问：“是用这只手杀死的吧？”

的确如此，不过警察要问的问题，和自己所做的事情之间有着微妙的差异。

警察目前想要了解的只不过是把人杀死的过程。

“那么，你是突然……”

事情根本不像警察想象的那么简单，可菊治又不知道怎么才能让他们明白。他正陷入沉思的时候，随着一阵杂沓的脚步声，又有四个警察快步走进房间来。

“早上好。辛苦了。”警察们相互打着招呼。对菊治问话的警察报告说：“人是昨天晚上杀死的，说是用手掐死的。”

新来的警察们穿着西装，只有一个人穿着警服。看他们从随身携带的皮包里取出了手套、相机，可能是电视上见到过的负责勘查现场的警察吧。

“到这边来。”刚才问话的那个警察叫菊治到书房去。

菊治跟着他们去了书房后，新来的警察重新开始询问菊治。

姓名、年龄、职业等，都是一些刚才他回答过的问题，这是再次确认吗？

问到杀人方法的时候，“你是用两手掐死的吧？”对方在确认之后，继续追问，“你为什么要杀死对方？”

“因为……”

当然是因为喜欢她了。然而，自己这样回答，他们能明白吗？

正在菊治不知如何回答的时候，警察不耐烦地问道：“你和被害者是什么关系？”

真不知该怎么回答才好。

自己从内心深处疯狂地爱着冬香，冬香也真心地爱着自己。这种关系应该怎么来表述呢？

菊治琢磨了半天，只答出一句：“我喜欢她……”

警察立刻问道：“那么就是情人关系了？”

菊治不愿意听到用这么庸俗的词语来概括他和冬香的关系。这种说法或许比较通俗，却无法表达两人之间真正的感情。

菊治极为不满，而警察已经换了一个问题：“你和被害者是何时、何地认识的？”

这也不是三言两语能够说得清楚的。不过，警察现在想要知道的，只是两人之间关系发展的大致情况。

菊治告诉对方，自己和冬香是去年秋天在京都认识的，冬香是有夫之妇。从那以后，他们多次幽会过。警察迅速地做着记录，然后又问：“肯定是你杀的吧？”

唯有这一点是不争的事实，菊治压根儿没打算逃跑或隐藏。

“是。”菊治痛快地回答。警察点点头，“到这边来。”菊治又被带回了卧室。

看情况，鉴定科的警察已经确认了冬香的死亡，并进行了拍照。

警察把菊治带到床边，让他站好。

“站在这个位置上，脸朝这边看，指着尸体。”

菊治按照要求，站在床边，稍稍抬起胳膊指着躺在那里的冬香。

“就这样，看这边。”

面对警察的相机，菊治不由得怒从心头起。

究竟为何要拍这样的照片？这不就等于要将冬香的死亡公之于众了吗？

“我不愿意……”

他忍不住刚要叫嚷，对方已经按下了快门。警察宣布说：“这是作为你承认自己犯罪的证明。”

原来就是为了这个，他们才要自己和已死的冬香一起拍照的吗？菊治恼怒地咬着嘴唇。

“好了。现在你必须跟我到警察署去，请做好出门的准备。”警察说。

突然听到这个命令，菊治不知道自己该准备些什么。

见他不知所措的样子，警察告诉他：“准备一下现金和简单的衣服，以及洗漱用具。其他东西就算带去了，在拘留所里也不许使用，所以请准备一些日常用品就行。”

菊治点点头，先去了书房。桌子上放着他的手包，里面有钱包、记事本，还有手机。他刚要把充满了有关冬香的回忆的录音机也放进去，一想到去了警察局，都会被警察拿走，便将它放进了抽屉的最里边，把冬香常戴的那条项链，塞进了手包侧面的口袋里。

他又去浴室拿出了毛巾和牙刷，脱下身上的T恤，换上一件灰色的短袖衬衣。这时，刚才问话的警察来了。

“因为还要来这里搜查，你如果有什么需要的东西，只能委托你的亲属了，我们可以让他们来取……”

一听到“亲属”这两个字，菊治想起了妻子。虽说现在已经算不上是亲属了，但能够托付的人，好像也只有她了

“准备好了吧？”

菊治走出了书房，朝卧室里瞅了一眼，只见鉴定科的警察正从上往下给几乎全裸的冬香拍着照片。

“你们干什么呢？”

菊治不禁叫出声来。他想要奔到床前，但是刚才那个警官迅速地把他的双臂反剪起来。由于力量很大，菊治不由得向后挺起身来，就这样被警察拽到了门口。

“老实点儿……”

再怎么说，这里也是菊治的房间，冬香是他心爱的女人，难道他们可以随意将冬香脱得一干二净，进行拍照吗？

菊治想要大声喊叫，可是他的双臂被警察反剪在背后，根本动弹不了。

“浑蛋……”

菊治咬着嘴唇，这就是所谓的被逮捕吧。

尽管如此，就这样把冬香一个人留在房间里的话，还不知道会被对方怎么摆弄呢。菊治非常不安，可在这种状态下他根本无从反抗。

菊治还是不甘心，再一次回头看。警官用严厉的声音命令道：“现在带你去警察署，你要老实点儿。”

即便对警察进行反抗，也没有任何意义了。与其这样，不如到法庭上去，堂堂正正地阐述自己的想法。

我不是故意杀死冬香的。正是由于我们太相爱了，才一不留神，力气用过了头，导致冬香死亡的。

菊治压抑着自己，没有喊叫，环视了房间一圈。

不知何时还能回到这里，菊治要把房间里的一切都深深刻印在自己的眼里。

幸好警官没打算用手铐铐住菊治，他的双手还是自由的。先来的两个警察，一左一右把菊治夹在中间，走出了房门。

菊治突然回想起了昨天晚上，冬香拎着装了和服浴衣的纸口袋，跑进房间来的情形。

当时，焰火大会将要开始，两个人心情愉快，非常兴奋。谁料想相隔半天之后，自己竟成了杀人犯，被警察带走了。

到底什么地方不对劲了呢？连菊治自己也无法相信眼前的一切。但是警察根本不可能明白菊治的心情。

“走吧……”在警察的催促下，菊治穿上鞋后，房门被打开了。

刹那间，菊治意识到自己将曝露在公寓住户们审视的目光之下了。

看见他被警察带走，他们肯定会议论纷纷的。

“那个人杀了一个女的，所以被警察带走了。”

“干出这么可怕的事情的人，就住在这里吗？”

“那个人是谁啊？住几号房间？”

菊治担心围观的人会把警车给围住。

没想到电梯里没有人，只有警察把他围在中间。下到了一层的大厅之后，也没看见什么人。

怎么回事，菊治觉得奇怪，继续向前走去，只见大门口两侧站着十几个人，正朝这边瞧着。

菊治不由得低下了头，警察用毛巾遮住了他的脸。虽是个盛夏的中午，四周却静悄悄的，连一丝风也感觉不到。

菊治跟着警察走到了警车跟前，毛巾被拿开的时候，他回头一看，和不远处管理员的视线对上了。

管理员半是恐惧半是担心地望着菊治。菊治对他轻轻点了点头，就被警察押上了警车。

# 病叶

被带到警察署之后，菊治的生活与以前相比，简直是一个天上，一个地下。

菊治是作为杀人嫌犯被逮捕的，所以也在所难免。但由于环境变化太大，以致使菊治适应不了，狼狈不堪。

首先，早上六点起床，吃早饭，做些轻微的运动后，从九点到十二点一直接受审讯。然后是午饭和短短的午休。下午一点到四点半，继续接受审讯。休息之后吃晚饭，晚上九点熄灯睡觉。

从日程安排上看，生活很有规律，对健康也非常有益，然而正是这种非常有规律的生活让菊治难以忍受。

迄今为止，菊治作为周刊杂志编辑，生活一直很不规律。他已经完全适应了这样的生活节奏，早上将近十点起床，下午才去出版社，工作到很晚。尤其是校稿截止日，常常会开夜车。 向过着这种懒散生活的菊治，突然间早上六点必须起床，晚上九点必须睡觉，这两种生活节奏的落差也实在太大了。

不过，想到自己的犯人身份，在某种程度上，菊治还是能够忍受这些作息时间的变化的。

最让他受不了的是，自己的行动受到了极大的限制。每天从狭窄的单人牢房，穿过短短的走廊去审讯室，然后再从那个让人沮丧的审讯室回到只有三个榻榻米大小的房间去睡觉。整天被关在这狭小的空间里，连外边的空气都接触不到，使菊治渐渐感到窒息，真想喊“救命”。尤其是一想到要在这种密闭的空间里度过漫漫长夜，就更加焦躁不安，坐卧不宁。

在这种环境里，要是身边有个能够让他怀念冬香的物品，菊治就能得到拯救。只要把它拿在手里，菊治的心情就会踏实下来。

可是，放在手包中的手机和冬香戴过的项链，在进拘留所体检的时候，都被警方拿去保管了。

“这只是放在身边，作为留念的……”

虽然菊治这样恳求，但警察说是危险品，不能留给他。

用这种东西根本不可能自杀，菊治解释道。“不行！”警察只有这一句回答，完全不予理睬。

关进拘留所的第二天，菊治就被移送检察院了。也许是要在检察院接受检察官的讯问。

菊治是和几个犯罪嫌疑人一起被带上押解车的。所有嫌疑人都戴着手铐、腰绳，默不作声地坐在车里。

押解车从高楼林立的新宿大街出发。行至皇居的护城河，风景为之一变，湛蓝的天空下，排列整齐的葱郁树木在护城河里投下了树影。

几天之前，菊治还觉得很平常的风景，今天坐在警车里一看，竟然发现每一棵街树、每一片绿叶，都格外清爽，格外鲜灵。

就连排队等候绿灯的车辆，以及从这些车辆前面的人行道过马路的人群，都像是第一次看到一样，令菊治感到新奇和留恋。

菊治忽然看见护城河沿岸的街树旁的步行路边，散落着一片发黄的树叶。

不知为什么，在沐浴着夏日骄阳，生机盎然的青翠树叶之中，只有这一片叶子，像枯叶一般褪了颜色，飘落在步行路上。

尽管不知道是什么缘由，但菊治想起这种树叶叫作“病叶”，季语中也有这个词。

正值万物生机勃勃的夏天，只有这片树叶独自凋零，莫非是生了什么病吧，不过这个词倒是意味隽永。

菊治正凝望那片病叶的时候,一阵微风刮过,那片叶子被吹到了步行路上,随风飘去了。

那片枯叶早晚会被某个行人踩在脚下，消失不见吧？菊治不禁为它的命运担忧。看到一片病叶就如此伤感，恐怕还是因为自己是被捕之身吧。

菊治越想越觉得眼下的自己无异于那片病叶。

某一个夏日，当所有人都生气勃勃地享受快乐生活的时候，只有自己一个人被社会抛弃，关在与世隔离的拘留所中。

“病叶……”

菊治自言自语道，又想起了冬香。

据检察官说，冬香的遗体已被送去进行司法解剖。确认了死因之后，会交还给死者家属。司法解剖也就是几小时的事，这么说，冬香已被火葬，化为灰烬了吧？

“冬香……”

菊治在心里呼喊着，闭上了眼睛，这时押解车到达了检察厅。

在检察厅，检察官的任务是确认犯罪嫌疑人的身份、审问犯罪过程，在此基础上写出审案报告。

因菊治一开始就承认了自己的犯罪事实，没打算顽抗，所以讯问进行得很顺利。

第二天，去地方法院的时候，菊治也回答了同样的问题。此行只是为了拘留证的批准程序，所以也没发生什么问题。

可是到了第四天，菊治在被拘留的警察署开始接受刑事审讯的时候，身体出现了轻度的不适。

其实菊治也没有发烧或者哪里疼痛，只是被捕后的这三天，被关在狭窄的单人牢房里，必须早上六点起床，晚上九点睡觉。由于被迫过这种全新的生活，从而打乱了生活节奏，导致失眠。

尤其让他受不了的是，起夜时连几点都不知道。他的手表在进拘留所的时候也被没收，所以只能凭感觉猜测时间。

幸亏山手线离得不远。隔着拘留室的后墙，能够听到电车一趟趟通过的声音。直到这种声音停止了，就说明末班车已经过去了，然后就是等待次日早晨的头班车了。其间漫长的黑夜使菊治心神不安，憋闷难受。

好在菊治被关在单人牢房。不知是因为他是杀人要犯，还是由于他承认了自己的罪行而受此优待。其他犯罪嫌疑人，一个房间里要挤两三个人，有个能躺下的地方就已经很不错了。所以虽说有些孤独，菊治也该知足了。

不过，菊治这回真正体味到了没有手表，不知道时间，会让人感觉这样不安，这样没着没落。还不只是这个让他不安。今后，自己究竟会怎么样？自己的事情姑且不谈，那个公寓房间怎么办？还有离了婚的妻子、儿子，以及冬香的家人们，等等。一想到这些，菊治就痛苦得要发疯。于是，除了失眠之外，还伴有腹痛、恶心等症状。

刚被收监时，有的人会患上抑郁症或神经衰弱，菊治现在恐怕就是这种情况。

当然，身体不舒服的话，可以请求暂停审讯，在房间里休息。根据情况严重程度，还可以接受医生的治疗。

但是，菊治没有申请。一是不想娇纵自己，二是不想向警方示弱。况且就算暂时停止了审讯，关在这种头顶上只有个一米见方的小窗户的房间里，对健康更不利。

相比之下，每当提审的时候，穿过洒满阳光的走廊去审讯室，反而对精神卫生有好处。

负责对菊治进行审讯的是一个姓胁田的刑警。他没穿制服，只是白衬衣加一身灰色西服。

刑警自我介绍之后，菊治知道了对方的姓氏。他的年纪三十五岁左右、留着板寸，个头不高，身体结实，目光锐利，给人一种精明强干的感觉。

尽管菊治对接受比自己小十岁以上的男人审讯感觉不快，但对方却习以为常。

看着菊治的简历，胁田说："你写过小说啊。"还说，"什么时候我也想拜读一下。"

哼，用不着你看我的作品。那些小说不过是年轻时，出于虚荣和魄力，随意挥洒的东西罢了。再说，即使你读了我的作品，对今后的审讯也不见得会有什么帮助。菊治暗自思忖。

“想必是事出有因，请你如实地把一切都告诉我们。”

没想到，胁田刑警的态度十分绅士，根本不像以前在电视剧上看到的警察那样恐吓、威胁犯罪嫌疑人。

与此相比，倒是腰上拴着的绳子让菊治感到很屈辱。

说是绳索，其实和牵狗绳没什么两样。虽然是蓝色的，没有绳子的感觉，但是在腰上围了一圈后用金属扣固定，绳索的另一端拴在警察身后的铁架子上。

如果想要逃跑，身后拉着个铁架子，根本跑不掉。即使逃出了审讯室，外面还有很多警察，不可能逃出去。

说实在的,菊治现在哪里还有一点逃跑的欲望。可是,腰上还要拴着绳子,对菊治来说不啻是一种不堪忍受的羞辱。

审讯的时候，菊治和负责审讯的警察隔着桌子，面对面坐着。有时旁边还坐着一个负责记录的警察，但大多数都是胁田警官自己提问，自己打字。

无论是环环相扣的提问，还是打字的速度，都说明了胁田警官是一位精明能干的刑警。

最初的身份确定及犯罪过程，菊治已在检察厅回答过一遍，所以没有遇到什么阻碍。

许多刑事案件的关键，都在于确认犯罪嫌疑人是否犯下罪行。然而，菊治从一开始就承认是自己干的，因此审讯还算顺利。

可是随着审讯的深入，涉及犯罪动机以及实施犯罪过程时，问题变得复杂起来了。

“你为什么杀死那个女人？”

胁田直截了当地问，菊治不知该怎么回答。因为这个问题不是一两句话能够解释清楚的。

“确实是你把人杀死的，对吧？”

"是……"

"那么，杀人的动机是什么？"

说实话，菊治根本没打算杀死冬香。他丝毫没有这个想法，可是当他意识到的时候，冬香已经死了。就是这么回事。可是对方能够明白吗？菊治不知如何作答的时候，胁田拿出一张纸来。

纸上画着一个仰面朝天躺着的女人，女人的下半身和压在她身上的男人下身结合在一起，即是所谓正常体位的性交。男人伸出双手，掐在女人的喉咙上。这是菊治被捕后的翌日，在警察署里被迫画的画儿，他自己也知道画得实在是拙劣得不堪入目。

菊治根本就不愿意画，却被迫画下这张画，其本身就是一种屈辱。胁田看着画，问道："你就是在这种状态下杀死她的，对不对？"

甭管对还是不对，菊治都不想再看到这张画了。可是，胁田指着男人的手所放的部位，问："你是用力掐的这儿吧？"

菊治想扭过脸去，不看它，但胁田仍继续讯问："你掐了多长时间？"

菊治回想了一会儿，小声回答："好像是一分钟吧，也可能是两三分钟……"

突然，胁田提高了声调："是你亲手扼杀的，怎么会记不清呢……"

就算被刑警斥骂，菊治还是说不清楚。

在杀人的瞬间，怎么可能记得那么清楚呢！如果是有预谋的犯罪另当别论，可绝大部分人都是出于一时冲动而杀人的。

更何况菊治不是因为想要杀死冬香才这么做的。冬香达到了快乐的顶点，自己也已是引弓待发，徘徊在极度愉悦之际，不由自主地按照冬香的要求，扼住她的脖颈的。

至于用了多大的力气，掐了几分钟，刑警再怎么问，他也答不出来。

"当时，你们确实是在做爱吧？"

胁田的提问换了方向。

自己为什么非要回答这种问题呢？即使是被警察讯问，是否就有义务回答呢？菊治扭头不答，胁田想当然似的推断："是你勾引女人做爱，并把她杀死的吧？"

“简直是胡说……”

菊治不由得喊出声来。胁田居然把他想象得这么卑鄙无耻！自己怎么可能出于这种目的和冬香做爱呢?

记得那是深更半夜时的第三次交合。当时，菊治已经相当疲劳了，可是冬香还说“想和你连在一起”，菊治才重新振作，进入冬香的体内的。

如果说勾引的话,那么勾引者应该是冬香。可现在自己却被对方说成“你勾引女人做爱，并把她杀死”。真是岂有此理!

菊治断然回答：“我绝对没有想杀死她……”

“没有吗？”

“当然！”

“你既然没想杀死她，为什么把她杀了？”

“因为她要求我杀了她……”

“女人怎么会提出那样的要求……”

菊治觉得再怎么解释也是对牛弹琴。但他还是小声地回答了一句：“大概是因为太兴奋了……”

胁田突然用拳头使劲捶了一下桌子，质问：“胡说，哪有人会因为兴奋想死的！”

菊治被警察质问得呆若木鸡。警察继续吼道：“少在这儿胡说八道，你不老老实实回答的话，后果就严重了！”

哪怕是被警察这么呵斥，菊治也没有说假话。

冬香确实是叫了很多遍“我想死”“杀了我吧”，在这一点上菊治绝对没有一点欺瞒。

但是，刑警似乎接受不了这个回答。

“你再冷静地想 想。”

不用说，菊治现在无比地冷静，不够冷静的反倒是警察一方。

“性交这种事，应该是在相互喜欢的前提下进行的吧？”

用不着刑警说教，菊治当然明白这个道理。

“而且男女双方都会感到快乐的。在这种时候，女人究竟为什么要说‘杀了我吧'呢？在那么快乐的时刻，她为什么非要死呢？"

警察这么郑重其事地问及这个问题，菊治仍然回答不了。不管警察怎么说，冬香当时确实说过"杀了我吧"。

"那么，我问你……你在做爱中，产生过想死的念头吗？"

菊治慢慢摇了摇头。说实话，他从没有产生过这种欲求。

"对吧。"

胁田满意地点点头。

"所以说被害者也不会有这种想法的。"

看起来，面前这位刑警根本不懂得女人性快感的强烈程度。

"女人根本不愿意死，你却自以为是地认定她想死，于是杀了她。"

"不对……"

对于这个问题，菊治必须说清楚。他重新坐直身子，用力摇着头说："她千真万确是这样说的。她说想要在达到最高潮的时候死去……"

"不许说这种无聊的废话！"

胁田从椅子上欠起身来，凑近菊治的脸，质问："女人会在做爱时说这种话吗？……你别想把责任推到女人身上！"

望着胁田轻蔑的目光，菊治陷入了绝望。

对这个男人，说破嘴皮子他也理解不了的。对这种根本不懂得真正的性愉悦的男人，怎么解释也是白搭。

这一天的讯问到此结束。其实是胁田刑警不断重复各种各样的问题，最后用一句"你总是说什么女人说她想死，其实是想以此来逃避责任"愤慨地结束了审问。

毋庸置疑，菊治绝对不是在找借口逃避。他只是诚实地把事情的真相说出来而已，但是对方根本不能理解。

警察大概是想，休息一下，换一天审讯的话，菊治或许会改变供述。但是在这一点上，菊治是无法更改的。

说实话，改变了这一点，就等于背叛和亵渎了自己和冬香之间的爱情。

"对吧，冬香……"

晚上，菊治背靠在单人牢房的墙上，对冬香倾诉。

九点的熄灯时间已过，只有门口有一盏光线微弱的灯，靠这点光亮也看不了书。右上方有一扇一米见方的天窗，这是与外界接触的唯一通道。可是，今天夜里阴天的关系，黑乎乎的。

其他屋子里的人好像都睡了，传来一阵阵低沉的鼾声和磨牙声，偶尔突然响起几声啪啪敲打墙壁的声音。

这就是说，他们都怀着各自的愁绪，为打发漫漫黑夜而苦恼着。

菊治把被子铺在薄薄的褥子上面，躺了下来。

说来说去，还是干脆睡觉最明智。被关进拘留所后的这三天来，菊治只学会了这一点。

菊治闭上双眼，面对这黑暗的天窗时，冬香慢慢地浮现在了他的脑海里。

她好像是从月球上飘落下来的仙女一般，穿着白色的衣裙，像蝴蝶一样扇动着翅膀，温柔地降落在了菊治身边。

“到这边来……”

菊治挪了挪身体，冬香像往常一样“哧溜”钻进了他的被子里。

菊治在睡梦里，搂着冬香，把今天发生的事情告诉了她。

“警察说，根本没有人会因为快感太强烈了而想要死的，他说得不对吧？”

对于菊治的问话，冬香只是静静地微笑，和死亡时的表情一样。

自从梦见冬香以后，菊治感到夜晚不再那么难过了。最初被关到这个狭窄、黑暗的空间里时，菊治曾以为自己会因为呼吸困难，猛抓自己的胸脯，最终发疯而死。然而，有冬香陪在自己的身边，他觉得踏实多了。

当然，由于已经去了冥界，冬香没有对他说过什么话，只是一脸寂寞地望着他，都是菊治在跟她诉说着。

“那个警察，看上去是个挺优秀的男人，但是对男女之间的性爱却 窍不通。”

“男女双方因相爱而感受到快感，当快感达到极致，就会产生就此死去的欲求吧，可是那个警察却一口咬定‘女人不可能产生想死的念头’。”

“因为那个警察从没有让他所爱的女性达到过高潮，所以他根本无法理解女人在疯狂的快感之中，恨不得就此死去的感受。他认定我是在胡编乱造。”

“冬香，只有你才知道事情的真相啊。所以，你要是能够为我做证，该多好啊……”

深夜，菊治一个人呓语般喃喃着的时候，突然想起一件事。

如果让警察听听那些录音，或许他们就能理解了。只要听了那些录音，那个顽固无情的警察也会明白的。

在箱根那个夜晚的录音，还有后来的几次录音，以及最后那个夜晚的录音，只要让警方听听满载他们爱情的录音，他们一定会惊慌失措的。

那份录音，是说明菊治根本没有杀人意图的唯一证据。

“不过……”

菊治缓缓地摇了摇头。

“我绝对不会给任何人听那份录音的。这些是冬香和我之间唯一的爱的证明，我宁可死也不给那帮家伙听……”

第二天，菊治在审讯开始之前和律师见了面。说是见面，其实只是在狭窄的会客室，隔着玻璃窗说了几句话。

关于聘请律师的事，是被拘留的第二天，警方问菊治：“你有没有认识的律师？”菊治想起了在周刊杂志社工作时认识的一位名叫北冈的律师，便拜托了他。

北冈五十岁上下，是一个给人感觉很沉稳的人。对于男女之间的性爱，看上去比胁田警官能够理解，菊治稍稍松了口气。

“这件事可真是麻烦哪。”

对北冈这句话，菊治无言以对。

“只要我能做到的，我一定尽力而为。所以请不要有任何顾虑，有什么要求尽管告诉我。”

菊治告诉他需要两三件替换的衣服，还请他把自己放在抽屉最里面的存折和图章等稳妥地保管起来。

律师答应菊治，会向警方要求，近期去菊治住所一趟，由他代为保管菊治的贵重物品。

"其他，还有什么吗？"

听到律师这么一问，菊治想起了放在抽屉最里边的那个录音机。但是，考虑到会被警察没收，又觉得还是放在那里为好。

"请问……"

除此之外，菊治还想了解一件事情。

"关于这次事件，报纸上已经报道了吧？"

北冈律师马上点了点头，回答："是啊，第二天就……"

拘留所里虽然也有读报的机会，但是和犯罪嫌疑人有关的文章都被剪去了，或者被涂得一片黑，根本不可能知道。

"那些报道篇幅很长吗？"

"因为你曾是有名的作家，所以包括照片，占了有大概五分之一个版面……"

"有名的作家？"

菊治哑然失笑。此前，自己还被叫作早已过气的无名作家，可此案一发生，就摇身一变成了有名作家，未免也太善变了吧。菊治不禁义愤填膺，不过，媒体就是喜欢炒作丑闻，让人无可奈何。

和律师会面后，回到拘留室，菊治不由得叹了口气。

倘若报纸上长篇累牍地报道了此事的话，那么就无法掩盖下去了。更有甚者，听说电视的午后新闻里也进行了报道，真不知会引起怎样的轰动。光是想象一下，菊治就已经快发狂了。

例如《曾经的畅销书作家，因沉溺女色而杀人》《一段婚外情缘，最终以死了结》《杀死三个孩子的母亲，杀人者自首》，等等。

由于不久前，菊治还是某周刊杂志的撰稿人，所以有关他的报道标题，不断地涌现在他的脑海里。

看到这些报道，离婚的妻子和儿子高士，以及中濑、周刊杂志的同事、大学的朋友们会作何感想呢？

还不止这些。住在关西的祥子，还有冬香的丈夫及孩子们……菊治越想越绝望。

“不要，不要……”

菊治两手抱头，咚咚地撞墙，这时看守赶了过来：“你怎么了？”

菊治没有回答。事到如今，说什么也无济于事了。

菊治只能沉默不语。“不许再闹了！”看守说完就走了。

听着看守咔咔的皮鞋声逐渐远去，直到看不见他的身影之后，菊治又陷入了沉思。

菊治感到愧对妻子和工作上的同人们，但最让他深怀歉疚的还是儿子高士。

父亲出了这么大的事，儿子还结得成婚吗？一旦知道未婚夫的父亲犯了杀人罪，且不说那个姑娘，连女方的父母也不会同意这桩婚事的。不，即便是女方本人，也绝对不会愿意嫁入一个出了杀人犯的家庭的。

“高士，原谅我吧……”

菊治再次抱住了头。自己犯下了多么不可饶恕的罪行啊。

菊治只是因为太爱她了，才失手把她给掐死了。可万万没想到，这件事把那么多人卷了进来，给他们造成了极大的痛苦和悲伤。

在这种情形下，菊治即使回归社会，也难以生存下去。即便是刑满释放以后，也没脸再见任何人了。

“还不如死了的好……”

菊治的脑海里冒出了“死”这个念头。

他慢慢地环顾着四周。

今后就算能够活下去，也要顶着个杀人犯的恶名，被社会抛弃。被抛弃还算是好的，对冬香的丈夫和孩子来说，菊治犯下的是夺妻杀母的十恶不赦之罪，将被他们终生怨恨、仇视。

与其贪求苟延残喘，接受审判，曝露在人们好奇的目光之下，不如一死了之。那该是多么轻松啊！

“而且……”菊治想起了冬香的微笑。

就这样死了的话，还能够回到自己心爱的冬香身旁！

“谁也不理解我，太痛苦了，所以就来找你了。”自己这样一说，冬香一定会像以往一样温柔地点着头问："发生什么事了？"

冬香会像以往那样，每次睡前、醒后，或者空调过冷的时候，给菊治轻轻盖上毛巾被，温暖地将他包裹起来。

"我要去找冬香……"

菊治一个人自言自语，再次看看四下里，可是怎么才能死掉呢？周边只有丑陋的墙壁和薄薄的被子，根本没有可以用来自杀的东西。进拘留所的时候，别说是带金属的东西了，就连皮带都被他们收走了。所以不管怎么想死，也是死不了的。

"现在，连死的自由都没有了……"

意识到这一点，菊治蜷缩在了床铺上。

"不行了，我不行了……"菊治一边揪扯着头发，一边对冬香诉说，"我想去找你，可又去不了。不管我怎么挣扎，还是去不成……"

冬香在听自己诉说吗？她能知道菊治现在的悲哀吗？

菊治正诉说着的时候，突然闪过一个念头。

冬香选择了一个多么完美的死法啊！

和自己心爱的男人做爱，攀登到了快乐的巅峰，在那令人疯狂的快乐顶点，让男人扼住自己的喉咙，狂叫着"杀了我吧……"走向了死亡。

冬香如愿以偿，在忘我般的快乐之中，实现了自己所期盼的死亡，踏上了前往遥远的彼岸之旅。冬香选择了这样美满的死法，却把我这般悲惨地孤零零地留了下来。

"太过分了，冬香，太过分了，冬香……"

在单人牢房中，菊治伏在床上，痛哭不已。

无论菊治多么痛苦，怎样挣扎，审讯仍在按部就班地进行着。

根据目前的刑事诉讼法，犯罪嫌疑人被逮捕后的二十天以内，如果不能完成定罪，以及案情调查，就不能起诉犯罪嫌疑人，并释放嫌疑人。

也就是说，警察署的审讯，要在二十天内认定嫌疑人是否有罪。

因此，警察的审讯逐日变得严厉起来。

由于菊治承认了杀人事实，所以关于杀人本身并不存在什么异议。相比之下，最关键的问题是，菊治为什么要杀人，也就是杀人动机。在这点上，从一开始警方的看法和菊治的供述就不一致。警方一直不认可菊治的供词。

一般来说，既然杀了人，就应该有杀人动机。围绕这个问题，菊治一直回答“没有”，因此从一开始就和警方形成了对峙。当警方继续追问这个问题的时候，菊治又回答是因被害者要求，才这么做的。具体来说，就是冬香在达到高潮的时候，恳求菊治“杀了我吧”，他才应她的要求杀死她的。

然而，警方却认为，现实中没有哪个女人会要求对方“杀了我吧”。何况还是在做爱当中，就更匪夷所思了。

不管对方怎么追问，菊治都一口咬定“就是这么回事”。因为这就是事实的真相，菊治不可能有其他的回答。

“你少在这儿胡说八道……”

当审讯不顺利的时候，胁田警官必定会大喝一声，用手掌啪啪地拍桌子。这既是对犯罪嫌疑人的恐吓，也说明三十多岁的年轻警官沉不住气了。

“你给我听着，被害人的死因鉴定如下……”

警察打开法医解剖的司法鉴定，读了起来:“死因推定是由颈部绞杀所致。由于颈动脉的外侧受到了强力压迫，刺激了迷走神经，引起血压下降及脉搏跳动迟缓，由此形成反射性心脏停跳而导致死亡。死者面部有明显的青紫尸斑和浮肿……”

对于冬香的解剖报告，菊治实在听不下去了。

“请等一下……”

菊治忍不住说出了声，垂下了头。

冬香的尸检报告对他来说，太残忍，太痛苦了。菊治绝对不想再听下去。

然而，这正是警察的目的所在。他就是要等着被逼到绝路上的菊治忍受不了，不得不承认警察所谓的杀人动机，说出“我杀了她”这句话。

胁田脱了西服上衣，只穿着件短袖衬衫，继续念道：“死者头皮内侧，头盖骨的骨膜、面部、口腔、咽喉，以及咽喉黏膜、眼睑等部位，都有显著的出血痕迹……”

“不要念了！”

使菊治深感痛苦的，并非冬香身体的许多部位出现了浮肿和出血的现象。最让他无法忍受的是，如此美丽温顺的冬香，从头盖骨内侧直到口腔、咽喉内部，都被切割得体无完肤，被彻底检查了个遍。对菊治来说，这实在太残酷了，无法忍受。

“我不要听……”

菊治伏在了桌子上，警察却不为所动。或许这种冷酷无情，正是警察多年来，在和各式各样的罪犯交手的过程中磨砺出来的强悍吧。

“你给我好好听着……”

警察毫不放松，继续加紧对菊治的折磨。

“死者局部情况检验。颈部有手指用力压迫的痕迹，以及指甲造成的皮肤损伤。而且在舌骨、咽喉软骨及甲状腺软骨上都有出血痕迹。其下方的甲状腺软骨部分骨折，呈凹陷状态。”

“我受不了……”菊治激烈地摇晃脑袋。

“甲状腺软骨部分骨折，呈凹陷状态。”听着警察宣读的声音，菊治的脑海中，重新出现了自己用力扼住冬香喉咙的那一瞬间所发出的“咔吧”一声响。

原来那就是冬香颈部骨折，喉管陷落时的声音吗？

“原谅我吧……”

菊治此时此刻已经忘记了警察的存在，只想向冬香道歉。

菊治不知道自己居然做出了这样可怕的举动。当时他只是沉醉于兴奋状态，用力掐了下去。冬香不住地喊叫“太棒了”“杀了我吧”，菊治便顺势依照她的要求，拼命扼住了她的脖子。

他万万没有想到，会变成这样的结果。

菊治因恐怖和后悔号啕大哭起来。正中下怀的警察趁机逼问道：“既然如此，你还能说没打算杀死她吗？”

后来的事情，菊治什么也记不清了。准确地说，他当时头脑一片空白，神志已经不清了。

之前，警察没完没了地宣读冬香的解剖报告，这种残酷的做法使菊治呼吸急促、心神不安起来。警察抓住这个机会进一步诘问：“你还能说没打算杀死她吗？”最后菊治不由自主地低下了头。

虽然菊治并没有明确回答“是的”，可由于他低下了头，就等于认同了警察的意见似的。

“对吧！”

听到警察得意的语气，菊治慌忙抬起了头。胁田随即宣布：“今天的审讯到此结束。”说完便站起身来。

“请等一下……”

菊治慌忙想叫住他，但是胁田毫不理会，按响了通知看守的铃声，拿着案卷走出了审讯室。

同时，看守走了进来，菊治被带回了单人牢房。

可是菊治怎么也不能接受这个结果。

听到对方宣读不久前还彼此深爱的冬香的血淋淋的尸检报告，使得菊治头脑失常。对方正是趁着菊治头脑一片空白的时机，让他承认自己“有杀人动机”。虽说令菊治沮丧，却干得十分巧妙。

回到了牢房以后，警察刚才读过的解剖报告仍清晰地回响在菊治的耳畔。

“颈部有手指用力压迫的痕迹，以及指甲造成的皮肤损伤。而且在舌骨、咽喉软骨及甲状腺软骨上都有出血痕迹。其下方的甲状腺软骨部分骨折，呈凹陷状态……”

听着这些陈述，菊治不禁陷入了恐怖与追悔之中，忍不住号啕大哭起来。现在冷静下来一想，菊治觉得那个解剖报告应该不是冬香的。

对于深爱的冬香，自己是绝不可能做出那么残酷的事来的。

警方宣读的那个尸检报告，会不会是和冬香完全无关的人的解剖报告呢？

“不是，绝对不是冬香的……”

菊治一边痛哭流涕，一边叫嚷“不是”的证据只有一个，那就是停止呼吸的冬香脸上，千真万确浮现着满足而温柔的微笑。

审讯似乎进行得十分顺利，菊治完全想象不出这些讯问将会给自己带来什么影响，最终会导致怎样的结果。

通过和北冈律师几次会面，菊治渐渐明白了审讯的几个要点。

按照北冈律师的说法，菊治将被起诉已经不可改变了。因为他自己承认杀死了冬香，所以被判处杀人罪是无法避免的了。

不过，根据情况不同，杀人罪也有各种量刑。

首先，菊治是否真正抱有杀人动机，这一点至关重要。如果有杀人动机，就会被定为杀人罪。

但是，如果在没有杀人意图时杀了人的话，这种情况称为“过失杀人”。比如说，因开车时睡着了引起车祸，造成对方死伤的事故，可称为“过失杀人”。这种情况和有预谋的杀人相比，量刑自然会轻一些。

还有一种情况，即是在被害者要求“杀了我吧”的情况下将人杀死。比如被害者因病痛或高龄，活得十分痛苦，希望安乐死等情况，一般称之为委托杀人。委托杀人也分多种情况，一般来说，往往会得到酌情处理，判刑会比较轻。

“像你这种情况……”北冈律师一边看着案卷，一边说，“你没有杀人的意图。完全没想到会发生那种情况吧？”

听到律师这么问，菊治很干脆地回答：“是的……”

虽然在警察逼迫下，自己承认了有意杀人，但菊治还是无法接受。

“我真的没想到冬香会死。”

不过，当时自己的确用力过大。菊治这么想的时候，北冈律师继续追问：“总之，你不是想把对方杀死而把对方杀了的，对吧？”

“是的。”

那时候，自己虽然杀了冬香，却没有任何目的。相反，自己从来没有想过要杀死冬香。

菊治想做的只有一点，就是让冬香获得任何人都感受不到的快感。为了使她达到那种欲死欲仙的境地，才掐住了她的脖子的。

“这一点是非常重要的，所以我想再确认一下。”

透过玻璃，戴眼镜的北冈律师的脸一下子贴近了。

“你对入江冬香……”

刹那间，菊治陷入了某种错觉，仿佛在谈别人的事情。

对菊治来说，冬香等同于拼音“Dongxiang”，很不习惯连名带姓地称呼她。

然而对律师来说，冬香就是入江冬香。

“是她要求你杀死她的吧？”

菊治两手放在膝头思考着。

冬香确实是那样说的，但那并不等于是她的心里话。她也许并非真心想让菊治把她杀死。

“不是……”菊治缓缓地摇了摇头。

冬香的确那样说过，但她或许并不认为菊治会杀死她。她只不过是随着快感不断地加深，而无意识地喊叫“杀了我吧”。

与其说冬香想死还是想活，不如说她是在快乐的顶峰，脱口而出的。

“冬香没想到会死的……”

“那么说，她没叫你杀死她了？”

听律师这么一问，菊治又犹豫不决了。总之，菊治觉得这个事，并不是冬香是否要求过自己杀死她这么一句话可以说明的事。

“那是她的口头禅……”

“是口头禅吗？”

律师的脸上露出非常为难的表情。

“但是，她的确说了‘杀了我吧’这句话，对吧？”

“是……不过那是……我可以这么说吗？”

“请把你的想法如实地说出来。”

“那个就是，因为她太兴奋了，兴奋得恨不能马上死掉，就是那种特别疯狂时的词语……”

北冈律师凝望空中，好像在思考什么，突然冒出一句话来：“你真是一个幸福的人。”

“幸福？”

“能够让自己所爱的女人，达到那么快乐的程度……”

原来还有人这么看啊，菊治沉默着。北冈律师点了点头。

“不过，在法庭上，一切都是以证据和法律为依据进行判决的……”

北冈律师想说什么，菊治也很清楚。

审理案件时，先由检察官和辩护律师提出各自的证据和证言，双方根据这些据理力争，进行辩论。法官在听取了他们的主张之后，最后按照法律进行判决。

在这样的场合，强调感性或感觉之类的东西没有多大意义。当然也不能说完全没有用，但性交时的快感、达到高潮时的恳求等究竟会有多大意义？一旦涉及这个方面，就会变得相当含糊。

总之，菊治迄今为止所做的供述，在法律逻辑优先的审理中，会因过于主观，很难服人。北冈律师想要说的恐怕是这个问题。

“对不起……”

菊治低下了头。这位经验丰富的律师，对于这次事件，似乎也感到棘手。

但对菊治来说，他只希望律师能够明白一点，那就是自己不是为了减刑，或是为了获得周围人的同情而这样说的。

对于自己所犯的罪行，菊治真心希望受到法律的制裁，来补偿冬香。对此他已经做好了充分的心理准备。但与事实相悖的罪名，他也断然不会承认。他希望法院能够以事实为依据进行裁决。

菊治不希望法庭以肤浅的逻辑进行判断。诸如什么因为你使了这么大劲儿掐，所以有杀人的意图；或者被害者绝对不会在兴奋的顶点提出那种要求，等等。

“无论警察怎么说，我也不打算说违心的话。”

“我明白。”

北冈律师安慰地点了点头。

“总之，下面将由法院进行审理，为此我们要商量各种各样的对策。”

北冈律师这样一说，菊治也觉得轻松了不少。

“你没有觉得不方便的地方吗？”

虽说拘留所的食物不怎么样，不过只要自己花钱，就可以叫一些普通的外卖，所以菊治没有特别的不满。

不过，菊治倒想让律师把自己犯事之前写下的《虚无与激情》的原稿拿来。

如果重新读一遍的话，自己也许可以更安心一些。

警察署的拘留时间，按规定应为被逮捕后的二十天之内。拘留结束之后，为了接受法院的裁决，犯罪嫌疑人作为被告人，会被转送到拘留所。

被逮捕十几天后，菊治突然接到有人来看他的通知。

看守给菊治看的会客单上写的是“村尾高士”的名字。

原来是刚满二十六岁的儿子高士。

自己正处在这种状态的时候，儿子怎么会想起前来探视呢？当然，如果菊治不想会面的话，也可以不见。

但是，儿子特地前来看望自己，而且是儿子主动提出要来看望变成杀人犯的父亲的。菊治想了一会儿，点点头说：“请多关照。”

可是，菊治马上又不安起来。

在这种时刻，儿子究竟想来对他说些什么呢？

自己杀死了相爱的女人，被作为杀人犯关押在此。儿子恐怕为自己有这样一个疯狂的父亲而感到耻辱。还有，因为父亲的原因，儿子女友跟他解除了婚约。儿子是为了对他抱怨这些才来的吧……

不管儿子说些什么，自己也没有辩解的余地，只能默默地听着。即便这样，菊治还是想要见到儿子。就算儿子责骂自己，也能因此了解一些周围的情况，感受一下外面的气息。

菊治慌忙整理了一把头发，做好出去的准备。虽说准备，其实也没有什么特别要做的事情。幸亏看守不打算给自己戴上手铐、拴上腰绳，菊治松了口气。

可是走到会客室前面的时候，菊治停住了脚步。

见到高士的时候，该说些什么好呢？菊治正踌躇的时候，看守问：“你没事吧？”

菊治慌忙点头，会客室的门立刻被打开了。

靠近门口有一组单人桌椅。在隔着铁网的玻璃对面，坐着一个男人。

乱蓬蓬的头发，穿着白衬衣，一看轮廓就知道是儿子高士。

菊治凝眸细看，想要看清儿子。高士猛地站起来叫道：“爸爸……”

这一句话，使菊治全身都松弛了下来。

儿子管自己叫爸爸了。这已经让菊治欣喜无比了，竟不由自主地朝儿子低下了头。

自己从来没有在这种场合和儿子见过面，当然儿子也是第一次。

当菊治向上抬起的目光与儿子向下看的目光再次交会的时候，高士问道：“爸爸，你不要紧吧？”

当然不要紧了。菊治虽说不太明白这句“不要紧”的含义，但他还不至于马上病倒或死去。

“那个……好像瘦了一些。”

拘留所的伙食很清淡，再加上精神上的压力，菊治被逮捕之后，瘦了两三公斤。

“没感觉哪儿不舒服吧？”

“嗯……”菊治总算发出了声音，然后点点头小声道，“谢谢你来看我。”

“真的？”

儿子高士确认似的问了一句，才安下心来，说道：“其实我早就想来看你，可是又怕你不愿意。”

原来儿子也有儿子的顾虑，想得还挺多的。菊治终于面对儿子问道：

“你妈妈怎么样？”

“嗯……她一直在哭……”

妻子为什么悲伤呢？是后悔和这样一个男人结婚，而且还跟他生了孩子，还是对前夫所做的事情感到愤怒和悲哀呢？

“我想妈妈可能不来看你了，不过，她没事。”

从儿子这句话，菊治就能大致推断出妻子眼下的状态。她是不会沉浸于悲伤之中的，不会因此事而影响她今后的生活。妻子属于那种能够很快转换情绪，拿得起放得下的女人。

“给你们添了很多麻烦。”

“没事儿，爸爸不用考虑这些。”

高士似乎决意要表现得像个男子汉。

“你，那个……订婚的事情呢……”

“噢，订婚已经取消了。”

儿子回答得太痛快了，菊治反而不知说什么好。高士声音开朗地解释说：“我也不是那么想结婚，再说好女孩儿多的是呀。”

“高士……”

菊治真想握住儿子的手。他低垂着头，眼泪扑簌簌地沿着脸颊流到了地上。

儿子其实是在逞强。就在杀死冬香的那个早晨，高士精神头十足地打电话告诉菊治，说自己有了个想要成婚的女孩儿。儿子希望菊治务必和她见上一面，可见他们肯定是准备结婚的。

现在儿子却说不太想结婚，还不以为然地说什么好女孩儿多的是。菊治觉得为了父亲而故作坚强的儿子实在太可爱了，同时又感到特别难过。

若是没有隔在两个人当中的玻璃，菊治一定会边叫着“高士……”边紧紧拥抱儿子的。

可现在却什么都做不了。菊治难过得眼泪又涌了出来。

“爸爸，我没关系的。”

高士也控制不住了似的。他低下了头一会儿，马上又打起精神来，抬起头问道：“在这里有什么不方便的吗？”

“没有……”

要说不方便的地方，可以说数不胜数，但也可以说完全没有。

“如果有什么的话，尽管告诉我啊。”

高士怎么这么温柔体贴呢？按常理的话，儿子就是再义愤填膺，再怨恨父亲，自己都没话说。可是，儿子这样关心体贴父亲，究竟是什么缘故呢？

或许这就是同为男人的父子之间的息息相通吧。菊治陷入了沉思。高士说道：“总之，无论妈妈还是我，还有其他的人，大家都很好，你就放心吧……”

儿子最想告诉自己的事情，就是这些吗？

“我给大家添了麻烦……”

“请不要在意这些，一定要加油啊……”

“加油？”

“因为法院审理就要开始了吧。我不相信爸爸做了那种过分的事情。”

那种过分的事情，这大概就是媒体报道的内容吧？面对默默无语的菊治，高士断然说道：“我认为爸爸绝对会判无罪的。”

儿子高士的探视给菊治增添了莫大的勇气。自己闯下了那么大的祸，肯定会遭到所有人的唾弃。菊治这样猜想的时候，独生子高士却忽然出现在自己面前。

而且，儿子并非因为有什么特别的事情才来的。“我相信爸爸。”儿子好像就是为了告诉父亲这句话才来的。高士既没有埋怨，也没有憎恨自己，而是作为亲属，出于血缘关系，跑来看自己的。这种不期而至的做法，很符合儿子的腼腆个性，让菊治感到非常欣慰。

“有什么事的话，请随时告诉我。我还会再来看你。”

临走时，儿子那爽快的语气也让菊治难忘。既不搞得那么伤感，也不让人过于激动，充分体现出了儿子高士的温情和体贴。

今天，自己可以比较安稳地睡觉了。

晚上熄灯时，菊治这么想着躺在了床上，可还是睡不着。

儿子高士虽然说了很多安慰的话，但实际上还是受到了极大的打击。儿子失去了深爱的未婚妻，在社会上，还要背负着杀人犯之子的恶名活下去。这件事对儿子目前的工作以及今后的生活会产生怎样的影响？一想到这些，菊治就悲哀得快要窒息了。

除此之外，最让菊治在意的，就是儿子和前妻他们到底是如何看待这次事件的。

关于这次事件，今天一句也没有涉及。但这更说明了此事在高士的心中，已经构成了一个巨大的障碍。

“爸爸，为什么会做出这种事来？”

高士其实很想这样问菊治，但最终还是没有问出口。很可能是因为儿子害怕涉及此事。

父亲和儿子不认识的已婚女子沉溺于性爱，以至于竟然扼住女人的喉咙，把她杀死了。估计现在儿子只能了解这些情况。

不管怎么说，在高士这个年龄，是不可能理解菊治深陷其中的那深渊般的性爱的。只要他不能理解这些，那么他也就和审讯菊治的警官一样，多少会抱有不可思议或轻蔑的态度。

菊治在万般愁绪的折磨下辗转反侧，最后他低声呼唤起了“冬香……”直到凌晨时分，才浅睡了一会儿。

高士来看他的三天后，又有一个人来探望菊治。

那是在下午六点，一天的审讯结束后，吃晚饭之前的一段空闲时间。看守给他看的会客单上填写的来访者名字，是“中濑宏”三个字。

“是中濑啊……”

菊治不禁说出声来。

还记得事件发生的五天前，菊治把自己耗费心血，终于完成的书稿交给中濑，希望他所在的出版社能够出版，没想到他回复说出版不了。于是，两个人约在银座见面，菊治详细向他询问了不能出版的理由。

据中濑讲，菊治的作品固然不错，只可惜他已经是个被大家遗忘的作家了。最后中濑以出版新作很有难度为由，拒绝了菊治。

当然，中濑似乎也为他东奔西走了一番，结果还是告诉菊治，由于自己已经脱离了出版部门，所以爱莫能助。

事到如今，这个中濑为什么又突然出现了呢？而且还是特意到警察署来要求见面，这到底是怎么一回事？

菊治一头雾水地来到会客室。

“你好！”中濑主动和他打了个招呼。

“哎呀，你受苦了吧……”中濑用安慰的口吻说道。想必中濑也不知道该说些什么才好。

“你还好吧？”

“还好……”

对菊治来说，也同样不知道怎么回答为好。自己和冬香的关系，以前曾向中濑透露过一些，所以中濑肯定猜到被杀的女人是冬香了。

然而，中濑闭口不谈这个话题，只是说：“看你的气色挺不错的，太好了。”

难道中濑就是为了说这么句话而来的吗？菊治沉默无语。中濑向前探身说道:“是这样，关于《虚无与激情》这本书……我想知道是否能在敝社出版。”

菊治慢慢地抬起头来，中濑却把头低了下去。

“上次我还说不能出版，现在又出尔反尔的，实在是无颜面对你。可是出版部部长发话说，无论如何要请你同意在敝社出版。”

“……”

“我们想尽快出版，当然也会充分考虑你的要求，争取做成一本漂亮的书推出。”

菊治越听越觉得可笑，竟忍不住笑出声来。

中濑一脸茫然，透过玻璃窗盯着菊治。中濑不明白菊治为什么突然发笑，莫非菊治的神经出了问题？中濑的脸上露出担心的神情。

可是，对于这么可笑的事情，菊治实在忍不住笑。

就在二十天之前，不管菊治怎样低头恳求，出版社都回复说不能出版。他们给出的理由是，菊治已沦为被时代遗弃的无名作家，所以无法出版，冷淡地拒绝了他。

同一个出版社,现在竟然又不惜派人跑到拘留所来,请求出版自己的作品。而且还一边关切地问候菊治“不要紧吧”，一边提出“我们希望尽早按你的意愿出版此书”。

究竟因为什么缘故发生了一百八十度的转变呢?

这二十天之中，要说发生了什么不同寻常的事，只有菊治杀死了冬香，被警察逮捕一事。也就是说，只是菊治变成了杀人犯而已。

仅仅因为此事，原来将菊治拒之门外的出版社，却态度突然一变，请求他务必同意此书在该社出版，简直是一百八十度的突变。

难道还有比这更可笑更奇妙的事情吗?

菊治笑得停不下来，中濑一直呆呆地瞧着他。

直到菊治渐渐止住了笑声，沉默下来时，中濑才提心吊胆地问 :“我是不是说错什么话了？”

这已经不仅仅是说错不说错话的问题了。这就像是快要平复的创伤，又被彻底揭开了似的。

“希望你尽可能考虑一下由敝社来出版这本书，好吗？”

“知道了。”菊治不客气地回答，“我现在出了这个事，你们才突然想要出版的吧？”

“不是，不是那么回事……”

“我杀死了心爱的女人，被警察逮捕，成了杀人犯。所以，你们认定我的书会因此而畅销吧。”

听到菊治把话说到这个份上，中濑也无法为自己辩解了。他低着头沉默不语，大概是觉得，现在再说什么也晚了吧。

“我在卷首献词‘献给D’中用了她名字的第一个字母，可是我却把她杀了。这本书怎么会卖不出去呢？”

菊治又笑了起来，却已是泪流满面。

总之，那天菊治没有答复，让中濑先回去了。中濑特意到警察署来看望自己，对其好意菊治心里也不是不明白。但让菊治立刻满心欢喜地接受中濑的要求，他却做不到。这样一来，不就像是自己主动以杀人犯为噱头出卖艺术了？

所以，菊治最后表示自己需要一些时间考虑。回到拘留室后，他又思考起来。

菊治当然想让自己的作品出版成书。那是他拼死拼活、竭尽全力创作出来的作品，所以更希望有一天能够获得众多读者的喜爱。

然而，中濑所在的出版社准备利用这次事件为卖点已是一目了然的了。

自己真的可以接受他们的要求，任由他们这样做吗？

夜晚还是那么闷热，菊治在单人牢房里毫无睡意。他轻声问道：“冬香，你觉得呢？”

在书稿的扉页清清楚楚写着“献给D”。事实上，写作此书的契机正是自己和冬香之间的爱情。自己是一边思念冬香，一边写出来的，这一点无可置疑。

可以说，这本书是菊治和冬香共同创作的。冬香曾经说过，这本书“是我们爱的结晶”。

如果能够出版，一定会引起轰动。杀人犯献给被杀女人的小说，大多数人都会非常感兴趣的。

这么一来，菊治就不无以他们的爱情做卖点出版成书之虞。他的初衷是使此书作为纯粹的文学作品问世，可是如果人们认为其中掺杂了什么不纯的动机，也无可奈何。

“我该怎么办……”

菊治一问,冬香突然从天窗降落下来。今天晚上,她穿的是白色吊带睡裙，静静地偎依在他身边。

菊治抱住冬香，感受到她那柔软的皮肤后问道：“还是把小说出版了吧，你觉得可以吗？”

死去的冬香一声不吭，在昏暗的夜色中微笑着。

“那么，冬香是赞成出版了？”

确认冬香点头之后，“明白了。”菊治自言自语。

此书出版的话，至少能够让世人知道他们两人是真诚相爱的吧。

两天后，中濑再次出现在菊治面前。

他先告诉菊治，给他带了些点心，然后问：“上次跟你提的事情，考虑好了吗？”

“这个嘛……”菊治含糊其词地点了点头。

“其实……”中濑说道，“听说也有别的出版社知道这个书稿的事，打算出版呢。你还没听说吗？”

中濑所说的别的出版社，会不会是菊治最初把书稿拿去的明文社？明文社虽说还没有来找菊治谈出版的事，不过很有可能。

“我们出版社非常希望能够赶在其他出版社之前跟你说定……”

中濑和菊治有着同年入社之谊，所以一直管菊治叫“你这家伙”。可是自从菊治被拘留之后，中濑却改称“你”了，真是奇妙。

“咱们的关系一直挺不错的，要是你的新作被其他出版社抢先了的话，我就太没面子了。请你务必同意让我们来出版，好吗？”

看着一向派头十足的中濑董事这么低声下气地央求自己，菊治点头说：

“好吧……”

“真的？”中濑猛地抬起头来，脸上乐开了花，“谢谢了，这样我也有面子了……”

中濑想和菊治握握手，可是一伸手碰到了玻璃，只好缩了回去，然后再次深深地低下头说：“哎呀，太好了，这下我就放心了。我现在就回去报告社长。社里的人都会非常高兴的……”

听着中濑亢奋的声音，菊治依然是无精打采的。于是，中濑坚决地表态：“我们一定会把这本书做得特别漂亮。装帧和广告都做到最好，您就放心地交给我吧。”

这十年来，出版社方面主动开出这么优厚的条件，好像还是第一次。

“这本书还有什么要补充的内容吗？”

“啊，没有……”

菊治更想知道的是书的出版时间。

“那么，书什么时候能够出来……”

“我们会全力以赴抓紧制作，差不多一个月后就能出版……”

到了那时，自己不知会怎么样呢？菊治一想到暗淡的未来，闭上了眼睛。

总算是得偿所愿，谈妥了书的出版事宜。菊治觉得稍稍解脱了一些。

虽然这么说，也并非是菊治想开了，或者到了开悟那样的程度。

相反，他更加体会到人生不如意十之八九的沧桑感。就拿这次事件来说，尽管根本不是自己想要做的事，可是醒悟过来时，自己已经成了杀人犯。《虚无与激情》这本书也是这样，当菊治求爷爷告奶奶，到处奔走，想要出版的时候，被所有的出版社冰冷地拒之门外。可是当他打算放弃的时候，却有出版社提出想要出版，并且轻而易举地敲定了。

菊治发觉，与自己的意志和努力无关，冥冥之中好像有着命运那样的东西在左右着自己。

既然是这样，对命运再怎么抗争也无济于事。不如听天由命，更能够活得轻松、安逸。

菊治这样思来想去的时候，“达观”这个词突然出现在他脑海里。既然只能顺其自然，那么进行任何反抗都是徒劳。

令菊治感到厌倦、自暴自弃的另一个理由，就是与负责审讯的警察之间的不和谐感。

在每次审讯中，菊治都是尽量坦率地把自己体验的真实感受告诉对方，然而对方并没有认真地听取菊治的诉说。

在与冬香做爱的过程中，菊治每次都竭尽所能让她得到快感。在他的努力下，冬香达到高潮的时候，提出了“杀了我吧”的要求，自己才用力掐住了她的脖子。

菊治所做的仅此而已。

可是，警察总想从中找出什么合乎逻辑的理由来。老是一遍遍问他，你为什么用这么大劲儿掐呢？还质问他说，扼住对方喉咙的后果，你应该很清楚啊。

即使女性要求“杀了我吧”，可是，用多大劲儿掐对方的脖子，就会把对方掐死，你是应该知道的。一旦发现再掐下去会有危险，就该住手的。

警察的意思是说，这应该是一个有正常理智的人的感觉。

而菊治竟然无视这个感觉，继续扼住冬香的喉咙，那么他的动机就是显而易见的了。

“是这样的吧？”

在这种话不投机的审讯状态中，由刑警负责的案情调查报告也接近完成了。

一听到检察院和检察官，菊治就不由得精神紧张。

虽然警察、刑警也很可怕，但是，检察官要做的是检举和起诉犯人。

不知为什么，那天见到的负责起诉菊治的检察官是一位女性。

不久前，也就是菊治刚被警察署拘留后，曾被押送到检察院核实姓名及犯罪事实。那时候是一个男检察官。

现在却变成了一个女检察官。这方面的内情菊治当然不可能了解，但他的心情放松了一些。

不管怎么说，女检察官的态度应该会比较温和吧。事实上，那天女检察官在核实菊治身份的时候，感觉就像一般谈话一样。

对方态度温和的话，菊治也愿意如实地回答问题。再加上那位女检察官还相当地漂亮。

她四十出头，身材高挑，穿着一身黑色西装，眉毛细长，鼻梁挺拔。菊治听说最近女检察官的人数有所增加，果不其然自己摊上了个美女检察官。她给人的印象和魔鬼检察官之类的说法相去甚远。

“我是织部。”检察官一开始就自报家门。菊治一边捉摸她的名字是哪两个字，一边出神地瞧着她。

检察官自然不会关注菊治有什么心理活动，她只是平淡地核实着调查事项，最后说了一句：“可以了。”

讯问似乎就此结束了，菊治慌忙低头施礼。

女检察官一只手抱着卷宗，走远了，留下一串清脆的响声。菊治望着她的背影，从内心深处感到放心。

女检察官的话，就会判得轻一些，菊治并没有这么天真。不过至少女检察官不会像男检察官那么主观武断吧。而且，最重要的是，或许更了解女性的内心感受吧。

冬香作为一个有丈夫、孩子的女人，却沉溺于一个男人的情欲之中，甚至在性高潮来临的时刻，要求“杀了我吧”。同为女人，女检察官对这种情况应该更能够理解吧。

审判的时候，也是她担任检察官吗？

虽然并没有得到确认，但菊治仿佛吃了一颗定心丸似的离开了检察院。

被检察院传唤的两天之后，菊治早上就被叫到了审讯室，让他确认自己的案情记录。

在警察署的二十天拘留时间已接近尾声，警方要把笔录的内容跟菊治核实一下。

“下面我开始读审讯记录，有不妥之处，请告诉我们。”

警察说完之后，首先宣读了犯罪嫌疑人菊治的姓名、年龄、职业等。这些在检察院进行身份核实的时候，菊治都经历过，所以没有什么问题。

然后，宣读了被害者入江冬香的年龄、经历，菊治虽然知道冬香出生于富山，但是和现在的丈夫二十四岁结婚一事，菊治还是第一次听说。

说起来，菊治虽然经常和冬香幽会，可是关于她的经历，菊治却几乎没有问过。他不是不感兴趣，只是一涉及隐私方面，就必然会关系到冬香的家庭，以及她的丈夫。所以，菊治一直尽量不去询问冬香的家庭。换一种说法，菊治对爱情就是这么投入。

菊治沉浸在回忆中的时候，警察开始宣读两个人的相识过程。

“二○○四年十月十日，我因去京都办事，经由老朋友鱼住祥子的介绍，在饭店的咖啡吧里与冬香初次相识。”

听着警察的宣读，菊治的脑海里浮现了第一次见到冬香时的情景。

大概是觉得阳光有些晃眼，冬香轻轻举起纤秀的左手，遮在额头上。一看见她那优雅的举动，不知道为什么，菊治就想起了曾经在京都看到过的小原风盆舞。警察没有理会沉浸在回忆中的菊治，继续往下读笔录。

“认识之后，我询问了冬香的手机号码和电子邮箱，后来互相保持联系，在京都的饭店多次私会。”

菊治是因为太爱冬香了，才多次和她相见，可在笔录中却变成了“私会”这样不舒服的词，菊治对此很不满。但考虑到和事实没有太大出入，就没有说什么。

“那个时候，我第一次听冬香告诉我她有三个孩子。”

笔录中，对冬香一直是直呼其名，菊治听着很别扭。

警察拿出一瓶饮料递给菊治，他自己也喝了一口。在审讯中，有时警察会咄咄逼人，有时也会表现得这样体贴。

“谢谢。”

菊治顺从地喝了口乌龙茶，刚刚喘了口气，警察又开始念笔录。

“后来，冬香一家搬到了神奈川县川崎市麻生区。从此以后，我们开始在白天频繁约会，每次都会发生性关系。”

虽说与事实没有出入，但是“在白天”，以及“每次都会发生性关系”之类的表述，总有种窥探个人隐私的卑劣感觉。

正因为菊治自己也经常写文章，所以对每一个措辞都相当地敏感，可这些都是事实，菊治也不能加以否定。

警察叙述了两人关系的来龙去脉后，便进入了出事的焰火大会之夜的描述。

“那天晚上，冬香赶到了我的房间，换上了带来的和服浴衣。”

当时已经快到约定的七点了，冬香匆匆忙忙淋浴之后，开始换和服。

“之后，我们为了去看焰火，先是朝外苑方向走去。可是由于人太多了，就放弃了去外苑看焰火，返回公寓，在公寓的楼顶上观赏了焰火。”

那个时候，菊治感到无比的幸福。当发射升空的焰火在夜空中接二连三地绽放出五彩缤纷的巨大花环时，在绚烂光芒的辉映下，冬香的侧脸无比美丽。而且冬香还把那响彻肺腑的焰火爆炸声，说成“一直震撼到子宫里”。听到冬香这么说，菊治立刻感受到了即将开始的缠绵之夜的兴奋。

警察当然不会知道这些，开始叙述当天晚上的事情。

“回到了房间后，我们在床上发生了关系。第二天凌晨两点，我再次叫醒冬香，发生了关系。”

“不对……”菊治忍不住反对。

当时，与其说菊治主动，不如说是冬香主动的。是冬香突然叫着“我害怕”，紧紧抱着菊治，要他“给我吧”的。

警察却认定，男女发生关系的时候，都是男人主动的。菊治想要修正这种说法，可转念一想，如果弄巧成拙的话，会有损冬香的形象，就没有言语，任凭警察继续念下去。

当警察读到犯罪事实的地方时，有好几处菊治都无法认同。

“沉溺于性快感之中的冬香开玩笑说‘你就这样杀了我吧’。当时正好是我在上面，便顺势从上面双手扼住了她的喉咙……”

笔录的内容确实是以菊治的供述为基础整理出来的，但是仔细推敲的话，就会发现一些微妙的不同。

比如说“被害者开玩笑说……”这个部分吧，冬香恳求菊治“杀了我吧”，是发自她内心的，绝非开玩笑。

“请把这个地方删掉。”

如果嫌疑人有不同意的地方，可以用红笔在该处画上两道删掉。

警察却面露微笑地说：“在做爱的时候，喊出这种话来，不是开玩笑是什么？”

凡是和性爱有关的，警察只能理解为是游戏，不可能是其他。

“而且，不管是不是开玩笑，和怎么判都没有关系。”

警察说的好像是如何量刑的问题，而菊治拘泥的则是他们之间爱的形式。

那根本不是什么游戏。那是冬香和自己之间尽情相爱引发的后果。

“还是请你删去吧。”

警察咧了咧嘴角，意思像是“这家伙真够烦人的”，然后将“开玩笑”三个字删去，继续念下面的内容。

“我用双手掐住了冬香的喉咙，不管冬香多难受，用劲掐了下去……”

“不对……”菊治再次摇头。

自己的确扼住冬香的脖颈用力掐了下去，但是“不管冬香多难受……”的说法不对。冬香当时绝对没有感到痛苦。她的确轻轻咳嗽过，可她马上又恳求“杀了我吧”。

“冬香当时应该没有感到难受……”

“那怎么可能，她怎么能呼吸呢？”

警察再怎么说，不对的地方就是不对。警察有些烦躁地说：“反正被害人已经死了。”

他这样一说，菊治反而不好再说什么了。菊治出于爱情做出的事情，到了警察的笔下，变成了因为怨恨至极而杀死了对方。

不过到目前为止，笔录只是在描述菊治的行为时有些不妥，与事实并没有太大出入。

可是，后面涉及菊治为什么杀死冬香的地方，出现了让菊治更加难以接受的描述。

首先是关于杀害冬香的动机，笔录上写的是：“每当做爱的时候，冬香都会多次要求‘杀了我吧’，所以我渐渐地产生了杀意……”

在冬香的多次请求下，菊治也的确闪过这样的念头，但不能说菊治因此而杀死了冬香。那天晚上，由于冬香特别强烈地要求，所以菊治的手劲儿可能比平时要大，但是他绝对没有打算杀死她。

因此“渐渐地产生了杀意”这个表述是不符合事实的。

其实在这个问题上，菊治已经和警察发生过多次激烈冲突了。警察总是以尸检报告为依据，强调如果没有杀人意图的话，是不可能出现这样的情况的。

而且，担当司法解剖的医生认为“用双手掐死对方的例子十分罕见”。这似乎也成了一个有力的佐证。

的确，在绞杀的案例中，几乎都是用带子或绳子将人勒死。仅靠双手把人掐死的例子几乎没有。

即使这样，菊治还是坚持自己“没有杀人意图”。这时，警察突然问道：“你难道没想过干脆把她杀死更好吗？”这个问法，让菊治犹豫起来。

“你再好好想一想……”

听到警察的话，那天晚上的情景又走马灯似的在菊治的脑海里闪过。

焰火大会的那天晚上，冬香掐着时间赶到了菊治的公寓。不知是她出门时发生了什么急事，还是有什么状况让冬香离不开家，总之，有别于往常。

那天夜里，他们激烈做爱之后，冬香忽然说出：“我再也不想回家了……”

而且，冬香还一边哭泣，一边告诉菊治，前一天晚上，她拒绝了丈夫，被丈夫臭骂一顿，让她“从家里滚出去”。

作为菊治，自然也不愿意让冬香再回那个家去。与其让冬香回到那个不堪忍受的地方，还不如干脆死了的好。

菊治在掐住冬香脖子的时候，虽说是一刹那，这个念头的确曾经闪过菊治的脑海。

如果说菊治有过杀意，也就是这一闪念了。也许冬香死了，反而是一种解脱。即使菊治那样想过，也不能说是他想要杀死冬香。

总之，这个地方还是“不对”，应该明确表示自己的态度。

“对不起……”

菊治刚一开口，警察仿佛知道他要说什么似的，伸出右手制止了他。

“你大概从律师先生那儿听到了很多建议吧……”

不知他想说什么，菊治全神贯注地倾听起来。

“当然，若是没有杀人动机的话，杀人罪会从轻量刑。而且根据非故意杀人、过失致死等不同情况，量刑也有所区别。所以是否有杀人动机，是一个关键的问题。”

这方面的事情，菊治的确听律师大致介绍过。

“像你这种情况，恐怕也是希望被判为在性爱游戏中，不小心误杀了对方……”

“性爱游戏？”

菊治不禁反问，警察马上解释：“对，类似SM那种性爱游戏。”

自己和冬香全身心投入的绝对不是什么性爱游戏，是灵与肉的结合。把这种神圣的爱情和那种SM性爱游戏相提并论，实在令人无法忍受！

“不是那样的。”

警察立刻反问道：“不是性爱游戏吗？”

“不是。”

“是真心相爱的？”

“是……”

“所以，对方就成了一种沉重的负担。渐渐地你觉得她的存在成了一种负担吧？”

“不是，根本不是那么回事……”

“那你为什么那么使劲掐她的脖子？”

即便对方这样责问，菊治也只能这么说。冬香变成了沉重的负担云云，菊治连想都没有想过，更不用说性爱游戏等了，纯粹是无稽之谈。

他是因为太喜欢冬香，在让她获得她想要的快乐的过程中，失手把她杀死了，仅此而已。

这种情况到底该如何解释呢？为了取悦对方而做的事情，按理说应该称为快乐死吧？在审讯室中，菊治的头脑出现了混乱。

可是警察却趁此机会穷追猛打。

“假如你没想杀她的话，为什么不马上拨打 119 求救？”

被戳到这个软肋，菊治立刻哑口无言了。

的确是这样。在听到“咔吧”一声的时候，如果立即拨打 119，救护车及时赶到的话，冬香说不定还有救。

“一发现对方瘫软下来，谁都会赶紧叫救护车吧？”

警察说得很有道理。如果出了那种事故，谁都会马上拨打 119 叫救护车，还会向周围的人求助。

然而，菊治却什么也没做。

冬香死后那段时间里的情况，警察也是根据推测得出的结论。但是任凭他怎么辩解，“不作为”这一事实，肯定不会给警察留下好印象。

菊治不能不点头同意警方的说法。

事实是，当时菊治没想到冬香已经死了。正因为如此，他才惊慌地呼唤“冬香……”不停地拍打她的脸颊，摇晃她的身体，等着她苏醒过来。

当然菊治也想过要拨打 119，却因为害怕没有打成。

当警察追问他“为什么”的时候，他也很难一句话说清。

只有一件事菊治能够说清楚，那就是他不想和冬香分开。如果叫救护车的话，冬香将被送往医院，不管是活是死，菊治再也见不到她了。而且两个人的关系也会公之于众。

由于事出突然，菊治当时只能想到这些。他非常害怕这样的结局，所以一直紧紧地偎依着冬香。

可是，菊治当时的种种顾虑是说不服一根筋的警察的。

“是你的那双手，掐住了那么纤细的脖子啊。”

菊治不由得双手捂住了脸。

正是自己这双手，扼住了冬香纤细美丽的颈项。你这样做会是怎样的后果？冷静的警察在追问他这个问题。

“而且，把人杀死之后，你还把尸体放在那里不管。”

难道警察想把这个也加进罪状里来吗？菊治心里想着必须反驳，可又想不出恰当的词语。

最终，菊治几乎全部认可了警察所做的笔录。

最成问题的是，笔录里的“每当做爱的时候，冬香都会多次要求‘杀了我吧’，所以我渐渐地产生了杀意……”这段话等于菊治自己承认了对冬香怀有杀意。

“我渐渐地产生了杀意”这句显然与事实不符。菊治在和冬香做爱的时候，绝对没有一丝一毫的杀意。

只是看完焰火的那天晚上，菊治曾经产生过不如干脆把冬香杀死，好让她解脱的一闪念。如果把这一闪念称为杀意的话，事情确实如此，可这并不等于说菊治因此而杀死了冬香。关于这一点，菊治自然十分不满，却又无法向警察说明。

再加上菊治没有马上叫救护车，而是将冬香的尸体放置了将近八小时，也让警察对他产生了很不好的看法。

菊治立刻把这些情况告诉了辩护律师。律师嘴上说理解菊治“没有杀意”这句话，可是一旦涉及菊治为什么会用那么大的力气掐住冬香喉咙，他也显得理解不了。

只有菊治自己心里明白，无论怎样争辩，其结果只能是各说各的而已。

听说检察院方面为了证实菊治的杀意，还对冬香的丈夫等人进行了调查取证。

被害人丈夫的证词在审理案件的时候，不知能否成为证据，但这次事件，一旦被说成是在性爱游戏中将人杀死的话，那么在公众的眼里，菊治就变成一个不负责任的冷血男人了。

“这样的话，如果加上‘被害者提出让我把她杀死’这段话，或许可以使你的形象多少有所好转。”

正如辩护律师所言，倘若换成这种描述，就没有性爱游戏或SM游戏的色彩了。更重要的是，帮助对方自杀或遵照嘱托杀人的印象更强烈，很可能减轻罪行。

“即便是警方的笔录，也不可能决定一切。目前只能暂且认可这份笔录，等到法院进行审理的时候，再把我们的想法充分地表达出来。”

在辩护律师的宽慰下，菊治终于在笔录上签字画押。至此菊治在警察署接受的审讯便全部结束了。

# 长夜

八月末，菊治告别了在代代木警察署二十多天的拘留生活，被移送到了东京小营拘留所。

到此为止，菊治作为犯罪嫌疑人，接受了刑警等的审讯。从现在开始，他将作为被告人，等候法院的审判。

离开警察署的那天早上，负责菊治案件的胁田警官对他说："辛苦了。多注意身体……"菊治也低头致谢："给您添了很多麻烦。"

担当审讯的警察和犯罪嫌疑人之间，虽说有时也会怀着憎恨和愤怒告别，但是菊治对胁田警官却没有那么强烈的不快感。

在审讯的过程中，他的确有些强加于人的地方，但总体来看，还是比较平和，也没发生大的冲突。这是由于菊治一开始就承认了自己的罪行，而警察方面也考虑到菊治的年龄和地位，对他采用了还算绅士的态度，所以审讯一直没有受到什么阻碍。

和警察署里的人一一告别之后，菊治坐上押送车前往小营。

久违了的风景一如从前，没有任何变化。天气依然那么炎热，马路上的行人也是一色地穿着短袖。不过，高楼大厦上空飘浮的云朵，仿佛比以前更高远，更稀薄了。在夏末的酷暑中，也开始感受到些许秋天的气息了。

然而，外面的景色在菊治眼里总是那么新鲜，怎么也看不够。对于一直被关在密闭房子里的菊治来说，道路两旁的每一棵绿色植物，都让他感到无比温暖、无比亲切。

路上的行人似乎并没有人察觉到菊治乘坐的是押送犯人的车。

绿灯变成了红灯，形形色色的行人停在了车旁边。

正是中午时分，很多人像是在附近写字楼里工作的白领，其中也有不少女性。有的人穿着工作服样的衣服，也有的女性穿的超低领口的衣着，从肩头裸露出了两臂。

"真白……"

菊治已经很久没看到这样袒胸露背的女人了。

当信号灯变成绿色的时候，那些女人便轻飘飘地扭动着腰身走起来。看着这情景，菊治体内已被忘却的欲望又开始萌生，想起了自己还是个男人。

位于小菅的东京拘留所是一座现代化的高楼。不了解内情的人见了，说不定会把它当成一座新建的公寓。

当然，大楼四周还是有着厚厚的围墙，门口有岗哨。

押送车停在了大楼的后门，在入口处的房间里，菊治随身携带的衣物和用品受到了检查。

虽说是危险品禁止带入，但在警察署里，该收走的已被收走了，所以没有什么可没收的。

菊治直接套上了淡灰色的上下身分开的服装，拿着装有简单的替换衣物和洗漱用具的口袋进了电梯。在电梯里，菊治也被两个看守夹在中间。从电梯出来之后，穿过两道坚固的大门，才到达了两旁都是拘留室的走廊上。

"就是这里……"

看守说道。菊治走了进去，这是一个单间，有四张榻榻米大小。小小的脱鞋区前面铺着一块灰色的地毯，靠里头的屏风后面有一个抽水马桶。

从现在起就要进入案件审理程序了，不知自己会在这里待多长时间。菊治一想到看不见希望的未来，心情就暗淡下来。不过这里比之前住的警察署的单人房大了一张榻榻米，据说还有空调，住着似乎会比以前舒服一些。

“你把这个好好看一看。”

看守留给他的纸上，写着平时生活中的各种注意事项。首先，起床时间是早上七点，接受点名后，七点半吃早饭，午饭时间是十一点五十分，晚饭时间是下午四点二十分，就寝是晚上九点。

菊治把这张纸放到了屋里唯一的架子上，然后重新环顾了一遍房间。

虽说这里和警察署的拘留室相比，所有东西都很新，很干净，但是仔细一看，却没有窗户。在房间的最里面，菊治以为有一个较大的窗户，其实那只是一个人造的空间，外面还有一堵很厚的墙壁。菊治抬起头往上一看，房顶上只有单调的天花板，连警察署拘留室里那样的天窗也没有。

这里到底是几层？房间的朝向是哪边？菊治一无所知。

在这种被好几层厚重的墙壁密封的地方，自己能活下去吗？菊治顿时觉得呼吸困难起来，不禁蹲下身去。

在警察署的时候，房间虽然狭小破旧，好在有一个能看到一点天空的小天窗，使菊治的精神得到很大的慰藉。即使因下雨或者阴天，什么也看不见，但只要一想到通过天窗与外界保持着联系，就可以给予菊治极大的安慰。

然而，这里虽说有空调设备，却被禁锢在厚厚的钢筋水泥之中，与外界完全断绝了联系。

“冬香，我被关进了这种地方啊！”

菊治望着洁白无瑕的墙壁喃喃自语。在这里冬香也会飘然而来吗？隔着这么多层厚重的墙壁，冬香也很难进得来。这么一想，菊治越发忐忑不安。可是，现在只有老老实实在这儿熬下去这一条路。

根据注意事项，被关押在此的一部分人，除了吃饭和接受点名之外，上午和下午分别要干三四个小时的活儿。至于干什么活儿，菊治也不清楚，不过总比关在狭小的单人房里心情会舒畅一些。

北冈律师前来探望，是菊治进了小菅拘留所的翌日下午。

“你感觉怎么样？睡得着觉吗？”

菊治缓缓地摇了摇头。昨天晚上，他把藏蓝色被子铺在地毯上面睡的觉，可是根本睡不着。

一方面是因为不能适应新的环境，但是，更主要的原因是没有了和外面沟通的天窗，使得菊治感觉憋闷难耐，受到了类似封闭恐惧症的折磨。

“可是，这里还有空调。据说有些二进宫的犯人，还坚决要求住进这样的房间呢。”

不管律师怎么说，菊治很不以为然。反正，自己的一切行动都在监视之下，每天的起居都必须按照规定的时间进行，这种日子实在忍受不了。

“法院什么时候开始审理？”

“得一个多月吧。”

对现在的菊治来说，越早开庭越好。干脆痛快地接受判决，反而能够得到解脱。

“你有什么需要的东西吗？”

菊治请律师给他带些铅笔、橡皮来，再从千驮谷的书房里给他拿一本字典。

“我打算写写日记。”

写日记也许可以多少排遣一下内心的焦虑。

在拘留所里，重要的是不做无谓的反抗，凡事安于现状。

关在狭窄的空间中，无时无刻不受到监视录像监控，这样的居住场所绝不可能让人喜欢。可是，由于对环境不满意，心生怨恨，便总是无法适应，到头来对精神卫生有害无益。

“珍惜此时此刻。”

自从把这句话写进记事本，每晚临睡之前念上几遍以后，菊治夜里终于能够睡着一会儿了。

就这样又过了几天，好像是进入了九月。

九月也叫长月，尽管秋老虎还势头不减，但黑夜开始逐渐变长，随着秋收季节的到来，也会刮来强风。菊治漫无边际地想着这些时，风盆舞忽然浮现在他的脑海之中。

说起来，风盆节是从九月一日到三日之间举行。在这期间，八尾地方的男女老少，会在三弦琴、大鼓、胡琴等乐器的伴奏下，成群结队地沿着街道边跳舞边行进，一直跳到深夜。

这是在每年的第二百一十天，祈求祛除风灾和五谷丰登的祭祀活动。女人伴随着三弦琴和胡琴哀婉的旋律翩翩起舞，据说此舞蹈由来于归拢和传递稻穗的动作，十分优美动人。

如果冬香活着的话，菊治本来是要和她一起去看风盆舞的。

冬香身穿淡红色和服浴衣，头戴斗笠，弓着腰，挥动双手，边走边舞。她那微微低垂的雪白脖颈和标准的一招一式，无不蕴藏着日本传统女性的娇媚。

冬香若是活着的话，今天晚上，菊治说不定能够欣赏到冬香跳风盆舞。

大概是因为白天满脑子都在想风盆舞，这天夜里菊治睡不着觉，陷入了莫名其妙的兴奋当中。

正当菊治后悔没有能够去看风盆舞的时候，眼前出现了冬香跳舞的幻影。

头戴压到眉间的斗笠，身穿淡红色和服浴衣的冬香，随着三弦琴和胡琴的伴奏悠然起舞。她轻轻地向前伸出双手，模仿接过稻穗的动作，然后手掌朝内一翻，遮住自己的面孔，同时轻轻抬腿向前迈步。从和服下摆的缝隙中，可以瞥见她那雪白的小腿。

菊治这样想象时，恍惚听见从密不透风的拘留室屋顶上传来了胡琴哀怨的声音。菊治竖起耳朵聆听起来。这时身穿和服浴衣的冬香悄悄从黑暗中走了出来。

“冬香……”

菊治被眼前的幻象迷住了，轻轻叫了一声。冬香弓着腰把手伸了过来。

菊治觉得冬香在召唤他，便点了点头，但是冬香的脸被遮挡在斗笠里，什么也看不见。

“原来是这样……”

菊治现在终于明白了，他之所以被冬香吸引，不仅仅由于她容貌美丽、身材妖娆。更让菊治着迷的，是长年生活在雪国的女子所特有的冰清玉洁的肌肤，以及隐忍不发的无限激情。

冬香一向很克制，压抑自己的种种欲求。就是这样一个文静的女人，竟然在某个瞬间，抛舍了一切伪饰，突然变成一个放荡的女人。正是她这种从阴到阳的转换，使菊治身体里的雄性疯狂起来。

当时，菊治拼命地扼住了冬香的喉咙。连自己都难以置信的这种蛮力，就是被冬香体内的女性魅力引导出来的。

“对吧，冬香……”

菊治一边喃喃自语，一边不自觉地将手伸到了自己的胯下。

这是怎么搞的？自从被拘留以来，菊治第一次有了欲望。

菊治一边呼唤着“冬香”，一边刺激它时，冬香也燃烧起来，使劲甩动着头发，央求着“给我吧”。

在第一天入住的单人牢房中，菊治盖着被子自慰着。一听到这个声音，他便立刻像年轻人一样一股脑儿地喷射了出来。

一边呼唤冬香的名字，一边进行自慰，使菊治在某种程度上，精神和肉体获得了一些安宁。

出事以来，菊治一直特别害怕漫漫长夜。每当黑夜降临，菊治就会感到不安和窒息，不知该怎样熬过这孤独的夜晚。

自从一边思念冬香，一边进行自慰以后，菊治反而热切盼望起夜晚快点到来了。同时也说明菊治已经习惯在这种封闭的空间里生活了。

即便被关在这狭窄的房间里，一天二十四小时都生活在监视之下，也不能限制他独自思念女人，进行自慰这种事。

整天没有什么事可做，只是一天挨一天地过日子。对这样一个男人来说，没有比自慰更让他心情安宁的事了。

晚上，只要盖上被子，装出睡觉的样子，那么，被子里就是完全属于自己的自由天地了。

只有爱情，任何国家权力都无法介入。换言之，只有自慰才是一个失去人身自由的男人唯一的反抗手段。

自己这些胡言乱语，也只有冬香才会倾听。只有冬香不会指责自己的这种行为愚蠢或龌龊。不仅如此，梦中的冬香总是笑吟吟的，有时还会悄悄伸手来帮自己。

在冬香帮着菊治做这事的同时，菊治也将手伸进冬香那可爱的地方去。

和冬香活着的时候一样，还是她最先发出了喘息。菊治仍旧没有罢手，冬香发出“快点……”“不行了……”的低吟。

随着甘美的低吟，冬香雪白的肌肤变得汗涔涔了。到了两个人都忍无可忍的时候，便紧紧地结合在了一起。

就在他们相互贪求对方的时候，菊治脑海里忽然浮现出了藏在书房抽屉最里面的录音机。

假使有录音机的话，就能够更加亲近地感受到冬香的存在了。

冬香剧烈地喘息、呻吟着，最后如痴如醉地到达了欲望的巅峰，尖叫着“杀了我吧”。

冬香发出的所有声音，全都收藏在那个录音机之中。

真想再听一次那些录音。只要拥有它们，就能随时跟冬香飞升到那狂热的世界去了。

能不能想办法把那个录音机带进来呢？能不能在这里偷偷地听那些录音呢？

菊治的体内翻卷起了一阵阵的热烈情欲。

在拘留所的生活期间，除了自慰之外，能够治疗菊治内心痛楚的，就是运动时间和入浴。

首先，入浴是一星期两次，一次限定时间十五分钟。入浴的时候，也是两三个人一组，浴室门口虽有看守站着，还是可以温暖身体，缓和心情。

被告人之间禁止讲话，互相也装作没看见对方。菊治淋着热水，清洗身体后，感觉浑身变得清爽洁净，仿佛死而复生了一般。

此外，运动是每星期三次，每次只有三十分钟时间，但仍然是菊治翘首企盼的时间。

不论是单人牢房，还是集体牢房，都不能直接接触外面的空气。只有在运动时间里，才能够仰望天空。

说是运动，其实只是在一个宽三四米、长三十米左右的空间里来回走走罢了。而且左右两边都是高墙，只能透过头顶的铁格子看天空。

不用说周边的楼房、住家，就连附近的高速公路都看不到，只能追逐着飘行的云朵和阳光的阴影，想象外面的世界。

“要是能在这秋日艳阳下，和冬香一起漫步的话……”

明明知道已经不可能了，但菊治还是时常回想起和冬香一起在朗朗晴空下漫步的情景。

再次见到北冈律师的时候，菊治已经在这种状态下生活了半个多月。

“您的身体还好吧？”律师想要从菊治的脸色和动作中判断他这段时间的情况，“看您脸色好像比上次好些了。”

这是由于晚上自慰之后，能够安睡了的关系。但这种事不好直言，菊治只说了句：“谢谢。”

在拘留所里，和一般人见面的时候，看守会站在菊治旁边。只有和律师会面的时候，没有看守。

因为被告要和辩护律师就庭审方面的事情进行许多磋商，会涉及一些机密的话题，所以要提供一些方便。

“开庭的日期已经定下来了。”

律师向前探着身子告诉菊治。

“第一次开庭定在十月十一日，检察官你以前见过一次，就是那个叫织部美雪的女检察官。”

听到织部美雪这个名字，菊治想起了曾经见过的那位女检察官。

她是一位脸庞秀气的漂亮女性，难道是她来对自己提起公诉吗？

菊治想起初次见到她的时候，曾经想过，如果是这位女检察官负责自己的案件，或许会有利一些。

“女检察官的话，会怎么样呢？”菊治问。

北冈律师微微点了点头，回答：“我也没有和那个检察官交过手，不太清楚，不过，很可能比较棘手。”

“棘手？”

“因为女性非常注重细节，眼光尖锐。”

菊治曾经认为，换成女性的话，对于爱情或女性情感方面，比起男人来更容易理解。现在看来，也许他的想法太天真了。

“我想她会想方设法寻找突破口的。当然，不会太偏离笔录内容的，您不用太担心。”

笔录的内容都是菊治已经承认了的。可是，对于有关自己具有杀人动机的那段描述，还是让他放心不下。

于是，菊治下决心说道：“其实，我还有一个微型录音机……”

“录音机，怎么回事？”

“那个，可能会让你见笑，是我和冬香在床上时的录音……”

北冈律师猛然把身子探过来：“那个录音机在哪儿？”

“在我公寓书桌的抽屉里面……”

“放在抽屉里了吗？”

律师说，菊治被捕之后，他的房间遭到了彻底的搜查，所有能作为证据的东西都被警方拿走了。

“我放在抽屉最里面了。”

“估计已经没有了。我再去找找看吧。”

早知警方搜查得这么细致，还不如当初被捕时就把它带出来，进警察署后把它交出来更稳妥呢。

“那么，录音机在检察官手里……”

“估计是……不过，也要看录音是否对起诉有利，不好说。”

菊治想象起倾听他们两人缠绵悱恻的床帏声音时的女检察官的表情来。

不知法庭审理会以什么样的方式进行呢？菊治旁听过一次庭审。检察官和辩护律师之间进行激烈交锋，是最吸引人的看点。

在法庭上，如果是有才干的辩护律师，会与检察官一争高低，能够引导法庭做出对被告人有利的判决。

然而，这位北冈律师和女检察官的对决会是怎样的情形呢？从年龄上来看，北冈律师要年长许多，看上去久经沙场了，但让菊治忧心忡忡的是那个录音机。如果录音机已经到了检察官的手里，那么会不会作为起诉方的证据在法庭上出示呢？

听了那个录音，冬香曾经恳求过菊治“杀了我吧”的事实就会一清二楚了。

这份录音的内容应该不会对自己不利的，但是，不到万不得已，菊治不希望任何人听到那个录音。

能不能想个法子拿回那个录音机呢？

菊治就这样左思右想的，等着开庭之日的到来。

事到如今，自己只能像一条俎上待宰之鲤一般，静静地等待被人宰割了。

新生出版社的中濑董事和出版部部长一起来探望菊治时，他正怀着这种心情等待开庭。

那天菊治刚刚运动完，正在擦拭身上的汗。中濑第一句就是：“你看上去精神不错嘛。”

“还好吧……”

菊治刚一点头，中濑立即双手把书举起来，给他看。

“今天，终于把书印出来了。”

尽管是隔着塑钢玻璃窗，但菊治真真切切地看见了用大号字醒目印着“虚无与激情”的样书。

“怎么样，封面也不错吧？”

正如中濑所说那样，在银灰色的封面上，“虚无”二字是明黄色，配以大红色的“激情”，再加上凸字印刷，书名显得异常醒目。而且在灰色的封面上，隐约呈现出男女拥抱接吻的剪影，书名旁边大大地印着“村尾章一郎著”。

“这本书在我们出版社内部的评价也很高呢。请看这里。”

中濑翻开封面，在环衬上，用菊治的手写字体鲜明地印着“献给挚爱的 D”。

这本书做得比菊治想象的还要出色。菊治已经出版了近十本书，但装帧得如此豪华而醒目还是破天荒头一次。

“谢谢……”菊治克制着想要立刻把书拿到手里的迫切心情，低头致谢。

“太好了。”中濑也点了点头，他旁边的出版部部长显出很歉疚的表情说：“上次您特意拿书稿来，我们却随意地说不好出版，实在是太对不住您了。”

把菊治定性为过气作家的就是这个男人吧？菊治重新打量着这个头发稀少、有些神经质的男人，可不知什么缘故，现在菊治已经对他恨不起来了。

“从那之后，我又拜读了两遍，越读越觉得深刻，让我深受教益。”

到了现在，才跑来说这些漂亮话，菊治真想臭骂他一顿。但对方毕恭毕敬的样子，让菊治失去了发火的气力。

“总而言之，我们一定要让这本书畅销，你放心吧！第一版印了十万册吧？”中濑问出版部部长。

出版部部长立刻翻开书后面的版权页，把写着印数十万册的地方指给菊治看。

“这么多啊……”菊治不由得感叹道。

近年来，由于出版界长期不景气，初版印十万，可以说是破格的待遇了。一般来说，不用说印一万本了，有的甚至连五千本都不到。所以，这印数真是令人难以置信。

“初版虽然印数不少了，但我们做好了随时增印的准备，所以请你尽管放心。”

中濑似乎确信此书一定能够畅销似的。

“报刊广告等，从明天开始同时在各大报纸上刊登……”

为了证实中濑的话，出版部部长把广告样本展开给菊治看。

广告占用了报纸的下半截版面。在版面的最上面，是横向的《虚无与激情》的书名，书名下面是“村尾章一郎”几个醒目的大字。再往下是男女热烈拥抱的小说封面，正中央以黑底白字突出表现卷首献词“献给挚爱的D”，在献词旁边，引用了腰封上的宣传文字——“不惜以生命为代价，成就对女人的爱恋，作家生涯的终结巨作。”

说实话，菊治不敢相信眼前的书是自己写的。不管看多少遍，总觉得中濑是指着他人写的书对自己说“这是你的书”似的。

“今天我先给你留下五本，如果你有什么人要送，请告诉我们。只要把对方的姓名、住址告诉我们，我们就会寄过去的。”

菊治确实想在封面下夹上“著者谨呈”字条，送给很多人。但是，一个杀人犯，还炫耀“我写了这么一本书”到处送人，是否合适？自己还是不应该那么张扬，保持低调为好吧？

菊治沉思的时候，中濑凑近窗口，说："如果让更多的人读到此书，那么大家对这个事件的看法会发生改变。人们会明白，这件事根本不像那帮不负责任的家伙所说的那样'对别人的妻子始乱终弃，甚至不惜将其杀害'，而是更为真诚的，有着更深一层的文学性的理由。"

"别人的妻子……"菊治不禁哑口无言。

虽说中濑是站在菊治的角度才告诉他这些的，可是，原来社会上流传的竟是"对别人的妻子始乱终弃，甚至不惜将其杀害"吗？

菊治做梦也没想到会有人这么说。电视台的社会综合栏目等，恐怕会津津乐道地进行报道。即便如此，说成是"始乱终弃"也实在太过分了。

不知是幸运还是不幸，由于菊治很快就被逮捕了，因此不至于在众目睽睽之下度日。正因为被拘留了，使得菊治因祸得福，不会曝露在那些爱看别人八卦的人的目光之下了。在这点上，也许被拘留倒是件幸事。

"总之，这本书成了畅销小说的话，理解你的人就会增加，你的罪行也可能因此减轻些吧？"

"不会的……"菊治摇了摇头，"我并没有这样的奢望。"

"不过，还是得到大家的理解比较好吧。"

"送书一事，先等等再说吧。"

"你不送书给人，合适吗？"

眼下菊治根本没有余力考虑这些事。菊治想在单身牢房中仔细阅读之后，再考虑这个问题。

探视的人带来的东西，不会马上交给本人的。先要由看守检查送进来的物品，确定可以交给本人之后，才能交到本人手里。

《虚无与激情》到达菊治手里时，已是中濑来访两天之后了。

菊治马上把书紧紧抱在怀里，然后又把书贴在脸颊上来回摩擦了几下，才拿在手中，仔细端详起来。

确如中濑所言，书的装帧相当漂亮。这样的书无论放在书店的哪个角落，都会引人注目。而且腰封上的"不惜以生命为代价，成就对女人的爱恋，作家生涯的终结巨作"的宣传词也颇令人深思。

其实，这段文字写得并不特别准确。菊治并不是“不惜以生命为代价，成就对女人的爱恋”，应该反过来说，“由于太爱恋这个女人，而不惜以生命为代价”才对。

出版社恐怕是考虑不到这么深的层次。他们一心只想着，怎样才能达到吸引读者的眼球、使书畅销的目的。

正因为这样，对书的内容要求就更高了。

一整天，菊治都在埋头看自己的书。虽说书是自己写的，内容全都知道，可一旦变成了书，菊治还是觉得十分新鲜。从下午开始看，到晚上熄灯之前，他已经把书全看完了。熄了灯后，菊治把书放在枕边躺了下来。

当菊治从中濑嘴里听说“对别人的妻子始乱终弃，甚至不惜将其杀害”这句诽谤的时候，深受伤害，不觉头晕目眩。但是在看书的过程中，这一刺激渐渐变淡了，反而使菊治回忆起当时创作此书时的勃勃雄心和满腔热情来。

尽管从自己口里说出有点儿可笑，但它的确是一本好小说。书中那个叫满子的女人，其原型当然是冬香。以菊治为原型的男主人公无意，疯狂地爱上了她。然而，无意的爱却无法满足满子，使他感觉一步步陷入了空虚之中。

归根到底，男女双方即使达到了爱的顶峰，也不可能在真正的意义上融合在一起。非但如此，爱得越深，男人和女人就越容易乖离。这种差异究竟从何而来？小说从精神和肉体两个方面深入探究了这个问题产生的根源，同时也具有使人震撼的现实感。

如果人们读了这本小说的话，也许就能够了解自己杀死冬香的理由了。虽然小说里没有描写到这个程度，但是菊治觉得，面对女人的激情而不知所措的男人的心理困惑得到了充分的展现。

可能的话，菊治想把此书送给天国里的冬香，对她说:“你看，托你的福，这本书出版了。”

最先读完这本小说的书稿，表示坚决支持菊治的人是冬香。当菊治在出版社碰了钉子,灰心丧气的时候,只有冬香鼓励他说:“你绝对有才华。”她还说，“如果你觉得为难的话，我拿着书稿去其他出版社推荐。”那个时候冬香的这些话，不知给了菊治多大的勇气。也在那个时候，菊治产生了只要这个女人想要，无论什么我都会竭尽全力让她如愿的想法。

这种想法竟然变成了现实，菊治失手杀死了冬香，而小说也因此见到了天日。

在这个意义上，可以说是冬香以死为代价，让这本书得到了出版。

“冬香……”

菊治对着黑暗呼唤道。他闭上双眼，一心思念冬香，不一会儿从天花板吹来一阵微风。

阴冷的风使菊治不由得睁开了眼睛。只见黑暗中晃动着一个白点，白点渐渐地变成了物体飘落下来。

四下里寂静无声，就连看守的脚步声也消失了。仿佛早就知道现在最寂静似的，穿着白色吊带睡裙的冬香，悄悄地飘然而落，就像鸟儿休息羽翅般躺在了菊治身旁。

菊治搂过她柔软无比的身子低声诉说：“我们的孩子终于诞生了！”

说着他从枕边拿起一本书来递给了冬香。

“特别漂亮吧，好看吧？”菊治给冬香看书的封面，冬香用她那雪白的手指在封面上描着。

“你看看这里。”

菊治翻开书，让冬香看环衬上的“献给挚爱的D”。

“这都是托冬香的福啊……”

菊治低头道谢，冬香露出了微笑，凝视了一会儿卷首献词，放心了似的，又化作一股白烟，消失在了黑暗之中。

小说出版之后，菊治的心情平静了许多。

无论怎么说，这本耗尽心血创作出来的小说出版成书了。尽管在这期间，自己犯下了杀人这样十恶不赦的罪，但是作为一个作家，自己终究给世人留下了有价值的作品。将来如果有人对自己的作品感兴趣的话，一定会对自己的这一贡献予以认可的。这样一想，菊治感到气定神闲，多了一分自信。

中濑再次来访，是小说出版了一个星期以后。

菊治一进会客室，中濑就举起一只手打了个招呼，然后就打开了话匣子：

“你的书反响可是不得了啊，销得好极了。刚发行了一个星期，就稳进排行榜前十名。书店也催我们多多供货，简直应付不过来了。”

虽然中濑这样说，菊治还是觉得那个世界离自己很遥远。

“那么，赠书的事想好了吗？要想送的话，还是尽早送出为好。”

菊治只把最早看了此书并给予了认可的大学讲师同人，以及周刊杂志的同僚等几个人的名字告诉了中濑。

“就这么几个人呀，够吗？你不用客气，尽管把名字告诉我吧。”

“不用了……”

菊治并不是客气。他只想把书限定在最熟识的人的范围内，不想四处散发。

“这些就足够了。”

“这么好的作品已经好久没遇到了。最多半个月，可能还得加印呢。”

“没想到啊……”

第一版就印了十万册，马上又增印，菊治简直想都没敢想过。这的确让他兴奋，但他更希望读者能够仔细阅读书的内容，而不是为了猎奇。

“归根结底，对作家来说，最重要的还是作品。不论现实生活中做了什么，最终还是要靠作品说话。”

中濑的言外之意似乎是，不管菊治犯了什么罪，只要作品优秀就足够了。

中濑这样全力为自己辩解的情意虽然令人欣慰，但菊治并不认为事情那么简单。菊治告诫自己，书卖得越好，相应地，他的社会责任也就越大。

北冈律师也发现了菊治出版小说一事。

“在书店里，你的小说堆得像小山一样高啊。”菊治听了很开心。但是随后，又听北冈介绍说，书的宣传中还写了“描绘出了生死之恋的情爱深渊”。

虽说明摆着是以此事件为背景进行炒作，但现在再抱怨也于事无补。只要自己的作品交到了出版社手里，就不可避免地会加入对方的意图。

菊治一边苦笑着把书递给北冈律师，但他好像已经读过了。

“作品里深入挖掘了男女之间的差异，很有参考价值。作为证据，为你辩护时说不定还能派上用场。”

北冈律师似乎打算把此书作为辩护的证据，令菊治感到困惑。

这本书确实描写了在爱情方面男人和女人的本质差异。只要读了这本书，或许人们就能理解冬香为什么会要求菊治“杀了我吧”了。

然而，反过来说，也可能会因此成为菊治杀人时头脑清醒的证据。有关这个问题，有必要和律师好好商量一下。

“照目前的势头看，开庭的时候，可能特别热闹。”

“特别热闹？”

“因为法庭没有多大地方，而旁听的人会非常多。”

菊治眼前立刻浮现出法院外面人们排起的长龙。每当世人关注的重大案件开庭审理时，都会出现这种情景。难道说，开庭审理自己案件的时候，也会出现很多人蜂拥而至的情形吗？

中濑和那个出版部部长、大学和周刊杂志的同事，以及各方面的熟人，还有前妻和儿子高士大概也在旁听者之中吧？

想到这里，菊治不由得连连摇头。

“不行，我可不愿意……”

虽然没有说出声，菊治却在心里拼命叫喊着。

菊治实在不愿意让儿子看到自己在众人面前受审的情形。

“很快就要开庭了，请注意身体，不要感冒。”

别说感冒了，可能的话，菊治真想就此消失。

# 秋风

开庭那天，菊治早早就醒来了。

法院审理是从上午十点开始，算上从拘留所到法院去的路程，时间也是绰绰有余。可是一想到明天自己被带上法庭后，不知会是些什么人来旁听，菊治就没有一点儿睡意了。

事到如今，再怎么心神不定也于事无补，只能顺其自然了。菊治这样提醒自己，可还是静不下心来。

到了洗漱时间，菊治去了盥洗室，那儿也有看守。

“早上好。”

菊治对看守鞠了个躬，开始洗脸刮胡子。

虽然不想见到任何人，但菊治还是想以整洁的形象出现在法庭上。他换上了一件浅灰色的新外衣，吃完早饭，八点半从拘留所出发了。

菊治在拘留所里，已经过了一个半月。外面天高云淡，路两旁的树叶有的已开始发红，秋意渐渐浓郁起来了。

从事发到现在，已经过去两个月了。这两个月的生活对菊治来说，既像是很久很久以前的事情，又像是不久前的事。

菊治目不转睛地贪婪地眺望着外边的景色，渐渐地又被带回了现实的世界。

押送车很快就到达了法庭所在的综合官厅。菊治被带到了临时监押处，被告知在这里等着开庭。

不知旁听席上都是些什么人？来了多少人呢？菊治再次捉摸起来，但马上又打消了这一担心。

自己犯了杀人罪，肯定会受到法律的制裁。但是通过这个审判，说不定能够纠正人们对整个事件的世俗偏见。自己的确是被告人，但庭审在某种意义上，也是一个让人们了解自己的机会。

辩护律师也鼓励菊治说："你不用自卑，只要如实地把你的想法讲出来就可以了。"

菊治决定照律师所说的那样，坦然面对庭审。

菊治这样给自己打气的时候，来了两个法警，告诉他出庭的时间到了。

戴着手铐、腰绳的菊治站起身来，但他们没有去掉那些东西的意思，轻轻推了他的后背一下，让他往前走。

进入法庭的顺序好像先是旁听者入席，然后是检察官和辩护律师面对面坐在法官两侧，最后被告人从小门里进来。

被法警从背后一推，菊治向前走去。就在门被打开的瞬间，菊治看见前面旁听席里坐着的很多人正望着这边，不由得停住了脚步。

菊治不想以这么悲惨的姿势走进去。他不由自主地往后退了两步，但腰部又被推了一下，似乎是命令他"往前走"，菊治戴着手铐向前迈出了脚步。

现在菊治唯一能做的只有深深地低下头去。他被两个法警一左一右夹在中间，除了低垂着头，没有其他保护自己的办法。

即便如此，菊治仍然感受到了众人的目光像箭一般朝自己射来，正所谓如芒在背。

菊治缓慢地一步步从检察官的座位前面走过，向右一拐，再走几步，就到了正对法官的被告席上。法警让菊治在被告席上坐下。菊治感受到背后旁听席上射来的视线，不禁瑟缩起来。

此时，法官进入了法庭，法庭工作人员喊了一声“起立！”全体人员站了起来。

站在中间的是身穿黑色法衣、稍稍年长一些的审判长，审判长右边是一个戴眼镜的年轻法官，左边是一位女法官。“敬礼！”全体人员向法官们行礼。

“现在开庭。”

宣布开庭后，法警才摘下了菊治的手铐，并将拿在手里的腰绳固定在菊治身后。

看到一切就绪后，审判长看着菊治说：“请被告人站在证人席前面。”

这意味着从现在起菊治就是被告人了。他一瞬间有些不知所措，按照审判长的要求走到了证人席前。审判长问道：“你叫什么名字？”

“村尾菊治。”

“你的出生年月日是什么时候？”

这个问题已被问过多次，菊治回答得非常流利。

“你从事什么职业？”

菊治犹豫了一下，回答：“作家。”

审判长立刻又问：“还从事其他工作吗？”

菊治换了口气，告诉审判长，还在大学任客座讲师和周刊杂志的撰稿人。

“明白了。”审判长点头道。

对菊治来说这一切都是第一次经历，所以审判长问什么他就答什么。刚才的提问都很简单，不知旁听席上的人们是以怎样的表情在听？

菊治当然没有回头看的勇气，只能用后背去想象。这时审判长说道：“下面由检察官宣读起诉书，请你认真听一下。检察官，请宣读起诉书。”

“好的。”从检察官席位上立刻传来一声应答，女检察官站了起来。

菊治马上想起来，这位女性名叫织部美雪。织部检察官穿着一身黑色服装，胸前隐约露出白衬衫，一头利落的短发。和上次见面时比起来，眉宇间显得更严肃了。

“公诉事实。被告人于平成十七年八月一日，把和他交往的女性入江冬香，时年三十七岁，叫到涩谷区千驮谷的被告人的公寓，在其房间里与其发生数次性关系。翌日凌晨两点多，两人再次发生关系时，被告人从上方扼住该女性的颈部，将她杀害。”

所谓起诉书，原来就是这么写的吗？！事情的经过的确如起诉书所述，可是口气也实在太冷漠了。

但检察官丝毫不会考虑这些，断然作出结论。

“适用罪名及法条，杀人罪，《刑法》第一百九十九条。”

检察官这句话的意思好像是说，将根据《刑法》第一百九十九条的杀人罪起诉菊治。

说实话，直到现在菊治都没有在法院受审的真实感觉。检察官对法官行礼之后，审判长宣布：“现在开始对此案件进行审理。”

审判长对着菊治说：“首先，我要提醒被告人注意，在案件审理过程中，会向被告人进行提问。被告人有权保持沉默，不想回答的问题，可以不回答。其次，被告人在法庭上的所有陈述，无论有利与否，都将作为呈堂证供，所以提请被告人注意。”

沉默权首次在这种场合被告之，菊治对法官产生了某种亲近感，点了点头。审判长继续问道：“那么我现在开始提问，在刚才检察官宣读的公诉事实当中，有没有与事实不符的地方？”

菊治觉得太阳穴周围一阵阵跳着疼，喉咙发干。他知道这是因审判长问及事件的情况，自己异常紧张之故。

菊治调整了一下呼吸，微微点了下头，回答：“对于造成这次事件，我感到非常抱歉……特别是对被害人家属深表歉意。”

这段话是菊治事先和辩护律师商定的。审判长问及此事时，首先要表示道歉。实际上，不管冬香的家人和亲属怎么想，菊治都希望能够向他们表达自己的歉意。

看到审判长轻轻地点了点头，菊治鼓起勇气辩解说：“只是，这话我自己说可能会让人见怪，我掐住她的脖子时，并不是有意识地想要这么做的，而是在她的要求下，不知不觉兴奋起来……是在精神恍惚的情况下，做出来的……”

“你的意思是说，你的行为是没有预谋的，是在头脑不冷静的情况下实施的吧？”

“是的……”

菊治想要表明的只有这一点。然后审判长问北冈律师：“对于公诉事实，辩护人有什么意见？”

北冈律师一只手拿着卷宗站了起来。

“正如刚才被告所说的那样，在杀人的一瞬间，被告处于一种异常兴奋的状态，以至不知道自己在做什么，一心只想满足被害者的要求，因而手上加了力。由此可以看出，这次的事件和事前经过周密计划、充分准备而实施的犯罪性质截然不同。”

不愧是辩护律师，能够切中要点，深入浅出地进行辩护。

“此外，对于被告人，我认为还有几个情况需要酌情对待，下面我会作出具体说明。希望法庭在考虑到这些情况的基础上，进行判决。”

“明白了。”

审判长点了点头，再次对菊治说：“请被告回到自己的座位上。”

菊治鞠了一躬，刚要向后转身，突然意识到这样会面对旁听席，所以他倒退着回到了被告席上。

等菊治回原位后，审判长宣布：“下面进行法庭取证。首先，由检察官根据掌握的证据对犯罪事实进行举证，被告人要认真倾听。下面由检察官进行陈述。”

所谓的起诉马上就要开始了。为了让自己镇静下来，菊治调整了一下呼吸，然后朝检察官望去。

织部检察官也是一只手拿着案件卷宗，打开卷宗开始朗读：“首先介绍被告人的情况和个人经历。被告人出生于东京，在当地的初中、高中毕业后，考入了国立帝都大学文学系……”

菊治虽然知道在朗读自己的经历，却觉得和自己毫不相干似的。不过，当菊治听到“没有犯罪前科”时，不由得抬起头来。

“关于犯罪的经过。被告人于去年十月十日去京都采访的时候，通过朋友鱼住祥子的介绍，在京都车站饭店的咖啡吧里，初次见到了被害人。此后，两个人开始互相写信、发送短信。十一月二日，两个人第一次单独会面。”

和冬香邂逅，逐渐变得亲密起来，这个过程现在也被检察官当作犯罪的经过了。

“今年三月二十日，被害人一家搬到了神奈川县川崎市。此后，两个人的约会变得更加频繁。一月二日和五月二十日，被告人把被害人约出来，一起度过一夜。”

事实的确如其所述，只不过这种菊治单方面勾引对方的措辞，让菊治有点儿不舒服。

“八月一日，即事件当天，被告人再次将被害人约出来，晚上七点多钟一起去看神宫外苑的焰火大会。”

在菊治的脑海里，慢慢浮现出了被发射到夜空中的一簇簇焰火。那个时候，菊治身穿白底深蓝条纹的和服浴衣，冬香身穿天蓝色打底、撒满碎花的和服浴衣，头发高高地盘在头上。

两个人手拉着手来到菊治公寓的楼顶上，站在不断升空的美丽焰火下悄悄地接吻。

有关他们两人这些情难自禁的描述，在检察官的陈述中都被完全抹杀了。

检察官在叙述完两个人逐渐亲密起来的过程之后，便进入了事件发生当天的描述。

“被告人于凌晨两点再次产生性欲，将正在睡觉的被害人唤醒，与其发生性关系。”

即便是一般人羞于谈论的场面，检察官仍然是面无表情地淡淡地进行叙述。

“当被告人以正常体位性交时，听到被害人数次发出其口头禅‘杀了我吧’之后，从上面用两手压迫被害人的喉咙，将其杀害。”

虽说起诉书的这段描述和实际情况大同小异，但是，把“杀了我吧”这个诉求简单地说成是被害者的口头禅，而自己应其要求杀死了对方，令菊治难以接受。

接下来检察官叙述了菊治犯罪后的情况："被告明明意识到被害人已情况异常，却由于害怕两个人的不正当关系暴露，遭到舆论的谴责，而没有立即拨打 119，将被害人一直放置在卧室里。到了第二天早晨九点多钟，被告人看到被害人身体上出现了尸斑和死后僵硬现象，害怕起来，上午十点，终于打电话报警，并被逮捕。"

菊治听着听着，陷入了新的不安。

刚才的起诉书和举证陈述等，庭审之后，肯定又会被喜欢猎奇的媒体大肆渲染的。

此事已经过去两个月了，人们兴趣刚刚淡却下来，如果又被媒体沸沸扬扬地炒作一通，实在是可恨至极。尤其是正值菊治的小说畅销之际，也许更容易成为人们茶余饭后的绝好谈资。

菊治越想越感到胸口发闷，坐立不安起来。

这简直就是将自己和冬香之间的纯洁爱情，置于好事者们的觊觎之下啊！就算对方是检察官，难道就能暴露别人的隐私吗？

"住口！"菊治心中涌起一股大喝一声的冲动，但眼下也只能把头埋得更低。

从后面的旁听席看来，说不定会误以为菊治正在一心忏悔自己的过错，其实他现在想的完全是另一码事。

菊治恨不得立刻从这个地方逃出去。

但是，检察官根本无视菊治的心情，继续阐述："为了证明以上事实，我请求允许将卡片上记载的有关证据提交法庭。"

检察官低头施了一礼，庭审人员接过记录证据的卡片，呈交给了审判长和辩护律师。

接下来检察官就呈交的证据内容进行说明。

"这是法医解剖报告。根据这份报告，可以充分证明，被告人对被害人的颈部施加了很大的压力。"

尸检报告的内容，是菊治在审讯室听警官读过的，让他不忍听下去，用双手捂住耳朵的内容。

“颈部有手指用力压迫的痕迹，以及指甲造成的皮肤损伤。而且在舌骨、咽喉软骨及甲状腺软骨上都有出血痕迹。其下方的甲状腺软骨部分骨折，呈凹陷状态。”

检察官也许事先练习过，极为流畅地朗读着，旁听席则因其血腥的内容而鸦雀无声。

“局部没有绳索等带状物勒住颈部产生的勒痕，但有手指压迫的痕迹以及出血斑点等，由此可以判断为因第三者压迫颈部所致。”

其中提到的第三者，显然指的是菊治。

“死因推定是由颈部绞杀所致。由于颈动脉窦的外侧受到了强力压迫，刺激了迷走神经，引起血压下降及脉搏跳动迟缓，由此形成反射性心脏停跳，导致死亡……”

菊治当时什么都没想，只是听从冬香的祈求而掐住了她的脖子，可是这个过程在司法解剖上竟然这样解释吗?

“综上所述，我请求将这份解剖报告作为证据提交法院，同时，认定被告人的所为显然是对被害人……”

听到这里，检察官下面想要说什么，菊治已经很清楚了。

“具有杀人动机，这已是无可置疑的事实。毫无疑问，被告是在杀死对方的意识支配下，双手扼住其颈部的。”

此时，从旁听席上立刻传出了一阵轻轻的叹息声，仿佛与之呼应似的，检察官停顿了片刻继续说：“下面是赶到本案发生现场的警官的报告书。一眼可以看出，发生了涉及生死攸关的异常情况，可是被告却没有拨打 119，而是将被害人长时间搁置，从而贻误了抢救时间。如果及时进行抢救的话，被害人或许还有救。然而直到第二天上午十点，被害人被放置了长达八小时，这只能说是被告对被害人生命的轻视。”

女检察官大义凛然的声音，犹如闪闪发光的利剑对着菊治刺了过来。

菊治一直低垂着头。从司法解剖结果、冬香死亡过程，以及菊治当时没有拨打 119 等事实来看的话，情况也许正如检察官所言。

但是菊治想要大声喊冤：“不是这样的。无论从逻辑上怎么推论，这个结论都是大错特错的。”

“下面是被害人丈夫的供词笔录。被害人是三十七岁的已婚女性，同时也是三个未成年孩子的母亲。杀死这样一个在家庭和社会中占有重要位置的人，将会导致怎样的悲剧，以被告人的学识和教养是不难想象和理解的。”

检察官的声音逐渐变得亢奋起来。

“尽管如此，被告却徒手扼杀了被害人，这种行为，无论从社会角度，还是从道德角度，都是绝对不能容许的！”

检察官慷慨激昂的陈述，使旁听席上的人都屏息静气。菊治也是同样。

初次见到检察官的时候，菊治还曾暗暗期待过，女检察官或许多少能够亲切或温情一些，现在看来他想错了。非但如此，正因为检察官是女性的缘故，反而更为严苛了。

面对这样一个咄咄逼人的检察官，北冈律师能否与她争锋？菊治忐忑不安起来。检察官继续慷慨陈词："考虑到被害人家属的愤怒和悲伤，应该对被告人从重处罚。"

说着检察官用她那尖锐而美丽的目光扫视了菊治一眼。

“根据《刑法》第一百九十九条，被告人的行为，应该判定为杀人罪。”

听到“杀人罪”这个词，菊治不由得浑身一抖。

冬香死了，所以指控菊治犯了杀人罪理所应当，可是听到检察官还搬出了所依据的《刑法》，使得菊治极为紧张。

检察官的陈述到此结束。从起诉书刚才披露的内容来看，控方以什么证据为依据，以怎样的视点来追究这个事件，菊治也明白了个大概。

审判长又瞧着辩护律师问："你打算如何为被告辩护？"

北冈律师站起来，回答："我也准备了辩护陈述。"

下面，辩护律师的反击即将开始。

北冈律师大概有轻度的老花眼，他换了一副眼镜看着卷宗说道："我认为，我的委托人，此案的被告人村尾菊治的杀人事件，属于极其偶然的突发事件。"

和女检察官相比，北冈律师的语调显得很平和。

“第一个依据是，被告非常爱被害人这一事实。这一点从双方认识以后，曾多次约会，以及想方设法安排约会时间、不惜开销等方面，都可以充分证明。”

对菊治来说，只是一心想和冬香见面而已，如今这些都被说成了真心相爱的体现，让菊治觉得很是惭愧。不过在庭审的时候，这样说也许是争取酌情量刑的一种必要手段。

“其二是，被告之所以会做出这种事情，完全是遵从被害人的要求。被害人和被告人发生关系时，随着性快感的增强，在到达性高潮时受到死的诱惑，才导致被害人发出了‘杀了我吧’的要求。为了满足被害人，被告扼住其喉咙，但被害人要求被告更加用力，若是被告犹豫着不用力的话，曾被被害人骂过‘胆小鬼’！”

记得那是在箱根给冬香过生日那夜。由于两个人第一次出远门，并且在外住宿的关系，冬香比以往都兴奋，更加强烈地要求菊治掐她的脖子。

当时，菊治很犹豫，于是被冬香责备过“胆小鬼”。所以，他就以为多使劲也没关系。

“从那以后，被害人的这一要求便愈加升级。被告人为了适应其要求，也逐渐加大了手上的力量。不过，被告绝无杀害被害人的意图。事件发生的那天夜里，也是在被害人同样的要求下，被告扼住了被害人的颈部。但当时，被告根本没有料到会掐死被害人。”

不愧是辩护律师，菊治希望他表达的，几乎都准确无误地表达出来了。

“事件的真相是，那天夜里，在被害人的强烈要求下，被告为了满足被害人而扼住了被害人的喉咙，自己也逐渐陷入了疯狂的状态，不由自主地用上了浑身的力量，结果杀死了被害人。”

在菊治眼中，辩护律师简直就是拯救他的白马王子。

北冈律师继续说：“其三，被告人并没有非杀死被害人不可的动机。被告深深爱着被害人，一直以来，为了该女子，不论付出多大牺牲，都希望能够见到她。”

菊治当时的心境正是如此。不管检察官怎么指责，媒体怎么编排，菊治最最珍视的就是自己与冬香之间的真情挚爱，并希望这爱情永不褪色。

“事实上，当时被告即使杀死了被害人，对他本人来说也没有任何好处。

恰恰相反，两个人的恋爱进展得顺风顺水，被告何必要杀死被害人呢？根本找不到这样做的任何理由。”

这时，北冈律师一只手举起《虚无与激情》一书，给大家看。

“请允许我采用这本书作为本案的证据之一。这本书是被告在事件发生的一个月前写成的，最近终于出版了。这部作品是以被告和被害人之间的爱情体验为模本诞生的。其证据就是卷首献词‘献给挚爱的 D’这句话。这个 D 正是被害人名字的第一个字母。”

虽然菊治低头坐着，心中却禁不住在呐喊：“没错！”

“两个人曾经立下誓约，等书出版之后，一起为之庆祝。在这种时候，被告为什么一定要杀死被害人呢？”

旁听席上仍然一片鸦雀无声。不过，在检察官进行陈述时，显得有些紧张的空气，随着辩护律师的陈词，逐渐有所缓和了。

“事件发生的时候，双方正是相亲相爱的情侣。这种爱不单纯是精神上的，两人在肉体上也十分和谐，即所谓成熟的男女关系。换一句话说，被告全部身心都沉醉于被害人，被害人也深爱着被告，并深深沉溺于肉体的快感之中。两个人可谓是水乳交融、无比合拍，或者说是彼此的身体都在强烈需求着对方。”

辩护律师不愧是上了岁数、有一定阅历的人，他所说的每一句话都非常在理。

“被告根本没有杀害被害人的动机，只是在对方的强烈要求下，因过于兴奋而掐住了对方的脖子。由上述事实可知，其罪名应当属于非预谋性的委托杀人。”

到此为止辩护律师所进行的陈述，是在认可了菊治意见的基础上，又加进了他本人的见解。然而，辩护律师似乎觉得仅此还缺乏客观性，便进一步强调：

“被告原本不具有杀人犯那种残暴性或冲动性格。从他至今为止的个人经历和人际关系来看，应该说他是非常理智的人，而且性格温厚，没有犯罪前科。为了证明这一点，我申请法院传唤两位知情人当庭做证。”审判长就辩护律师的请求征求检察官的意见。“当然可以。”检察官回答，又说，“检察院方面也请求法院允许传唤被害人的丈夫与被害人的友人出庭做证。”对此，北冈律师同样答道：“当然可以。”

看这架势，下一次庭审将会成为双方证人之间的碰撞了。

“今天的庭审到此结束。下次开庭时间定于十一月十日上午十点，你们觉得怎么样？”

检察官和律师均表示同意后，审判长站了起来。

全体人员向法官行礼之后，退了庭。

菊治连喘口气的工夫都没有，就被站在两边的法警重新铐上手铐，从被告席上站了起来。

只要他一回头，就能看到旁听席上的人。但菊治仍然低着头，背对着旁听席，从检察官席前通过，穿过小门，走出了法庭。

到了这里,再也不会被任何人看见了。菊治放下心来,大大地吐了一口气。

总之，第一次庭审平安无事地结束了。结果会怎样，菊治根本无从知晓，也不知道自己给旁听席上的人留下了什么印象。

而且检察官提出在下一次开庭时，将传唤冬香的丈夫作为控方证人出庭做证，这件事也令菊治不能释然。

“他是个什么样的人呢？”

虽然菊治曾经想象过多次，却没有清楚的影像。但可以肯定的是，冬香的丈夫一定非常怨恨、憎恶自己。

这样一个男人，在法庭上将会说出什么话来呢？一想到这儿，菊治就觉得不安，甚至有点儿害怕，但又想要见一见这个男人。

法庭第一次审理结束之后，到第二次开庭之间要相隔近一个月的时间。

为什么要间隔这么长的时间呢？作为被审的一方，菊治希望尽快地结束审判，然而事情并不以他的意志为转移。

菊治每天都心绪不宁，寝食难安。

还不如随便下个判决痛快呢，这样悬着真是难受。

菊治突然想起了“明镜止水”这个词。明亮的镜子和静止不动的水面，是表现没有一丝邪念、清澄宁静的心境的词语。说实话，菊治根本不可能达到那种境界。

难道说自己还是缺少修养？不对，要求一个处于这样上不着天、下不着地的状况的人保持心平气和的心境，原本就是个错误。归根结底，菊治现在完全是表里不一的，而在每天的生活中也是如此。

看上去菊治整日无所事事，只是在等着下次开庭，其实，他必须考虑各种对策，接下来该如何和检察院方面抗衡。

当然，这些对策都是和北冈律师商量之后决定的。但是经过第一次法庭审理，双方对立的焦点已经非常明朗了。

首先，控方根据尸检报告等内容，主张被告人在杀害被害人时杀人动机明显，而且从死者家属等方面的情况来看，几乎没有酌情量刑的余地。其主攻方向一目了然。

相反，菊治的律师对杀人的事实承认不讳，但强调这是在冬香的强烈要求下所为，即所谓“委托杀人”。

在这一点上，北冈律师和菊治之间的意见不尽相同。菊治一直主张是自己在兴奋之余，不由自主地掐死了对方。而辩护律师认为，这样主张过于含糊，难以得到法庭认可。明确主张委托杀人，对判决会比较有利。最后菊治还是服从了律师的意见。

尽管菊治到现在仍然不能完全接受，但在第一次法庭审理时，北冈律师既然已经那样主张，也只好继续这样下去。问题是为了进一步证明这个主张，该怎么办才好呢？辩护律师提出，把现在仍被没收的录音机提交给法庭如何？

“只要让法庭听了那个录音，情况肯定会对我们有利。”

既然律师提出了这个要求，菊治也认真考虑起来。

录音机里的确录下了做爱过程中的各种各样的声音。只要听了这些录音，就会立刻证明冬香曾经叫喊“杀了我吧”。

菊治心里早已做出决定，不让任何人听到这录音。可是现在，尽管是辩护律师这样建议，自己怎么竟然动摇了呢？菊治对自己的脆弱非常失望，但还是试探地问律师：“如果将那个录音提交法庭的话，不是所有人都会听到了吗？”

“如果你实在不希望让其他人听到的话，还有非公开的方法。”

“怎么回事？”

“禁止一般人旁听，把录音以文字形式整理出来提交法庭。”

北冈律师的意思是说，录音只让审判长、检察官、辩护律师及被告人听吗？

那样的话，自己是否受得了呢？菊治还是不能忍受。

“能否作为证据被法庭采用还不知道，先申请一下试试看吧。”

对律师的提议，菊治不置可否地点点头。

律师继续问：“你能不能找个人，证明你是一个正派的、循规蹈矩的人呢？”

自己是个循规蹈矩的人吗？听律师突然这样一问，菊治觉得没有自信。再说，这种事有必要证明吗？

“无论是同事，还是家里人，都可以。”

菊治想起了中濑、大学讲师同人，还有儿子高士等，他们肯定会理解自己不是那种杀人的男人，只是菊治实在不愿意让儿子高士出庭做证。

这样一来，只能拜托中濑或讲师同人了。菊治正在考虑的时候，律师向前探过身来：“总而言之，下次庭审非常关键，我们这边要将所有的有利证据全部提交出来。”

北冈律师的话已经说到这种程度，当事人如果还踌躇不决的话，就完全没有胜算了。菊治心里很明白，却打不起精神来。

“不过……”

辩护律师恐怕会觉得自己优柔寡断吧，但是菊治一直觉得，在法庭上，就自己杀人的正当性进行辩解本身，就让他心情沉重，不能苟同。

虽有大量的空闲时间，菊治却一直心神不安，忧心忡忡。就在菊治这样度日如年的时候，中濑又来探视他了。

中濑来这个拘留所已经是第三回了，数他来探视的最多。这回也像上次那样，一看到菊治的身影，他就隔着玻璃窗举起手来打招呼。

“身体好吗？嗯，看样子还不错嘛。”中濑自己叨咕着，然后又点着头，道，“好消息！刚刚决定增印你的书，五万册，五万册哪。”

中濑伸出五个手指。

“速度惊人吧？”

发行了还不到一个月，就达到了十万再加五万的印数，这样的增印速度的确异乎寻常。

“新书一印出来，我马上给你送来。”

说是新书，内容完全相同。唯一不同的，就是最后的版权页上把“第一次印刷”改成了“第二次印刷”而已。

不过这么快就决定增印，对菊治来说还是第一次。

“谢谢。”

菊治不由得低下头致谢。

“支付版税的银行账户，还是以前那个吧？”

中濑的问话让菊治颇为不解，版税一直是汇到自己的东西银行的账户上的呀。

“怎么了？”

“没什么，没有变化就好。”

中濑微微一笑，似乎只是想确认一下。

菊治还是觉得有些不可思议。

突然有一大笔版税入账，可自己却被关在监狱里。虽说自己的作品终于如愿以偿地出版了，自己却不能用这笔钱买想要的东西、吃美味的佳肴。这种不协调的情景，在中濑眼中也许显得奇妙而怪异吧。

“增印通知单我会给你寄来，请留意一下。”

菊治边点头，边重新思考起了自己的现状。

多年以来的梦想虽然得以实现，可是，自己却被迫背负了杀人犯的罪名。说到底，自己应该说是幸运还是不幸呢？

然而面对命运的嘲弄，菊治也只能为之惊讶和困惑。

“对了，”中濑换了一个话题，“前几天的庭审我来旁听了，相当好啊。”中濑想说什么呢，菊治洗耳恭听。

“你不是第一句话就先向死者家属谢罪了吗？这样做使你的形象好转了许

多。大家会明白，你不是那种不负责任的男人。”

听到中濑这样说，菊治觉得很难为情，也很高兴中濑能够这么坦率。

“旁听席上，死者的家属来了吗？”

菊治最在意的就是这件事。

“我不太清楚。不过有一个老年女性,满眼泪水,说不定是被害人的母亲。”

至今为止，菊治光想着冬香的丈夫和孩子等人，竟忘记了冬香的母亲，不禁低下头来。

“其他人呢？”

“嗯，没看到孩子。我也很想知道被害者的丈夫是谁，可是找了半天，也没看出来。”

这么说，冬香的丈夫大概没来法庭吧。

“总之，旁听证很难搞到。我也是费了好大劲才弄到手的，估计媒体也不太容易搞到。”

“他们还是来了吧？”

“你是畅销小说作家呀，他们要来采访也拦不住。”

可是菊治却高兴不起来。

“那么，又要被他们大肆八卦一番了吧？”

“我觉得那样反而更好。报纸上也登出了‘村尾氏申辩委托杀人’，这样大家就明白是怎么回事了。”

对“委托”这个词，菊治依然难以接受，不过，或许还是这个说法容易被一般人理解吧。

“律师说，如果是按委托杀人来判的话，就不会太重的。”

“律师？”

“是我们出版社的律师，他说这种情况一般两三年就能出狱……”

“两三年啊。”菊治在脑子里重复了一遍。

刑期的事情，菊治至今还没和北冈律师谈过，所以他也搞不清楚两三年的刑期到底是重还是轻。

说实话，眼下菊治根本没有余力考虑这个。

中濑前来探视的三天后，菊治收到了一封信。

他看了一下寄信人，写着“菊地麻子”，而住址却是新宿区荒木町二丁目“mako[1]”。菊治立刻明白是那个酒吧的妈妈桑。

那是一个胡同里，只有一张吧台的小酒吧。也因为比较实惠，菊治一个人常会光顾那里。

酒吧的妈妈桑以前好像做过话剧演员，虽说年龄早就过了五十，但性格爽快，跟她唠叨什么，她都不嫌烦，所以菊治很愿意跟她聊天。出事之前，因自己的作品在出版社到处碰钉子，菊治非常郁闷，也曾向妈妈桑倾诉过自己的烦恼。

这位妈妈桑怎么会这个时候给自己写信呢？菊治觉得莫名其妙。打开信封后，只见信笺上用秀丽的字体写道：“您一切都好吧？您处在目前这种状况下，像我这样的人冒昧地给您写信，不知是否合适。只是有一句话不吐不快，所以就给您写了这封信。”

看了恭谨客气的开头，菊治松了一口气。

“此次事件，对您来说实在是打击太大了，我由衷地表示同情。”

然后，她简单介绍了事件发生后媒体的种种炒作，以及她知道已经进行了第一次庭审之事。

“像我这种人也许没有资格发表什么意见，但是不管媒体和周围的人说什么，我都坚信村尾先生是无罪的。”

这样断然肯定菊治无罪的，妈妈桑是第一个人。菊治贪婪地继续读下去：

“这种事情，实在让人羞于启齿，或许我不该说出来。但实际上女性达到性爱高潮的时候，确实会产生想死的念头。实际上，我自己就是这样。”

菊治脑海里渐渐浮现出在酒吧里和自己隔着吧台，面对面聊天时妈妈桑的表情。

那个时候，菊治随口问道：“妈妈桑，达到过高潮吗？”妈妈桑立即回答：“当然了。”

1 “麻子”的日文罗马音。

菊治也觉得面前这位妈妈桑的确很有这个可能达到过,就叮问了一句:“有这一说吧?”妈妈桑满足地微微一笑。

尽管是在这种小酒吧里的一段很随意的对话，却意外地找到了一个知音，使菊治觉得非常舒心。

妈妈桑的信里继续写道：

“我这么说可能会令您不快，不过媒体现在这么炒作，太过于猎奇，太卑劣。”

妈妈桑具体指的又是什么呢？对于与世隔绝的菊治来说，这是他最想知道的。

“有一位女评论家说：‘在做爱过程中，叫喊杀了我吧等，除了蔑视女性以外，还有什么呢。’我觉得她的意见，才是对女性的蔑视。”

原来舆论已经扩展到这个程度了，菊治再次感到吃惊，被一种厌恶的心情抓住了。

“在这个世界上，不了解真正的性的欢愉的人实在太多了。女性如果能够得到自己真心喜爱的男人，以其深厚的爱情和出色的技巧引导的话，就会达到无比疯狂的性爱巅峰。”

读到这里，菊治不禁用力点头。

“说穿了，刚才提到的那位女评论家，以及大多数女性，尤其是那些认定冬香女士是不知羞耻的淫荡女人的家庭主妇，都是不了解真正意义上的性的快乐的人。”

菊治这才知道，一部分家庭主妇是这样议论自己的。

“而把这次事件当作茶余饭后的谈资、大做文章的道貌岸然的男士们，也都不曾在真正意义上，引导自己所爱的女人达到过性的顶峰。”

得知此次事件变成了人们的绝好话题，菊治的心情又暗淡下来。

“但是，我相信您的话。村尾先生所说的女人的那种感受的确是存在的。我非常嫉妒冬香女士。”

在此空了一行。

“我这样说，恐怕对冬香女士的亲属有些失礼，可是我认为冬香女士是这个世界上最幸福的女人。因为她能够有幸在享受登峰造极的性快感的同时死去。这样幸福的女人，还能找到第二个吗？”

来信是这样结尾的：

“把自己心爱的女人，领进了这样美妙幸福的天堂，却被当作杀人犯受到惩罚，没有比这更不讲理、更不公平的事了。我写了这么多，是为了让您知道，也有像我这样非常理解您的女性。所以明知很失礼，还是下决心给您写了这封信。”

菊治不知不觉已然泪流满面。读完信之后，菊治的视野模糊一片。他用手指擦了擦眼睛，才发现自己的脸颊已被泪水濡湿。

说实话，菊治感到了发自心底的喜悦。从出事到被关进拘留所以来，菊治第一次遇到了能够真正理解自己的人。

迄今为止，虽说无论是北冈律师还是中濑，都是出于友情而站在自己这边的，但菊治总感觉他们对自己缺少足够的理解。

而这位妈妈桑却不一样，她是真正理解了冬香的感情和整个事件的背景。这样一位难能可贵的知音，竟是四谷一家小酒吧的妈妈桑，实在是不可思议，荒唐可笑。让菊治欣慰的是，这位知音并不是那些通过律师资格考试的精通法律的检察官或律师，也不是那些经过激烈竞争而被选入出版社的编辑，而是一个生活在市井的不为人知的平凡女子。

“谢谢……”

菊治情不自禁地对来信低头致谢。

这些日子以来，菊治已经不指望会有人理解自己那一瞬间的心情了。就在这种时刻，却出现了一个真正的理解者！

在来信中，最令菊治高兴的是，妈妈桑断然表示冬香是世界上最幸福的女人。在社会上大多数人认为冬香是个可悲可叹，甚至是淫荡而愚蠢的女人的时候，只有妈妈桑坚决予以否定。

而且妈妈桑的这些看法并不是靠头脑或逻辑得出来的，而是以作为一个女人多年来的生活体验、真实感受为基础，不容置疑地说出来的。

“好吧……”

菊治的心中第一次激发出了据理一搏的欲望。

妈妈桑说她经历过结婚、离婚，以及多次婚外恋。正是这样一位尝尽世上酸甜苦辣的女人，对菊治说“我理解你当时的心情”。

让这位妈妈桑出庭做证怎么样？不需要她做多么复杂的事。只要她说一句“当女人到达了让她欲死欲仙的性高潮时，会渴求就这样死去的，会不由自主地喊叫‘杀了我吧’”就行。

还有就是“女人的性快感就是如此激烈而深邃”。

在法庭上，妈妈桑只要把这些话说出来，不光是自己，就连冬香也一定能够得到超度。

可是，妈妈桑会同意来为我做证吗？

那一天，刮起了大风。

当然菊治并没有亲身感受到，只是在下午的运动时间里，当他仰望头顶上被铁格子分割成小块儿的天空景色时，产生了这种感觉罢了。

前一天晚上，菊治获得许可听收音机的时候，里面说台风正在接近东海地区。这个预报，加上仰望天空时那不同往日的感觉，菊治判断出狂风正在经过。

拘留所是一座坚固无比的建筑物，根本无法感知外面的情况。但是从走廊上的寒意，以及运动场地上方能够看到的天空，就可以观察到季节的变化。

台风的确正在通过，但没有下雨。从只有暴风刮过的情况来看，东京应该偏离了台风中心吧。

这时，“野分[1]”这个词浮现在菊治的脑海里。

现在秋天的强风就叫作台风，古时候则把能够吹倒秋天草木的风统称为“野分”。虽然很笼统，却颇具雅趣。

感受着刮过天空的冷风，菊治想起了几首咏诵“野分”的俳句。

“野分所向皆披靡，自然伟力岂能违。——虚子。”

诗人从秋风中感受到了自然界之宏大和难以抗拒。而现在，菊治更是感

1 “将野草分开吹倒”之意。特指一年中第二百一十日至二百二十日期间刮起的暴风或台风。

同身受。

“野分呼啸马蹄急，五六快骑奔鸟羽 。——芜村[1]。”

大概是在深秋时节无边无际的原野之夜吧，几骑一身黑色装束的武士，与“野分”一起纵马驰骋，显示出了非同寻常的紧迫感。还有一首俳句：

“野荒凉苟活命，人间争斗尤惨烈。——楸邨。”

若得活命，也早晚会在这荒凉的秋风中死去吧。即便能够活了下来，还是会互相残杀吧。归根结底，人类就是这样一种无可救药的罪孽深重的生物。

想到这儿，菊治不禁首肯。

自己正处在“野分”之时。这大风将前往何处？哪里是它的归宿呢？虽然不知它会前往何方，但自己不过是一棵随风摇摆的小草，这点则是千真万确的。

台风刮过三天之后，是菊治的生日。

“今天五十六岁了。”

早上起来后，菊治在盥洗室里，对着镜子里的自己，就像在说别人的事情一样念叨了一句。

菊治端详起镜子里的自己来。长时间的拘留生活，使自己显得有些憔悴，鬓角和胡须也花白了好多。

身高一米七的菊治，已开始有些发福。自从进了拘留所后，反而因生活规律，瘦了一些似的，看上去给人以寂寞无助之感。原来挺拔的身板也由于每天不断地朝审讯官和看守低头哈腰，显得比以前驼背了。

“再挺起来些。”

菊治告诉自己，悄悄挺起了胸膛。

就在几个月前，和冬香交往的时候，菊治比现在精神得多，两眼也是炯炯有神的。

冬香曾赞赏他说：“你真是又潇洒又可靠啊。”菊治原本轻度近视，两个人在一起的话，他经常不戴眼镜。冬香会一边说着“你长着一副娃娃脸，笑

---

1　与谢芜村(1716—1783)，江户中期的俳人、画家。倡导感性的、浪漫的俳句风格，与松尾芭蕉齐名。

起来可爱死了”一边跟他接吻。

那时候菊治把自己的年龄都给忘到一边去了，满脑子都是冬香。“都这么大把年纪了”，有时候，菊治自己都会觉得无药可救，但马上又会毫不犹豫地肯定自己“这样也挺好啊”。

不久前的那段日子，自身迸发出来的那种令人眼花缭乱的青春气息，正是冬香这个女人给自己带来的。自己被冬香那蕴含着柔顺和放荡两种魔性的双峰诱惑，全身心地贪恋于那雪白的肌肤，不能自拔之时，真正体味到了生的乐趣。

而现在，那些疯狂的时刻已变成了遥远的过去。每天过着非常有规律的、静谧而枯淡的生活，身心都在不断地萎缩下去。

如此看来，“四平八稳”等说法，不过是催人老化，使人平庸吧？

“冬香……”

菊治冲着单身牢房的白色墙壁自言自语。

“我已经五十六岁了。”

如果冬香还活着的话，今天晚上两个人也许会共进晚餐，然后度过一个销魂的夜晚。

就像那次冬香过生日时，在箱根度过的浪漫之夜一样。

菊治闭上眼睛沉浸在回忆之中的时候，看守走过来递给他一封信。

“你的信。”

自己的生日这天，会有谁给自己写信呢？

菊治看了看信封背面，写着儿子高士的名字。

还有警方盖的“已审查”的印章。菊治打开信一看，只见信纸上写着儿子圆乎乎的字迹：“生日快乐！”

高士居然还记着自己的生日呢。菊治感到心中一阵温暖。

“上次见面之后，你一切都好吧？我也很好。”

儿子的语气虽然简单平淡，但菊治看得出，字里行间饱含了高士的种种思念。

“我本来想去看你的，可是平日不能请假，而且见了面我又不知该怎么说了，所以就给你写信了。”

的确，父亲和儿子即使面对面，也不知该说些什么。在这一点上，母亲和女儿就不同了，也可以说，母女间的感情更深。

空了一行后，“妈妈恐怕不会给你写信的，但是她一切都好，请不要介意。”

高士也许向母亲提过父亲的生日，结果没有回音吧。

从一开始，菊治就有种感觉，妻子可能对自己深怀怨恨或憎恶吧。

夫妻不再相爱，最终离了婚，由此导致妻子的怨恨也是理所当然。再加上自己和其他女性爱得如此之深，并引发了耸人听闻的事件。一想到这些，再也不想见到丈夫了，这应该是妻子的真实内心吧。

站在妻子的角度，也是不足为奇的事情。只是由高士找借口替母亲掩饰，让菊治感到痛彻心肺。

“不过，我为爸爸感到骄傲。”

高士说了一句多么让菊治欢欣鼓舞的话啊！

以前住在一起的时候，高士从没有说过这样的话。菊治跟他说话，高士也是以最简短的话来回答，父子之间从未进行过深谈。

菊治认为儿子是个冷漠的家伙。可现在，就是这个儿子，写信来告诉他“我为爸爸感到骄傲”。

难道说自己犯下了这么大的事，反而增进了父子之间的感情吗？菊治一边觉得荒唐至极，一边把刚才那句话又读了一遍。

又空了一行，“你这次写的小说，我也觉得非常棒。”

这么说高士已经读过《虚无与激情》了？儿子以前根本没有谈论过自己写的小说，也许这回他很在乎，偷偷地买来看了。

看了卷首的“献给挚爱的D”，儿子肯定明白是谁了。不过，来信里没有提及此事。

“不管别人说什么，我都认为爸爸是一位了不起的作家。”

第一次听到儿子这么称赞自己，倒让菊治觉得很难为情。而高士也是一样，若不是写在信上，恐怕他也说不出这话来。

“不管判爸爸什么罪，我都相信爸爸。因为，你是我唯一的爸爸。”

不错，对高士来说，父亲的确只有一个。即使这个男人是个杀人犯，父子之间的纽带也不会因此消失。看来儿子现在终于明白这个道理了。

“总之，请保重身体，不要放弃啊！”

这是来信的最后一句话。

看完信以后，菊治呆呆地站了一会儿，然后用力点了点头。

高士肯定也有高士要面对的各种残酷的现实。婚约破裂就是其中之一。而且即便去公司上班，也会有人背后指指戳戳：“那家伙的父亲是个杀人犯。”就算表面上不说，很多人会用这种目光看儿子的。

儿子就是在这样的环境里顽强地生活着。在儿子的这封来信中，流露出了这样的决心和气魄。

如果自己现在是自由之身的话，恨不得立刻飞奔到高士身边，紧紧拥抱他。

儿子的个头虽说超过了菊治，但心灵还比较脆弱，只是嘴上逞强也说不定。

菊治真想对儿子说声“谢谢”，并向儿子道声歉：“是爸爸让你受苦了，对不起。”

这就仿佛是古典戏剧中，父子之间第一次产生了心有灵犀的感觉的一个场景似的。菊治想要紧紧握住儿子的手说一句：“对不起！”

这天晚上，菊治第一次给高士写了一封信。

菊治在信里告诉儿子，生日当天，收到他的来信非常高兴。对于自己给他带来诸多麻烦，要向他道歉。在信的最后，菊治写了三遍“谢谢”作为结尾。

# 秋思

收到儿子高士和四谷的妈妈桑两人的来信后，菊治的心情平静了不少。

尽管社会上的议论可谓是五花八门,但也有能够理解自己的人。这样一想，菊治就觉得获得了力量和积极乐观地活下去的勇气。

第二次庭审就要开始了，菊治觉得这个难关也不那么可怕了。

“你要加油啊。”

无论自己怎么加油，恐怕也不会改变审理过程或量刑的轻重，但至少要做到毅然决然地去面对。无论社会舆论如何评判，也要拿出自己的气派来。

说实话，一想到迫在眉睫的第二次开庭，菊治就感到心情沉重。上一次庭审时，他听见审判长和检察官的对话，冬香的丈夫将作为证人出庭做证。

仅仅相隔几米远的距离,与冬香的丈夫四目相对,而且自己还要作为被告，倾听他的发言。只要一想到这种情景，菊治就心情沮丧，感觉憋气。

但是，日子还是无情地一天天过去了，终于到了开庭的那一天。

虽然不久将站在法庭上，在众目睽睽之下接受审判，天气却是秋高气爽。明亮的阳光照到了坐在押送车里的菊治手上。

菊治忽然想用双手捧起这阳光。他想把这些灿烂夺目的秋阳装进怀里，带回牢房去。

与菊治的心情无关，押送车开到了法庭所在官厅的地下入口，他从这里被带到被告人专用的临时监押处。

虽说已是第二次来这里了，菊治还是觉得这里狭窄阴暗，就连灿烂的秋阳也照不到这里。

其他被告人在这个房间里等待开庭的时候，是否会对他们犯下的罪恶感到后悔呢？菊治这样想的时候，法警通知他出庭的时间到了。

自己将再一次被带上法庭。尽管菊治觉得这种状态让他不堪忍受，却有种说不清的镇静，这或许是第二次出庭的缘故吧。

尽管如此，当菊治站在进入法庭的门口时，还是闭上了眼睛。

从这里再往前走几步，自己就会作为罪犯出现在众人面前。

“那又怎么样……”

菊治给自己鼓劲，抬起头来向前迈出了脚步。

刚进入法庭的瞬间，菊治还是垂下了眼睛。

“用不着这么卑躬屈膝的，堂堂正正地往前走。”菊治告诫自己，把头抬了起来，可是当他意识到旁听席上的目光齐刷刷地投向自己时，立刻又把头低了下去，一直低着头走到了被告人席上。

不久，法官进入法庭，全体起立。

从第一次庭审至今已经过了一个月，但三位法官以及坐在左右两侧的检察官、辩护律师，全都和上回一模一样。

全体坐下之后，法官宣布，今天进行证人传讯。然后对检察官说：“检察官，请传唤第一个证人。”

“是。”检察官站起身来。

今天，织部检察官穿了一身适合秋季穿着的浅驼色套裙，领口比上次略低一些，脖颈上戴着一条亮晶晶的细项链。

“请求传唤这次事件的被害人的丈夫入江彻先生，作为证人出庭做证。”

刹那间，旁听席上出现了一阵骚动。冬香的丈夫究竟是个什么样的人？大家似乎都很感兴趣，而菊治比任何人都要感兴趣。

审判长淡淡地问道：“辩护人，你对传唤此证人有什么意见吗?

“没有意见。”辩护律师回答，审判长说：“那么，请证人到证人席上来。”

旁听席左边立刻站起来一个男人，等法庭工作人员打开旁听席与法庭之间的栅栏后，他朝证人席走去。

从菊治所在的位置看，男人从斜前方向他这边走过来，然后在菊治旁边的座位上坐下来。

低着头的菊治抬眼悄悄瞟着男人的一举一动，然后换了一口气。说老实话，菊治感到很意外。

冬香的丈夫身高一米七四左右，身材颀长，戴着眼镜，穿着灰色西装，打着一条接近黑色的领带。他的年龄应该是四十二岁，菊治听冬香说起过。

从外表看，冬香的丈夫和普通的白领没有区别，只是比较瘦。戴着一副白框眼镜，给人的印象有些神经质，但他的表情很镇定。

冬香的丈夫坐下去的瞬间，和菊治对视了一眼，双方都慌忙移开了目光。

按照审判长的指示，证人站在菊治旁边的证人席上。

“姓名？”

“入江彻。”

一听到“入江”这个姓，菊治仿佛才想起，眼前这个男人和冬香曾经是夫妻。

“作为此次事件的证人，下面我要向你提一些问题，所以请回答之前宣誓。”

按照审判长的指示，法庭工作人员将宣誓书递给证人，证人开始朗读。

“我发誓：遵从良心，讲述事实，毫不隐瞒，不做伪证。”

证人吐字清晰，声音朗朗。

审判长告诉证人，希望他如实回答，不说假话。并提醒证人，如果证人故意说谎，有可能被判处伪证罪，然后审判长说：“检察官，请开始讯问。”

于是织部检察官开始讯问证人：“首先，我想问一下你现在的工作单位？”

冬香的丈夫面对检察官，微微低了下头，然后回答：“我在东西制药东京总社的营业部工作。”

“具体做什么工作？”

“营销工作。去各大医院、私人诊所，向对方说明、推销我们公司的产品。”

“你专门负责向哪些部门推销？”

“负责大学附属医院。”

“这就是说，即使在营销人员中，你也是工作最为繁忙，而且十分能干的了？”

证人停顿了一下，回答：“可以这么说。”

菊治的第一印象还是相当准确的。冬香的丈夫一看便知是一个精明能干的人，看来在制药公司中也是中坚力量了。

“你调到东京来工作，也是同样的理由吧？”

“对，算是吧……”

虽然有关这方面的情况，冬香什么都没说过，但对她丈夫来说，应该属于升迁。

“那个时候，被害人，也就是你妻子，说什么了？”

证人想了一会儿，小声回答：“太好了……”

丈夫将要调到东京工作一事，冬香在元月初就早早告诉了菊治。二月份，冬香借口来东京看房子，夫妇二人来到东京，但冬香一个人留了下来，在菊治的住处过了一夜。

每一次冬香都兴奋地和菊治谈论搬到东京来以后的生活。没想到，她对丈夫，只说了一句“太好了……”

想到这里，菊治胸口涌起一股热流，当然检察官和冬香的丈夫都不会察觉。

“下面想问问你们结婚的情况……”检察官改换了提问的方向。

“你们结婚已经十三年了，是相亲结婚吧？”

“是的……”证人微微点了一下头。

“结婚之后，你们夫妇有了三个孩子，夫妻感情不错吧？”

“是……”

证人的回答虽然都是肯定，但发音却不像刚才那么清晰。也许察觉到这一点，检察官说了句：“你不想回答的问题，不回答也可以。”然后继续问，“坦率地说，你太太给人什么样的感觉？”

“感觉？”

“比如说性格温柔、爱孩子……”

“她很温顺、直率……”

冬香确实给人以雪国女子所具有的朴实、内向的感觉，原来她丈夫也感觉到了。

“那么，你太太喜欢孩子吗？”

“是的，她说想要三个孩子……”

“不对！”菊治在心中喊道。冬香接二连三地生孩子，并不是单纯因为想要孩子。她丈夫经常强迫她行房。为了逃避丈夫的性要求，冬香才想怀孕的。而且一心抚育孩子的话，还可以有理由避开丈夫的性骚扰。冬香就是为了这一借口，才愿意怀孕的。然而冬香的丈夫似乎并没有意识到这些。

“你爱你太太吧？”

“嗯……”

“你太太也爱你吧？”

“嗯……”

很明显，检察官想要以此强调夫妻二人十分相爱。

“可是……”

检察官胸前的项链熠熠闪光，再次转向证人，问道：“去年十月，被告和被害人初次在京都会面的事，你知道吗？”

冬香的丈夫轻轻点了点头，说：“事后，听鱼住女士告诉我的……”

“是鱼住祥子女士吧？”

菊治的确听祥子说过，她家和冬香一家有来往，没想到祥子会对冬香的丈夫说这些。

“在那之前，对你太太的印象怎么样？”

“印象？”证人反问。

“就是你对太太的感觉……”检察官换了个说法。

冬香的丈夫仿佛在回忆似的凝视着空中，然后回答：“温顺、本分……”

“和孩子们呢？”

“疼爱孩子，把孩子照顾得很好。”

对冬香的丈夫来说，冬香也许曾经是个理想的妻子。

“在京都会面之后，你太太开始和被告人来往，你知道这些情况吗？”

“不太清楚……”

冬香的丈夫回答得极其冷淡。

“那么，从那之后，被害人一月和二月，两次去东京和被告人约会的事，你知道吗？”

证人轻轻地扭过脸去，沉默不语。他大概想说，这种问题没有必要回答。

“他们两个人开始频繁会面，是你家搬到东京以后。关于这方面的情况你了解吗？”

“请等一下。”证人突然提高了嗓门儿。

“我工作很忙。调到东京总社后，又给我增加了新的大学附属医院，所以从早到晚，马不停蹄地四处奔走。在那么忙碌的时候，根本不可能对妻子白天的活动了解得那么清楚！”

不错，只要是出去工作的男人，恐怕都会这么想的。

旁听席也变得非常安静，大家都在聆听检察官和冬香丈夫之间的对话。

检察官停顿了一会儿，语气郑重地发问：“自从被害人和被告人交往以来，你感到过有什么不正常的地方吗？”

“不正常的地方？”

“你太太对你表现得冷淡或不关心等这样的情况……”

“没有……”

冬香的丈夫干脆地予以否定。

“那么，你的意思是夫妻之间没有什么变化……”

“对。”听到冬香丈夫的回答，菊治忍不住摇了摇头。

冬香曾多次诉说，不愿意和丈夫做爱。她还说过，不要说做爱了，就连被丈夫触摸，都害怕得浑身发抖。

实际上，正是由于这个原因，冬香还被她丈夫偷偷下了安眠药，遭受了性侵犯。二月来东京的时候，由于她丈夫强迫冬香跟他做爱，遭到冬香反抗，冬香还给菊治看过因那次搏斗在肘部留下的瘀痕。还有焰火大会出事那晚的前一天晚上，他们夫妻又因同样的原因争吵起来，最后冬香的丈夫曾让她“滚出去”。

夫妇之间发生了那么多的冲突，她的丈夫却说什么都没发生，究竟是为什么呢？大概是他强烈的自尊心不允许他说实话吧。

“那么，我再问一次，你太太和被告人之间是那种关系，你是完全不知道的，对吗？”

“嗯……”

他的回答冷冰冰的，听起来似乎对此不屑一顾，意思好像是说，每天出去工作的男人，哪有工夫去关心那种事情。

“刚才你说过你太太是一位温顺、本分的女性。那么，她和其他男性有过亲密交往吗？”

“没有。”

只有这回，证人回答得很干脆。

“那么，只有这次是鬼迷心窍，或者说在被告的强迫下，交往起来的……”

“是被他给骗了！”

“被骗了？”

冬香的丈夫突然扭过脸来，狠狠地瞪着被告席上的菊治。

“就是被这个男人给骗了！”

他那白框眼镜后面的眼睛因愤怒而颤抖着。

与此同时，旁听席上也骚动起来。

证人猛然间对被告怒目而视，喊叫着：“就是这个男人欺骗了我妻子！”

站在做丈夫的角度，这样喊叫的心情可以理解。但此时正在法庭审案的时候，证人在法庭上辱骂被告人，实属异常。

就连检察官也停止了讯问，法庭工作人员慌忙跑到证人跟前。

“请保持肃静！”审判长提出警告，“你的心情可以理解，但在这里，只需回答必须回答的问题。”

证人这才恢复了冷静，重新转回身去面对审判长。

“那么，我继续提问。”

织部检察官的声音也柔和了一些，继续问道：

“我想问一下你太太去世以后的情况。孩子们现在怎么样？”

证人极力控制着激动的心情似的，盯着空中看了一会儿，然后回答：“孩子们每天都在哭。”

菊治的脑海里浮现出了冬香手机画面上三个孩子的笑脸。

“有关孩子母亲的死，你是怎么向孩子们解释的？”

“骗他们说，妈妈出门在外的时候，突然得急病，死了……”

菊治深深地垂下了头。可能的话，他真想双手捂住耳朵逃出法庭。不管怎么说，在这点上，他没有辩解的余地。

“孩子们相信吗？”

“可是，我怎么能对他们说妈妈被人杀了呢？只有老大有些怀疑似的……”

“是小学五年级的女孩吧？”

“最小的孩子以为妈妈还会回来，每天对着佛坛，一边合掌，一边问‘妈妈，你什么时候回家？’……”

从旁听席传来了抽泣的声音。菊治感觉经过漫长的一段沉默之后，检察官再次问道：“那么，你家里现在有什么人来照顾吗？”

“拜托我母亲、保姆帮忙，好歹对付……”

显得精明强干的证人脸上，终于浮现出失去了妻子的疲惫。这时，检察官告诉审判长：“我的问题问完了。”

检察官想要强调的，是冬香去世之后，这一家人的悲惨状况。一个家庭的主妇突然消失了，不知会给丈夫和孩子们带来怎样的悲伤和负担。尤其是对冬香留下的三个幼小的孩子来说，会给他们的一生带来难以愈合的心灵创伤。因此，对这样一个罪大恶极的男人必须严惩不贷！

检察官想要表达的诉求，已经充分地传递给旁听席上的人们，有人在轻声啜泣。就连菊治本人也被击垮了，连一点儿反击的力量也没有了。

审判长仍然冷静地进行着审理程序。

“辩护人，你有什么问题要问吗？”

北冈律师立刻站了起来，他一手拿着备忘录，问道：“请问证人，你和你太太一起出去旅行过吗？”

“什么旅行……”

“去国外旅行，或者是夫妻之间有纪念意义的旅行……”

“度蜜月的时候去了夏威夷……”

“仅此一次吗？”

问题突然改变，证人显得很困惑。

“嗯，是……”证人含糊地回答。

辩护律师继续问：“那么，在你们二人的结婚纪念日，或是你太太的生日等，是否一起去外边用餐或者赠送过什么礼物吗？”

冬香丈夫沉默不语时，检察官突然站了起来。

“审判长，刚才的问题与本案无关，我认为不需要提问。”

“请等一下。”审判长制止了检察官，对辩护律师说，“请抓住重点，提问尽量简短一些。”

北冈律师点点头。

“你看起来是一个很有才干的人，一直把家里的事情全部交给你太太去做，却几乎没有慰劳过你太太，或关心过你太太的情绪吧？”

证人立刻盯着辩护律师，以坚决的口吻回答：“我每天要去上班。为了一家人能够平安、快乐地生活，一直努力工作。我这么做，难道有什么不对吗？”

北冈律师的问题，似乎使证人暴露出了不为人知的另一面。

因为由此可知，证人虽然刚才一味强调自己是个被人夺去妻子的可悲的丈夫，但生活中却是个几乎不为妻子考虑的那种“因为我在拼命工作，养家糊口，所以妻子就应该默默地顺从我”的传统型丈夫。

辩护律师的言外之意是，这种冷漠的夫妻关系，是引发事件的原因之一。

“刚才你说被害人的态度没有什么变化，那么，你们夫妻之间有没有发生过什么冲突呢？”

“没有。”证人立即回答。

“对于这次事件，你是否觉得，如果你平时能够对被害人多一点点关心或体贴的话，是可以避免的呢？”

北冈律师继续追问一味沉默、不回答问题的证人：“你怎么看呢？”

证人摇头否定：“和这次事件没有任何关系。”

“可能没有直接的关系，但你太太心中会不会有着某种寂寞或者说空虚……”

“我不清楚。”

辩护律师听了证人的回答，点点头，告诉审判长，他的问题问完了。

审判长再次向证人发问：“那么，我想问一下，你现在还在继续原来的工作吧？”

“对。”

“最后，可以请你对这次事件发表一下你的真实想法吗？”

“这是绝对不能饶恕的！”

证人的声音有些颤抖。

“这样做实在太残忍了！”

旁听席上又变得鸦雀无声了。

“我妻子太可怜了！”

看到一直低着头的菊治，冬香丈夫的嗓音更加提高了八度。

“被这个歹毒的男人纠缠，连命也被他夺走，整个家庭都被他毁了。我请求法庭务必对被告处以最最严厉的刑罚。”

检方证人的传讯到此结束了。

对检察院方面的证人——冬香丈夫的传讯结束之后，案件的审理像是翻过了一道山梁。

接下来是请求法庭允许，下次庭审时采用辩护律师提交的人证、物证。

“辩护人，请吧。”审判长说完，北冈律师站了起来，他把《虚无与激情》一书举给大家看。

“这本书是被告和被害人交往时写成的，所以书里对两个人的亲密关系有详细的描写。”

旁听席上立刻有人相互点头会意，知道此书正是现在非常畅销的热议之作。

“审判长，此外，还有一台记录了被害人生前和被告在床上交谈的录音机现由检察机构保管。在录音机里确实录有被害人要求‘杀了我吧’的声音。”

旁听席上顿时一阵骚动。由于事件就发生在做爱的过程中，只要能听到录音，当时的情况就会真相大白。因此人们对录音抱有极大的兴趣。

“我请求法庭允许，在下一次审理的时候，请检察机构务必把录音机提交上来。”

“审判长，”检察官突然举起手来，“那个录音机是警方从被告人的房间里没收的，录的是两个人做爱的过程，因此缺乏客观性。而且该录音是被告人故意瞒着被害人录的，所以该录音不适合作为证据。”

“审判长……”

北冈律师马上进行反驳。

“那的确是两个人床上行为的录音，录有引发这次事件真正原因的至关重要的内容。虽然是警方在搜查加害人房间时发现的，但作为这次事件的客观证据，恳请在检察机构提交法庭后，法庭能够予以采用。”

审判长点了点头，和其他法官商量起来。

可是，菊治却感到无地自容。一边说爱着冬香，一边又把床上的情形偷偷录下来。对自己的这种行为，大家会怎么看？菊治深深地低下头来。

审判长宣布：“可以考虑将录音机作为证据。请检察机构将其提交法庭采用。”

随着狂放不羁的交欢不断重复，就会突发奇想要将性爱过程记录下来，只要是男人，恐怕都会有这种念头。女性虽然嘴上说“不行啊”，但很可能在跟男人一起听录音时，也会兴奋起来的。事实上，冬香从箱根回来之后，就已经发现了枕头下面有录音机，但她没有反对过一句，甚至对菊治一个人听录音表现出很满意的样子。

相爱得深而又深的情侣之间，把这录音作为爱的明证，是非常自然之举。

然而，在大白天、在大庭广众面前，提及这种事情，就只能凸显男人的好色。人们会以轻蔑的眼光来看这个男人，觉得他竟然做得出这种下三烂的事情来。事实上，旁听席上似乎已经有人在皱眉头了。

虽然菊治羞愧难当地垂着脑袋，但北冈律师正在向审判长介绍下一次出庭的辩方证人："一位是中濑宏先生，他是新生出版社的董事，是与被告同时进出版社工作的朋友，并且参与了这本《虚无与激情》的出版。"

菊治听北冈律师跟他说过，此次，是请中濑就菊治的温厚性格以及作为一个作家给人的印象出庭做证。

"还有一位证人是菊地麻子女士，她在四谷经营一家名叫'mako'的酒吧。菊地女士曾给被告人写过信，谈及对于女性在性爱方面，特别是达到性高潮时的感受方面，与被害人所述很有共鸣。"

审判长点点头，又向检察官问道："关于上述证人，检方有没有异议？"

织部检察官立即回答："反对那位女士作为证人出庭！"

由于检察官的口气极其坚决，菊治不禁抬起头来。

"那位女士即便谈及女性的性爱感受，也仅仅是她个人的感觉而已，并不具客观性。"

检察官虽身为女性，却毫不迟疑地彻底否定女性的感觉。

"毕竟那位女士的个人感觉，并不能代表所有女性的感觉。"

也许是慑于女检察官咄咄逼人的气势，审判长和其他法官商议之后宣布："暂不传唤那位女士出庭做证。"

然后审判长宣布下次开庭是十二月十二日，之后退庭。

第二次庭审结束后，各种各样的思绪在菊治脑海里涌动起来。

首先是对自己的罪孽之深重有了新的认识，并感到了后悔。冬香的丈夫作为证人出庭，谈到了冬香去世后，家庭和孩子们的现状，历历如在眼前，叫人倍感辛酸。

"妈妈，你什么时候回来？"最小的孩子这样的问话，实在让人不能不难过。

菊治仿佛听到从旁听席那边传来了啜泣声，而他的痛苦有过之而无不及。无论做什么辩解，造成这次悲剧的最可恶的罪人正是自己。只要一想到这些，菊治就感到无地自容。可能的话，他真想现在就逃离法庭。

当然，上法庭之前，菊治不是没有想象过失去冬香后的那个家庭的状况。她留下的孩子们今后将怎样生活下去，一直是菊治最惦念的。

但是，今天在法庭上这样鲜明、具体地听到这一切，菊治再一次深深醒悟到了自己的罪孽深重，真想一死了之。

大概是察觉到了菊治的脆弱心理，北冈律师不住地鼓励他说："后面还有庭审呢，你一定要振作起来。"

菊治点点头，北冈律师继续劝导道：

"不是你一个人的错。被害人，还有她的丈夫也有错。是三个人一同造成的这起事件。"

听到律师这么说，菊治的心情得到些安慰，但并不能因此而消除自己的罪孽。

"只好先不去想这些吧。"

菊治克制着自己，夜里，悄悄等待着冬香的出现。

在梦里哪怕是瞬间也好，只有朦胧的面影也罢，菊治希望冬香能够出现。于是，就在菊治半睡半醒的时候，冬香朦胧的白色影像出现在他面前。

"我今天终于见到你丈夫了。"

冬香似乎是在点头，身影微微晃动了一下。

"比我想象的还要优秀、出色。"

"……"

"他说他很爱你，你们的夫妻感情也很好。"

冬香还是没有回答。

"他说，我妻子死得太可怜了，说你是被我这个男人给骗了……"

突然间，冬香苍白的面孔扭曲了一下。

除了冬香去世之后家庭和孩子们的情况以外，菊治对冬香丈夫的证言，有的说法仍然不能接受。

比如关于夫妻之间的关系，她丈夫说和妻子感情很好，没有发生过什么大的冲突，果真像他所说的那样吗？菊治从冬香那儿听说了很多情况，所以无法轻易相信他。

也许是诸如夫妻关系不好、性生活不和谐等家丑，对于自尊心很强的冬香丈夫来说，根本说不出口吧？

通过证人讯问可以知道，冬香的丈夫是一位优秀的公司职员。这一点在他回答问题时，处处都能感受得到，而且他也强调自己是个工作很拼命的人。

若论制药公司四十出头的白领收入如何，菊治曾问过一位在制药公司工作的职员。据他说，年薪应该超过一千万日元。再加上推销时可以自由支配的经费等，作为白领，待遇是相当优厚的。

如果冬香一直依附于丈夫生活下去的话，应该可以作为专职太太，一辈子生活无忧。

然而冬香由于认识了自己，而陷入了这样的悲剧。对于这个问题，鱼住祥子恐怕也是这么想的。

冬香放弃了优裕的生活，投入了自己的怀抱，而且是义无反顾地、山崩地陷一般深深地倒向了自己。

这是因为他们两个人情投意合吗？不对，事情没有那么简单。以前对性爱十分冷淡的冬香的身体，眨眼之间变成了盛开的花朵。冬香在初次品尝到了那令人疯狂的性的欢愉之后，就不愿意再回到过去的生活了。其背景恐怕不无与她丈夫的性生活完全不能使她得到满足的缘故。

实际上，冬香的丈夫对她没有表现出丝毫的温柔体贴。我挣钱养着你，你就该知足了，出于这种心态，导致在性生活上，不仅没有满足冬香，反而使冬香产生了厌恶感。而且，即便妻子反感，他仍然只顾自己发泄欲望，强迫冬香和他性交。如此说来，有错的就不只是菊治一个人了。

不过，最让菊治忧心忡忡的是，第三次庭审的时候，那份充满了他们爱情回忆的录音带将会提交给法庭。

原本菊治是反对把录音带提交法庭的。他无法忍受让别人听到只属于他们两个人之间的性爱秘密。

可是，当菊治从律师那儿听说录音带已被检察机构没收，就不安起来。他对律师说明了录音的内容后，律师提出应该把它作为证据提交法庭。律师的理由是，那个录音正好可以作为证明委托杀人的确凿证据，但菊治还是很不情愿。

“可是，不提交的话，情况只会对我们越来越不利。”

听律师这么一说，他才同意在第二次庭审时，由北冈律师提出申请，要求在下一次庭审中将这份录音作为辩方证据采用。但菊治还是不能释然。

即便可以成为对自己有利的证据，难道就必须将属于两个人的爱情秘密公之于众吗？难道你不惜牺牲这一切，也要减轻自己的罪行吗？

深夜，菊治自问自答。他一会儿点头承认“是的”，一会儿又否定“不对！不对！”

诚然，把那份录音一公开，就是对彼此爱情的亵渎，菊治心知肚明。可是，他又渴望早日摆脱这种被囚禁的状态。他希望站在阳光下，深深地呼吸自由的空气。

无论说什么，录音作为证据提交法院已成定局。事到如今，对于录音带之事，再说什么也于事无补。

重要的问题是，法庭会以什么方式公开那份录音呢？

可能的话，就连法官和检察官，菊治都不想让他们听到，然而这不是自己能决定的。但他希望至少不让那些旁听者听到。

听说北冈律师就此事和法庭进行了交涉，不知结果怎么样。

菊治把希望都寄托在北冈律师身上，拜托道：“求您务必要办成这件事，不然的话……”

中濑、朋友，以及冬香的家属，还有儿子高士，他们听到了怎么想呢？

光是想想，菊治都觉得自己快要神经错乱了。

就在菊治焦虑不堪的时候，中濑再次出现在他面前。

法庭已经决定中濑作为下一次庭审的证人出庭做证。接到法院的通知，中濑主动前来探视。

“前两天，我跟你的辩护律师也见过面了。你们认为我行的话，我一定竭尽全力。”

“对不起……”菊治不由得低下头来表示歉意。

虽说是证人，可却是作为杀人犯的朋友出庭做证。不管中濑怎样强调被告是一个厚道、诚实的男人，又能有多少人相信呢？可能有人会认为证人是在美化嫌疑人而产生反感。中濑却同意了扮演这么一个不光彩的角色。

“我不太了解男女之事。但我知道你是真心实意地爱一个女人，付出了全部心血创作小说，我打算说明这两点。”

菊治确实没有和中濑深入聊过关于女人的话题，但有关工作和文学，他们聊得很多。不管中濑是否能够真正读懂菊治的小说，但自从决定出版他的小说以后，中濑确实为此卖了很多力气。

“总之，只要是我能帮上忙的地方，我都会尽力而为。有什么需要我做证的事情，尽管告诉我。”

“不了……”菊治幽幽地说。

事到如今，菊治已经没有什么可求中濑的事了。只要中濑能把这些年来和自己交往的真实感觉告诉人们就足够了。

“没有了。”

菊治这样一说，中濑显得有些失望，但他马上又想起什么似的，说：“对了，你的书又决定增印了。”

坐在玻璃窗那边的中濑一脸得意的笑容。

“年内还要增印五万册，一共就是二十万册了。”菊治点着头，中濑继续说，“加印速度这么快还是第一次。照这种速度的话，到明年年初，说不定能达到三十万册。”

上回也是一样，听到作品增印的消息，菊治并没有特别真实的感觉。因为版税只是自动地汇入菊治的银行账户里，而菊治既看不见，也花不了。

“总之，你千万不要放弃，打起精神来。”

无论中濑怎么给菊治打气，菊治还是提不起精神来。

难道说，是因为被囚禁的日子久了，此生的欲望变得淡薄了？菊治忽然这样想。但转瞬间，又被自己也无法遏制的欲望所控制而惊慌起来。

千般思虑在菊治的脑海中起伏不定，往返不停。

不过，菊治并没有思考什么具体问题。只是当菊治意识到的时候，自己已然抱着膝盖，坐在单人牢房的角落里了。他一直沉浸在漫无边际的遐想之中。

秋天是一个多愁善感的季节。就连这与世隔绝的地方，秋天的伤感也会悄然渗透进来。

自古以来，就有“秋天使哀愁更胜一筹”的说法。秋天往往会令人感到人生的寂寞和孤独。

一般人尚且如此，更何况无着无落的被囚之身，深感失魂落魄也在所难免了。

菊治这样屈膝支颐、沉思默想时，想起了一首吟诵这一姿态的俳句：“玉臂作颊杖，秋思幽幽深如许，观世音菩萨。”

菊治记得那是一个秋日，在京都的广隆寺里看到的一尊弥勒菩萨像。在寂静幽深的大殿里面，弥勒菩萨以手支颐的姿态十分优雅。

菊治感觉那弥勒菩萨的表情虽然和蔼慈祥，却有种让人敬畏的气质。那尊佛像现在依然安详地以手支颐、沉思冥想吧。

菊治对宗教并没有特别的兴趣。尽管可以算是信仰净土真宗，但也是因为已去世的双亲曾经信仰的缘故。

可现在自己突然想起佛教来，究竟是怎么回事呢？

也许是被关押的时间太长了，心中的不安累积起来，想找点什么精神依靠吧。

“这么说我真是气馁了……”

那天晚饭后，菊治看到报纸上说，自从进入十二月份以来，师走时节，街上一派繁忙景象，感叹“今年又将过去了”。

这句话似乎是在为岁月流逝之快而不知所措。仅看字面，这样理解很自然，但菊治却突然产生了另一种感受。

感叹岁月流逝，如白驹过隙，恐怕是社会上一般人的感受。

可是，菊治却觉得时间慢得简直快让他昏厥了。他以为已经过了好多天，可一看日历，才过了两三天。对被关在监狱里的犯人来说，无论是一天、一个星期，还是一个月，都漫长得好像没有尽头。

由此看来，感觉日子过得飞快，原来也是一种幸福和奢侈的事情啊。菊治再次支着下巴，回想起已成为久远回忆的普通人的日子来。

中濑前来探视的三天后，菊治收到了一封信。

在拘留所中，所有信件都要经过检查，菊治的信也被开了封，盖了个“已审查”的印章。寄信人是港区的名叫小野成男的人，菊治好像在哪儿听到过这个名字。

不知所为何事，菊治觉得奇怪，一看信才知道，原来是菊治租的千驮谷公寓的房主。菊治每个月都往这个人的银行账户里汇房租，怪不得对这个名字有印象呢。

只不过，公寓是通过房屋中介租的，所以菊治并没有见过房主，据说他已经退休了。信里字迹很工整：“突然打扰，深感冒昧。我是为 307 号房间的事给您写这封信的。”

说起来，菊治被捕之后，家具和日常用品还一直放在他租的房子里。房租当然是从菊治的银行账户里自动支付的，况且他的东西也没地方放，所以，菊治想在法院判刑之前，先一直租着那个房子。

看这封来信的意思，好像是希望菊治买下那套房子。

“十分遗憾的是，由于那套房子里发生了这样的事件，将来无论是出租还是出售，想必都非常困难。”

读到这里，菊治不禁点了点头。

的确像房主说的那样，一听说“这套房里杀死过人”，自然没有人敢住了。房主没有流露一点因此事件而指责他的口吻，就更让菊治觉得过意不去。

“这个房子已经有些年头了，所以，付给我一千五百万日元就可以，能否请您把它买下来？”

原来是为了这件事。菊治非常理解房主想把这房子尽快处理掉的心情。菊治又把来信读了一遍后，思考起来。

再怎么说，也是因为自己给房主带来了麻烦，所以自己把房子买下来也是应该的。

幸好小说的版税即将到账，所以也不是拿不出这些钱来。更重要的是，那个房间里充满了自己和冬香二人世界的甜蜜回忆。

菊治决定立刻跟房主联系，告知对方自己同意按照房主的出价买下房子。

即便是单调的生活，岁月也在流逝。虽说不像社会上一般人感觉的那么快，却也照样在流逝着。

十二月十二日的第三次庭审即将开庭之前，北冈律师来见菊治。

“后天就要开庭了，您还好吧？”

律师审视似的瞧着菊治，似乎在担心他的身体状况，然后说：“关于录音机的事，我已向法庭申请了，所以，很可能会采取非公开的方式。”

“真的吗？”

除了时间流逝之慢，菊治觉得无能为力之外，现在最让他担忧的就是录音带的事情了。有没有什么办法能不让一般人听到呢？菊治一门心思只想着这件事情，看来自己这个愿望被法庭接受了。

“那么，审理怎么进行……”

“首先是传唤中濑先生出庭做证。然后让旁听者暂时退席后，放录音，即非公开的形式。”

没想到还有这样的形式，菊治点点头，可是具体怎么进行呢？

“到时候，什么人留下来？”

“当然是法官、检察官、辩护律师，还有你了。另外，法庭工作人员和书记员也会留下来。”

菊治回想着这些人的模样。审判长五十岁左右，戴眼镜，有点儿谢顶，在审理过程中态度平淡，几乎不表露感情。其他两位法官，一男一女，都是三十多岁的样子，没有发过言。

此外就是检方，当然就是织部检察官了。她那棱角鲜明的美貌，非常出众。不知她是否已经结婚，她会以什么样的表情听录音呢？

还有北冈律师，他稍稍有些发胖，身材敦实，头脑却十分灵活，能够耐心听取菊治的意见，但是，也并非能够完全理解菊治。

其他人是工作认真的法庭工作人员及诚实的书记员，菊治无法探知他们的内心世界。

总之，这些人一起听这份录音的话，会是一个什么样的场景呢？

他们会全神贯注地倾听那些床上的卿卿我我之音，还是会扭过脸不想听呢？反正录音的内容与严肃的法庭很不协调是不言而喻的。

第三次开庭的前一天晚上，菊治梦见了冬香。

明天，记录了两人闺中隐秘的录音将被播放。一想到这里，菊治就难以抑制兴奋的心情，晚上一上床，他就把手伸向了下体进行自慰。

菊治闭着眼睛，专注于此时，冬香从黑暗中出来了。

菊治每次自慰的时候，都会想象冬香的模样。而今晚冬香的模样显得比平时都要清晰。

冬香还是穿着那件白色吊带睡裙，走到菊治身边，看到他正在自慰，就摇起头来，好像在说“这可不应该……”似的。

谁料想，冬香自己却一把抓住了它，一边念叨着“真可爱”，一边慢慢地钻进了被子。

冬香想要用嘴来爱抚它吧？菊治觉得太淫荡了，可又很期待。这时，菊治感到它的顶端被一股火热的气息包裹，热气忽而离去，忽而又袭来。

“嘿，快点儿……”

就像菊治以前爱抚冬香的时候那样，无论她央求多少次，他都不肯轻易进入她的身体。冬香现在同样是在逗弄菊治，让他急得火烧火燎的。

她到底要折磨我到什么时候啊。菊治实在忍受不住，挺起下身，冬香才终于含住了那已经发烫的东西。

冬香怎么会变得这么灵巧啊。其实这些都是自己教会她的，她只是非常忠实地实行罢了。

菊治在不断袭来的强烈快感刺激下呻吟起来。就在他觉得再也忍不住的瞬间，“啊”地叫了一声，一气喷出。

菊治沉浸在令人战栗的快感和浑身的精气丧失殆尽的虚空中。冬香撩起略显凌乱的额发，对他微笑了一下，便消失在黑暗之中。

第三次庭审的早上，菊治觉得脑袋很沉。

他按照规定，早上七点钟起床，洗脸，吃完早饭后，还是感觉昏昏沉沉，身体乏力。大概是因为昨天夜里，自慰完了睡觉后，半夜醒来又自慰了一次造成的吧。

都已经这把年纪了，一个晚上竟然自慰两次，菊治自己都觉得不可思议。第一次是由于冬香的出现，因而亢奋得一泻而出。后来他还想再见到冬香一次，所以又自慰了起来，但冬香只出现了一瞬间，就一扭脸走了。

冬香是不是想说“你不该这么不懂事”呢?

菊治也知道在如此重要的法庭审理之日，不该沉浸于这种状态。不过在法庭上，也没有什么菊治可做的事。

按照计划，今天先由中濑作为证人出庭做证，然后再听录音，没有特别需要菊治说话的地方。

既然这样，倒不如无精打采好一些，说不定可以显得更镇静一些呢。

不过，菊治还是换上新的白衬衫和灰色外套，走出了拘留所。

车里坐着五个未被判刑的人，都一言不发地望着窗外。他们都是因为什么被捕的?会受到怎样的判决呢?详细情况菊治也不了解，他只知道今天早饭大家都吃了纳豆。

因为菊治自己也吃了纳豆，不知他为什么会对此感到某种共鸣。

押送车在寒冷而明亮的阳光下行驶着，不久到达了法庭所在的官厅。

监押处一如既往地昏暗。在这儿等候开庭的时候，菊治的心情渐渐亢奋起来。快到十点的开庭时间时，法警站了起来。

这是菊治第三次被带进法庭了，可是不论来多少次，在进入法庭的瞬间，菊治还是感到紧张。

在法庭入口，菊治像是检查自己似的，摸了摸下巴，轻轻提了提裤子，才向前迈出脚步。

旁听席上还是坐得满满的。菊治只朝那边看了一眼，就立刻垂下了眼睛，来到了被告席上。

菊治看上去稍稍驼着背，面容憔悴，但是谁也不会想到是因为昨夜自慰了两次的关系。

这让菊治心里偷着乐。

像以往一样，审判长一走进法庭，全体人员立刻起立、行礼，之后庭审开始。

因为是第三次庭审，菊治镇静了许多，但还是没有勇气朝旁听席看。

菊治垂着脑袋的时候，听到审判长传唤今天的证人中濑出庭。

中濑平日里穿着很随意，今天却穿了件驼色外套，配了条枯叶色的领带，站在证人席上。

“首先，请证人宣誓。”

中濑开始宣读誓言。由于他体格健壮，声音也很洪亮，所以看上去很有气势。中濑说他以前担任周刊杂志总编的时候，曾因杂志上的报道被人告上法庭过，所以他对法庭并不发怵。

审判长像警告冬香的丈夫一样告诉中濑，如果做伪证，将会受到法律制裁后，对律师说：“请辩护律师开始讯问。”

北冈律师马上站了起来，先说了一句：“中濑证人，辛苦你了。”之后开始提问。

“首先，请介绍一下你和被告是什么关系……”

对这个提问，中濑讲述了他和菊治是同年进入新生出版社的。最初，都在文艺部门工作，后来菊治开始创作小说，辞去了出版社的工作，但两个人仍然经常来往，一直到现在。

“你对被告的工作以及性格方面有什么印象？”

中濑迫不及待地回答：“他是一个很有才干的优秀编辑。他开始写小说，并提出辞职的时候，我和周围的人都极力反对，但他毫不动摇，坚决辞去了工作，大家都很为他惋惜。”

“这么说，那个时候，被告已经开始创作小说了？”

“他进出版社后不久，好像就开始创作小说了，直到以村尾章一郎为笔名参选的小说获得了新人奖，才崭露头角。他的第二部小说也十分畅销，所以他才决定辞职的。”

菊治辞职过程的确如中濑所述。

“你和被告有过多年交往，你对他的性格是怎么看的？”

“我认为他是一个善良、诚恳的好男人。他的小说走红之后，也从来没有摆过架子。要说特征，他属于那种干什么都一门心思、不顾一切地去努力的类型……”

也许在中濑眼里，自己是这样的人，但菊治自己却并不太知道。

“我认为这种高度的投入能力，就是他创作出好小说的原动力。”

“请问，被告与被害人之间的关系，你知道吗？”

“我从他的只言片语中听到一些。看得出来，他是真心实意喜欢对方，认真地爱着对方的。”

“请说得具体一些……”

“每次提到这个女人的时候，他都显得很难为情、很愉快，所以我觉得他特别喜欢对方。”

原来自己给中濑这样的印象啊！菊治不觉想起了半年之前的事情。

“关于这次事件，我想听听你的真实想法。”

“他绝对不是那种不负责任的、油滑的男人。他是一心一意地喜欢对方，只要是对方希望的，他都会尽量去满足她。我认为正是由于这个缘故，才使他不由自主地为了满足对方的要求而导致了这次事件。也就是说，我觉得只是一种既无恶意也无目的的下意识行为。”

中濑不愧当过编辑，居然想出了“下意识行为”这样的文学字眼。

“对于被告作为作家的才能，你是怎么看的？”

“我认为他具有很高的写作天分。红极一时的时候就不用说了，后来他打破了将近十五年的沉默，重返文坛。这种情况在文坛上是极为罕见的。由此可以看出，没有出类拔萃的才能和精力，以及高度的投入，是不可能做到的。”

北冈律师一边点头，一边拿起《虚无与激情》，问道：“对这部作品，你有什么看法？”

“这是一部杰作。迄今为止还没有一部作品，能够围绕着男女情爱，从精神和肉体两个方面进行如此深刻的发掘。要想描写得这么深入，若没有深深相爱的女性，是创作不出来的。”

“你所说的女性，是被害人吗？”

“是的。在这部书的卷首写着‘献给 D’，而这个 D 正是被害人。正是由于她的存在，作者才写出了这部小说。我认为可以把这本书称为作者和被害人的共同著作。”

中濑的证言仿佛说服了大多数人。至少让大家明白了，被告并不是一个不负责任的男人，而且性格持重、诚实，不顾一切地爱着一个女人，为了东山再起，而拼命地进行小说创作。

涉及为什么会发生这次事件时，他的回答是，那也是由于被告太爱对方，希望让对方感到满足，结果做过了头罢了，根本没有任何图谋或私心。

以上问题均得到了明确的回答后，北冈律师说："我问完了。"

"下面，请检察官进行证人讯问。"审判长的声音刚落，织部检察官便站了起来。

今天她穿了一身灰色的套装，胸前戴着珍珠项链。

"请问证人……"

织部检察官立刻拿出《虚无与激情》问道："这本书，你说是被告和被害人交往时写的，是这样吗？"

"对，是这样的。"

中濑干脆地点点头。

"那么，我想问一下，这本书的出色之处在哪里？请你从一般角度，以及文学角度说明一下。"

中濑似乎没有想到在法庭上会被问到这种问题，他思考了一会儿答道：

"现在这本书很畅销，我想这是因为很多人看过它后会非常感动的缘故。从文学上讲，对爱与情欲的本质这样追根寻源地深入挖掘的作品，这是第一本。作品中对男女之间的情爱不断加深的过程的描写，当然很有力度，很精彩，但后来这两个如此相爱的男女却逐渐走向乖离。也就是，背离的意思……"

中濑解释了"乖离"一词的意思后，继续说："男女双方，一旦到达爱情的极致，女方会朝着无限的激情进发，而男性则走向虚无，各自朝着不同的方向发展。对于这种类似宿命的东西，作品从精神和肉体两个方面进行了很有说服力的探索。对于爱欲的认知，迄今为止的文学作品，还没有写得如此深刻的……"

检察官突然打断了中濑的话："这就是说，男性是虚无而清醒的了？"

菊治吃了一惊。

检察官的"男性是虚无而清醒的"这一追问，究竟是出于什么用意呢？中濑似乎也感到惶惑。就在他不知如何回答的时候，检察官追问："可以理解为，当女性无法控制自己的欲望，疯狂喊叫‘杀了我吧’的时候，男人是相当清醒而冷静的吧？”

“不是的……”中濑慌忙否定。

他似乎已经明白检察官的用意是什么了。在女性处于性高潮时喊叫“杀了我吧”的时候，男性却处于空虚、冷静的状态。既然如此，被告在杀死被害人的时候，不就是在冷静的状态下，有意要杀死被害人了吗？检察官的意图似乎在这里。

“不对，那是男人泄了之后的情况……”

中濑立刻意识到自己使用了“泄了”这样低俗的字眼。

“应该说直到高潮为止，男女双方都处于痴狂的状态，并不存在哪一方是怎么样的……”

“可是，小说中不是说，在做爱时，女人的快感远比男人强烈得多，强烈得令男人困惑无比，甚至感到害怕吗？”

检察官耸了耸肩膀，继续问：“总而言之，在性爱上，男方不是比较冷静的吗？”

“不是……”

在检察官锐不可当的追问下，中濑的回答也缺少足够的自信：“那不过是指的一般状态下，当两个人同时燃烧的时候就不一样了。总之，这只是一本小说……”

“但这本书是被告在和被害人最相爱的时候写的，所以最为真实地反映了被告的心情。这本书，不正是因此才作为证据被法庭采用的吗？”

“可是，再怎么说，也是文学作品……”

北冈律师突然举起手来，审判长点点头，让他发言。

“刚才检察官的问话，是以作品的某一判断来解释整个事件，我认为很过分。这部作品不能这样去理解。被告是多么热爱被害人，否则不可能创作出这样一本爱的结晶来。希望能够从这种观点出发来理解这本小说。”

北冈律师的发言结束了检察官对中濑的证人讯问。审判长说了一句“辛苦了”，中濑向他鞠了一躬，离开了证人席。

这时，中濑和菊治的视线碰到一起，相互只是微微点了头，中濑向旁听席走去。

等中濑回到旁听席之后，北冈律师要求："我想问被告几个问题。"得到审判长的许可后，他再次向菊治问道:"在这本书的卷首写着'献给挚爱的D'，这个D就是被害人名字的第一个大写字母，可以这样理解吧？"

"可以！"

"这部作品之所以能够完成，是因为和被害人之间有着热恋关系，可以这样解释吗？"

菊治对此仍然回答"可以"。

"我想被害人大概也读过这部作品。那么，她说过什么没有？"

"从我开始创作的时候，她就一直给我很多鼓励。写完之后，她曾经赞美写得非常好……"

菊治一瞬间考虑到中濑的立场，但还是继续说道："最初，我不清楚能否马上出版，她甚至说过，如果这家出版社不行的话，我就到各个出版社去推荐……"

虽然令人有些难堪，菊治还是下决心说了出来。北冈律师点头道："也就是说，这本书是你们爱的结晶吧？"

等菊治答完"是"之后，辩护律师说了句"我没有问题了"，便回到了自己的座位上。

看样子北冈律师想要强调他们两个人直到最后都非常相爱。

接下来，审判长宣布下面出示录音证据。辩护律师马上提出禁止公开的请求。

审判长征求了检察官的意见，确认检察官没有异议后，又和法官们进行商议。

法庭会不会同意呢？菊治正忐忑不安时，审判长很快宣布："下面将要进行的录音取证，恐有碍世风，所以禁止公开。请旁听者暂时退席。"

旁听席方向立刻传来了一阵骚动。法庭工作人员打开了大门，旁听者们无奈地离开了法庭。

这样就不会将录音公之于众了。菊治松了一口气，但是竟用“恐有碍世风”这样的说法，实在太耸人听闻了，菊治惊讶不已。

所有旁听者离开法庭，大约用了五分钟。

菊治看见法庭工作人员拿着“禁止公开”的纸张，大概是要贴在门口，禁止任何人入内吧。

法庭上只剩下了审判长、检察官、辩护律师、菊治，还有书记官和法庭工作人员，以及菊治两边的法警。

法庭虽说不大，但是坐得满满当当的旁听席一旦没有人了，顿时显得空荡荡的。

这时，审判长宣告播放录音，同时书记官给法官、检察官等人发了白纸。

据北冈律师说，事前听说，他们听录音时，要将重要部分速记下来，刚才发的可能就是速记用纸。

可是，听他人的做爱录音，还要进行速记，即便是为了审理案件，也够难为他们的了。

菊治正为之愕然的时候，审判长说：“那么，现在请开始。”

于是，书记官按下了播放键，将录音机放在了桌子中间。

一阵刺刺啦啦的杂音过后，突然传来女性“啊，啊……”的喘息声。

菊治马上听出是冬香的声音，但其他人都全神贯注地竖着耳朵倾听着。

“快呀，不行了……”

不错，正是冬香的声音。可是，发给他们的纸上也记录的是同样的内容吗？也许是播放这种与严肃的法庭格格不入的声音，无论是审判长，还是检察官都有些不知所措吧，每个人都低着头，垂着眼帘。

不可思议的是，虽说是两个人在床上做爱时的录音，但一般应该从两人的对话开始播放，不知为什么会一下子就传出了喘息的声音来？

大概是北冈律师从录音中选取最重要的部分，让他们听吧？

录音机中再次传出两个人持续不断的喘息声。随着“快点”的娇声，同时听到冬香喊出“快，杀了我吧”。

一个男人含混不清地问：“你想死啊？”

毫无疑问，这正是自己的声音。

说实话，菊治真想从这里逃出去。

两个人之间的隐私就这样在光天化日之下被大家听，实在是让人羞耻得无地自容。

菊治忍不住刚要站起来，突然又听到了一句“就这样杀了我吧”。

这究竟是哪一段录音呢？也许是第一次录音的那个箱根之夜吧？菊治正在回想的时候，突然传来了冬香啜泣般的叫声：“飞上去了，我要飞了……”

这悠长汽笛般的声音在法庭上回响。

大家连一声咳嗽都没有。这是最重要的地方，每个人大概都是这样想的吧。这静默更让菊治难以忍受。

他低垂着头时，又传出了男人的声音：“你刚才说，杀了我吧……”

也许女人兴奋得无法回答吧，男人又问：“就这样死了也行吗？！”

这回传出了女人疲倦的声音：“行啊……”

大概是两个人偎依在一起了吧，又沉默了片刻，还是男人问：“我刚才这样掐你脖子……要是死掉的话，可就什么都完了。”

“只要和你在一起，我就愿意。”

“可是，那就回不了这个世界了。”

记得当时，自己好像想到了冬香的家庭，可是冬香坚定地说：“我不想回来……”然后又说，“别让我回来……”

录音这时好像中断了，书记官再次伸手摁下录音机的播放键。

他摁的是快进，大概是打算播放后面的部分。

这期间，审判长、检察官、辩护律师，都屏住了呼吸，默不作声。虽说是重要的证据，可毕竟刺激太强烈了。菊治偷偷瞅了一眼检察官，只见她白皙清秀的脸一直低垂着。

不久，好像是找到了打算播放的地方，书记官再次将录音机放在了桌子上。

这回也是在一阵窸窸窣窣的衣服摩擦声后，传出女人模糊不清的声音：

“我想和你连在一起……”

冬香的确说过这样的话。如此看来，两个人的私处已经结合在一起了吧。

喘息声持续了一会儿后，突然传来了冬香的叫声“不要……”

这种忍无可忍的尖叫，应该是菊治亲吻冬香耳垂时发出的。冬香全身尤为敏感之处是耳朵。在做爱时，菊治只要将嘴唇凑近她的耳朵，她就会发疯般地叫唤起来。

喘息的频率越来越短促了,再一次传出了“不要”的低吟,忽而又变成“真舒服”的叫声。

此刻冬香的身体已完全被挑逗起来,欲火熊熊燃烧,在“不要”的理性和“真舒服”的感性之间沉浮，最终再也压抑不了激荡的快感，叫到“太棒了”。

刹那间，巨大的快感贯穿了冬香全身，她继续疯狂地叫道：“快呀，快掐住我的脖子……”

冬香这歇斯底里般的哀求，应该是焰火大会之夜那次吧。那天晚上，当两个人第三次交合在一起的时候，菊治的确是从上面用双手扼住了冬香纤细的脖颈。

当冬香的喉骨那硌手的感觉在菊治的双手上复苏过来的时候，录音机里突然传出冬香低沉而悠长的呼唤：“饶了我吧，啊，要死了……”

菊治知道这样做冬香是不会死的，所以并不理会。“那就死吧”，他这么想着，更加用劲地扼了下去。

菊治的记忆随着录音苏醒的同时，录音机中的冬香发出“我飞了……”的呢喃，“杀了我吧”的叫喊，与之同时夹杂着男人粗重的喘息声，随后传来了“咔吧”一声闷响。

在录音中听上去只是一个杂音而已，但那是冬香留在这个世上的最后的声音。

在那个声音之后，沉默了一段时间。

其实在这之后无论等多长时间，也听不到冬香的声音了。

因为冬香就是在这个时候死的，知道这一点的只有菊治自己。

菊治慢慢仰起脸来，看了他们一圈，可是谁都没意识到录音已经结束了似的。

“结束了。”菊治正想这么说的时候，混杂在窸窣的衣物摩擦声音中，传出了男人的声音："喂……"

菊治不由得朝录音机望去。

这仍然是自己的声音。一瞬间，当时的情况又鲜明地浮现在菊治的眼前。

这时菊治还不知道冬香已经死了。他根本就没想到冬香会死，所以还启动腰部，想要继续做爱。

"喂……"男人的呼唤声再次传了出来。

那个时候，菊治轻轻拍了拍突然变得一动不动的冬香的面颊，在心中说着："快醒醒啊！"

可是，冬香仰着头，下巴略微抬起，双目紧闭，只有嘴唇微微张开。

"你怎么了……"

菊治的声音变得有些焦躁。这时，他的脑海中闪过了"死"这个字。

冬香会不会死了呀？菊治又慌忙拍打起冬香的面颊来。

"冬香，你怎么了……冬香……"

菊治惊慌失措的声音持续着，还哀求："喂，起来呀，快起来……"又问了一声"你怎么了"时，录音停止了。

菊治闭着眼睛，沉浸在回忆之中的时候，感觉书记官站了起来。

菊治睁开眼睛，看见书记官拿起了桌上的录音机。此时，北冈律师宣布："录音到此结束。"

律师的声音使检察官、法官都从一个绵长的梦中醒来般地抬起了头，又立刻觉得听了这样的录音很难为情似的，互相回避着目光。

"下面，请旁听者再次入庭，继续进行审理。"

旁听者再次进入法庭坐了下来。

和退庭之前一样，旁听席上还是座无虚席的，显示出人们对这起案件的强烈关心。

"现在继续审理。"

审判长说完，北冈律师举起手来。

"审判长，关于刚才的录音，我有几个问题想讯问被告。"

"请问。"得到许可后，北冈律师问道："刚才播放的录音机里的声音，是你和被害人的声音，没有错吧？”

“是。”菊治小声回答。

“录音内容也和你以前录的完全一样，对吧？”

虽然感觉很难堪，菊治还是回答了一句“是的”。

“我的问题到此为止。”

辩护律师似乎是要确认一下刚才听的录音，是属于他们两人的录音这个问题。

检察官马上站了起来，说：“我也有一些问题要讯问被告。”审判长同意了她的要求。

“你想到要录这种录音，是什么时候？”

在检察官的注视下，菊治有些慌神，回答：“大概是五月……”

准确的时间是五月二十日，那天是冬香的生日，他们去箱根的时候，但菊治觉得没必要回答得那么精确，才这样含糊其词的。

“你为什么要录这种录音？”

“只不过是……”

一般的男人，和自己所爱的女性欢爱时，往往会忽然产生这样的念头。不过，眼前这位女检察官，或许是那种与此无缘的人吧。

“我只是想录着玩……”

“这件事，被害人也知道吗？”

“大概知道……”

菊治觉得检察官脸上刹那间露出嘲讽的微笑，但很快又恢复了严肃的表情。

“被害者没有表示什么反对吧？”

“是。”

检察官点了点头，说：“我问完了。”然后回到自己的座位上。

“今天的审理到此结束。”

审判长宣布下次进行总结陈述和法庭辩论，开庭时间定于新年刚过的一月六日，然后退庭。

# 雪女

第三次庭审结束后，菊治感觉就像翻越了一座高山。

下次开庭是明年年初，到时候检方将进行总结陈述及请求对被告判刑。

检察官会请求法庭对自己处以什么刑罚？一想到这件事，菊治就紧张得坐立不安。

当然最终判决要由审判长决定，但是根据检察官求刑的情况，可以在某种程度上判断出刑期。

最让菊治放心不下的是，自己和检察官之间一直不能很好地沟通。

检察官属于控方，不能正常沟通也很自然。即便如此，菊治还是希望在某些问题上能够得到对方的接受或理解。

然而，菊治觉得和织部检察官之间，始终都处于一种没有交叉点的平行状态。

难道说因为检察官是女性的缘故？

当初，菊治曾经期待过，检察官如果是女性的话，也许多少能够理解冬香的感情。可是在法庭审理过程中，检察官的表现让他非常失望，甚至有时候显得十分冷漠。

说不定正因为检察官是女性，才觉得那种沉溺于爱情、陶醉在性爱之中，以至于因此而求死的女人不可原谅吧。或者由于检察官自身不知道什么是性高潮，所以就认为沉溺于性爱本身，即是一种淫乱、可鄙的事情。

即便同样是检察官，换成能够理解爱情和爱欲的人的话，就有可能对此事持一种更为平和、体谅的态度。

总之，比起检察官来，虽说北冈律师是出于职业需要，理当如此，但他很理解自己，而且辩护得十分出色。

对北冈律师把辩护重点放在委托杀人上面，菊治虽略有不满，但除此之外，北冈律师的辩护都很棒。

北冈律师虽然身为男人，却不仅能够理解菊治，甚至连冬香的想法都能理解，还经常和蔼地鼓励自己。这或许是年龄的关系吧，不对，就算上了年纪，有的男人也还是不懂。所以说，在同女性交往上，北冈律师很可能有一定的经验，才构成了理解的原点吧。

最让人担心的是，那个女检察官到底会怎样向法庭求刑呢？

检察官看起来头脑聪明，然而她的精明、漂亮，反而使菊治感到不安。

菊治终日无事可做，沉浸于千般思虑之中。即便生活如此单调，日子照旧一天天地过去了。

牢房中唯一一个木架下面挂着一本挂历。每过一天，菊治就用碳素笔打个叉，今天已是十二月二十三日了。

自从菊治被捕到现在，已经快一百五十天了。算起来，从今天开始该进入三连休了吧。他一边看日历，一边漫无边际地想着心事时，听到喊“109号”，于是接过了自己的早饭，只见托盘上竟然放着两个蜜橘。

今天怎么和平时不一样呢？菊治问看守，答道：是天皇诞辰。

菊治双手接过托盘，拿起蜜橘来端详了一会儿。蜜橘不是很大，橘皮红红的，像是熟透了。

没想到天皇诞辰的时候，监狱里会发这种东西啊。

菊治把蜜橘剥开，一瓣一瓣地送到嘴里。和他想象的一样，蜜橘又甜又凉。这时候，他忽然觉得可笑起来。

一个大男人，因为是天皇诞辰，被赏了两个蜜橘，独自默默地吃着。不知为什么，他发觉自己这副模样既可笑又可悲。

可是，现在也只能听天由命了。

菊治这样不断提醒着自己，转眼间，除夕就到了。

自己已经沦落到要在这种地方过年的地步了。菊治面对这个残酷的现实，半是惊讶，半是伤感，一直到午夜都没有睡着觉。

此时此刻，在外面，除夕钟声已经敲响，人们要去神社、寺庙拜年了吧。这样想着，菊治禁不住叫出了“冬香”，并告诉她：“又进入新的一年了。”

已然去了另一个世界的人，应该没有除夕，也没有新年吧。既然这样，还不如索性到那个世界去更安宁一些呢。忽然菊治的脑海里，浮现出“死”这个字。

可能的话，他真想现在就死去，追到那个世界去找冬香。

冬香一直希望他们两个人一起去死。如果他去找冬香的话，她一定会伸开双臂，高兴地欢迎他的。

可是拘留所里，不用说金属了，就连一条绳子都不允许带进来。要想自杀，几乎是不可能的。

“我想死，可又死不了啊！”

菊治这样对冬香诉说着，渐渐地进入了梦乡。

一睁眼便是新的一年了。元旦早上，菊治用冷水洗了脸，接过了送来的早饭，发现今天的汤碗居然冒着热气，一看里面，放了两块年糕。

原来，元旦这一天，等候判刑的人也能分到煮年糕啊！菊治如同受到了特别优待似的，慢慢品味着年糕。

从今天起，就是新的一年了。五天后，法院将会进行控方求刑。不管在法庭上听到什么，自己都不能惊慌失措，要表现出一副凛然的姿态。

这是新年伊始，菊治唯一的心愿。

从元旦开始，菊治在挂历上一天天打着叉。到了六日这天，即法院第三次开庭的早晨，菊治有些拉肚子。

头一天晚上，菊治并没有吃什么不干净的东西。因为没有食欲，还剩下了一些，怎么还会拉肚子呢？

菊治想起了以前听说过的“神经性腹泻”这一单词。

各种精神压力或不安情绪一直持续的话，就容易拉肚子。昨天晚上菊治因为思考检察官总结、求刑的事情，心情郁闷，睡不着觉。会不会因为这个拉肚子呢？

“你要振作啊……”

菊治给自己鼓劲。事到如今，再怎么害怕也改变不了什么。重要的是，今天，被告可以获得最后陈述的机会，自己应该考虑说些什么好。

首先，菊治打算先向被害人家属谢罪。不管怎么说，自己给冬香的丈夫，以及她留下的孩子们带来了莫大的痛苦，这是无可争辩的事实。不过，只是这样谢罪，难以让他们感受到自己的诚意，所以菊治打算给他们一些钱作为补偿。

这件事是菊治去年年底想到的，并跟北冈律师商量过了。

从原则上讲，加害者一旦服满了刑期，就等于赎清了自己的罪过。除了特殊情况外，没有义务再向被害人赠与金钱或物品。

不过，据说也有用金钱或物品表达谢罪之意的被告人。

菊治恰好有一笔《虚无与激情》的版税即将汇入他的银行账户。原本那本书就是在冬香的鼓励下创作出来的，所以即便把版税的一半给冬香也不足为奇。冬香已经不在了，但把钱给她留下的孩子们，也是很自然的。

只是，菊治已答应买下千驮谷的公寓了，所以除去买房的钱，估计可以送给孩子们五六千万日元。

“这样一来，在量刑方面也会对你有利的。”

北冈律师立即表示赞成，但菊治并不是出于这个目的。

冬香的丈夫姑且不说，对孩子们，菊治至少要做点力所能及的事情。这不仅是为了孩子，同时也是为了年纪轻轻就去世了的冬香。

这一天东京的天空也是晴空万里。刚走出拘留所时，菊治感到寒风扑面，但押送车内充满了温暖的阳光。

在和煦的阳光照耀下，菊治感觉肚子里舒服了一些，只是小腹还有点儿隐隐作痛。

“一定要镇静。”

事到如今，慌手慌脚也没有用，菊治这样提醒自己的时候，开庭的时间到了。从正面望去，今天旁听席上也是座无虚席，“因为这是一个在社会上引起很大轰动的事件”，菊治想起了北冈律师说过的话。

这话是北冈律师无意中说的。不过可以想象，作为畅销小说作家，在做爱过程中竟然将自己的情人掐死，这样的事件是极具震撼力和轰动性的。对菊治来说，这只是因为深爱对方，失手造成的结果，可是在从未激情燃烧过的人们看来，就成了一个匪夷所思的、具有猎奇色彩的事件。

上午十点，和以往一样，审判长宣布开庭。

法庭内比以往多了一份紧张，大概是因为检察官将要进行总结发言和求刑吧。

“那么，从现在开始，请检察官和辩护律师做最终陈述。首先，请检察官进行总结发言。”

“是。”织部检察官声音清澈地答应后站了起来。

女检察官今天穿的也是灰色套装，胸口露出里面的白衬衫。她旁若无人地开始了总结发言。

“本案的公诉事实，在法庭审理期间，经过多方面的调查取证，已经得到了充分的证明。”

检察官伶牙俐齿的发言，使人感受到了丝毫不会妥协的严厉。

“首先，检方认为，被告人村尾菊治在与被害人入江冬香发生性行为的过程中，扼住被害人的脖子，将其杀害的行为，符合《刑法》第一百九十九条的杀人罪。”

看来检察官还是把这次事件仅仅判定为杀人案了。虽说多少也预料到这一点了，菊治仍然感到胃里一阵绞痛。

“虽然被告人主张由于被害人多次要求‘杀了我吧’，为了满足被害人的这一强烈要求而导致的此案，但是，因此便可以杀人的逻辑是不能成立的。”

织部检察官看了菊治一眼，继续说：“通过播放录音可知，被害人确实清楚表示过‘杀了我吧’，但那是在发生性关系时的非正常状态下，即所谓失去平常心的时候说出的话，只能认为是随意的，或者说是并非出自被害人真实意愿的要求。因上述理由，检方认定被告人的所作所为，不符合委托杀人的条件。”

“不对！”菊治在心中叫喊起来。正因为是在不正常的，或异常的状态下，冬香才能够把隐藏在心底深处的真实想法说出来啊。

在这性高潮之时，若能被心爱的人扼住喉咙而死，该有多好啊！

那个时候冬香绝对是这样想的，这样期盼的。

“第二个问题是，即便被害人这样强烈地要求，被告人因此便依照对方要求将其杀死，也不合逻辑。”

法庭里异常地安静。

“的确在性行为中，有些女性会说许多话。但其中不乏只是单纯出于撒娇或游戏心态。把这些话全都当成对方的心里话去实施，不能不说这是一种简单而幼稚的行为。”

说到这儿，检察官稍稍停顿了一下。

“当然，被告是一位著名作家，也没有犯罪前科。而且，被告曾经爱过被害人也是事实。”

不是曾经爱过，而是自始至终都爱着冬香。菊治在心中嘀咕，检察官继续说道：“但是，在被告人最近的著作《虚无与激情》中，主张男性在性爱上比女性冷静得多，属于缺乏激情的性。有如此之深的洞察力的被告人，竟然做出了这样的事情，不能不认为这是一种妄自尊大、以自我为中心的行为。”

事已至此，菊治不想听到这类说教。他感到烦躁，但检察官却充满自信地继续说：“综合考虑上述各个方面，依据相关的法律条款，检方认为应对被告人判处十年监禁。”

霎时间，会场上响起了一阵叹息。菊治轻轻地重复道“十年”。

“十年”，即意味着要在牢狱中关上十年。意味着失去所有的自由，像化石一样过十年。

即便这样清楚地告诉自己，菊治还是无法产生真实感。恐怕不实际地在监狱里面生活上一段时间，就理解不了这种概念吧。菊治这么发呆的时候，审判长宣布：“下面，请辩护人进行辩护。”

于是，北冈律师站了起来。

“辩方认为被告的行为不符合控方主张的杀人罪，应属于委托杀人。”

北冈律师静静地环顾了一圈后，说道：“第一点，正如录音所证明的那样，被害人曾多次执拗地求死。当时，被告曾向被害人确认‘真的想死吗’，还对她进行了劝说：‘人死了，就什么都完了。’‘死了以后，就再也回不到这个世界来了。’但被害人不但不听，并且明确表示，不想回家，不想回到丈夫的身边。‘我不想回家，求你想办法杀了我。’被害人这样要求，很符合委托杀人的规定条件。”

听到这些，菊治心里很不平静。那天晚上冬香的确那样说的，但他并不是因此就把她杀了。当时，菊治根本就没有一丁点儿杀意。

“而且本案发生的时候，被害人多次强烈要求被告人‘杀了我吧’。对死的这样异常的欲求，虽说是巨大的性快感，即所谓性高潮带来的，但同时也证明了，被害人以死为最大的幸福，已经失去了继续活下去的意念。”北冈律师循循善诱般地继续说道，“被告由于太爱被害人了，为了满足她的要求，使她感到幸福而尽其所能。被告所做的仅此而已。只是偶然造成了被害人死亡罢了。”

法庭上少见的词语接二连三地发出来，旁听席上的人都屏住呼吸，听得入神。

“而且……”北冈律师的声音提高了一些，“从被害人停止了呼吸以后的情况来看，被告的自言自语非常可怜，令人悲伤。此时被告还没有意识到被害人已死。正因如此，被告多次呼唤被害人，并问她‘你怎么啦’，这些更加证明了，被告不是想要杀死被害人才这样做的，被告没有杀人动机。”

接下来律师从容地训诫般说道：“此外，从被告朋友的证言中也可以得到证实，正是由于被告那种执着、认真的性格，才引发了这次事件。被告最近的著作《虚无与激情》，也是从正面对男女之间的爱情和情欲进行了真诚的探索。而且，被告对这次事件进行了深刻的反省，要求尽自己所能，在经济上给予被害人家属一定的援助。”

从旁听席那边，立刻传来了轻微的叹息声。

“作为辩护一方，我认为被告犯下的委托杀人罪，是在双方认可的前提下，出于特别深厚的爱情的一种爱的行为。”

北冈律师喘了一口气，再次望着审判长，提出：“鉴于这样的事件极为罕见，辩方认为，本案的判决，对今后同类案件的判决会产生极大影响。在综合考虑以上诸点的基础上，恳请法庭在量刑上，对被告尾村菊治尽可能给予宽大的裁决。”

北冈律师说完鞠了个躬，朝检察官看了一眼，回到了自己的座位上。

看来，控方的总结发言和辩方的辩论都已经结束了。

法庭里出现了短暂的平静。审判长像是等着这个时候似的宣布：“被告请到证人席上来。”

菊治站在了证人席上。

“至此本庭审理结束，如果你有话要说，请简要地做一下最后陈述。”

菊治点了点头，微微行礼后，说道:“我给被害人家属带来了极大的伤害，深表歉意……”

菊治想了一会儿，却想不出适当的话来，便摇了摇头，从证人席上走了下来。

法庭审理以菊治的发言宣告结束。

“今天的庭审到此结束。将于一月三十日上午十点，宣布法院判决。现在退庭。”

审判长话音一落，众人都站了起来，行礼之后离开了法庭。

“走吧！”在法警的催促下，菊治也站了起来，回头朝旁听席那边望去，看见有几个人正盯着自己这边。菊治觉得其中好像有中濑，但他慌忙垂下了眼帘。

然后菊治背对着旁听席，走出了法庭。

再往前走，就没有其他人了。沿着空荡荡的走廊，身穿白衬衫和外套的菊治跟在法警后面向前走去。

当审判长让自己做最后陈述的时候，应该更清楚地表明自己的一些想法才对。自己不是像检察官说的那样，简单、幼稚、没有任何判断能力的人，也不是一个极其妄自尊大、以自我为中心的人。只是那个时候，自己的精神状态已无法用这些逻辑来推理，是情不自禁地扼住了对方的喉咙，清醒后发觉人已经死了。仅此而已。在那一瞬间，自己仿佛迷失在了失却理性的另一个空白世界中，恍恍惚惚地照着冬香的要求，一门心思掐她的脖子。

站在证人席上的时候，菊治真正想说的是这些话。

可是，关键时候却卡了壳，光是一个劲儿摇头。内心无法表达出来的焦躁，先反映在了身体上，结果没能说出来，庭审就结束了。

“真是个笨蛋……”

菊治咂着舌头骂自己。

“怎么搞的，那么傻呆呆的？”

可现在后悔也晚了。

庭审这种仪式已经按照计划全部结束了。菊治又回到临时监押处，再被押送车送回拘留所。

外面依旧是朗朗晴空。不知从车窗照进车内的明媚阳光是否了解菊治心中的懊恼。

菊治重新感受到了大自然的惠顾。

无论是大街上自由的行人，还是在车站等巴士的乘客，以及被检察官要求十年刑期的被告，阳光普照在每一个人的身上。

菊治双手掬起一捧阳光，轻轻地捂在了自己的脸上。

回到单人牢房后，菊治又一天天重复起了一成不变的单调生活。

但是，他的心情却平静不下来。

菊治总觉得在最后陈述的时候，自己有什么重要的事情忘了说似的。后悔和羞愧的念头一直在他的脑海中萦绕不去。

现在，审判长一定正在考虑如何进行判决吧？那个时候，审判长沉默不语，是不是对自己很不利呢？一般来说，如果有看法的话，会说出来的，而没有表态，就等于全部默认了检察官的看法吧？菊治再也忍不下去了，问北冈律师：

“最后会怎么样啊？”

“等着判决吧。”律师只是点点头说，“我们连录音都交出去了，该做的事我们也都做了，理解的人应该会理解的。”

话虽这样说，最重要的是法官们的意见。因为是由他们决定判刑的期限，所以如果他们不能理解的话，就没有任何意义。

“刑期会不会比检察官要求的十年更长呢？”

“我觉得不会的。只是那个检察官太严苛了。委托杀人的最高刑期是七年。要求十年，就等于控方根本不承认是委托杀人。不过我觉得你对死者家属的谢罪做得很好，会因此获得量刑的，所以刑期不会比控方要求的长。”

那么，刑期会有多长？菊治想问的就是这个，可是北冈律师也猜测不出来。

“总之，咱们现在就等着吧。”

听到律师的话，菊治没有再说话，但不安并未因此打消。

北冈律师走后，只剩下菊治一个人待在单人牢房里。他再次念叨道：

“十年……”

最坏的情况是判处十年，菊治要做好这样的心理准备。

在监狱中囚禁十年的话，十年后菊治就是六十六岁了。那是一个什么样的年龄，菊治根本无法想象。自己已经不再是五十多岁的人了，过了甲子后，一般人已经退了休，进入了养老阶段。

那个时候被释放出来，自己还能剩下些什么呢？仅仅这么想象，菊治就无法忍受今后难熬的漫长时间，快要发疯了。

从一月中旬开始，菊治就一直感觉不舒服。

白天，菊治刚一站起来，就觉得头晕目眩，不得不蹲下来蜷缩成一团。这样静静地待了半小时后，虽然头不晕了，但身体却轻飘飘的，一点儿力气都没有。

与此同时，菊治耳朵也开始出问题了。别人叫他的声音，越来越听不清了。

菊治感到身体不适的第二天早晨，没有听见看守叫他，结果被看守吼了一句：“109号，没听见叫你吗？”

也许是身体对于长期得不到尊敬，总是被看守用数字呼来唤去的抗拒造成的失聪吧。

这样下去，到法院判决那天，恐怕也会出现问题的。于是，菊治便向看守提出请医生来诊治的要求，结果被医生判断为“美尼尔综合征”。

据医生说，这种病多发于较为神经质、过于认真的一类人，病因是精神上的不安定或精神压力过大。医生嘱咐菊治要打针、吃药，并保持心理平静。造成菊治精神上不安定的最大因素，应该是听到检察官求刑十年这件事。

菊治希望判决之日尽早到来。到时候可以清楚地听到自己到底被判了多少年，心里踏实了，头晕自然就好了。

不过，菊治对自己的脆弱还是感到吃惊。菊治一向很自负地认为自己不会输给同龄人，没想到竟这么不堪一击。

不对，自己是在被捕之后，才变得脆弱起来的。难道说被囚禁在一个地方、被剥夺了自由，会使人变化这么大吗？

就仿佛感应到菊治的自信在逐日减少似的，宣布判决的前两天，中濑前来探视。一看见菊治，中濑就关切地问道：“你显得有些憔悴，不要紧吧？”

“没事……”

菊治含糊其词地回答。中濑告诉菊治，《虚无与激情》又增印了五万册。

也许是注意到菊治没有表现出兴奋，中濑说：“那天的求刑实在太过分了。你放心吧，我们全都站在你那一边，法院的判决肯定会比求刑要轻得多的。”

中濑虽然这样宽慰他，可此时的菊治，谁说的话都不会相信。

法院宣判的那天早晨，菊治在盥洗室洗了手。

据收音机里预报，今天早晨的气温降到今年冬天的最低点，东京的中心地区可能会下小雪。

可能是这个原因吧，自来水管的水冰冷刺骨，但菊治却陶醉般地洗了很长时间。

没有特别的理由，他只觉得在冰冷的自来水冲洗下，这双手是那么可爱，那么令人回味。

这双手曾经爱抚过冬香、扼住过她那细细的脖子，还握过自己那个家伙……这双手知道所有的一切，却不言不语。

洗完手后，像以往一样吃了早饭，九点，菊治离开了拘留所。

路上的行人也都穿上了臃肿的防寒服，缩着肩膀，匆匆地走着。

押送车穿过隅田川，从千住向上野驶去。当车子刚要跨过隅田川的时候，天空中飘下了洁白的小雪花。

“是风花……”

菊治想起去年冬天，和冬香一起在京都的饭店里，眺望窗外的风花的情景。

说不定是冬香惦念他，从天空飘下来了吧。菊治靠近窗边，着迷地凝望着外面的景色的时候，风花转眼就消失了。

在京都的时候，风花也是瞬间即逝的。

菊治闭上了眼睛。不久押送车来到了市中心，停在了法庭所在的大楼外面。

今天是第五次来这里了。也许也是最后一次吧。菊治抬头望了一眼风花消失后的蓝天，走进了临时监押处。不可思议的是，一想到这是最后一次，连这狭窄阴暗的监押处都让他感到一丝亲切。

就在菊治打量四周时，时间到了。法警催促菊治起身，进入法庭。

“既然到了这个地步，也就没什么可怕的了，昂首挺胸地出去。”

大概是刚才看到了风花的缘故吧，菊治罕见地挺起了胸膛，平视前方，走到了被告席上。

等了一会儿，审判长走进法庭，像往常一样全体起立、行礼，审判长目光严峻地扫视了一圈法庭。

首先要宣布法庭判决。在异常紧张的空气下，审判长庄严地宣布：“下面，宣布法庭判决，被告人到前面来。”

自己是怎样站起来，怎样走过去的，菊治都记不清楚了。只是当自己站好之后，听见审判长拿着文件，声音清楚地宣布：

“判处被告八年徒刑。”

法庭内顿时响起了一片惊讶和叹息的声音，有几个人匆匆忙忙离开了法庭。估计是电视或晚报的记者，为了赶上下午第一时间报道这个消息吧。

在一片异样的紧张气氛中，菊治却格外地平静，连他自己都感觉意外。

审判长又宣布，拘留的一百二十天也算在刑期之内，然后开始宣读判刑的理由。

“被告人于平成十六年（2004年）十月，与被害人入江冬香相识，之后多次交往，发展到非常亲密的关系。与此同时，被害人的性快感不断加深，以至于希望被告人在性高潮中将其杀死。”

审判长宣读的是什么？菊治明知说的是自己的事情，听起来却枯燥无味，就像在听不认识的人作报告一样。

“被告人听从了被害人的要求，于平成十七年八月二日，在涩谷区千驮谷二丁目一番地的307号，即被告人的房间内，在性交中扼住被害人的颈部，致其死亡。”

以上似乎是构成菊治罪行的事实，但审判长在继续列举了几项证据之后，开始说明对事实的认定。

“虽然可以充分推断被告人的行为是在被害人多次要求下进行的，但是从被告人的年龄、职业等方面考虑，被告人应该能够充分预想到，这是违背社会道德的异常行为。关于辩方主张的委托杀人，只有当事人基于自愿或真心要求的时候，才可成立，如晚期癌症患者的安乐死的情况。像本案这样，在性行为进行之中，因瞬间的心血来潮或兴奋而说出的话，很难认定完全符合委托杀人的条件。根据以上观点，委托杀人不能成立，应属于杀人罪。但是，基于被告人缺乏杀人动机、对死者家属的道歉态度，以及提出经济赔偿等，在综合考虑上述诸点的基础上，如判决书所述，予以量刑判处。”

菊治突然大叫：“不对！”

怎么会发出这么大声音，连菊治自己也不明白。

一直以来菊治就对检察官和法官的说法抱有不满。这些积累起来的怨气，今天终于爆发了吧。

但是，被告在法庭上大喊大叫是不允许的。菊治心里虽然非常明白，可是一旦开了口，就再也止不住了。

菊治知道大家都在往自己这边看，仍继续喊叫：“什么受被害人的委托啦，请求啦，完全不是那么回事，和那些都没有关系。只是、只是冬香她……”

“肃静……”

菊治不顾审判长的制止，继续喊道："只是，因为冬香想要这样死去，让我杀了她，我只是照她的话做了，就是这样……"

"被告人，请安静！"

审判长再次制止，两边的法警按住了菊治。

但是，菊治仍旧朝着审判长大喊："什么法律、刑法，你们就知道讲歪理，狗屁不懂。什么也不懂，却要……"

当菊治用右手食指指向女检察官的时候，一名法警从后面反剪住菊治的胳膊，另一个人给他铐上了手铐。

菊治就这样被法警拉拽着从检察官前面走过，从小门出了法庭。

"安静点儿，你以为这是什么地方！"

一个看上去才三十多岁的年轻法警，凶狠地瞪着菊治，恨不得揍他一顿的样子，推了菊治的后背一下，让他快点走。

菊治向前踉跄了一下，往前走去。

这回自己可惹了大祸了。刚才那样对法官大喊大叫，不知会招致怎样的结果呢？

应该不会因此而增加刑期吧？判决书都已经下来了。

在感到不安的同时，菊治也颇觉爽快轻松了，憋在心底的郁闷，今天终于一吐为快。管他以后会怎么样呢，爱怎么判怎么判吧，八年也好，十年也罢，都无所谓。

菊治虽然觉得自己现在的情绪有些亢奋，但同时又自我肯定，这样也挺好。

坐进了押送车后，菊治的心情仍然没有平静下来。

在那么多人面前，自己真是露了个大丑。菊治在后悔的同时，又觉得自己就应该那么做，那样一来，就能让法官明白自己是怎么想的了。两种想法交替出现，使他的心情起伏不停。

无论怎么说，他们的说法都是不对的。

检察官认定："在发生性关系这种异常的状态下说出的话，不能认为是基于本人意愿的委托。"审判长断言："被告应该充分知道，把对方在性交过程中提出的要求当真，将对方扼死，是违背社会道德、为社会所不容的异常行为。"

这是不对的。“什么地方不对？”如果有人问的话，菊治也解释不清楚，反正就是不对。那些只知道死抠法律、书呆子似的家伙们是不可能明白的。只有当时和冬香做爱时的自己，是再明白不过的了。

这和是否基于对方本意或社会道德等毫无关系。那个时候，冬香一心追求理想的死，不停地喊叫“杀了我吧”。自己是一往情深地相信她，想要让她如愿以偿才那样做的。也就是说，自己是在冬香的央求下，顺从她的意志而下手的一介奴仆。

可是，法庭竟然因此而认定自己是杀人犯，要坐八年的牢，岂有此理！其实，刑期多少都无所谓，最重要的是自己的所作所为，根本不是像他们所断言的那种幼稚可笑、违反常理的行为！

总之，那帮家伙除了讲什么狗屁道理之外，还懂什么？他们认为凡事合乎逻辑就是正确的，不符合的便认定是不正确的。然而人是有感情的，一旦对感情加以污蔑和否定，人就不再是人了。

“不对，就是不对。”

菊治从押送车的窗口看到的街道，依然沐浴在明媚的阳光下，可他却没有心情眺望。

菊治嘴里一直念念有词地骂着那些家伙，回到拘留所后都停不下来。

进了房间后，菊治用两手啪啪地拍打墙壁，还用头撞墙。看守走过来对他吼道：“109号，你干什么？安静点儿！”

菊治只好离开墙壁，颓然瘫坐在了地上。

“不对……”菊治双手抱头，还在嘟哝不停，但是声音小得只有他自己才能听见。

夜里，菊治就这样一直叨咕着“不对”，直到筋疲力尽地睡着了。

第二天早上，刚吃完早饭，北冈律师就前来探视了。

“对不起……”一见面，菊治就低头道歉，“实在忍不住，就爆发了……”

一夜过后，菊治已经能够冷静地面对昨天自己的丑态了。

“没关系，因为那是你能够阐述自己意见的最后机会，可以怎么想就怎么说呀。”

听到律师这么说，菊治觉得好受了一些。

“只是，我的能力有限……”

律师说的好像是委托杀人的请求没被法庭采纳一事。

“不过，刑期还算是……”

律师解释说，法庭在判决时，大多是控方求刑的八成，所以菊治的刑期也还算合理。

菊治又涌起一股怒火：“刑期原来是这样决定的吗？”

“不是，我只是说这样的情况比较多。大家都是遵循一定的法律，在充分讨论的基础上，决定下来的……”

听到“遵循一定的法律”，菊治再次怒火中烧：“法律这玩意实在可笑。一般来说，无论是刑法，还是其他什么法，都是那些没犯过案子的、平安无事的、头脑聪明的人制定出来的吧？”

菊治兴奋得提高了嗓门。站在旁边的看守提醒他：“安静一些……”

菊治无可奈何地闭上了嘴。北冈律师贴近玻璃窗一些，说：“我今天来，是想问你想不想上诉？”

对了，还有上诉这条路，听到律师一说，菊治才想了起来。可是说实话，菊治不知道该怎么做。

“提出上诉的话，可以减刑吗？”

“怎么说呢，这要取决于能否认可委托杀人，但这个案件说不定有些难度。”

“那么，上不上诉结果都一样吧？”

“我也说不好。不过即使上诉，还是会依照同样的法律进行裁决。”

菊治缓缓地点点头：“不上诉了，就这样吧……”

一上诉，势必还要听那些家伙搬出法律来这个那个的，最后又是依法判决，菊治已经受够了。

“还有两个星期时间，你仔细考虑一下。”

律师说完就走了。

虽然菊治赌气说出“不上诉了”，可是这样决定对不对呢？直到夜里躺在床上，菊治还是拿不定主意。

如果上诉能够争取到减刑当然好，可是，弄不好也会加刑的。

律师的意思似乎是，八年刑期是很难改变的，既然如此，何必再受一次罪呢？

总之，法律这些玩意根本无法让人相信。现在的法律总是一味以理论优先，过分强调证据，认为这是最先进、最现代的东西。

然而，这些法律条文怎么能够对感情丰富的人做出公正的裁决呢？

记得冬香以前也说起过法律让人费解，虽说她指的是民事案件。

那次，冬香无奈地告诉菊治，丈夫只要一靠近她，她就会厌恶得浑身起鸡皮疙瘩。为此，她曾经去市级法律咨询事务所咨询过一次。人家对她说，只要你丈夫不同意离婚，妻子就很难得到平均分割财产的判决，除非你手里握有你丈夫使用暴力或外遇的确凿证据。

可是对女人来说，没有比和生理上厌恶的男人一起生活更痛苦的了。不承认生理因素这样非理性的、人类最真实的感性的法律，还能够叫作法律吗？

冬香和自己的关系越是亲密，越是拼命喊叫“杀了我吧”的理由之一也在于此。

然而，现在的法律，完全无视人类的这些情欲和感性，仅仅是凭借肤浅的男性的逻辑构成的。

“是这样吧？”

晚上，菊治一钻进被子里，就悄悄地跟冬香说话：“终于判决了，是八年。今后的八年里，我必须一直待在监狱里头……”

菊治不敢想象怎样度过这漫长的岁月，一直絮絮叨叨地诉说着。这时冬香从黑暗之中模模糊糊地浮现出来。

“冬香……”

菊治不由自主地想要上前去抱她，可今天晚上不知什么原因，冬香全身像雪一样白。

在北方地区，传说下雪的日子里会出现雪女。雪女就是雪的精灵，凝神细看的话，雪女就会消失。

“八年时间啊，太过分了吧！”

菊治这样诉说，雪女好像静静地点了点头。

“不过，冬香你能理解我吧？”菊治一边问，一边抚摸变成了雪女的冬香的手。

菊治拉着成了雪女的冬香的手，自慰之后，心里踏实了一些。

再怎么哭泣喊叫，也不会改变什么的。菊治醒来时，才发现自己仍然住在同样的单人牢房里，仍然被叫作“109”。面对这坚不可摧的现实之墙，菊治的反抗情绪被彻底地击垮、消解了。

这么说，法律这堵厚重的墙壁绝对无法打破了？在这一天里，菊治忽而想要激烈地反抗，忽而灰心丧气，两种情绪不断交替着。

充满反抗情绪的时候，菊治肯定会想起那个叫织部的女检察官。

不知道她是哪所大学毕业的，脑子有多聪明，过着什么样的生活。只是听北冈律师讲，她现在还是独身。那么她有没有正在交往的男朋友？有男朋友的话，她体验到的又是什么样的性爱？

白天里也就想想这些，但晚上上床之后，菊治的胡思乱想就不受约束了。

有一点可以肯定，那个女人根本不知道性的快感。

织部检察官眉清目秀，在总结发言和求刑的时候，完全是个自以为是的毛丫头。但她皮肤白皙，胸部也还算丰满。如果把她那套合身的套装脱掉，让她一丝不挂的话，说不定比想象的还要美艳。

当然，一般情况下是不可能实现的，所以要把她骗到某个地方，进行突然袭击。

“你要干什么？”她会惊叫起来，然后会摇晃着脑袋说，“住手！”也许还会大叫，“我要告你！”

但自己不予理睬，粗暴地剥去她的衣服，进行强暴。

出于泄愤的心理，菊治的脑海中浮现出的都是残忍的色情画面。

菊治强行和她不停地做爱，让她体验到什么是性快感。越是那种一本正经的女子，一旦感受到了性的欢悦，越会变得疯狂、痴迷。

如果她一定要当检察官的话，至少应该在知道了性的欢悦之后，再做检察官为好。这样对犯罪嫌疑人、对国家都有好处。

菊治的想象变成了复仇心，朝着淫秽、卑劣的方向奔跑起来。

归根结底，菊治就是想把戴在她脸上的那个法律的面具剥下来。

这么胡思乱想的时候，菊治竟然兴奋起来，很快就达到了高潮。

对现在的菊治来说，只有自慰才是他反抗妄自尊大的法律的唯一手段。

菊治又回归了单调的牢狱生活。

尽管对菊治来说，左右他一生的重要判决已经宣布，但拘留所里的看守，或其他等候判决者，仿佛全都对此漠不关心似的。与其说他们只关注自己的事情，不如说是逐渐失去了关注他人的余力了。

这么说，自己也会渐渐地失去气力，变成一个随波逐流的人吧？菊治觉得很可怕，又觉得干脆变成那个样子，反倒轻松了。

按照律师的说法，上诉期限是从宣判之日起两个星期以内。这个期间不上诉的话，刑期将会确定下来，自己将由被告人变成服刑人，被送往监狱。

据说很可能去北部地区的监狱，那样一来，自己就会离开现在这种有现代化设备的地方，前来探视的人也就更少了。

因为转到监狱之后，只有家人和亲属才能前来探视，所以自己会更加寂寞了。

不管是拘留所还是监狱，既然同样是被剥夺了自由的生活，又有什么区别呢？

菊治知道自己现在变得非常自暴自弃了。

不管自己怎样要强，这八年时间都出不来。一年三百六十五天，八年的话，就是一年的八倍，即两千九百二十天。自己要在监狱里度过将近三千天没有自由的生活。既然如此，不如变成一个萎靡不振、无所追求、吃饱了混天黑的人为好。

纵然努力表现当上模范囚徒，也只能减刑一两年。

就算得到这种奖励，对自己也没有多大意义。那岂不是等于向法律摇尾乞怜吗？一向无视法律、蔑视司法制度的老子，怎么做得出来呢？

再怎么样，菊治也不想向那群认定只有法理、道理是绝对真理的法律奴隶们低头，更不想得到他们的恩赐。

相反，既然已经沦落到这个地步，菊治反倒希望被人说成是色情狂、是欺骗他人妻子，借交媾之机将女人掐死的大浑蛋。

让自己淹没在这世上所有讲究法理、富有良知的人的蔑视和骂声中，是菊治此时的最大愿望。

判决宣布之后，四天过去了，五天过去了，一个星期过去了。

媒体以“婚外恋杀人事件”等大肆炒作，菊治这边没有一个人来探视，甚至连一封信也没有。

难道说因为判决宣布了，人们的兴趣便淡漠了吗？就连来得最勤的中濑都没再出现，只是把再版通知邮寄了过来。他也慢慢开始疏远自己了吧。自己一个人关在监狱里，将逐渐被大家忘却。

冬日里，菊治有时会感觉冷彻心扉般的孤寂。

看着映在单人牢房地上的自己的影子，菊治知道天色渐黑了。

这种空闲时间，本应用来看书或写作，可是菊治只写了几行，就再也写不下去了。

看来没有充足的精力就写不成小说。很多人认为创作小说属于脑力劳动，菊治却亲身感受到小说创作和非常消耗体力的拳击运动一样，同样属于身体的较量。没有足够的体力和精力，根本谈不上进行创作。

不能像和冬香热恋时那样，全身充溢着创作激情和气势的话，是很难写出小说的。

当务之急是，要丢下各种各样的顾虑，让自己的精神状态安定下来，否则根本谈不上创作小说。

据说判了刑，成为服刑的犯人之后，白天必须干一些简单的活儿。菊治觉得这样也挺好，能使自己的情绪逐渐安静下来。

叹息、倦怠、后悔、悲哀，各种各样的情绪在菊治的心里来来去去。这样过了一个星期后，高士突然来看菊治了。

“你怎么来了？”

菊治没有想到儿子会来，不由得加快步子走到他们之间隔着的玻璃窗前。

“你挺好的吧？”

高士穿着羽绒服，围着围巾，仿佛带进来一股寒气。他一边哈着气，一边问：“爸爸，不要紧吧？”

“嗯，还凑合吧。”

菊治故意装出很精神的样子点点头。儿子高士直盯着他说：“最后那天的判决，我去听了……”高士顿了顿，露出了笑容，“爸爸，你那天好酷啊！”

那天自己在法庭上那么丢人现眼，可是儿子却说自己好酷，这是从何说起啊？菊治正发愣，高士继续说：“可不是吗，爸爸对那些看上去很严厉似的人，直言不讳地说‘不对’了呀。”说到这儿，高士换了口气又继续说。

“正如爸爸所说的那样，搞错的、不理解的是那些人哪。”

菊治一直觉得还很年轻、不懂人情世故的儿子，挺着胸膛说道：“说实话，庭审我全都旁听了。为了不让别人发现我是你的儿子，就悄悄坐在角落里了。真是去对了。我现在终于明白爸爸为什么这么做了。”儿子目不转睛地凝视着菊治。

“爸爸不必觉得可耻，你根本没做一点不好的事情……”高士斩钉截铁地摇着头说道。

“爸爸把那个人杀了，的确是不对，但那是因为爸爸不知多少倍地爱着她，珍视她的缘故……”

菊治垂下了眼睛。儿子这些安慰的话让他十分欣喜，但更让他欣慰的是儿子竟能这样理解自己。菊治感动得快要掉下眼泪了。

“如果说不对的话，应该是那个人啊。是她要求爸爸‘杀了我’的，结果她自己死了，却留下爸爸一个人遭这份罪，让爸爸这么痛苦……”

原来还有人这么看。菊治意外地听到这样的话，一时不知该如何回答。

“应该说，爸爸才是被害者。”年轻气盛的高士断然说道。

“不管爸爸被判什么刑，我都不会以爸爸为耻的，反而……以爸爸为豪。”

这时，高士显得有些害羞似的说道：“那个，我想给你介绍一个人。”

“介绍？”

“对，是个女孩子，可以吗？”

这个人会是谁呢？高士不会是把妻子带来了吧？菊治正猜想的时候，高士回身打开了身后的门，走进来一位年轻的女子。

“她叫美和……”

女子向菊治鞠躬施礼，菊治也跟着还了礼，高士说：“她是我的女朋友……”

这位女子是怎么回事？高士对他提起过一个未婚妻，都快要结婚了，却因菊治出了事而告吹了。

这么说来，她是儿子后来又找的女友吧。菊治竟忘记自己是一个犯人，不眨眼地打量起眼前的女子来。

这女孩子也就是二十五六岁的样子，长相秀气、和善。菊治突然发觉，她那纤弱的感觉和冬香颇有几分相像。女子低垂着眼帘，轻轻地低头施了一礼。

“不好意思，让你来这种地方……”菊治也低头还礼，还没来得及说出“非常抱歉”来呢，儿子就解释道：“我以前跟你说过，想让你见一个人吧。”

儿子那个电话打来时，正是菊治杀死冬香的那个早晨。所以当时他根本没有心情回应儿子，只说了句“以后再说……”就挂断了电话。

“她就是我那个时候要你见的人啊。”

“什么……”

菊治没搞明白高士这句话的意思，怔怔地瞧着面前的女子时，高士继续说明：“爸爸出事之后，她一度提出和我分手。不过，后来她说想要了解爸爸的案子的真实情况，就和我一起去了法庭……”

这么说，这位女子是瞒着家长和高士一起坐在旁听席上的了？

“那么，后来呢……”

“她理解了爸爸所做的一切。爸爸根本没有做什么坏事，也不是坏人……”

高士似乎想得到她的认同，扭头看那个叫美和的女子，她也缓慢地点了下头。

可是她面对的是一个犯下了杀人罪的男人，难道她不觉得可怕吗？

“为什么会这样？”菊治问。

高士替女子答道：“这还用说，因为爸爸只不过是为了真心爱一个女人。她说，你父亲能这么真心去爱一个人，太了不起了……”

这姑娘竟然这样理解自己。菊治真想紧紧地握住她的手，却无法做到，只好把手按在了玻璃上。

“谢谢！”菊治再次低头致谢。这时，儿子充满骄傲地宣布：“爸爸，我们还是会结婚的。”

这就是说，尽管他们因自己犯罪坐了牢而一度取消了婚约，最终仍然决定结婚。其理由就是旁听了自己案件的审理过程，认识到自己不是坏人。

尤其是“爸爸只不过是为了真心爱一个女人”这句话，最让菊治高兴。就连一度打算解除婚约的高士的女友也理解了自己，更让菊治欣喜万分。

“原来是这样啊……”

菊治觉得自己好像第一次得到了别人真正的认可似的。一直以来，自己被人们认为是一个生活放荡不堪，最终把女人掐死的不可救药的男人，连菊治自己也陷入了迷茫。万万没想到，在这关键时刻，这两个年轻人给了自己莫大的支持。

“你们打算什么时候结婚？”

“可能的话，在夏天之前……”

虽说是夏天，不，即便是一年、两年，或五年之后，自己还是出席不了儿子的婚礼。

儿子高士仿佛看出了菊治的心思，说道：“我们结婚的时候，希望也能得到爸爸的祝福。”

“可是……”

如果被别人知道，这是来自狱中的父亲的祝福，可怎么办？菊治有些担心，但这位美和姑娘字字清晰地说：“请您一定要答应！”

既然儿子的未婚妻也对自己这样说，可见他们是真心想要这么做。

“因为我不打算隐瞒爸爸的事情。如果别人知道了，就知道去吧。反正大家都已经知道了。”

在菊治眼里一直很幼稚的儿子，突然之间变得成熟了。

“谢谢……”

菊治又一次向他们低头致谢，然后问：“结婚典礼和婚宴等需要很多花费吧？不要有什么顾虑，尽管告诉我。”

"好的。我们不打算办得太铺张，万一不够了，就得靠爸爸支援啦。"

说心里话，不管为他们花多少钱，菊治也不会吝啬的。

"我要说的就是这些，请爸爸放心吧……"

说完，高士和女友对视了一下，站起身来。

"爸爸，请保重身体，我们还会再来看你的。"

女孩儿在旁边也点点头，两人朝菊治鞠了一躬后，便离开了。望着他们的背影，菊治觉得终于有人把自己当作正常人来看了，深深舒了口气。

菊治用碳素笔在日历上一天一天打着叉，其实也没有什么特别的用意。难道说，今后八年里，逃跑就不用说了，就连自杀的自由都没有，只能被禁闭在监狱之中吗？菊治沉浸在黯淡的愁思中，又一天过去了。

今天是宣布判决后的第十三天了。

"明天就是上诉的最后期限……"

虽然菊治一度决定不上诉了，可让他就这样去服刑的话，他还是需要一个让自己能够接受的理由。

早早天黑了的一个冬日的傍晚，菊治正愁容满面地对着日历发愁时，听到看守喊："109 号，有你的信。"

菊治立刻跑过去，接过信一看寄信人，写着"菊地麻子"四个字。

是曾经给他来过一封信的四谷的妈妈桑。妈妈桑还没有把他忘了，让菊治不由得欣喜不已。他急忙打开信，字迹和信封上一样柔美。

"事到如今，跟您说这些，或许有些不合适，但我还是下决心给您写这封信，如果有什么话让您不快，就把信扔掉好了。"

信的用词很恭谨，但距离上次来信已经过去快四个月了。在上封信里，妈妈桑对女性在达到性高潮时会渴望去死深表同感，并坚信菊治是无罪的，这些话无疑给了菊治莫大的鼓舞。

"说实话，上次给您写信后，我就一直惦念您的事，所以全部庭审我都去旁听了。"

菊治万没想到，妈妈桑也会来法庭旁听。

"说实在的，无论是检察官的总结发言，还是审判长宣布的判决，我都无法接受。并不是我一个人这样想，来酒吧的客人们都认为判得太重了。也有客人主张，说不定围绕是否属于伤害致死罪进行辩护更好一些。”

已经是过去的事了，现在再说什么也没有意义，而且，一想到在那个“mako”小酒吧里，自己的案子成为客人们的谈资，菊治就觉得心里不是滋味。

“总之，那个判决不光是您，就是去世的冬香女士也是无法接受的。如果冬香女士还活着的话，她会怎么说呢？恕我冒昧，我下面写的，就算是冬香女士从另一个世界写来的申诉书吧。”

迄今为止，菊治几乎没有想过冬香会是什么心情。菊治对于以那种方式结束了她的一生，虽然追悔莫及，满怀歉疚，但是他从未站在冬香本人的立场上，深入思考过这次事件。

而现在，“mako”的妈妈桑指出，要是这样判决的话，冬香本人也无法接受。信里写道：“我觉得冬香女士也一定会对检察官和审判长的不谙事理感到吃惊和失望。”

然后，进入信的第二页。

“我这样断言也许有些可笑，但是我认为这次的事件是一对出类拔萃的情侣，因彼此倾心相爱，而到达的一种极致之爱的理想形态。当然，也许这只不过是从冬香女士的，还有我的，即从女人性爱角度出发的单方面的愿望吧……”

妈妈桑可能是越写越激动，字也变得呼之欲出起来。

“虽说这事让人见笑，其实我曾经试图自杀过。当然是因为和他疯狂相爱导致的……结果没有自杀成，和他也分手了。”

菊治想起了妈妈桑那张虽顺从命运，却残留着激情火种的脸庞来。

“爱就是欲望，无论是我那个时候，还是你现在，都不会改变的。欲望即是死亡，即死神。正如因为有死亡，才会有艺术一样，正因为有死亡，人才会去爱。爱通过死亡来完结、来升华，成为永恒。”

读着来信，菊治恍惚觉得自己正坐在那个昏暗、冷清的酒吧里，听妈妈桑说话似的。

“我觉得，爱着您，并受到您全身心爱恋的冬香女士一定和我想的一样。

因为爱而生快感，快感不断升级，到达顶点之后，她所希求的便是在快感高潮中死去。如果彼此真正相爱的话，那就只有死亡。冬香女士切实得到了这一最最极致的幸福，正是您让她如愿以偿的。”

没想到还有人会这么看，菊治屏住了呼吸。

“八年的刑期的确太严酷，太过分了。但这也是冬香女士给予您的判罚。因为在八年的监狱生活中，您是不可能忘记冬香女士的吧，而且冬香女士也将会永远活在您的心里吧。这就是说，冬香女士通过自己的死亡，把您给俘虏了。”

菊治读到这儿，不禁感到一阵战栗。

妈妈桑说，八年的刑期也是冬香女士给予菊治的判罚。她还说，冬香是为了使菊治忘不了她，而让菊治杀死她的。

“现在再说这些也无济于事了，不过你是一个坏男人。虽说男人不能让女人产生性快感是一种罪过，然而让女人快活得想要去死，则是更大的罪过。”

妈妈桑信里的每一个字都像利箭一样射进了菊治的胸膛。

“尽管我不认同检察官和审判长的判决理由，但你确实犯下了不可饶恕的罪行。”

来自另一个世界的冬香的申诉书继续写道：

“让女人，让您心爱的女人那样兴奋是不可以的。她在痴狂中一而再，再而三地喊出‘我想死，杀了我吧’，让她如此意乱情迷的人是您。这样或许满足了您好色的欲望，是最高的享受，可是那么疯狂地登上峰顶的女人又怎么办呢？她该怎么恢复到原来的状态？一旦飞上天空的女人，再也不可能回到地面来了。她会永无休止地追求那种欲飘欲仙的快感，直到死为止。这就是女人的性。一旦尝到了滋味，便不肯就此罢休。她们会变得贪求无度，任性而为，想要和自己所爱的男人永无穷期地交合下去，永享快乐。”

菊治蓦然觉得冬香就伫立在自己身后似的，回头望去，眼前只有昏暗光线中的一面白墙，冬香大概像雪女那样瞬间消失了吧。

“您就是一个罪人。您让一个对性无知的，甚至对性爱感到厌恶和痛苦的女人变得如此痴迷性爱，迷恋男人到了无以复加的地步，让她变成一团烈焰，不惜燃烧成灰烬。您正是播下这个火种、断送了自己心爱的女人的大恶人。”

这种道理说得通吗？虽然菊治觉得不合逻辑，但眼睛却一直盯在来信上。

“我再说一遍，冬香女士并不想离开您。正是因为她太爱您了，不想把您交给任何人，才会让您杀死她的。也就是说，您是被她选中的凶手。所以您被送进了拘留所，并将被送往流放地。”

来信以下面的话结了尾：

“八年虽然漫长，但是冬香女士为能让您这样有才华的男人因她获罪而感到十分满足和高兴。我希望您就把今后的牢狱生活，当作是和那位温柔可爱又妩媚放荡的冬香女士朝夕相伴的甜蜜日子，在爱的流放地生活愉快。”

读完信后，菊治大大地舒了一口气。

这种想法或道理真的存在吗？妈妈桑说，让冬香享受到欲死的快感是一种罪过。女人一旦被男人带到了狂叫“我想死”“杀了我吧”那样快乐的地步，就再也无法回头了。妈妈桑说，菊治是由于犯下了使女人无法回头的罪行，才要坐八年牢的。

“不对……”菊治刚要这么说，又把话咽了回去。

也许妈妈桑说得有道理。和那些只知道法律的审判长、检察官的似是而非的道理相比，妈妈桑的看法更接近真实，让菊治能够接受。

“原来是这样……”

菊治现在终于开始考虑接受刑罚了。这一转变并不是因为义正词严的法律条文，而是由于自己被冬香用爱的镣铐捆绑起来了，无法挣脱。

如果这是冬香的愿望的话，那就认了吧。

“我知道了，冬香，我不再上诉了。”

事情到了这一步，即使反抗也可能是徒劳。与其毫无胜算地上诉，授人以笑柄，不如把这八年的刑期当作是冬香判的，所以自己才甘愿服刑。这么想让菊治更能够接受，更感觉安宁。

不过，谁又能想到，看上去那么温顺的冬香内心，竟然潜藏着如此疯狂的欲望和执着。或许越是表面文静的女子，心中越是隐藏着无法遏制的激情吧。

总之一句话，现在菊治清楚地知道，自己在了解冬香的同时，也迷失在了冬香内心深处的爱的迷宫之中。尽管不知道该往哪里走，他仍旧胆战心惊地继续前行。当意识到此路不通的时候，已经太晚了，再也走不出来了，被封闭在那迷宫里面了。

既是这样，就心甘情愿地在这里待下去吧！如果冬香希望自己一直在这里面思念她的话，那就这么办吧！

而且每当深夜来临，四周一片寂静时，在这黑暗之中，变成雪女的冬香一定会出现在自己面前，温柔地帮自己自慰的。

这就足够了。这样持续八年的话，冬香也会让自己多少自由一些的。

“冬香，我就在这块流放地上住下了。因为这里是只有像我这样疯狂爱你的，能够让女人享受到无穷快乐的男人才有资格居住的——爱的流放地。”

<译后记>

# 激情与虚无

《爱的流放地》(2006)是渡边淳一继《失乐园》(1997)之后又一部描写当代男女终极情爱的力作，为读者奉献了与《失乐园》有所不同的惊世骇俗的结局,时隔9年,在日本再度引起轰动。作者经过9年时间的沉淀，于73岁高龄推出的这部大作，为渡边情爱文学画上了一个完满的句号。

整部作品虽多达45万字，却是结构紧凑、高潮迭起，读来趣味横生。男主人公村尾菊治(55岁)是一位过气的小说家，女主人公入江冬香(30多岁)是他的粉丝，已有三个孩子。他们在京都邂逅，双双陷入情网。热烈的恋爱使消沉的小说家菊治重新获得了创作灵感，找回了自信，时隔多年开始创作小说《虚无与激情》。而在他的启蒙引导下，冬香也由最初的厌恶性爱，逐渐感受到了性爱的美妙和做女人的况味。这销魂的感觉伴随着一次次约会而不断加深，使她深陷其中不能自拔，最终发展到为追求极致的快乐感觉，渴望菊治扼死自己。

作品的上半部分，作者不惜笔墨地细腻描写了男女主人公缠绵悱恻、日益深化的情爱发展脉络，直至冬香的意外死亡，两个相爱的人转瞬间生死永隔；下半部分围绕着法庭对此案的审理过程徐徐展开，主人公、律师、年轻主审官、女检察官、出版社编辑、妈妈桑等角色的设定，构成了一个个跌宕的情节，让读者随之一喜一忧。经过多次开庭审理，法庭最终宣判菊治服刑8年，这一判决结果既在意料之外，又在情理之中。菊治由最初的不服、辩解，到放弃上诉，再到甘愿服刑的几起几落的心理变化过程描写，很好地解析了“爱的流放地”的含义与作品的主旨。

从艺术角度看，无论性爱场面还是心理刻画，无论是人物塑造还是法庭审理等，无不展示出作者炉火纯青的描写功力。在渡边的笔下，女主人公冬香在性爱方面的剧变过程被描绘得出神入化，淋漓尽致。而男主人公在情感与法律相克时的心理挣扎，以及面对家人、朋友、世人时的情感纠结，更是入木三分，令人叫绝。他们因为惊世骇俗的爱欲付出了巨大的代价，从幸福的顶点坠入不幸的深渊。这样跌宕起伏、轰轰烈烈的生命体验，让他们活出了别样的人生。

《爱的流放地》的原型来自20世纪30年代日本著名的阿部定事件。阿部定是在卖鳗鱼饭的“吉田家”干活的女招待，与老板石田吉藏情投意合。二人私奔后，整日沉迷于疯狂的性爱。在一次交合中，阿部定用腰带勒紧吉藏的脖子，二人从中体会到了从未有过的快感，永远相互拥有的欲望最终将二人推向了深渊。1936年5月18日，阿部定用腰带勒死了睡梦中的吉藏后，割去了她最心爱的男人的生殖器，带在身上离去了。阿部定被捕后获刑6年，该案件轰动了整个日本，阿部定也成为日本社会语境下象征“追求极端性快感”的文化符号，渡边淳一据此创作了《失乐园》以及《爱的流放地》，著名导演大岛渚根据这一真实事件改编了影片《感官世界》。这种因沉迷于情欲不惜赴死的情爱物语，在日本文化中并不罕见，可看作是情爱美学中的武士道精神。渡边淳一的小说，正是继承了日本这种独特的情爱观。

渡边淳一的情爱作品看似情节雷同，但每部作品都各有侧重与新意，并非千篇一律。《爱的流放地》与以往同类作品相比，可归纳出以下几个方面的特点：

第一，女主人公的设定。冬香是三个孩子的母亲，这是从未有过的。

这样的身份更加重了她投入婚外情时的砝码，衬托出美好的性爱对女主人公的强烈吸引力，以及付出的代价的沉重。

第二，结局的设定。与以往渡边作品的主人公一方的自杀或情死不同，该作品是男人失手杀死所爱的女人，或者说是在女人的强烈要求之下，男人迷失在女人爱欲的迷宫里，为了这份情爱而导致了悲惨结局。因此，与前两种结局设定相比，此种结局无疑更具有戏剧性和震撼力。

第三，性爱场景的设定。本作性爱描写更直白、更赤裸、更具体，无论从数量还是质量上，都远远超越了《失乐园》。从作者的意图来说，为了“失手扼杀”这一意外结局的需要，大量的情爱铺垫是不可或缺的。因为只有这样让人忘却一切、欲飘欲仙的性爱过程，才能令人信服地佐证作者一贯的观点：“让人们去深思性爱的恐怖和可怕，因为它甚至能让人产生死的愿望。”

第四，题目的设定。“流放地”这个词语所具有的独特象征性，体现了作者对婚外恋问题的突破性探索。“流放地”寓意男女主人公被逐出正常的社会生活，婚外恋问题由道德法庭审判进入了更为严酷的法庭审判层次。表明了现代人对于真爱的自由追求依然充满坎坷、荆棘丛生，以及作者对现实社会对人性压抑的思考和忧虑。

总之，《爱的流放地》体现了自《失乐园》以来，作者对婚外情的一些新的思考。可以说是不亚于《失乐园》的又一座丰碑。正如《爱的流放地》里男主角新创作的小说题目《虚无与激情》那样，该作充分体现了渡边淳一文学的特质，即“性爱至上论”。渡边在多部小说里描写了形形色色的爱与死，无一不是为了论证其“只有死亡才能成就情爱”“爱即是死”的情爱理念。现世不存在天长地久，因此要想相互拥有，就要不懈地追求，而不懈追求的结果，只能是越来越空虚，越来越脱离现实社会，死亡才是唯一的解脱。

虽然渡边淳一的“性爱至上”理论与源氏物语的物之哀、谷崎润一郎的耽美文学一脉相承，但在书写爱与性上，他远远超越了前辈。他凭借外科医生的知识，对于人的生理、性心理的描绘；作为情感经历丰富的作家，对于人物情感的描述；以及对于日本好色美学传统的继承等，共同构成了渡边文学的独特魅力，不是简单一句“情欲小说家”的定性可以概括的。他在写作中不顾忌任何诋毁褒贬，毕生致力于探索男女情爱，在日本当代文学中，可以说无出其右者。众所周知，从《一片雪》（1983）开始，渡边淳一由医学小说转向创作以描写中年人爱情为主的男女情爱小说，并以自己的生活为参照，为读者贡献了以《失乐园》为巅峰的一系列情爱作品，受到广大读者的喜爱，最终获得了成功。

渡边淳一如此关注中年人的不伦之爱，是因为他一贯认为，中年人的性更复杂、更深邃，给人带来的痛楚也最大。在现代社会中，很多家庭表面上看似平静，其实夫妻之间缺少爱，人们对性爱的体验也存在着很大的差异，有的人体会过极致的感受，有的只感受到一些，有的完全没有感受过。一般而言，中年之爱，性的成分占有很重要的比例。这是因为双方都有家庭，能让他们冲出禁忌，产生不伦之爱，一定是在性的方面获得了深刻的感受。以《失乐园》为代表的渡边作品，在描写中年人性爱时揭示了欢愉感与罪恶感相辅相成的埋藏在人的内心深处。男人女人一旦陷入到这种性爱中，就必须面对和正视这两种感受。因此，这种爱也就更为沉重，更充满刺激，让人欲罢不能。他注意到并致力于探求人们这种最本真的，同时又是最受社会制约的需求。

相对于年轻人的恋爱会得到父母的支持、周围人的祝福，没有任何阻力，人到中年后上有父母下有子女，再加上复杂的社会关系，在这样的背景下，一对男女要执着地追求一种纯粹而高度契合的爱，无疑是对人性、伦理的挑战，非常非常之难。最终，作者在《失乐园》里塑造出了不惜付出生命代价去追求那刹那即是永恒的男女主人公，提出了爱到极致会走向死亡的设想。《失乐园》的男女主人公双双赴死，《爱的流放地》的女主人公殉葬般的死，便是渡边所构想的极致体验。

渡边为什么会探求这样的主题呢？应该说与他自身的感情经历密切相关。他的初恋——《魂归阿寒》里描写的 18 岁少女纯子的自杀，“伴随着刻骨铭心的感受，左右着我后来的爱情轨迹……年仅 17 岁的我，由于与她这样的女性交往，而开始对女性抱有不信任的感觉……是一种永久的伤痛”。直到 20 年后，他终于在作品中将这段情感经历埋葬掉，然而对于女人、爱情的虚无感对他的一生影响至深。中年时期，相爱十多年的情人因不堪忍受病苦投海自杀，再度让他体味到爱的虚无。爱情的美好与虚幻，对爱情的执着与矛盾，爱情与死亡等二元符号一直支配着他的情感生活。

此外，外科医生的经历，让他见多了生离死别，感受到人生的无常，也让他发现了对异性的爱，有时能够让人忘却生老病死之苦。他认识到肉体之爱，或可暂时填补人们无助的心灵，尤其是激情四溢的不伦之爱，更是平淡婚姻中无法获得的情爱。

渡边文学初期的医学小说是从医学的角度对人的生存状况、存在意义进行探究。他一贯主张面对无法把握的命运，面对死亡，人要成为命运的主人，要不甘平庸，不消极忍受，要活得有价值、有意义、有尊严。近 20 年创作的多部医学小说，为作者日后广泛深入描写男女情爱奠定了坚实的基础。他通过笔下追求个性自由的人物弘扬人性，倡导作为一个活生生的人，要追求生命的意义，来证明自己曾经努力过、真实的存在过。即便是短暂的闪光，也可以无怨无悔地告慰自己的人生。

医学小说的这些主题与以《失乐园》为代表的渡边情爱文学是同一的。

渡边认为“在日本的文化当中，死亡或许并不是一个消极的东西。它是一个更精彩、更耀眼、更能放射自己的手段。”这是他创作以死亡为结局的作品的出发点。他认为爱欲是人类最原始最持久最强烈的欲望，在爱的顶点结束生命，通过死亡使爱欲以最高的形式达成，无疑是最震撼人心的。热烈的情爱往往伴随着激情消失，于是虚无便不期而至，只有死亡才能保住此生的终极之爱。换言之，对于至爱的追求，无异于对死亡的追求。回顾作者以往的情爱作品，以死亡结局的作品不在少数。《深夜起航》（1976）的男主人公为阻止心爱的女人移情别恋而自杀，《樱花树下》（1989）里母亲为成全女儿而自杀，《失乐园》（1997）的男女主人公共同欣然赴死，《瞬间》（1999）的女主人公因患了绝症而自杀，《爱的流放地》中女主人公被爱人失手杀死等。这些作品异曲同工地印证了渡边的情爱与死亡的理念。

追究渡边情爱小说里的妻子出轨的原因，几乎都是由于作为社会精英的丈夫或简单粗暴，或刻板无趣，或软弱无力，总之缺少作为雄性应有的阳刚之气，以及对于爱欲行为的驾驭能力。也就是说，现代社会的男人，作为男性的角色已经因生活的重压而退化，虽然事业有成，但作为自然人，往往满足不了女性的需求。

作者笔下的女性有着固定的模式，即优雅端庄，温柔顺从，可是一旦尝到了性爱的美妙滋味，就会骤然变得意乱情迷，深深陶醉于色欲的快感，像阿定那样贪求无度起来，想要和所爱的男人永无休止地交合下去，乃至丧失自我，为爱舍弃生命。从表面上看，冬香是被情人失手杀死的，而实际上，她是心甘情愿地死在爱人的怀抱里的。因为性爱的力量可以战胜一切，改变一切。冬香和凛子都是被极品男人一手调教出来的“爱的精英”，对性的沉迷更加彻底，更富于牺牲精神，甘当爱的殉葬品。

“从医学的角度，我看到了人最肉体的东西；从作家的角度，我看到了人最本质的东西。当然，两者都需要对人的爱，都必须对人具有深刻的关怀。”基于这样的出发点，渡边淳一力求从不同的侧面，深入探讨爱的欢悦与虚无、理智与情感、家庭与爱情等悖论。以其特立独行的文学与人生，对人性最隐秘的层面进行了最直接、最淋漓尽致的剖析，揭示了人内心深处的本能、潜在的非伦理欲念有可能使人跨越种种世俗障碍，去追求极致的爱，最终共同赴死的境界。因此，不道德的婚外情在渡边淳一的笔下才会呈现为近乎神圣而纯粹的审美状态。

不过，作者也借助法庭辩论过程告诉人们，现实与男女主人公对爱的极致追求形成了鲜明的对照，个人追求真爱的努力，在社会的审判面前是多么渺小，多么不堪一击。这样的恋爱关系，永远不会被正常的人们接受和理解，再诚实的辩白也是徒劳。冬香纵然是在快乐和幸福中死去的，也只能被社会看作被欲求蒙蔽了双眼的淫荡而可怜的女人。

即便如此，并非没有理解者。作者通过酒吧妈妈桑的那封信，以女性的口吻对他们的做法表达了共鸣和理解：

“……爱通过死亡来完结、来升华，成为永恒。”“我觉得冬香女士也一定会对检察官和审判长的不谙事理感到吃惊和失望。……我这样断言也许有些可笑，但是我认为这次的事件是一对出类拔萃的情侣，因彼此倾心相爱，而到达的一种极致之爱的理想形态。当然，也许这只不过是从冬香女士的，还有我的，即从女人的性爱角度出发的单方面的愿望吧……”

“您就是一个罪人。您让一个对性无知的，甚至对性爱感到厌恶和痛苦的女人变得如此痴迷性爱、迷恋男人到了无以复加的地步，让她变成一团烈焰，不惜燃烧成灰烬。您正是播下这个火种，断送了自己心爱的女人的大恶人。”

这封信开导和激励了村尾菊治，哪怕只有老板娘和儿子等极少数人的理解，也使他对自己增强了信心，不再感到委屈，心甘情愿地坐8年牢。小说以“冬香，我就在这块流放地上住下了。因为这里是只有像我这样疯狂爱你的，能够让女人享受到无穷快乐的男人才有资格居住的——爱的流放地”这句内心独白来结尾，表明了菊治追求自我放逐的“爱的流放地”的决心。

另一方面，“爱的流放地”也意味着这样的爱情结局不但不可能被社会认可，还必须受到法律的惩罚，更加反衬出渡边淳一追求极致之爱的非现实性和悲剧性。不可否认，渡边情爱文学存在着夸大性爱的作用，脱离现实地追求纯爱，以及从男性视角塑造女性形象等等局限性。渡边淳一试图敦促人们警醒起来，不要被物欲社会所异化，并以自己的方式寻找解决这些矛盾的方式，让人们走出家庭去寻求爱情，但最终得到的只能是无言的结局，甚至会付出生命代价。由此可知渡边文学的主题本身就具有根源性矛盾冲突。

尽管渡边文学存在着这样那样的局限性，仍然无法否认他对日本好色文学传统的独特传承，对人的存在的思考。“我写性是为了写人生。”这句话足以概括渡边文学的特质，足以让世人明白，为什么即便因性描写过多而饱受诟病，他仍不改初衷了。事实上，渡边文学里的男女主人公的性爱不仅以满足情欲为目的，更是为了确认彼此的爱。作者描写死亡结局也并非鼓动人们去为爱而死，而是意在探究现代背景下的性与爱的种种终极形态，通过文学表现人性的多元复杂性。让人们“联想到自己的人生，想想爱对自己意味着什么，如何解决爱的问题。”

渡边淳一倾尽毕生之力，明知不可为而为，深刻挖掘现代社会中的人们在爱欲与伦理道德面前的困惑、挣扎与贪婪，以及追求纯爱的虚无前景，为世人描绘了一幅幅色彩纷呈的人间浮世绘，并最终成就了自己独具特色的情爱文学。

竺家荣

图书在版编目（CIP）数据

爱的流放地 /（日）渡边淳一著；竺家荣译 .
—长春：时代文艺出版社，2017.11
ISBN 978-7-5387-5594-7

Ⅰ . ①爱… Ⅱ . ①渡… ②竺… Ⅲ . ①长篇小说—日本—现代 Ⅳ . ① I313.45
中国版本图书馆 CIP 数据核字（2017）第 286800 号

吉林省版权局著作权合同登记号 图字：07-2017-0069



出 品 人 陈 琛
产品总监 郭力家
责任编辑 刘璃婷
出版策划 赵 菁



**爱的流放地**
［日］渡边淳一 著 竺家荣 译

---

出版发行 / 吉林出版集团时代文艺出版社有限责任公司
地址 / 长春市泰来街 1825 号 时代文艺出版社有限责任公司 邮编 /130011
总编办 /0431-86012927 发行科 /0431-86012939
网址 /www.shidaicn.com
印刷 / 河北鹏润印刷有限公司
开本 /880 毫米 ×1230 毫米 1/32 字数 /450 千字 印张 /15.5
版次 /2018 年 5 月第 1 版 印次 /2018 年 5 月第 1 次印刷 定价 /55.00 元

---

图书如有印装错误 请寄回印厂调换